T. S. ORGEL

DIE BLAUSTEINKRIEGE II

STURM AUS DEM SÜDEN

Originalausgabe

WILHELM HEYNE VERLAG
MÜNCHEN

Tom Orgel widmet dieses Buch seinem Bruder.

MIX
Papier aus verantwor-
tungsvollen Quellen
FSC® C083411

Verlagsgruppe Random House FSC® N001967

Deutsche Erstausgabe 11/2016
Redaktion: Catherine Beck
Copyright © 2016 by Tom & Stephan Orgel
Copyright © 2016 dieser Ausgabe
by Wilhelm Heyne Verlag, München,
in der Verlagsgruppe Random House GmbH,
Neumarkter Straße 28, 81673 München
Printed in Germany
Umschlagillustration: Franz Vohwinkel
Karten: Andreas Hancock
Umschlaggestaltung: Stardust, München
Satz: KompetenzCenter, Mönchengladbach
Druck und Bindung: CPI books GmbH, Leck

ISBN: 978-3-453-31706-2

www.blausteinkriege.de

INHALT

»Gegner bedürfen einander oft mehr als Freunde,
denn ohne Wind gehen keine Mühlen.«
Hermann Hesse (1877 – 1962)

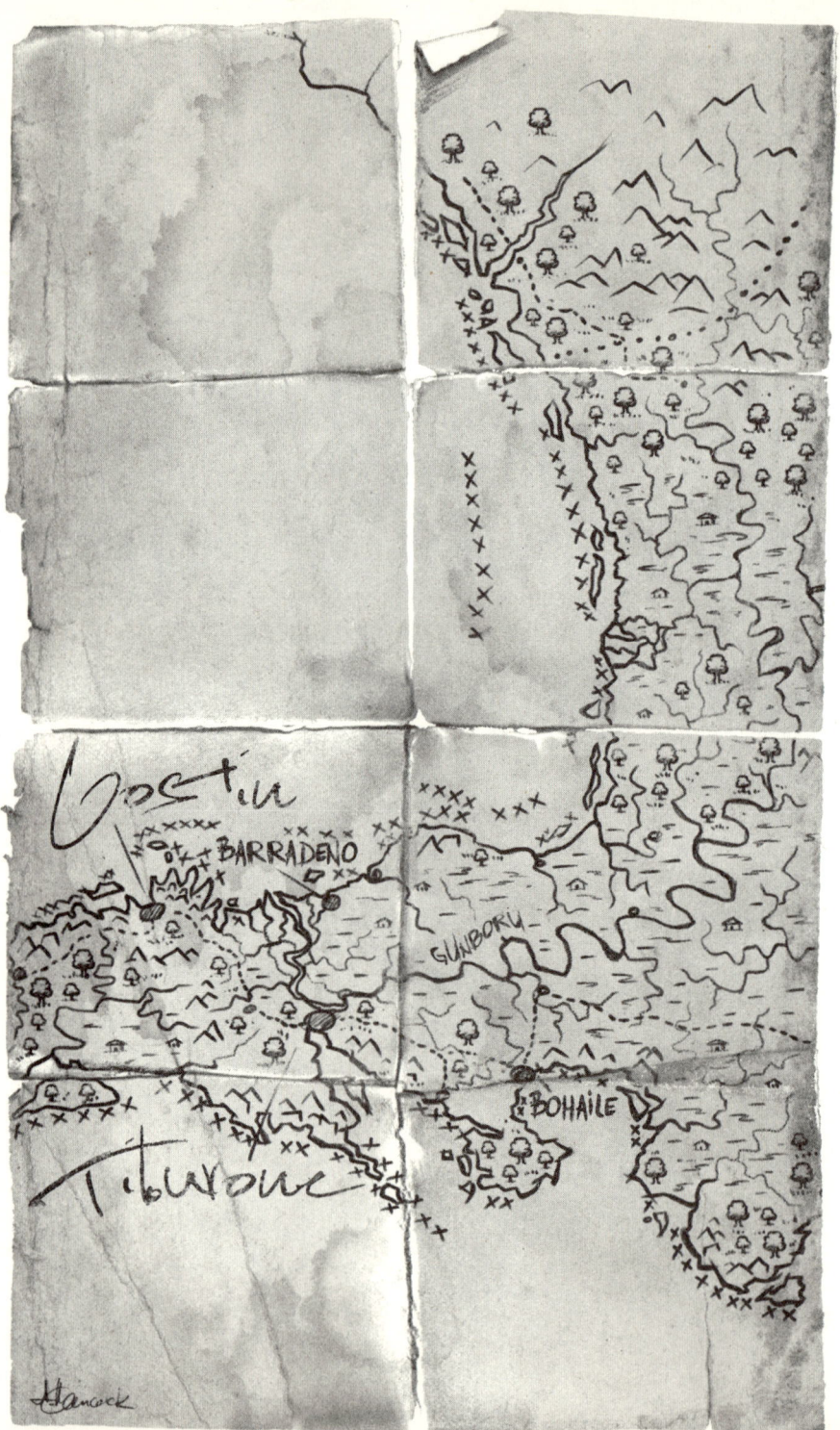

PROLOG

HUACOUN

Nebel lag über dem Wasser, blaugrau und bleich wie der Bauch eines Fisches. Der Sturm der vergangenen Nacht hatte die Luft merklich abgekühlt, und die Frische zog die weißen Schwaden aus dem warmen Meer, das in trägen Wellen gegen die Bordwand schwappte. Die Boote waren schon vor Sonnenaufgang hinausgefahren und hatten die Netze ausgeworfen. Gewichte aus geschliffenem Kalkstein zogen die riesigen Geflechte aus *Weciak*-Seide hinunter auf den Grund der flachen Küstenlagune, während große, ausgehöhlte Rotkürbisse die oberen Ränder der Netze an der Oberfläche hielten. Jetzt blieb den Fischern nichts anderes, als zu warten.

Ibril lag im Bug des flachen Boots und blinzelte müde auf die silbernen Fische hinab, die im Lichtschein der Blausteinlaterne standen und träge mit den Flossen wedelten. Es waren lediglich Loriss, bitter schmeckende Begleitfischchen, die auf ein paar Brocken Köder aus dem Boot hofften und von den Fischern nichts zu befürchten hatten. Niemand aß Loriss. Sie schmeckten nach dem, was sie fraßen, und das war in den seltensten Fällen appetitlich oder auch nur frisch. Das hypnotische Wedeln der Flossen zusammen mit dem dumpfen Gluckern des Wassers unter dem Boot schläferte den jungen Metis nur noch mehr ein. Er hatte am Abend mehr getrunken, als gut für ihn war, doch für die Fischer um den alten Ambebe war das Neujahrsfest noch lange kein Grund, einen guten Fangtag auf dem Meer zu verpassen. Regenfreie Tage, an denen man sich auf die Wellen hinauswagen konnte, waren in der Sturmsaison selten und das Wasser zu dieser Zeit fischreich wie nie. Also lag Ibril auf seinem Platz im Boot des Alten, kämpfte gegen die Übelkeit und verfluchte stumm das Bier, seinen trockenen Mund, sein Schicksal im Allgemeinen und seinen sturen Großvater im Besonderen. Es würde nicht mehr lange dauern, bis die Sonne über den Horizont geklettert war und die Nebel schmolzen. Dann begann die eigentliche Arbeit: das Einholen der Netze, die hoffentlich prall gefüllt waren. Ibril schloss sie in seinen Fluch ein. *Weciak*-Seide war nahezu nicht zu zerreißen, dafür biss sie in die Finger und hinterließ Schnitte, in denen das Salzwasser brannte. Immerhin – wenn es ihnen heute gelang, eine Schule goldschimmernder *Cabrecas* oder grünflossiger *Balemar* zu fangen, würde er den Rest der Woche wenig zu tun haben, außer seine Finger zu pflegen und das Netz zu flicken, während die Frauen die Fische ausnahmen und über Trockengestelle hängten oder sie in Lake und Salzfässer packten. Fisch brachte zurzeit gute Preise. Der Fürst hatte in der Festung eine Menge Mäuler zu stopfen, und wenn die Gerüchte stimmten, bereitete sich Gostin auf eine Belagerung vor. »Das kommt davon, wenn man sich von Berun lossagt«, hatte Ambebe düster gemurmelt. »Die Herren im Norden werden das nicht dulden. Sie werden die Festung zurückhaben wollen. Krieg liegt in der Luft, sage ich euch.«

Aus Ibrils Sicht lag nur der Gestank des Ködereimers in der Luft. Er grunzte und stemmte sich hoch. Die Nebelschwaden drifteten auseinander und gaben für einen Moment den Blick auf die hoch aufragenden, bleichen Kalkfelsen frei. Der Himmel über ihnen begann, sich rosa zu verfärben, und die ersten Sonnenstrahlen tauchten ihre Kronen aus dunklem Dschungelgrün bereits hier und dort in goldenes Licht. Die Fischer der Metis bewegten sich nie aus der Sichtweite des Ufers. Die offene See gehörte den Göttern und ihrem Hofstaat aus Ertrunkenen, und das galt auch für alles andere, was dort draußen schwamm. Kein Metis wagte sich hinaus in ihr Reich. Es war nie eine gute Idee, die Götter auf sich aufmerksam zu machen.

Ein Schwarm Skellinge kam auf aschgrauen Flügeln vom Land aus herüber, das scharfe Wispern ihrer Schwingen das einzige Geräusch in der Stille über dem Meer. Der vertrocknete alte Fischer am Heck des Boots richtete sich auf. Bislang hatte er wie üblich reglos zusammengesunken dagesessen, sodass Ibril nicht hätte sagen können, ob er überhaupt noch am Leben oder einfach im Schlaf gestorben war. Doch jetzt sah er dem Schwarm der gefräßigen Nachtmöwen mit besorgt gerunzelter Stirn nach. »Sie fliegen aufs Meer hinaus«, stellte er mit einem Krächzen fest.

Ibril zuckte mit den Schultern. »Vielleicht heißt das, dass wir endlich einen guten Fang machen, Großvater«, mutmaßte er. Die grauen Raubmöwen schienen nur aus Hunger und Hunderten kleiner, scharfer Zähne zu bestehen und waren unfehlbar immer dort zu finden, wo es in Sichtweite des Meeres etwas zu fressen gab. Zumindest, solange die Sonne noch nicht am Himmel stand.

Der Alte schüttelte unwirsch den Kopf. »Es ist zu spät für

sie, egal, wie viel wir fangen. Außerdem – siehst du sie kreisen?« Er hob die Stimme. »Temba?«

Einen Moment später ertönte eine Antwort links von ihnen, wo das nächste in der Reihe der Fischerboote liegen musste. Die Worte waren durch den Nebel gedämpft und kaum verständlich. »Hast du die Skellinge gesehen?«, rief der Alte.

»Sie sind hier entlanggekommen«, antwortete Temba, ein untersetzter, muskulöser Fischer, der sich die Wartezeit im Boot gewöhnlich damit vertrieb, kleine Götterfiguren aus Treibholz zu schnitzen. Ibril fand im Stillen, dass Temba ein wesentlich besserer Schnitzer als Fischer war.

»Sie kreisen nicht?«

»Nein. Ich kann sie nicht … wartet. Da ist etwas. Etwas ist im Wasser.«

Etwas ist im Wasser. Ibril seufzte unhörbar. Etwas, das nur Temba sagen kann, während er in einem Boot über einem der besten Fischgründe des Macouban sitzt. Es platschte leise, kaum noch hörbar.

Einen langen Moment später räusperte sich Ibril vorsichtig. »Temba?«

Der Schnitzer blieb stumm.

»Etwas ist im Wasser?«, fragte Ibril leise. »Was …?«

Der Alte antwortete nicht. Schwerfällig drehte er sich auf seinem Sitz um und starrte in den Nebel, der im Licht der aufsteigenden Sonne von Augenblick zu Augenblick heller wurde. Noch immer verschluckte der zähe Dunst jedes Geräusch. »Die Skellinge«, flüsterte Ambebe schließlich. »Sie fliegen immer der Nacht entgegen.« Er hob einen zitternden Finger und streckte ihn in die Richtung, in die der Schwarm Raubmöwen verschwunden war. »Es gibt nur eins, was sie mehr lieben als die Nacht. Ihre wahren Herren«, sagte er leise, und der Ton, der in seiner Stimme lag, ließ den jungen Fischer frösteln. »Die Legenden berichten, dass die Skellinge Augen der Götter sind.«

Ibril verdrehte die Augen. Er fürchtete die Götter wie jeder Mann bei Verstand, doch es gab wohl nichts, wofür sein Großvater keine Legende kannte. Und fast alle beschäftigten sich damit, dass irgendjemand oder irgendetwas zu den Augen und Ohren oder auch den Zähnen, Klauen und Flossen der Götter gehörte. Fast konnte man meinen, dass ...

Ibril erstarrte. Aus dem Nebel drang der lang gezogene, klagende Laut eines Muschelhorns herüber. Die Metis verwendeten diese Instrumente, um ihre Flotte von Booten im Nebel zusammenzuhalten. Wenn sie ertönten, wusste jeder der Fischer, an welcher Stelle in ihrer kleinen Fangflotte er sich befand. Das Horn mit dem tiefen Ton markierte das äußerste linke Ende der Bootsreihe, der helle Klang steckte das rechte Ende ab. Die dritte Muschel lag zu seinen Füßen im Boot, beschnitzt mit uralten Ornamenten, die Schutz und guten Fang versprachen und die Götter gnädig stimmen sollten. Es verriet der Flotte, wo das Boot des Ältesten lag, und es war Ibrils Aufgabe, es zu blasen, wenn Ambebe das Zeichen dazu gab. Neben diesen dreien gab es noch ein viertes Muschelhorn, das im Zentrum ihres Dorfs in einem eigenen Schrein lag. Dieses Horn konnte die Fischer vom Meer rufen, und in mehr als einer Nacht hatte es die Flotte sicher nach Hause geleitet, wenn der Nebel die Sinne verwirrte und jedes Leuchtfeuer ertränkte. Sie waren die Stimme ihres Dorfs, und jedes Kind kannte den Klang der vier Hörner so gut wie die Stimme seiner eigenen Mutter. Das Problem war: Der Ton aus dem Nebel stammte aus keinem davon. Er war fremd, durchdringend, kratzte über seine Wirbelsäule und ließ irgendetwas in seinem Bauch vibrieren.

Ein Zittern ging durch den dürren Körper Ambebes. Er murmelte etwas, das nach den Beschwörungen der Dorfweisen klang, und seine Finger tasteten nach dem Haumesser, das stets neben seinem Sitz lag. Als sie den Griff fanden, umklammerten sie das alte Werkzeug so hart, dass die Fingerknöchel weiß hervortraten, bevor der Alte mit hastigen Hieben die Seile durchtrennte, mit denen das Netz am Boot befestigt war. Er drehte sich um, und das Glühen in seinen Augen erschreckte Ibril zutiefst. »Rudere!«, krächzte er heiser.

Das riss den jungen Fischer aus seiner Starre. Er schwang sich auf die Ruderbank, ergriff sein Paddel und schob es in die Aussparung des Dollbords. Doch noch bevor er es eintauchen konnte, ging ein Zittern durchs Wasser, ähnlich dem auf einer Pfütze, wenn ein schwerer Stiefel direkt daneben den Erdboden erzittern ließ. Ein Geruch von Salz und Tang schlug ihm entgegen, ließ ihn würgen, und ein nicht spürbarer Lufthauch ließ die Nebel hinter Ambebe aufwallen und schließlich zerreißen. Aus den zerfasernden Schwaden schob sich lautlos eine gewaltige, monströse Form hervor, einer fahlgrauen Klippe gleich. Bleiche Tentakel hingen von oben herab und schienen sich träge tastend zu bewegen. Vielleicht bewegten sie sich auch nicht, doch Ibril war viel zu entsetzt, um darauf zu achten, ob der gewaltige Krake, der den Bug des Schiffs vor ihnen verzierte, ein echtes Meerestier oder nur eine lebensechte Schnitzerei war. Erst ein einziges Mal in seinen sechzehn Lebensjahren hatte der junge Fischer eine der Triaren Beruns gesehen, jener gewaltigen Schiffe, die die innere See befuhren, jedes angetrieben von den Ruderschlägen von mehr als einhundert Männern. Damals hatte er verstanden, wie Berun es gewagt hatte, seinen Göttern zu trotzen. Wer Fahrzeuge wie dieses bauen konnte, dem war niemand gewachsen. Das zumindest hatte er seitdem gedacht. Vielleicht hatte er sich getäuscht. Das hellgraue Schiff, das sich aus dem Nebel schälte, war größer. Viel größer. Obwohl kein Lufthauch wehte, glitt es heran und an ihnen vorbei. Doch kein Ruder ragte aus seiner Seite. Über vier Mannhöhen war überhaupt keine Öffnung in der glatten Bordwand zu sehen, nur silbrig schimmerndes, bleiches Holz in Planken, von denen jede breiter war als das ganze Boot Ambebes. Nichts wies darauf hin, wie sich dieses Schiff vorwärts bewegte, kein Geräusch ging davon aus, wenn man vom leisen Rauschen des Wassers absah, das an der Bordwand vorbeistrich, und vom gelegentlichen dumpfen Knarren aus dem Inneren des schweigenden Behemoths.

Für einen Augenblick lag das Paddel vergessen in Ibrils Händen, als er hinaufstarrte, hoch und immer höher, bis dorthin, wo die Wand in das unwirkliche Grau des hereinbrechenden Morgens überzugehen schien. Eine Gestalt stand dort oben. Sie war beinahe ebenso grau wie die Schiffswand. Ibril konnte sich nicht sicher sein, doch sie schien hager zu sein und höher aufzuragen als jeder Metis. Ihre Augen waren seltsam groß und hell, während ihr Mund von hier nur einen kaum zu erkennenden Strich bildete. Sie trat vor und legte die Hände auf die Reling, um auf das kleine Boot herabzusehen, das auf den Wellen tanzte. Jetzt konnte er erkennen, dass der Schädel der Gestalt vollkommen glatt war, beinahe wie poliertes Fischbein. Der Blick der riesigen Augen traf für einen Moment seinen eigenen und schien in ihn hineinzusehen, ihn bis in sein tiefstes Inneres zu erkunden. Dann wandte sich die Gestalt ab, als hätte sie das Interesse verloren.

»Huacoun«, flüsterte Ambebe heiser und brach damit zum zweiten Mal den Bann, der sich über Ibril gelegt hatte. Der junge Fischer wandte sich ab, stach sein Paddel ins Wasser und ließ ihr Boot ruckartig voranschnellen – weg, nur weg von dem verfluchten Hexerschiff. Zug um Zug schossen sie vorwärts, als Ambebe plötzlich entsetzt die Augen aufriss. Noch bevor Ibril seinen Blick deuten konnte, fiel ein Schatten über sie. Er fuhr herum und verlor das Gleichgewicht, als er den Bug des zweiten Schiffs direkt über sich aufragen sah. Mit einem Aufschrei kippte er ins Wasser, gerade als der gewaltige Kiel Ambebe unter sich begrub, sich knirschend durch das kleine Boot fraß und die Trümmer unter seine Bugwelle riss. Ibril wurde herumgewirbelt, ein Strudel packte ihn, schmetterte ihn gegen die Bordwand, wo der Besatz von Muscheln ihm die Haut von Schulter und Oberarm fetzte, bevor ihn eine andere Strömung vom Schiff wegriss und unter Wasser drückte. Eisige Finger legten sich um ihn, schnürten ihn ein und zerrten ihn zurück an die Wasseroberfläche, wo er keuchend nach Luft rang, nur um im nächsten Moment wieder unter die Wellen gerissen zu werden. Keine Finger, Schnüre waren es, die Maschen ihres eigenen Netzes, wurde dem jungen Fischer klar, als eine Kürbisboje dicht neben ihm durch das Wasser gezogen wurde. Die Stränge der Weciak-Seide wanden sich um seine Arme und Beine, als das Schiff Netz, Fang und Fischer mit sich riss. Panik überfiel ihn. Er versuchte, sich zurück an die Oberfläche zu kämpfen, die jetzt, in diesem Moment, von der Morgensonne berührt wurde. Doch während die grauen Schiffe lautlos weiter nach Osten glitten, zog sich das seidene Gefängnis weiter um Ibril zusammen und schnitt tief in seine Haut. Über ihm, kaum eine Armeslänge entfernt, glitzerte die Oberfläche, lockend oder spottend, das konnte er nicht sagen, als er langsam gedreht wurde und ihm nichts anderes übrig blieb, als in die smaragdgrüne Tiefe unter ihm zu starren. Dort unten schimmerte weißlich das gewaltige Netz, voll beladen mit den silbernen Leibern der Balemar, auf die sie gehofft hatten. Die Luft brannte in seiner Lunge, und sein Herzschlag raste in den Adern seines Halses, während er verzweifelt gegen das Verlangen ankämpfte einzuatmen. Jeder Schlag der Trommel in seiner Brust stach in seine Ohren, und dann sah er die bleichen Gesichter, die ihn mit unnatürlich großen, hellen Augen von der anderen Seite des Netzes anstarrten. Ibril schrie.

Die Luft aus seiner Lunge bildete eine silberne Perlenschnur, die zur Oberfläche hinauftanzte und das Gesicht auswischte.

1

EIN FAULER HANDEL

War nicht besonders schlau von dir, dich hier noch mal blicken zu lassen, Henrey Thoren.« Scheel Einohr grinste. Ein Grinsen, das den Menschen, die ihn näher kannten, das Blut in den Adern gefrieren ließ. Feyst Dreiauges ältester Sohn war nämlich selten gut gelaunt, und meistens nur dann, wenn die Aussicht bestand, jemandem so richtig wehzutun. Auf den ersten Blick erweckte der ausgemergelte Mann nicht den Eindruck besonderer Härte, aber was ihm an körperlichen Eigenschaften fehlte, machte er durch rücksichtslose Brutalität mehr als wett. »Du stehst auf Dreiauges Grund und Boden. Hier hat der Kaiser nichts zu melden. Wärst besser oben im Palast geblieben.«

»Scheint so.« Thoren breitete die Arme aus. »Aber dafür ist es jetzt wohl zu spät.«

Scheel nickte. »Keine hastigen Bewegungen. Die Hände schön weit vom Schwertgriff weg. Mein Bruder hat einen nervösen Zeigefinger.« Er warf einen Seitenblick auf seinen fetten Bruder Heygl, der eine geladene Armbrust auf Thorens Brust richtete. »Und jetzt beweg dich. Rein mit dir.«

Das Wirtshaus zum Roten Bären schien verlassen zu sein. Ein paar Tische standen noch da, eine Handvoll Weinkrüge und die Theke aus grob behauenem Eichenholz, auf dem die Spuren der zahllosen Becher zu erkennen waren, die darauf abgestellt worden waren. Der Rest des Raums war leer geräumt, von den wachsverklebten Kerzenhaltern bis hin zu den schwarzen Fässern, aus denen Feyst das billige Gesöff für seine anspruchslose Kundschaft gezapft hatte. Selbst der große Kamin, der schon seit Menschengedenken gebrannt hatte, war erloschen.

In der Tür stand Feysts kolnorischer Leibwächter Bedbur, der den Stiel seiner Streitaxt knetete wie einen Teigfladen, der in Form gebracht werden sollte. Thoren schenkte dem grimmigen Riesen keine Beachtung. Ruhig schlenderte er an ihm vorbei zur Feuerstelle und setzte sich auf den Platz, der ausschließlich dem Herrn des Hauses vorbehalten war.

Scheel runzelte die Stirn und ließ sich an der gegenüberliegende Tischseite nieder. »Hast ganz schön Eier in der Hose, das muss man dir lassen. Aber wenn du glaubst, mich damit beeindrucken zu können, hast du dich getäuscht.«

Thoren schnaufte und strich sich über die Glatze. »Aus dem Alter bin ich raus. Breitbeinig und mit herausgestreckter Brust durch die Gassen stolzieren wie ein verdammter Pfau? Das überlasse ich lieber den jungen Leuten. Das beeindruckt ohnehin niemanden.«

»Heute verlegst du dich mehr aufs Geschichtenerzählen, was?«

Thoren lächelte entschuldigend. »Du hast recht. Ich höre mich viel zu gern selbst reden. Neben dem Alkohol das größte Laster alter Männer.« Er deutete auf den Weinkrug und die Becher, die auf der Tischplatte abgestellt worden waren. »Du gestattest?« Ohne eine Antwort abzuwarten, zog er den Krug zu sich heran und schnüffelte an der Öffnung. Der Geruch schien ihn zu überzeugen. Er füllte einen Becher und nahm einen Schluck. Genüsslich schmatzend schaute er sich im Raum um. »Also gut. Lassen wir die Freundlichkeiten beiseite und reden Klartext. Wo ist Dreiauge?«

Scheel schnaufte. »Unser Vater ist nicht mehr hier. Hat gewusst, dass ihr nach ihm suchen würdet, du und Sara. Dieses Miststück hat es sich aber anders überlegt, hm? Hat endlich eingesehen, dass es in deiner Gesellschaft zu gefährlich ist. Das wird Feyst übrigens schade finden, denn er hätte sich furchtbar gern mit ihr unterhalten. So von Familienmitglied zu Familienmitglied, wenn du verstehst, was ich meine ...« Er strich sich die Haare aus dem Gesicht, sodass die hässliche Narbe zum Vorschein kam, wo früher einmal sein Ohr gewesen war – die gängige Warnung an Betrüger und Diebe in Berun, die bei ihm aber ganz offensichtlich nicht die erhoffte Wirkung erzielt hatte. »An dir hat er übrigens kein Interesse mehr. Hat gesagt, dass wir dir einen Dolch zwischen die Rippen jagen dürfen, falls du uns noch mal in die Quere kommst.«

»Ein Armbrustbolzen tut es sicherlich auch«, fügte Heygl grinsend hinzu.

»Das sind ja keine besonders schönen Aussichten«, sagte Thoren unbeeindruckt. »Von euch habe ich allerdings auch nichts anderes erwartet. Ich hätte mir nur einen etwas würdevolleren Abgang gewünscht. Auf dem Schlachtfeld vielleicht, mit einem Schwert in der Hand. Oder noch besser im Bett, an der Seite einer schönen Frau.« Seufzend hob er den Becher und prostete den beiden zu. »Na wenigstens bleibt mir zum Schluss noch ein Schluck Wein.«

Scheels Augenbrauen zogen sich so weit zusammen, dass sie

in der Mitte zusammenstießen. »Bis zum letzten Augenblick ein selbstgerechtes Arschloch, was? Du solltest lieber die Reisenden um Vergebung für deine Fehler bitten, denn das hier ist dein letzter Schluck. Genieß ihn, solange du noch kannst.«

»Genießen ist zu viel verlangt, aber es bekämpft den Durst.« Thoren wischte sich mit dem Handrücken über den Mund und lehnte sich im Stuhl zurück. Das Holz knarrte leise. »Ich werde das wirklich vermissen. Nicht diese Pisse hier, aber den Wein an sich. Wenn ich nicht wüsste, dass die Götter tot sind, würde ich schwören, dass sie dieses Getränk erschaffen haben. Welcher Sterbliche wäre schon in der Lage, so etwas Köstliches aus einer winzigen Traube zu pressen?«

»Bist du endlich fertig?«, knurrte Scheel ungehalten. »Dann gebe ich dir jetzt die Möglichkeit herauszufinden, ob die Götter noch existieren oder nicht.« Er gab seinem Bruder ein Zeichen, und Heygls Zeigefinger krümmte sich um den Abzug. Ein stählernes Klicken ertönte, und die Sehne schnellte nach vorn.

Thoren blinzelte und blickte an sich hinab. Für einen kurzen Augenblick schien er seine Gelassenheit verloren zu haben. Doch als er in seiner Brust keinen Bolzen entdecken konnte, lächelte er.

Der Bolzen schwebte knapp zwei Fingerbreit über der Armbrust in der Luft. Heygl glotzte ihn an und blinzelte. Dann blinzelte er noch mehr, als Sara den Schleier der Unsichtbarkeit von sich abfallen ließ und ihm ihr Messer an den Hals presste. Es war dasselbe Messer, mit dem sie Tilmann Arn erstochen hatte. Die Klinge war frisch geschärft, und als Heygl schwer schluckte, ritzte sie seine Haut.

Scheel stieß einen erschrockenen Laut aus, und seine Hand glitt zu dem Messer an seinem Gürtel.

Doch Thoren war schneller. Blitzschnell sprang er auf und zog sein Schwert. Die Spitze verharrte direkt vor dem Gesicht des Einohrigen. »Keine Dummheiten.«

Scheel stieß zischend die Luft aus. Mit einer knappen Handbewegung scheuchte er Bedbur zurück, der mit hoch erhobener Axt in der Mitte des Raums stand. Mit einem widerstrebenden Knurren ließ der Kolnorer die Waffe sinken, aber Sara bemerkte, dass seine Fingerknöchel weiß waren.

»Du hast dir ganz schön Zeit gelassen«, sagte Thoren, ohne den Blick von seinem Gegenüber zu nehmen.

Sara lächelte. »Der Ausdruck auf Eurem Gesicht, als die Sehne nach vorn schnellte ... Der war es wert.«

Thoren seufzte. »Wo waren wir stehen geblieben? Ach ja, ihr wolltet nur mit Sara reden. Hier ist sie also.«

»Aber macht bitte schnell.« Sara brachte ihren Mund ganz dicht an Heygls Ohr. »Ich habe nämlich lange nicht so viel Freude am Redenschwingen wie Thoren. Ich habe keine Lust, über Wein zu philosophieren, und ich möchte auch nichts von euren erbärmlichen Lebensgeschichten hören.«

Heygl setzte zu einer Erwiderung an, doch Scheels harter Blick brachte ihn augenblicklich zum Schweigen. Der ausgemergelte Mann richtete einen anklagenden Zeigefinger auf Thoren.

»Du verdammter Drecksack. Du hast uns übers Ohr gehauen.«

»Ich bitte vielmals um Entschuldigung, aber es war auch nicht besonders schwer.«

Scheel ballte die Hände zu Fäusten. »Ihr seid tot, alle beide! Wenn Vater euch in die Hände kriegt, werdet ihr euch wünschen, nie geboren zu sein.«

Thoren schüttelte seufzend den Kopf. »Scheel Einohr ...

Der letzte Einohrige, der solche Drohungen gegen mich ausgestoßen hatte, war dein Freund Dornik. Erinnerst du dich an ihn? Graue, zottelige Haare, ziemlich hässliche Visage, spielte immer mit seiner langstieligen Axt herum. Hat für deinen Vater gearbeitet und wollte mich ebenfalls umbringen. Jetzt schwimmt er mit dem Gesicht nach unten im Hafenbecken und dient den Skellingen als Futter.«

»So wie ihr beide auch, wenn ihr nicht antwortet.« Sara drückte ihr Messer so fest gegen Heygls Hals, dass ein dünner Blutfaden daran herabzulaufen begann. Der fette Mann wimmerte leise.

Scheel schnaufte verächtlich. »Dafür fehlt dir doch der Mut, Sara. Um solche Dinge durchzuziehen, muss man aus härterem Holz geschnitzt sein als du.«

Sara grinste und spürte, wie sich die frische Narbe auf ihrer linken Wange verzog. »Vor ein paar Wochen hätte ich dir noch recht gegeben. Damals, als ich noch ein dummes kleines Mädchen war, das geglaubt hat, mit Friedfertigkeit käme man weiter als mit roher Gewalt. Aber das Holz wurde inzwischen recht ordentlich beschnitzt, findest du nicht auch?«

Scheel starrte einen langen Augenblick finster auf die Narbe. »Ich habe von Anfang an gesagt, dass so eine wie du nur Unglück bringt. Wenn es nach mir gegangen wäre, hätten wir dich nie in die Familie aufgenommen. Ihr verdammten Südländer bringt nichts als Ärger nach Berun. Ich hätte dir mein Messer zwischen die Rippen jagen sollen, als es noch nicht zu spät gewesen ist.«

»Das hättest du, ja, aber ganz offensichtlich hat immer noch dein Vater das Sagen in der Familie. Also jammer nicht mir die Ohren voll. Ich sagte bereits, dass ich keine Lust auf deine traurige Lebensgeschichte habe. Sag, was du mir zu sagen hast, oder halt's Maul.« Sara bohrte die Spitze ihres Messers ein kleines Stück tiefer in Heygls Hals, und der fette Mann schrie vor Schmerz auf.

»Ah verdammt, warte! Ein Angebot! Wir sollen dir ein Angebot machen.«

»So?« Sie zog das Messer zurück und warf Scheel einen fragenden Blick zu. »Stimmt das?«

Scheel stieß einen leisen Seufzer aus und nickte. »Feyst kennt dich besser, als du glaubst. Er weiß, dass du nicht locker lässt. Was du dir einmal in den Kopf gesetzt hast, das ziehst du durch, egal, um welchen Preis. Das ist eine sehr lobenswerte Eigenschaft, hat er gesagt. Jedenfalls, wenn es für die richtigen Ziele eingesetzt wird.«

»Rache ist ein richtig gutes Ziel.«

Scheel seufzte erneut. »Ihr hattet eure Meinungsverschiedenheiten, das ist nicht von der Hand zu weisen. Aber es ist ja nicht so, dass ihr euch gegenseitig noch etwas schuldig wärt. Du musst zugeben, dass du die Familie ganz schön in die Scheiße geritten hast. Unser Vater war deshalb eine Zeit lang gar nicht gut auf dich zu sprechen. Aber es gibt wichtigere Dinge, als sich in kleinlichen Fehden zu zermürben. Das Geschäft muss weitergehen, nicht wahr? Feyst ist bereit, seinen Groll gegen dich zu begraben, wenn du es ebenfalls tust. Was sagst du dazu? Ist das nicht ein großzügiges Angebot?«

Sara hob die Brauen. Das klang so überhaupt nicht nach dem alten Drecksack. Jeder Mensch wusste, dass er nachtragend war wie eine betrogene Ehefrau. Er hätte sich eher ein Messer in die Hand gerammt, als sie ihr entgegenzustrecken. Sie warf einen Seitenblick auf Thoren, der nur mit den Schultern zuckte. »Wo ist der Haken?«

»Feyst verliert nicht gern«, antwortete Scheel. »Vor allem keine Familienmitglieder. Er weiß, wie sehr du seinen kleinen Blagen zugetan bist und dass du es nicht magst, wenn sie für ihn arbeiten. Aber sie gehören zu uns, und so wird es auch bleiben. Feyst möchte nicht, dass du den Kindern irgendwelche Flausen in den Kopf setzt. Deshalb will er, dass du die Finger von ihnen lässt und ihnen niemals wieder zu nah kommst.«

»Auf keinen Fall.« Energisch schüttelte sie den Kopf. »Ich lasse nicht zu, dass er sie weiter versklavt.«

Scheel lächelte sie an. »Er hat auch diese Reaktion vorhergesehen. Aus diesem Grund hat er mich gebeten, dir das hier zu überreichen ...« Gemächlich griff er in seinen Hemdausschnitt und zog ein zusammengewickeltes Leinentuch hervor, das er ihr mit einer nachlässigen Handbewegung zuwarf. »Ein kleines Friedensgeschenk für dich.«

Mit gerunzelter Stirn schlug Sara das Leinentuch auf. Sie brauchte einen Augenblick, um zu verstehen, um was es sich bei dem verschrumpelten Ding handelte, das darin eingewickelt war. Entsetzt stieß sie die Luft aus. Es war ein Finger. Der Finger eines Kindes.

»Flynn Hasenfuß«, erklärte Scheel mit einem Grinsen. »An dem Jungen scheint dir besonders viel zu liegen. Wenn das der Wahrheit entspricht, wirst du sicherlich wollen, dass er gesund und munter bleibt.«

Wortlos starrte sie auf den Finger hinab. Der Anblick schmerzte sie mehr als die Verletzung in ihrem Gesicht. Ihre Hände begannen zu zittern, Tränen schossen ihr in die Augen.

»Kein Grund, sich aufzuregen.« Scheels Grinsen reichte beinahe bis zu seinem verstümmelten Ohr hinauf. Er lehnte sich im Stuhl zurück und schaute sie auf eine Art an, die ihre

Wut nur noch verstärkte. »Es ist doch nur ein verdammter Finger. Alles andere haben wir drangelassen. Es liegt natürlich an dir, ob es so bleibt ...«

»Was hast du gesagt?« Ihre Stimme war nur noch ein Krächzen. Sie umklammerte den Griff ihres Dolchs so fest, dass es schmerzte. Sie wollte nichts anderes, als ihn diesem Dreckschwein in die Visage zu rammen. Mitten hinein in sein hässliches Grinsen, und so lange zuzustoßen, bis es ausradiert war. »Ich bring dich um«, zischte sie und fletschte die Zähne. Scheel zuckte zurück und hob die Hände, und Bedbur hob knurrend seine Axt.

Ihr war es egal. Selbst ein Dutzend Kolnorer hätten sie nicht aufhalten können. Nicht nach dem, was sie Flynn Hasenfuß angetan hatten. Sie machte einen Satz nach vorn und stach zu. Im letzten Augenblick riss Scheel schützend die Arme in die Höhe, und die Klinge zerriss seinen Ärmel. Blut spritzte, und er schrie auf und warf sich nach hinten. Der Stuhl kippte um, und sie stürzten gemeinsam zu Boden. Sara schlug mit der Stirn gegen das Holz, schrie auf, mehr aus Frust als vor Schmerz, zerrte Scheel am Kragen zu sich heran und wollte erneut zustechen. Doch eine schwere Hand packte sie am Arm und riss sie grob in die Höhe.

»Genug!« Thorens Stimme drang wie aus weiter Ferne durch das Rauschen in ihren Ohren. »Ich denke, er hat es verstanden.«

»Verstanden?« Ungläubig starrte sie ihn an.

»Wenn du ihn tötest, hilft uns das kein bisschen weiter. Das bringt niemandem etwas.«

»Mir schon«, zischte sie und wischte sich mit dem Ärmel über den Mund. »Mir bringt es Genugtuung.«

»Und Flynn wird es den Tod bringen. Oder was glaubst du,

was Feyst mit ihm anstellt, wenn du seinen ältesten Sohn erstichst?«

»Ich … er …« Sie sah auf Scheel hinunter, der mit der Hand seinen blutenden Unterarm umklammerte. Langsam wandte sie sich um, musterte den zitternden Heygl, der sie anstarrte, als wäre sie geradewegs den Gruben entstiegen, und dann Bedbur, dessen Blick so leer war wie der eines Ochsen vor dem Pflug. »Was sollen wir deiner Meinung nach sonst tun? Tatenlos herumsitzen und ihm bei seinen Schweinereien zusehen?«

Thoren hob die Schultern. »Für den Moment schon. Das ist für alle das Beste. Es gibt jetzt wichtigere Dinge, um die wir uns kümmern müssen.«

»Wichtigere Dinge? Du hast versprochen, dass du mir hilfst.«

»Und du hast der Kaiserinmutter die Treue geschworen, vergiss das nicht.« Thorens Augen funkelten zornig. »Ich habe dir geholfen, so gut es ging, und jetzt wirst du mir helfen. Du stehst in meiner Schuld!«

Sie sah ihn an, blickte in sein verschlossenes Gesicht und glaubte zunächst, dass sie sich verhört hatte. War es also das, was Henrey Thoren über sie dachte? Dass sie in seiner Schuld stand? Dass sie ihm nach all den Opfern, die sie für ihn und die Kaiserinmutter gebracht hatte, noch etwas schuldig war? Ungläubig schüttelte sie den Kopf. Hatte sie sich wirklich eingebildet, dass irgendetwas anders werden würde, nachdem sie sich von Feyst losgesagt hatte? Würde sich denn je etwas ändern, oder würde sie nicht immer irgendeinem Herrn dienen, dem ihr Schicksal egal war? Thorens Stimme drang wie aus weiter Ferne zu ihr vor. »Kümmern wir uns erst einmal um wichtigere Dinge.« Er machte eine unbestimmte Geste in Scheels Richtung. »Und danach … sehen wir weiter.«

Die Sonne war bereits hinter dem Meer verschwunden, als sie den Kaiserpalast erreichten.

Wie ein einziger Augenblick doch alles verändern konnte. Für kurze Zeit hatte Sara geglaubt, wieder alles in den Griff zu bekommen. Sie hatte sich ausgemalt, wie sie vor Feyst treten und ihn mit gezogener Klinge zwingen würde, seine Sklavenkinder in die Freiheit zu entlassen. Vor allem Flynn, der schon immer wie ein kleiner Bruder für sie gewesen war. An die Vorstellung seiner Rettung hatte sie sich geklammert, seit sie aus Confinos zurückgekehrt war. Wütend ballte sie die Hände zu Fäusten. Verdammt, sie verlangte doch nicht viel vom Leben. Sie wollte doch nur, dass es ein einziges Mal auf ihrer Seite stand.

Im Kaiserpalast empfing sie ein Diener mit vor Aufregung zitternder Stimme. Der Kaiser verlangte nach Thoren, und zwar unverzüglich. Sara blickte auf ihre dreckverkrusteten Hände hinab und war froh, nicht an seiner Stelle zu sein. Sie wünschte sich nichts sehnlicher als ein heißes Bad und danach ein weiches Bett. Sie unterdrückte ein Gähnen. »Viel Glück.«

»Du kommst mit mir«, knurrte Thoren, während er den Umhang abwarf.

»In diesem Aufzug?« Sie hob die Hände.

»In den Augen des Kaisers bist du ein Niemand. Du müsstest schon mit Blattgold bestrichen sein und mit einem Apfel im Mund auf einem Silbertablett vor ihm liegen, damit er dich beachtet.« Er ließ sich von dem Diener ein Tuch reichen und wischte sich damit über das Gesicht. »Verhalte dich unsichtbar und hör still zu. Das Erstere sollte dir nicht schwerfallen, beim Letzteren streng dich zur Abwechslung einmal an.«

Der Kaisersaal war von unzähligen Fackeln erleuchtet, und ein prasselndes Kaminfeuer verbreitete gewaltige Hitze. Trotz allem reichte sie nicht annähernd aus, um die frostige Stimmung zu vertreiben, die über dem Raum lag. Sie traten vor die Stufen des Kaiserthrons, vor dem sich bereits der greise Patriarch Veit ad Gillis, Reichsverweser Johen ad Rincks und Ordensfürst Cajetan ad Hedin zusammengefunden hatten. Der Hofnarr war ebenfalls anwesend und lümmelte unverschämt grinsend zu Füßen des Kaisers und seiner Mutter. Als er Thoren erblickte, klingelte er spöttisch mit seinem Schellenstab. »Verzeiht, dass wir Eure Vergnügungen zu stören wagten, Meister Thoren, aber es gilt noch, ein Reich zu regieren. Mit Eurer Erlaubnis natürlich. Seid Ihr bereit, Euch unserer kleinen Runde anzuschließen, oder möchtet Ihr weiter mit Eurem Mädchen herumspielen?«

Die Worte brachten ihm einen finsteren Blick von Ann Revin ein. »Sei still, Narr!«

»Wer hier still zu sein hat, entscheide immer noch ich«, fauchte der Kaiser. Ruckartig erhob er sich von seinem Thron und verschüttete dabei fast den Inhalt seines Weinbechers. »Ich bin der Löwe von Berun, und niemand widersetzt sich meinem Befehl. Nicht Ihr, Mutter, nicht Jerek und schon gar nicht Henrey Thoren.« Er holte aus und schleuderte den Becher nach unten. Statt Thoren traf er allerdings nur den greisen Patriarchen, der zusammenzuckte und sich verschreckt an seinem Amtsstab festklammerte.

»Verzeiht, Majestät.« Mit gesenktem Kopf kniete Thoren vor ihm nieder und zog Sara mit sich nach unten. »Die Verspätung ist unentschuldbar. Ich bin Euer gehorsamer Diener.«

»Natürlich seid Ihr das!«, schnauzte Edrik. Er ließ sich einen neuen Becher reichen und trank ihn in einem Zug leer. »Ihr dient mir. Mir ganz allein. Ich bin der verdammte Kaiser, und Ihr seid mein gehorsamer Kriegshund.« Rülpsend ließ er sich zurück auf den Thron fallen und wedelte ungehalten mit der Hand. »Wo waren wir stehen geblieben, ad Gillis?«

Der Patriarch räusperte sich. »Wie ich bereit sagte, ist das Volk über die Gerüchte beunruhigt, die aus Lytton und Confinos zu uns vordringen. Hinter vorgehaltener Hand flüstern sie von Aufständen, vielleicht sogar von Krieg. Sie machen sich zunehmend Sorgen um ihre Sicherheit.«

Edrik schnaufte gelangweilt. »Bauernpack, das mal wieder den Aufstand probt, nichts weiter. Das hatten wir doch schon einmal, und das Resultat ist bekannt. Gibt es nicht sogar ein Theaterstück über die damaligen Geschehnisse?«

»Der Dumresische Bauernaufstand«, sprang ihm der Narr hilfreich bei. »Ein echter Klassiker auf den Beruner Bühnen.«

»Da seht Ihr es, ad Gillis. Ein Klassiker auf den Bühnen. Nichts Ernsthaftes, und schon gar kein Grund, sich Sorgen zu machen.«

»Wenn der Überfall auf Eure Mutter kein Grund ist, sich Sorgen zu machen ...«

Edrik machte eine ungeduldige Geste. »Graf Ulin hat diese Sache doch recht schnell wieder in den Griff bekommen, oder nicht?«

»Graf Ulin wurde ... äh, bei dem Überfall getötet.«

»Ach ja, natürlich.« Edrik nickte betroffen. »Das war allerdings eine unangenehme Geschichte. Ich habe ihn wirklich sehr gemocht. Er war ein freundlicher alter Mann, der keiner Fliege etwas zuleide tun konnte. Sein Tod ist ein herber Verlust für das Reich. Aber habe ich nicht alles getan, um ihn zu rächen? Habe ich nicht eine Armee aufgestellt, um die Verräter zu bestrafen? Habe ich nicht ...?« Er warf einen fragenden Blick auf Cajetan ad Hedin, der den Wortwechsel mit finsterer Miene verfolgte.

Der hagere Ordensfürst neigte den Kopf. »Ich habe auf Euren Befehl hin eine Armee von sechshundert Kriegsknechten nach Lytton entsandt, um ein Exempel an den Aufständischen zu statuieren. Lasst die Männer eine Handvoll Siedlungen wie Skaftaton oder Borgyrton niederbrennen, und man wird nie wieder die Hand gegen Eure Besitztümer erheben.«

»Da seht ihr es«, rief der Kaiser aus. »Skafelton und Sowienoch. Das sollte ausreichen, um diese Barbaren in ihre Schranken zu verweisen. Haben wir noch mehr getan?«

»Confinos wurde befestigt und die Brücke über den Korros geschlossen. Meine Ordensritter haben die Situation vollständig unter Kontrolle. Wir haben einhundert kolnorische Gefangene hingerichtet und ihre Köpfe entlang des Flussufers auf Pfähle gespießt. Das sollte genügen.«

Thoren schüttelte den Kopf. »Ihr glaubt wirklich, dass die Sache so leicht aus der Welt zu schaffen ist, ad Hedin? Mit einer kleinen Strafexpedition und neuen Stadtmauern?«

Cajetan ad Hedin zog eine Augenbraue in die Höhe. »Es sind Wilde, mehr nicht.«

»Ich habe Eure sogenannten Wilden gesehen. Sie waren schwer bewaffnet und hochdiszipliniert. Wenn Hilgers Kriegsknechte nicht zur Stelle gewesen wären, hätten sie Confinos im Handumdrehen eingenommen und das Kastell bis auf die Grundmauern niedergebrannt.«

Cajetan schnaubte verächtlich. »Falls Ihr Euch erinnert, haben meine Ritter die Kolnorer regelrecht vom Schlachtfeld gefegt.«

»Die Kolnorer haben sich zurückgezogen, das ist alles.«

»Weil sie Feiglinge sind. Was sollten wir Eurer Meinung nach denn sonst noch tun?«

Thoren breitete die Arme aus. »Der Überfall auf Confinos

war erst der Anfang. König Theoder wird sich nicht die Mühe gemacht haben, unzählige Krieger zusammenzurufen und den Friedensvertrag zu brechen, nur um beim ersten Anzeichen von Gegenwehr einzuknicken. Ihr kennt diesen Mann, er ist kein Narr. Alles, was er tut, hat Hand und Fuß. Ihr solltet darauf vorbereitet sein und ein Heer gegen ihn aufstellen.«

»Wisst Ihr, was das kostet?«

»Deutlich weniger, als ein zerstörtes Kaiserreich wieder aufzubauen.«

»Genug!«, brüllte Edrik. Er richtete einen anklagenden Zeigefinger auf Thoren. »Vergesst nicht, wer der Kaiser ist. Der Herrscher von Berun bin ich, und ich habe das letzte Wort. Für Eure Unternehmungen ist kein Geld mehr in meinen Truhen. Ich habe Euch bereits genug Goldadler in den Rachen geworfen, damit Ihr Eure Privatarmee finanzieren konntet.« Er wandte sich an Johen ad Rincks. »Wie viel ist es noch mal?«

»Ich gehe von einem fünfstelligen Betrag aus, Majestät.« Der massige Reichsverweser warf einen Blick in seine Unterlagen und legte die Stirn sorgenvoll in Falten. »Allein in diesem Jahr. Dabei sind die Truhen ohnehin schon fast leer. Euer Privathafen und der neue Sommerpalast ...«

»Habt Ihr das gehört, Thoren? Ihr schuldet dem Reich ein Vermögen!«

»Das er einzig und allein zu unserem Schutz ausgegeben hat«, sagte Ann Revin leise.

Edrik rollte mit den Augen. »In erster Linie zu deinem, liebe Mutter.«

Ann Revin verzog keine Miene. »Er hat mein Leben gerettet, das ist wahr. Darüber hinaus hat er die Leben unzähliger Bürger in Confinos bewahrt. Deiner eigenen Stadt Confinos.

Männer und Frauen, die auf den Schutz vertraut haben, den dein Vater ihnen versprach. Sie hatten sein Wort!«

Edriks Augenbrauen zogen sich zusammen. »Mein Vater war ein großer Mann, aber ich bin genauso groß wie er.«

»Größer«, seufzte der Narr ergriffen. »Die Welt zittert vor Eurer Stärke.«

»Die Fürsten nicht«, entgegnete Ann Revin. »Was werden sie denken, wenn Kolno ihre Grenzen bedroht und der Großherzog von Lytton sich vom Reich lossagt, ohne dass du einschreitest? Wie können sie sicher sein, dass das Wort deines Vaters noch gilt?«

»Lytton ist ein Wurm«, kreischte der Narr. »Ein unbedeutender kleiner Wurm, der sich in die Eingeweide der Erde verkriecht. Lasst ihn kriechen, Herr, Ihr habt andere Sorgen. Henreys Heerwurm zum Beispiel, der Euch die Haare vom Kopf frisst ...«

Edrik brachte ihn mit einer Handbewegung zum Schweigen. Missmutig trommelten seine Finger auf der Armlehne herum. »In dieser Sache muss ich meiner Mutter ausnahmsweise einmal recht geben. Ich bin der Kaiser. Ich kann nicht zulassen, dass ein stinkender Barbar aus dem Osten meine Macht herausfordert.«

»Denkt an die leeren Truhen!«, beschwor ihn Johen ad Rincks.

Edrik verzog das Gesicht. »Das ist allerdings ein Punkt, den wir nicht außer Acht lassen können.«

Ann Revin lächelte. Nur ganz schwach zwar, ihre Mundwinkel verzogen sich kaum nach oben, aber Sara bemerkte den Glanz in ihren Augen. Sanft legte sie die Hand auf den Arm ihres Sohns. »Lass doch die Fürsten für das Heer bezahlen ...«

Der Narr stieß ein kreischendes Lachen aus. »Sie werden

begeistert sein. Sie haben ja nicht schon mehr als genug Steuern an den Kaiser gezahlt.«

Lächelnd zuckte Ann Revin mit den Schultern. »Dann bieten wir ihnen im Gegenzug eben etwas an, das sie auf jeden Fall haben möchten.«

»Aber was?«, fragte Johen ad Rincks. Hilflos blätterte er durch seine Dokumente. »Die Truhen sind vollkommen leer. Wir haben nichts, was wir ihnen bieten könnten!«

»Das Macouban.«

»Wie bitte?«

»Ihr habt richtig gehört. Bietet den Fürsten das Protektorat Macouban an. Neues Land ist im Kaiserreich schwer zu bekommen. Sie werden es Euch aus den Händen reißen. Alles, was sie dafür tun müssen, ist, Euch mit ihren Schwertleuten und Kriegsknechten zu unterstützen.«

»Ach du liebe Güte! Das Macouban ist doch nicht unser Eigentum.«

»Wen interessiert das schon.« Ann Revin zuckte beiläufig mit den Schultern. »Es ist weit fort, und niemand kennt sich wirklich mit den dortigen Besitzverhältnissen aus. Dafür ist aber jedem Fürsten bekannt, dass das Protektorat reich an Bodenschätzen ist und der Fürst die Kontrolle über den Handel besitzt. Sie werden sich diese Gelegenheit nicht entgehen lassen. Dafür müssen sie dort nur mit ihren eigenen Kriegsknechten für Ruhe und Ordnung sorgen und entledigen Euch damit einer weiteren Sorge. Ihr kennt die Situation im Macouban und wisst, wie unruhig die Lage geworden ist. Der Orden hat bereits Ritter nach Gostin geschickt, aber das wird auf lange Sicht nicht ausreichen. Wir benötigen ungleich mehr Bewaffnete, und die Fürsten werden sie uns nicht so ohne Weiteres zur Verfügung stellen.«

Johen ad Rincks runzelte verwirrt die Stirn. »Ist das denn rechtens?«

»Wenn es der Kaiser bestimmt, schon.« Ann Revin schaute ihren Sohn an.

Edrik hob in einer hilflosen Geste die Hände. »Es ist ... verwirrend, nicht wahr?«

»Es ist verrückt!«, rief Jerik aus. »Und für Verrücktheiten bin immer noch ich zuständig. Majestät, lasst nicht zu, dass jemand anderes meinen Posten übernimmt!«

Ann Revin blieb unbeeindruckt von seiner Beleidigung. »Lassen wir doch die Reichsfürsten darüber abstimmen. Lasst sie entscheiden, ob diese Idee verrückt ist oder nicht.«

»Sie werden niemals ...!« Jerik erstarrte. Mit einem Mal wurden seine Augen größer und begannen zu leuchten. Ruckartig fuhr er herum und zog aufgeregt am Stiefel des Kaisers. »Das Blausteinzimmer, Majestät!«

»Das was?«

»Ihr wisst schon: Das Geschenk, von dem Ihr noch nichts wissen dürft. Es soll bald eingeweiht werden, und Ihr werdet zu diesem Anlass ohnehin ein Fest veranstalten. Warum verbindet Ihr nicht das Angenehme mit dem Nützlichen und ruft die Fürsten hinzu? Das wird sicherlich eine furchtbar spaßige Angelegenheit.«

Edrik runzelte die Stirn. »Bist du sicher?«

»Ja, natürlich! Wie könnte ich etwas dagegen haben, die größten Narren des Reichs auf die Hauptstadt loszulassen? Sie die kaiserlichen Keller leer saufen, unsere Töchter besteigen und sich im Anschluss gegenseitig die Köpfe einschlagen zu lassen? Ich wäre ein Narr, wenn ich mir so ein Spektakel entgehen ließe. Wisst Ihr was? Lasst sie doch zu uns kommen. Das ist die einmalige Gelegenheit, die Fürsten Eure wahre

Größe spüren zu lassen. Wenn sie erst einmal den Glanz Beruns gesehen haben, werden sie nicht mehr an Euch zweifeln. Wer weiß, ob sie dann nicht sogar auf die verrückten Ideen Eurer Mutter eingehen. Und falls nicht, können wir immer noch gemeinsam darüber lachen.«

»Hm.« Nachdenklich strich sich Edrik über das Kinn. »Dieser Vorschlag übt tatsächlich einen gewissen Reiz aus. Weißt du was? Je länger ich darüber nachdenke, desto besser gefällt er mir. Er gefällt mir sogar ausgesprochen.« Er richtete sich kerzengerade auf und schlug mit der Faust auf die Armlehne seines Throns. »Ladet die Fürsten zu den Feierlichkeiten ein. Ich will, dass sie endlich die Macht des Kaiserhauses erkennen. Joren ad Rincks, Ihr werdet ein Fest für mich organisieren, das seinesgleichen sucht. Ich will Musik und Essen für alle. Veranstaltet ein Turnier mit allem, was dazu gehört.«

Der Reichsverweser blies die Backen auf. »Aber Majestät, die leeren Truhen!«

Der Narr kicherte. Er kroch am Stiefel des Kaisers hoch und flüsterte ihm etwas ins Ohr.

Der Kaiser nickte und wandte sich Ann Revin zu. »Jerik hat recht. Es war deine Idee, also wirst du auch dieses Turnier für mich ausrichten. Mein Vater hat dir genug Geld hinterlassen, und du bist schließlich der Grund, warum die Fürsten ins Feld ziehen sollen. Also sollen sie auch von dir bewirtet werden. Ich verlange ein Turnier, das so prächtig ist, wie ein Fest nur sein kann. Die Welt soll noch in hundert Jahren von diesem Ereignis sprechen. Versprecht dem Sieger einen Pokal aus Gold und dem zweiten ein Lehen.« Der Narr flüsterte ihm erneut etwas ins Ohr, und er lächelte schmal. »Ich gebe dir aber die Möglichkeit, dein Geld zurückzugewinnen, indem du einen eigenen Ritter in das Turnier schickst. Wenn er gewinnt, kannst du den Preis behalten.« Sein Lächeln wurde breiter, und sein Zeigefinger richtete sich auf Henrey Thoren. »Er wird dein Ritter sein.«

Ann Revin starrte ihn entsetzt an. Sie setzte zu einer Erwiderung an, doch der Kaiser donnerte die Faust auf die Armlehne. »Keine Widerrede! Ich will ihn kämpfen sehen. Lass ihn beweisen, dass er immer noch so ein mächtiger Krieger ist, wie er behauptet. Er soll gegen die besten Ritter des Reichs antreten und um deine Ehre kämpfen. Dein Ritter gegen meinen.« Sein Zeigefinger richtete sich nun auf Cajetan ad Hedin. »Ihr werdet für mich kämpfen, Ordensfürst!«

Jerik lachte auf und schlug die Hände zusammen. Seine Augen leuchteten nun wie Sterne. »Eine großartige Idee, Majestät. Ich bin entzückt!«

Für einen Augenblick wurde es still im Raum. Cajetan ad Hedin warf Jerik einen finsteren Blick zu, und Sara erwartete, dass er den Kopf schütteln und empört ablehnen würde. Doch der Blick des Ordensfürsten wanderte weiter zu Henrey Thoren, und er runzelte nachdenklich die Stirn. Nach einem Augenblick des Zögerns neigte er den Kopf. »Selbstverständlich, Majestät. Es ist mir eine Ehre, für Euch das Turnier bestreiten zu dürfen.«

»Natürlich ist es das.« Lächelnd lehnte sich Edrik in seinem Thron zurück und wedelte mit der Hand. »Und jetzt raus hier, alle miteinander! Ich muss nachdenken.«

Stirnrunzelnd verließ Sara in Thorens Schatten den Saal. Zunächst hatte sie noch geglaubt, dass es Ann Revin gelungen wäre, ihrem Sohn auf geschickte Art ihren Willen aufzuzwingen. Doch jetzt war sie sich ganz und gar nicht mehr so sicher, wer diesen Schlagabtausch gewonnen hatte. Sie hatte das unangenehme Gefühl, dass alles ganz anders abgelaufen war als geplant. Sie warf einen Seitenblick auf Thoren, dessen düstere Miene Bände sprach. In ihrem tiefsten Inneren fühlte sie eine gewisse Genugtuung darüber, in welcher Zwickmühle er steckte. Zwar war es ihm und der Kaiserinmutter gelungen, eine Abstimmung über die Aufstellung eines Heers zu erreichen, aber gleichzeitig mussten sie nun ein Turnier veranstalten. Es würde ihnen verdammt schwerfallen, sich jetzt um all die anderen wichtigen Dinge zu kümmern.

»Ich habe eine Aufgabe für dich«, knurrte Thoren, als sie seine Gemächer erreicht hatten. »Eine Aufgabe, bei der dein Talent sinnvoller eingesetzt ist als bei der Suche nach einem billigen Straßendieb.« Er warf sein Schwert auf die Tischplatte und ließ sich schwer auf einen Stuhl fallen. »Es wird Zeit, dass wir uns endlich um Jerik kümmern. Wir haben schon viel zu lange damit gewartet. Wir müssen endlich in Erfahrung bringen, was dieser Drecksack im Schilde führt. Es macht mich wütend, dass er uns ständig an der Nase herumführt und uns immer mehr Steine in den Weg legt.«

Sara verzog das Gesicht. Es gefiel ihr überhaupt nicht, dem Puppenspieler zu helfen, nachdem er sie kurz zuvor noch im Stich gelassen hatte. Andererseits ging es hier ja nicht um ihn, sondern in erster Linie um Ann Revin. Und die Kaiserinmutter konnte am wenigsten dafür, dass ihr Handlanger sich heute als eigennütziges Arschloch entpuppt hatte. Widerwillig nickte sie. »Ich soll ihn beschatten.«

Thoren schnaufte. »Nicht beschatten. Mit solchen Dingen können wir uns nicht länger aufhalten. Dafür haben wir keine Zeit mehr. Was ich brauche, ist ein Geständnis.«

Sara runzelte die Stirn. »Was soll er denn gestehen?«

»Alles natürlich. Ich will wissen, was er vorhat, wer seine Helfer sind und ob er im Auftrag von jemandem handelt.

Und zwar so schnell wie möglich. Am besten noch, bevor diese verdammte Versammlung stattgefunden hat.«

»Aber wie soll ich das denn anstellen? Wie soll ich ihn denn dazu bringen?«

»Denk dir etwas aus«, fauchte Thoren. »Du wolltest Scheel heute ein Messer in die Kehle rammen, da wirst du doch wohl noch mit einem Krüppel fertigwerden. Immerhin kannst du dich unsichtbar machen, verdammt!«

Sara zuckte zusammen und fühlte sich mit einem Mal ziemlich unwohl in ihrer Haut. So zornig hatte sie Thoren noch nie erlebt. »Schon«, brummte sie. »Bei Scheel war das aber etwas anderes. Ich war aufgebracht und wütend … und außerdem hatte Ann Revin befohlen, dass wir den Narren nicht anrühren sollen.«

»Jetzt sind die Umstände aber anders, und jetzt befehle eben ich, dass du alles Nötige tust, um die Wahrheit ans Licht zu bringen.« Er schlug mit der flachen Hand auf den Tisch. »Du kannst jetzt gehen. Sieh zu, dass du mir endlich etwas in die Hand gibst, mit dem ich arbeiten kann.«

Einen Moment lang starrte Sara ihn sprachlos an. Sie wusste nicht, was sie von dem Ausbruch des Puppenspielers halten oder was sie darauf erwidern sollte. Seinem Gesichtsausdruck nach wartete er auch gar nicht auf eine Antwort.

2

SIGNALE UND FALSCHE FÄHRTEN

Ich traue diesem Kerl nicht«, murmelte Cunrat ad Koredin halblaut. Er rieb sich den nach Art der Ordensritter kurz gestutzten Haarschopf und versuchte, sich so dicht wie möglich an der Wand zu halten, ohne den schmierigen Bewuchs darauf tatsächlich zu berühren.

»Er hat uns immerhin aus dem Kerker gebracht«, gab Jans zu bedenken. Auch das Hemd des anderen Ritters klebte klatschnass auf dessen Rücken. Ein dichter Vorhang aus seltsam warmem Regen prasselte auf das knappe Dutzend Männer ein und verwandelte die schmale Gasse in einen Bach, der um ihre bloßen Knöchel gurgelte. Der Regen wusch den Geruch von Staub und Abfall weg, der noch immer schwach zwischen den Gebäuden hing, und ersetzte ihn mit einem Hauch salziger Seeluft und dem Odem nasser Vegetation, die jenseits der Mauern wucherte.

»Er hat uns aus dem Keller in den Hof gebracht, wohin wir es auch ohne ihn geschafft hätten. Das ist noch lange kein Grund, ihm zu trauen. Wibalt sagt, der Kerl ist ein Gezeichneter. Und er ist mit Sicherheit kein Ritter des Ordens. Sieh ihn dir doch an.« Düster musterte Cunrat den hageren Mann, der sich fest in seinen abgeschabten, dunklen Umhang gewickelt hatte. Dünne Beine in ebenso abgetragenen Hosen schauten darunter hervor und verliehen ihm das Aussehen eines großen, missmutigen Schreitvogels, der im seichten Wasser auf seine Beute wartete. Die spitze Nase, die aus der Kapuze seines Umhangs hervorschaute, machte es nicht besser. Im Moment stand der vogelhafte Mann am Ausgang der Gasse und starrte irgendwohin in den Regen, während die übrigen Männer hinter ihm standen, die Köpfe zwischen die Schultern gezogen, die Hände um Messer und Schwertgriffe geklammert.

Der Ritter vor Cunrat drehte sich um. »Halt die Klappe, ad Koredin. Der Kommandant hat beschlossen, dass wir ihm vorerst folgen, also folgen wir ihm.« Er schniefte und wischte sich über den narbigen, schief verheilten Kiefer. »Von vertrauen hat niemand etwas gesagt«, murmelte er dann leiser, über das Rauschen des Regens kaum zu verstehen. »Haltet die Augen offen.«

Cunrat hob die Brauen. »Hast du eine Ahnung, was er vorhat, Dolen?«, raunte er zurück.

Als hätte der Vogelmann ihn gehört, drehte er sich um. Er wischte sich den Regen von der Nase. »Also gut. Der Regen ist ein Segen. Die Wachen hier taugen zwar nicht viel, aber nicht mal die wären blöd genug, um uns einfach passieren zu lassen. Wie es aussieht, haben sie sich aber nach innen verzogen. Das ist unsere Gelegenheit. Wenn wir schnell und leise sind. Hoffe ich.«

Der Grauhaarige unterbrach ihn barsch. »Haltet keine Volksreden, Messer. Wie ist euer Plan?«

»Meister Messer«, korrigierte ihn der Vogelmann mit einer

Spur Tadel in der Stimme. »Der Plan ist einfach, Ritter. Wir gehen durch das schöne Tor in den äußeren Festungshof. Das Tor ist nur von zwei Mann bewacht und war die letzten drei Male offen, also wird es auch dieses Mal wieder offen sein. Und ich wette mein bestes Messer, dass die zwei Kerle sich irgendwo drinnen untergestellt haben, bis der schlimmste Wolkenbruch vorbei ist. Wir gehen einzeln und ohne zu laufen. Haltet die Köpfe unten und hofft, dass der Regen nicht nachlässt.«

Der Grauhaarige verzog das Gesicht. »Das soll ein Plan sein?«

Messers Nase zuckte. »Das ist der halbe Plan«, entgegnete er.

Der alte Ritter starrte ihn an. »Der halbe?«

»Vielleicht etwas weniger.« Messers Tonfall wurde eine Spur schärfer. »Kritisiert meinen Plan nicht, Ritter. Es ist ein guter Plan. Vielleicht sogar so gut, dass er uns hier rausbringt. Ich war noch nicht fertig. Sobald ihr durch das Tor seid, haltet euch rechts, die erste Gasse hinab. Dort liegt euer Ordenshaus. Es ist verlassen, aber das Portal steht offen.«

Jetzt starrten alle Ritter den hageren Mann an.

»Du willst, dass wir uns im Ordenshaus verstecken? Das ist der Plan? Das ist kein Plan, das ist Schwachsinn.«

Messer funkelte ihn einen Augenblick lang an. Dann kroch ein schmales Lächeln auf seine schmale Visage. »Genau das. Kein Mensch wird ernstlich annehmen, dass ihr euch an den offensichtlichsten aller Orte begebt, weil sie davon ausgehen, dass ihr zu schlau dafür seid. Tut das, was keiner erwartet.«

Cunrat runzelte die Stirn. »Aber wenn sie davon ausgehen, dass wir so schlau sind, werden sie dann nicht auf dieselbe Idee kommen?«

45

Messers Lächeln wurde eine Spur breiter, doch er gewann dadurch nicht. »Du denkst mit, junger Mann. Das gefällt mir. Würden sie – wenn sie tatsächlich ordentliche Kriegsknechte Beruns und die normale Besatzung dieser Festung wären. Sind sie aber nicht. Sie sind nur irgendwelche Söldner, die jemand in die Farben Beruns gesteckt hat, hauptsächlich aus Veycari, vielleicht auch Cortenara. Ich bin mir noch nicht sicher. Auf jeden Fall ein undisziplinierter Haufen Nichtsnutze, die noch nicht viel länger hier sein können als ihr. Also werden sie darauf bauen, dass ihr euch noch weniger auskennt und das Ordenshaus nicht einmal findet. Ich würde also meinen, dass das genau der ideale Ort ist, um uns Gedanken darüber zu machen, was als Nächstes kommt. Und jetzt los.« Ohne weitere Worte drehte sich der Vogelmann um und stakste in den Regenvorhang hinaus.

»Das ist vollkommen bescheuert«, murmelte der narbige Dolen erneut. Dann sah er auf. »Aber vielleicht bescheuert genug.«

Der grauhaarige Anführer nickte. »Ihr habt den Mann gehört. Einzeln Marsch, und lasst euch nicht erwischen. Wir treffen uns am Ordenshaus.« Auf seinen Wink hin folgte der erste der Ritter dem Vogelmann, dann der zweite.

Dolen und Cunrat bildeten den Schluss. Geduckt und gerade so schnell wie jemand, der dem heftigen Wolkenbruch entgehen will, eilte Cunrat endlich über den Hof auf das gewaltige Tor zu. Das Wasser zerrte an seinen Füßen und rauschte durch den offenen Torflügel in den Außenbereich der Festung, als wollte es sich ein eigenes Bett in den Fels graben. Als Cunrat unter dem gewaltigen Torbogen kurzzeitig aus dem Vorhang von Wasser hervorkam, fühlte es sich an, als hätte er eine Last von den Schultern geworfen. Er schüttelte den Kopf, wischte sich das Wasser aus den Augen – und blickte direkt in das Gesicht eines Wachmanns, der aus der Tür des Torhauses starrte. Überraschung verwandelte sich in Misstrauen, und der Mann öffnete den Mund. Eine haarige Pranke schloss sich um seinen Hals, als Wibalt aus dem Schatten trat und den fast zwei Kopf kleineren Mann hochhob. Die Hände des Wächters suchten nach seinem Dolch, doch Wibalts Pranke war schneller. Er zog die Waffe des Wächters und stach sie ihm durch den offenen Mund.

Cunrat zuckte zurück. Er starrte auf das Blut, das über das Heft des Dolchs schoss, über Wibalts Arm floss und von dem Sturzbach um ihre Füße davongespült wurde. Dann riss er den Blick los und sah Wibalt düster an.

»Warum ... war das nötig?«, zischte er und warf einen alarmierten Blick ins Torhaus, doch dort regte sich nichts.

Wibalt ließ den Mann sinken und zuckte mit den Schultern. »Er ist ein Kriegsknecht. Hat dein Gesicht gesehen. War die beste Lösung. Kein Risiko.«

Cunrat schniefte und sah sich nochmals um. »Einfach so? Und was wird jetzt mit ihm?«

»Einfach so«, bestätigte Wibalt.

Plötzlich stand Dolen neben ihnen. Er wischte sich den Regen aus dem Gesicht, dann musterte er den Toten in Wibalts Pranke. Seine Miene verfinsterte sich. Ohne eine Frage zu stellen, schien er zu begreifen, was vorgefallen war. »Hierbleiben kann er nicht. Und seine Sachen könnten nützlich sein«, stellte er nüchtern fest. »Nimm ihn mit.«

Mit einem Grunzen warf sich Wibalt den Mann über die Schulter.

»Solarin?«

Die Stimme aus dem Inneren des Torhauses ließ Cunrat

zusammenzucken. Er wirbelte herum und sah eine Silhouette im dunklen Durchgang auftauchen. Dieser Wächter war schneller von Begriff als sein Kamerad. Mit einem Fluch sprang Dolen vor, um einen Fuß in den Eingang zu bekommen, doch der Mann war um Haaresbreite schneller und zerrte die eisenbeschlagene Tür vor der Nase des Ritters zu. Dolen packte den schweren Ring an ihrer Außenseite, doch schon scharrte ein Riegel und sperrte ihn wirksam aus. Dem narbigen Ritter blieb nichts weiter, als einen unflätigen Fluch auszustoßen und wirkungslos gegen das Hindernis zu treten.

»Ich schätze, jetzt haben wir ein Problem«, stellte Wibalt fest. Wie um seine Worte zu unterstreichen, begann irgendwo im Inneren des Torhauses blechern ein Alarmgong zu scheppern.

Cunrat starrte ihn entgeistert an. »Und vorher hatten wir keins?«

»Nicht so richtig.« Der bärtige Ritter deutete auf den Leichnam des Mannes namens Solarin auf seiner Schulter. »Ich schätze, den kann ich dann hierlassen, Dolen?«

Der andere würdigte ihn keiner Antwort. Stattdessen schoss er ihm nur einen düsteren Blick zu. »Kommt«, bellte er und schoss hinaus in den Regen des äußeren Festungshofs.

Cunrat folgte ihm auf dem Fuße, ohne sich nach Wibalt umzusehen. Sollte das bärtige Monstrum doch sehen, wo es blieb. Platschend rannten sie über den Vorplatz des Tors, so schnell es der glitschige Boden zuließ, doch noch bevor sie die Gasse erreicht hatten, wurde links von ihnen ein Stallungstor aufgestoßen, und mehrere Männer in den roten Rüstungen Beruns stolperten mit gezogenen Waffen heraus. Instinktiv wurde Cunrat langsamer. Berun – das waren ihre eigenen Farben. Wibalt jedoch stieß ihn vorwärts, und Cunrat wurde mit einem Mal bewusst, dass das hier nicht mehr stimmte. Jeder der Kriegsknechte, denen sie jetzt begegnen würden, stand im Dienst des Feinds! Er strauchelte, fing sich und war an den noch verwirrten Männern vorbei, bevor die sich weit genug gesammelt hatten, um ihnen den Weg zu versperren. Wenn die Kriegsknechte mit Sicherheit im Unklaren über die Ursache des Alarms gewesen waren, so folgten sie jetzt ihren Instinkten und nahmen die Verfolgung auf. Wer rannte, war mit ziemlicher Sicherheit schuldig. Welcher Sache genau, ließ sich später herausfinden.

Dolen, der einige Schritte vor Cunrat lief, verschwendete keine wertvolle Zeit damit abzubremsen, um in die enge Gasse einzubiegen, sondern sprintete geradeaus, die geschwungene Hauptstraße auf das tiefer liegende äußere Festungstor zu. Geschwindigkeit war alles, was den drei Rittern jetzt blieb. Geschwindigkeit und der unbarmherzig auf sie niederprasselnde Regen, der es ihren Verfolgern schwermachen würde, ihnen auf den Fersen zu bleiben, wenn sie nur einen Vorsprung erringen konnten. Aus den himmlischen Sturzbächen vor ihnen tauchten so plötzlich weitere Kriegsknechte auf, dass ihnen keine Zeit blieb auszuweichen. Stattdessen zog Dolen den Kopf zwischen die Schultern und rammte den ersten der Männer frontal, stieß ihn schwer gegen einen zweiten, riss noch in der Drehung einem dritten das Schwert aus der Scheide und hackte einem vierten quer über das Gesicht. Dann hatte er die Kette durchbrochen. Cunrat nutzte die entstandene Lücke und jagte gleichfalls zwischen den überrumpelten Männern hindurch. Wibalt stieß den Mann rechts von ihm kurzerhand gegen die Hauswand. Der Kriegsknecht prallte mit einem hässlichen Geräusch ab, und Cunrat übersprang den Fallenden hastig. Eine Hand fasste nach ihm, er rammte seinen Ellbogen in das zugehörige Gesicht, Hand und Gesicht verschwanden, und dann war auch er durch die Gruppe hindurch, stolperte, prallte gegen eine Hauswand und sah Dolen in einer niedrigen Tür vor ihm verschwinden. Schreie wurden hinter ihnen laut. Eine geworfene Pike verfehlte seine Schulter nur um Haaresbreite und bohrte sich stattdessen in Wibalts Rücken. Die Wucht des Aufpralls stieß den großen Ritter vorwärts und ließ ihn gegen den Türrahmen prallen und nach innen fallen. Cunrat hechtete an ihm vorbei durch die Pforte, stolperte über den Gefallenen und schlug der Länge nach hin. Die Tür schlug zu, und in der plötzlichen Dunkelheit war er für einen Moment beinahe blind. Nur einen Atemzug später krachten ihre Verfolger draußen dumpf gegen die Bretter, doch die grobe Tür hielt ihrem Ansturm vorerst stand. Hastig stemmte sich der junge Ritter hoch. Dolen hatte einen schweren Balken gegen das Holz gestemmt und rollte jetzt eines der hier aufgestapelten Fässer vor die Pforte.

Cunrat starrte auf den haarigen Hünen, aus dessen Rücken noch immer die Pike ragte. »Wibalt...«, setzte er an, doch eine dumpfe Stimme unterbrach ihn.

»Ich bin in Ordnung«, knurrte der Riese und stemmte sich mühsam auf die Knie. »Wenn mir aber jemand das Ding da rausziehen könnte...« Unbeholfen griff er hinter sich, kam jedoch nicht an die Waffe heran. »Bei den Gruben, das tut beschissen weh«, murrte er vorwurfsvoll. Dolen ließ einen weiteren Sack vor die Tür fallen, die unter den Schlägen von außen erzitterte, jedoch nicht nachgab. »Du bist gemeint, ad Koredin«, raunte er den jungen Ritter an. »Wir haben nicht ewig Zeit!«

Cunrat schüttelte seine Benommenheit ab und packte den

Schaft der Pike. Mit einem Ruck riss er die Klinge aus dem breiten Kreuz Wibalts, der das lediglich mit einem Grunzen quittierte. Kein Blut schoss ihm entgegen, und er schauderte. Vor kaum einer Stunde hatte er zum ersten Mal erfahren, dass der bärtige Ritter ein Gezeichneter war. Dass jeder von ihnen, jeder Ritter des Ordens der Reisenden, das Schandmal trug. Was angeblich auch ihn selbst einschloss. Eine Welle der Übelkeit schoss in Cunrat hoch, als er den Rücken des Mannes vor ihm sah, auf dem nichts darauf hindeutete, dass gerade eben noch eine beinahe handbreite Eisenklinge in ihm gesteckt hatte. Wibalts Fluch war es, dass Eisen seinen Körper durchdringen konnte, ohne ihn zu verletzen. Das hatte dem Bärtigen wohl gerade das Leben gerettet – und es war widernatürlich. Hexerei.

»Halt keine Maulaffen feil!«, raunzte Dolen ihn an. Er schob sich an ihm vorbei und zog den Bärtigen auf die Füße. »Alles in Ordnung?«

Irgendwo im Inneren des Gebäudes krachte es, und Wibalt lachte auf. »Eine bessere Frage ist dir nicht eingefallen, was?«

Erst jetzt sah sich Cunrat um. Wie es aussah, hatten sie sich in ein großes, düsteres Lagerhaus geflüchtet, das mit Kisten und Säcken vollgestopft war. Es roch herb nach altem, staubigem Stroh, Schimmel und gärendem Getreide. Auf der anderen Seite des Speichers wurden Stimmen laut. Natürlich. Ein solcher Ort hatte mehr Zugänge als diese Pforte.

»Nach oben«, entschied Dolen knapp. Der narbige Ritter übernahm erneut die Führung und rannte auf eine ausgetretene, steile Holzstiege zu, die einige Schritte weiter hinauf zur hohen Decke führte. Noch bevor sie mehr als ein paar Stufen erklommen hatten, tauchten die Köpfe mehrerer Männer zwischen den Kistenstapeln auf. Irgendjemand brüllte etwas, eine Armbrust klackte, und dicht neben Cunrats Hand schlug ein Bolzen in die Treppenwange.

»Die schießen auf uns!«, stellte er überflüssigerweise fest.

»Sie schießen vor allem auf Ritter des Ordens«, grollte Wibalt düster. »Darauf steht der Tod durch Ausweiden und Vierteilen.«

»Nicht, wenn sie uns alle vorher erwischen.« Dolen zog sich durch die Öffnung am oberen Ende der Stiege und reichte den Nachfolgenden die Hand. »Ich glaube nicht, dass sie im Moment viel Angst vor der Strafe der Reisenden haben.«

»Verfluchte Wilde.«

Cunrat sah nach unten, wo jetzt die ersten ihrer Verfolger den Fuß der Treppe erreicht hatten. »Sie sehen nicht aus wie Einheimische. Eher wie Leute aus dem Novenischen.«

Wibald zog ihn nach oben, spuckte nach unten und ließ die Bodenklappe zufallen. »Sag ich doch«, knurrte er. Dolen wuchtete einen Mehlsack auf die Luke und ließ einen zweiten folgen. Die anderen beiden Ritter folgten seinem Beispiel.

»Wohin jetzt?«, keuchte Cunrat schließlich.

Der Narbige kratzte sich das schiefe Kinn. »Den offensichtlichen Weg, würde ich sagen.« Er deutete nach links, wo Cunrat jetzt ein geschlossenes Ladetor in der Außenwand des Gebäudes entdeckte.

Wibalt nickte und stieß die Torflügel auf. Draußen ging noch immer der Regen in dichten Schwaden nieder, die jetzt hereinwehten und den hölzernen Zwischenboden so gründlich durchnässten, als hätte jemand Wasser mit Eimern vergossen.

»Das ist verdammt tief«, stellte Wibalt fest.

Cunrat und Dolen traten neben ihn. Das Lagerhaus stand an einer abschüssigen Gasse und wies daher auf dieser Seite ein weiteres Geschoss auf. »Mindestens zwanzig Schuh«, stimmte Dolen zu. »Perfekt.«

»Perfekt?« Cunrat starrte die beiden älteren Ritter an. »Dort hinab können wir nie springen!«

»Richtig. Aber das wollen wir ja auch gar nicht.« Dolen deutete nach oben, wo dicht über ihren Köpfen die hölzernen Rollen eines Flaschenzugs hingen. Ein Seil führte hindurch und verschwand irgendwo im Inneren des Lagerhauses. »Wibalt?«

Der Hüne nickte, angelte den nassen Strick herunter, und Dolen band das Ende hastig an einen der Mehlsäcke, den er anschließend schwungvoll aus dem Tor beförderte. Der Sack verschwand im Regen und zerplatzte einen Augenblick später mit einem dumpfen Geräusch auf der Gasse. Für einen Moment bildete das Mehl einen weißen Stern, der jedoch beinahe sofort weggewaschen wurde und sich in ein milchiges Rinnsal verwandelte, das eine deutliche Spur den Berg hinab zog. Das Seil spannte sich jetzt straff bis zum Boden.

Cunrat betrachtete es zweifelnd. »Und da wollt ihr jetzt runter?«

Der Narbige grinste sein eigentümlich schiefes Grinsen. »Lass sie das ruhig denken.« Hinter ihm erbebte die Bodenluke. Die aufgestapelten Säcke rutschten, als ihre Verfolger von unten dagegenhämmerten. »Das ist ja der offensichtliche Weg. Wir nehmen besser einen anderen.« Damit sprang er nach oben, klammerte sich an einem der dunklen Dachbalken fest und zog sich schwungvoll nach oben. Dort angekommen lief er ein Stück weiter, sprang auf den nächsten und verschwand im dämmrigen Dunkel der Dachkonstruktion. Ein weiterer Schlag ließ die versperrte Luke erneut beben. Irgendjemand brüllte Befehle, die Cunrat nicht verstand. Aber man musste Befehle nicht verstehen, um zu wissen, was sie bedeuteten. Mit zusammengebissenen Zähnen folgte er Dolen auf die Dachbalken, und zusammen mit Wibalt rannten sie über die Unterkonstruktion des Hallendachs. Schon wenige Schritte weiter endete der Zwischenboden unter ihnen, und plötzlich gähnte ein Abgrund von wahrscheinlich vier Mannhöhen unter ihnen, vollgestellt mit einem Labyrinth von Fässern, Säcken, Kisten und anderem, das Cunrat im Halbdunkel nicht erkennen konnte. Hinter ihnen krachte es erneut; dieses Mal jedoch klang es, als wäre etwas zu Bruch gegangen. Cunrat landete gerade auf einem Querbalken und wollte sich schon vom Schwung weitertragen lassen, als eine Hand aus dem Dunkel schnellte, ihn am Arm packte und herumriss. Panik wallte in ihm auf, und fluchend angelte er verzweifelt nach Halt, bekam einen Träger zu fassen und warf die Arme darum, um sich festzukrallen. »Was…?« Die Hand ließ seinen Arm los und legte sich über seinen Mund. »Still«, zischte Dolen dicht neben seinem Ohr. »Nicht bewegen.« Der Narbige klammerte sich an denselben Balken des Dachstuhls wie Cunrat.

Mit einem neuerlichen Krachen flog die Bodenluke hinter ihnen auf, und Männer quollen daraus hervor, vier, fünf, sechs, alle mit Schwertern oder kurzen Streitkolben bewaffnet. Der erste ihrer Verfolger trat an die offen stehende Ladeluke und blickte hinab. Dann stieß er einen lautstarken Fluch aus und deutete hinunter in die Gasse. Ein weiterer Mann folgte seinem Beispiel, musterte dann die nassen Dielenbretter des Zwischenbodens und schüttelte zweifelnd den Kopf. Suchend ließ er den Blick durch das Lagerhaus schweifen, und Cunrat verstand: Dolens Finte hatte nicht nur einen offensichtlichen Fluchtweg gezeigt; der hereinwehende Regen

54

hatte mittlerweile auch ihre nassen Fußabdrücke überdeckt, und keine Spur führte von dort aus weiter ins Innere des Gebäudes. Jetzt mussten die Kriegsknechte nur noch …

Der Zweifler richtete gerade den Blick hinauf zu den Deckenbalken, als ihn eine Kopfnuss seines Anführers traf, der erneut nach unten deutete und irgendwelche Anweisungen brüllte. Der Zweifler trat vom Rand der Öffnung zurück, was das Brüllen noch verstärkte. Dann packte der Wortführer selbst das Seil und schwang sich daran hinaus in den Regen und in die Tiefe. Erstaunlich schnell verschwand er aus Cunrats Blickfeld. Gleich darauf erscholl ein weiterer, über das Rauschen des Regens kaum hörbarer Schrei.

»Das klang schmerzhaft«, raunte Dolen dicht neben Cunrats Ohr, und er konnte die Zähne des Narbigen im Dunkel schimmern sehen. »Einer weniger, schätze ich.«

Die übrig gebliebenen Kriegsknechte sahen neugierig hinunter auf die Gasse, bevor der Zweifler, der offensichtlich zum selben Schluss gekommen war wie Dolen, das Kommando übernahm und die Männer wieder die steile Treppe hinab beorderte.

»Wohin jetzt?«, flüsterte Wibalt, als der letzte der Kriegsknechte nach unten verschwunden war.

»Nach oben.« Dolen deutete auf eine Leiter, die in ihrer Nähe an einem Stützbalken befestigt war. Sie führte augenscheinlich von ganz unten bis hinauf in den Dachstuhl und endete über ihren Köpfen an einer kleinen Luke.

Zweifelnd sah Cunrat hinauf zu den Dachsparren, auf denen die hölzernen Schindeln unter der Wucht des Regens unablässig klapperten. »Bei diesem Wetter? Haltet ihr das für eine gute Idee?«

»Der Regen ist unser Freund, ad Koredin. Niemand schaut

bei diesem Scheißwetter nach oben, geschweige denn hält sich auf den Dächern auf.«

»Aus gutem Grund«, murmelte Cunrat skeptisch. »Es will sich ja auch niemand den Hals brechen.«

»Wo bleibt dein Vertrauen, Ritter? Die Reisenden sorgen für ihre Diener!« Wibalt grinste und sprang auf den nächsten Träger in Richtung Leiter. Cunrat hatte das unbestimmte Gefühl, Wahnsinn in der Miene des haarigen Ritters entdeckt zu haben. War es nicht das, was alle Gezeichneten erwartete? Fiel nicht jeder, der den Fluch in sich trug, früher oder später dem Irrsinn anheim? Stand das auch ihm bevor? Er schauderte.

Wenig später rannten die drei Männer über die glitschigen Schindeln des Lagerhausdaches. Einige Schritte weiter links von Cunrat schoss das Wasser rauschend über die Dachkante und verschwand als schimmernder Vorhang in der Tiefe der Gasse, um sich mit einem gleichartigen Wasserfall vom Dach des benachbarten Hauses zu verbinden. Glücklicherweise wiesen die Dächer nur ein geringes Gefälle auf, doch trotzdem wäre es wohl der Tod eines jeden Mannes, hier auszurutschen. Zu seiner Rechten kletterte Dolen gerade mit einer Behändigkeit über den First des Lagerhauses, die seine mehr als vierzig Jahre Lügen strafte. Der Narbige hatte recht behalten: In den Regenschleiern waren die benachbarten Dächer nur undeutlich zu erkennen, und selbst wenn sich jemand dort aufgehalten hätte, hätte er die drei Schemen vermutlich übersehen.

Cunrat folgte den älteren Rittern über den First, strauchelte, glitt aus und rutschte zwei, drei Schritte weit, gerade rechtzeitig, um sich von der Dachkante abzustoßen und mehr schlecht als recht in Richtung des nächsten Dachs zu springen. Immerhin gelang es ihm, sein Ziel halbwegs zu erreichen, jedoch nur, um das Gleichgewicht abermals zu verlieren. Mit einem entsetzten Aufschrei kippte er nach hinten, seine Arme ruderten, fanden jedoch keinen Halt, und seine Füße folgten ihrem Beispiel.

Dann war Wibalt zur Stelle. Seine haarige Pranke packte die Brust seines Hemds und riss ihn vom Abgrund zurück.

»Vielleicht ist es ja dein Fluch, fliegen zu können, ad Koredin. Aber du probierst das besser später. Beschränk dich auf's Laufen, ja?« Er stieß den jungen Ritter vorwärts.

»Ihr seid sicher, dass das die richtige Richtung ist?«

Wibalt zuckte mit den Schultern. »Dolen ist der Meinung.«

Cunrat nahm die Hände zu Hilfe, um das neue Dach zu erklimmen. »Ist das seine Fähigkeit? Richtungen zu finden? Beeindruckend.«

Der Riese warf ihm einen düsteren Blick zu. »Halt dein Maul, Ritter. Sonst kannst du das nächste Mal selbst sehen, wie du auf dem Dach bleibst. Dolen hat uns schon aus mehr Ärger rausgeholt, als du bislang überhaupt gesehen hast.« Er zog sich über den First und überließ Cunrat sich selbst.

Zähneknirschend brachte der junge Ritter den letzten Meter hinter sich. Auf der anderen Seite des Dachs stand Dolen auf dem First einer großen Gaube, aus der ein mächtiger Balken ragte. Ein weiterer Flaschenzug, wurde ihm klar. Erst jetzt bemerkte Cunrat, dass der Regen deutlich nachließ. Die dunkelgrauen, schwerfälligen Wolken hingen zwar immer noch dicht über ihren Köpfen, doch die Regenschleier rissen auf und gaben den Blick auf ein unscheinbares, geduckt wirkendes Steingebäude frei, das von einer alt wirkenden Kuppel gekrönt wurde.

»Dann los«, stellte Dolen fest. »So erfrischend das alles

war – wir sollten zusehen, dass wir dort hinunterkommen, bevor uns doch noch jemand sieht.«

Das Ordenshaus des Flammenschwerts in dieser Festung war nicht sonderlich imposant. Es lag ein wenig abseits des äußeren Festungshofs an einem Nebenzugangsweg, eines von mehreren altehrwürdigen Kuppelbauten in diesem Teil der Festung. Der Putz der Mauern war verschmutzt und fleckig vom Schimmel und sog sich gerade mit Wasser voll. Hier und da bröckelte die Fassade bereits oder bot dunkelblauen Kletterpflanzen Halt. Der Zweck der ebenfalls überkuppelten Nachbargebäude erschloss sich Cunrat nicht. Vielleicht dienten sie ebenfalls als Lagerhäuser; jedenfalls schien keins von ihnen bewohnt zu sein, und dass dieses Haus hier dem Orden gehörte, war auch nur an dem gewaltigen Schwert zu erkennen, das über dem Portal prangte. Seine alte Klinge war mit goldenen Flammen verziert, und das Einzige, was an diesem Gebäude halbwegs gepflegt aussah. Aber nicht einmal die Flammen waren vollständig. Cunrat verzog das Gesicht und huschte hinter Wibalt in den dunklen Innenraum. Dolen folgte als Letzter und schob den Torflügel zu. Die Ritter sahen sich um. Die Ordenshalle war der ortstypischen Bauart Gostins angepasst worden. Im Gegensatz zu den lang gestreckten Sälen Beruns war sie hier kreisrund, und nur ein paar kleine vergitterte Fenster hoch über ihren Köpfen ließen ein wenig Licht herein. Schwacher, süßlicher Geruch von längst erloschenen Duftkerzen und Räucherwerk hing noch immer in der Luft. Wibalt schüttelte sich abermals wie ein großer, nasser Hund und wrang das Wasser aus seinem Bart. Der Ritter neben der Tür, ein untersetzter Mann mit weit fortgeschrittener Halbglatze namens Daryl, musterte den Hünen und hob eine Augenbraue, als er die Schnitte in dessen Hemd sah. »Es gab Schwierigkeiten«, stellte er fest.

»Wann gibt es die nicht?« Wibalt schnaubte und trottete quer durch die Halle davon.

Cunrat und Daryl sahen dem haarigen Riesen nach, bevor der Glatzköpfige nachdenklich vor sich hin summte. »Immer dasselbe mit ihm, wenn der Frost nachlässt«, stellte er in seinem eigentümlich breiten Akzent fest, der ihn als Einheimischen der Provinz Auttrin verriet.

»Frost?«

Daryl warf Cunrat einen befremdeten Seitenblick zu. »Sag bloß, du hast noch nie Aget genommen, ad Koredin? Ich meine, ich weiß ja, dass du noch keine Ahnung hast, was dein Schandmal ist, aber erzähl mir nicht, dass du noch nicht mal einen Blausteinrausch versucht hast?«

Cunrat schüttelte den Kopf. »Natürlich nicht. Der Blausteinrausch ist in Berun bei Strafe verboten!«

Daryl setzte zu einer Entgegnung an, überlegte es sich dann jedoch anders und schüttelte den Kopf. »Wenn du es versucht hättest, wüsstest du, was der Frost ist. Nur Leute mit dem Schandmal bekommen ihn. Gewöhnliche Leute spüren nichts, wenn sie Blaustein zu sich nehmen. Jene dagegen, die das Blut haben, ohne selbst gezeichnet zu sein, werden berauscht. Leute wie wir schließlich werden klar im Kopf. Es fühlt sich an, als würde dir jemand Eiswasser über den Kopf gießen, nur dass das dann durch deine Adern kreist. Viele entdecken ihr Talent erst dann, wenn der Frost sie gepackt hat, denn das Aget weckt den Fluch in uns. Kein Wunder, dass du noch nicht weißt, was in dir schläft.« Er seufzte und wandte sich an Dolen. »Wo wir bei Frost sind: Henric will, dass du das Tor blockierst.« Er streckte dem narbigen Ritter die Hand hin, und Cunrat sah eine bläuliche Perle von der Größe einer Erbse darauf schimmern.

Dolen zog eine Grimasse. Widerwillig nahm er die Perle und drehte sie zwischen Daumen und Zeigefinger.»Sicher? Habt ihr das Gebäude überprüft? Ich habe keine Lust, hier festzusitzen wie eine Ratte in der Falle.«

»Auf den ersten Blick sieht's gut aus. Kein Mensch ist hier. Scheint leergeräumt. Die anderen sehen sich noch um, aber Henric will nicht, dass uns jemand folgt.«

»Witzig. Da draußen suchen uns eine Menge Leute.« Der Narbige zögerte, dann jedoch gab er sich einen Ruck, schob die Perle zwischen seine Zähne und biss zu. Gleich darauf verzog er das Gesicht und sog scharf die Luft ein, bevor er sichtlich mühsam beherrscht ausatmete. Er murmelte einen Fluch, den Cunrat nicht verstand, dann drehte er sich dem heruntergekommenen Tor zu und legte die Handflächen auf die mächtigen alten Holzbalken. Ein Knistern ging durch das Holz, gefolgt von einem Knarren, das dem Stöhnen eines verwundeten Pferds glich, und dann konnte Cunrat es sehen: Das dunkle Holz verzog sich, bog und wölbte sich, schien ineinanderzukriechen und sich im steinernen Rahmen des Portals zu verkeilen. Dolen fletschte die Zähne und keuchte, während seine Finger das Holz verschoben, als sei es nichts als feuchter Lehm. Unwillkürlich trat Cunrat zurück und ballte die Fäuste, doch Daryl packte ihn am Ärmel.»Ruhig, ad Koredin. Es ist Dolens Talent, nicht mehr.« Er betrachtete das verzogene Portal und nickte anerkennend.»Das bekommt so schnell keiner auf. Sie werden es auf die verdammte Nässe schieben und nicht auf die Idee kommen, dass hier jemand in den letzten zwei Tagen durchgekommen ist. Kommt. Ich denke, Henric hat einiges mit uns zu besprechen.«

Ohne ihnen zu antworten, nickte Dolen, lehnte die Stirn gegen das Tor und winkte sie weg.

»In Ordnung.« Daryl packte Cunrat abermals am Ärmel und zog ihn mit sich. »Nimmt ihn mehr mit als die meisten von uns«, sagte er leise. »Dolens Talent ist nützlich, aber nicht besonders groß. Das macht den Fluch für ihn noch unerträglicher. Vielleicht ist er deshalb mit dem Schwert wesentlich besser als wir alle. Lass ihm ein paar Augenblicke, er kommt schon zurecht.«

Auf der anderen Seite der Halle sammelten sich die übrigen Ritter um den steinernen Altarblock. Erst jetzt nahm Cunrat das Schwert, das darin steckte, bewusst wahr. Es war groß und altertümlich, und bläuliche Flammen züngelten über seine blanke Klinge und tanzten im schwachen Luftzug. Stumm sahen die Statuen der Reisenden auf die Ritter herab, und Cunrat meinte, ihre Missbilligung spüren zu können. Kein Wunder – sie waren die Ritter der Reisenden, der Waffenarm des berunischen Kaiserreichs. Sie verließen sich auf Kräfte, die dem Schandmal entsprangen, das zu vernichten sie geschworen hatten, und versteckten sich in einem heruntergekommenen Ordenshaus wie gemeine Diebe auf der Flucht.

»So.« Henric, der grauhaarige Anführer der Ritter, stützte sich auf den Altarstein und sah den Mann namens Messer misstrauisch an. »Wie ist der Rest des Plans?«

Der Vogelmann seufzte und musterte das glühende Schwert eingehend. »Habt Dank, Meister Messer. Ohne Euch würden wir noch immer im Verlies unserer eigenen Festung sitzen, also ist das hier schon eine wesentliche Verbesserung unserer Lage«, sagte er an niemanden gerichtet. Seine dürre Hand huschte in seinen Mantel und tauchte mit einer violetten

Frucht wieder auf, die entfernt an einen Apfel erinnerte. Er biss hinein, und ein durchdringender Geruch wie von grünen Walnüssen durchzog den Raum. Kauend richtete er einen Finger auf Henric. »Wäre das zu viel verlangt gewesen?«

Messer seufzte, noch bevor einer der Ritter antwortete. »Lasst gut sein. Ich bin das gewohnt. Wir sind für's Erste in Sicherheit. Jetzt ist es am vordringlichsten, eine Bestandsaufnahme unserer Lage zu machen, nicht? Gostin ist überrannt und in der Hand eines Feinds des Reichs. Wir dagegen haben etwa ein Dutzend Männer. Was spricht für uns?«

Henric starrte den Vogelmann an. In seinem Gesicht zuckte es. »Wir danken dir«, presste er schließlich knapp hervor. »Und du hast natürlich recht, wir sollten unsere Lage mit kühlem Kopf betrachten.« Er sah sich um. »Wir sind neun Ritter und zwei Knappen. Das ist keine große Streitmacht.«

Messer nickte ruckartig, was ihn noch mehr wie einen seltsamen Vogel wirken ließ. »Das ist richtig. Aber jeder von uns ist gezeichnet, und ich vermute, jeder von euch kann mit einer Klinge umgehen. Besser jedenfalls als der Großteil der Kriegsknechte dort draußen.«

Henric verzog das Gesicht. »Dafür sind sie uns dreißig zu eins überlegen«, wandte er ein. »Wenn Fürst Antrenos Aufstand so vonstattenging, wie ich es vermute, hat er jetzt sämtliche noch lebenden Kriegsknechte auf seiner Seite oder durch gedungene Söldner ersetzt. Das sind dreihundert, wenn nicht mehr. Zu viele, wenn du mich fragst. Ganz zu schweigen davon, dass wir noch nicht einmal alle Stiefel haben, geschweige denn Schwerter, Panzer oder, bei den verdammten Gruben, auch nur vernünftige Hosen!«

Messer musterte die Ritter mit ausdrucksloser Miene, bevor er knapp nickte. »Hosen wären tatsächlich ein Schritt in die richtige Richtung. Davon abgesehen stellt ihr aber die falschen Fragen, mein Freund.«

»Ach ja?«

Der Vogelmann nickte, biss erneut in die streng riechende Frucht und wischte sich den Saft vom Kinn, während sein Blick über die versammelten Männer wanderte. An Cunrat blieb er hängen. »Ja. Du«, sagte er. »Du siehst aus, als hättest du eine Frage, die dir im Hals steckt. Raus damit.«

Der stechende Blick der dunklen Raubvogelaugen des Mannes ließ Cunrat beinahe zurückzucken. Unwirsch straffte er die Schultern. Was erlaubte sich diese Kreatur eigentlich?

»Wer seid ihr, und was genau wollt ihr von uns?«

»Was erlaubst du dir, ad Koredin?«, bellte der Anführer der Ritter, doch der Vogelmann hob einen knochigen Finger. Ein schmales Lächeln kroch auf seine Visage, und der Finger stach abermals in Henrics Richtung, ohne dass er den Blick von Cunrat abwandte. »Lasst ihn, Meister Henric. Seht ihr? Genau das habe ich gemeint. Es gibt Fragen, die beantwortet werden müssen, um grundlegendes Vertrauen aufzubauen. Wie sollten wir zusammenarbeiten ohne solches Vertrauen?«

Seine nächsten Worte waren direkt an Cunrat gerichtet: »Du gefällst mir, Junge. Du stellst die richtigen Fragen, und du bleibst dabei höflich, obwohl du mir nicht traust. Das sind drei lobenswerte Dinge auf einmal. Gründlichkeit, Höflichkeit und Misstrauen. Du könntest es noch weit bringen. Um deine Frage zu beantworten …« Er unterbrach sich kurz und nestelte eine dünne Kette aus seinem Hemdkragen. Ein Ring kam zum Vorschein, alt und von langem Gebrauch abgenutzt, doch unverkennbar ein Siegelring mit einem Signet, das jeder der Ritter kannte. Mehr als einer der Männer sog scharf die Luft ein. »Wie ich Freund Wibalt schon sagte: Wir dienen demselben Herrn. Nur ich vielleicht etwas direkter als ihr. Was auch genau der Grund ist, warum ich weiß, dass ich euch brauche. Genau hier.« Er deutete auf das flammende Schwert im Stein vor ihnen. Dann legte er den Kopf schief. »Na gut«, schränkte er ein, »ich brauche einen von euch. Aber ich glaube nicht, dass ihr mir übel nehmen werdet, dass ich den Rest von euch nicht dort gelassen habe.« Messer sah Henric an. »Nächste Frage: Wofür brauche ich euch? Eine gute Frage.« Er ließ den Ring wieder in seinem Hemd verschwinden und musterte das riesige Schwert im Altar vor ihnen. »Einfache Antwort: Dieses Schwert kann nur einer von euch, ein Ritter der Reisenden, aus dem Stein ziehen, richtig?«

Cunrat runzelte verständnislos die Stirn, und ihren Mienen nach zu urteilen, konnten auch die meisten der anderen Männer mit dieser seltsamen Frage nicht viel anfangen. Neugierig betrachtete er zum ersten Mal das Ordenssymbol dieser Halle genauer. Das Schwert war offenkundig alt. Die ewigen Flammen, die es umspielten, hielten zwar Rost und Flecken davon fern, sodass es schimmerte, als hätte es gerade eben erst ein Knappe in stundenlanger Arbeit auf Hochglanz poliert, doch seine Klinge war breiter, als es schon seit einiger Zeit üblich war, und die Form von Parierstange und Knauf kannte er lediglich von Abbildungen. Alten Abbildungen. Unwillkürlich wanderte sein Blick hoch zu den Statuen der Reisenden, die noch immer missbilligend auf sie herabsahen.

»Wie kommt Ihr darauf, dass es möglich sei, dieses Schwert aus dem Fels zu entfernen?«, fragte der grauhaarige Ritter unwirsch. »Und was hättet Ihr davon?«

»Ach kommt.« Messer seufzte und wirkte ein klein wenig enttäuscht. »Wollen wir wirklich die Zeit mit albernen Ratespielchen verbringen? Ihr wisst es so gut wie ich, und Ihr wisst, dass ich es weiß. Sonst hätte ich nicht gefragt.« Der Blick der Vogelaugen fand Cunrat wieder. »Also bevor unser neugieriger Freund hier fragt: Wenn dieses Schwert hier aus dem Stein gezogen wird, erlischt im Ordenshaus in Berun eine Glyphe, und die Herren im Herzen des Reichs wissen, dass Gostin dabei ist, sich in einen dampfenden Haufen Brundaldreck auf dem Schuh des Kaisers zu verwandeln. Das sollte sie eigentlich dazu veranlassen, Verstärkung zu senden, habe ich recht? Fall sich jemand die Mühe macht, darauf zu achten. Aber das wollen wir doch mal hoffen.« Das Letzte schien er mehr zu sich selbst zu murmeln.

Jetzt sahen alle den Grauhaarigen an. In Henrics Gesicht zuckte es, dann nickte er widerstrebend. »Es stimmt. Aber woher wisst Ihr davon?«, knurrte er.

»Weidenfurt.« Messer zuckte mit den Schultern. »Weidenfurt in Lytton. Seine Kaiserliche Hoheit hätte die Grafschaft Lytton damals im Thronstreit mit Sicherheit verloren, wenn im Ordenshaus in Weidenfurt nicht auch eines dieser Schwerter gestanden hätte. Der Graf hatte sich darauf beschränkt, die Ritter in ihrer Burg einzuschließen, damit niemand dem beginnenden Thronsturz im Weg stehen konnte. Er konnte ja nicht ahnen, dass die Gepanzerten gar nicht vorhatten, ihn allein aufzuhalten, sondern sich einen Ochsen und zwei Dutzend Kapaune über das Herdfeuer hängen und auf die Verstärkung warten würden. Nachdem sie das verdammte Schwert aus dem Stein dort gezogen hatten.«

Alle Augen waren inzwischen zu Messer gewandert.

»Und das weißt du, weil …?«, fragte Daryl.

»Weil wir sie damals beinahe noch erwischt hätten«, stellte Messer leichthin fest. »Damals habe ich auf Lyttons Seite gestanden. So ändern sich die Zeiten eben. Danach habe ich es mir zur Aufgabe gemacht herauszufinden, wo noch mehr von diesen Dingern stehen. Nur für den Fall des Falls.« Er seufzte, dann wedelte er mit der Hand in Richtung des flammenden Schwerts. »Und wenn jetzt jemand von euch so freundlich sein würde, das Schwert endlich aus dem Stein zu ziehen, dann können wir uns wichtigeren Dingen zuwenden.«

»Was sollte wichtiger sein, als das Reich über diesen Aufstand zu informieren?«, warf Cunrat ein.

»Viele Dinge, junger Ritter. Erstens«, Messer hob einen Zeigefinger, »am Leben bleiben, bis die Verstärkung eintrifft. Zweitens«, er hob einen weiteren Finger, »herausfinden, wer hinter diesem Durcheinander hier steckt. Antreno war noch letztes Jahr einer der wenigen wirklich begeisterten, loyalen Unterstützer seiner Kaiserlichen Hoheit. Irgendetwas oder irgendjemand muss ihn also auf dumme Ideen gebracht haben.« Er tippte sich mit beiden Fingern nachdenklich an die Schläfe. »Die nächste Frage ist also: Wer zieht daraus Gewinn und welchen?« Der dritte Finger wurde gehoben. »Es gibt noch ein paar weitere Gründe, aber am Ende ist der Gewinn immer der wichtigste. Vorschläge?« Er sah die Ritter erwartungsvoll an und biss erneut in seine Frucht.

Wibalt runzelte die Stirn. »Der novenische Bund? Du hast unten im Kerker gesagt, dieser Kriegsknecht würde nach Cortenara klingen. Und es sieht ganz so aus, als hätte der Fürst verdächtig viele Kriegsknechte von dort gekauft.«

»Guter Mann! Davon sollten wir ausgehen, auch wenn ich mir noch nicht ganz sicher bin«, stimmte Messer zu. »Ihr habt recht: Antreno hat einen ganzen Haufen gedungener Söldner hier, und wir müssten davon ausgehen, dass die Beruner der bisherigen Besatzung, die jetzt noch unter Waffen stehen, ebenfalls auf seiner Seite sind. Sein müssten.« Er hob einen Finger. »Denn das gilt vermutlich nicht für alle. Aus zuverlässiger Quelle weiß ich, dass es mehr als eine Handvoll unter ihnen gibt, die sich einem Aufstand gegen den Kaiser nur sehr widerwillig angeschlossen haben dürften. Und mit zuverlässiger Quelle meine ich meine eigenen Augen.«

»Was bringt uns das, solange sie es getan haben?«, knurrte Wibalt. »Antreno wird sich mit einem Eidbinder versichert haben, also ist es doch egal, wie willig sie ihm dienen.«

Messer biss ein letztes Mal von der stinkenden Frucht ab, bevor er sie dem bärtigen Hünen zuwarf. »Zu deiner Frage: Verbündete«, entgegnete er. »Im ersten Schritt Leute, die euch verbergen und mit Essen versorgen können. Vielleicht Leute, die uns aus der Stadt bringen. Lebend. Nicht jeder findet euch gänzlich unerträglich; es soll Leute geben, die zu euch aufschauen. Oder auf die gut gefüllten Truhen des Ordens in Berun schielen, aber das kommt letztendlich auf dasselbe hinaus. Gewinn. Wie ich sagte. Und was den Eidbinder an-geht – diese Männer haben ihre eigene Art, damit umzugehen. Aber genug geredet – lasst uns anfangen.« Der Vogelmann nickte dem Anführer der Ritter zu.

Mit versteinerter Miene trat Henric näher an den Altar heran. Er atmete tief durch, ergriff das Heft der Waffe und zog. Beinahe sofort sprangen die blauen Flammen der Klinge auf seine Hände über und krochen seine Arme hinauf. Dort, wo sie seine feuchten Hemdsärmel berührten, begann das grobe Leinen, sich beinahe augenblicklich aufzulösen.

Cunrat sog unwillkürlich die Luft ein, doch so verheerend das Feuer auf die Kleidung des Ritters wirkte – es schien sei-ner Haut nichts anzuhaben. Mit zusammengebissenen Zäh-nen zerrte Henric an der Waffe, die schließlich mit einem knirschenden Schaben aus dem Steinblock glitt. Schließlich war die Klinge frei, und Henric hob sie ein wenig zögerlich in die Höhe. Die Flammen an der Klinge flackerten, vermutlich zum ersten Mal seit unzähligen Jahren, in die richtige Richtung. »Und ... jetzt?«

»Seht und erkennt: Vor uns steht der neue Herrscher über Berun«, sagte Messer leise in die folgende, etwas ratlose Stille hinein.

Die Köpfe der Ritter wandten sich langsam zu ihm um. In diesem Augenblick zitterten die Flammen noch einmal und erloschen dann.

Messer zeigte sein krähenhaftes Schulterzucken. »Oder auch nicht.« Er sah die Ritter an. »Na kommt. Ein magisches Schwert aus einem Stein zu ziehen wäre nun wirklich eine bescheuerte Art, einen Herrscher zu bestimmen, oder? Was wäre das Nächste? Die Bauern bestimmen zu lassen, wer sie regiert? Unsinnig. Nein, irgendwo in Berun erlischt gerade eine Sigille, worauf irgendjemand hoffentlich einen gut bewaffneten Trupp Ordensritter hierherschickt, und bis dahin habt ihr ein altes, aber ordentliches Schwert mehr. Glückwunsch.«

Henric senkte das Schwert und legte es schließlich behutsam auf dem Altar ab. »Messer«, sagte er, »hört auf, witzig sein zu wollen.« Er wandte sich seinen Männern zu. »Also gut. Egal, ob Berun uns jemanden zu Hilfe schickt – es wird mindestens zwei, vielleicht drei Wochen dauern, bis sie jemanden hierhaben.«

»Bei diesem Wetter eher mehr«, warf Messer ein.

Henric ignorierte ihn. »Eher mehr. Und bis dahin sind wir auf uns gestellt. Wir brauchen Nahrungsmittel, Kleidung, aber vor allem Waffen und einen sicheren Unterschlupf.

Dolens Talent hat uns mit dem Tor vielleicht etwas Zeit verschafft, aber sie werden trotzdem eher früher als später hier nachsehen.«

Cunrat starrte noch immer den Krähenmann an und runzelte die Stirn. »Nicht unbedingt«, sagte er langsam und riss den Blick los. »Ritter Dolen hat uns einen anderen Weg gezeigt.«

Dolen sah verwirrt zurück. »Habe ich?«

»Wir brauchen nur einen Mehlsack«, stellte Cunrat fest. »Ich meine, eine deutliche falsche Spur. Sie müssen glauben, dass sie wissen, wohin wir verschwunden sind, dann werden sie nicht mehr hier nach uns suchen.« Er sah Dolen an. »Jemand muss eine Spur aus der Stadt hinaus legen, durch die sie glauben, wir hätten sie verlassen.«

Wibalt verzog ratlos das Gesicht. »Warum verlassen wir die Stadt nicht einfach wirklich?«

Dolen hingegen nickte. »Weil sie uns dann dort draußen suchen werden. Das ist also der denkbar schlechteste Ort, an dem wir sein sollten. Besonders, da sie das Land dort draußen besser kennen als wir.«

»Und jemand von uns muss hier sein, wenn Verstärkung eintrifft. Ich glaube kaum, dass der Fürst sie einfach so in die Stadt lassen wird. Nicht nach dem, was er getan hat. Es muss ihnen also im richtigen Moment jemand den Weg freimachen und erklären, was hier vor sich geht«, fügte Cunrat hinzu.

»Während jemand anderes zumindest einen Teil seiner Truppen dort draußen vor den Stadtmauern ablenkt.«

Messer begann, langsam zu klatschen. »Mir gefällt wirklich die Art, wie du denkst, Junge. Bist du sicher, dass du bei diesen Leuten hier nicht verschwendet bist? Mit einem solchen Kopf könntest du eine Menge Geld verdienen.«

Cunrat warf dem Vogelmann einen verächtlichen Seitenblick zu. »Geld ist mir nicht wichtig. Ich bin ein Ritter des Ordens, um der Sache der Reisenden zu dienen. Das ist eine Sache der Ehre!«

Messer wiegte den Kopf. »Oh. Ehrenhaftigkeit. Auch ein Beweggrund, obwohl ich persönlich festgestellt habe, dass Ehre eine bestenfalls zweifelhafte Basis für einen persönlichen Verhaltenskodex ist. Ehre ist Ansichtssache, und die Ansicht darüber, was ehrenhaft ist, ändert sich bei den meisten Leuten mit der Dringlichkeit, mit der sie etwas begehren. Geld ist ehrlich. Es gibt nie vor, besser zu sein, als es ist.«

Henric unterbrach ihn. »Selbst wenn dieser Plan funktionieren würde, so löst er immer noch nicht unsere anderen Sorgen. Essen, Meister Messer, und Waffen. Ihr sagtet, dass ihr glaubt, jemanden in Gostin finden zu können, der uns und Berun gegen diese Revolte hier unterstützen würde?«

Messer legte den Kopf schief, und ein schmales Lächeln kroch auf seine Visage. »Ja, ich glaube, ich kenne da genau die Personen, die wir brauchen. Es sollte mich allerdings jemand von euch begleiten. Ein erfahrener Ritter, der für euch alle sprechen und für eure Sache und Berun bürgen kann. Ich ... nun, ich gelte vielleicht nicht als das vertrauenswürdigste Gesicht, was diese Leute angeht.«

»Was er nicht sagt«, murmelte Cunrat düster.

Ohne sich umzusehen, fügte Messer hinzu: »Und vielleicht den jungen Mann hier. Es ist schließlich Krieg. Da weiß man nie, wann man einen starken Arm oder etwas Ehrenhaftigkeit braucht.«

3

DER KLANG DER STILLE

Die Sonne kroch über den Waldrand im Osten und tauchte das Land für kurze Zeit in eine Illusion des Friedens. Sie verwandelte die Oberflächen der Sumpfteiche in der Ferne ebenso in gleißende Spiegelscherben wie die Pfützen, die sich in den Abdrücken der Stiefel auf dem zerstampften Gartenweg gesammelt hatten. Solange die flüchtige Illusion hielt, war nicht zu unterscheiden, welche der Lachen aus Wasser bestanden und welche aus Blut.

Dunst stieg aus den Niederungen auf und verteilte sich in faserigen Schwaden zwischen den Bäumen, als die Sonnenstrahlen die Kühle der frühen Morgenstunden zusehends vertrieben. So, wie der glühende Ball höher stieg, verstummten die Vögel einer nach dem anderen, während die Zikaden ihr monotones Lied aufnahmen.

Ein Stiefel trat über eine der Pfützen. Er war schmal und exquisit gefertigt, mit dicker, mehrlagiger Sohle und golden schimmernden, doppelten Nähten, die verrieten, dass gutes Aussehen nicht der Hauptzweck dieses Schuhwerks war. Man hatte sie so sorgfältig gewachst und poliert, dass es beinahe darüber hinwegtäuschte, wie viele Kratzer und Schrammen dem feinen braunen Leder zugesetzt hatten.

Sein Gegenstück verharrte für einen Moment schwebend in der Luft, bevor er einen besonders langen Schritt über eine Pfütze machte, deren dunkle Oberfläche bereits erste Fliegen anzog. Sah man genau hin, konnte man in der trüben Flüssigkeit etwas erkennen, das einem ausgebleichten Stöckchen ähnelte, aber genauso gut ein abgetrennter Finger sein mochte.

Die Stiefel setzten ihren Weg jetzt auf dem Kiesweg fort, der zu einem Baldachin auf der östlichen Seite des Hauses führte. Der leuchtend blaue Stoff der Überdachung hing noch immer durch, schwer vom Regen der vergangenen Nacht. Irgendjemand hatte hier eine lange Tafel aufgebaut, die für wenigstens vier Dutzend Personen gedeckt war. Seidene Tücher bildeten ein farbenfrohes Tischtuch, auf dem sich in Schüsseln und auf Platten verschiedenste Speisen häuften: flache Brotlaibe, die noch immer schwach in der morgendlichen Kühle dampften, Körbe mit einheimischen Früchten, Tiegel mit fettgelber Butter, Töpfchen mit Honig und Fruchtmus, Schalen mit dunklen Würsten und hellem Fleisch, Schüsseln, in denen die Fettaugen sämiger Suppen und Brühen glänzten, und dazwischen Krüge mit Wasser, Wein und verschiedensten Getränken, in deren Süße die ersten Insekten zu ertrinken begannen. Über alldem lag der Duft von nahen Blüten, vermischt mit dem metallischen Hauch des Todes.

Zwei Männer standen im Schatten des Baldachins über einen Toten gebeugt. Sie hatten den dunklen, aschigen Teint der Metis, der Eingeborenen des Macouban. Beide hielten kurze Beruner Breitschwerter in den Fäusten, trugen jedoch schlichte helle Leinenhosen und weite Hemden im traditionellen Sonnengelb des Macouban. Die Gestalt am Boden dagegen war in das dunkle Rot der Kriegsknechte Beruns gekleidet und trug einen rostfleckigen Brustpanzer, der von der linken Schulter bis fast zum Brustbein gespalten war.

Die Stiefel hielten inne, als ihr Besitzer stumm die Szene musterte. Von dort, wo er stand, konnte er ein münzgroßes Loch in der linken Stiefelsohle des toten Kriegsknechts sehen. Das war kein Schuhwerk, das man tragen sollte, wenn man auf einem Kiesweg kämpfen wollte. Oder überhaupt. Der Beobachter verzog abschätzig den schmalen, fast lippenlosen Mund. Ohne Hast zog er den Haarknoten an seinem Hinterkopf nach, auch wenn dieser bereits so fest saß, dass er das scharf geschnittene, bleiche Gesicht noch zusätzlich zu straffen schien und ihm den Anschein eines Totenschädels gab. Er trug Kleidung, die der der beiden Wächter dort vorn ziemlich ähnlich war, allerdings in gedeckten, dunklen Tönen und ergänzt durch einen gut gefetteten Brustpanzer aus schwarzem Leder. Sein einziges Zugeständnis an die Farben seines Dienstherrn bildete die rostrote Schärpe unter seinem Waffengurt. Ohne Hast zog er ein langes, schmales Schwert aus der Scheide und trat hinter die beiden Männer.

Interessiert sah er den beiden zu, wie sie die Taschen des Kriegsknechts ausleerten. »Na ihr seid mir ja schöne Helden«, stellte er fest. »Das ganze Gut hier fährt in die Gruben, und ihr zwei habt nichts Besseres zu tun, als eine Leiche zu fleddern? Ihr solltet euch schämen.«

Die beiden Männer zeigten keine Reaktion, aber das erwartete der Blasse auch nicht. Schließlich konnten sie seine Stimme ebenso wenig hören wie eben seine Schritte auf dem Kies. Er hatte ein gewisses Talent dafür, bei anderen auf taube Ohren zu stoßen. Sozusagen.

Mit kaum merklicher Anstrengung konzentrierte er sich

73

und weitete die Blase der Stille um sich aus. Sofort verstummten auch für ihn selbst alle Geräusche, und die bleierne Schwere der Geräuschlosigkeit legte sich auf seine Ohren, so vollkommen, dass selbst das leise Zischen seines eigenen Atems verschwand. Die beiden Männer erstarrten, als das Grauen wie eine Welle über sie hinwegschwappte. Der Blasse kannte diese Reaktion. Auch für ihn war das vollkommene Verstummen aller Geräusche jedes Mal wieder seltsam – für andere, die nicht darauf vorbereitet waren, musste es noch weit schlimmer sein. Es gab nur ein Geräusch, das übrig blieb, wenn er alle anderen nahm: Das widerliche Gurgeln der eigenen Innereien, das laute, entsetzliche Rauschen des Blutes in den eigenen Adern, das von den dumpfen Schlägen des Herzens unerbittlich vorangetrieben wurde; Geräusche, die einen ein ganzes Leben lang begleiteten und die man doch nie wahrnahm, solange es noch irgendetwas anderes gab, das die eigenen Ohren beschäftigte. Der Blasse hatte es ausprobiert: Es war möglich, einen Menschen allein mit dem Geräusch der Stille in den Wahnsinn zu treiben und zu einem lautlos wimmernden Häufchen zu machen.

Man musste es den beiden Metis lassen. Sie verloren nicht sofort den Kopf, sondern schraken lediglich alarmiert hoch. Der Blasse lächelte breit, winkte kurz und trieb dem linken der beiden sein Schwert durch den Hals. Der andere schrak zurück, kam stolpernd auf die Füße und öffnete den Mund zu einem Alarmschrei. Der Blasse legte den Kopf schief und wartete, bis dem anderen die Fruchtlosigkeit dieses Unterfangens aufgegangen war. Der Metis stolperte rückwärts, und der Blasse verzog das Gesicht, als er die Blase der Stille noch etwas ausweitete. Mit gefletschten Zähnen hob er sein Schwert und spie ihm etwas Unhörbares entgegen, dessen Sinn er sich nichtsdestotrotz denken konnte. Dann machte er einen Satz nach vorn, täuschte einen Stich in den Bauch des Blassen an. Die Klinge in seiner zweiten Hand überraschte den Blassen und landete fast in seiner Seite. Erst im letzten Moment konnte er den Arm abfangen. Mit einem schnellen Schritt trat er dicht an den Metis heran und rammte ihm die Stirn gegen das Nasenbein. Er spürte das Knacken des Knochens, und mit einem unhörbaren Aufbrüllen stolperte der Metis rückwärts. Die lange Klinge des Blassen glitt in seine Brust, schnitt ihm die Luft ab und ließ ihn mit einem verwirrten Blick auf die Knie sacken. Der Blasse winkte theatralisch, und die Stille verschwand mit einem leisen Knacken, das in den Ohren schmerzte. Die Geste war zwar vollkommen unnötig, doch der Blasse mochte sie. Er beugte sich zu dem Knienden hinab, der in zunehmender Panik nach Luft rang. In seinem Brustkorb blubberte es, und mit einem Husten schoss Blut aus seinem Mund. »Schschhh«, machte der Blasse leise. »Gleich vorbei. Ist nicht persönlich gemeint. Glaub mir, du kannst froh sein, dass ich dich erwischt habe und nicht der Theyn. Der Kerl ist brutal. Er würde dich jetzt an deinem Blut ersaufen lassen. Ich«, er zog die Klinge aus der Brust des Mannes und stieß sie erneut hinein, dieses Mal direkt ins Herz, »nicht. Grüße die Götter von mir. Sag ihnen, der Weiße Schatten schickt dich. Daran ist nichts Unehrenhaftes.«

Der Mann sah ihn verwirrt an. Dann kippte er rückwärts, und seine Augen brachen, als er von der Klinge glitt.

Der Blasse wischte die Klinge sorgsam am Hemd des Toten ab und war dabei, sie wegzustecken, als er plötzlich innehielt. Ein seltsames Prickeln kroch über seinen Nacken, und er wirbelte herum, die Klinge halb erhoben. Hinter ihm ragte der andere Metis auf, die eine Hand fest um seinen Hals gekrallt.

Blut quoll stoßweise zwischen seinen Fingern hervor, doch in der anderen hielt er sein Schwert, dessen Spitze soeben noch auf den Rücken des Blassen gerichtet gewesen war. Der Mann schwankte, dann fiel er nach vorn und schlug direkt vor den Stiefeln des Blassen auf. Ein langes Tranchiermesser ragte aus seinem Rücken. Mit einem leisen Fluch sprang der Blasse einen Schritt zurück.

»Der weiße Schatten, hm?« Eine Frau im mittleren Alter stand hinter ihm. Sie hatte die Arme vor der Brust verschränkt und sah missbilligend auf ihn herab. Sie war hager, ungewöhnlich hochgewachsen, und alles an ihr wirkte steif und seltsam scharfkantig: ihr makellos faltenfreies Kleid aus cremefarbener Seide, die stocksteife Haltung, ihre hochgesteckte Frisur, das seltsam graue, verschlossene Gesicht mit den großen, tiefschwarzen Augen, ihr beinahe lippenloser Mund. »Nennst du dich jetzt so, Alaunar? Das ist... traurig.« Selbst ihre Stimme hatte etwas Kantiges.

Der Schatten richtete sich auf und schob das Schwert endgültig zurück in die Scheide. »Oloare«, erwiderte er. »Ich freue mich auch, dich zu sehen.«

»Das *auch* kannst du dir sparen.« Die Frau seufzte, griff nach einer Karaffe und schenkte sich einen Becher Wein ein. »Dir ist bewusst, dass ich beinahe fünfzehn Jahre hier in Ruhe und Frieden gelebt habe, Bruder?«

Der Schatten sah auf die beiden toten Metis zu seinen Füßen hinab. »Unter diesen Leuten?«, fragte er. »Wenn das der Preis für Ruhe und Frieden ist, dann ...«

»Diese Leute«, unterbrach ihn seine Schwester scharf, »hießen Dwale und Sael. Dwale habe ich zweimal das Bein geschient und einmal den Arm gerichtet. Er hat spröde Knochen und einen Hang dazu, unglücklich zu fallen.« Sie deutete auf den Mann, dem er das Herz durchbohrt hatte. »Und Sael hier habe ich letztes Jahr eine Woche lang gepflegt, nachdem ihn am Strand das Quallenfieber erwischt hatte. Er mochte Muscheln und hat nicht aufgepasst, wohin er tritt. Sie beide waren Sklaven hier und damit durchaus deines Mitgefühls würdig! Du weißt selbst, was das heißt.«

Von der Heftigkeit ihrer Entgegnung überrascht, zuckte er unwillkürlich zurück. Ja, Alaunar wusste, was es hieß, Sklave zu sein. Sie wussten es beide und … Unwirsch schluckte er den Anflug von Schuldbewusstsein hinunter, griff nach der Karaffe und spülte sich die Reste mit Wein aus dem Mund. »Aber ich bin kein Sklave mehr, Oloare. Und sie hatten die Wahl. Sie mussten nicht hier sein.«

Oloare schnaubte. »Woher willst du das wissen?«

»Man hat immer die Wahl.« Er nahm einen weiteren Schluck, doch aus irgendeinem Grund kam ihm der Wein bitter vor.

Seine Schwester seufzte und winkte ab. »Vergiss es. Die beiden waren Idioten. Sie hätten eine Wahl nicht einmal erkannt, wenn man sie davor gestellt hätte.« Sie stellte ihren Becher ab und sah Alaunar geradeaus an. »Fünfzehn Jahre«, wiederholte sie nachdenklich. »Es waren gute fünfzehn Jahre, und ich glaube, ich war keine schlechte Heilerin. Aber jetzt seid ihr hier, und die Vergangenheit ist vergangen. Jetzt würde ich gern mit deinem Herrn sprechen, Schatten.«

Düster starrte Alaunar sie an. »Ich habe keinen …«, setzte er an, doch Oloare lächelte kühl. »Natürlich hast du. Sie wechseln vielleicht, aber du hattest immer einen, solange ich dich kenne. Und ich vermute, das ist dein aktueller?«

Schwere Schritte knirschten auf dem Kies hinter ihm, und der Schatten wandte den Kopf. Dann biss er die Zähne aufeinander und neigte ihn, gerade genug, damit es bemerkt wurde.

Zwei Gestalten näherten sich. Die rechte von ihnen trug den schweren roten Gambeson eines Beruner Kriegsknechts, ein knielanges Kettenhemd und einen Brustpanzer, der bereits mehr als einmal ausgebeult worden war. Den ungewöhnlich breiten Brustkorb des anderen zierte ein Heetmannsharnisch, den irgendwann ein etwas schmaler gebauter Mann getragen haben musste. Auf der Brust waren die Insignien einer Beruner Kronkompanie eingraviert, die jedoch beinahe von einem blonden Bart verdeckt wurden, den er zu einem dicken Zopf geflochten hatte.

»Stell uns vor«, forderte Oloare ihn auf.

Im Gesicht des Schattens zuckte es. »Heetmann Bront Halvor«, sagte er düster mit Verweis auf den Rechten. »Kommandant der 11. Kronkompanie von Berun. Und die Dame mit der Axt ist seine … Adjutantin, Vibel Undis, genannt Gleve. Heetmann Bront, das hier ist meine Schwester, Oloare.«

Der Bärtige grinste breit und zeigte eine prächtige Zahnlücke im linken Unterkiefer.

Oloare sah zwischen ihm und ihrem Bruder hin und her, bevor sie missbilligend mit der Zunge schnalzte. »Ich denke eher, ihr seid Theyn Bront Halvor. Von den Halvors aus Brundeis, vermute ich.«

Die als Gleve vorgestellte Rothaarige ballte drohend die Faust um den Griff ihrer langstieligen Axt. »Brundeis?« Sie verzog düster das Gesicht. »Wir sind Kriegsknechte des Kaisers, direkt aus Beru…«

Oloare wedelte ihren Einwand mit einer knappen Geste beiseite. »Erspart uns allen diesen Unsinn. Ihr seid keine Beruner. Du kannst ja nicht mal sprechen, tumber Klotz. Ihr seid hier, weil euch jemand gesagt hat, wie ihr hierherkommt. Das war ich.«

Gleve fletschte die Zähne. »Wer bei Tjalfars Nüssen bist du, dass du es wagst, so zu …?«

»Halt's Maul.« Der Bärtige fiel ihr ins Wort. Nachdenklich musterte er die Frau, die ihn um beinahe einen Kopf überragte. Dann sah er den Schatten an, und sein Grinsen kehrte zurück. »Sie ist direkt, deine Schwester. Hat eine spitze Zunge und kein Verständnis für Diplomatie. Aber weißt du was? Ich mag sie.« Er nickte Oloare zu. »Du hast recht, ich bin Theyn aus dem Haus Halvor und stehe wohl in deiner Schuld. Ohne dich wären wir kaum bis hierher gelangt.« Er kratzte sich den struppigen blonden Bart und musterte die reich gedeckte Tafel. »Verdammt«, murmelte er schließlich, ohne den Blick von den aufgetragenen Speisen zu nehmen. »Achtundfünfzig Tage in diesem verrotteten Schleimpfuhl von Land, und was findet man auf dem ersten anständigen Tisch seit Wochen? Einen verdammten verschimmelten Käse.« Er öffnete seinen Waffengurt und ließ ihn mitsamt Schwert auf den Tisch fallen, ergriff den Laib, der sich seine Missbilligung zugezogen hatte, und betrachtete ihn mit verkniffenem Mund. Ja, die dicke, samtig-pelzige Schicht aus weißem Schimmel mochte durchaus in der Absicht ihres Schöpfers gewesen sein. Vermutlich machte das den Käse haltbarer und ließ in seinem Inneren köstliche Aromen reifen, und mit ziemlicher Wahrscheinlichkeit hielt es irgendwelche Milben, Maden oder sonstiges Getier im Inneren des Käses, die zu einem noch einzigartigeren Geschmackserlebnis beitrugen.

»Ich will verdammt sein, wenn ich noch ein einziges Mal Schimmel und Ungeziefer an einer meiner Mahlzeiten dulde.« Er verzog das Gesicht und schleuderte den kinderkopfgroßen

Laib weit hinaus über die zertretenen Rosenbüsche am Hang des Hügels. Dann ließ er sich in einen der Sessel fallen, zog eine Platte mit dem vertrocknet aussehenden Bein irgendeines Tiers zu sich und roch vorsichtig daran. Luftgetrockneter Schinken. Schon besser – und vor allem etwas, das er kannte. Er hasste es, Dinge zu essen, die ihm fremd waren, und darum hasste er im Grunde alles, was es in diesem götterverdammten Landstrich zu fressen gab. Zu Hause kannte er zahlreiche Menschen, die sich damit brüsteten, möglichst exotische Speisen auf ihren Tisch zu bringen; er jedoch verabscheute diese lästige Angewohnheit aus ganzem Herzen. Aus seiner Sicht gab es nichts Besseres als eine schlichte Wurzelsuppe mit einem ordentlichen Brocken Fleisch und einem Kanten dunklem, fettem Brot. Eine Suppe aus Wurzeln wohlgemerkt, die nicht ungekocht tödlich giftig waren, das Essen blutrot färbten oder kurz vorher noch versucht hatten, einen Kriegsknecht zu erwürgen. Ein schlichter Schinken war dagegen beinahe ein Festmahl.

Er schnitt eine dünne Scheibe vom Schinken, schloss die Augen und kaute bedächtig.

Erst als er geschluckt hatte, öffnete er die Augen wieder. Keiner der anderen drei hatte sich inzwischen gerührt. Der Theyn nickte, deutete mit dem Messer auf den Schinken und sah Oloare anerkennend an.

»Das«, sagte er, »ist ein Schinken, wie er sein soll. Herb, würzig, und er zergeht auf der Zunge. Ich mag die salzige Kruste. Daran könnte ich mich gewöhnen.«

»Das ist Urin«, stellte Oloare fest, ohne eine Miene zu verziehen.

Das Gesicht des Theyn erstarrte. »Was?«

»*Blagdhar*-Urin. Dieses Fleisch ist ungenießbar, wenn man

es nicht zwei Wochen in Urin mariniert und dann trocknen lässt. Es gilt unter den Metis als Delikatesse.«

Die zwei Kriegsknechte starrten mit wachsender Abscheu auf den Schinken.

Der Schatten sah seine Schwester fragend an. »Was ist ein Blagdhar?«

Oloare hob die Schultern. »Eine große Echse. Lebt in den Sümpfen und ernährt sich vor allem von Schlammfischen und Aas. Deswegen ist das Fleisch ja ungenießbar.« Sie nickte in Richtung des Schinkens.

Ihr Bruder sah beeindruckt aus. »Ich kannte mal jemanden, der begeistert gewesen wäre.«

»Ich persönlich bevorzuge Früchte und frischen Fisch«, fügte sie hinzu.

Endlich schüttelte der Theyn seine entsetzte Starre ab. Er fuhr hoch und fegte den Schinken mit einem Aufschrei vom Tisch. »Dieses ganze verschissene Land ist widerlich!« Er entriss seiner stämmigen Adjutantin die Axt und ließ sie brüllend auf die Schüsseln und Speisen krachen, sodass Splitter und Fetzen bis hinauf an den Baldachin spritzten. Die blasse Frau sah aus, als würde sie zurückweichen wollen, doch der Schatten legte ihr stumm eine Hand auf den Arm und hielt sie zurück. Schließlich wirbelte der Theyn herum und starrte mit gefletschten Zähnen auf die Toten. »Beschissenes Land, beschissenes Wetter, beschissenes Ungeziefer, und bei den Göttern, ein beschissener Fraß!« Er versetzte der nächstliegenden Leiche einen Tritt. »Und ich kann diese beschissenen kleinen Leute nicht mehr sehen, verdammtes Dreckspack! Wie abartig muss man denn sein, sich hier zu Hause zu fühlen? Das ist doch krank!« Er atmete tief durch. Dann deckte er den Leichnam mit weiteren Tritten ein, bevor er die Axt mit einem frustrierten Brüllen im Schädel des Toten versenkte. Endlich hielt er keuchend inne. Er betrachtete das Chaos, das er angerichtet hatte, dann stellte er seinen Fuß auf den Rücken des Leichnams und zerrte die Axt mit einem Ruck aus dem gespaltenen Kopf und griff sich einen Weinkrug vom Tisch, den er so hastig leerte, dass ein Teil der Flüssigkeit in seinen Bart lief. Als er den Krug absetzte, war das Grinsen auf sein Gesicht zurückgekehrt. »Das war jetzt nötig. Übrigens – das ist eine ausgesprochen gute Axt, Vibel. Wundervoll ausgewogen.« Er betrachtete die besudelte Waffe in seiner Hand anerkennend, bevor er sie an Gleve zurückreichte. »Keine Kolnorer Machart. Wo hast du die her?«

»Lytton«, gab die Rothaarige düster zurück und zog ein Tuch aus dem Gürtel, um das Blatt der Waffe zu reinigen. »Von diesem bornierten Gecken von Ritter. Du erinnerst dich.«

»Ah. Ja. Erinnere mich daran, dass ich mir auch so eine machen lasse, wenn wir hier fertig sind. Ich mag sie wirklich.« Er wandte sich wieder Oloare zu. »Ich weiß, dass wir alle unsere Lasten zu tragen haben, und bei den Göttern, ich tue meinen Teil dazu, dass diese Sache hier ein Erfolg wird, aber man kann einem Mann ja wohl nicht verdenken, dass er ab und an mal Dampf ablassen muss, oder?« Er sah Oloare erwartungsvoll an, doch im Gesicht der Heilerin bewegte sich kein Muskel. Schließlich zuckte der Theyn mit den Schultern. »Wie auch immer – wo waren wir? Ah ja: Wie gesagt, vielen Dank für deine Hilfe bisher. Wir konnten uns zwar einige einheimische Führer sichern, aber die kleinen Bastarde haben die Hälfte der Zeit damit zugebracht, abzuhauen oder uns in die Irre zu führen. Ich habe fast eine komplette Kompanie wegen ihnen verloren. Aber obwohl sie wussten, dass wir dafür das nächste Dorf auch noch anzünden würden, haben die Scheißer immer wieder versucht, mich reinzulegen. Loyalität ist ihnen kein Begriff, oder?«

Oloare hielt ihr Gesicht noch immer unbewegt. »Es ist die leidige Reaktion von Metis-Sklaven gegenüber ihren Herrn, wenn diese sich allzu brutal verhalten. Undankbar, ich weiß, aber nur allzu häufig in letzter Zeit.«

Der Bärtige warf ihr einen verwirrten Blick zu, bevor sich seine Miene wieder aufhellte und er mit den Schultern zuckte. »Ihren Herrn, hm?« Er grinste seine Adjutantin an und klopfte dann auf seine Rüstung. »Ihre Beruner Herrn. So soll es ja auch sein, oder? Und schließlich müssen sie sich über diese Herrn nicht mehr lange Gedanken machen. Dafür sind wir ja hier.«

»So sagte man mir«, gab Oloare zurück. »Und ich soll für euch übersetzen, richtig?«

Der Theyn nickte, während er am Tisch entlangging. »Dein Bruder hat mir versichert, dass du die Sprache der Hexer aus dem Süden fließend beherrschst.« Unschlüssig ließ er den Blick über die restlichen Speisen wandern, die seinen Wutausbruch überlebt hatten, entschied sich jedoch für einen weiteren Krug Wein. »Sie sind hierher unterwegs. In knapp einer Woche werden wir uns mit einem ihrer Schiffe treffen. Wir brauchen jemanden, der weiß, was diese Leute sagen und wie sie denken. Ich hasse es, Dinge nicht vollständig im Griff zu haben. Ich will vorbereitet sein. Ist meine Schwäche.«

»Das ist mir aufgefallen.«

»Keine Ironie, Schwester«, warf der Schatten ein. »Das ist, wie Steine gegen den Himmel zu werfen. Frustrierend und nutzlos.«

»Hüte deine Zunge, Fischgesicht«, knurrte Gleve.

Oloare löste den Blick vom Theyn und sah die Vibel das erste Mal direkt an. Die Frau war beinahe so groß wie sie und vermutlich doppelt so breit, doch unter dem eisigen Blick der großen, dunklen Augen Oloares schien sie sich plötzlich unbehaglich zu fühlen. »Wenn ihr erfolgreich verhandeln wollt, solltet ihr wissen, dass das eines der Worte ist, die euch den Kopf kosten«, sagte sie leise. »Verwendet es nie wieder.« Sie trat einen Schritt vor, und der Schatten konnte erkennen, dass es alle Selbstbeherrschung der Rothaarigen benötigte, um ihrerseits keinen Schritt zurückzuweichen, als seine Schwester den langen, dünnen Zeigefinger hob. »Ich kann euch freilich dabei helfen, die Lippen versiegelt zu halten«, sagte sie leise. »Man sagt, ich hätte ein Talent dafür, Öffnungen im Fleisch zu verschließen. Alle Arten von Öffnungen.«

»Ich … sie … kann sie das tatsächlich?« Gleves Augen huschten zum Schatten, doch der hob nur die Schultern.

»Was sie sagt. Es ist ihr Talent. Schon mal jemanden gesehen, dem die Lippen auseinandergeschnitten werden mussten? Ist kein schöner Anblick. Und kommt bei den Männern danach auch nicht gut an.«

»Genug«, bellte der Theyn entschieden. »Wirst du für uns übersetzen?«

Oloare löste endlich den Blick von Gleve und nickte. »Ich hätte euch den Weg hierher nicht gewiesen, wenn ich das nicht wollte. Ihr habt keine Ahnung, wie lange ich auf diesen Tag warte. Es ist das erste ihrer Schiffe, das das Macouban in mehr als zwanzig Jahren anläuft, und ich werde es erreichen – egal, was ich dafür tun muss. Wenn ihr mich zu diesem Schiff bringt, werde ich meinen Teil der Abmachung erfüllen, ja. Wenn«, sie streckte den ohnehin schon erhobenen Zeigefinger vor, »ihr meine Bedingung erfüllt habt. Ist es erledigt?«

Der Theyn sah Gleve an. »Ist die Fürstin tot?«

Der Vibel gelang es, noch unbehaglicher auszusehen. »Wir haben noch keine Rückmeldung von unserem Trupp, Theyn. Aber ich gehe davon aus, dass es erledigt ist. Vigglud und der Mistkäfer sind mit einer halben Kompanie dorthin gegangen. Wir warten nur noch darauf, dass sie zu uns stoßen.«

Oloare hob eine Braue. »Nur fünfzig Männer? Nicht genug. Theyn, wir müssen sicher sein, dass die Fürstin tot ist. Sie ist die *Vairani*, die geistige Führerin des Volkes hier. Wenn sie durch Beruner Kriegsknechte ermordet ist, wird der Sturm losbrechen, und kein Beruner im gesamten Macouban wird den nächsten Vollmond erleben. Wenn sie aber überlebt, wird sie wissen, wer sie angegriffen hat. Dann ist es vorbei mit eurer Täuschung.«

»Wie sollte sie es schon wissen?«, knurrte Gleve. »Für alle Augen sind wir selbst Beruner.«

»Die Augen der Fürstin sind blind«, gab Oloare herablassend zurück. »Die zu täuschen bringt euch also nichts. Und glaubt mir, für sie riecht ihr nicht wie Beruner. Ganz und gar nicht. Für sie riecht ihr so deutlich nach Kolnor, als hättet ihr gerade König Theoders Tochter bestiegen und allesamt Stockfisch gekaut. Und wenn das bekannt wird, dann will ich nichts mit euch zu tun haben. Tötet sie, wie abgemacht. Und am besten ihr Balg gleich mit. Das ist der sicherste Weg, Fürst Antreno für alles andere blind zu machen. Dann werde ich für euch übersetzen.«

Der Theyn sah zwischen ihr und seiner Adjutantin hin und her, dann strich er sich über den Bart, zuckte mit den Schultern und nickte. »Dann werden wir also warten, bis wir Nachricht erhalten«, entschied er. »Die Männer haben sich sowieso eine Pause verdient, und das hier sieht mir nach einem guten Platz dafür aus. So gut, wie's in diesem Scheiß-land eben geht.« Er sah Gleve an. »Ich hoffe, ihr habt nicht schon alle umgelegt. Die Männer dürften Lust auf ein paar nackte Ärsche haben, während sie sich ausruhen.«

Gleve neigte den Kopf. »Dafür ist gesorgt, Theyn. Wir haben die Weiber am Leben gelassen, soweit es möglich war. Sie erwarten deine Männer sehnsüchtig.«

»Großartig. Großartig.« Der Theyn nickte beifällig und sah über den Tisch, wo er etwas entdeckte, das einem gebra-tenen Huhn sehr ähnlich sah. »Etwas dabei, das einem Theyn würdig ist?«

»Das musst du schon selbst entscheiden.« Gleve zuckte mit den Schultern, griff nach einem Brot und riss ein Stück davon ab. »Kommt wohl darauf an, wie wählerisch man ist.«

Der Theyn lachte prustend und riss dem gebratenen Vogel ein Bein aus. »Wählerisch? Nach einem Scheißmarsch durch dieses Scheißland kommt es mir gar nicht in den Sinn, wähle-risch zu sein.« Er kaute ein wenig auf dem kalten Braten he-rum, dann verzog er das Gesicht und warf den Rest des Beins achtlos ins Gebüsch. »Ein Schwein«, grummelte er und griff nach einer mit gegrillten Fleischstücken gefüllten Schüssel. »Wäre ein einfaches Schwein zu viel verlangt? Dieser fremd-ländische Drecksfraß bringt mich noch um.«

»Das ist durchaus möglich. Das macht dieses Land mit Menschen, die nicht hierhergehören.« Oloare lächelte ein Lächeln, das ihrem Bruder einen kalten Schauer über den Rücken laufen ließ.

4

CAJETAN AD HEDIN

Der Tag im Orden des Flammenden Schwerts begann mit dem Schlag der ersten Glocke. Ein seltsam vibrierender Ton, der durch das Ohr in den Körper drang und sich langsam zu den Fußspitzen fortbewegte, bis der gesamte Organismus in Aufregung versetzt war. Die Glocke bestand aus reinstem Skellvar-Sydin, dem seltensten Stahl der Welt, der noch aus den Zeiten des alten Kaiserreichs stammte und dessen Reinheit und Perfektion kein heutiger Schmied mehr nachzumachen vermochte. Cajetan ad Hedin war zu diesem Zeitpunkt bereits auf den Füßen. Wenn die Sonne über den Dächern der Nordstadt auftauchte und die Vögel in den Bäumen zaghaft ihre ersten Lieder anstimmten, hatte er bereits seine Rüstung übergestreift und im Innenhof der Abtei die täglichen Schwertübungen absolviert. Er hatte die Schriften Sorids wie kein Zweiter vor ihm studiert und den komplexen Bewegungsabläufen seine eigenen Variationen hinzugefügt. Nachdem er in vollem Plattenpanzer die neunundneunzig Schritte des Kriegers durchgegangen war, die Kazarh in Priban den ersten seiner Schüler gelehrt hatte, war er zu seinen eigenen Übungen übergegangen. Stöße und Hiebe, die so unglaublich schnell und präzise ausgeführt waren, dass kein menschliches Auge ihrem Weg folgen konnte. Losgelöst von Zeit und Raum war seine Klinge durch die Luft gewirbelt, bis der erste Glockenschlag seine Übungen beendete.

Für einen kurzen Augenblick stand er reglos mit geschlossenen Augen da und ließ den Wind über sein schweißnasses Gesicht streifen. Genoss diesen seltenen Augenblick völliger Stille, bevor das Leben im Tempel endgültig erwachte. Nach einer Weile öffnete er die Schnallen und Scharniere seiner Rüstung, ließ den Brustpanzer auf den Boden fallen und streifte das Kettenhemd ab. Dann wusch er Hände und Gesicht im Brunnen, trank einige Schlucke des klaren Wassers und begab sich in den Schreibsaal.

Es erfüllte ihn jedes Mal aufs Neue mit tiefer Glückseligkeit, wenn er den unzähligen Buchstabenreihen und liebevoll gezeichneten Bildern in Schwertmeister Sorids Werk über die Waffenkunst weitere hinzufügen konnte. Cajetan ad Hedin, ein Kind aus den untersten Schichten des Landes, ein Niemand, den seine Eltern für eine Handvoll Kupferstücke verkauft hatten, führte das Werk des größten Schwertmeisters fort, der je auf Tertys gewandelt war. Bis zum zweiten Schlag der Glocke hätte er sich normalerweise auch heute dieser geliebten Aufgabe gewidmet, doch der Gedanke an das Mädchen in Henrey Thorens Diensten ließ ihn schon seit längerer Zeit nicht mehr zur Ruhe kommen.

Weshalb fürchtete sich Naevus so sehr vor ihr? Was hatte diese Sara an sich, das den alten Mann mehr beunruhigte als alles, was ansonsten noch im Reich vor sich ging? Tief in Gedanken versunken wanderte er durch düstere Gewölbekeller, deren Regalbretter an den Wänden sich unter Hunderten und Aberhunderten von Schriftstücken bogen. Seine Fingerspitzen strichen über Buchrücken, die so alt waren wie das Kaiserreich selbst. Ketors Lehre von der Bewegung, Corins Aufzeichnungen der acht Elemente, das Pendel der Gerechtigkeit. Die Mystik der Erde. Das gesammelte Wissen der Zivilisation schien an diesem Ort versammelt zu sein. Und irgendwo sicherlich auch die Antworten auf seine Fragen.

Warum hatten die Reisenden keine Frauen in ihren Reihen geduldet? War es wirklich Angst gewesen? Die Angst vor einem weiblichen Wesen, das sie in ihrer Zielstrebigkeit behindern konnte? Eifersucht? Kleinliche Streitereien? Sollte es sich bei den Reisenden tatsächlich nur um einen Haufen verrückter alter Männer wie Naevus gehandelt haben, die den Verlockungen einer Frau nicht widerstehen konnten? Möglich, aber nicht sehr wahrscheinlich – und ganz sicher ein ketzerischer Gedanke. Cajetan schnaufte. Deryn ad Skellvar hatte geschrieben, dass sich in der Gruppe auch Frauen befunden hätten, und auch Ketor schien ganz sicher gewesen zu sein, dass einer der Reisenden einen weiblichen Namen trug. Es musste hier um etwas ganz anderes gehen.

Vorsichtig griff Cajetan nach einem uralten Werk mit dem Titel »Vergebung«, bei dem es sich um die Aufzeichnungen eines fanatischen Ordensritters namens Ciorn ad Pribran handelte. Dessen größte Hinterlassenschaft war eine bis auf die Grundmauern niedergebrannte Kleinstadt gewesen, deren weibliche Einwohner er bis auf das letzte Kleinkind den Reinigenden Flammen überantwortet hatte. Davor hatte Ciorn jeden Namen penibel genau in Listen eintragen lassen und dahinter ihre hervorstechendsten Eigenschaften notiert. Ironischerweise war er kurze Zeit später selbst einem tödlichen

Streit zum Opfer gefallen, in dessen Verlauf ihm sein Kontrahent eine Schreibfeder durch das Ohr in den Kopf gerammt hatte. Cajetans Zeigefinger fuhr die langen Buchstabenreihen entlang.

Die Glocke schlug zum zweiten Mal, und die Vibrationen drangen sanft durch seine Fingerspitzen und wanderten seinen Arm hinauf. Die Kerzen im Raum flackerten und zischten leise. Irgendwo in den Tiefen des Gebäudekomplexes öffneten sich knarrend Türen. Müde Schritte hallten durch die Flure, in den Säulengängen erklang leises Gemurmel, und langsam verflog der Zauber der ersten Stunde.

Cajetan musste sich nicht umblicken, um zu wissen, dass Grimm hinter ihn getreten war. Er tat es trotzdem. Das Gesicht seines grobschlächtigen Dieners wirkte aufgequollen, und unter seinen müden Augen prangten dunkle Ringe. Grimm war kein Mann der frühen Morgenstunden. Seine bevorzugte Zeit war die Nacht. Was nicht weiter verwunderlich war, denn Wölfe jagten nun einmal in der Nacht. »Was gibt es?«

»Die Triare«, sagte Grimm. »Das Schiff, das unsere Ordensritter in das Macouban bringen sollte, ist in einen schweren Sturm geraten und beinahe gekentert. Fast die gesamte Besatzung ging verloren, unter ihnen auch zwei Ordensritter.« Grimm überbrachte die Nachricht, als handelte es sich um den üblichen Tratsch über das Wetter oder die Fischpreise auf dem Hafenmarkt. Er zog ein Stück Weidenrinde aus der Gürteltasche und schob es sich in den Mund. »Die Nachricht stammt von einem Fischerboot, das ihnen auf halber Strecke begegnet ist. Es hat einen der getöteten Ritter zurück nach Berun gebracht. Der andere ruht wohl irgendwo auf dem Meeresgrund.«

Cajetan zog eine Augenbraue in die Höhe und blickte von den Aufzeichnungen auf. »Marten ad Sussetz?«

»Tot. Von einem Seedrachen verschlungen.«

»Oh, wie überaus tragisch.« Als Fischfutter zu enden war sicherlich nicht das ersehnte Lebensziel eines Mannes, der einmal so voller Hoffnung gewesen war. Doch er war nicht der erste Mensch, dessen Träume derart brutal zerstört wurden, und er würde sicherlich auch nicht der letzte sein. »Diese Nachricht entledigt den Orden einer schweren Bürde. Der Verlust unserer Ritter ist zwar bedauerlich, aber dennoch ein geringer Preis für dieses Ergebnis. Wir können mit den Entwicklungen zufrieden sein, denn das war der letzte lose Faden im Wandteppich des Kaiserreichs. Beinahe jedenfalls.«

Eine Gruppe Schreiber schlurfte an ihnen vorüber. Ihren müden Gesichtern war anzusehen, dass auch sie nicht zu den Freunden der ersten Stunde gehörten. Sie tauschten Belanglosigkeiten und flache Scherze aus, und Cajetan warf ihnen einen verärgerten Blick zu, der sie dazu veranlasste, die Stimmen zu senken und schneller zu gehen. »Jetzt müssen wir nur noch das Ende des Fadens abschneiden, Grimm. Es gibt immer noch einen Mann, der zu viel weiß.«

»Ihr redet von Meister Messer?« Grimm riss die Augen auf. Für einen kurzen Augenblick vergaß er sogar, auf seiner Weidenrinde herumzukauen.

Cajetan nickte. Messer war ein wirklich hervorragender Mörder, und er hatte die ihm übertragenen Aufgaben immer zur vollsten Zufriedenheit erfüllt. Man konnte für Geld wohl keinen besseren Mann kaufen. Doch genau darin lag sein größter Makel. Ein Mann, der für Geld alles tat, würde irgendwann über Dinge reden, die besser im Verborgenen blieben. Dinge, deren Geheimhaltung für den Fortbestand des Reichs überlebenswichtig waren. Es durfte nicht sein, dass die Gier eines einzelnen käuflichen Mannes diese Dinge zum Vorschein bringen konnte.

»Verstehe.« Grimm rieb sich die speckige Tonsur und verzog dabei leicht das Gesicht. »Ich konnte diesen überheblichen Drecksack ohnehin noch nie leiden. Es wird mir eine Freude sein, dieser Krähe den dürren Hals umzudrehen. Sobald Meister Messer wieder einen Fuß auf heimischen Boden setzt, werde ich mich darum kümmern.«

Cajetan musterte seinen Gehilfen interessiert. *Sieh mal einer an, unser Grimm zeigt tatsächlich so was wie Gefühle.* Dieser Vogelmann hatte es ihm offenbar ganz schön angetan. Wahrscheinlich hatte es etwas damit zu tun, dass Raubtiere sich untereinander selten gut riechen konnten. »Sieh dich vor. Meister Messer ist ein sehr gefährlicher Mann. Er ist nicht gerade dafür bekannt, einen Fehler zu verzeihen.«

Grimm nickte und war im nächsten Augenblick wieder die Ruhe selbst. Gemächlich schob er die Weidenrinde von einer Backe in die andere. »Das trifft sich gut, denn ich bin dafür bekannt, niemals einen Fehler zu machen.«

Die Glocke schlug bereits zur dritten Stunde, als Cajetan in Ciorn ad Pribrans Aufzeichnungen auf eine Passage stieß, die ihn stutzen ließ. Der Ordensritter hatte nie etwas über die Gründe seines Handelns geschrieben, doch bereits zum wiederholten Mal war nun schon Ketors Name gefallen. Ketors berühmtestes und vielleicht auch unverständlichstes Werk waren seine Aufzeichnungen *Vom Ende der Welt* gewesen. Besonders eine Handvoll Verse im hinteren Drittel hatten es Ciorn offenbar angetan. Cajetan runzelte die Stirn. Er stand auf und ging zu den Regalreihen, in denen Ketors Werke aufbewahrt wurden. Es waren eine ganze Menge, und er musste ewig suchen, bis er das richtige fand. Mit finsterer Miene ließ er seinen Zeigefinger über die dicht beschriebenen Seiten wandern. Ketor hatte sie in seinen allerletzten Lebensjahren diktiert, als seine körperlichen und geistigen Fähigkeiten bereits mit erschreckender Geschwindigkeit verfallen waren, und auf den ersten Blick ergaben sie keinen Sinn. Geschichten über Meeresstrudel und die Gruben und über verbranntes Land, in dem alles Leben verdorrt war. In seinem Kopf mussten wahrhaft verheerende Schlachten stattgefunden haben, kurz bevor er starb. Gebannt ließ Cajetan den Blick über die Zeilen wandern, und als er nach langer Zeit endlich innehielt, schmeckte er Blut. Er war so in Gedanken versunken gewesen, dass er sich auf die Zunge gebissen hatte, ohne es zu bemerken. Der langsam einsetzende Schmerz weckte ihn schließlich aus seiner Erstarrung.

Die Glocke schlug bereits zur neunten Stunde des Abends, als Cajetan die Stufen in die Kellergewölbe hinabstürmte. Naevus blinde Augen schauten ihm erstaunt entgegen. Trotz der unmenschlichen Hitze aus dem Kamin, den ein schwitzender Diener unermüdlich mit Holzscheiten fütterte, ging ein durchdringender Modergeruch von dem unter schweren Fellen begrabenen Körper des Greises aus.

»Kommst du, um mir von Marten ad Sussetz' Tod zu berichten, Cajetan? Dann bist du wie so häufig um einiges zu spät. Ich bin bereits im Bilde. Und ich gratuliere dir. Wie es scheint, hast du wieder einmal das Kaiserreich gerettet.«

»Ihr habt es gewusst«, bellte Cajetan. »Ihr habt es die ganze Zeit gewusst und trotzdem kein Wort gesagt.«

Naevus zuckte zusammen, und ein empörter Ausdruck trat auf sein Gesicht. »Schrei mich nicht an. Ich weiß nicht, wovon du redest. Hat Kaiser Harand etwa noch weitere Bastarde gezeugt? Wundern würde es mich ja nicht, denn ...«

»Halte mich bloß nicht zum Narren, alter Mann. Ich rede von dem Mädchen. Von Sara. Ihr habt die ganze Zeit gewusst, was sie in Wirklichkeit ist.«

Naevus' Züge verhärteten sich. »So? Habe ich das? Dann scheinst du also endlich auch einmal die alten Schriften gelesen zu haben, wie? Wenn ich mich nicht irre, hättest du das bereits vor langer Zeit getan haben sollen, als du noch Adept gewesen bist. Aber zu der Zeit warst du offenbar viel zu sehr mit deinen Schwertübungen beschäftigt.«

»Diese Schriften sind niemals Teil der Ausbildung gewesen ...«

»Keine Ausflüchte!« Naevus' Gesicht verzog sich zu einer Fratze des Zorns. Er ballte die dürre Hand zur Faust und donnerte sie auf die Armlehne. »Die Flamme des Ordens ist mehr als ein schwertschwingender Panzerreiter. Sie muss Anführer und Vorbild zugleich sein. Du hättest die Schriften aus freien Stücken lesen sollen, aber du hast dich ja lieber am Hof herumgetrieben und bist dem Kaiser in den Hintern gekrochen.«

Cajetan riss die Augen auf. Er hatte von dem alten Mann alles erwartet. Ausflüchte, fadenscheinige Erklärungen, sinnlos dahingebrabbelte Entschuldigungen, aber das hier ging entschieden zu weit. »Du selbstgerechtes Arschloch!«, brüllte er und zerrte Naevus am Kragen in die Höhe. »Ich habe einen Orden zu führen. Meinst du denn, ich kann mich um alles gleichzeitig kümmern? Ich begreife nicht, wieso du mir das verschweigen konntest!«

»Natürlich begreifst du ...« Ein heftiger Hustenreiz schüttelte Naevus, und seine spinnenartigen, von unzähligen Brandnarben überzogenen Finger krallten sich in Cajetans Unterarm.

94

Erschrocken ließ der Tempelfürst ihn zurück in den Sessel fallen. Die Berührung fühlte sich an, als hätten sich Eiszapfen in seine Haut gebohrt.

»Natürlich begreifst du das alles nicht«, gurgelte Naevus, während er seine Felle wieder eng um die Schultern zog. »Ich hatte es zunächst doch selbst nicht in vollem Umfang begriffen.« Keuchend lehnte er sich im Sessel zurück und schloss die Augen. »Als du Sara das erste Mal erwähnt hast, hatte ich es noch für einen Irrtum gehalten. Für Übertreibungen des gemeinen Volks, das eine Geschichte gern ausschmückt, um sie interessanter erscheinen zu lassen. So wie eines dieser lästerlichen Theaterstücke, die sich in letzter Zeit zu häufen scheinen. Doch ich wäre nicht die Flamme des Ordens geworden, wenn ich nicht schon immer auch dem geringsten Gerücht meine Aufmerksamkeit geschenkt hätte. Ich wollte sichergehen, dass dieses Mädchen dem Reich nicht schadet. Deshalb riet ich dir ja, sie aus dem Weg zu schaffen.«

»Wenn Ihr mir damals doch schon die ganze Wahrheit erzählt hättet.« Traurig schüttelte Cajetan den Kopf. »Hätte ich gewusst, um was es in Wirklichkeit geht, dann wäre sie schon längst tot. In Confinos hatte ich die Möglichkeit dazu gehabt. Ich hätte nur ein paar Stunden länger abwarten müssen, und die Kolnorer hätten uns diese Arbeit abgenommen.«

»Ich war mir nicht sicher«, raunte Naevus. »Wenn ich mich geirrt hätte, dann hätte das den Tod der Kaiserinmutter bedeutet. Vielleicht auch deinen eigenen, wenn durch dein unbedachtes Handeln der Kaiser erzürnt worden wäre. Der Orden wäre in seinen Grundfesten erschüttert worden und hätte sich vielleicht nie wieder von diesem Schock erholt. Der Preis wäre einfach zu hoch gewesen.«

Cajetan seufzte. »Nun gut. Diese Möglichkeit ist vertan. Es nützt wohl niemandem etwas, sich im Nachhinein Vorwürfe zu machen.« Seine Kiefer mahlten, während er über Naevus' Worte nachdachte. »Und jetzt?«, fragte er schließlich leise. »Seid Ihr jetzt ganz sicher?«

»Das scheinst du doch selbst schon alles herausgefunden zu haben«, brummte Naevus gereizt. »Aber ich kann es dir ja gern noch einmal mit meinen eigenen Worten zusammenfassen. Es ist eigentlich ganz einfach. Die Gruppe der Reisenden bestand in der Tat aus mehr als nur den Sechsen, die wir heute verehren. In Wahrheit gab es da nämlich noch eine siebte Person. Eine, die in keiner der späteren Schriften jemals wieder Erwähnung findet.«

»Außer in Ketors Aufzeichnungen *Vom Ende der Welt*.«

Naevus nickte. »Adzahid der Weise hatte ihm dieses Geheimnis verraten, kurz bevor er Tertys für immer verließ. Die siebte Person in der Gruppe war eine Frau. Eine Begabte von unglaublicher Willenskraft und Macht, ohne deren Fähigkeiten die Götter wohl niemals besiegt worden wären. Ihr Name ist für immer im Strudel der Zeit verloren gegangen, aber dennoch war sie diejenige, die die Götter tief unter der Erde einschloss, nachdem Kazarh, Enurg und Mogho sie niedergerungen hatten. Als es dann jedoch um die Frage ging, wie mit den Göttern weiter zu verfahren sei, war sie anderer Ansicht als der Rest der Gruppe.«

»Die drei wollten dafür sorgen, dass sie niemals wieder zurückkehren konnten, nicht wahr? Aber die Begabte hatte Mitleid mit den Besiegten und war dagegen. Nur der friedfertige Hadol stellte sich auf ihre Seite.«

»Sehr gut aufgepasst, Adept Cajetan«, sagte Naevus spöttisch. »Aus dir wird vielleicht doch eines Tages noch ein

Ordensritter. Aber bitte unterbrich mich nicht andauernd. Ich bin ein alter Mann und habe nicht mehr viel Zeit.«

»Entschuldigt.«

»Am Ende wurde die Begabte überstimmt. Doch als Kazarh sie aufforderte, das Grab der Götter zu öffnen, weigerte sie sich, den Schlüssel herauszugeben. Daraufhin wurde sie aus der Gruppe verstoßen und sollte nie wieder zu ihr zurückkehren. Kazarh verfügte sogar, dass ihr Name aus allen Schriften verbannt und ihre Taten aus dem Gedächtnis der Menschheit gestrichen werden sollten. Die Verstoßene schwor daraufhin, die Götter wieder zu befreien und mit ihrer Hilfe blutige Rache zu nehmen. Sie musste aber bald erkennen, dass sie selbst nicht mehr genügend Macht besaß, um das Schloss zu öffnen. Denn im Verlauf der schrecklichen Götterkriege war sie beinahe vollständig aufgebraucht worden, und sie kehrte nur sehr langsam wieder nach Tertys zurück. Als die Begabte endlich erkannte, dass sie ihre Rache zu Lebzeiten nicht mehr bekommen würde, gab sie ihr Wissen irgendwann an die eigene Tochter weiter, und diese wiederum an deren Tochter. So ging es über Generationen hinweg weiter, bis zum heutigen Tag. Das Wissen darüber ist zwar schon lange verloren gegangen, aber die Macht lebt irgendwo weiter.«

»Bis sie irgendwann wieder groß genug geworden ist«, murmelte Cajetan erschüttert.

»Jetzt hast du es wirklich begriffen«, krächzte Naevus. »Es geht hier nicht mehr um Harands Bastarde oder das Kaiserreich. Das ist ohnehin schon viel zu alt und verkommen. Die Grenzen sind brüchig, die Familie des Herrschers ist schwach und verweichlicht, die Zeiten Beruns sind vorüber. In wenigen Jahren werden andere kommen und den Thron des Löwen besetzen. Vielleicht Fähigere als er, vielleicht aber auch Unfähigere. Wer weiß das schon? Es ist auch völlig egal, denn der Schutz des Kaisers ist zweitrangig. Die erste und wichtigste Aufgabe des Ordens war es schon immer, das Erbe der Reisenden zu bewahren. Kazarh, Mogho und die anderen waren einst ausgezogen, um die Götter zu töten. Unsere Aufgabe ist es, dafür Sorge zu tragen, dass sie nie wieder aus ihren Gräbern zurückkehren.«

Naevus riss die Augen auf und starrte Cajetan voller Angst an. Die grauen Schlieren, die über seine Pupillen hinwegzogen, schienen beinahe lebendig zu sein. »Die Verfluchte, Cajetan. Ketor hat uns vor ihr gewarnt. Sie wird das Grab öffnen und die Götter wieder zum Leben erwecken. Das ist es, was ich lange Zeit nicht erkannt habe. Doch jetzt ist es mir wie Schuppen von den Augen gefallen. Die Teile fügen sich nahtlos ineinander. Die Unruhen im Macouban, die Aufstände der Götteranbeter in Lytton und auch der Überfall auf Confinos. All das geht einher mit der Ankunft dieses Mädchens, in dem das Blut der Reisenden fließt.« Er richtete sich hoch in seinem Sessel auf, und Cajetan war jetzt beinahe vollkommen sicher, dass die Schlieren in seinen Augen lebendig waren. Winzige Schlangen, die umeinander wirbelten, sich aufbäumten und danach trachteten, aus ihrem Gefängnis auszubrechen. Er erinnerte sich daran, was der Greis bei ihrer letzten Begegnung gesagt hatte: *Ich habe den Feuerdrachen wiedergesehen. Er ist mir im Schlaf erschienen. Er ist gekommen, um mich zu holen.*

»Verstehst du es nun?« Naevus' Stimme war nur noch ein Krächzen. »Dieses Mädchen besitzt eine Macht, die der unseren weit überlegen ist. Eine Macht, die so fremdartig und schrecklich ist, dass sie die gesamte Welt ins Chaos stürzen wird.«

5

EIN NEUES BÜNDNIS

Wie genau sie zurück ins Herz der Festung gelangt waren, konnte Cunrat nicht sagen. Wenn er darüber nachdachte, kam es ihm so vor, als wären sie einfach hineinmarschiert, aber das konnte nicht sein, oder? Wie blödsinnig musste man sein, um einen Gegner einfach durch das Tor marschieren und dann unbeaufsichtigt herumlaufen zu lassen?

Aber genau das war passiert. Der Vogelmann namens Messer war zu dem Tor marschiert, durch das sie die innere Festung vor wenigen Stunden verlassen hatten. Er hatte der vierköpfigen Wachtruppe freundlich zugenickt und einige Worte in einer Sprache mit ihnen gewechselt, die wohl einer der zahlreichen Dialekte des novenischen Bunds war. Einer der Männer hatte tatsächlich aufgelacht, bevor sie den seltsamen Mann durchwinkten. Für seine beiden Begleiter hatten sie kaum einen Blick übrig, und die Durchsuchung ihrer Lasten war mehr der Form halber geschehen. Jetzt liefen sie durch düstere Gewölbegänge, während Cunrat und Daryl bemüht waren, die hohen Deckenstapel auf ihren Armen zu balancieren. Sie hatten beinahe jede Decke aus dem Ordenshaus der Reisenden und den angrenzenden Schlafräumen dafür eingesammelt und peinlich genau zusammengelegt. Cunrat hatte nicht anders gekonnt, als anzumerken, dass er das für schwachsinnig hielt, doch Messer hatte nur genickt. »Und das ist das wahrhaft Schöne daran.« Messer hatte einen Spinnenfinger gehoben. »Jeder, wirklich jeder, würde es für eine vollkommen schwachsinnige Idee halten, mit zwei Armvoll Decken in eine Tempelfestung mit vermutlich mehr als 4 Kompanien Kriegsknechte einzudringen. Deshalb wird auch niemand glauben, dass es passiert.«

»Wir sind tote Männer«, hatte Daryl festgestellt.

Jetzt konnte sich Cunrat nicht länger zurückhalten. »Was habt ihr den Männern gesagt?«

Messer wurde langsamer. »Was soll ich gesagt haben?« Er zuckte mit den Schultern. »Wir sind die Flüchtigen, die alle Welt sucht, und wir kehren zurück, um einen Haufen Decken in die Festung zu schmuggeln und damit Kriegsknechte zu ermorden.« Er sah Cunrats verständnislose Miene und zuckte erneut mit den Schultern. »Ihr müsst mir zustimmen – es ist unnötig zu lügen, wenn man auch die Wahrheit sagen kann. Zudem ist es wesentlich sicherer.«

»Ihr habt was?« Daryl starrte den Vogelmann an.

»Ach kommt, Daryl, tut nicht so überrascht. Kein Mensch erwartet, dass wir in die Festung gehen. Noch dazu wir drei – ein alter Mann, der ihre Sprache spricht, und zwei dümmlich wirkende Lastenträger ohne Schuhe.«

Daryl verzog das Gesicht und wollte den Turm Decken auf seinem Arm auf einer Fensterbank absetzen, doch Messer hinderte ihn mit einem schnellen Zwischenruf. »Nicht so eilig, Herr Ritter. Diese Decken dienen noch einem weiteren Zweck. Sie sind ein Gastgeschenk.«

Der untersetzte Ritter sah Messer fragend an.

»Ich kenne keinen Kriegsknecht, der eine gute Decke ablehnt, wenn sie ihm geschenkt wird. Freilich wären ein oder zwei Fass Bier besser, aber wir können nicht wählerisch sein. Ah – wir sind da.«

Messer blieb vor einer der Türen stehen, die in regelmäßigen Abständen in der linken Seitenwand des Kreuzgangs eingelassen waren. Eine Messingplakette mit einer Nummer war am steinernen Türstoß angebracht. »Bereit?«

Noch bevor die beiden Ritter etwas entgegnen konnten, klopfte er an das kleine Portal.

Schon beim dritten Schlag wurde die Tür aufgerissen.

»Was?« Ein vollbärtiger Kriegsknecht, der beinahe so groß wie Wibalt und vermutlich fast doppelt so breit war, starrte sie düster an und fletschte die Zähne. Oder zumindest das, was davon übrig war, denn ihm fehlten sämtliche Schneidezähne. Dann erkannte er Messer, und der finstere Ausdruck wich einer Spur von Verwirrung. »Vibel – es ist Messer. Und er hat«, der rotbärtige Hüne zögerte kurz, als er die beiden Ritter musterte, »Freunde mitgebracht.«

Messer runzelte die Stirn. »Freunde ist zu viel gesagt. Männer, die den gleichen Herren dienen wie wir.«

Hinter dem Rotbärtigen sah ein Mann von einem Tisch auf. Er trug den einfachen Panzer eines Vibel der Kriegsknechte von Berun und einen nachlässig gekürzten, beinahe schon weißen Vollbart. Die Falten in seinem ledrigen Gesicht und die Narben auf seinem rasierten Schädel erzählten eindrücklich von einem langen Leben auf mehr als einem Kriegszug. Er musterte Cunrat und Daryl mit kühlem Blick. »Ich dachte, du bist schon über alle Berge, Messer«, stellte er schließlich fest.

Der Vogelmann ruckte unbestimmt mit dem Kopf. »Du weißt ja, wie es ist, Brender. Man wandert durch eine feindliche Festung, trifft auf interessante Menschen, und Pläne ändern sich. Meine … Freunde hier würden gern etwas mit dir besprechen.«

Der Vibel sah ihn noch etwas länger an, bevor er knapp nickte. »Lass sie rein, Hammer.«

Sichtlich widerstrebend trat der Rotbärtige beiseite, gerade weit genug, damit sich Messer und die Ritter vorbeizwängen konnten. »Was soll das da?«, brummte er mit einem argwöhnischen Blick auf die Deckenstapel.

»Geschenke«, sagte Messer, ohne sich die Mühe zu machen, ihn anzusehen. »Freunden bringt man doch Gastgeschenke mit, oder nicht?«

Hammer schnaubte. »Verdammte Decken? Es ist hier heiß genug, um mir die Hose vom Hintern faulen zu lassen. In Dumrese hätten wir sie damals gebraucht. Aber ein gewisser Jemand hat damals ja seine Arbeit nicht gemacht.«

»Tut mir leid. Die Lieferung hat sich ein wenig verspätet. Aber ich erledige meine Aufträge immer.« Ungerührt klopfte Messer auf den nächststehenden Tisch, um den Rittern zu bedeuten, wohin sie ihre Last legen sollten, und wandte sich dem Vibel zu. »Das hier sind …«

»Cunrat ad Irgendwas und … nein, seinen Namen habe ich nicht mitbekommen«, fiel ihm ein hagerer Glatzkopf ins Wort. »Das spricht schon mal für ihn.« Der Glatzkopf kratzte sich das ihm verbliebene halbe rechte Ohr und schob zwei andere Landsknechte beiseite, um sich vor Messer aufzubauen. Er taxierte Cunrat. »Ritter des Ordens. Damit hast du dich also zusammengetan. Und auch noch den Feinsten der Feinen aus Cajetans Stall. Warum wundert mich das nicht?«

Messer zog die Brauen hoch. »Ihr kennt euch, Ness? Umso besser. Dann wird das ja einfacher als gedacht.«

Der Glatzkopf wandte sich an den Vibel, indem er mit dem Daumen auf Cunrat zeigte. »Das ist der Idiot, der zusammen mit Marten auf die Azhdar geschossen hat. Der, der uns als ›Abschaum‹ und als ›Haufen dreckiger Kriegsknechte‹ bezeichnet hat.«

»… oder auch nicht«, stellte Messer fest, ohne zu stocken. Er sah den jungen Ritter fragend an. »Einen Sturmdrachen? Wirklich? Vielleicht war ich mit der Einschätzung deiner Intelligenz doch etwas voreilig. Niemand schießt auf die Azhdar. Das bringt Unglück.«

Cunrat sah sich unauffällig um. Die Halle war lang gestreckt und äußerst spartanisch eingerichtet. Lediglich zwei Reihen hölzerner Gestelle für Strohsäcke säumten die Wände, von denen die linke schmale Fenster aufwies, durch die man hinaus über das Hafenbecken sehen konnte. Der Anzahl nach zu urteilen, war diese Unterkunft auf die Unterbringung einer Quartere eingerichtet, also dem Viertel einer Kompanie, das von einem Vibel angeführt wurde. Auf den ersten Blick sah es jedoch nicht so aus, als wären alle Schlafstätten belegt.

Am gegenüberliegenden Ende des Saals saß ein doppelflügliges Tor in der Stirnwand. An ihrem Ende hier hingegen standen ein paar Tische, an denen sich die meisten der Kriegsknechte versammelt hatten. Der Geruch von feuchter Wolle, ungewaschenen Männern und Halranrauch lag schwer in der Luft, obwohl keines der Fenster mit Pergament oder Glas verschlossen war. Er sah auf den Kriegsknecht namens Ness hinab. »Zumindest bin ich nicht der, der sich mit ehrlosen

Lügnern herumtreibt, die heimlich vor ihrer gerechten Strafe davongelaufen sind«, erklärte er kühl.

Wortlos sah Ness ihn an. Dann kroch ein Grinsen auf sein Gesicht, und er schüttelte den Kopf. »Dass du das sagst, während du mit Messer unterwegs bist, ist mehr als nur ein bisschen ironisch.«

Cunrat starrte verständnislos zurück.

Der rothaarige Riese erbarmte sich schließlich. »Der Mann hat nicht nur einfach die Schwestern von irgendjemandem gevögelt wie unser spezieller Freund Marten. Messer hat seine Kompanie im entscheidenden Moment im Stich gelassen. Von der Schlacht von Friedland hast du gehört?«

Cunrat schnaubte. »Wer nicht? Nach ihr ist Kaiser Edrik zum Herrscher über Berun gekrönt worden.«

Ness nickte. »Messer hat es in der Hand gehabt, dass diese Schlacht anders ausgeht. Stattdessen hat er sich entschlossen, uns den Rücken zuzukehren. Man könnte sagen, er ist dran schuld, dass Berun jetzt dort ist, wo es ist. Oder auch: Dass wir jetzt in dieser Scheiße hier stecken. Er …«

Der Vibel schnitt ihm mit einer unwirschen Geste das Wort ab. »Genug. Ein wenig dieser Ehre gebührt auch unserem Kaiser selbst. Also gut«, er wandte sich an Daryl. »Ihr werdet nicht hergekommen sein, um alten und tatsächlich dreckigen Kriegsknechten bei noch älteren Geschichten zuzuhören. Und ich glaube auch nicht, dass ihr euch Fürst Antreno und seiner Revolte anschließen möchtet. Also was genau wollt ihr hier?«

»Dasselbe wie ihr. Der Sache Beruns dienen.«

Der Vibel sah Messer an. »Wie kommst du darauf, dass wir das tun? Dass wir uns nicht Antreno und seinem Aufstand angeschlossen haben?«

»Eben. Immerhin zahlt er wirklich gut«, warf Ness ein.

Der Vibel beachtete ihn nicht. »Antreno beschäftigt einen Eidbinder.«

Cunrat runzelte die Stirn. Ein Eidbinder war wirklich eine ernste Sache. Es gab nur eine Handvoll dieser Männer im Reich. Sie waren Gezeichnete, doch im Gegensatz zu den meisten anderen genossen sie selbst in Berun ein gewisses Ansehen, da nahezu jeder ihre Dienste schätzte. Die meisten Menschen hielten ihre Fähigkeit für harmlos. Cunrat war sich da nicht sicher. Was war an einem Mann harmlos, der dafür sorgen konnte, dass man sein einmal gegebenes Wort entweder hielt oder unfehlbar erkrankte? Wenn Antreno die Kriegsknechte mit einem Eidbinder einschwor, dann würde es niemand wagen, den einmal unterzeichneten Vertrag zu brechen. Es konnte niemand, dem sein Leben lieb war. Was also wollten sie dann noch hier?

Der Vogelmann hob drei Finger. »Erstens, weil ihr noch immer für Thoren arbeitet. Einmal Schildbrecher, immer Schildbrecher und dieser ganze Scheiß.«

»Thoren ist nicht der beste Gefolgsmann des Kaisers. Das solltest du nun wirklich wissen.«

Messer verdrehte die Augen. »Aber er ist der größte Gefolgsmann Ann Revins. Das bedeutet vermutlich, dass ihm mehr an Berun liegt als dem Kaiser selbst. Zweitens«, er deutete hinter den Vibel auf einen Mann, der noch immer am Tisch saß, »sehe ich, Amric ist bei euch. Also habt ihr wieder die Nummer mit dem Gesicht abgezogen, richtig, Ness?«

Der Glatzkopf breitete die Hände aus und grinste. »Sie haben ja geradezu darum gebeten, oder?«

Der Vogelmann wandte sich den beiden Rittern zu. »Das ist eine Spezialität der Schildbrecher. Also dieser Truppe hier. Wenn sie einen Vertrag unterzeichnen, malt einer von ihnen ein Gesicht oder etwas Ähnliches als Unterschrift. Und während alle darüber diskutieren, ob diese Unterschrift gilt oder nicht, unterzeichnet ihr Schreiber Amric mit seiner eigenen Tinte.« Er deutete nochmals auf den unscheinbaren Mann am Tisch, der Messer düster anstarrte.

»Es reicht, Messer«, knurrte der Vibel.

Der Vogelmann schüttelte den Kopf. »Diesmal nicht, Brender. Die Herren Ritter sollten das wissen.« Er sah Cunrat an. »Amric ist ihre Versicherung gegen Eidbinder. Er ist ein Eidbrecher. Und die Unterschrift, auf die niemand achtet, macht ihren Vertrag für einen Eidbinder ungültig, ohne dass es jemandem auffällt. Der dritte Punkt«, Messer hob den dritten Finger, »ist einfach: Ich und die Ritter leben noch. Komm schon, Brender. Wir beide wissen genau, dass ihr mich keine Reden halten lassen würdet, wenn ihr auf Antrenos Seite wärt. Dann hätte ich schon längst eines von Rosskopfs Messern im Rücken.« Er nickte einem Mann mit einem dünnen, bereits ergrauenden Pferdeschwanz zu.

Der Kriegsknecht bleckte die Zähne. »Wenn du unbedingt darauf bestehst ...«

Der Vibel seufzte. »In Ordnung, Messer. Könnte sein, dass du recht hast. Und wie genau willst du Berun dienen?«

»Indem ich euch helfe, Berun zu dienen. Und ihnen. Ich glaube euch nicht, dass es Thorens ganzer Auftrag an euch war, diesen ad Sussetz zu überwachen. So viel Geld könnte nicht einmal er nur dafür ausgeben, ohne dass es irgendjemandem auffällt. Ihr sollt die Lage hier unten im Auge behalten. Natürlich musste er euch schicken. Wem vertraut der alte Wachhund der Kaiserinmutter denn sonst noch? Also weiß Thoren mehr als wir. Und vor allem wusste er es schon vor Wochen.«

Die Kiefer des Vibel mahlten. »Komm zum Punkt. Du gehst allen hier auf den Sack.«

Messer nickte gehorsam. »Ich bin gleich so weit. Langer Rede kurzer Sinn: Ich bin mir sicher, ihr müsst ihm so schnell wie möglich Bericht erstatten.« Er deutete durch das schmale Fenster zum fast leeren Hafen hinab, vor dessen Einfahrt eine gewaltige Kette im klaren Wasser zu sehen war. »Und von hier aus werdet ihr so schnell keine Gelegenheit haben.«

»Und?«

»Tiburone.« Der Vogelmann sah Brender triumphierend an. »In Tiburone gibt es ein weiteres Ordenshaus. Ich war vor einigen Jahren dort. Ein halbes Dutzend Ritter, zwei Handvoll Bedienstete und das Gleiche an Bewaffneten in einer richtigen kleinen Festung mitten im Handelshafen der Stadt. Wenn diese Festung schon gefallen wäre, hätten wir das gehört. Außerdem glaube ich nicht, dass Antreno seine eigene Hauptstadt abriegeln wird. Sie wimmelt zu jeder Jahreszeit von Händlern des gesamten Südmeers und Dutzenden von Söldnern. Davon lebt er. Und wenn ich recht habe, dann kann man von dort aus einen Boten senden.«

»Hm. Schon möglich. Aber das können wir auch ohne dich.« Der Vibel betrachtete Messer und dessen Begleiter nachdenklich. »Erkläre mir, wie du oder die Ritter hier dabei ins Spiel kommen.«

»Einfach. Ich kenne den Weg, ich kenne Leute in Tiburone, die uns helfen, aber am wichtigsten: Ich kann euch aus Gostin rausbringen.«

Der Kriegsknecht namens Rosskopf schnaubte. »Tatsächlich. Und warum gehst du dann nicht? Ich glaube nicht, dass euch drei irgendjemand vermissen …«

Noch bevor jemand antworten konnte, mischte sich Daryl

ein: »Es geht um mehr als nur um uns drei. Wir sind ein gutes Dutzend Männer des Ordens. Wir können nicht alle gehen, ohne dass es auffällt. Zuerst einmal bräuchten wir Ausrüstung. Waffen, Rüstungen, Proviant. Stiefel. Alles Dinge, an die ihr wesentlich leichter kommt als wir. Aber vor allem: Jemand muss hierbleiben und die Augen und Ohren des Ordens sein. Und auch die, die hierbleiben, brauchen Unterstützung. Nahrungsmittel vor allem, und Helfer, die sich frei bewegen können.«

»Frei bewegen?« Ness runzelte die Stirn. »Schöner Plan – aber wie willst du die novenischen Söldner dazu bringen, für euch zu arbeiten?«

Cunrat sah ihn verständnislos an. »Warum sollte er das?«

»Weil wir uns selbst hier auch kaum frei bewegen können. Du glaubst doch nicht, dass die uns hier vertrauen werden, Eidbinder hin oder her? Dazu kommt, dass wir selbst kaum von hier verschwinden können, ohne dass es auffällt.«

Cunrat schüttelte den Kopf. »Aber sie kennen euch nicht alle, oder?«

Ness kicherte. »Du kennst uns Beruner doch. Wir sehen alle gleich aus.«

Forschend sah der Vibel ihn an. »Sie wissen, wie viele wir sind. Darüber hinaus – ich denke, sie wissen, wer ich bin. Amric – er hat für uns verhandelt. Und Hammer ist ja kaum zu übersehen. Selbst für veycarische Kriegsknechte.«

Der junge Ritter nickte. »Ich glaube, ich habe eine Lösung für unsere beiden Probleme. Ihr braucht uns, um aus der Stadt zu kommen, und wir brauchen euch, um unsere Kameraden zu versorgen. Wenn einige von euch Messer begleiten, hinterlassen sie keine Lücke, wenn wir sie durch einige von uns ersetzen.«

Für einen langen Moment war es beinahe völlig still. So lange, bis Cunrat sich fragte, ob er nicht besser den Mund gehalten hätte.«

Schließlich wiegte Ness den Kopf. »Ich sag's ja ungern, aber der grobe Klotz hat gar nicht mal so unrecht.«

Daryl nickte langsam. »Diese Ritter können dann sehen, was der Orden sehen muss – und sie könnten das Risiko tragen und die übrigen versorgen.«

»Ritter, die als Kriegsknechte dienen?« Vibel Brender kratzte sich den Bart. »Dass ich das noch erleben darf. Wir leben tatsächlich in seltsamen Zeiten.«

Cunrat schnaubte. »Wer sagt denn, dass wir als Kriegsknechte ...«

»Du selbst«, unterbrach ihn Messer. »Das kann nur funktionieren, wenn sich eure Männer als die Kriegsknechte ausgeben, die sie ersetzen.«

»Und Befehle von niederem Fußvolk annehmen?«

»Und Befehle von niederem Fußvolk annehmen«, bestätigte Ness. »Dem Fußvolk, das du aufknüpfen lassen wolltest, sobald wir einen Fuß an Land gesetzt haben. Das hat ja schon mal nicht geklappt. Und jetzt sieh dich ...«

»Halt endlich die Klappe, Ness«, bellte der Vibel barsch. »Das hilft uns nicht.«

»Ich glaube nur nicht, dass das eine gute Idee ist, Rodrik. Der Kerl ...«

»Das war ein Befehl, Ness Rools!«

Der kleine Glatzkopf öffnete den Mund, schloss ihn jedoch wieder, ohne etwas zu sagen, und zuckte düster mit den Schultern.

Daryl warf ihm einen Seitenblick zu, bevor er sich an den Vibel richtete. »Wenn es die Sache erfordert, werden wir auch unter euch dienen. Es geht hier um die Sache Beruns, nicht um unsere Wünsche als Ritter.« Er streckte Brender die Hand hin. »Helft uns, und wir helfen euch, Vibel. Der Orden wird es euch danken.«

Der Anführer der Kriegsknechte musterte die Hand und kratzte sich erneut den Bart. »Darauf werde ich mich nicht verlassen.« Er sah auf. »Aber wir müssen nach Tiburone, das stimmt. Berun muss wissen, was hier los ist. Und wenn das heißt, dem Orden zu helfen, dann …«, er nickte und schlug in die noch immer ausgestreckte Hand Daryls ein, »nehme ich eure Bewerbung als Rekruten an. Willkommen in der 43., Ritter.«

Messer schniefte theatralisch, sodass seine lange Nase zitterte. »Ich bin angemessen gerührt«, stellte er fest.

»Halt's Maul, Messer.«

Ness wiegte den Kopf und starrte Cunrat düster an. Und er war nicht der Einzige unter den Kriegsknechten, dem diese Wendung ganz und gar nicht zu gefallen schien. Nun, damit waren diese Männer nicht allein. Rekruten der Kriegsknechte. Was für eine unerhörte, blödsinnige Idee. Er erwiderte das finstere Starren mit hoch erhobenem Kopf. Die meisten der Männer waren älter als er, und die wenigsten waren unversehrt oder wiesen noch ein halbwegs vollständiges Gebiss auf. Ihr Haar war meist kurz geschoren, kürzer, als es sich für einen Ritter geziemte, und ihre Rüstungen waren ein bunt zusammengewürfeltes Sammelsurium aus Beruner Harnischen, von neuen, die geradewegs aus einer der Schmieden der Hauptstadt zu stammen schienen, bis zu dutzendfach geflickten Stücken, die vermutlich noch älter waren als ihr Besitzer selbst. Mehr als einer hatte seine Ausrüstung mit Teilen ergänzt, die vielleicht Beute von

Kriegszügen waren: fremdartig anmutende Rüstungsstücke, die aus einem der novenischen Länder stammen mochten, oder dem Kolno, aus Dumrese oder noch weiter im Norden ... die Reisenden allein wussten, woher. Andererseits – es war bei dieser Sorte von Abschaum wohl genauso wahrscheinlich, dass sie durch Glücksspiel oder irgendein Verbrechen an ihren jetzigen Besitzer geraten waren. Alles, was dieser Truppe den oberflächlichen Anschein einer ordentlichen Kompanie des Kaisers verlieh, waren die Hosen und Wämser im Rot Beruns. Und sah man genauer hin, so war nicht einmal das wirklich einheitlich. Abscheu wallte in Cunrat auf. Kein Wunder, dass sich jemand wie Marten ad Sussetz zu dieser Art von Mensch hingezogen fühlte. Und umso entwürdigender, dass ausgerechnet er sich jetzt an der Stelle dieses ... dieses Bastards wiederfand. Cunrat atmete tief durch.

»Ich ...«

»Halt den Mund.« Der rotbärtige Riese namens Hammer unterbrach ihn mit erhobener Hand.

»Was?« Cunrat sah den Mann ungläubig an. »Ist das die Parole des Tages – jeder verbietet dem anderen den ...?«

»Schschschhhh!«, zischte der Riese durch seine beachtliche Zahnlücke und schob ihn beiseite wie einen kleinen Jungen, um aus einem der schmalen Fenster zu starren, die über den Hafen hinaussahen. »Schiff«, stellte er fest.

»Oh! Ein Schiff. Im Hafen. Hammer, manchmal beeindruckst du mich.« Ness verdrehte die Augen, doch der Rotbärtige ignorierte ihn.

»Das solltest du dir ansehen, Vibel.«

Brender runzelte die Stirn und trat neben den Hünen, und weitere Kriegsknechte wandten sich den übrigen Fenstern zu. Gemurmel kam auf. Cunrat wechselte einen Blick mit Daryl und versuchte, über die Köpfe der Männer hinweg den Hafen zu erkennen.

Das Wasser des Hafenbeckens war azurblau und so klar, dass er bis auf den sandigen Grund sehen konnte. Die Schatten zweier großer Raubfische glitten träge durch die Lagune und über die hellen Rippen eines längst versunkenen Schiffs. Die noch immer unreparierte Triare lag am Ende einer der Molen, eine Handvoll Fischerboote dümpelte auf der anderen Seite, und zwei altersschwache veycarische Kauffahrer lagen fest vertäut am Ufer. Was bei den Reisenden war daran ...? Seine Augen waren weitergewandert, hinaus hinter die uralte, gewaltige Hafenkette, die die schmale Ausfahrt versperrte, und zu dem Schiff, das täuschend behäbig aus dem trüben Dunst über den dort draußen dunkleren Wellen auf Gostin zuglitt, als wäre es ein dritter, wesentlich größerer Artgenosse der beiden Räuber im Inneren des Hafens.

Es war groß genug, um die gewaltige Triare plötzlich schlank und filigran wirken zu lassen, hellgrau wie in der Sonne gebleichtes Treibholz, und obwohl es über drei kurze Masten verfügte, war kein Fetzen Tuch an seinen schrägen Rahen gehisst. Umso bemerkenswerter war es, dass sich das Gefährt stetig auf Land zubewegte, obwohl es über keine Ruderreihen verfügte, wie sie bei Schiffen der Inneren See üblich waren.

»Keine Besatzung«, murmelte einer der Männer.

Cunrat nickte stumm. Das war das Bemerkenswerteste daran. Auf dem gesamten Deck war nicht eine lebende Seele zu sehen. Seltsamerweise schickte ihm dieser Anblick einen leisen Schauer über den Rücken. *Was bei den Reisenden ist das?*

»Ein Götterschiff«, sagte Messer leise, wie um seine unausgesprochene Frage zu beantworten. Köpfe drehten sich ihm zu, und der Vogelmann zeigte sein eigentümliches Schulterzucken. »So wurde es zumindest in Cortenara genannt. Ich habe dort vor Jahren schon mal so eins gesehen.«

»Was hast du in Cortenara getrieben?«, fragte Ness argwöhnisch.

»Nachrichten überbracht.« Messer winkte ab. »So ein Schiff wie das lag damals dort vor dem Hafen. Es war nicht möglich, näher ranzukommen, weil niemand es gewagt hat hinauszufahren. Selbst ihre Fischer blieben im Hafen, bis es wieder verschwunden war. Angeblich kommt es aus dem Süden, dem Peynamoun, wo es von den Wilden als Heim der Götter verehrt wird. Kein Mensch konnte mir irgendwas Genaueres sagen, außer, dass es gelegentlich, sehr selten, vor Cortenara erscheint, um die Reisenden wissen was zu kaufen oder zu verkaufen.« Er kratzte sich nachdenklich die Nase. »Vielleicht war es auch das dort unten. Es hat noch nie jemand mehr als das eine gesehen.«

Daryl sah skeptisch aus. »Warum hat der Orden noch nie von einem Götterschiff gehört?«

Cunrat riss den Blick von Messer los und starrte abermals hinaus. Götterschiff. Er beobachtete das Schiff, das jetzt vor der Hafeneinfahrt langsamer wurde und noch immer ohne erkennbaren Antrieb beizudrehen begann, um nicht mit der Kette zu kollidieren, die ihm den Weg in die Stadt versperrte.

»Ich frage mich, was es hier will«, äußerte Ness, was in allen Köpfen vorging.

»Ich fürchte, es wird erwartet«, gab Messer zurück.

Die Landsknechte sahen ihn an.

»Unsere Freunde aus dem Novenischen, die neuen Truppen des Fürsten, erwarten Hexer. Hexer aus dem Süden. Und bitte fragt mich jetzt nicht, warum. Ich habe nicht gefragt, und ich hatte nicht vor, noch länger hierzubleiben.«

Daryl starrte mit zusammengezogenen Brauen auf das Schiff. »Antreno wird nicht so wahnsinnig sein und sich mit fremden Göttern zusammentun, um Berun loszuwerden«, murmelte er. »Er muss wissen, dass der Orden eine solche Ketzerei niemals dulden wird.«

»Man sagt, drei Dinge sind unerschöpflich, Ritter. Die Zahl der Sterne, der Hochmut Beruns und die Dummheit von Menschen, die sich im Recht sehen.« Ness zögerte. »Eigentlich die Dummheit der Menschen allgemein.« Er kratzte sich das halbe Ohr. »Irgendwie lässt sich der Spruch noch verbessern ... Jedenfalls würde ich nichts darauf verwetten, dass Antreno nicht noch mehr Dummheiten macht als ohnehin schon.«

»Trotzdem. Peynamoun-Götter?«, fragte der Vibel nachdenklich. »Der Ritter hat recht. Irgendetwas passt nicht zusammen.«

In genau diesem Moment schälte sich ein zweites Schiff aus dem dünnen Nebel, treibholzgrau und groß wie das erste.

»Bei den verschissenen Gruben«, murmelte Ness entgeistert.

»Das beantwortet wohl die Frage, ob es nur eines davon gibt«, stellte Messer fest.

»Die Reisenden mögen uns beistehen.« Daryl machte unwillkürlich ein Abwehrzeichen, und Cunrat tat es ihm nach. Schweigend beobachteten die Männer, wie das andere Schiff in einiger Entfernung vorbeizog. Im Gegensatz zum ersten hielt es nicht auf die Hafeneinfahrt Gostins zu und machte keinerlei Anstalten, seine Fahrt zu verlangsamen. Gemächlich durchschnitt es die flachen Wellen und folgte der Küste weiter in Richtung Osten.

»Ich verstehe das nicht. Wo wollen sie hin?«, fragte Daryl nach einer Weile.

»Es gibt nicht viel, was im Osten liegt. Eine Handvoll Fischerdörfer und jede Menge Wildnis. Ein Flusslauf, der bis Tiburone führt, aber den kommen sie mit diesem Kahn auf keinen Fall hinauf. Also wenn sie nicht gerade an der Küste hinauf nach Berun wollen – ich habe keine Ahnung.« Auch Messer sah ratlos aus.

»Wohin auch immer, es kann nicht gut sein«, gab der Vibel zurück. Nachdenklich rieb er sich den Bart. »Verdammt. Ritter, ich glaube, unser Zeitplan hat sich soeben verschärft.«

6

EINE ZWEITE CHANCE

Das war das Beunruhigendste am Anblick hungriger Skellinge: Egal, wie stark und mächtig man zu Lebzeiten gewesen sein mochte, die gierigen Vögel scherten sich nicht darum. Hackten mit spitzen Schnäbeln auf Fleisch und Muskeln ein, bis selbst von den strahlendsten Helden kaum mehr übrig blieb als ein Haufen ausgeblichener Knochen. Die Skellinge hatten viel zu tun an diesem elenden Ort des Todes irgendwo im Süden von Lytton, auf einem abgeernteten Weizenfeld, über das der Frost eine glitzernde Decke ausgebreitet hatte. Überall lagen die Toten. Lagen ausgestreckt da, wo ihnen Äxte und Schwerter die Schädel gespalten hatten, ausgeweidet, blutig und verstümmelt. Es war das reinste Schlachtfeld. Allerdings keines von der Art, über die ein Barde in seinen Liedern berichten würde. Keines aus den alten Legenden, wo sich Reiter in stahlblitzenden Rüstungen im ehrenhaften Zweikampf maßen oder junge Recken schwertschwingend über das Schicksal von Königreichen entschieden. Die meisten der Getöteten waren Handwerker und einfache Bauern, unter ihnen zahlreiche Frauen und Kinder. Notdürftig bewaffnet mit Dreschflegeln und Handwerkszeug, das sie mit Nägeln und Eisenbändern verstärkt hatten und das ihnen dennoch nichts gegen die langen Spieße ihrer Gegner genützt hatte. Dieser Ort war die Wirklichkeit. Die Art von Schlachtfeld, an die sich Danil wohl langsam gewöhnen musste. Es fiel ihm wesentlich leichter, als er gedacht hatte.

Seine Vollrüstung war blutverschmiert und mit Kratzern übersät, und auf seinem zerbeulten Schild war das Wappen des Hauses ad Corbec kaum noch zu erahnen. Durch den schmalen Schlitz seines Visiers schielte er keuchend zu seinem Gegner hinauf. Der bärtige Auttriner war ein wahrer Koloss, und er war in einen rußgeschwärzten Stahlpanzer gehüllt, der seine massige Statur nur noch mehr betonte. Statt auf Schild und Langschwert verließ er sich auf einen gewaltigen Zweihänder, den er mit erstaunlichem Geschick schwang.

Danils größter Vorteil war seine Gewandtheit, aber der aufgewühlte Schlamm machte es ihm fast unmöglich, zwischen den Ackerfurchen auf den Füßen zu bleiben. Mehr als einmal war er beim Zurückweichen schon ausgerutscht und ins Straucheln geraten, und jedes Mal, wenn die mächtige Klinge scheppernd gegen seinen Schild schlug, stöhnte er schmerzerfüllt auf. Der Auttriner quittierte seine Laute mit einem gehässigen Grinsen. Er war kein Mann von Adel, und einen Schwertmann des Kaisers in die Knie zu zwingen würde ihm sicherlich besonders Freude machen.

Mit aller ihm noch zur Verfügung stehenden Kraft drückte Danil den Schild zur Seite, um den nächsten Hieb des Riesen abgleiten zu lassen. Gleichzeitig ging er in die Knie, um die Deckung seines Gegners zu unterlaufen. Dem Riesen bereitete es keine Mühe, diesen halbherzigen Versuch mit einer leichten Drehung abzuwehren. Klirrend schlugen die Schwertklingen aufeinander. Als der Auttriner die Waffe nach unten drückte und sein ganzes Gewicht dahinterlegte, spürte Danil, wie der Boden unter seinen Füßen erneut nachgab.

Henrey Thoren hatte ihm das Kämpfen beigebracht und ihn im Laufe der Jahre oft und gern gegen Flüster antreten lassen. Der schweigsame Mann war in einem früheren Leben ein gefürchteter Doppelsöldner gewesen, dessen Aufgabe darin bestand, mit bloßer Kraft und der Hilfe eines gezackten Zweihänders eine waffenstarrende Front zu allem entschlossener Spießträger aufzubrechen. Anfangs hatte Danil noch versucht dagegenzuhalten, wenn Flüster auf ihn eindrang. Ein ums andere Mal hatte dieses sinnlose Unterfangen lediglich dazu geführt, dass er sich nach kurzem Kräftemessen im Staub des Übungsplatzes wiedergefunden hatte. Irgendwann war aber auch er schließlich dahintergekommen, dass man sich den Fluten nicht entgegenstemmte, sondern mit ihnen ging. Dass man sie mit sanftem Nachdruck umleitete und zu seinem eigenen Vorteil nutzte.

Für einen kurzen Augenblick zögerte Danil. Er senkte die Klinge leicht ab, ließ die schwere Waffe seines Gegners daran abgleiten, drehte sich dabei leicht zur Seite und stieß einen erstickten Schrei aus, als das gepanzerte Knie des Auttriners ihn mitten im Schritt traf. Er trug zwar einen Tiefschutz, aber der Stoß war so heftig, dass es ihn von den Beinen riss und rücklings im Schlamm landen ließ.

Er spürte noch, wie die Zweihänderklinge über seinen Panzerhandschuh schabte und ihm den Griff seines eigenen Schwerts aus den Fingern schlug, dann wurde ihm schwarz vor Augen. Als er wieder einigermaßen bei Sinnen war, stand der Riese direkt über ihm und richtete die Schwertspitze auf seine Kehle.

Danil schluckte schwer und hob die Hand.

»Der Feigling gibt auf«, hörte er die krächzende Stimme von Carbo, dem Kassier des Heerzugs. Die Schadenfreude in seinen Worten war nicht zu überhören.

Hämisches Gelächter ertönte ringsum, und der Auttriner zog die Spitze seines Zweihänders von Danils Kehle fort.

»Ich hatte mehr von einem Schwertmann des Kaisers erwartet«, brummte er und wandte sich kopfschüttelnd ab. »Ein Sack voller Rüben wäre ein würdigerer Gegner gewesen.«

»Dabei erkenne ich sogar eine gewisse Ähnlichkeit mit einem Rübensack«, krächzte Carbo fröhlich. Er warf dem Riesen einen kleinen Lederbeutel zu. »Das ist für dich, Auttriner. Gute Arbeit.«

»Arschlöcher«, murmelte Danil in seinen struppigen Bart, als sich die Zuschauermenge zerstreut hatte. Halbherzig versuchte er, sich aufzurichten, doch als er im aufgeweichten Schlamm keinen Halt fand, ließ er sich zurück in die Ackerfurche sinken. Eine Weile folgte er mit dem Blick den Flugbahnen der Skellinge, die in großer Zahl über dem Feld kreisten. Er spürte, wie die Nässe langsam seine Unterkleidung zu durchweichen begann, und fühlte sich mit einem Mal ziemlich einsam. »Vielleicht sollte ich einfach liegen bleiben, bis die Skellinge auch mit mir fertig sind ...«

»Blutvögel machen sich nichts aus Rüben«, entgegnete eine fremdartig klingende Stimme zu seiner Linken. Stöhnend drehte er den Kopf und erkannte Bogk, den alten Fährtensucher, der dem Heer als Führer durch die lyttonschen Wälder diente. Er war untersetzt und zäh wie gegerbtes Leder. Seinen Kinnbart trug er zu dünnen Zöpfen geflochten, und das Haupthaar hatte er bis auf einen weiteren fingerdicken Zopf am Hinterkopf vollständig kahl rasiert. Trotz der Kälte trug er nur eine schlichte Lederweste, und Danil konnte die Striche und Linien sehen, die seine Arme bis hinauf zum Hals zierten. Schutzzeichen hatte er sie genannt, jedes gegen eine andere Art von Übel. Ihrer Anzahl nach gab es in den nördlichen Wäldern wohl eine ganze Menge, vor dem man sich schützen musste.

»Warum tust du dir das nur immer wieder an?«, fragte der alte Waldmensch und streckte ihm kopfschüttelnd seine verhornte Pranke entgegen.

»Weil ich es kann.« Danil schlug die Hand zur Seite und stemmte sich ohne fremde Hilfe in die Höhe. Er musterte seinen zerdellten Schild und hob dann sein Schwert auf, das schon eine beträchtliche Anzahl hässlicher Scharten aufwies. Mürrisch steckte er es zurück in den Gürtel. »Ich habe den Auttriner nur in Sicherheit gewiegt. Ich gebe zu, dass diesmal auch ein wenig Pech dabei gewesen ist. Die Scheiß-Ackerfurchen waren verdammt rutschig.«

Bogk nickte. »Das ist klug. Sich dumm zu stellen, meine ich, um den Gegner in Sicherheit zu wiegen. Seht, der dumme Krieger, der sein Geld in sinnlosen Zweikämpfen aufs Spiel setzt, die er mal gewinnt, aber viel zu oft auch verliert.«

Danil warf ihm einen finsteren Seitenblick zu. Das ausdruckslose Gesicht seines Gegenübers ließ wie immer nicht erkennen, ob er sich gerade über ihn lustig machte oder nicht. »Carbo ist dumm wie ein Sack toter Ratten. Er wird glauben, dass er mich jetzt endlich einschätzen kann. Wenn ich das nächste Mal gleich fünf seiner Männer zum Zweikampf fordere, wird er mit Freuden darauf eingehen und den Einsatz verdoppeln. Dann werden wir sehen, wer als Letzter lacht.«

»Die Kolnorer kämpfen auf diese Art. Sie wiegen ihren

Gegner in Sicherheit, und wenn er es am wenigsten erwartet, schlagen sie aus dem Hinterhalt zu.« Bogk vollführte eine zustechende Bewegung mit dem Zeigefinger. »Aber du machst dir keine Freunde damit. Die anderen werden dich dafür hassen und dir Steine in den Weg legen, wo immer sie können. Der Kampf aus dem Hinterhalt ist ein Kampf ohne Regeln. Er muss mit äußerster Entschlossenheit und Härte geführt werden, denn dein Gegner wird kein zweites Mal auf dieselbe Hinterlist hereinfallen.«

Danil schnaufte. »Ich habe in diesem stinkenden Loch von einem Fürstentum noch keinen echten Gegner gesehen. Keine Krieger, keine Söldner, kein Heer. Niemanden außer einer Handvoll halb verhungerter Bauern, die ihre kümmerlichen Besitztümer mit Mistgabeln verteidigen.« Er nickte zur Leiche eines Jungen hinüber, der am Feldrand vom Ast einer Eiche baumelte und um dessen verbliebenes Auge sich zwei zeternde Skellinge balgten. »Ich hatte geglaubt, wir würden im Namen des Kaisers die Armee von Lytton herausfordern und den Fürsten für die Beteiligung an der kolnorischen Verschwörung bestrafen. Stattdessen plündern wir wahllos Dörfer und erschlagen unschuldige Bauern, die kaum anders aussehen als unsere eigenen.«

»Götteranbeter!« Bogk hob den Zeigefinger. »Es handelt sich um Kultisten, die sich dem Irrglauben an die toten Götter verschrieben haben. Allesamt Abschaum, Diebe, Verbrecher und Lügner.«

»Das sind Jorings Worte. Du selbst glaubst doch auch noch an die toten Götter.«

Bogk schüttelte so heftig den Kopf, dass seine Bartzöpfe durch die Luft flogen. »Geister. Ich glaube an die Geister des Waldes. Das ist etwas anderes, wie mir Joring erklärt hat. Die toten Götter waren bösartig und machtbesessen, während die Geister des Waldes friedfertige Wesen sind, die in Harmonie mit den Menschen und der Natur leben. Das ist in den Augen Kazarhs und der Reisenden eine verzeihliche Sünde, sofern man diesem Irrglauben abschwört und sich dem Kaiser unterstellt. Und so wird es auch geschehen. Sobald der Kaiser mein Volk in sein Reich aufgenommen hat, werden wir aufrichtig bereuen und in Zukunft nur noch seine Götter anbeten.«

»Die Reisenden sind keine Götter«, verbesserte Danil mechanisch. »Sie sind Gesegnete.«

Bogk zuckte mit den bemalten Schultern. »Meinem Volk ist es egal, wie ihr sie nennt. Wichtig ist nur, dass sie stark sind.«

Joring hatte sein Quartier außerhalb der Siedlung in einem Gasthof aufgeschlagen. Ein Stück weiter hangaufwärts, wo der Leichengestank nicht ganz so intensiv war wie unten auf den Feldern. Die Straße war von Hunderten Stiefelpaaren aufgewühlt, und überall schossen Zelte mit den bunten Bannern des Kaiserreichs und des Flammenschwertordens aus dem Boden. Es herrschte ausgelassene Stimmung im Tross, denn nichts erfreute Kriegsknechte mehr als die Aussicht auf reiche Beute ohne nennenswerte Gegenwehr. Die Bauerndörfer konnten zwar nicht mit Gold und Schmuck aufwarten, aber dafür so kurz vor Einbruch des Winters mit prall gefüllten Speisekammern. Über einem provisorischen Grill ganz in der Nähe brutzelte ein ansehnlicher Ochse im eigenen Fett, und Danil spürte, wie sich ihm der Magen zusammenzog. Mit einem wehmütigen Blick auf das duftende Fleisch folgte er Bogk in das Innere des Gasthofs.

Es dauerte einige Augenblicke, bis sich seine Augen an das Halbdunkel gewöhnt hatten, aber die kräftige Gestalt in der Plattenrüstung der Ordensritter erkannte er sofort. Joring hatte sorgfältig zurückgekämmtes, pechschwarzes Haar, buschige Augenbrauen und den stechenden Blick eines Mannes, der immer aus Überzeugung handelte. Seine weißen Lederhandschuhe waren vorn an den Knöcheln blutbefleckt. Das Blut stammte ganz offensichtlich aus dem Gesicht des Mannes, der mit über dem Kopf zusammengebundenen Händen von einem Deckenbalken baumelte. Er schien schon eine ganze Weile dort zu hängen, denn einige der Flecken unter seinen Füßen waren bereits eingetrocknet. Joring streifte die Handschuhe ab und goss sich aus einem Krug an der Theke einen Becher Wein ein. »Ihr habt euch reichlich Zeit gelassen.«

»Hat ein wenig gedauert, ihn zu finden«, sagte Bogk. »Herre Danil hat sich unten am Fluss im ritterlichen Zweikampf gemessen.«

Joring nippte an seinem Wein und musterte Danil dabei von Kopf bis zu den Füßen. »Es scheint Euch nicht besonders gut bekommen zu sein.«

Der junge Adlige zuckte mit den Schultern. »Ich habe meinen Gegner nur in Sicherheit gewiegt.«

»Verstehe.« Joring stellte den Becher auf der Theke ab und rollte die Schultern. »Cajetan ad Hedin hat Euch aber nicht auf diesen Heerzug mitgeschickt, damit Ihr Euch mit dem einfachen Volk im Dreck balgt, Herre.«

»Ich bin nicht mehr in Übung. Das Abschlachten von Bauern und Ziegenhirten hat meine Zeit so sehr in Anspruch genommen, dass ich anfange, um meine Schwertkampffähigkeiten zu fürchten – falls wir in den nächsten Monaten tatsächlich einmal auf nennenswerten Widerstand stoßen sollten.«

Joring verzog das Gesicht. »Willkommen in der Wirklichkeit, Hoheit. Echte Kriege unterscheiden sich in einigen wesentlichen Punkten von den ritterlichen Turnieren am Kaiserhof. Im Kampf um das Ansehen williger Hofdamen seid Ihr möglicherweise ein ganz passabler Recke, aber hier draußen braucht es andere Männer.«

»Kindermörder und Vergewaltiger?«

Joring zog die buschigen Augenbrauen zusammen. »Zunächst einmal Männer, die ihren Stand kennen. Ihr scheint damit aber immer noch Probleme zu haben.«

»Ganz offensichtlich.« *Hätte ich sonst im Suff versucht, deinen Tempelfürsten mit seinem eigenen Dolch zu erstechen? Würdest du dich immer noch so vor mir aufspielen, wenn du es wüsstest? Immerhin trage ich ein Schwert in meinem Gürtel …* »Ich bitte um Vergebung dafür.« Lächelnd neigte Danil den Kopf. Er zog den Weinkrug zu sich heran, schnüffelte an der Öffnung und verzog das Gesicht. Je weiter sie in diesem götterverpesteten Land nach Norden vordrangen, desto schlechter wurde der Wein. Wenn er Meister Grill richtig verstanden hatte, lag es wohl an dem Mangel an Sonnenlicht und an der Kälte. Er erschauderte bei dem Gedanken daran. Diese verdammte Scheißkälte, die mit jedem Tag schlimmer wurde und sich schleichend in der Kleidung und in den Knochen einnistete. Es hieß, dass die Winter im Norden von Tertys so hart und frostig waren, dass der Schnee aus manchen Regionen monatelang nicht zurückwich und die Schafe auf den Weiden festfroren. In der Kaiserstadt kam es kaum einmal vor, dass ein paar Flocken vom Himmel fielen, und in höchstens einem von zwei Dutzend Jahren blieben sie länger als eine Handvoll Tage liegen, bis sie sich wieder zurück in Wasser verwandelt hatten. Es war Danil ein echtes Rätsel, wie Bogk so ein Klima auf Dauer ertragen konnte. Seufzend hob er den Krug und prostete Joring zu. »Ich verspreche Euch, an meiner Unterwürfigkeit zu arbeiten, aber ich bin mir sicher, dass Ihr mich nicht deswegen gerufen habt.«

Joring starrte ihn einen langen Augenblick an. »Ich kann Euer Unverständnis für die derzeitige Situation nachvollziehen. Ihr fragt Euch, welchem Zweck es dienen soll, Bauern und Knechte zu erschlagen und eine Handvoll Dörfer anzuzünden.« Er warf einen angewiderten Blick zur Tür. »Diesem zerlumpten Haufen von Kriegsknechten dort draußen ist es egal. Sie sind wie Hunde. Sie fragen sich nicht, warum sie kämpfen. Sie sind einzig und allein daran interessiert, dass ihr Fressnapf immer schön voll ist. Solange sie reichlich Beute vorfinden, sind sie zufrieden. Ihr dagegen seid von Adel und sehnt Euch danach, Eure Kräfte in einer ehrlichen Schlacht mit einem ebenbürtigen Gegner zu messen. Ihr wollt kämpfen und das Unkraut niedermähen, das es gewagt hat, gegen unser großartiges Kaiserreich aufzubegehren. Dafür seid Ihr geboren und ausgebildet worden.« Sein Zeigefinger schoss unvermittelt in Danils Richtung. »Jedoch seid Ihr damit nicht klüger als die Kriegshunde dort draußen. Mit einem Sieg über Lyttons Heer oder der Eroberung ihrer Städte mögt Ihr den Widerstand eindämmen und die Aufrührer für kurze Zeit zum Schweigen bringen, aber Ihr beseitigt nicht das wahre Problem in diesem Land. Die Wurzel des ganzen Übels.« Er ballte die Hand zur Faust. »Diese verdammten Götteranbeter und ihre Priester. Sie sind es, die Zwietracht säen und den Kaiser bedrohen. Sie sind es, die all diese Kriege gegen unser Reich anzetteln. Verdorbene Seelen allesamt. Gegen diese

Untiere sind wir in Wirklichkeit ausgezogen. Um sie aufzustöbern, sie aus ihren Löchern zu treiben und letztendlich der reinigenden Flamme des Schwerts zu überantworten. Um die Wurzel allen Übels mit Stumpf und Stiel auszurotten!« Seine Faust donnerte so heftig auf die Theke, dass Danil zusammenzuckte.»Niemand aus dieser verdammten Brut darf entkommen. Kein Mann, keine Frau, kein Kind. Denn auch nur …«

»… eine einzige trächtige Sau vermag eine ganze neue Herde zu werfen«, vollendete Bogk lächelnd den Satz des Ordensritters.

Joring runzelte irritiert die Stirn.»Nach den Worten Patriarch Daryl ad Skellvars handelte es sich bei der Sau zwar um einen Samen, der einen ganzen neuen Wald hervorzubringen vermag, aber so kann man es in der Sprache des einfachen Mannes wohl auch ausdrücken, ja.« Er nickte zu dem Gefangenen am Deckenbalken hinüber.»Während Ihr Euren Vergnügungen frönt, Herre Danil, sind wir endlich einen gewaltigen Schritt vorangekommen. Alles, was wir bislang gefunden hatten, waren kleine Säue … Samen, im Gegensatz zu der Spur, auf die wir heute gestoßen sind. Dieser Mann hier hat uns einen Ort verraten, dessen Fürst ein einflussreicher Anhänger der toten Götter ist. Er herrscht über eine Siedlung in den Hügeln, nur vier Tagesreisen entfernt. Skolholt oder so ähnlich. Wir werden diesen Ort aufsuchen und herausbekommen, wo sich die verdammten Priester verstecken.«

»Ein weiteres Gemetzel unter Bauern also …«

»Die gerechte Strafe für ihren Mangel an Respekt vor dem Kaiser und dafür, dass sie die verdammten Götter anbeten.«

Danil stieß die Luft aus.»Ich habe endgültig genug von diesen Dingen.«

»Glaubt Ihr, dass mir gefällt, was wir da tun? Ich könnte mir eine Unzahl schönerer Dinge vorstellen, aber ich habe eine Aufgabe zu erfüllen, und das ist alles, was zählt. Falls es Euer Gewissen beruhigt: Skolholt verfügt über Palisaden und Wachtürme und wird von zahlreichen Kriegern bewacht. Krieger, gegen die Ihr nach Herzenslust kämpfen könnt, wenn Euch das glücklich macht.«

Danil seufzte gequält. »Gibt es denn keinen anderen Weg? Können wir nicht zur Abwechslung mal mit ihnen reden? Vielleicht verraten sie uns ja freiwillig, was wir wissen wollen.«

Joring lachte. »Und dann verheiraten sie uns mit ihren Töchtern und ernennen uns zu Königen. Das wäre doch etwas, nicht wahr?«

»Das wäre der Idealfall, aber so viel wage ich dann doch nicht zu hoffen. Es reicht, wenn sie uns das Versteck der Priester nennen.«

Joring verzog das Gesicht. »Euer Gejammer geht mir langsam auf den Geist. Wisst Ihr was? Ich gebe Euch die Gelegenheit, mit ihnen zu reden. Geht nach Norden und redet mit diesen Wilden, vielleicht gelingt es Euch ja, sie zu überzeugen. Vielleicht massakrieren sie Euch aber auch nur und nageln Euren Kopf über das Stadttor. Damit wäre mir ebenfalls geholfen. Ich wäre dann endlich Euer ewiges Genörgel los und hätte darüber hinaus auch noch eine ganz hervorragende Begründung, um Skolholt dem Erdboden gleichzumachen.«

Danil blinzelte und senkte den Weinkrug. »Ich? So hatte ich das eigentlich nicht ...«

»Wenn ich es recht bedenke, kann ich mir gar keinen besseren Mann für diese Aufgabe vorstellen. Nehmt Bogk mit, er wird Euch den Weg weisen.«

»Aber …«

»Kein Aber.« Joring streifte sich die Lederhandschuhe über. »Wenn der Herr befiehlt, dann hat der Hund zu springen. Ich befehle Euch hiermit, besonders hoch und besonders weit zu springen. Dringt in die Siedlung ein und besorgt mir die verdammten Informationen. Falls Ihr wider Erwarten erfolgreich seid, lasse ich Skolholt stehen – und vielleicht wird sich sogar Cajetan ad Hedin erkenntlich zeigen.«

»Zerreißt er dann den Vertrag und lässt mich zurück an den Kaiserhof?«

»Er wird darüber nachdenken. Je nachdem, was ich ihm berichte.«

Danil seufzte. »Dann ist es mir eine Ehre, dem Orden zu dienen.« *Jedenfalls, solange er mich am Arsch hat. Danach …* *sehen wir weiter.*

»Das wäre dann alles.« Joring wandte sich erneut dem Gefangenen am Deckenbalken zu. Danil hatte den Mann zunächst für tot gehalten, aber als der Ordensritter auf ihn zutrat, stieß er ein leises Wimmern aus. »Ich habe noch ein paar wichtige Dinge zu erledigen.«

Bogk räusperte sich. »Und mein Stamm? Wird Cajetan ad Hedin wie versprochen auch über meinen Stamm nachdenken, wenn wir erfolgreich sind? Ihr werdet die Priester töten, so wie vor Urzeiten die Reisenden die Götter, und danach werdet Ihr dem Kaiser empfehlen, uns mit offenen Armen im Reich aufzunehmen. Ist es nicht so?«

Joring nickte gedankenverloren. »Jaja, er wird dir schon geben, was du verdienst. Und jetzt schließt bitte die Tür hinter Euch, wenn Ihr geht.«

Danil blickte von Joring zu dem Waldmenschen. Er öffnete den Mund und schloss ihn gleich darauf wieder. Beim Verlassen des Raums achtete er darauf, dass die Tür sauber hinter ihm ins Schloss fiel.

»Was ist der Kaiser für ein Mann?« Bogk hatte auf ihrem Ritt nach Norden eine Unzahl Fragen, und jede, die von Danil beantwortet wurde, warf zwei oder drei neue auf.

Die Straße folgte der natürlichen Grenze zwischen dem Siedlungsgebiet Lyttons im Westen und den undurchdringlichen Waldregionen, in denen die kriegerischen Stämme der Waldmenschen hausten. Rechtlich gesehen gehörten sie ebenso wie Lytton zum Berunischen Kaiserreich, aber so ganz hatte sich das in diesen abgelegenen Regionen noch nicht herumgesprochen. So kam es immer wieder vor, dass sich Stämme zusammenschlossen, um Vieh und Getreide aus den tiefer gelegenen Regionen des Landes zu stehlen und gelegentlich auch kolnorische Dörfer weiter im Südosten zu überfallen. Meistens aber nur, um sich am nächsten Tag mit ihnen zusammenzutun, um wagemutige Lyttoner Siedler, die sich in ihren Flussauen niedergelassen hatten, wieder nach Westen zurückzutreiben. Diese immerwährenden Scharmützel hatten zwar den angenehmen Nebeneffekt, dass keiner der Beteiligten bislang auf die Idee gekommen war, sich gegen die Herrschaft Beruns aufzulehnen, allerdings sorgten sie auch dafür, dass die einheimische Bevölkerung besonders kampferprobt blieb und allem Fremden, das ihr Land betrat, mit tiefem Misstrauen begegnete.

Der einsetzende Schneefall ließ sie nur langsam vorankommen. Unablässig ließ Danil den Blick über das Unterholz am Straßenrand schweifen, während er in steter Erwartung eines Hinterhalts den Griff seines Schwerts so fest umklammert hielt, dass ihm die Finger schmerzten.

Bogk schien sich dagegen keine Sorgen zu machen. Nicht einmal die Kälte bremste ihn in seiner Wissbegier. »Ist er ein großer Krieger, euer Kaiser? Welche Waffe bevorzugt er im Kampf? Hat er schon einmal einen *Urgon* erjagt?«

»Einen *Urgon*?« Danil warf Bogk einen fragenden Seitenblick zu. »Ich habe noch nie von so einem Tier gehört.«

»Es ist ja auch ein Fabelwesen. Ein Tier aus uralten Liedern. Kein lebender Mensch hat je einen *Urgon* zu Gesicht bekommen.«

»Und wie soll der Kaiser ihn dann erlegt haben?«

Bogk zuckte mit den Schultern. »Ich weiß es nicht, aber unsere Stammesfürsten brüsten sich gern mit solchen Dingen.«

Der Schneefall nahm stetig zu, und Danil gelang es kaum noch, den Verlauf der Straße zu erkennen. Im Grunde verließ er sich schon seit einem halben Tag darauf, dass der Waldmensch die Spuren richtig zu deuten wusste. Derselbe Waldmensch, der von Fabelwesen erzählte, die noch nie ein Mensch erblickt hatte … Danil seufzte und zog die Kapuze tiefer ins Gesicht. »Kaiser Edrik kämpft nicht gern. Er ist kein großer Krieger. Um ehrlich zu sein, ist er noch nicht einmal ein großer Herrscher. Das Reich wird in erster Linie von seiner Mutter regiert.«

Bogk schüttelte lachend den Kopf. »Eine Frau auf dem Kaiserthron?«

»Sie ist sehr klug. Sie hat Berun schon zu Zeiten Kaiser Harands zusammengehalten. Immer dann, wenn er auf Kriegszug war – und das kam ziemlich oft vor.«

Bogk nickte wissend. »Im Grunde ist es nicht viel anders als bei uns. Wir Männer sind zu nicht viel anderem zu gebrauchen als zum Kämpfen und zum Trinken. Die Frauen sind es, die den Stamm zusammenhalten. Sie kümmern sich um das Dorf und das Vieh, sie ziehen die Kinder groß, üben sich in Heilkunde und sagen die Zukunft voraus. Meistens können sie auch viel härter verhandeln als wir.« Er beugte sich verschwörerisch über den Hals seines Pferds. »Ich rate dir, enttäusche niemals deine Frau. Denn ohne sie bist du ein Nichts und in dieser komplizierten Welt vollständig verloren.«

Danil blies die Backen auf. »Und das sagt ihr mir alle erst jetzt, nachdem es bereits zu spät ist?«

Eine Weile ritten sie schweigend nebeneinander her. Kaum merklich hatte sich die Landschaft verwandelt. Sie war schroffer geworden, und die Bäume wirkten düsterer und schienen enger zusammenzustehen als im Süden. Immer häufiger tauchten scharfkantige Felsen aus dem Dämmerlicht auf, die den Straßenverlauf zu mühsamen Umwegen zwangen und Pferde und Reiter zunehmend ermüdeten. Es wurde aber bereits dunkel, ehe Bogk sie endlich rasten ließ. Sie hatten eine kleine Lichtung erreicht, die geschützt zwischen zwei aufrecht stehenden Felsen lag und offenbar schon etlichen Reisenden als Rastplatz gedient hatte. Irgendeine gute Seele hatte aus grob behauenen Ästen eine Art Unterstand zusammengezimmert, und es war sogar noch genügend halbwegs trockenes Holz übrig geblieben, um ein kleines Feuer zu entfachen.

»Ha!«, machte Bogk und knackte mit den Nackenwirbeln. Er ließ sich auf einen Stein fallen und streckte Danil seinen Weinschlauch entgegen. »Brungbeere. Sehr schmackhaft und sehr stark. Es lässt die Haare auf der Brust sprießen und befähigt dich, viele Söhne zu zeugen.« Er tippte sich gegen die Brust. »Ich besitze eine Menge Haare und beinahe ebenso viele Söhne. Eine ganze Handvoll hat sogar die ersten Winter überstanden, und drei von ihnen tragen heute große Namen.«

»Gratuliere«, murmelte Danil und schnüffelte vorsichtig an der Öffnung. Angewidert verzog er das Gesicht. Das Zeug stank noch schlimmer als Jorings Wein.

Zum Glück schmeckte die Brungbeere sehr viel besser, als sie roch, und in Verbindung mit dem Feuer, das Bogk in kürzester Zeit zum Brennen brachte, vertrieb es bald sogar die Kälte aus Danils Beinen. Ächzend streckte er sie den Flammen entgegen und zog sein Schwert aus der Scheide. Die Klinge war schartig und stumpf und benötigte dringend eine Bearbeitung durch einen Schleifstein. »Warum tust du das eigentlich, Bogk? Ich meine, warum lässt du dich mit den Ordensrittern ein? Was hast du davon, ihnen zu dienen?«

Bogk zuckte mit den Schultern. Er schlug sein Bündel auf und betrachtete den Inhalt. Teigfladen, eine Handvoll Trockenfleischstreifen und eine undefinierbare graue Masse, an der er ausgiebig schnupperte. »Genau wie ihr bekämpfe ich die Götteranbeter und ihre Irrlehren, und ich will das ganz besonders gründlich tun. Denn Ihr wisst ja, dass nur ein einzelner Samen ...«

Danil hob die Hand. »Spar dir das mit dem Samen und den Säuen für Joring auf. Was ist der eigentliche Grund?«

Bogk legte den Kopf schief und warf ihm einen Seitenblick zu. »Es ist eine lange Geschichte, die Euch sicherlich langweilen wird.«

»Ich habe heute Abend nichts anderes mehr vor.«

»Also gut.« Bogk nickte langsam. »Vor vielen Jahren waren wir Waldmenschen mächtig und besaßen zahlreiche Söhne. Unsere Stammesgebiete reichten von Dumrese im Westen bis zu den unüberwindlichen Bergspitzen des Nordlands. Es war ein einfaches Leben in einfachen Dörfern, aber wir besaßen eine reiche Kultur und zahlreiche Sagen. Wir sangen Lieder, die dein Herz zum Schmelzen bringen konnten, und in unseren Häusern wohnten Geister, die über uns wachten. Solange wir ihnen Opfer brachten, sorgten sie immer für eine reichhaltige Jagdbeute. Sie beschützten uns vor Blitz und Donner und sogar vor den Grauwölfen, die im Norden so groß wie Pferde werden.« Nachdenklich blickte er auf die graue Masse in seiner Hand hinunter und streckte sie dann Danil entgegen.

Danil schüttelte den Kopf und deutete auf den Weinschlauch. »Das war ja das reinste Paradies damals. Ich vermute aber, dass das nicht das Ende deiner Geschichte ist.«

»Nein, das ist es nicht. Ganz und gar nicht. Zuerst kamen die Lyttoner. Sie siedelten sich, ohne uns zu fragen, an den Waldrändern an und bauten hohe Palisaden um ihre Dörfer. Unsere Geister schwiegen dazu, also hießen wir sie willkommen. Zunächst trieben wir sogar Handel mit ihnen. Sie waren ganz wild auf unsere Felle, und wir bewunderten, wie sie das Feuer beherrschten, um Stahl daraus zu schmieden. Das ging eine ganze Weile ganz gut. Doch irgendwann begannen sie, sich ihre Felle selbst zu jagen. Sie erklärten uns, dass sie den Handel nicht mehr benötigten, und weigerten sich, uns weiter Stahl zu geben. Wir fragten unsere Geister, was zu tun sei, doch sie schwiegen.«

Danil grunzte. »Scheiß-Geister, was? Auf niemanden kann man sich mehr verlassen.«

»Hm.« Bogk stopfte sich die graue Masse in den Mund und kaute eine Weile darauf herum. »Später kamen dann die Männer aus Kolno. Wahre Riesen mit zotteligen Bärten und gesunden Zähnen. Wirklich furchteinflößende Gestalten waren das. Sie besaßen ebenfalls Stahl, aber auch sie wollten nicht mit uns handeln. Ihr Interesse galt einzig und allein unseren

Bäumen. Sie fällten nicht nur die kleinen und schwachen, sondern auch unsere uralten heiligen Eichen, in denen die Geister hausen. Wir warteten darauf, dass sich die Geister empörten oder sonst etwas taten.«

»Lass mich raten, sie sagten kein Wort.«

»Sie schwiegen und sahen tatenlos zu, wie unsere Heimat zerfiel.« Seufzend wischte sich Bogk die Hände an der Weste ab. »An diesem Tag begriffen wir endlich, dass unsere Geister schwach sind. Schwach und ängstlich. Sie sehen, dass sich die Welt verändert, doch anstatt sich anzupassen oder sich zur Wehr zu setzen, verkriechen sie sich in ihren Baumlöchern und halten sich die Augen zu. Sie hoffen, dass diese Dinge einfach an ihnen vorüberziehen, so wie ein Sturm oder der Winter. Vielleicht geschieht das irgendwann auch so, vielleicht aber auch nicht. Doch eines ist sicher. Wenn sich das Rad eines Tages vollständig um die eigene Achse gedreht haben wird, dann ist es für mein Volk bereits zu spät. Dann wird von ihm nichts mehr übrig bleiben, außer ein paar alten Liedern und Erinnerungsfetzen an bessere Zeiten.«

»Verstehe«, murmelte Danil. Die angenehme Wärme des Weins war inzwischen bis zu seinem Kopf hinaufgestiegen und ließ die Welt um ihn herum im Dämmerlicht versinken. Das Knistern des Feuers hatte etwas unglaublich Einschläferndes, und er unterdrückte ein Gähnen. »Ein paar alte Lieder sind aber immerhin mehr, als es von mir einmal geben wird.«

»Das war unsere größte Furcht. Dass wir einmal so enden würden wie du.« Bogks Gesicht verriet wie üblich nicht, ob seine Worte als Scherz zu verstehen waren oder nicht. Er stocherte mit einem Stock in der Glut und verfolgte mit den Augen dem Flug der Funken. »Eines Tages kamen die Stämme zusammen, und die Ältesten bestimmten einen Mann, der die Wälder verlassen sollte, um nach neuem Schutz für uns zu suchen. Nach Göttern, die in der Lage sind, unser Volk gegen Lytton und gegen die Kolnorer zu verteidigen. Starke und tapfere Götter, die keine Furcht kennen. Der Mann, den sie erwählten, hieß Bogk, und noch am selben Tag packte er sein Bündel und brach auf. Er reiste nach Westen und traf auf die Godord. Aber die verkrochen sich in Höhlen und beteten Bilder von Tieren an, die sie mit Blut und Kalk an die Wände geschmiert hatten.«

»Wie barbarisch«, murmelte Danil müde. »Kaum vergleichbar mit euren Geistern, die in Bäumen hausen.«

»So ist es. Aus diesem Grund lachte ich den Godord auch ins Gesicht und kehrte ihnen den Rücken zu. Ich wanderte weiter, bis ich an das Ufer eines gewaltigen Sees kam, den ihr den Inneren See nennt und der so gewaltig ist, dass man Tage und Wochen auf ihm unterwegs sein kann, ohne jemals Land zu erblicken. Das Volk der Dumreser lebt zwar nicht in Höhlen, aber ich habe gleich erkannt, dass ihre Götter tot sind. Ich habe nicht verstanden, warum sie trotzdem noch zu ihnen beteten, und schüttelte über so viel Dummheit nur den Kopf. Schnell bestieg ich ein Boot, das mich in den Hafen von Auttrin brachte. Dort habe ich mich einer Gruppe von Händlern angeschlossen, mit der ich über die weite Ebene bis hinauf nach Krinec reiste. Aber überall, wo ich hinkam, sah ich das Gleiche. Tote Götter und verwirrte Menschen, die ihre leeren Tempel anbeteten. In einem davon begegnete ich einem weisen Mann, der mir den Rat gab, wieder nach Süden zu gehen, in eine Stadt namens Berun, der Stadt der Reisenden. Ich beherzigte seinen Rat und brach noch am selben Tag auf. Es war eine lange und gefährliche Reise, aber irgendwann stand ich schließlich vor den Toren der Kaiserstadt. Ich kam aus dem Staunen kaum noch heraus, als ich die gewaltigen Mauern erblickte, die so hoch waren wie unsere höchsten Bäume, und so mächtig wie Felsen. Lange Zeit wanderte ich staunend durch eure Gassen, bewunderte eure Paläste und bestaunte die vielen Wunder, die auf euren Märkten verkauft wurden. Ich beobachtete und lauschte und erfuhr, dass die Reisenden all das erschaffen hatten, was mein staunendes Auge erblickte. Ich lernte, dass es die Reisenden waren, die die Götter der Dumreser getötet hatten, und auch die Götter der wandernden Stämme in den Ebenen. Ich sah all diese Pracht und entschied, die Reisenden zu unseren neuen Göttern zu erwählen.«

»Zu deinen was?«

»Zu meinen Göttern.« Bogk nickte ernst. »Kazarh erschlug immerhin Frorn und durchbohrte danach Iddis mit dessen eigenem Schwert. Sein Arm ist so stark wie der von Danil, aber sein Verstand ist ungleich wacher. Er führt die Reisenden an und wird eines Tages auch uns anführen.«

Danil nahm einen weiteren Schluck aus dem Weinschlauch und schüttelte traurig den Kopf. »Lass so etwas bloß nicht Joring hören.«

»Ich habe einen Pakt mit ihm geschlossen. Ich führe ihn zu den Tempeln der toten Götter, und er stellt mein Volk unter den Schutz der Reisenden. Gemeinsam werden wir in eine glücklichere Zukunft für unsere beiden Völker reiten.« Bogk grinste bei diesen Worten so breit, dass Danil seine gelben Zähne in all ihrer Pracht bewundern konnte.

»Und du glaubst tatsächlich, dass er sein Wort hält?«

»Natürlich. Wir sind gemeinsam geritten und haben unseren Wein geteilt. Wir sind Freunde, so wie du und ich. Freunde lassen einander nicht fallen.«

»Da kennst du uns Beruner aber schlecht. Ich würde dich fallen lassen. Für Geld vielleicht, für einen guten Wein ganz sicher. Der Orden würde dich auch einfach nur so aus Spaß fallen lassen. Du juckst ihn so sehr wie der Floh einen Hund.«

»Ha!« Bogk stieß Danil den Zeigefinger gegen die Brust. »Ich sehe in dein Herz. In deinem tiefsten Innern bist du ein guter Mensch.«

»Hä? Hast du mir eigentlich zugehört?«

»Nein. Du redest mir nämlich viel zu viel, und das ermüdet mich.« Gähnend erhob sich Bogk und streckte den Rücken durch. »Wir sollten jetzt schlafen gehen.«

7

ZWISCHEN DEN STÜHLEN

Und du bist sicher, dass sie für die Tochter ihres eigenen Fürsten keine Ausnahme machen? Ich meine – folgsame Untertanen und Dringlichkeit der Situation und so?« Marten deutete mit dem Messer über die Brüstung der kleinen Terrasse hinunter auf die Fährstation, die in der schnell hereinbrechenden Dunkelheit kaum noch zu erkennen war.

Das Mädchen, das ihm gegenüber am Tisch saß, legte mit einem leisen Seufzen ihr Messer auf den Tisch und schüttelte den Kopf. Sie hatte eine dicke Strähne ihres langen, dunklen Haars über die rechte Seite ihres Gesichts fallen lassen, doch auch das konnte die hässliche dunkle Schwellung nicht ganz verbergen, die ihre ansonsten blassen, schmalen Züge verunstaltete. Emeri trug ein schlichtes graues Kleid mit langen Ärmeln, sodass die Tätowierungen auf ihrem Körper vollständig verborgen waren. Marten hatte es am Morgen von der Wäscheleine eines Bauernhauses geborgt. Er war sich ziemlich sicher, dass sie als Fürstentochter Anspruch auf diese Leihgabe hatte, auch wenn er nicht gefragt hatte, aber sicherheitshalber hatte er ihr nichts davon erzählt. Und sie hatte auch nicht danach gefragt, wie er zu einem Kleid kam. Es war ihm nur recht. Sie hatten wirklich wichtigere Probleme.

»So funktioniert das bei uns nicht. Sie sind keine Sklaven. Und sogar die würden sich weigern, diesen Fluss bei Nacht zu überqueren. Niemand tut das«, sagte Emeri müde. »*Paqualhe* hassen das Tageslicht, und auch die *Geddrali* verstecken sich bei Tag in der Tiefe. Bei Nacht ... zwei von drei Booten erreichen das andere Ufer nicht. Und ein ausgewachsener *Paqualho* würde selbst vor einem großen Boot wie der Fähre nicht halt-machen, um sich einen Menschen zu holen. Außerdem drückt die Flut um diese Zeit *Mbalhi* vom Meer aus in den Fluss.«

Sie deutete hinab auf den Fluss, in dem Marten jetzt eine Spur aus schwach leuchtendem Wasser zu sehen glaubte. Ein kalter Schauder lief ihm über den Rücken. Er dachte an die handlangen, leuchtenden Krebstiere, die auf der Fahrt hierher den riesigen Leichnam des ins Meer gestürzten Sturmdrachen in nur wenigen Atemzügen zerlegt hatten. »Sind das Totenlichter?«

»So nennt ihr sie, glaube ich.« Emeri nickte.

Marten hob die Augenbrauen und nahm sich ein weiteres Stück Brot. »Überredet«, sagte er. »Genießen wir den Abend eben hier. Es wird keinen Unterschied machen, wenn wir Tiburone erst morgen erreichen. Ich denke, hier sind wir sicher – und so sind wir wenigstens ausgeruht.«

Emeri hob den Blick und sah ihn an. »Genießen«, wiederholte sie ausdruckslos, und der kalte Schauer auf Martens Rücken wurde von einer plötzlichen Hitzewelle abgelöst, die ihm über die Wangen kroch. Es war gerade einmal zwei Tage her, dass Emeris Mutter ermordet und ein Großteil des fürstlichen Haushalts von Kriegsknechten abgeschlachtet worden war. Er hatte Emeri mehr durch Glück denn durch irgendetwas anderes aus dem Überfall gerettet, und seitdem waren sie auf der Flucht. »Entschuldige, das habe ich nicht ...«

Düster starrte Emeri auf das Fleisch auf dem Holzbrett vor ihr. »Ich werde es genießen, wenn mein Vater diese Männer an die Paqualhe verfüttert, aber bis dahin ...« Sie atmete tief durch. Dann schob sie das Brett von sich. Marten sah, dass ihre Hände kaum merklich zitterten. »Ich verstehe nicht, wie du so ruhig sein kannst! Sie haben sie alle abgeschlachtet! Männer des Kaisers! Mutter, Xari, Dutzende Menschen, mit denen ich aufgewachsen bin! Das Landgut ist vermutlich in Flammen aufgegangen, und die Reisenden allein wissen, was sie mit den Frauen dort angestellt haben, mit ...« Sie unterbrach sich und schluckte. »Und vermutlich sind sie längst hinter uns her.«

Marten schüttelte den Kopf. »Das waren keine Kaiserlichen.« Wieder und wieder hatte er sich die vorletzte Nacht durch den Kopf gehen lassen. Ja, die Männer hatten die Farben einer Beruner Kriegsknecht-Kompanie getragen und zumindest einer von ihnen die Rüstung eines Ordensritters. Aber er war sich fast sicher, dass keiner von ihnen ein Beruner gewesen war. Sie hatten nicht wie Beruner gesprochen und nicht so gekämpft. Und noch etwas war ihm während des Kampfs aufgefallen. Etwas, das ihm jetzt hartnäckig entglitt, so sehr er auch versuchte, sich daran zu erinnern. »Ich weiß nicht, wer sie waren und was hier passiert, aber ich glaube, sie sind keine Kriegsknechte des Kaisers.« Er lehnte sich vor und legte behutsam eine Hand auf Emeris. »Aber wer auch immer die sind, sie werden uns nicht einholen, selbst wenn sie es versuchen. Ich habe das verdammte Pferd fast totgeritten, und sie hatten nicht einmal welche. Außerdem ist dieser Ort wirklich gut befestigt.« Er deutete auf die

Palisadenwand, die die Wegstation und das Fährhaus samt Steg umgab. »Für heute Nacht sind wir sicher.«

»Sicher sind wir erst, wenn wir in Tiburone sind.« Emeri schnaubte trotzig, doch ihre Schultern bebten, und sie sah in diesem Augenblick noch jünger aus, als sie war, und wirkte verloren. »Wenn Vater Bescheid weiß.«

Marten bezweifelte das, aber das behielt er lieber für sich. Er war sich ziemlich sicher, dass es der ohnehin schon gedrückten Stimmung nicht guttun würde, wenn er darauf hinwies, dass dieser Überfall gerade mal zwei Tagesreisen vor den Toren der Hauptstadt des Macouban stattgefunden hatte. Im Herzen der Provinz. Wer immer so weit gekommen war, Marten bezweifelte, dass er sich so leicht von einer Provinzhauptstadt beeindrucken ließ. Stattdessen drückte er Emeris Hand. »Wenn ... wenn du jemanden zum Anlehnen brauchst ...«

Die junge Frau erwiderte die Geste kurz, bevor sie wehmütig lächelte. »Das wäre wohl kaum schicklich. Ich bin die Tochter des Fürsten.«

Marten sah sich kurz um. Von den vier Tischen auf der überdachten Terrasse des Gasthofs war nur noch einer besetzt, und die Männer sahen aus wie irgendwelche hinterwäldlerischen Bauern, die sich lediglich um sich, ihr Bier und ihre Würfel kümmerten.

Er lächelte zurück. »Ich glaube kaum, dass das jemand weiß. Oder dass es irgendwen interessiert.«

Emeri schniefte, dann tätschelte sie sacht seine Hand. »Ich weiß es«, sagte sie. »Ich glaube, ich gehe jetzt besser in meine Kammer. Du hast recht: Wir sollten morgen ausgeruht sein. Schlaf gut, Marten.« Für einen Moment schien sie zu zögern, dann entzog sie ihm ihre Finger endgültig und verneigte sich.

Als Emeri ins Innere des Gasthofs verschwunden war, ließ

sich Marten auf seine Bank zurückfallen. *Schicklich. Am Arsch.* Vor zwei Nächten erst hatte die junge Frau unter den Augen von mehreren Dutzend Eingeborenen irgendein Zauberritual vor einem Feuer in den Sümpfen abgehalten, splitterfasernackt bis auf die Tätowierungen, die ihren ganzen Körper überzogen. Und danach hatte er sie, noch immer nackt, durch den Sumpf geschleppt, um den Männern zu entkommen, die diese Feier so blutig beendet hatten. Er hatte vermutlich jeden Zentimeter ihrer Haut gesehen und das meiste davon berührt, spätestens, als er den Morast von ihrem Körper gewaschen und sie in sein Ersatzhemd gekleidet hatte, während sie ohne Bewusstsein gewesen war. Was Unschicklichkeit anging, waren sie wohl schon ziemlich weit gekommen. Und immerhin hatte er sie ja nicht gefragt, ob sie sein Bett teilen wolle, oder? Das Bild ihrer kleinen, festen Brüste und ihres milchweißen, schlanken Körpers, auf dem sich kein einziges Haar gefunden hatte, trat ungebeten vor sein geistiges Auge, und er seufzte tief. Gut, sie war dünner, als er es bevorzugte, aber andererseits – vielleicht hätte er sie doch fragen sollen. Näher würde er ihr vermutlich nie wieder kommen, wenn sie erst Tiburone erreicht hatten.

Missmutig zog er ihren Becher heran und goss den Rest ihres Weins in seinen eigenen, bevor er einen großen Schluck nahm und erneut hinaus auf den Fluss sah. Am Fährhaus hatte inzwischen jemand zwei Laternen entzündet, und in ihrem Schein konnte er den nächsten Regenschauer sehen, bevor er ihn hörte. Der herannahende Schleier verschluckte die Lichter Tiburones am fernen jenseitigen Ufer eins nach dem anderen. Verdammter Regen. Dieses von den Reisenden verfluchte Land schien nur aus Feuchtigkeit und Hitze zu bestehen. Eigenschaften, die Marten bei Frauen durchaus schätzte, aber bei einem ganzen Landstrich ging ihm das langsam, aber sicher auf die Nerven.

Einem der untersetzten dunkelhäutigen Männer am Nebentisch schien ein besonders glücklicher Wurf gelungen zu sein, denn die Spieler johlten lauthals und übertönten eine einzelne Proteststimme.

Vorsicht mit den Würfeln. Ihr könntet schneller in der Scheißegrube der Welt landen, als ihr glaubt, kommentierte er im Stillen. Dann runzelte er die Stirn. *Andererseits – ihr seid ja schon hier geboren. Macht euch also vermutlich nichts aus.*

Hierher verbannt worden zu sein hatte sich in den letzten Tagen als noch schlimmer herausgestellt, als er es sich ausgemalt hatte. Das hier mussten die Gruben sein, die in den Schriften der Reisenden erwähnt waren – die ewig schwärenden, stinkenden Pfühle, in die die Götter einst geworfen worden waren und in denen auch die Verdammten die Ewigkeit verbringen würden. Wie es schien, gehörte er jetzt dazu. Also zu den Verdammten, nicht den Göttern. Düster starrte er vor sich hin, nippte erneut an seinem Wein und kratzte seinen dichter werdenden Bart. Er hatte sich in einem Badezuber in seiner Kammer gewaschen, so gut es ging, doch auch wenn er für hiesige Verhältnisse vermutlich ein Ausbund an Sauberkeit war, hatte er doch das Gefühl, noch immer nach dem Schlamm der allgegenwärtigen Sümpfe zu stinken. Von den zahllosen Insektenbissen ganz zu schweigen. Er kratzte sich erneut und fluchte beinahe unhörbar vor sich hin. Wind kam auf und wehte die ersten Regentropfen unter das Dach, Vorboten des nächsten Platzregens, der soeben die Lichter des Fährstegs verhüllte. Und mit ihm wehte ein leiser Hauch von Sandelholzduft heran. Marten hielt inne und runzelte die Stirn.

»Nicht kratzen, Sabra«, riet eine samtige Stimme hinter ihm. Eine üppige Gestalt schob sich an ihm vorbei und ließ sich auf den Platz fallen, den gerade noch Emeri eingenommen hatte. »Kratzen macht es nur noch schlimmer. Lass die Finger davon, so sehr es dich auch juckt.«

»Xari?«, fragte Marten und war sich vollkommen bewusst, wie dümmlich das klang.

Das spöttische Lächeln der jungen Metis-Frau ließ nur zu genau erahnen, dass sie ähnlich dachte. »Eigentlich ist es wie mit euch Nordlingen. Die meisten von euch sind hässliche Blutsauger, aber wehe, man erträgt euch nicht oder versucht, euch loszuwerden. Dann beißt ihr euch erst richtig fest.« Sie nahm einen Becher mit schäumendem Gebräu in einem Zug, dann schenkte sie sich aus einem Krug ein, den sie mitgebracht hatte, und nahm einen weiteren Zug, ohne den Blick von Marten zu wenden. Sie sah mitgenommen aus. Ihr schwarzes Haar hatte sie zu einem strähnigen Pferdeschwanz zusammengebunden, der schlaff über ihre Schulter bis auf den Tisch hing. Ihr dünnes, ärmelloses Kleid schien an ihr zu kleben, und durch mehr als nur einen Riss schimmerte graubraune Haut, die von einem Muster aus Blutergüssen, Kratzern und abgetrockneten Schürfwunden bedeckt war. Dunkle, schwere Ringe lagen unter den Augen der Metis, und auch ihr Gesicht war von einer heftigen Prellung verziert, die vielleicht sogar noch gemeiner aussah als jene Emeris.

Marten rang nach Worten. »Du siehst schei... ich meine, ich dachte, du bist ... Was ist passiert?«

»Berun ist passiert.« Xari griff nach seinem Weinbecher, roch daran, verzog das Gesicht und goss den Rest über die Brüstung in den strömenden Regen. »Oder besser: Ich bin Berun passiert.« Sie schenkte Martens Becher aus ihrem Krug voll und schob ihn über den Tisch zurück. »Du solltet erst mal die anderen sehen. Hier. Trink. Du klingst, als hättest du das genauso nötig wie ich.« Sie hob ihren Becher zum Salut und leerte ihn ein zweites Mal.

Marten suchte nach Worten, fand keine und tat es ihr nach. Die Flüssigkeit war erstaunlich kühl und erfrischend. »Steinhammer-Bier?« Verblüfft sah er in seinen Becher und dann über den Tisch.

Xari hob eine Augenbraue. »Nicht alles, was aus Berun kommt, ist schlecht, Sabra.«

Sabra. Es war dieses eine Metis-Wort, das Marten aufhorchen ließ. Seemann. Oder genauer: Idiot, der sich auf das Meer wagt. Das war der spöttische Name, den ihm Xari verpasst hatte, als sie ihn aus dem Meer gezogen und am Hof der Fürstin gesund gepflegt hatte.

»Bist du nur hier aufgetaucht, um dich weiter über mich lustig zu machen?«

Die Metis lächelte schmal und zuckte mit den Schultern. »Ich hatte mich gerade daran gewöhnt.« Sie schüttelte den Kopf. »Aber du bildest dir zu viel auf dich ein. Ich muss Tiburone erreichen. Ich konnte mir nicht sicher sein, dass du und Emeri ... ist sie sicher?«

Marten nickte und hielt ihr den Becher hin. »Gut, dass du nicht gefragt hast, ob es ihr gut geht. Oder mir, danke der Nachfrage.«

»Ich weiß.« Xari nickte und schenkte ihm nach. »Gut gehen wird es ihr noch eine Weile nicht. Wichtig ist nur, dass sie sicher ist und dass sie lebt.«

Marten hob die Schultern. »Sie lebt. Ich auch. Aber wo wir schon dabei sind – wieso lebst du? Und wie bist du so schnell hierhergekommen? Was ist mit ...?«

Xari unterbrach ihn, indem sie einen Zeigefinger hob und ihren Becher abermals leerte. »Halt den Mund, Sabra. Du plapperst wie ein Waschweib. Ich hatte doch gesagt, dass ich euch einen Vorsprung verschaffe. Nicht dass ich mich für euch opfere, oder? Du weißt doch, dass ich – dass ich meine eigene Art habe, mit Männern klarzukommen.« Erneut wehte eine Ahnung von Sandelduft über den Tisch, und Marten schluckte. Seine Hände wurden feucht, und zwischen seinen Beinen regte sich etwas. Dann verwehte der Hauch. »Im einen Moment wollen sie mich umbringen – im nächsten vögeln. Und jeden anderen umbringen, der mich ebenfalls anfassen will. Alles, was ich brauche, ist ein Körnchen Aget. Es ist fast zu einfach.« Sie schnaubte abfällig und griff erneut nach dem Bierkrug. Der Träger ihres Kleids rutschte von ihrer Schulter und gab einen weiteren langen, verschorften Kratzer frei, der Bände darüber sprach, wie einfach es gewesen sein musste. »Und wie ich so schnell hierhergekommen bin? Ich kenne das Land. Es ist schließlich mein Land. Ich kenne Wege, die du nicht kennst. Nicht einmal Emeri weiß von ihnen, und ich bezweifle, dass diese Rotkittel sie finden. Was die angeht, ich hoffe, die saufen noch immer Fürst Antrenos Landgut leer. Das könnte sie einen oder zwei Tage beschäftigen, bevor sie es niederbrennen. Aber dann werden sie kommen. Verlass dich drauf.«

»Das waren keine Beruner Kriegsknechte«, warf Marten ein. »Auch wenn sie Beruns Farben tragen.«

»Habe ich das behauptet?« Xari sah ihn an, und er war sich nicht sicher, ob es Mitleid, Müdigkeit oder unterdrückte Wut war. Vermutlich hatte sie für alles davon Grund genug. Mit einem Schnauben holte sie einen Beutel unter dem Tisch hervor und leerte etwas von seinem Inhalt auf die Tischplatte. Ein knappes Dutzend Münzen klapperte auf das Holz. Mit fahrigen Fingern schob sie zwei, drei Messingnägel beiseite, die übliche Währung des Macouban. Dann lehnte sie sich zurück, verschränkte die Arme unter ihrer üppigen Brust und sah Marten herausfordernd an.

»Was ...?« Er runzelte die Stirn und betrachtete die Münzen näher. Sie waren unregelmäßig geformt und beinahe vollständig schwarz. Marten hob eine der daumennagelgroßen Münzen auf und versuchte, im trüben Licht der Laterne die Prägung zu erkennen. »Woher hast du das? Was ist das?«

»Zum Ersten: Ich hab's einem der toten Rotkittel abgenommen, bevor ich geflohen bin. Zum Zweiten: Sag du's mir.«

Er drehte die Münze zwischen den Fingern. Was das genaue Motiv der einen Seite war, konnte er nicht erkennen; die andere Seite zierte ein stilisierter Hund oder Wolf oder etwas in der Art. »Keine Ahnung. Ich habe so eine noch nie gesehen. Ganz sicher nicht aus Berun.« Er sah auf, und Xari nickte.

»Irgendetwas aus dem novenischen Bund? Soweit ich weiß, hat jede der Städte dort ihre eigenen ...«

»Nein.« Xari nahm eine der Münzen, betrachtete sie, ließ sie dann auf dem Tisch kreisen und nahm einen weiteren Schluck Bier. »Kolno. Das ist ein kolnorischer Doppelwolf. Aus Silber. Ab und zu bekommt man sie hier auf dem Markt zu sehen. Tiburone verkauft seine Waren nicht nur an Berun.«

Sie sahen beide zu, wie die Münze ins Trudeln geriet und schließlich klappernd abermals auf dem Tisch zu liegen kam.

»Was machen Kriegsknechte in Beruner Farben mit so vielen kolnorischen Münzen?«, fragte Marten schließlich langsam.

»Metis töten«, entgegnete Xari bitter.

Marten trank einen tiefen Zug, ohne die Augen von den Münzen zu lassen. »Wie viel ist das da?«

»Offensichtlich genug, um durch die Sümpfe zu marschieren und Metis zu töten«, gab Xari zurück.

»Aber warum?«

Xari schnaubte abfällig. »Hast du überhaupt eine Ahnung, wie sehr man euch hier im Süden verabscheut, Sabra?«

»Uns?« Marten sah auf. »Ich meine – mich auch? Aber ich habe doch gar nichts ...«

Die Metis winkte ab. »Du siehst aus wie ein Beruner. Das genügt.« Sie musterte ihn und zuckte mit den Schultern. »Gut, im Moment siehst du aus wie ein verlauster Tagelöhner und bist vermutlich nicht mal Abscheu wert«, lenkte sie ein, »aber Berun im Allgemeinen mag hier niemand. Die alteingesessenen Familien von Stand mit ihren Wurzeln in Berun vielleicht noch, oder die novenischen, aber sonst wohl kaum jemand. Und die Kriegsknechte des Kaisers waren noch nie dafür bekannt, sich uns Einheimischen gegenüber zu benehmen. Protektorat?« Sie verzog bitter den Mund. »Für die meisten Metis wäre es besser, jemand würde sie vor Beruns Kriegsknechten schützen. Wir sind Leibeigene auf unserem eigenen Land. Von Leuten, die unsere Sprache nicht sprechen und unsere Gebräuche verachten und unsere Götter verbieten.«

Marten blinzelte. »Aber du arbeitest doch für das Haus des Fürsten. Du bist mit Emeri befreundet, oder nicht?«

Xari sah ihn ausdruckslos an. »Und mir geht es besser als den meisten anderen.« Sie leerte den Becher erneut und sah auf die Münzen zwischen ihnen hinab. »Es braucht nicht viel, um das einfache Volk endgültig gegen Berun aufzubringen«, sagte sie schließlich leise. »Was meinst du? Reichen ein paar niedergebrannte Dörfer? Das Landgut des Fürsten? Die Schändung der Frauen? Ein Gemetzel am geheimen Neujahrsfest zu Ehren der alten Götter dieses Landes? Wäre das genug?«

Marten warf einen Blick zu den Männern am anderen Tisch und war sich seltsamerweise plötzlich der Härte der Bank unter sich bewusst. »Und was würde das bedeuten?«

»Blutvergießen. In Tiburone wohnen eine Menge Beruner, und jedes zweite größere Landgut hat einen Herrn mit Beruner Blut. Wenn sich das Volk erst einmal auflehnt, gibt es kein Zurück.«

Marten schluckte. »Der Kaiser würde Truppen schicken. Dazu ist das Reich verpflichtet, wenn seine Bürger angegriffen werden. Bewaffnete Kompanien ausgebildeter Kriegsknechte und vermutlich eine Menge Ordensritter.«

Einen langen Moment sahen sie sich schweigend an.

Langsam ergänzte Marten: »Und wenn dann das Kolno hier mit Männern auftauchen würde, um sie, wie du sagst, vor den Truppen Beruns zu schützen, würde das jeder der Einheimischen begrüßen.«

»Nur dass diese Männer schon da sind«, ergänzte Xari. »Sie tragen nur im Moment die Farben Beruns.«

»Kann es sein, dass wir hier gerade einer Verschwörung auf der Spur sind?«, fragte Marten schließlich langsam.

Sie schwiegen noch ein wenig.

»Nää«, stellte Marten dann gedehnt fest. »Das wäre doch völlig schwachsinnig, oder?«

Xaris Blick veränderte sich nicht, und schließlich verzog er das Gesicht. »Obwohl es tatsächlich Sinn ergibt, wenn man darüber nachdenkt. Erschreckenderweise.«

Xari sah auf die Münzen zwischen ihnen und dann in die Augen des jungen Schwertmanns. »Genau das wollte ich von dir wissen. Oder werde ich einfach nur verrückt, Sabra?«

Der junge Schwertmann hob die Hände. »Da fragst du den Falschen. Ich bin befangen. Ich verstehe nur nicht, was die Kolnorer davon hätten. Sie können doch sowieso mit Tiburone Handel treiben, wie sie wollen.«

»Was weiß denn ich.« Die junge Frau leerte ihren Becher, bevor sie die Münzen zurück in den Beutel strich. »Was weiß ich, was in euch Nordlingen vorgeht. Beruner, Kolnorer, am Ende seid ihr alle gleich.«

»Ich nicht«, warf Marten gekränkt ein.

Xari schnaubte erneut, dieses Mal jedoch spöttisch. »Nein, Sabra, du vielleicht wirklich nicht. Du hast einfach nur keine Ahnung.«

»Eben. Ich ... he!«

Xari stemmte sich von der Bank hoch, hielt sich dann am Tisch fest und schüttelte den Kopf.

»Alles in Ordnung?«

Die Metis stierte Marten zwischen den Haarsträhnen hervor an, die ihr ins Gesicht gefallen waren. »Sehe ich etwa so aus? Ich bin gerade zwei Tage durch den Schlamm gerannt, habe nichts als Dreck gefressen und bin vorher beinahe umgebracht worden. Ganz davon abgesehen, dass ich Freunde verloren und ein paar Männer umgebracht habe«, zischte sie leise. »Nein, ich bin nicht ›in Ordnung‹. Und ich hatte zu wenig Essen und zu viel Bier.« Sie schwankte plötzlich stärker, und Marten sprang auf, um sie aufzufangen, doch die Metis stieß ihn beiseite. »Wo schläfst du?«, fragte sie und strich sich eine verfilzte Strähne aus dem Gesicht.

Verwirrt deutete Marten nach innen. »Ich habe eine Kammer. Neben Emeri. Der Wirt hat uns die Zimmer seiner Söhne gegeben, weil sie doch die Tochter des ...«

Xari tat seine Erklärungen mit einer unwirschen Geste ab.

Sie musterte ihn von Kopf bis Fuß.»Steht dort ein Bade-zuber?«

Er nickte.

»Gut. Bring mich hin. Wenn ich heute noch eines brauche, dann ein Bad.«

»Aber ...«

»Und Bier. Ich könnte jetzt wirklich noch ein Bier ge-brauchen.« Sie machte einen Schritt, dann runzelte sie die Stirn und hielt ihm den Arm hin.»Und ich glaube, du musst mir in die Wanne helfen.«

Nach einem kurzen Zögern ergriff Marten ihren Arm.

In der kleinen Kammer, die normalerweise wohl dem Sohn des Wirts als Zimmer diente, stand neben dem Bett, einem wackeligen Tischlein und einem klobigen, dunklen Bauern-schrank im Moment auch ein Wäschezuber, den man eigens für Emeri hier hineingetragen hatte, damit sich die junge Frau abseits neugieriger Blicke der übrigen Gäste reinigen konnte. Als sie fertig war, hatte man das Wasser für Marten hier ste-hen gelassen.

Skeptisch musterte Xari das inzwischen kalte Wasser, dann seufzte sie.»Besorg mir ein trockenes Tuch. Und Essen. Irgend-was, aber reichlich. Und etwas zum Bandagieren.«

»Hey.« Marten protestierte schwach.»Bin ich plötzlich zum Dienstboten bestimmt, oder was?«

Die Metis warf ihm einen Seitenblick zu.»Ich habe dich wochenlang gepflegt und gewaschen, Sabra. Ja, jetzt bist du dran.«

»Waschen auch?«

Sie sah an sich hinab und runzelte die Stirn. Dann warf sie Marten die Börse des Kriegsknechts zu.»Und sieh zu, dass mir irgendjemand einen Eimer heißes Wasser bringt. Außerdem kannst du nachsehen, ob die Wirtin ein Kleid für mich auftreiben kann.« Mit diesen Worten löste sie das Band am Ausschnitt, ließ ihr eigenes, zerschlissenes Kleid unzeremoniell zu Boden fallen und präsentierte Marten ihre wohlgerundete Kehrseite.

Erst als sie sich fragend umblickte, wurde ihm bewusst, dass er sie mit offenem Mund anstarrte. »Was ist? Du hast mich doch schon nackt gesehen.«

Das stimmte im Grunde. Allerdings war das aus der Ferne gewesen, als die junge Metis eine Rolle im Jahresendritual dort im Sumpf gespielt hatte, bis zur Hüfte unbekleidet und umgeben von Dutzenden anderer halb nackter Einheimischer im flackernden Feuerschein, und dann kämpfend und mit Schlamm und Blut bespritzt im Überfall der Kriegsknechte. Jetzt musste Marten feststellen, dass das doch wesentlich unwirklicher erschienen war als hier in dieser Kammer, in der er ihr zwischen Bett und Zuber kaum ausweichen konnte. Ihr üppiger Körper wirkte in dieser Nähe überaus weiblich, ihre fahlbraune Haut glänzte, als hätte sie sich erst vor Kurzem eingeölt, und im Schein der Kerze konnte er zweifelsfrei erkennen, dass auch auf ihrem Körper kein einziges Haar wuchs, nicht einmal der feine Flaum, der sonst bei anderen Frauen auf den Unterarmen oder entlang des Rückens zu finden war.

Xari drehte sich um und legte den Kopf schief. Auch ihre Vorderseite war vollkommen haarlos, und ihre Brustwarzen wiesen groß und dunkel auf seinen Bauch. Erst jetzt konnte er sehen, was vorher nur zu erahnen gewesen war: Xaris kompletter Körper war mit Kratzern, Schürfwunden und Prellungen übersät, einige waren eindeutig die Male von Schlägen, und an zwei Stellen waren noch immer die Druckstellen von Fingern zu sehen, die sie mit brutaler Gewalt gepackt haben mussten. Unwillkürlich trat er einen Schritt zurück und rempelte gegen die Tür.

»Genug gesehen, Sabra?« Marten klappte den Mund auf, doch Xari ließ ihn nicht zu Wort kommen. »Ich habe das ernst gemeint. Du musst mir wohl in den Zuber helfen.« Sie hielt ihm abermals den Arm hin und lächelte spöttisch. »Du kannst dir ruhig Zeit lassen. Ich denke, ich werde eine Weile brauchen, bevor ich mich selbst wieder riechen kann.« Mit einem leisen Seufzen ließ sie sich mit Martens Hilfe in den Zuber sinken, lehnte sich zurück und schloss die Augen. Marten warf einen verstohlenen Blick auf ihre Brüste, die jetzt auf dem Wasser schwebten, als Xari nochmals ein Auge öffnete. »Und vergiss das Bier nicht.«

Beladen mit einem Korb voller Brot, Käse und anderen, undefinierbaren einheimischen Lebensmitteln, dazu einen großen Krug Bier, schob Marten die Tür zu seiner Kammer auf. Irgendjemand hatte inzwischen tatsächlich heißes Wasser gebracht, denn die Luft in der kleinen Kammer war noch schwüler als ohnehin schon, und Xari lag mit geschlossenen Augen im sacht dampfenden Wasser. Inzwischen hatte sie sich den verkrusteten Schmutz von den Gliedmaßen gescheuert, und im Licht der Kerze glänzte ihre Haut wie polierte Bronze. Leise schob er sich am Waschzuber vorbei und stellte den Korb auf den Tisch.

»Hast du das Fläschchen noch, das ich dir gegeben habe?«, fragte Xari, ohne die Augen zu öffnen.

»Fläschchen?«

»Das silberne, mit der Tinktur gegen die Schmerzen in deinem Bein.«

Marten spannte den rechten Oberschenkel an, was sofort mit einem dumpfen Klopfen unter dem Verband belohnt wurde. »Was glaubst du, wie ich die letzten beiden Tage durchgehalten habe?« Er nestelte den kleinen Behälter aus seinem Beutel.

»Hmhm.« Xari ließ sich vorsichtig zwei Tropfen auf die Zunge fallen und verzog das Gesicht. Dann schauderte sie sichtbar, als sie die Schärfe der Tropfen durchschnitt, noch bevor die kühlende Taubheit einsetzte, die die Schmerzen in ihren Wunden betäubte. »Ich habe dir schon gesagt, dass du damit vorsichtig sein musst?«

»Das hast du erwähnt, ja.«

Die Metis nickte und öffnete die Augen, um Marten dabei zu ertappen, wie er sie musterte. Sie hob eine Augenbraue, machte jedoch keine Anstalten, sich zu bedecken. Stattdessen setzte sie sich auf und nahm ihm den Bierkrug aus der Hand. Ohne sich erst um einen Becher zu scheren, nahm sie einen tiefen Zug und hielt Marten dann einen nassen Lappen hin. »Du bist noch nicht fertig«, sagte sie. »Ich habe doch gesagt, jetzt bist du dran. Den Rücken. Bitte.« Sie nahm noch einen großen Schluck und beugte dann den Kopf vor.

Gehorsam fing Marten an, den aufgeweichten Morast von Xaris zerschundenen Schultern zu spülen. Dornen hatten ihre Haut zerschrammt, Insektenstiche hatten dunkle Quaddeln hinterlassen, und eine verkrustete Schnittwunde auf ihrem rechten Schulterblatt stammte mit ziemlicher Sicherheit von einer Klinge. Behutsam tupfte er den Schnitt ab und verzog unwillkürlich das Gesicht, auch wenn er wusste, dass sie dank der Tropfen inzwischen nichts mehr davon spürte. »Du hast ziemlich viel Glück gehabt.«

Xari schnaubte. »Mit Glück hat das wenig zu tun. Es war

meine Gabe, das Zeichen von Duambes Schutz. Die Götter haben mich gerettet.«

So wie für die tote Fürstin? Marten wusste es besser, als diesen Gedanken laut auszusprechen. »Dein Fluch ...«

Die Metis sah ihn düster über die Schulter an. »Du meinst mein Talent? Es ist ein Geschenk der Götter. Als Fluch betrachtet das nur ihr Barbaren aus dem Norden«, unterbrach sie ihn.

»Dein Talent«, lenkte Marten hastig ein. »Hast du mich damit auch verhext, so wie ...?«

Die Metis verdrehte die Augen. »So funktioniert das nicht. Ja, ich kann Männer beeinflussen. So, dass sie es nicht merken, oder auch so stark, dass sie daran zugrundezugehen drohen. Nicht dass es sie in diesem Moment stören würde. Auch dann noch scheinen sie mir außerordentlich glücklich. Aber ich kann mir nicht aussuchen, wen es betrifft. Alle oder keinen. Manche, wenige, scheinen dagegen gar nicht betroffen.« Sie seufzte. »Aber das kann ich nicht wissen. Vor allem bin ich mir nie sicher, ob sie sich für mich interessieren oder für meine ... ob es meine Gabe ist, die sie zu mir zwingt. Und wenn sie davon wissen, misstrauen sie mir und verachten mich. Weil sie es ebenfalls nicht wissen«, fügte sie leise hinzu.

»So gesehen hast du vermutlich sogar recht. Am Ende ist es nur ein Fluch.« Sie schnaubte. »Wäre ich ein Beruner Edelmann, könnte ich es damit weit bringen. Aber so ...« Sie ließ den Rest des Satzes unausgesprochen in der Luft hängen.

Marten säuberte den letzten Schnitt, dann zögerte er. »Ich denke nicht, dass deine Gabe nötig ist, um einen Mann auf dich aufmerksam zu machen.«

Xari lachte auf. »Es könnte natürlich auch mein einnehmendes Wesen sein. Oder meine Titten.«

Marten grinste. »Ersteres, würde ich sagen.«

Die Metis hob wieder eine Augenbraue, und Marten verdrehte die Augen. »Na gut, deine Brüste sind auch nicht übel.«

»Damit kennst du dich aus?«

Er hob die Schultern. »Ich habe schon ein paar gesehen, ja.«

»Und wie schneiden sie im Vergleich ab?« Xari drehte sich halb um und sah ihm in die Augen.

Marten schluckte. »Versuchst du gerade, mich zu verhexen?«

Xaris Blick ließ seinen nicht los. »Riechst du etwas?«

Vorsichtig schnupperte Marten. Er roch Regen, das feuchte Holz des Hauses und den Duft von fremdartigen Blüten, einen Hauch von Seife und dem nach Sumpf riechenden Badewasser. Er nahm das würzige Aroma des nahen Pferdestalls wahr und die Gerüche der Küche, die durch die Ritzen der Wände drangen: Holzfeuer, Braten und Bier. Zögerlich schüttelte er den Kopf. Sandelholz entdeckte er in dieser Mischung nicht.

Xari war ernst geworden, doch jetzt kroch die Andeutung eines Lächelns in ihre Mundwinkel. »Dann sind es wohl doch nur meine Titten«, sagte sie leise. Sie legte eine Hand um seinen Nacken, zog ihn zu sich heran, und ohne nachzudenken, küsste Marten ihren vollen Mund.

Das belustigte Prusten der Metis ließ ihn zurückzucken, doch sie ließ seinen Nacken nicht los. »Eigentlich«, sagte sie spöttisch, »solltest du mir nur auf die Füße helfen. Meine Knie fühlen sich an wie Butter. Und das liegt nicht an deinem Charme, Sabra. ›Auch nicht übel‹.« Sie schnaubte. »Und damit hast du tatsächlich Erfolg gehabt? Die Mädchen in Berun müssen wirklich anspruchslos sein.«

Marten richtete sich betreten auf und zog die Metis mit sich. Für einen langen Moment stand sie dicht an ihn gelehnt im Zuber und sah spöttisch lächelnd zu ihm hoch, während die Nässe ihres Körpers seine Kleider durchdrang. Dann löste sie den Blick und sah an ihm hinab. »Oh. Wie ungeschickt von mir.« Ein unerwartet kräftiger Stoß vor die Brust ließ ihn rückwärts stolpern. Er stieß gegen das Bett, verlor das Gleichgewicht und plumpste unelegant auf den Strohsack, wo sein Hinterkopf dumpf gegen die Bretterwand pochte. Im nächsten Moment war Xari aus dem Zuber gestiegen. Sie setzte sich rittlings auf ihn und revanchierte sich für seinen Kuss. Erst als ihm beinahe die Luft ausging, lösten sich ihre Lippen von seinen.

»Was bei den Gruben …?«

»Du stellst selten dämliche Fragen, Sabra«, knurrte die Metis und schob sein durchnässtes Hemd nach oben. »Ich habe dir doch gesagt, dass ich dich nicht umsonst von den Toten zurückgeholt haben will.« Sie zog mit den Fingernägeln seinen Rippenbogen nach und sah ihn durch die nassen Haare an, die ihm ins Gesicht gefallen waren. »Und morgen sind wir in Tiburone. Du bei deinen Leuten und ich wieder die brave *Warejia*, die Leibdienerin von Emeri, die stets einen Schritt hinter der Tochter des großen Fürsten geht.« Sie krallte ihre Fingernägel in seine Bauchdecke.

Marten zuckte unwillkürlich zusammen und griff nach ihrer Hand. Xaris Zähne schimmerten weiß im dämmrigen Halbdunkel, als sie schelmisch grinste, seine Finger packte und sie zwischen ihre Beine schob. »Viele Gelegenheiten werde ich nicht mehr haben. Und du auch nicht. Also mach was draus.«

Marten versuchte, ihr seine Hand zu entziehen – und fragte

sich im Stillen, weshalb überhaupt. Davon hatte er doch schließlich geträumt, oder?

Die Metis unterband seinen halbherzigen Versuch, indem sie sich fest auf ihn setzte. Tadelnd schnalzte sie mit der Zunge. »Es gilt bei uns als unhöflich, ein Mädchen warten zu lassen.« Ihr Grinsen verwandelte sich wieder in ihren üblichen spöttischen Ausdruck. »Oder machst du dir Sorgen wegen Emeri? Vergiss es. Du würdest ohnehin nie in ihrem Bett landen. Egal, ob du ein Sabra bist oder der Sohn des Kaisers persönlich.« Sie begann, sein Hosenband aufzunesteln. »Fürst Antreno ist dabei, sich von Berun zu lösen. Also bist du bestenfalls ein Niemand und im schlimmsten Fall der Feind. So oder so kann die brave Tochter jemanden wie dich nicht zwischen ihre Beine lassen. Ich dagegen«, sie lehnte sich vor, sodass ihre Brüste beinahe sein Gesicht streiften, »bin niemand. Wir passen also gut zusammen, Sabra.«

Marten war tatsächlich verblüfft, seine Hände auf ihrem Hintern zu finden, doch er verspürte kein Verlangen mehr, sie wegzunehmen. Eher im Gegenteil. Feste Muskeln bewegten sich unter seinen Fingern, als er zupackte. Xari räkelte sich auf ihm und schob seine Hose aus dem Weg. »Und ich wette«, flüsterte sie rau in sein Ohr, »wir passen auch gut ineinander.«

»Kein Widerspruch von meiner Seite«, murmelte Marten. Er ließ eine Hand ihren Rücken hinaufwandern, vergrub sie in den Haaren in ihrem Nacken und zog ihren Mund erneut auf seinen.

Hinter Xaris Rücken knarrte die Tür.

Alarmiert schielte Marten an ihr vorbei. In der halb geöffneten Tür stand die gertenschlanke Gestalt eines Mädchens, nur sehr dürftig verhüllt von einem dünnen Unterkleid. Die Kerze in ihrer Hand beleuchtete ihr schmales Gesicht, das

sich soeben in eine Maske der Bestürzung verwandelte.
»Emeri?«

»Was ...« Emeri starrte auf die nackte Frau und Martens
heruntergelassene Hose.

Xari drehte den Kopf und strich sich die Haare aus dem
Gesicht. »Vielleicht habe ich mich aber auch getäuscht, was
das Jucken zwischen ihren Beinen angeht«, stellte sie trocken
fest.

»Xari?« Die Fürstentochter machte einen Schritt in den
Raum, dann hielt sie inne und raffte das durchscheinende
Hemd vor ihren Brüsten zusammen. »Was tust du hier?«,
fauchte sie.

Die Metis schnaubte, machte jedoch keine Anstalten, sich
zu verhüllen, was Marten gleichfalls unangenehm entblößt
ließ. »Dasselbe, was du vorhattest, denke ich. Ich war nur
schneller.«

Emeri bleckte die Zähne. »Wie kannst du es wagen ...«

Die Metis verdrehte die Augen. »Verzeih, Emeri, aber ich
dachte, er sei unter deiner Würde«, sagte sie in einem Ton,
der ganz und gar nicht so klang, als täte ihr irgendetwas leid.

Emeri entging das nicht. »Verkauf mich nicht für dumm.
Du weißt genau ...«

Marten wand sich unter Xari und hob eine Hand, um die
Aufmerksamkeit der Frauen zu erhalten. »In Ordnung, dürfte
ich vielleicht ...«

»Nein«, bellten beide Frauen, ohne ihn anzusehen.

»Hey, kein Problem, lasst euch Zeit.«

»Verschwinde«, sagte Emeri kalt. Sie richtete sich auf und
straffte die Schultern. »Du erhältst deine Strafe später, *Warejia*.
Und was dich angeht, Berun – ich habe für einen Augenblick
wirklich Besseres von dir gedacht.«

Marten verdrehte die Augen. »Moment, das können wir doch klären. Wenn ich kurz meine Hose ...«

Emeri bedachte ihn mit einem von Abscheu erfüllten Blick. »Klären? Ich fasse Vertrauen zu dir, ich ... und du hast nichts Besseres zu tun, als eine Metis zu ficken, sobald ich dir den Rücken zukehre? Und auch noch die da, die sich jeden Mann nimmt, auf den ihre gierigen Augen fallen!«

Der verächtliche Ausdruck im Gesicht der Metis stand dem der Fürstentochter in nichts nach. »Es ist ja nicht so, dass ich die Männer erst lange überreden müsste.«

»Natürlich nicht. Weil du sie verhext!«

Xari schnaubte. »Als ob ich das nötig hätte. Riechst du hier etwa was?«

Marten verzog um Entschuldigung heischend das Gesicht. »Da hat sie recht. Sie hat mich nicht verhext. Sie ...« Er stockte. »Ich rede mich gerade noch tiefer rein, oder?«

Die Frauen warfen ihm einen eisigen Blick zu, und er seufzte. »Passiert mir zu oft. Ich sollte wirklich daran arbeiten«, murmelte er.

»Ich habe genug gesehen.« Emeri musterte ihn nochmals. »Mehr als nötig. Ich brauche deine Dienste nicht mehr, Kriegsknecht. Ich bin sicher hier.« Sie wandte sich an Xari. »Bei Sonnenaufgang setzen wir über den Fluss, *Warejia*. Der da wird allein übersetzen und in Tiburone zu seinesgleichen stoßen. Bis dahin mach mit ihm, was du willst. Er spielt keine Rolle mehr.« Brüsk wandte sie sich um und verschwand aus der Kammer.

Marten starrte ihr nach. »Sie braucht meine Dienste nicht mehr? Du kannst mit mir machen, was du willst? – Was glaubt dieses Mädchen, wer sie ist?«

Xari lehnte sich auf seinen Brustkorb und atmete tief

durch. »Die Tochter des Fürsten und die *Vairani* dieses Landes. Sie kann sagen, was immer sie will. Ihr Wort ist hier Gesetz.« Sie hob den Blick und sah Marten an. »Ich fürchte, ich habe dich gerade so richtig in Schwierigkeiten gebracht, Sabra.«

»Dich nicht?«

Die Metis legte den Kopf schief. »Mich wahrscheinlich auch, ja.« Sie zuckte mit den Schultern. »Aber das wäre nicht das erste Mal. Sie wird sich wieder beruhigen. Sie hat sich schon schlimmer aufgeregt, als jemand ihren Hund getreten hat.«

»Ich fühle mich geehrt.« Marten schnaubte. »Und was machen wir jetzt?« Er versuchte es mit einem Grinsen und legte seine Hände wieder auf ihren Hintern. »Immerhin hat sie uns ja im Grunde ihre Zustimmung gegeben.«

Das leise Grinsen kehrte auch in Xaris Mundwinkel zurück. »Du hast wirklich keine Ahnung von Frauen, oder, Sabra?«, fragte sie leise. »Sie vergibt mir, wenn ich jetzt meinen Hintern in ihre Kammer bewege und die Nacht zu ihren Füßen verbringe.«

Martens Hände hielten inne. »Wie ein Hund?«

»Na, sagen wir, wie eine brave Untertanin und Dienerin. Und sie braucht mich, zumindest, um ihre Geschichte morgen zu bestätigen und zu ergänzen. Und dann ... na, ich kenne sie lange genug. Ihr Zorn verraucht schnell. Zumindest, wenn es mich betrifft.«

»Aber warum tust du dir das an?«

Das Grinsen der Metis wurde wehmütig. »Ich bin eine Metis. Das hier ist meine Heimat«, sagte sie leise. Sie legte die Hand auf seine Brust und kniff ihn noch einmal sanft, bevor sie mit einem bedauernden Seufzen von ihm glitt und das geliehene Kleid aufhob. »Du bist morgen wieder unter deinesgleichen. Du kannst Kriegsknecht spielen, und irgendwann wirst du wieder in dein eigenes Land gehen. Dir kann es also letzten Endes egal sein. Aber für mich ist das Macouban alles, was ich habe. Wenn sie mich verstößt, dann gibt es für mich keinen Platz mehr hier – und wohin sollte ich dann gehen?«

Marten richtete sich auf. »Ist das jetzt dein Ernst?«

»Was bleibt mir übrig?« Xari zog sich das Kleid über und band ihr Haar zusammen. »Vielleicht ergibt sich irgendwann noch mal eine Gelegenheit für uns.« Als sie aufsah, lächelte sie. »Aber nicht heute. Nimm noch ein Bad. Das Wasser dürfte inzwischen kalt genug sein.« Damit verschwand sie aus der Tür und ließ Marten ratlos und mit offener Hose zurück.

Einige lange Augenblicke starrte der junge Schwertmann auf die zugefallene Kammertür. »Großartig«, murmelte er schließlich, beugte sich vor und griff nach dem Krug Bier, der vergessen neben dem Zuber stand. »Einfach großartig. Ich hasse dieses Land.«

8

NARRENSPIEL

Den Narren zu verfolgen war nicht sehr schwer. Er hatte einen langsamen, schlurfenden Gang und blickte auf seinem Weg weder nach rechts noch nach links. Selbst die Wachen, die respektvoll vor ihm zurückwichen, bedachte er mit kaum mehr als einem geringschätzigen Seitenblick. Als wäre er der Kaiser höchstpersönlich. Mehr denn je war Sara von dieser elenden Kreatur angewidert. Weshalb sie anfangs Furcht vor ihm gehabt haben konnte, war ihr nach wie vor ein Rätsel. Dieser Mann war nichts weiter als ein eitler, selbstsüchtiger Bastard. Gefährlich vielleicht, immerhin hatte er das Ohr des Kaisers und die Skrupellosigkeit, sich an einer Verschwörung gegen dessen Mutter zu beteiligen, aber furchteinflößend?

Beiläufig strich sie über ihre Narbe. Sie schmerzte noch immer und würde es nach den Worten der Heiler wohl ihr Leben lang tun. Zunächst hatte sie diese Aussicht erschreckt, doch nach einer Weile fand sie, dass das auch seine Vorteile hatte. Immerhin erinnerte es sie nun täglich daran, dass sie in Confinos endgültig ihre Angst hinter sich gelassen hatte.

Jerik wanderte in einen Teil des Kaiserpalasts, der nur wenigen Menschen zugänglich war. Er öffnete ein schmales Gatter und bog in einen verlassenen Pfad zwischen der inneren und äußeren Festungsmauer ein. Sara erinnerte sich noch genau an den Tag, als Danil sie denselben Weg entlanggeführt hatte. Flüster hatte ihr wenige Stunden zuvor auf dem Übungsplatz die schlimmste Tracht Prügel ihres Lebens verpasst, und sie konnte sich kaum mehr auf ihren schmerzenden Beinen halten. Trotzdem war sie an diesem Tag glücklich gewesen. Sie war in Thorens Dienste eingetreten und hatte eine ehrenhafte Aufgabe erhalten. Ein Leben als Beschützerin des Kaiserhauses. Etwas, das sie noch wenige Tage zuvor niemals je für möglich gehalten hätte. Außerdem war da noch dieser blonde, junge Ritter, an dessen Arm sie durch denselben Säulengang geschlendert war, durch den sie nun Jerik folgte. Er hatte sie mit dem Blausteinzimmer beeindrucken wollen, wie wohl schon unzählige andere junge Frauen vor ihr. Obwohl ihr das bewusst war, musste sie zugeben, dass es ihm gelungen war. Sie seufzte lautlos. Was wohl aus Danil geworden war? Ob er jemals wieder am Kaiserhof auftauchen würde?

Unwillkürlich fragte sie sich, was Jerik an diesem Ort verloren hatte. Hatte er selbst ein Mädchen, das im Innern des Gebäudes auf ihn wartete? Wollte er sie ebenso beeindrucken, wie Danil das bei ihr getan hatte? Sie verzog das Gesicht. Die Vorstellung fand sie irgendwie abstoßend.

Jerik blieb vor der niedrigen Pforte stehen, die in das Innere des alten Tempels führte. Nach einem Blick über die Schulter zog er sie gerade so weit auf, dass er hindurchschlüpfen konnte. Noch ehe Sara reagieren konnte, hatte er sie hinter sich zugezogen.

Sie wartete einige Augenblicke, ehe sie hinterherhuschte

und am Türknauf drehte. Verschlossen. Ratlos blickte sie sich um. Weit und breit war kein anderer Zugang zu sehen. Und selbst wenn da noch irgendwo einer existiert hätte, wäre er sicherlich ebenso gut verriegelt wie dieser hier. Sie legte den Kopf in den Nacken. Weit oben sah sie eine Reihe schmaler Fenster, aber die Wände waren zu glatt, als dass sie an ihnen hätte emporklettern können. Flynn Hasenfuß hätte es vielleicht geschafft. Die dünnen Finger des Jungen hatten sich in jede noch so kleine Lücke krallen können, und er wäre schneller oben gewesen als ein Affe. Nur war sie nicht Flynn Hasenfuß und ein Affe schon gar nicht. Ihr Blick wanderte zurück zu dem Kreuzgang, durch den sie gekommen war. Das Dach schien stabil genug zu sein, um sie zu tragen. Wenn sie ganz bis zum First hinaufbalancierte, konnte sie die Fenster eventuell mit einem beherzten Sprung erreichen.

Sie lief einige Schritte den Kreuzgang entlang, bis sie eine geeignete Stelle fand, um hinaufzugelangen. Das Fundament einer Säule mit ausladenden Verzierungen, über die sie mit ein wenig Balancieren zu einem Querbalken gelangte, mit dessen Hilfe sie sich auf das Dach hinaufziehen konnte. Die Dachschindeln knackten leise unter ihren Füßen, als sie bis zur Außenmauer des Tempels hinaufschlich. Als sie am äußersten Rand angekommen war, ging sie in die Hocke und schnellte nach oben. Sie streckte sich so weit, wie es ihr möglich war, und erreichte die Fensterbank gerade so mit ausgestreckten Fingern.

Einen Augenblick lang hing sie in der Luft. Ihre Stiefel schabten über die Außenwand des Tempels, bis sie endlich mit den Fußspitzen Halt fand und sich mit einer letzten Kraftanstrengung ganz nach oben auf das Fenstersims ziehen konnte. Als sie oben angelangt war, lief ihr der Schweiß über den Rücken, und ihre Beine zitterten vor Schwäche. Schwer atmend klammerte sie sich am Fenstersims fest und blickte in das Innere des Tempels hinein. Die Säulenhalle war nur schwach beleuchtet. Lediglich eine Handvoll Agetlaternen tauchte die Wände in ein unheimlich flackerndes Blau. Sara wartete, bis sich ihre Augen an das Halbdunkel gewöhnt hatten, dann machte sie sich so leise wie möglich an den Abstieg.

Sie fand Jerik am anderen Ende der Halle am Rand einer dunklen Nische. Er war nicht allein. Jerik warf einen Blick über die Schulter, als habe er etwas gehört, dann wandte er sich wieder seinem Gesprächspartner zu. »Thoren hat es erfahren. Das ist der Grund.«

»Woher?« Eine Männerstimme. Sie kam Sara bekannt vor, aber sie konnte sie nicht recht einordnen.

»Ich glaube, es war das Mädchen.«

»Sara?« Der Unbekannte seufzte. »Ich habe es gleich gewusst, sie ist gefährlich. Wie alle von Thorens Kreaturen. Warum verschwört sich nur alle Welt gegen uns?«

»Nicht alle.« Jerik schüttelte den Kopf. »Ich stehe zu dir.«

»Ich weiß.« Wieder ein Seufzen. »Was ist mit Cajetan ad Hedin? Ich dachte, er wäre ebenfalls auf unserer Seite. Warum ist er in Confinos eingeschritten?«

Jerik schnaubte. »Der Ordensfürst ist ein Narr. Er hat geglaubt, das Kaiserhaus beschützen zu müssen. Dabei hat er wie ein Hund nach allem geschnappt, was seinem Herrn zu nah kommen konnte. Es war Pech, mehr nicht. Er hat zwar begriffen, dass Harands Bastarde aus dem Weg geschafft werden mussten, aber er denkt nicht in unseren Dimensionen. Er sieht nicht das gesamte Bild, so wie wir es tun.«

»Und was nun?«

»Ein Schritt nach dem anderen. Zunächst einmal werden

wir uns Thorens entledigen müssen. Diese Aufgabe wird Cajetan mit Freude übernehmen. Danach kümmern wir uns endlich um Ann Revin, so wie es von Anfang an geplant war. Confinos war eine Chance, die wir nicht ergriffen haben. Mehr nicht. Kein Grund, etwas an den Plänen zu ändern.«

Der Mann im Schatten streckte die Hand aus, so als wollte er Jerik über die Wange streichen.

»Nicht.« Schnell trat Jerik einen Schritt zurück und warf einen Blick über die Schulter.

»Was ist?«

»Es ist ... nichts.« Jerik schüttelte den Kopf. »Ich habe nur so ein ungutes Gefühl.«

»Keine Sorge, Geliebter«, sagte sein Gegenüber und trat aus den Schatten auf ihn zu. »Wir sind hier völlig allein.«

Das war nicht möglich! Sara riss die Augen auf und unterdrückte einen Aufschrei. Selbst im Halbdunkel waren die Gesichtszüge unverkennbar. Der Mann, der Jerik gegenüberstand, war ohne Zweifel Ann Revins eigener Sohn. Edrik ad Berun, der Kaiser höchstpersönlich! Ihre Gedanken drehten sich im Kreis. Der Kaiser und Jerik? Geliebte? Beide gemeinsam am Mordkomplott gegen Ann Revin beteiligt? Aber wieso? Was hatte das zu bedeuten?

»Ich habe vertrauensvolle Wachen aufstellen lassen«, sagte der Kaiser. »Sie haben Befehl, jeden aufzuhalten, der sich Zutritt verschaffen möchte. Nicht einmal meiner Mutter ist es gestattet, das Gebäude zu betreten.« Er unternahm einen erneuten Versuch, dem Narren über die Wange zu streichen. Diesmal ließ der es widerstandslos geschehen. »Du musst dir wirklich keine Sorgen machen, Geliebter. Es ist nur dieser grauenhafte Ort. Ich kenne das. Der verfluchte Blaustein, der Kaiserhof, all das. Es ist wie ein Kerker, aus dem es kein Entkommen gibt. Manchmal wünsche ich mir, nicht als der geboren worden zu sein, der ich bin.« Er seufzte und blickte zu den halb fertigen Wandbildern aus Blaustein hinauf, die bereits deutliche Konturen angenommen hatten. »Man erzählt sich, dass die Menschen in Selcan auf Tieren reiten, deren Hälse so lang sind, dass sie sich von den Wolken ernähren können. Kannst du dir so einen Anblick vorstellen? Ich würde das gern mit eigenen Augen sehen. Oder die Wüstenschiffe der Wandervölker von Sawale, die ganzen Städten ähneln. Und beinahe jede Nacht träume ich von einem Leben in den nächtlichen Arkaden von Lessardo, oder in den belebten Gassen von Cortenara, wo die Menschen auf den Straßen feiern und die Musik niemals verklingt. Völlig ungezwungen und frei, nur mit dir an meiner Seite. Stattdessen hocke ich auf diesem verfluchten Thron und regiere über ein barbarisches Reich, das auf den Knochen unzähliger, grausam ermordeter Menschen errichtet worden ist. Ein Reich, das sich durch Krieg und Eroberung am Leben hält ...«

»Du musst stark sein.«

»O ja.« Edriks Stimme war jetzt voller Verbitterung. »Ich muss stark sein. Nur die Starken überleben in Berun. Stärke ist das Einzige, was zählt. Ich muss stark genug sein, um meine Brüder und Schwestern ermorden zu lassen, weil sie nach einer Krone greifen könnten, die ich nicht einmal besitzen will. Warum gebe ich sie ihnen nicht einfach? Sollen sie sich doch gegenseitig darüber zerfleischen. Lass uns einfach nach Cortenara fliehen und von vorn anfangen!«

Jerik schüttelte den Kopf. »Du weißt sehr wohl, dass sie es nicht dabei belassen würden. Die Bastarde deines Vaters würden dich trotzdem töten. Nur um ganz sicher zu sein, dass du es dir nicht eines Tages doch noch anders überlegst. Dass du nicht irgendwann zurückkehrst, um ihnen den Thron streitig zu machen.«

Edrik lachte traurig. »Ironie des Schicksals, nicht wahr?«

»Es wird alles gut. Vertrau mir.« Jerik warf einen Blick über die Schulter, und Sara zog sich hastig hinter die Säule zurück. »Geh jetzt. Du bist der Kaiser, und man sucht bereits nach dir.«

»Der dumme Herrscher, den man nicht aus den Augen lassen darf, nicht wahr? Wer weiß, was er sonst anstellen würde, so ganz ohne die Hilfe und guten Ratschläge seiner Mutter.« Er warf einen letzten traurigen Blick auf die Wandbilder, ehe er sich umwandte. »Wenn man bedenkt, zu welchen künstlerischen Meisterleistungen unsere novenischen Nachbarn fähig sind, frage ich mich, weshalb mir Cortenara so etwas Hässliches wie das da schenken sollte. Fast könnte man den Eindruck gewinnen, dass sie das Zeug nur auf elegante Art loswerden wollen.«

»Für die Menschen des Südens besitzt Blaustein eine mystische Bedeutung.«

»Nichts besitzt eine Bedeutung ohne dich.« Edrik lächelte flüchtig. Er strich Jerik noch einmal über die Wange und verließ dann mit hängenden Schultern den Raum.

Sara schloss die Augen und stieß lautlos die Luft aus. Sie spürte die Kälte dieses seltsamen Orts nun am ganzen Körper. Es war ein Gefühl, als hätte sich eine meterdicke Eisschicht auf ihre Schultern gelegt. Sie begann zu zittern und biss die Zähne zusammen, damit sie nicht klapperten.

Ihre Befürchtungen hatten sich also bewahrheitet. Jerik war der Verräter, der die Kaiserinmutter ans Messer geliefert hatte. Diese Bestätigung sollte sie eigentlich mit Genugtuung erfüllen, aber das, was sie gerade gesehen hatte, veränderte

alles. Aber tat es das wirklich? Änderte das unglückliche Ver-
hältnis des Narren zum Kaiser wirklich etwas daran, dass sie
versucht hatten, Ann Revin zu ermorden? Dass sie dabei den
Tod unzähliger unschuldiger Menschen in Kauf genommen
hatten? Sicherlich war so ein Leben nicht einfach. Vor allem,
wenn sich das Volk und sogar die eigene Mutter etwas anderes von einem erhofften. Vielleicht hatten die beiden sogar
allen Grund, Ann Revin zu hassen, aber für Sara klang es
eher danach, dass sie nur eine Rechtfertigung für ihre Untaten
suchten. Das Leben war nun mal ungerecht, und man konnte
sich nicht aussuchen, als was man geboren wurde. Aber man
konnte zumindest akzeptieren, dass es einem dabei immer
noch deutlich besser ging als dem Großteil der Menschen,
von denen viele nicht einmal genug zu Fressen hatten, um den
nächsten Tag zu überleben. Wenn man einmal anfing, konnte
man sich irgendwann über alles Mögliche beklagen. Dass
man mit einem goldenen Löffel im Arsch geboren war, dass
die eigene Mutter klüger war als man selbst, oder dass man
lieber Hand in Hand unter Arkaden spazieren würde, als ein
Kaiserreich zu führen.

So wie es Sara sah, verdienten die beiden es überhaupt
nicht, dass sie Mitleid mit ihnen hatte. Ihre Hand tastete nach
dem Griff des Dolchs am Gürtel, und sie versuchte ihr Bestes,
die Glut des Hasses in ihrem Inneren zu schüren. Kein Mitleid. Nicht nachdem sie ihr Danil genommen und Flüster getötet hatten …

Jerik blickte noch immer zu den hässlichen Wandgemälden
hinauf, als sie langsam näher kam. Sein Gesicht schimmerte
bläulich im Licht der Fackeln, und seine dunklen Augen ließen keinen Schluss auf seine Gedanken zu. Nachdenklich
beugte er sich nach vorn und strich mit den Fingerspitzen

über die Konturen an der Wand. Er seufzte. »Ich habe nicht um dein Mitleid gebeten«, sagte er und wandte sich um. Sein Gesicht verzog sich zu einem schwachen Lächeln, und er schüttelte den Kopf. »Nein, ich kann dich nicht sehen, Sara, aber ich höre deine Gedanken...« Er tippte sich gegen die Schläfe. »Meine Gabe, falls du dich erinnerst. Obwohl ich zugeben muss, dass ich sie meistens als Fluch bezeichnen muss. So viele verworrene Gedanken, so viele schreckliche Fantasien, die sich in den Köpfen der Menschen verstecken. Ich kann sie alle sehen. Meistens nur schwach, aber an manchen Tagen so klar und deutlich, als würde die Sonne darauf scheinen. Vor allem an diesem Ort – mit so viel Blaustein in der Luft.« Er breitete die Arme aus. »Hier kann ich beinahe mit der Hand nach ihnen greifen.«

»Es bricht mir das Herz«, zischte Sara. Sie umklammerte den Dolchgriff so fest, dass ihre Hand schmerzte. »Wenn du in meinen Kopf schauen kannst, dann siehst du sicherlich auch, was ich über dich denke, du elender Drecksack.«

»Mehr als deutlich. Du bist verdammt wütend. Auf mich und den Kaiser, aber vor allem auf dich selbst.«

»Das ist nicht wahr.«

»Natürlich ist es das. Du weißt das, und ich kann es klar und deutlich sehen. Du glaubst, dass du mehr hättest tun können. Dass du die Toten verhindert hättest, wenn du stärker gewesen wärst oder klüger, oder wenn du mich früher durchschaut hättest. Ich kann dich beruhigen, es hätte am Ausgang der Ereignisse nichts geändert. Wir sind nicht die Verschwörer, die du suchst, Sara. Der Überfall auf Confinos war von langer Hand geplant, aber nicht von mir. Ich habe erst durch Feysts jüngsten Sohn davon erfahren, als wir ihn nach dem Angriff auf Thoren verhörten. Ich habe es in seinem Kopf gelesen. Es war eine Verschwörung des Großfürsten von Lytton und des berunischen Königs Theoder. Sie hatten vor, den Kaiser an die Grenze zu locken, um ihm dort den Garaus zu machen. Thoren hätte diese jämmerliche Scharade spielend durchschaut, aber ich habe mir Ann Revins Misstrauen gegen den macoubanischen Botschafter zunutze gemacht, diesen Fettsack Beltran ad Iago. Ich habe ihm einen gefälschten Brief untergeschoben, und ihr seid darauf hereingefallen. Danach war es eine Kleinigkeit, Ann Revin zu diesem Treffen mit König Theoder zu überreden.« Ein selbstgefälliges Lächeln zog über Jeriks Gesicht. »Ich habe sie statt Edrik in die Falle laufen lassen. Brillant, nicht wahr?«

Sara schnaubte. »In die Falle ... Ihr wolltet Ann Revin ermorden lassen!«

»Das lag niemals in meiner Absicht. König Theoder ist zwar ein Wilder, aber nicht dumm. Er hätte niemals Hand an sie gelegt. Er hätte vielleicht ein Lösegeld gefordert oder sie als Geisel genommen, aber das wäre uns mehr als recht gewesen. Dass die Sache am Ende ein wenig aus dem Ruder gelaufen ist, wollte keiner von uns.«

»Die eigene Mutter ...«

»... die ihren Sohn nie auf Augenhöhe betrachtet hat. Die ihn zu einem Werkzeug ihres Ehrgeizes formen wollte und daran gescheitert ist. Sie weiß schon seit Langem von Edriks Abneigung gegen den Thron und seiner Vorliebe für Männer. Sie wollte ihn dennoch zwingen, eine Prinzessin zu heiraten die ihr viele Nachkommen gebären sollte. Sie hatte gehofft, auf diese Art einen Herrscher heranzuzüchten, der ihr mehr nützen konnte.«

»Du lügst.« Für einen Augenblick ließ Saras Konzentration nach, und Jerik zuckte zurück, als er sah, wie nah sie ihm bereits gekommen war. Sie stieß ihm die Hand gegen die Brust, und er stolperte rückwärts, verlor das Gleichgewicht und stieß mit dem Rücken gegen die Wand. Eine Handvoll bläulich schimmernder Plättchen platzte ab und rieselte zu Boden. Sie richtete die Spitze des Messers auf seine Kehle. Ihre Hand zitterte. »Sie hat immer nur das Beste für das Reich gewollt.«

»Aber nicht für Edrik. Sie ist bereit, ihn zu opfern. Verstehst du das? Ihren eigenen Sohn.«

Sie schüttelte den Kopf. »Niemals. Sie ist nicht so. Sie würde so etwas nicht tun.«

»Natürlich nicht. Sie ist die Güte in Person.« Jerik rutschte langsam die Wand nach unten, bis er auf dem Hintern saß. Ein klägliches Lachen entrang sich seiner schmalen Brust. »Sie hat dich angelogen, Sara. Sie haben dich beide angelogen. Sie haben dich von Anfang an nur ausgenutzt.«

»Niemand nutzt mich aus«, zischte sie und trat nach ihm. Ihr Stiefel traf ihn an der Unterlippe, und der Narr krümmte sich jaulend zusammen. Der Anblick gefiel ihr nicht halb so sehr, wie sie gehofft hatte, und das verstärkte ihre Wut noch mehr. Sie beugte sich zu ihm hinab, ließ die Messerspitze vor seinem Gesicht kreisen.

Jerik rutschte auf dem Hintern von ihr fort, den Blick unverwandt auf die Klinge gerichtet. Er wischte sich mit dem Handrücken über den Mund. »Natürlich nicht. Die barmherzige Kaiserinmutter und ihr treuer Gehilfe. Die zwei gütigsten Menschen auf der ganzen Welt. Schenken einem halb verhungerten Mädchen einen Buchweizenfladen und nehmen es anschließend sogar unter ihre Fittiche.« Er blickte auf, schaute ihr direkt in die Augen. »Glaubst du wirklich, dass es Zufall war, dass du Thoren begegnet bist? Hast du dich nie gefragt, warum ein Mann seines Standes einer zerlumpten Diebin einen Gefallen tut? Einfach so und ohne Gegenleistung?«

»Weil er im Gegensatz zu dir ein Herz hat, du Scheißkerl.«

»Weil er von deiner Gabe wusste, du Närrin!«

»Was kannte er?« Das Blut rauschte so stark in ihren Ohren, dass sie für einen kurzen Augenblick glaubte, sich verhört zu haben.

»Deine Unsichtbarkeit. Er hat es von Anfang an gewusst.«

»Was ... du Scheiß-Lügner.«

»Er ist wie wir!« Jerik kreischte es beinahe heraus. »Verstehst du es immer noch nicht? Er ist ein Verfluchter, und er sieht die Fähigkeiten in anderen. Er hatte damals auch meine Gabe erkannt, und die von Flüster. Nur deshalb hatte er uns in seine Dienste genommen. Er sucht gezielt nach Menschen wie uns. Gleich im ersten Augenblick, als er dir auf dem Marktplatz begegnet war, hatte er deinen Wert erkannt. Er hat dich ausgewählt wie der Schlachter ein Kalb. Du hattest niemals eine Wahl.« Das Echo seiner Worte hallte dumpf von den Wänden wider, und Sara konnte nichts anderes tun, als ihn sprachlos anzustarren. Er tupfte sich einen Blutstropfen aus dem Mundwinkel und grinste. »Langsam dämmert es dir, nicht wahr?« Sein Blick wanderte zur Seite, und er schaute in die Tiefe der Halle hinein, aus der sich schwere Stiefelschritte näherten. Gleich darauf tauchten zwei schwer gerüstete Wächter aus der Dunkelheit auf.

»Wer seid ihr?« Der linke Wächter hob eine Laterne und musterte sie unter zusammengezogenen Augenbrauen. Seine Hand lag auf dem Griff eines schlichten, aber zweckmäßigen Langschwerts. »Ganz schön spät für Handwerksarbeiten, nicht wahr?«

»Ertappt«, sagte der Narr und zwinkerte ihm zu. »Wir sollten eigentlich nicht hier sein, aber ihr wisst ja, wie Frauen so sind. Wenn man sie beeindrucken möchte, muss man ihnen schon etwas ganz Besonderes bieten. Vor allem, wenn man so aussieht wie ich.« Er deutete auf seinen Buckel und kicherte leise.

»Das ist Jerik«, stellte der rechte Wächter fest. »Der Narr des Kaisers.«

Der linke Wächter schnaufte geringschätzig. Sein Blick richtete sich auf Sara und dann auf das Messer in ihrer Hand. »Ein Techtelmechtel? Mit einer Waffe in der Hand?«

Jerik zuckte mit den Schultern und breitete die Hände aus. »Manchmal hat man mehr Glück und manchmal weniger. Mein Charme kommt nicht bei allen Frauen gleich gut an. An dieser hier hätte ich mir beinahe die Zähne ausgebissen.«

»Sieht ganz danach aus.« Der Wächter hob die Laterne noch ein Stück höher und verzog das Gesicht. »Uh. Eine Metis. Und eine ziemlich hässliche noch dazu. Mit dieser Narbe sollte sie besser nehmen, was sie kriegen kann.«

»Das habe ich ihr auch geraten, aber was will man machen?«

»Wir könnten ihr den nötigen Respekt schon beibringen«, sagte der rechte Wächter mit einem Seitenblick auf seinen Kameraden.

»Reine Zeitverschwendung.« Jerik machte eine wegwerfende Handbewegung und zog einen Lederbeutel unter seinem Wams hervor. »Ich habe hier noch ein paar Münzen übrig. Die sollten genügen, um ein williges Frauenzimmer für mich aufzutreiben. Vielleicht sogar noch ein oder zwei für euch dazu, wenn ihr Lust habt. Was meint ihr? Ihr kennt in der Stadt nicht zufällig drei möglichst anspruchslose Huren?«

»Eine ganze Menge«, sagte der rechte Wächter und grinste.

9

DIE GEISTER DES WALDES

Danil erwachte so plötzlich, als hätte ihm jemand mit Anlauf in den Bauch getreten. Sein Magen krampfte sich zusammen, und bittere Galle schoss seine Kehle hinauf. Es gelang ihm gerade noch, sich auf die Seite zu wälzen, um sich nicht das Wams vollzukotzen. Nicht dass das nach all der Zeit im Heerzug noch einen Unterschied gemacht hätte, aber aus irgendeinem Grund wollte er sich diesen letzten Rest Würde noch bewahren. Er wischte sich mit dem Ärmel die Spucke aus dem Bart und richtete sich auf.

Das Feuer war bis auf einen kümmerlichen Rest Glut heruntergebrannt. Die Steine waren von einer dünnen Schneeschicht überzogen, und es war eiskalt. Kälter, als es Danil zu dieser Jahreszeit für möglich gehalten hätte. Fröstelnd zog er den Umhang um die Schultern zusammen. Sein Blick fiel auf Bogks Schlafplatz, der verlassen neben ihm lag. Nur das niedergedrückte Moos erinnerte noch daran, dass hier jemand gelegen hatte. Schnell schaute er sich nach den Pferden um und atmete erleichtert auf. Sie standen noch immer an derselben Stelle, wo sie am Abend zuvor angebunden worden waren, und scharrten unter der dünnen Schneedecke nach Nahrung. Eine Fußspur führte zum Rand der Lichtung, aber von dem Waldmenschen war nirgendwo etwas zu entdecken. Nach kurzem Zögern beugte sich Danil nach vorn und angelte nach dem Weinschlauch. Man musste die Feste feiern, wie sie fielen, und wenn dieser Wilde nicht besser auf seine Habseligkeiten achtgab, konnte er ihm auch nicht helfen.

Mit tauben Fingern zog er den Stopfen aus der Öffnung und nahm einen ausgiebigen Schluck. Das flüssige Gold breitete sich warm in seinem Magen aus und vertrieb die Kälte aus seinen Knochen. Er schloss die Augen und atmete tief durch. Wenn man an dem Punkt angelangt war, an dem er sich inzwischen befand, dann lernte man die kleinen Dinge im Leben schätzen. Dass einem die Kotze nicht über das Hemd lief, dass andere Leute ihre Weinschläuche unbeaufsichtigt herumliegen ließen und dass man in dieser Todeskälte immer noch nicht erfroren war.

Er warf einen erneuten Blick zum Waldrand. Vielleicht lag es an diesem seltsamen Wein oder an der verdammten Kälte, aber irgendetwas beunruhigte ihn. Die Bäume wirkten eine Spur krummer und verwachsener, als es richtig schien, das Moos, das von ihnen herunterhing wie zerfetzte Kleider von einer Wäscheleine, schien von einem ungesunderen Grau zu sein, und die Steine, zwischen denen sie emporwuchsen, wirkten scharfkantiger und spitzer als irgendwo anders in Berun. Nachdenklich griff er nach seinem Schwertgurt und schnallte ihn um. Er vergewisserte sich, dass die Waffe locker in der Scheide saß, und folgte Bogks Spuren in den Wald hinein.

Zwischen den Bäumen war es so düster, dass er kaum die Hand vor Augen sah. Schritt für Schritt tastete er sich voran. Ein Knacken ließ ihn herumfahren, und das Schwert wanderte ganz von allein in seine Hand. Angestrengt lauschte er in das Dämmerlicht. Doch außer dem Eis, das leise unter seinen Sohlen knirschte, und dem Pochen seines eigenen Herzens konnte er nichts hören. Wahrscheinlich war es nur ein Ast, der unter den auf ihm lastenden Schneemassen zerbrochen war, oder ein Waldtier, das bei Danils Erscheinen hastig die Flucht ergriffen hatte. Was sollte es auch sonst gewesen sein? Wölfe vielleicht, aber die waren so früh im Winter hoffentlich noch zu gut genährt, um sich mit einem ausgewachsenen Ritter anzulegen. Was gab es sonst noch in diesen Wäldern? Eingeborene? Eine Gruppe Gesetzloser, die sich in der Einöde vor dem Arm des Kaisers verbargen, oder vielleicht sogar einer von Bogks Geistern?

Woran erkannte man eigentlich so einen Waldgeist? Danil hatte den Waldmensch nie danach gefragt, aber bislang hatte er ja auch noch nicht an ihre Existenz geglaubt. An diesem unheimlichen Ort schien der Gedanke allerdings gar nicht mehr so abwegig zu sein. Am ehesten würden sie wohl Ähnlichkeit mit Bäumen haben, die ihre knorrigen Arme wie Äste im Wind hängen ließen und mit ihren klauenartigen Fingern nach Kleidung und Haaren von unachtsamen Reisenden griffen. Vielleicht versteckten sie sich aber auch unter Wurzeln und in Erdlöchern und brachten ihre Opfer von dort aus zu Fall, in der Hoffnung, dass sie sich dabei die Köpfe an den scharfkantigen Steinen auf…

Er blieb stehen. Der Stein stand in der Mitte einer winzigen Lichtung und hatte entfernte Ähnlichkeit mit einem gebeugten alten Mann. Seine Oberfläche glitzerte im Licht vereinzelter Sonnenstrahlen, denen es an dieser Stelle gelang, die Baumkronen zu durchdringen. Ein süßlicher Gestank lag in der Luft.

Danils Augen glitten über die Lichtung hinweg und wanderten zurück zu dem Stein. »Das gefällt mir nicht«, murmelte er und wusste noch nicht einmal genau, warum. Sein Magen meldete sich zurück. Es sagte sich so leicht, dass es keine Götter und Geister gab, wenn man sich mitten in der Kaiserstadt befand. Hier draußen in der Wildnis fiel es dagegen schwer, nicht an sie zu glauben. Selbst wenn es sich dabei nur um bescheuerte, nass glänzende Steine handelte. Doch wer wusste schon so genau, zu welchen Dingen ein Stein in der Lage war? Er leckte sich über die trockenen Lippen und trat einen Schritt zurück.

»Suchst du nach mir?« Bogks Stimme erklang so dicht hinter seinem Rücken, dass er einen erschrockenen Satz nach vorn machte. Er wirbelte herum und verhedderte sich dabei in seinem Umhang. Sein Bein rutschte über den frostigen Boden, und erst im letzten Augenblick gelang es ihm, nach einem Ast zu greifen und sich daran festzuhalten. Fluchend blickte er auf.

Der Waldmensch sah irgendwie massiger und größer aus, als er ihn in Erinnerung hatte. So gar nicht mehr wie der fröhliche, unbedarfte Wilde, den er kannte. Gerade so, als würde er in diese Art von Wald hineingehören. Sein Gesicht lag in völliger Dunkelheit. Nur seine Augen blitzten daraus hervor, ebenso wie das Blatt seiner Axt, die er locker in der Hand hielt. »Es ist nicht unbedingt ratsam, allein in diesen Wäldern herumzustreifen.«

Danil nickte, ohne die Augen von der Waffe zu lassen. »Das habe ich mir auch gedacht. Deshalb habe ich ja auch nach dir Ausschau gehalten. Was tust du hier draußen?«

»Meine Pflicht.« Bogk hob ein blutiges Bündel in die Höhe, das Danil erst auf den zweiten Blick als Reh erkannte.

»Ich bringe den Geistern dieses Waldes ein Opfer, damit sie uns in Frieden weiterziehen lassen.« Er marschierte an Danil vorbei und warf das tote Reh mitten auf den Stein. Mit einem gezielten Axthieb trennte er den Kopf vom Rumpf und hob ihn auf. »Normalerweise wird dazu gesungen und die Trommel geschlagen. Ich bin allerdings kein Priester, und singen kann ich auch nicht. Könnt Ihr es, Danil?«

»Was?«

»Ob Ihr singen könnt. Ihr würdet die Geister dadurch glücklich machen.« Als Danil verwirrt den Kopf schüttelte, zuckte Bogk mit den Schultern. »Dann muss es eben auch so gehen. Es ist ein kräftiger Bock. Ich denke, die Geister werden ihn trotzdem akzeptieren.« Er stieß seine Hand bis zum Ellbogen in den Rumpf des Tiers und riss mit einem Ruck das Herz heraus. Langsam, beinahe liebevoll strich er damit über den Stein und hinterließ eine weitere nass glänzende Spur auf der Oberfläche. »Dieses Leben für den Schutz unseres eigenen Lebens, denn irgendwer muss sich ja schließlich um unsere Sicherheit auf dieser Reise kümmern, nicht wahr?« Er wischte die Hände an seiner Lederweste ab und klopfte sich auf den Bauch. »Den Rest opfern wir unseren Mägen. Du könntest dich nützlich machen und den Kadaver ausnehmen.«

Danil blickte auf das Gemetzel hinunter und spürte, wie sein Magen erneut zu protestieren begann. »Ich dachte, du hättest deinen Geistern abgeschworen«, murmelte er abwesend.

»Ich habe es versprochen, das ist ein Unterschied. Sobald ich meine Aufgabe erfüllt habe und der Kaiser mein Volk in das Reich aufnimmt, werden wir uns nur noch Kazarh zu Füßen werfen, um seine Männlichkeit zu preisen. Bis dahin tue ich, was getan werden muss, um die Geister milde zu stimmen. Schließlich könnte es ja passieren, dass ich unterwegs sterbe. Was dann? Zu wem soll ich mich dann an die Tafel setzen? Wer würde mich aufnehmen, wenn ich den Geistern abgeschworen hätte, aber Kazarh mir noch nicht seine Gnade geschenkt hat? Ich wäre dazu verdammt, zwischen den Welten zu wandern. Immer auf der Suche nach einem Gott, der Erbarmen mit mir hat.«

»Die Götter sind tot«, brummte Danil. »Kazarh hat sie vor langer Zeit getötet.«

»Wirklich alle?« Bogk schaute ihn zweifelnd an. »Jedes Kind weiß, dass unzählige Götter und Geister in den Wäldern hausen. In jedem Baum, jedem Strauch und jedem Stein. Jeder Stern am Himmel ist ein Gott, der auf uns herunterblickt und über unser Schicksal bestimmt. Kazarh ist mächtig, ganz ohne Zweifel, aber er scheint mir kein besonders geduldiger Gott zu sein. Ich kann mir nicht vorstellen, dass er sich die Zeit genommen hat, jeden seiner Widersacher zu erschlagen. Ich an seiner Stelle hätte mir die wichtigsten und großmäuligsten herausgepickt, um ein Exempel an ihnen zu statuieren. Ich hätte ihre Köpfe vor den Mauern meiner Festung auf Spieße gesteckt. Als Warnung und als Zeichen meiner Macht. Das hätte die Angelegenheit deutlich abgekürzt, und deshalb wird es Kazarh auch ganz genau so gemacht haben.«

Danil blies die Backen auf. Dieser Waldmensch war ja noch viel einfältiger, als er aussah. Aber woher sollte er es auch besser wissen? Er war im Wald aufgewachsen, fernab jeder Zivilisation. Ein Wilder, der von Glück reden konnte, dass er sich sicher auf zwei Beinen bewegte. Woher sollte so ein Mensch den Unterschied zwischen richtig oder falsch kennen, oder wohin die Götter verschwunden waren? »Du verstehst das nicht«, sagte er und bückte sich nach dem Reh.

Bogk nickte ernst. »Ich bin ein Mann von schlichtem Gemüt, aber ich lebe, um zu lernen. Lehrt mich, Meister Danil, seid mein leuchtendes Vorbild. Vielleicht schafft Ihr es ja noch, aus mir einen zivilisierten Menschen zu machen.«

10

DEN BACH HINUNTER

Als Marten erwachte, war es stockdunkel um ihn. Die Kerze war erloschen, und die Luft in der kleinen Kammer war stickig und roch nach Totem aus dem nahen Fluss. Er lauschte auf den monotonen Gesang der Zikaden und das Gluckern des Wassers am nahen Fährsteg und starrte an die Decke, bis seine Augen langsam begannen, Unterschiede auszumachen. Die Geräusche des Gasthofs waren inzwischen weitgehend verstummt; kein Würfelklappern, kein Grölen, kein Klirren und Scheppern aus der Küche. Nur ein leises Murmeln verriet ihm, dass außer ihm noch jemand wach war. Für eine Weile blieb er reglos liegen und versuchte verschlafen, irgendwelche Worte auszumachen, doch schließlich lenkte ihn der wachsende Druck auf seine Blase ab. Er stöhnte leise und stellte den leeren Bierkrug, den er noch immer in der Hand hielt, auf den Boden. Grunzend wischte er sich übers Gesicht und setzte sich auf. Er hasste diesen Zustand. Nicht genug Bier, um die ganze Nacht durchzuschlafen, und gleichzeitig zu viel, um es zu tun. Mit einem leisen Fluch stemmte er sich hoch und tastete sich zur Kammertür. Bei den

Gruben – er musste wirklich dringend pissen. Gab es hier einen Hinterausgang? Er hatte nicht darauf geachtet, und der Gang war zu dunkel, um sich jetzt mit Suchen aufzuhalten. Also blieb nur der Weg durch den Gastraum. Er stieß sich vom Türrahmen ab und schwankte in Richtung des Lichtscheins und der leisen Stimmen. Auch der Gastraum war weitgehend leer. Lediglich zwei weitgehend niedergebrannte Talgkerzen auf der Theke spendeten ein wenig trübes, flackerndes Licht. Der hagere Wirt stand noch immer hinter seinem Tresen, mit den schweren Augen eines Mannes, der bereits seit Stunden im Bett sein wollte. Weniger als halbherzig füllte er gerade drei Becher. Drei weitere Männer standen am Tresen und unterhielten sich leise. Wie es aussah, hatte die nächtliche Patrouille der Ansiedlung beschlossen, sich eine kleine Stärkung zu gönnen. Wortlos schlurfte Marten nach draußen, überquerte den Hof in Richtung des Misthaufens, der in der Dunkelheit aufragte, und nestelte sein Hosenband auf. Während er anfing, sich zu erleichtern, musterte er mit müdem Blick den Hof. Die komplette Fährstation war von einer mehr als mannshohen Palisade aus Holzstämmen umgeben und friedete ein halbes Dutzend niedriger Häuser im offenen Baustil des Macouban ein. Das größte davon war das Gasthaus, das neben dem eigentlichen Schankhaus und der Terrasse auch noch einen Flügel mit Schlafräumen und eine große Scheune umfasste, in der die Reit- und Zugtiere der Reisenden untergebracht werden konnten. Die anderen Gebäude waren wohl vor allem die Wohnhäuser der Menschen, die dauerhaft hier lebten: Fährleute, der Besitzer der Hufschmiede an einer Seite des zentralen Platzes, ein paar Bedienstete und ein kleiner Wachtrupp, der für die Sicherheit der Station und ihrer Gäste sorgen sollte. Wie Emeri erklärt hatte: Hier, in Sichtweite der Hauptstadt, rechnete zwar niemand ernsthaft mit irgendeinem Feind, doch es gab im Fluss ebenso wie in den nahen Sümpfen immer Wesen, die gelegentlich Appetit auf einen Reisenden oder seine Zugtiere hatten, und Reibereien unter jenen, die hier zur Übernachtung gezwungen waren, waren auch nicht selten. Das zweite größere Bauwerk innerhalb des Zauns war ein großes Lagerhaus, unten am Fluss neben dem Fähranleger, in dem Marten am Abend noch einige Boote in unterschiedlichen Stadien der Reparatur gesehen hatte.

Ein Hund knurrte leise, und Marten riss den Blick von der Betrachtung des dunkel dahinströmenden Wassers los. Auf der anderen Seite des Hofs lag das große Tor der Station in einer kleinen Insel aus trübem Laternenlicht. Der große, zottige Hund, der sie bei ihrer Ankunft mit interessiertem Schnüffeln begrüßt hatte, trottete in den Lichtschein und schnupperte an den geschlossenen Flügeln. Erst jetzt hörte Marten das Klopfen, das gedämpft bis hierher drang. Aus einer Hütte direkt neben dem Tor schlurfte die gebeugte Gestalt eines alten Mannes. Er schien es nicht sonderlich eilig zu haben, denn er tätschelte erst den Hund, bevor er sich dem Tor zuwandte und barsch irgendetwas maulte, das Marten auf diese Entfernung nicht verstand. Er begann, seine Hose zuzuschnüren, als der Alte schwerfällig den Schließbalken vom Tor hob und einen der Flügel aufschob. Ein Mann trat hindurch, hinter ihm ein zweiter. Marten erstarrte. Im Schein der Laterne konnte er deutlich das kaiserliche Rot ihrer Hosen und Rüstungen erkennen. Weitere Männer folgten den ersten beiden, fünf, sechs, ein Dutzend. Die ersten beiden redeten auf den alten Mann ein, während der Rest auf den Hof marschierte, um noch weiteren Neuankömmlingen Platz zu machen. Einer der Männer beugte sich zu dem struppigen Hofhund und ließ ihn an seiner Hand schnuppern, bevor er mit der anderen Hand wie beiläufig ein Messer hob und es dem Tier durch den Hals stach. Ohne einen Laut von sich zu geben, torkelte das Tier zwei, drei Schritte, bevor seine Beine nachgaben und es in den aufgeweichten Morast fiel. Alarmiert wandte sich der alte Mann um, doch einer der Gepanzerten vor ihm legte ihm ohne Mühe eine behandschuhte Hand auf den Mund, während der zweite ein Messer von unten in seine Brust rammte. Der Alte zuckte, wie es nur einen Augenblick zuvor sein Hund getan hatte, bevor er gleichfalls in den Schlamm sank. Der Mann, der ihn festgehalten hatte, stieg jetzt achtlos über seinen Körper hinweg und wies mit knappen Gesten drei Männer an, die Hütte zu betreten, die der Alte kurz zuvor verlassen hatte. Mehr Gesten folgten, und weitere Gruppen lösten sich und gingen ohne Hast auf die übrigen Gebäude zu.

Marten erwachte aus seiner Erstarrung und murmelte einen derben Fluch. Es gelang ihm gerade noch, den Reflex zu unterdrücken, zurück in Richtung Gasthaus zu rennen. Seine noch immer nicht vollständig verheilte Beinwunde machte sich schon beim normalen Gehen bemerkbar, und es fehlte noch, dass er in diesem Zustand Aufmerksamkeit auf sich zog. Fieberhaft überlegte er. Der Haupteingang des Schankraums war eine schlechte Idee: Eine Laterne beleuchtete den Eingang nur zu gut. Er stockte. Wenn er das Innere richtig vor Augen hatte, musste die Küche auf der ihm zugewandten Seite liegen. Das war sinnvoll – Abfälle mussten entsorgt werden, und der große Misthaufen war der beste Ort dafür. In der Küche gab es also ziemlich sicher einen zweiten Eingang. Mit zusammengebissenen Zähnen hinkte Marten zurück in den Schatten des Hauses, wobei er bei jedem Schritt damit rechnete, einen Alarmruf zu hören und Pfeil oder Bolzen in den Rücken zu bekommen. Ruf und Geschosse blieben jedoch aus, und er erreichte unbehelligt den Schatten des ausladenden Dachs an der Seite des Gebäudes. Hastig tastete er sich an der rauen Holzwand entlang, bis seine Finger auf einen Türrahmen stießen. Das Glück blieb ihm weiterhin gewogen: Die niedrige Tür war nur mit einem einfachen Heberiegel geschlossen, der keinen Widerstand bot, als Marten daran zerrte. Eilig schob er sich in den dunklen Raum, der nach köchelndem Eintopf, alten Zwiebeln und fremdartigen Gewürzen roch. Die Kohlen der Herdstelle boten einen schwachen Lichtschein, der matt auf blank gescheuerten Töpfen, Pfannen und Messern schimmerte und sich in den verschlafenen Augen eines Küchenjungen spiegelte, der sein Nachtlager auf einer Matte vor dem Herd hatte. Marten legte einen Finger an den Mund und zog die Tür zu. »Versteck dich!«, flüsterte er. »Das ist ein Überfall!«

Die Augen des Jungen wurden größer, und im nächsten Moment stieß er einen schrillen Schrei aus.

Links von Marten rührten sich zwei weitere Gestalten, die er im Dunkeln für herumliegende Säcke gehalten hatte. Eine davon schoss mit einem Grunzen hoch, entdeckte ihn mitten in der Küche stehend und schleuderte einen Stiefel nach ihm, während sie gleichzeitig mit einer wesentlich tieferen Stimme in den Alarmruf einfiel. Marten duckte sich gerade so unter dem Wurfgeschoss weg, das es stattdessen einen Stapel Pfannen traf und sie scheppernd zu Boden prasseln ließ. Er stieß ein entnervtes Knurren aus, hechtete zur Tür zum Schankraum und riss sie auf. Die drei letzten Gäste und der Wirt starrten ihn an.

»Ein Überfall!« Er deutete auf die Eingangstür. »Beruner Söldner greifen an!«

Die vier Gesichter waren Masken des Unverständnisses.

»Beruner?«, fragte einer der Wachmänner langsam, während sich das Gesicht des Wirts gleichzeitig verdüsterte. »He!«, murrte er. »Was hast du in meiner Küche zu …«

Marten verdrehte die Augen, stieß ihn beiseite, sprang über die Theke, stolperte und wurde knapp von dem Topf verfehlt, der ihm aus der Küche hinterhergeflogen kam. Die Wachmänner waren endlich zum Schluss gekommen, dass sie hier einen nächtlichen Eindringling vor sich hatten, der ihre Aufmerksamkeit erforderte, denn sie griffen zu ihren Schwertern. Und richteten sie auf Marten.

»Das ist nicht euer Ernst, oder?« Der junge Schwertmann schob sich rückwärts, als die Eingangstür aufflog und eine Woge von Männern in roten Rüstungen in den leeren Schankraum stürmte. Armbrüste krachten, und einer der Wächter an der Theke ging gurgelnd zu Boden, während der Wirt zurückgeworfen wurde und mit einem Bolzen im Oberarm gegen den Türrahmen zur Küche taumelte.

»Das ist doch echt nicht euer Ernst, oder?«, wiederholte Marten, dieses Mal an niemanden gerichtet. Er kroch auf allen vieren unter dem nächststehenden Tisch hindurch, während sich die Wachleute den neuen Gegnern zuwandten. Die Beruner schwärmten im Raum aus. Wenn Marten aus seinem Blickwinkel richtig zählte, waren es inzwischen sechs oder sieben Männer, mindestens die Hälfte davon mit Armbrüsten, die sie jetzt polternd zu Boden fallen ließen, als sie gleichfalls nach ihren Klingen griffen. Das bedeutete wohl, dass es Zeit war, aufzustehen und zu verschwinden. Marten rappelte sich auf die Füße, stieß sich vom nächsten Tisch ab und hinkte eilig in den Durchgang, der zu den Schlafsälen führte – und zurück zu seiner Kammer. Hinter ihm brüllte jemand alarmiert auf, doch Marten schenkte dem keine Beachtung. Er trat die Tür hinter sich zu und hastete den Gang entlang, um gegen die Tür zu Emeris Kammer zu hämmern. »Macht auf! Schnell!« Beim fünften oder sechsten Hieb wurde die Schankraumtür erneut geöffnet. Gleichzeitig riss Xari die Tür auf. »Bist du bescheuert? Ich habe dir doch ...«

Marten schob sie beiseite, schlüpfte in den Raum und warf die Tür zu. »Sie sind hier«, keuchte er und lehnte sich gegen die Tür. Irgendein Insekt schwirrte an seinem Kopf vorbei, und er zerquetschte es achtlos. »Die verdammten Kolnorer sind hier.« Stiefel trampelten durch den Gang auf sie zu, während Xari und Emeri ihn verwirrt ansahen. Viel zu langsam dämmerte die Erkenntnis. »Hier? Aber wir sind in einer befestigten ...«, warf Emeri ein, doch Marten schnitt ihr das Wort ab.

»Sie haben die Torwache überwältigt. Mindestens zwanzig, vielleicht mehr. Also macht! Wir müssen hier raus!«

Misstrauisch starrte die Fürstentochter ihn an. »Wenn das deine Rache sein soll, dafür ...«

Von außen trat jemand die Tür und warf Marten beinahe um. Er warf ihr einen düsteren Blick zu. »Zieht euch an!«

Xari wirbelte herum und zerrte einen Umhang von einem Nagel hinter der Tür. Sie sah Marten an. »Mach auf«, sagte sie leise. Ein weiterer Tritt erschütterte die Tür.

Marten runzelte die Stirn, dann nickte er und riss die Tür auf. Der nächste Tritt des Mannes davor ging ins Leere. Mit verblüfftem Grunzen stolperte der bärtige Kerl vorwärts, direkt in den Mantel, den ihm Xari über den Kopf warf. Noch bevor er sich fassen konnte, trat Marten ihm in die

Kniekehle und warf die Tür wieder zu. Der Mann strauchelte. Er schaffte es nicht, seine Hände aus dem Umhang zu befreien, als er nach vorn fiel, und schlug dumpf mit dem Schädel auf den hölzernen Bettrahmen. Stöhnend versuchte er, sich aufzurichten. Marten packte seinen Kopf, schlug ihn mit aller Kraft erneut gegen das Bett, und der Mann erschlaffte. Hastig wälzte er ihn auf den Rücken und zerrte die Schließen des Waffengurts auf, bevor er zu Emeri aufsah. »Jetzt mach schon!«

Die Fürstentochter schüttelte ihre Erstarrung ab. »Du ziehst den Ärger an wie …«

»… wie Scheiße die Fliegen«, ergänzte Xari. Sie sah auf den Mann am Boden hinab, dann packte sie sein rechtes Bein und begann, den Stiefel vom Fuß zu zerren. »Sie hat recht, Sabra. Und was jetzt?«

Marten schüttelte entgeistert den Kopf. »Ihr habt echt eine seltsame Art, mich um Hilfe zu bitten«, brummte er. Hastig legte er sich den Schwertgurt um, tastete den Bewusstlosen ab und sammelte schließlich die Klinge auf, die dem Kriegsknecht aus der Hand gefallen war. »Woher soll ich das wissen? Wir müssen raus hier!«

Wie aufs Stichwort war irgendwo im Haus der Schrei eines Mannes zu hören, dann das Klirren von Stahl und weitere Rufe, gefolgt von Trampeln.

Xari hielt sich die Stiefelsohle an den Fuß und nickte. »Das Fenster«, entschied sie, warf Emeri das Kleid zu und machte sich daran, dem Kriegsknecht auch den zweiten Stiefel noch auszuziehen.

Marten nickte. Er riss den dünnen Vorhang von der Fensteröffnung und sah nach draußen. Dieses Ende des Gebäudes lag in völliger Dunkelheit im Schatten der Überdachung, die ein Stück weiter links auch die Terrasse des Gasthauses abdeckte. Irgendwelche niedrigen Büsche wucherten auf dem leicht abfallenden Hang unterhalb des Fensters bis zum Weg, der hinab zum Fährhaus führte. »Wenn wir das Ufer erreichen, haben wir vermutlich die besten Chancen«, sagte er. »Also gut. Seid ihr bereit?« Er sah sich um.

Emeri sah erschüttert aus, nickte jedoch. Sie hatte sich das Kleid übergezogen und raffte jetzt den Saum zusammen. Xari hatte inzwischen die Stiefel an den Füßen und stampfte probehalber auf. Dann nickte sie ebenfalls.

Sie waren kaum zwei Schritte vom Fenster entfernt, als weiter links ein Mann aus dem Schankraum stolperte, gegen einen Tisch prallte, über die niedrige Holzbrüstung kippte und den steilen Hang hinabrollte. Eine weitere Gestalt folgte ihm und setzte ebenfalls dazu an, über die Brüstung zu springen, als ein Schatten angefaucht kam und ihn mit einem dumpfen Schlag im Rücken traf. Gurgelnd stürzte er ebenfalls über das Geländer. Ohne weiter nachzudenken, stieß Marten Emeri in das Gebüsch. Mit einem leisen Aufschrei rutschte die Fürstentochter den Hang hinab. Er drehte sich zu Xari um, die ihn in der Dunkelheit anfunkelte.

»Denk nicht mal dran«, flüsterte die Metis. »Ich kann auf mich selbst aufpassen.«

»Gegen Armbrustbolzen auch?« Marten schnaubte. »Diesmal bist du dran. Schaff Emeri zur Fähre! Das ist das Wichtigste. Hast du selbst gesagt.«

Ohne auf ihre Erwiderung zu warten, lief Marten an der Hauswand entlang und erreichte die Terrasse im selben Moment, in dem zwei weitere der rot gekleideten Landsknechte im Durchgang auftauchten. Der erste der beiden hielt noch immer die soeben abgefeuerte Armbrust in der Linken und war dabei, sein Schwert aus der Scheide zu ziehen. Marten rammte ihm seine Klinge unter die Achsel, riss sie wieder heraus und nutzte den Schwung zu einer Drehung, die beinahe ausreichte, um den zweiten Kriegsknecht zu enthaupten. Der jedoch konnte sich im letzten Moment fallen lassen, und Martens Schwert glitt von seinem Helm ab und hackte tief in den Türrahmen. Im Gegensatz zum Schützen hatte dieser Mann jedoch seine eigene Klinge bereits gezogen und schlug jetzt aus Reflex nach seinem unerwarteten Angreifer. Fluchend ließ Marten sein feststeckendes Schwert los, stolperte zur Seite und bekam mehr aus Zufall das Handgelenk des anderen zu packen, was ihn davor bewahrte, die Waffe in die Eingeweide zu bekommen. Einen Moment lang starrte er aus kaum einer Handbreit Entfernung in das vollbärtige Gesicht des Kolnorers, dann versuchte der, ihm die gepanzerte Stirn ins Gesicht zu schlagen. Dieses Mal hatte Marten jedoch damit gerechnet. Er ließ sich seinerseits fallen und zog den anderen mit sich, dessen eigener Schwung ihn direkt in die nächste Tischplatte trug. Noch bevor der Mann seine Benommenheit abschütteln konnte, rammte ihm Marten die Faust in die Kehle. Der Kriegsknecht röchelte erstickt und erschlaffte.

Keuchend wand sich Marten unter dem massigen Mann hervor und lauschte. Irgendwo im Inneren des Hauses wurde noch immer gekämpft, und auch von anderswo auf dem Gelände drang Kampflärm zu ihm herüber, im Gastraum selbst jedoch war Stille eingekehrt. Sollte ihm nur recht sein. Er hob die Armbrust und das Schwert des Schützen auf und war gerade dabei, den Bolzenköcher von dem Toten zu zerren, als er Stimmen aus dem Inneren des Hauses hörte.

»Habt ihr sie gefunden?«, bellte eine scharfe Stimme in gebrochenem Berunisch.

Marten zuckte hoch und lehnte sich neben dem Durchgang gegen die Wand, wo er von innen nicht zu sehen war.

»Noch nicht. Aber sie sind hier, Herre«, erwiderte eine andere, dunklere Stimme, die den typischen Singsang der Einheimischen aufwies. »Der Wirt hat bestätigt, dass beide Frauen heute hier übernachten. Sie sind in Begleitung eines Beruners unterwegs.«

»Das ist ja wundervoll. Und vor allem ach so neu«, sagte der erste Sprecher mit beißendem Sarkasmus. »Natürlich sind sie hier! Aber wo verdammt noch mal sind sie? Ihr habt zwanzig Männer zur Verfügung. Das kann doch nicht so schwer sein! Bladik, du hast doch sonst deine Augen überall, wo du nicht sollst. Wie kann es sein, dass ihr zwei verschissene Weiber verliert?«

»Ich hatte sie, Vigglud«, verteidigte sich ein dritter Mann mit weinerlicher Stimme. »Aber der Kerl bei ihnen hat meinen Käfer erwischt, bevor ich ausmachen konnte, wo sie genau sind. Es hat einen Moment gedauert, und ...«

»... als wir den richtigen Raum gefunden haben, waren sie schon weg, Herre«, beendete der mit der tiefen Stimme.

Der Sarkastische stieß einen Fluch aus. »Findet sie. Bringt sie um, wenn es sein muss. Zündet von mir aus jede Hütte hier an, aber zeigt mir ihre Leichen! Der Theyn macht jeden von euch einen Kopf kürzer, wenn die Schlampe entkommt, also strengt euch gefälligst ein wenig an. Eurer eigenen Gesundheit zuliebe.« Irgendetwas krachte, gefolgt von einem Klirren, das ganz danach klang, als hätte jemand einen Bierkrug gegen die Wand geworfen. »Nein, bringt von mir aus das Balg des Fürsten um, aber die Metisschlampe lasst am

Leben. Um die kümmere ich mich selbst. Ich bin ihr noch etwas schuldig! Und jetzt *raus*!« Das letzte Wort brüllte er, und das eilige Trampeln von Stiefeln zeugte von der Wirksamkeit seines Befehls. Einen Moment lang herrschte Ruhe im Schankraum, und Marten hielt den Atem an.

»Bront bringt uns beide um, wenn wir das hier auch versauen. Noch mal so eine Schlappe wie mit dem verdammten Pfadfinder können wir uns nicht leisten. Das ist dir klar, Bladik?«, fragte der Sarkastische dann leiser.

Der Weinerliche antwortete etwas, doch dieses Mal verwendete er nicht das Berunische, sondern ganz eindeutig die harten Laute des Kolno, und Marten biss grimmig die Zähne zusammen. *Ich wusste es, ihr Drecksäcke. Ich hab's gewusst.* Er stieß sich von der Wand ab und hastete geduckt ans Ende der Terrasse zurück, wo er sich so leise wie möglich den regennassen Abhang hinunterrutschen ließ. So schnell es in der Dunkelheit möglich war, rannte er den schlammigen Fahrweg auf die einsame Laterne am Ende des Fährstegs zu. Es war nur zu klar, wen die Kolnorer suchten. Und ihnen blieb nicht viel Zeit, bis sie auch den Fährschuppen durchsuchen würden. Marten stolperte beinahe, als ihm ein neuer Gedanke kam. Was, wenn sie schon dort waren? Er ignorierte das Stechen in seinem Oberschenkel und beschleunigte nochmals. »Emeri! Xari! Seid ihr …?« Er rannte beinahe in das Messer der Metis, glitt aus und verhinderte nur mit Mühe, neben dem Steg ins schwarze Wasser zu rutschen.

»Kannst du gefälligst aufhören zu brüllen?«, zischte Emeri.

Beide Frauen standen vor dem Eingang des Bootsschuppens, und sie waren nicht allein. Drei halb bekleidete, muskelbepackte Metis standen neben ihnen, dem Aussehen nach soeben erst aus dem Schlaf gerissen. Nichtsdestotrotz hatten beide schwere Knüppel in den Händen. Dass sie damit umgehen konnten, war offensichtlich, denn zu ihren Füßen lagen zwei leblose Gestalten in Beruner Rüstungen.

»Sind sie …?«

Emeri hob düster die Schultern. »Keine Ahnung. Wir hatten noch keine Zeit, sie zu untersuchen.«

»Und kein Interesse.« Xari schob den Dolch wieder in ihren Stiefel. »Was hat dich aufgehalten?«

Marten winkte ab. Er drückte ihr die Armbrust in die Hand, hockte sich zu einem der Leblosen und begann, auch diesem den Waffengurt abzunehmen. »Aufgehalten?« Er schnaubte. »Niemand hält mich auf. Besonders nicht, wenn mehr als zwanzig Arschlöcher in Waffen hinter mir her sind.« Er fluchte und drehte den Mann schließlich auf den Rücken, um an die Schnalle des Gurts zu kommen. »Oder genauer gesagt: Sie sind hinter euch her. Von mir war nur am Rande die Rede.« Er starrte auf die Abzeichen auf der Rüstung des Mannes und runzelte die Stirn. »Ich weiß nicht genau, ob ich beleidigt oder froh darüber sein soll.« Ohne den Blick von der Rüstung zu nehmen, richtete er sich auf. »Auf jeden Fall werden sie nicht haltmachen, bis sie euch gefunden haben.« Endlich sah er Emeri an. »Sie wollen um jeden Preis die Tochter des Fürsten töten. Und nein, ich weiß nicht, warum. Irgendein Theyn erwartet das von ihnen.«

Einer der Metis knurrte und schwang seinen Prügel. »Wer ist der Kerl eigentlich? Er sieht aus wie ein Beruner, er spricht wie ein Beruner – und das hier«, er trat gegen den Mann zu seinen Füßen, »ist auch ein verdammter Beruner!«

Marten warf ihm einen Seitenblick zu. »Weil der Drecksack da eben kein Ber… ach, was red ich überhaupt mit dir? Ihr …«

»Dieser Beruner hier ist in Ordnung. Er ist einer der Männer des Fürsten. Wir … vertrauen ihm.« Sie warf Marten einen beredten Blick zu.

Er schnaubte. »Da bin ich aber froh. Ihr – könnt ihr die Fähre fahren?« Er deutete auf das weit ausladende, flache Schiff am anderen Ende des Steges.

»Sie sagen, dass sie die Fährleute sind«, warf Xari ein.

Marten nickte. »Also passt auf. Dort oben ist eine ganze Horde bewaffneter Kolnorer, die sich als Beruner Kriegsknechte ausgeben und gerade alles abschlachten und anzünden, was sie in die Finger bekommen, weil sie diese Frau hier umbringen wollen, die zufälligerweise die Tochter eures Fürsten ist. Ihr seid stramme Jungs; ihr könnt gern hierbleiben und euch von ihnen umbringen lassen. Oder aber ihr erweist eurem Fürsten einen großen Dienst und bringt seine Tochter in Sicherheit.« Er deutete über den Fluss auf die fernen Lichter Tiburones. »Dort drüben. Noch Fragen?«

Die drei Männer sahen sich an.

»Was ist ein Theyn?«, fragte einer von ihnen zögerlich. Er hatte ein breites Gesicht, das von irgendeiner scheußlichen Krankheit mit Narben übersät worden war.

»Was?« Marten blinzelte verblüfft. »Irgendein Titel der verdammten Kolnorer. Was weiß ich denn? Was ist das überhaupt für eine dämliche Frage?«

»Sie ist Fürst Antrenos Tochter? Im Ernst?« Ein anderer der Männer musterte Emeri zweifelnd.

»Nein. Ich habe gelogen. Sie ist die Kaiserin von Berun. Bei den Gruben, wollt ihr mich eigentlich verarschen?«, bellte Marten gereizt. »Wir müssen auf den Fluss, bevor der Rest von denen kommt!«

»Auf's Wasser? Bei Nacht? Niemand, der bei Verstand ist,

fährt nachts auf diesen Fluss«, knurrte der dritte der Kerle, dessen Nase in der Vergangenheit schon mehrfach gebrochen worden schien.

»Na prima. Dann solltet ihr ja kein Problem damit haben«, schnappte Marten.

Die Metis starrten ihn düster an und öffneten schon den Mund, als Xari ihn seufzend beiseite schob. Ein Hauch von Sandelholz lag plötzlich in der Luft und traf ihn wie ein Tritt in die Weichteile, bevor sich Emeris Hand über seine Nase legte und den Geruch aussperrte.

»Wir erklären euch das alles später«, sagte Xari mit rauchiger Stimme. »Jetzt ist es wichtig, dass wir auf den Fluss kommen, meine Lieben. Versteht ihr das?«

Ein dümmliches Grinsen zog beinahe sofort auf jedes der drei Gesichter, und der Pockennarbige boxte seinem Nebenmann plump in die Rippen. »Vollkommen, Süße«, feixte Schiefnase. »Ich werde dir ...«

»Die Fähre zeigen?« Xari strahlte ihn an und hakte sich bei ihm unter. »Dann mal los, Großer. Zeigt mir, was ihr drauf habt. Legen wir ab!« Mit schwingenden Hüften zog sie den Metis mit sich hinaus auf den Steg, und die anderen beiden folgten ihr eilig.

Erst als sie bereits einige Schritte entfernt waren, nahm Emeri die Hand von Martens Gesicht.

Er schnappte nach Luft. »So einfach?«, fragte er verblüfft.

Emeri funkelte ihn kalt an. »So einfach. Aber glaube nicht, dass das etwas ändert. Wenn wir drüben sind, verschwindest du.«

Marten biss die Zähne zusammen und hob ergeben die Hände. »Emeri, es tut mir leid, dass das ...«

Die junge Frau schnaubte. »Vergiss es, Berun. Du hattest

deine Chance, und du hast deine Wahl getroffen. Das ist in Ordnung. Wir …«

Oben auf der Terrasse des Gasthauses rief jemand etwas. Einen Augenblick später sirrte ein Bolzen heran und schlug in die Wand des Bootsschuppens ein; zwar in mehr als vier Schritt Entfernung, aber Marten nahm es trotzdem als Zeichen. Er packte Emeri am Arm und zog sie mit sich Richtung Steg. »Die Zeit ist um!«, rief er. »Wir sollten jetzt wirklich von hier verschwinden.«

Mit vereinten Kräften hatten sie die behäbige Fähre bereits einige Dutzend Schritt hinaus auf den nachtschwarzen Fluss gerudert, als die Ersten ihrer Verfolger den Landungssteg erreichten. Weitere Armbrustbolzen klatschten rund um sie ins Wasser, einer riss nur eine Armlänge von Marten entfernt Holzsplitter aus der Bordwand. Der junge Schwertmann stieß einen Fluch aus und duckte sich tiefer über sein Ruder. Er hatte sich zu den Fährleuten gesetzt und versuchte, das Tempo des plumpen Gefährts noch zu steigern. Entweder waren diese Männer am Ufer die schlechtesten Schützen, die Marten je begegnet waren, oder die Salve war noch aus dem Laufen heraus und ungezielt erfolgt. Wenn das der Fall war, würden sie nicht noch einmal so viel Glück haben. Sie waren nah genug, um jedem Schützen ein kaum zu verfehlendes Ziel zu bieten. »Xari, Emeri, geht hinter dem Wagen in Deckung!« Er nickte zu einem hoch bepackten Karren in der Mitte des Boots. Der Karren sollte wohl am Morgen als Erstes über den Fluss gebracht werden. Er war bereits vertäut, nur die Ochsen hatte man ausgeschirrt. Marten vermutete, dass am nächsten Morgen hinter ihnen niemand übrig sein würde, der sich über diese Entführung beschweren würde.

Zug um Zug trieben die knarrenden Riemen das breite Schiff hinaus in die Strömung, wo es sich langsam, aber sicher gegen das armdicke Führungstau stemmte.

»Hey«, einer der Metis klopfte Marten auf die Schulter. »Mach dich nützlich.« Der mit der schiefen Nase drückte ihm einen Eimer in die Hand und wedelte ihn ans vordere Ende des Kahns. »Sobald du es knarren hörst, klatsch etwas davon auf das Tau, verstanden?«

Verwirrt starrte Marten in den Bottich und zuckte unwillkürlich zurück, als ihm ein beißend ranziger Gestank in die Nase stieg. »Was zum …«

Schiefnase zuckte mit den Schultern und grinste, während er wieder nach seinem Ruderwerkzeug packte. »Fett. Vom Brundal. Macht das Rudern leichter. Und lockt die Paqualhe an – aber dann fressen sie wenigstens dich und nicht uns. Kommen wir tatsächlich rüber.«

Marten schoss ihm einen düsteren Blick zu und musterte das Tau, das in einer Reihe metallener Ringe an der Bordwand entlanglief und verhinderte, dass die Fähre abgetrieben wurde. Geduckt lief er schließlich ans vordere Ende zum ersten der Ringe. *Immerhin steigt damit die Chance, dass sie euch Idioten mit Bolzen spicken und nicht mich.* Das Tau ächzte gequält in seiner eisernen Führung, und Marten biss die Zähne zusammen. Mit einem struppigen Quast schaufelte er etwas von der stinkenden Masse auf das Seil, und das Geräusch ließ nach. Meter für Meter schob sich das Gefährt in die Dunkelheit. Als Marten zurücksah, konnte er das Ufer nur noch schemenhaft erkennen, und die Männer auf dem Steg auch nur, weil sie von der dort hängenden Laterne beleuchtet wurden. Die Fähre hatte keine Beleuchtung, und plötzlich keimte Hoffnung in ihm auf. Das bedeutete schließ-

lich, dass sie auch ein Schütze nicht mehr erkennen würde –
und das wiederum hieß, dass die Schützen auf gut Glück
feuern mussten. Am Ufer krachte eine Armbrust, dann eine
zweite. Einer der Bolzen schlug mit dumpfem Pochen in die
Bordwand, der zweite traf den Wagen und verursachte ein
Geräusch wie von berstendem Ton. Eine weitere Armbrust
war in der Dunkelheit zu hören, doch dieser Bolzen verschwand nur mit leisem Platschen irgendwo im Fluss.

Wir könnten es tatsächlich schaffen! Marten hatte den Gedanken kaum zu Ende gebracht, als am Ende des Stegs ein
Mann in den Schein der Lampe trat, den er schon mal gesehen
hatte. Der Kerl, der die Rüstung eines Ritters des Flammenschwertordens trug, stieß zwei der erfolglosen Armbrustschützen beiseite und hob die Arme. Ein eisiger Schauer lief über
Martens Rücken. »Verdammt. Runter!«, bellte er und warf
sich flach auf den Boden der Fähre, als der Ritter am Ufer die
Arme vorwarf. Keinen Augenblick zu früh. Eine beinahe
sichtbare Welle jagte durch die Luft dicht über seinem Kopf.
Ein plötzlicher Druck hämmerte auf seine Ohren ein und hinterließ ein hässliches Pfeifen. Instinktiv kniff er die Augen zusammen, und etwas Heißes, Klebriges klatschte auf sein Gesicht. Dicht neben ihm polterte etwas dumpf auf den Boden,
und jemand begann zu schreien. Marten wischte sich über
das Gesicht und sah auf. Blut klebte auf seinem Ärmel, und
neben ihm lag der Schiefnasige und starrte ihn erstaunt an.
Nein, verbesserte er sich, *der halbe Schiefnasige.* Irgendetwas
hatte den Mann dicht unter dem Brustbein durchtrennt. Seine Beine lagen zwei Schritte entfernt gegen die Bordwand gelehnt, aus der große Splitter herausgerissen waren, als hätte
jemand mit einer gewaltigen Axt darauf eingeschlagen. Das
Schreien hielt immer noch an, und er drehte verwirrt den

Kopf. Einer der anderen Fährleute hockte neben ihm auf den Planken und hielt sich den Stumpf des Arms, der ihm kurz über dem rechten Ellbogen durchtrennt worden war. Blut sprühte über seine Hose, und er stieß hohe, spitze Schreie aus, die zeigten, dass er unter Schock stand. »Brundaldreck!« Marten packte den Mann und warf ihn zu Boden. Von irgendwoher tauchte Xari auf. »Festhalten! Haltet ihn unten!« Ohne die herausrutschenden Innereien zu beachten, zerrte sie den Gürtel aus der Hose des Schiefnasigen und wickelte ihn um den Armstumpf des Schreienden. Der Pockennarbige hockte sich neben Marten und presste den Mann mit seinem ganzen Gewicht nach unten, während Xari den ledernen Gurt so fest wie möglich zog. Unter ihren Händen versiegte der Blutstrom zu einem Tröpfeln. Marten nickte und ließ den Mann los. Ein zweites Mal fauchte die Luft. Dieses Mal sprühte eine Wasserfontäne auf, und ein weiteres Stück Bordwand verwandelte sich in eine Wolke aus Splittern, die scharf nach seinem Gesicht stachen. Ein Stöhnen ging durch das Fährschiff. Vorsichtig spähte der Schwertmann über die Reling. Inzwischen hatte die Strömung sie erfasst, und der Anlegesteg war noch weiter zurückgefallen. Außerdem bewegte er sich nach einer Seite fort. Erst mit einem Moment Verspätung ging Marten auf, was das bedeutete. Er sah auf die Führungsringe für das Fährtau. Einer von ihnen war mit einem Stück der Bordwand verschwunden, die übrigen waren leer.

»War ja klar.« Er seufzte.

»Was?«

Er beobachtete, wie sich die Fähre langsam in die Strömung drehte und das Licht der Fährstation linker Hand hinter ihnen zurückblieb. Oberhalb davon schlugen jetzt Flammen aus einem der Holzdächer, dann aus einem zweiten.

»Was immer das von den Reisenden verfluchte Arschloch gemacht hat – er hat das Seil durchtrennt. Wir treiben flussabwärts.« Er sah nach rechts, wo in einiger Entfernung die Lichter Tiburones vorüberglitten. Das Schreien des Fährmanns war inzwischen in ein schwaches Wimmern übergegangen.

»Was?« Diesmal war es nicht Xaris Stimme, sondern die des Pockennarbigen, die aus der Dunkelheit kam. Der Metis klang ebenfalls, als wäre er am Rande einer Panik.

Marten lachte trocken auf. »Tiburone wird noch ein wenig auf uns warten müssen, wenn von euch keiner eine Idee hat«, sagte er und lehnte sich gegen die Bordwand. »Mir sind sie gerade ausgegangen.«

»Wir treiben flussabwärts?« So etwas wie Grauen mischte sich in die Panik in der Stimme des Pockengesichts.

»Jep.«

»Es ist Jagdzeit der *Paqualhe!*«

Marten nickte, obwohl ihn niemand sehen konnte. »Das hat man mir heute schon mehrfach gesagt, ja. Ist aber nichts, wogegen ich etwas tun könnte, oder?«

Irgendwas in seinem Tonfall musste den Metis aus seiner beginnenden Panik gerissen haben, denn er klang verändert, als er jetzt antwortete. »Sie werden vom Blutgeruch angezogen!«, bellte er.

Marten runzelte die Stirn und betastete sein Hemd und seine Hose, die sich mit dem klebrigen Lebenssaft des Schiefnasigen vollgesogen hatten. Ein weiterer eisiger Schauer kroch über seinen Rücken. »Scheiße«, stellte er fest. Er stieß sich von der Bordwand ab, tastete in der Dunkelheit nach den Beinen des Toten, bekam sie zu fassen und zerrte sie mit einem Grunzen auf die Bordwand und darüber. Leise klatschend fiel der Körper ins Wasser. »Werft ihn über Bord.« Er tastete nach den übrigen Resten und schaufelte über die Wand, was er ertasten konnte.

»Ich werde ihn nicht anfassen«, brummte der Pockennarbige neben ihm. »Sein Geist wird mich nicht fangen.«

»Sein Geist ... Und deshalb lässt du dich lieber von irgendwelchen Scheißviechern aus dem Fluss fressen?«

Der Pockennarbige knurrte im Dunkeln, doch Xari hob die Stimme. »Rede nicht von Dingen, die du nicht verstehst, Sabra. Für uns sind die Geister der Toten real.«

Marten biss die Zähne zusammen und schüttelte den Kopf. »Verdammte abergläubische Bastarde«, murmelte er. Er tastete nach der zweiten Hälfte des Leichnams und bemerkte, dass es heller um sie wurde, denn er konnte die Umrisse des Boots und der Menschen darauf erkennen.

Emeris schlanke Gestalt ragte neben ihm auf. Sie schien auf den Fluss hinauszusehen. »Mbalhi«, sagte sie leise. »Ich habe sie noch nie so nah gesehen.«

Marten richtete sich auf und betrachtete den Schwarm der gut handlangen Krebstiere, die im Norden der Inneren See als Totenlichter bekannt waren. Die dicht an dicht gedrängten Körper der Tiere leuchteten in einem kühlen Blau und verliehen der Luft um das Schiff einen geisterhaften Schein. Marten musste zugeben, dass es beinahe friedlich wirkte – zumindest solange man verdrängte, dass die Totenlichter einen Menschen durch bloße Berührung lähmen und in wenigen Augenblicken zerlegen und fressen konnten. Schaudernd riss er sich von dem Anblick los. Er hob den Torso des Leichnams auf und zerrte ihn ebenfalls über Bord, wo er in der brodelnden, leuchtenden Masse verschwand. »Das löst zumindest eines unserer Probleme«, murmelte er.

»Du bist herzlos.« Emeri wandte sich ab und kniete sich neben den inzwischen bewusstlosen Metis, dessen Arm Xari gerade mit weiteren Tüchern verband.

Marten sah auf die Blutlache zu seinen Füßen, bevor er müde die Schultern hob und wieder fallen ließ. »Vielleicht. Aber er ist tot, und ich bin noch am Leben. Ihr seid noch am Leben. Ich habe vor, dass das so bleibt.« Er schniefte und wandte sich an den Narbigen. »He. Das hier ist doch dein Boot, richtig? Wie bekommen wir dieses Boot hier ans Ufer?«

Der Angesprochene sah auf. Seine Augen glommen im Widerschein der Totenlichter bläulich. »Überhaupt nicht«, sagte er düster. »Es ist zu schwer, und wir sind nicht genug Männer. Und selbst wenn, dann wäre es immer noch unsicher, ob das reichen würde. Die Strömung hier trägt uns nach Norden, bis wir in einer der Flussschleifen angespült werden. Falls uns die *Paqualhe* nicht vorher finden.«

»Nach Norden.« Marten war auf einmal zu müde, um mehr als Gleichgültigkeit zu empfinden. »Und was ist dort, im Norden?«

»Nichts«, entgegnete Emeri. »Wildnis. Die Sümpfe. Und dann das Meer.«

»Noch mehr Sümpfe. Großartig.«

11

AUFBRUCH

Das soll ein Plan sein?« Cunrat schnaubte verächtlich. »Wenn du einen besseren hast – immer raus damit. Noch wäre Zeit, dich als genialer Stratege zu erweisen.« Ness hängte die Bogensehne ein und überprüfte ihren Sitz. Cunrat starrte ihn an, seine Kiefer mahlten. Er schwieg jedoch. Was hätte er auch sagen sollen? Die anderen beiden Ritter waren mit dieser Idee einverstanden, und sie standen im Rang über ihm. Was also hatte sein Wort für ein Gewicht? Er wandte den Blick ab und musterte stattdessen das Torhaus vor ihnen. Es war größer als das in der inneren Festung, eingelassen in die mächtige Ringmauer, die Gostin von den umliegenden Wäldern abgrenzte. Wie die Mauer selbst war es vor allem aus dem grünlichen, von weißen Adern durchzogenen Stein errichtet, aus dem auch viele der alten Gebäude in diesem Teil der Stadt bestanden, und wie die Mauer ragte es mehr als zwanzig Schritt in die Höhe und versperrte den Blick auf das dahinter liegende Land. Wenn man Messer jedoch Glauben schenkte, war es trotzdem das kleinste der drei Stadttore der Festungsstadt, vor allem genutzt von den einheimischen Bauern, um in die vor den Mauern gelegenen Gärten und Felder zu gelangen. Hier und da waren die Mauern nachlässig geflickt, meist mit dem grauen Kalkstein, mit dem ein Großteil der alten, verwinkelten Straßen gepflastert war, an ein oder zwei Stellen sogar mit rötlich gebrannten Lehmziegeln. Das Macouban war ein wildes, gefährliches Land, doch es war auch ein befriedeter Teil des Kaiserreichs, beinahe genauso lange, wie das Reich schon bestand. Wogegen auch immer diese gewaltigen Mauern einst errichtet worden waren, heute dienten sie wohl in erster Linie der Demonstration von Stärke und dem Aussperren der Wildnis aus der Stadt. Und auch Letzteres gelang nur mit mäßigem Erfolg, wie die Schlingpflanzen bewiesen, die an mehr als einer Stelle über den Wall gekrochen waren und mit farbenprächtigen Blüten Insekten und Vögel anlockten. Das seltsam friedliche, geradezu verschlafene Bild stand jedoch in scharfem Kontrast zu den Männern vor dem Tor. Ein Dutzend der Kriegsknechte Antrenos stand in voller Rüstung im Schatten des Durchgangs vor den geschlossenen Flügeln des Tors. Sie musterten die Umgebung so wachsam, wie es Männern möglich war, die bereits seit Stunden in der schwülen Hitze des Macoubaner Tages auf einem so einsamen Posten ausharren mussten. Vor einer halben Stunde hatten sie drei Bauern passieren lassen. Nicht ohne jedoch sie und ihren altersschwachen Eselskarren ausgiebig zu durchsuchen, obwohl ihnen selbst auf den ersten Blick klar sein musste, dass keiner von ihnen ein Ordensritter war und auch der Karren kaum mehr als einen halben Mann von Wibalts Format verbergen konnte. »Sie langweilen sich«, hatte der Rosskopf gemurmelt, ein drahtiger Kriegsknecht mit einem grau durchzogenen Pferdeschwanz und zwei Schwertern am Waffengurt. »Gelangweilte

Männer neigen zu Nachlässigkeit oder Grausamkeit.« Die novenischen Landsknechte wohl zu Letzterem. Erst nach einigem Geschubse hatten sie die Bauern gehen lassen und das Tor wieder hinter ihnen geschlossen. »Sie wollen wohl kein Risiko eingehen, solange sie euch nicht gefunden haben«, hatte Messer gemutmaßt.

»Das, oder irgendetwas anderes geht hier vor. Etwas, das mit diesem Schiff zu tun hat«, hatte Ness eingeworfen.

Seit die Bauern verschwunden waren, hatte sich kaum noch etwas gerührt. Die Kriegsknechte in ihren schweren Panzerungen versuchten, im Schatten zu bleiben, und die beiden Männer, die über dem Tor in dem luftigen Verschlag saßen, der das hochgezogene Fallgatter beherbergte, kämpften mit der mittäglichen Hitze. Dennoch hatte Messer sie die halbe Stunde abwarten lassen, nur um zu sehen, ob noch weitere Bewaffnete auftauchten. Immerhin – das war nicht passiert. Dennoch standen dort zwölf schwer bewaffnete Männer.

Cunrat schnaubte. »Es ist nicht ehrenhaft«, murmelte er schließlich düster.

»Natürlich nicht«, gab Ness zurück. Er nahm vier Pfeile aus einem Bündel und begutachtete sorgfältig ihre Federn, bevor er einen davon auswählte. »Ehrenhaftigkeit ist etwas, das sich Ritter auf dem Turnierplatz leisten können. Das hier ist Krieg, Junge. Da geht es nur darum, dass man den Tag überlebt und die Schlacht gewinnt.« Er stellte die Pfeile vor sich auf, fischte eine schwarze, klebrige Rolle fermentierter Sumya-Blätter aus der Tasche und biss ein Stück davon ab. »Und wenn wir ehrlich sind, ist nur eines davon wichtig. Egal, was sie euch da oben im Orden beibringen.«

Cunrat sah sich zu den anderen beiden Rittern um. »Ehre

ist das Wichtigste. Ehre definiert einen Ritter. Es macht uns besser als den gewöhnlichen Abschaum.«

»Womit du uns meinst. Verstehe.« Ness nickte gleichmütig. »Wenn Berun in Trümmern liegt, weil wir unsere Arbeit hier nicht gemacht haben, kannst du dann ja wenigstens beruhigt erklären, dass du deine Ehre gerettet hast.« Er wischte sich über die Glatze und seufzte. »Weißt du was? Ich glaube, es geht hier überhaupt nicht um Ehre, sondern um deinen persönlichen Stolz. Das Problem ist doch: Deine Ehre kannst du nur selbst beschmutzen. Es ist dein Stolz, den andere verletzen können. Wenn du so blöd bist und welchen hast. Wie unser Heetmann immer sagte – Stolz und Haare: beide nett, wenn man sie hat. Aber wenn sie dich blenden oder man dich daran packen kann, wird es Zeit, sie loszuwerden. Also – sind wir so weit?«

Dolen sah den kleinen Bogenschützen mit unlesbarer Miene an, bevor er auf dessen Waffe deutete. »Du bist sicher, dass du von hier aus triffst?«

Ness grinste. »Es sind gerade mal zweihundert Schritte, und es geht kein Lufthauch. Wenn ihr wollt, dürft ihr euch das Auge aussuchen, dass ich ihnen ausschießen soll.« Er atmete tief durch. »Lasst das mal meine Sorge sein. Konzentriert euch lieber auf eure Aufgabe. Und bringt nicht alle um, in Ordnung? Irgendjemand muss schließlich von euren hässlichen Visagen berichten.«

Das gehörte tatsächlich zum Plan. Sie mussten ein oder zwei der Männer am Leben lassen, selbst wenn das ihre Aufgabe erheblich schwerer machte. Ihr Ziel war es, Antrenos Leute so schnell wie möglich zu überwältigen, noch bevor sie sich darüber im Klaren waren, dass sie nur eine Handvoll waren. Mindestens genauso wichtig aber war es, dass jemand übrig blieb, der beschwören konnte, dass es die Ritter gewesen waren, die hinaus in die Wildnis geflohen waren. Schon deshalb war die Wahl schließlich auf Dolen, Cunrat und Wibalt gefallen. Sie waren die Gesichter, die ohnehin jeder Kriegsknecht in Gostin suchte. Wenn bekannt wurde, dass sie mit anderen Männern aus der Stadt geflohen waren, würde Antreno die Suche innerhalb der Mauern abbrechen. So weit, so einfach. Davon abgesehen, dass dieser Plan, wie Messer das nannte, nur allzu leicht damit enden konnte, dass sie von den Bewaffneten zerhackt wurden, ohne das Tor auch nur zu erreichen.

»Jetzt mach dir nicht ins Hemd, Ritter. Du hast nur das eine.« Ness nickte Cunrat spöttisch zu und legte einen Pfeil ein. »Bereit, wenn ihr es seid.«

Dolen schob sich einen winzigen blauen Kristall zwischen die Zähne und biss darauf. Dann hob er sein Schwert und nickte, und die anderen Männer taten es ihm nach. Befehl war Befehl. Cunrat presste die Lippen zusammen und salutierte ebenfalls.

»Na dann – für die Ehre, die alte Sau.« Der alte Bogenschütze hob seine Waffe, zog den Pfeil an sein Ohr und schoss, alles in einer einzigen Bewegung. Nur einen Lidschlag später zuckte der linke der beiden Männer neben dem Fallgatter heftig zusammen. Seine Hände flogen zu seinem Hals, bevor sie erschlafften und er zusammensackte, ohne jedoch von seinem Schemel zu fallen. Der Pfeil hatte ihn direkt gegen den Balken genagelt, an den er sich nachlässig gelehnt hatte. Sein Partner sah irritiert auf, bevor er plötzlich auf die Füße sprang und instinktiv nach seiner Waffe griff. Sein Mund öffnete sich zu einem Alarmruf, doch Ness hatte bereits den zweiten Pfeil in die Luft geschickt, und kein Laut kam über seine Lippen, als das Geschoss seinen Kopf nach hinten riss und ihn gegen die Brüstung warf. Er taumelte zurück, stieß gegen den Handlauf und stürzte hinab, direkt vor die Füße der unten dösenden Wachleute.

Ness senkte den Bogen. »So, das Tor bleibt schon mal offen. Habt Spaß.«

Wibalt bleckte die Zähne, hob sein Schwert hoch über den Kopf und lief los. Er hatte bereits den halben Weg bis zum Tor überbrückt, bevor der erste der novenischen Kriegsknechte seinen Schock abschüttelte und aufsah. Ein weiterer Pfeil surrte wie ein zorniges Insekt an Cunrats Kopf vorbei, durchschlug den Hals des Mannes und stieß ihn zurück zwischen seine Kameraden. Wibalt stieß ein donnerndes Brüllen aus, und Dolen fiel ein. Auf der anderen Seite nahmen die zwei Kriegsknechte den Kampfschrei auf, und Cunrat stellte fest, dass auch er in das Brüllen eingefallen war. Beinahe gleichzeitig prallten sie auf die novenischen Söldner, die jetzt ihre Waffen hoben. Das Schwert des Mannes vor ihm glitt unter seinem Arm hindurch, zerschnitt sein Hemd und hinterließ eine heiße Spur auf seiner Haut, doch dann war Cunrat innerhalb der Reichweite des Mannes und hieb ihm den Knauf seines eigenen Schwerts ins Gesicht. Das Nasenbein des Kerls krachte, und Blut sprühte über den jungen Ritter, als der Mann schreiend rückwärts taumelte. Cunrat packte den Halsausschnitt des Söldners und schlug erneut zu, und dann ein drittes Mal. Zähne brachen, und sein Gegner sackte schreiend in die Knie, bevor ihn Cunrats Stiefel am Kopf traf. Neben ihm war Wibalt direkt in eine erhobene Schwertklinge gelaufen. Er grinste den Wächter an, dann packte er dessen Kopf und rammte ihm die eigene Stirn so hart ins Gesicht, dass der Mann einfach zusammensackte. Immer noch grinsend zog er das Schwert aus seinem Bauch und stieß es so heftig in die Seite eines entsetzten Söldners, dass dessen Kettenhemd riss und die Klinge bis zum Heft in seine Brust glitt. Der Anblick lenkte Cunrat beinahe zu lange ab. Ein Schatten in seinem Augenwinkel warnte ihn, und er warf sich gerade noch rechtzeitig zur Seite. Die für ihn bestimmte Klinge traf kurz über seinem Kopf auf eine andere, an der sie kreischend abrutschte. »Unten bleiben«, bellte der Rosskopf. Seine Klinge drückte das Schwert des novenischen Söldners beiseite, bevor der ihn mit einem Schildstoß zurückdrängen wollte. Wider Erwarten jedoch rollte sich der Rosskopf am Schild vorbei, und jetzt lag ein zweites Schwert in seiner Linken, das am Oberarmschutz der Schildhand entlangglitt und in der Panzeröffnung unter dem Arm verschwand. Noch bevor der Mann aufschreien konnte, rammte ihm der alte Kriegsknecht das zweite Schwert durch die Kehle. »Konzentrier dich, oder bleib aus dem Weg, verdammt!«, blaffte er Cunrat an, dann war er auch schon wieder verschwunden.

Cunrat packte den Schild, der dem novenischen Söldner entglitten war, sprang auf die Füße, doch der Kampf war praktisch vorbei. Dolen hatte einen der Wächter niedergerannt. Ein zweiter stieß mit einem Speer nach ihm, doch der Ritter machte nur eine unwirsche Handbewegung, und der hölzerne Schaft der Waffe verbog sich, sodass die Spitze an Dolen vorbeizischte. Der Ritter hieb ihm sein Schwert so hart auf den Helm, dass dieser zerbarst und das Eisen tief in den Schädel fuhr. Der Rosskopf und sein Partner Zeisig, ein Kriegsknecht mit der Statur eines Hafenarbeiters und dem Lachen einer Hyäne, drängten gemeinsam den letzten der Männer gegen das Tor, wo er der Axt Zeisigs zum Opfer fiel, noch bevor Cunrat oder einer der anderen Ritter reagieren konnte. Der junge Ritter spürte Übelkeit in sich aufsteigen und presste die Lippen zusammen.

»Man hätte ihn auch am Leben lassen können«, sagte Dolen vorwurfsvoll, und Zeisig nickte. »Hätte man. Aber er ist ein verschissener Söldner. Das ist das Risiko, das er eingegangen ist, als er nach Berun kam. Sollte man immer im Kopf behalten. Im Gegensatz zur Axt.« Er ließ sein hyänenhaftes Lachen hören.

Der Rosskopf verdrehte die Augen. Dann schlenderte er zum nächsten Körper und drehte ihn mit dem Stiefel um. Es war der Kriegsknecht, dem Wibalt den Schädel mit der Stirn malträtiert hatte. »Der hier lebt auf jeden Fall noch«, verkündete er. »Auftrag erfüllt.« Sorgfältig wischte er seine Klingen am Hosenbein des Mannes ab, bevor er sie wieder verstaute. Dabei musterte er Wibalt interessiert. Der haarige Ritter hatte vor dem Angriff sein Hemd ausgezogen, und keines der Schwerter der Wachen hatte eine Spur an seinem Körper hinterlassen. »Ein nützlicher Trick«, stellte er fest. »Kannst du mir den beibringen?«

Wibalt bleckte die Zähne. »Wenn du drauf bestehst, können wir es ausprobieren«, knurrte er.

Der Rosskopf hob eine Braue. »Danke, aber so dringend dann doch nicht.«

Dolen schob Wibalt beiseite. »Wir haben keine Zeit dafür«, sagte er knapp. »Sammelt ein, was ihr braucht und tragen könnt. Es muss so aussehen, als hätte sich hier ein Dutzend Ritter ausgerüstet.« Er nickte Cunrat zu. »Ad Koredin, hilf mir, das Tor zu öffnen. Los, los, der Tag wartet nicht!«

Hinter ihm tauchte Messer auf. Interessiert betrachtete er den novenischen Söldner, dem Cunrat die Zähne eingeschlagen hatte. »Das«, sagte er, und so etwas wie Anerkennung schwang in seiner Stimme mit, »wird verdammt wehtun. Aber insgesamt eine beeindruckende Arbeit.« Er sah auf und lächelte schmal. »Ich sehe, wir werden noch zu einer glücklichen kleinen Bande von Brüdern zusammenwachsen.« »Träum weiter, alte Krähe.« Ness schob sich an ihm vorbei. Im Vorbeigehen hob er einen Helm auf und trat vorsichtig durch das Tor, das die Ritter jetzt geöffnet hatten.

Vor ihnen öffnete sich ein beeindruckendes Panorama. Ein schmales Tal erstreckte sich von der Stadtmauer bis zu den steil aufragenden Kalksteinfelsen. Der Talgrund war gerodet worden, und auf der fetten, dunklen Erde breitete sich ein Flickenteppich von Feldern und Wassergräben aus. Schlammige, ausgefahrene Karrenpfade führten vom Torvorplatz in verschiedene Richtungen des Tals, und in der Ferne konnte man einige Landarbeiter entdecken, die dem Ackerboden mit Hacken oder sonstigem Gerät zu Leibe rückten. Ein Schwarm bunter Vögel rauschte unter fremdartigen Schreien in Richtung der hoch aufragenden, grünen Wand des Urwalds über sie hinweg.

Ohne zu zögern, hatte Messer einen der Wege eingeschlagen, der sich für Cunrats Augen in nichts von den übrigen unterschied. Im Eilmarsch folgten die sechs Männer dem Vogelmann durch die Pflanzungen nach Süden. Nur langsam kroch der Dschungel näher, als sich das Tal weiter verengte. Erst kurz vor dem Waldrand verließ Messer den Karrenpfad, indem er wortlos in einen der Wassergräben stieg. Cunrat zögerte, doch einer der Kriegsknechte klopfte ihm ermunternd auf die Schulter. »Komm schon, Junge. Das ist in Ordnung so.« Der Rosskopf deutete den Graben entlang, der zwischen den hohen Wänden aus den Halmen irgendeiner Feldpflanze beinahe wie ein grüner Tunnel anmutete. »Die Richtung stimmt. Nach Osten. Außerdem kann uns dort drin niemand mehr sehen.«

»Und mehr als eine Schlange in die Hose oder ein paar Blutegel am Sack wirst du dir dort drin schon nicht einfangen«, setzte Zeisig mit einem hämischen Grinsen hinzu, bevor er ihn mit einem Schubs ins schlammige Wasser beförderte.

Cunrat glitt aus und schlug lang hin. Wasser schoss ihm in Mund und Nase, und das schwere Bündel aus Rüstungsteilen der Wächter entglitt ihm, als er prustend versuchte, wieder auf die Füße zu kommen. Schließlich packte ihn Wibalt am Kragen. »Im Grunde keine schlechte Idee«, sagte er anerkennend. »So werden wir das überzählige Gepäck unauffällig los. Hab mich schon gefragt, wie lange wir das mit uns herumschleppen sollen.« Er sah auf Cunrat herab. »Aber vielleicht solltest du nicht alles wegwerfen. Dein Schwert wirst du noch brauchen.«

Cunrat entgegnete nichts. Er fischte seine Proviantasche und sein Schwert aus dem Schlamm und hängte sich alles über die Schulter. Den Rest ließ er liegen. Wibalt hatte recht. Sie sollten so wenig wie möglich mitschleppen, wenn sie Tiburone schnell erreichen wollten. Stumm fluchend watete er hinter Dolen her, der weitermarschiert war, ohne sich umzusehen.

Der Wassergraben führte sie nach Osten bis an den Waldrand, wo er in einen größeren Graben mündete, der wohl auch dank der Regenfälle der letzten Tage eher einem kleinen Fluss glich und eine beachtliche Strömung aufwies. Auf der anderen Seite des Hindernisses begann der Urwald, so dicht und bedrohlich düster, als ob ihn noch nie ein Mensch betreten hätte. Kritisch beäugten die Männer das lehmig braune Wasser. Ein Ast trieb an ihnen vorbei, geriet in einen kaum sichtbaren Strudel und drehte sich einmal behäbig im Kreis, bevor er mit einem leisen Schlürfen in den Fluten verschwand. Für eine Weile geschah nichts. Erst dann tauchte er wieder auf, dümpelte zurück an die Oberfläche, gut zehn Meter weiter stromabwärts.

Der Rosskopf schmatzte. »Ich glaube, wir sollten uns einen anderen Weg suchen.«

Wibalt kratzte sich die behaarten Unterarme. Beiläufig riss er einen Blutegel ab und warf ihn ins Wasser. »Müssen wir überhaupt dort rüber?«

»Wenn wir nach Tiburone wollen – ja. Ich hatte gehofft, dass das Wasser jetzt, zu Beginn der Regenzeit, noch nicht gar so hoch ist«, gab Messer zurück. Nachdenklich kratzte er sich die lange Nase. »Es gibt allerdings noch andere Möglichkeiten. Nur müssten wir für die eine wieder ganz zurück, bis dorthin, wo wir den Weg verlassen haben. Was einen Umweg von mehr als einem Tag bedeutet, wenn wir auf den Pfaden bleiben, die sicher nicht unter Wasser stehen. Und die zweite Möglichkeit führt uns nach Norden, an die Küste. So oder so – das Risiko, von irgendjemandem entdeckt zu werden, steigt. Bis wir zurück sind, wird man unser kleines Gemetzel entdeckt haben und die ersten Männer in diese Richtung schicken.« Er deutete stromabwärts. »Dort hingegen dürfte es noch ruhig sein.«

»Dann stellt sich die Frage wohl nicht. Wir gehen nach Norden«, stellte Dolen fest.

Messer zuckte vogelhaft die Schultern. »Wie ihr wünscht«, stellte er ohne Regung fest. »Ihr seid der Befehlshaber, Dolen.« Er hängte sich sein Bündel wieder über und stapfte los. »Eins vielleicht noch: bleibt wachsam. Wenn wir Pech haben, wird die Brücke dort von Antrenos Männern überwacht.«

»Warum haben wir dann Pech?« Wibalt schnaubte. »Das sah vorhin anders aus. Und jetzt haben wir wenigstens etwas an.« Er klopfte auf das Kettenhemd, das er sich inzwischen übergeworfen hatte.

»Und darüber sind wir auch alle froh«, murmelte Ness laut genug, um von jedem gehört zu werden. »Ich will gar nicht wissen, was sich in dem Pelz inzwischen alles eingenistet hat. Meine Güte, du solltest mal mit den Metis reden. Ich habe gehört, die haben eine Ahnung davon, wie man Haare entfernt.«

»Nur kein Neid.« Wibalt schob sich an Ness vorbei und tätschelte ihm die Glatze. »Die Frauen stehen darauf.«

»Das glaubt er wirklich, oder?« Ness warf Cunrat einen Seitenblick zu, den dieser jedoch ignorierte. Stattdessen schloss er zu Dolen auf, der noch immer damit beschäftigt war, sein erbeutetes Kettenhemd festzuzurren. »Herre«, sagte er leise. »Ist es wirklich notwendig, weiter in Begleitung dieser Kreaturen zu reisen? Wir haben die Stadt verlassen, und sie haben ihre Aufgabe erfüllt. Kämen wir nicht wesentlich schneller ohne sie voran?«

Dolen sah auf. »Das mag sein. Aber warum ein Schwert wegwerfen, dessen Klinge noch scharf ist?«

Cunrat runzelte die Stirn. »Wir haben gerade ein halbes Dutzend Schwerter und Rüstungen im Wasser versenkt, Herre«, gab er zu bedenken. »Um schneller voranzukommen. Das meine ich ja.«

Dolen starrte ihn an, dann blinzelte er irritiert. »Ich gebe zu, das Gleichnis war schlecht gewählt. Aber Tatsache ist, dass Messer aus irgendeinem Grund Wert auf ihre Begleitung legt. Und Messer ist der Einzige von uns, der bereits im Macouban und in Tiburone war. Ich bin nicht sicher, dass ich den Weg dorthin finde.« Er deutete auf den undurchdringlichen Urwald auf der anderen Seite des reißenden Bachs.

»Ihr etwa, ad Koredin?«

In Cunrats Gesicht zuckte etwas, doch er schwieg. Schließlich klopfte ihm Dolen auf die Schulter. »Ich weiß, was Ihr fühlt, Cunrat«, sagte er leise. »Es ist kein einfaches Los, mit diesem rohen Fußvolk zu reisen, das unsere Ehre beschmutzt und die Lehren des Tempels mit jeder Tat mit Füßen tritt. Seht es als Prüfung und fasst Euch in Geduld. Der Moment wird kommen, in dem sich ihre Nützlichkeit tatsächlich erschöpft hat. Dann werden sie zur Rechenschaft gezogen werden, wie es das Gesetz verlangt. Ihr habt mein Wort darauf.« Der narbige Ritter nickte ihm zu und schloss zu ihrem Führer auf. »Meister Messer – auf ein Wort.«

Geduld. Geduld war etwas, das Cunrat ad Koredin noch nie leicht aufgebracht hatte. Es war etwas, das Müßiggang gefährlich nahe kam, und er war dazu erzogen worden, in Bewegung zu bleiben, das Heft zu ergreifen und Probleme anzugehen. Das war der Hauptgrund gewesen, weshalb er sich sofort gemeldet hatte, als es darum ging, wer Messer, Wibalt und Dolen begleiten sollte. Zumindest im Stillen musste er sich die Schande eingestehen, dass es nicht Ehrenhaftigkeit und Mut waren, die ihn dazu gebracht hatten. Die Vorstellung, in einer vom Feind besetzten Festung tatenlos abzuwarten, bis sich die Lage änderte oder Verstärkung einträfe, war ihm zutiefst zuwider gewesen. Jetzt allerdings, da sie sich in Richtung Meer bewegten, begann er sich zu fragen, ob er die richtige Wahl getroffen hatte. Die grauen Schiffe kamen ihm wieder in den Sinn, und er fragte sich, ob die wahre Gefahr für Berun und das Erbe der Reisenden nicht von ihnen ausging. Götterschiffe hatte der widerliche Krähenmann sie genannt. Wenn daran auch nur ein Funken Wahrheit war, dann stellten sie genau das dar, was der Orden zu bekämpfen geschworen hatte. War es ein Fehler, Gostin jetzt zu verlassen? Wurde nicht jeder Ritter im Herzen der Bedrohung gebraucht? Und er, Cunrat ad Koredin, hatte sich freiwillig gemeldet, um durch ein von den Reisenden verlassenes Land voller Wilder zu marschieren, um einen simplen Botengang zu erledigen, den auch einfaches Fußvolk machen konnte! Natürlich hatte der Glatzkopf nicht recht: Ehre war wichtig. Sie definierte einen Ritter und all das, wofür der Orden stand. Aber war Ehrsucht nicht ein Makel vor den Reisenden? Irgendwann einmal würde er mit einem der älteren Ordensbrüder darüber reden müssen. Aber nicht heute. Ein fremdartiger Schrei aus dem nahen Dschungel ließ ihn zusammenzucken. Inzwischen schwiegen auch die anderen. Messer und Dolen schlugen ein scharfes Tempo an, und selbst Wibalt und Ness hatten inzwischen ihre Frotzelei eingestellt und sparten sich ihre Luft. Schweigend liefen sie am Wasserlauf entlang, der noch immer keine Möglichkeit für eine Überquerung bot.

Cunrats Gedanken wanderten zu dem grauen Schiff zurück. Wenn Messer recht hatte und die novenischen Kriegsknechte, die Antreno angeworben hatte, tatsächlich damit zu tun hatten – was bedeutete das dann? Hatte Antreno einen verderbten Pakt mit Götteranhängern geschlossen? Und wenn – mit welchen Göttern? Er versuchte, sich an die Lehren des Ordens zu erinnern, die den novenischen Bund betrafen. Es war nicht viel, was ihm im Gedächtnis geblieben war, und er verfluchte im Stillen Farelo na Bejen, den Ordensbruder, der über diesen Teil der Ausbildung der Knappen des Ordens gewacht hatte. Farelo war ein alter Bastard mit einem verkrüppelten Schwertarm, der wie die Kaiserinmutter aus dem Stadtstaat Armitago stammte. Ein Gerücht besagte, dass er sogar im Gefolge der jungen Kaiserin nach Berun gekommen war, doch niemand wagte es, den jähzornigen alten Mann danach zu fragen. Sein Wissen über die Geschichte und die verworrene Politik des novenischen Bunds auf der anderen Seite der Inneren See war genauso beeindruckend wie seine Fähigkeit, einen Raum voller Knappen nahezu zu Tode zu langweilen. Nicht der beste Weg, Halbwüchsigen, die es nach Heldentaten dürstete, irgendetwas beizubringen. Jetzt, da Cunrat versuchte, sich seine Lehren ins Gedächtnis zurückzurufen, kamen sie ungebeten im monoton leiernden Tonfall Farelos in seinen Kopf zurück.

Der novenische Bund war ein Zusammenschluss von neun größeren Stadtstaaten und einer Handvoll kleinerer Freistädte, Baronien und Fürstentümer, die beinahe regelmäßig ihre Allianzen wechselten und zusammen ein größeres Gebiet einnahmen als Berun.

Wobei Zusammenschluss schon ein zu großes Wort war. Verbündete von heute waren morgen in einen blutigen Kriegszug verwickelt, um sich im kommenden Frühjahr gegen eine dritte Stadt zu verbünden, die gerade dabei war, einer vierten in den Rücken zu fallen. Das Einzige, was sich konstant durch die Geschichte des Bunds zog, war die seltsame Eigenheit, dass die Städte untereinander ein eigentümliches Gleichgewicht erhielten, da sich die übrigen Städte bislang immer zusammengerauft hatten, um die Flügel einer der ihren zu stutzen, die sich über die anderen erheben wollte.

Was nicht bedeutete, dass sich alle Mitglieder des Bunds gleichermaßen mochten. Oder verabscheuten. Die beiden nördlichsten Städte zum Beispiel, Ortlunt und Skellvar, bekriegten sich zwar konstant, standen einander jedoch grundsätzlich bei, sobald sich einer der anderen Staaten einmischte. Als drittes im Bunde betrachteten sie, wie es schien, das Fürstentum Dumrese, auch wenn das nominell eine Provinz Beruns war. Auch die beiden südlichsten Städte Cortenara und Veycari neigten dazu, sich meist zu verbünden, besonders, wenn es um Armitago ging, die dritte der südlichen Regionen. Was vermutlich auch der Grund dafür war, dass sich Armitago durch Heirat mit Berun verbunden hatte. Das Kaiserreich war etwas, mit dem sich keiner von ihnen anzulegen wagte. *Und wenn sich der komplette Bund gegen Berun erhebt?*, hatte Cunrat damals gefragt. Der unaufgeforderte Einwurf hatte ihm eine Extraschicht Küchendienst eingebracht, bevor Farelo ohne eine Regung fortfuhr. Dass sich der Bund so weit einigen würde, sei vollkommen unmöglich, hatte er erklärt. Zu tief säße die Abscheu der Novenischen vor einer einzelnen Führerfigur. Keine Stadt würde einen gemeinsamen Anführer akzeptieren, die nicht aus ihr selbst kam. Das allerdings hielt die Mitglieder des Bunds nicht davon ab, sich in die Regierungsgeschäfte der übrigen einzumischen und Geschichten zu erfinden, um bessere Bedingungen für sich selbst zu schaffen. Das führte dazu, dass fünf Arten von Menschen in den Städten besonders gediehen: die Geschäftemacher, Politiker, Bänkelsänger, Söldner und Prediger. Also alle Stände, die in Lüge, Betrug und Verrat stets gediehen. Ein Mann aus dem Novenischen war ein geborener Lügner, hatte Farelo gesagt. Sie konnten nicht anders – es lag ihnen im Blut.

Cunrat runzelte die Stirn. Er hatte nie darüber nachgedacht, dass auch Farelo im Bund geboren war. Wenn nun alle Novenischen logen, bedeutete das nicht, dass auch Farelos Lehre gelogen war? Er schüttelte den Kopf, um diesen verwirrenden Gedanken zu vertreiben.

Prediger. Eines der Dinge, das den Bund von Berun unterschied, war, dass sie den Glauben an Götter tolerierten. Was sie einte: dass sie die Existenz der Reisenden anerkannten. Wie sollten sie auch anders? Immerhin waren die Reisenden aus dem Westen gekommen, den Ländern, die jenseits des novenischen Bunds lagen, und waren auf ihrem Weg nach Berun quer durch jenes Land gereist, das heute den Bund ausmachte. Und auch dort hatten sie die alten Götter vernichtet. So viel stand auch für die Novenischen fest.

Aber hier endeten die Gemeinsamkeiten auch schon – nicht nur jene mit Berun, sondern auch untereinander. Die nördlichen Städte waren von den Reisenden nur kurz berührt worden, als jene eine Überfahrt nach Berun suchten. Farelo hatte gemutmaßt, dass die Götter und die Schreine der Wilden im Norden zu unbedeutend waren, um die Aufmerksamkeit der Reisenden auf sich zu ziehen. Zudem verehrten die Skellvarer und ihre Verbündeten vor allem die raue Natur ihrer Heimat, und gegen Stürme und Wellen zu kämpfen war nur verschwendete Kraft. Daher verehrten die Menschen dort bis heute ihre uralten Schreine und erwähnten die Reisenden nur in einigen ihrer Legenden. Die zentralen Städte des Bunds wussten die Reisenden zu schätzen – doch sie hatten die besiegten Götter durch die Reisenden selbst ersetzt. Jedoch nicht wie in Berun, wo der Orden ihr Werk fortsetzte und keine neuen oder alten Götter duldete. Stattdessen hatten sie die Reisenden selbst zu ihren Göttern gemacht und verehrten sie in verschwenderischen Tempeln und dekadenten Ritualen. Die südlichen Städte waren ebenfalls von den Reisenden aus dem Würgegriff der alten Götter befreit worden, doch laut Farelo wussten sie es nicht sonderlich zu schätzen. Sobald die Reisenden ihren Weg fortgesetzt hatten, waren viele der Menschen dort wieder zu den alten Gebräuchen zurückgekehrt, und die Verehrung der Befreier war lediglich zu einem weiteren Irrglauben unter vielen geworden. Wenn Cunrat ehrlich war, erinnerte er sich nicht mehr an viel, was die Aberglauben des Südens anging. Wenn ihn sein Gedächtnis nicht trog, verehrte man in Veycari ein Pantheon aus fünf Meeresgöttern, von denen wenigstens zwei oder drei weiblich waren. Reichlich viele Meeresgötter für seinen Geschmack, aber wenn er ehrlich war, dann war es vielleicht doch nicht so verwunderlich. Immerhin war das ganze Gebiet jenes Stadtstaats eine einzige Halbinsel. Im Gegensatz zum Macouban jedoch war sie weitgehend mit Gras und Felsen bedeckt, da die Stadt bereits vor Generationen ihre Wälder abgeholzt hatte, um die größte Flotte der Inneren See zu schaffen, die vom Eismeer im Norden bis weit in den Süden jede Küste bereiste. Längst war diese Flotte marode geworden, als den Veycari das Holz ausging, um sie instandzuhalten, und man sagte, dass ein einzelner Baum dort heute mehr wert war als das Leben von drei Männern. Meeresgötter, Schiffe und die Aussicht auf die gewaltigen Wälder des Macouban … so betrachtet war Veycari ein mehr als wahrscheinlicher Kandidat dafür, hinter diesem Umsturz zu stecken. Oder? Cunrat wurde ein leises, nagendes Gefühl nicht los.

Es wurde deutlich schwüler, und im Nordwesten türmte sich ein weiteres schwarzes Wolkengebirge auf, bereit, mit den nächsten Regengüssen über das Land herzufallen. Die Sonne war seit einiger Zeit verschwunden, und das Licht zwischen den Bergen wurde seltsam gelblich. Ein Streifen frisch umgegrabener Felder gab den Blick Richtung Westen frei, doch der Dunst vor dem herannahenden Unwetter verhüllte die Silhouette Gostins. Dichte Schwärme von Insekten erfüllten die Luft mit schmerzhaftem Sirren und ließen sich auf jedem Fingerbreit freier Haut nieder. Cunrat wischte sich den Schweiß aus den Augen. Langsam näherten sie sich dem nördlichen Rand der Pflanzungen, wo das Plateau abrupt an der Steilküste endete. Ein schmaler Einschnitt zwischen zwei der steilen Kalksteinklippen ließ bereits das diesige Grau über dem Meer erahnen, das sich mit jedem Schritt mehr in Violett verwandeln zu schien. Eine plötzliche Bö warmer Luft rollte über das Land. Sie drückte die sattgrünen Getreideschwaden in Wellen nieder und ließ sie wie einen zweiten Ozean wirken, dessen Brausen die Luft erfüllte.

»Ich glaube nicht, dass es eine gute Idee ist, noch lange weiterzulaufen. Da kommt etwas Hässliches auf uns zu!« Ness musste die Stimme erheben, um überhaupt gehört zu werden.

Wibalt grinste breit. »Hast du Angst, nass zu werden, kleiner Mann? Oder dass dich der Wind fortweht?«

Der Glatzkopf zuckte mit den Schultern. »Ich hasse das Fliegen eben. Aber vor allem habe ich eine Abneigung dagegen, vom Blitz erschlagen zu werden.« Er klopfte sich auf den eisernen Kriegsknechtsharnisch. »Und Gegrilltes rieche ich auch nur gern, wenn ich es essen darf.«

Messer wandte sich um und deutete auf den Bachlauf neben ihnen. »Er hat recht. Die Gefahr besteht durchaus. Und zudem sollten wir hier weg sein, bevor der Regen kommt. Ich glaube nicht, dass das hier noch viel mehr fassen kann, und ihr wollt sicher nicht davon hier mitgerissen werden. Vertraut mir. Wen immer das erfasst, dem steht ein Sturz bis ins Meer hinab bevor, wo ihn die Wellen schon bei ruhigem Wetter an den Felsen zermalmen würden.« Er zeigte in Richtung der nächstgelegenen Kalksteinnadel, die sich in wenigen Hundert Schritten vor ihnen erhob. »Dort drüben ist die Straße. Und wenn mich nicht alles täuscht, haben die Einheimischen hier in fast jeden der Felsen Vorratshöhlen geschlagen. In einer davon sollten wir sicher sein.«

Dolen sah die Männer an und starrte dann düster hinauf zum Himmel, dessen fahlgelbliches Licht zusehends eine grünliche Färbung annahm. Dämmerung legte sich über das Land, und wie aufs Stichwort flackerte zorniges Wetterleuchten in der herannahenden Wolkenwand. »Hoffen wir, dass Sie recht haben, Meister Messer. Es sieht fast so aus, als hätten sich die Götter dieses verdammten Landstrichs gegen uns verschworen.«

»Jo«, murmelte Ness und schulterte sein Bogenbündel. »Und mieses Wetter haben wir auch noch.«

12

AUSGEBRANNT

Die Fähre war die ganze Nacht gedriftet und den folgenden Tag dazu. Marten hatte dafür gestimmt, sie so schnell wie möglich an das Ufer der gegenüberliegenden Seite zu steuern, doch der Fährmann hatte ihnen diesen Versuch schnell ausgeredet. Für die ersten Stunden hatte es die Strömung unmöglich gemacht, das jenseitige Ufer zu erreichen. Alles, was sie in der Dunkelheit hatten tun können, war, nicht zu nah an die andere Seite zu driften und auf eine der zahlreichen Sandbänke aufzulaufen. Und schon damit waren Marten und der Fährmann mehr als ausgelastet, während Xari am Bug nach möglichen Hindernissen Ausschau hielt und Emeri sich um den anderen Metis kümmerte, der inzwischen das Bewusstsein verloren hatte. Inzwischen musste Marten zugeben, dass Emeris Entscheidung, auf dem Fluss zu bleiben, vermutlich richtig gewesen war. Wenn es den Kolnorern wirklich wichtig war, die beiden Frauen in die Finger zu bekommen, dann würden sie am Fährhaus genug Boote finden, um ihnen mehr Männer hinterherzusenden, als sie bewältigen konnten. Und schon zwei oder drei Armbrustschützen und dieser von den Reisenden verdammte Gezeichnete reichten, damit sie trotz Xaris Talent erledigt waren. Ganz davon abgesehen, dass sie über keinerlei Blaustein mehr verfügten, um ihr Talent zu unterstützen.

Also war ihnen nichts anderes übrig geblieben, als in der Strömung zu bleiben, bis der Tag angebrochen war – nur um dann festzustellen, dass sie von nichts als Wildnis umgeben waren. Eine Wildnis, die die Fähre enger umschloss, als Marten erwartet hatte.

Vor ihnen lag ein langer, gerader Abschnitt des Flussarms. Marten ließ seine Stakstange fallen und massierte sich die schmerzenden Arme. Er schob sich an dem immer noch in der Mitte der Fähre festgezurrten Wagen vorbei und duckte sich in den Schatten der Plane, die sie inzwischen dort aufgespannt hatten. Im Wagen hatten sie außerdem eine ganze Anzahl teuer wirkender Stoffballen gefunden sowie eine Reihe von persönlichen Gegenständen eines Händlers und einige Vorräte, auch wenn die sich vor allem auf ein Fass Wasser, einen Sack Mehl und eine Kiste Trockenobst beschränkten, dazu Streifen von irgendetwas, von dem Marten gar nicht genauer wissen wollte, was es war. Es schmeckte wie altes Schuhleder, roch wie Hundepfoten und sah nach keinem von beiden aus. Die Augen des Pockennarbigen hatten geleuchtet, als er sich einige Streifen davon einverleibt hatte. Also hatte Marten beschlossen, nicht weiter darüber nachzudenken, und es ihm nachgetan, während sie das Lager für den Verletzten bereiteten. Im Moment saß Xari neben dem Mann und wischte ihm die Stirn mit einem feuchten Tuch ab.

Der verletzte Metis stöhnte fiebrig. Trotz des Druckverbands um den Rest seins Oberarms sickerte weiter Blut auf den

Boden des Boots und sammelte sich in der gerinnenden Lache, auf der ein ganzer Schwarm Fliegen herumkroch.

»Er hält immer noch durch?«

Xari sah auf. »Nicht mehr lange, fürchte ich.« Sie ließ einen Tropfen aus der kleinen silbernen Flasche mit dem Schmerzmittel in den Mund des Mannes fallen, und Augenblicke später ließ das Stöhnen nach. »Keiner von uns hat Oloares Fähigkeiten. Damit könnten wir wenigstens die Wunde weit genug verschließen, um die Blutung zu stoppen. Aber so...«

Marten massierte sich abwesend das Bein. Er hätte jetzt auch einen Tropfen aus der Flasche brauchen können. Oder wahlweise eine Flasche Wein. Aber das behielt er besser für sich. »Wir könnten es immer noch ausbrennen«, warf er ein.

Xari schüttelte den Kopf. »Das hatten wir doch schon. Wenn dir keine Möglichkeit eingefallen ist, das hier an Bord zu machen, dann nicht. Wir können nicht anlegen. Wir wissen nicht, ob wir dieses beschissene Boot hier dann wieder flott bekommen, und glaub mir – in dieser Gegend willst du nicht festsitzen.« Sie nickte in Richtung der Bäume, zwischen deren Stämmen sich ein schillernder Irrgarten aus Wasserflächen und Morast erstreckte, so weit man im ewigen Dämmerlicht sehen konnte. »Wir können nur hoffen, dass uns dieser Flussarm irgendwann wieder hier rausführt.«

Marten nickte. Er sah auf Emeris zierliche Gestalt, die im Schatten des Wagens eingedöst war. Der Kragen ihres Kleids klaffte auf und ließ die dunkelblauen Ornamente erahnen, die auf ihren ganzen Körper tätowiert waren. »Ich dachte eher an etwas anderes«, sagte er leise. »Ich habe nachgedacht. Als ich euch ... als ihr dieses Ritual abgehalten habt und euch die Kolnorer angegriffen haben, hat sie mit blauem Feuer geworfen. Sie hat damit Männer getötet.«

»Ich glaube nicht, dass es hilfreich ist, das jetzt aufzubringen«, murmelte Xari mit einem Seitenblick auf die Schlafende.

Marten schnaubte. »Darum geht es doch gar nicht. Feuer. Kann sie das selbst erschaffen? Oder müssten wir dafür eine Echse über ihr ausquetschen?«

Die Metis starrte ihn befremdet an. »Was? Nein. Also das mit der Echse, meine ich. Das ist Teil des Neujahrsrituals, in dem... vergiss es.« Sie winkte ab und holte tief Luft. »Du würdest das ohnehin nicht verstehen. Nein, wir brauchen keine Echse. Nur Aget. Das wir nicht haben.«

Marten erwiderte ihren Blick ernst. »Ihre Tätowierungen – sie überziehen ihren ganzen Körper. Und ich bin mir ziemlich sicher, dass sie aus Blaustein sind. Sie standen in Flammen. Normale Tätowierungen tun das nicht.«

Xari verzog das Gesicht. Sie zögerte, bevor sie kaum merklich nickte. »Du hast recht. Die Veycari ist mit Symbolen aus Aget tätowiert, ja. Aber sie sind keine Quelle für ihre Kräfte, sondern nur... sie sind für ihren Schutz da.«

Marten nickte. »Aber sie sind aus Blaustein, richtig? Also könnte sie das Zeug vielleicht nutzen, um das Feuer zu machen und damit den Arm auszubrennen?«

»Ich weiß es nicht. Möglich. Aber...«

Emeri schlug die Augen auf. »Ihr seid zu laut.« Sie richtete sich auf und wischte sich müde über das Gesicht. »Aber er hat recht. Ich kann es. Und wir haben keine andere Wahl, oder?« Sie betrachtete den Mann neben sich, das blasse, beinahe graue Gesicht, auf dem ein dünner Schweißfilm schimmerte und ihn seltsam wächsern aussehen ließ. »Er hat kaum noch eine andere Chance, oder? Wenn er noch mehr Blut verliert, ist nichts mehr da, was wir noch drin halten müssten.

Und wenn ich wenigstens ihn retten kann, dann …« Sie ließ den Satz in der Luft hängen, bevor sie sich zusammenriss und aufstand. »Helft mir. Marten, du musst ihn festhalten.«

»Emeri, du darfst das nicht tun. Es ist nicht sicher«, protestierte Xari, doch die Fürstentochter wischte ihren Einwand beiseite.

»Sicher ist, dass dieser Mann hier stirbt, wenn ich es nicht mache. Ich bin die *Vairani*, oder? Es ist meine Aufgabe, zu tun, was ich kann.«

»Es ist deine Aufgabe, so sicher wie möglich zu sein«, widersprach Xari heftig. »Besonders jetzt, wo deine Mutter …«

Emeri funkelte die Metis an. Dann packte sie ihr Kleid und zerrte es sich mit brüsken Bewegungen über den Kopf. »Du weißt, dass sie dasselbe tun würde, wenn es nötig wäre. Was für einen Wert hätte es sonst, sicher zu sein?« Sie ließ das Kleid fallen und lockerte die nackten Schultern. »Ich kann das, Xari. Ich brauche nur eure Hilfe.«

Xari und der junge Schwertmann wechselten einen Blick. Marten stellte fest, dass es seltsam schwierig war, einem nackten, tätowierten Mädchen zu widersprechen. Er schluckte. »Was genau …?«

»Es war deine eigene Idee, Marten. Ich werde den Stumpf ausbrennen. Du musst ihn nur festhalten, denn es wird verdammt wehtun.« Sie wandte sich zu Xari um. »Und du musst löschen, wenn es so weit ist. Wenn ich fertig bin. Verstanden?«

Xari biss die Zähne zusammen. Sie antwortete nicht, sondern nickte nur.

Ohne weitere Worte kniete sich Emeri neben den Verwundeten. Der Mann hatte die Augen geschlossen, und alles, was bewies, dass er noch am Leben war, war sein flacher, schneller Atem.

Auch Emeri schloss die Augen. Sie murmelte etwas, so leise, dass Marten sie nicht verstand. Obwohl er sich nicht sicher war, dass er irgendetwas verstanden hätte, wenn sie lauter gesprochen hätte. Sie begann, sich langsam vor und zurück zu wiegen, als ihr Murmeln lauter wurde und sich in einen leisen Singsang verwandelte. Und dann, zu Martens Verwunderung, kratzte sie mit den Fingernägeln über die verschlungenen Tätowierungen auf ihrem linken Unterarm, so heftig, dass Blut hervortrat.

»Was bei den …« Xari versetzte ihm einen Rippenstoß, und Marten verstummte.

Dort, wo das Blut aus den dunklen Ornamenten hervortrat, züngelten jetzt blaue Flammen auf. Zögerlich und schwach zuerst, doch mit jeder Silbe aus Emeris Mund wuchsen und erstarkten sie, bis sie den gesamten Arm einhüllten. Auch die übrigen Linien auf ihrem Leib begannen, tiefblau zu glühen, und wenn Marten eine Bestätigung gebraucht hätte, dass das nicht unbedingt ein gutes Zeichen war, dann genügte ein Blick in Xaris angespanntes Gesicht. Eine Schweißperle rann Emeris Hals hinab und verschwand zischend, als sie die erste Linie auf ihrer Brust berührte. Emeri öffnete die Augen und starrte den Armstumpf an, bevor sie tief Luft holte und die flammende Hand auf die Wunde drückte.

Beinahe sofort lag ein Zischen in der Luft wie von heißem Fett, das von einem Braten ins Feuer tropft, und ein Übelkeit erregender Geruch nach frischem Gegrillten lag in der Luft. Die Augen des Mannes flogen auf, und er stieß einen hohen spitzen Schrei aus, während er sich so heftig aufbäumte, dass Marten um ein Haar den Griff verloren hätte.

»Halt ihn fest, verdammt noch mal!«, schnauzte Xari. Mit einem Grunzen wuchtete er sich auf den Kreischenden und zwang ihn zurück auf die Planken. Währenddessen presste Emeri unerbittlich weiter ihre flammende Hand auf den Stumpf, von dem inzwischen schwarzer, stinkender Qualm aufstieg. Der Schrei wurde immer höher und spitzer, und schließlich erschlaffte der Mann unter Marten, als ihn endlich eine Ohnmacht von den Schmerzen erlöste. Der Schrei jedoch gellte weiter in Martens Ohren, und er benötigte einen Moment, bis ihm klar wurde, dass das nicht von dem Fährmann kam, sondern von Emeri neben ihm. Ihr Arm zitterte, und in gleichem Maße, wie sich die Flammen auf den amputierten Arm ausbreiteten, krochen sie am Arm des Mädchens hinauf. »Scheiße.« Marten stemmte sich von dem Bewusstlosen und streckte die Hand nach Emeri aus.

»Nicht!« Xari schlug seinen Arm beiseite.

Während Marten zurückschrak, schwang die Metis einen schweren Eimer mit Wucht gegen Emeris Kopf. Die Fürstentochter fiel zur Seite, wie mit der Axt gefällt.

»Was tust du?«

»Ihr Leben retten.« Xari wirbelte herum, schöpfte mit dem Eimer braunes Flusswasser und leerte es über Emeris aus. Zischend stieg grauer Dampf von ihr auf.

»Aber warum bei den Gruben musstest du sie dafür niederschlagen?«

»Weil ihre Fähigkeit nicht anders zu ersticken ist, solange das Feuer noch Nahrung hat!« Ein zweiter und dritter Eimer folgten, und der Gestank von verbranntem Fleisch mischte sich mit dem Brodem des schlammigen Flusswassers. Schließlich ließ der Dampf nach, und die letzte der blauen Flammen auf Emeris Körper war erstickt. Xari ließ den Eimer fallen. »Und falls es dir nicht aufgefallen ist – die Nahrung ist das Aget in ihrer Haut.« Sie drehte Emeris linken Arm, sodass

Marten die Innenseite deutlich sehen konnte. Überall dort, wo sich gerade noch blaue Tätowierungen kreuz und quer darüber gezogen hatten, war die Haut in Streifen verbrannt, warf Blasen, die sich zusehends mit Flüssigkeit füllten, oder gab den Blick auf bloßes Fleisch frei. Erst an ihrem Ellbogen gingen die Brandwunden in leichtere Verbrennungen und schließlich Rötungen zurück.

»Scheiße ...«

Xari sah Marten düster an. »Verstehst du jetzt, warum ich das für eine blöde Idee gehalten habe? Jetzt haben wir einen, der nur vielleicht nicht heute stirbt, und eine, die sich dafür Duambe weiß was eingefangen hat. Verdammt, Marten, sie ist die *Vairani*. Das Macouban kann es sich nicht leisten, sie zu verlieren.« Sie sah zwischen der zusammengesunkenen Fürstentochter und dem ohnmächtigen Fährmann hin und her und seufzte. »Sie müssen versorgt werden. Du kümmerst dich um ihn, ich übernehme Emeri.« Sie warf Marten einen Packen Bandagen zu, die sie aus Stoff aus dem Wagen gefertigt hatten. »Mach dich nützlich, Sabra.«

13

DIE AUGEN DES STURMS

esser hatte recht behalten. Tatsächlich hatten sie in dem Kalksteinfelsen abseits der Straße unter einem Felsüberhang einen Höhleneingang entdecken können, der mit einer stabilen Holztür verschlossen war. Die dahinter liegende geräumige Grotte war offensichtlich von Menschenhand aus dem weichen Stein geschlagen worden und diente wohl irgendwelchen Landarbeitern gleichermaßen als Stall, Notunterkunft und Scheune. Der hintere Bereich der Höhle war jedenfalls gut gefüllt mit Heu und einer ganzen Wagenladung getrocknetem Holz, einigen Fässern und einem abgesperrten Bereich, der vielleicht einer Schafherde, oder was auch immer diese Leute hier an Vieh hielten, als Unterstand dienen konnte. Neben dem Eingang war ein Feuerloch aus dem Felsboden gehauen, und in einer Kiste an der Wand hatte der Rosskopf Mehl entdeckt, das tatsächlich trocken und halbwegs frei von Ungeziefer war – wohl ein Hinweis darauf, dass die eigentlichen Besitzer vor nicht allzu langer Zeit hier gewesen waren. Der kalten Feuerstelle und den sauber geschrubbten Kochutensilien nach war das jedoch schon einige Tage her. Das Unwetter war über sie hereingebrochen, als sie nur noch wenige Hundert Schritte von ihrem Unterschlupf entfernt gewesen waren. Die ersten Sturmböen hatten den Regen beinahe waagrecht gegen sie getrieben, und selbst die wenigen Augenblicke hatten gereicht, um ihnen beinahe die Sicht zu nehmen und sie bis auf die Knochen zu durchnässen. Es hatte Wibalt und Cunrat gebraucht, um die schwere Tür aus den Klauen des Sturms zu befreien und fest zu verriegeln. Keuchend ließ sich der junge Ritter gegen die Tür fallen.

Ein Blitz erleuchtete die Höhle für einen langen Augenblick beinahe taghell, als sein Schein durch die Ritzen der Tür und die zwei schmalen Fensterschlitze fiel, die dieser Notunterkunft augenscheinlich als Belüftung und Rauchfang dienten. Der Donner folgte beinahe augenblicklich und so heftig, dass er den ganzen Berg zu erschüttern schien. Lang anhaltend rollte er durch das Tal und übertönte selbst das Rauschen des Regens, der wie ein gigantischer Wasserfall vom Himmel stürzte. Weitere Blitze zuckten und neuer Donner rollte, in immer schnellerer Folge, bis sich das Ganze zu einer einzigen tosenden Kakophonie verband, die alle anderen Geräusche von draußen verschlang.

Wibalt schüttelte sich wie ein nasser Hund und grinste. »Auf die Weise sind wir wenigstens die Mücken los.«

Cunrat schnaubte. »Nicht, wenn sie auch Unterschlupf hier suchen.«

Die Funken eines Feuersteins blitzten, und wenige Augenblicke später flackerte eine Öllampe, die Ness in einer Nische gefunden hatte. »So. Jetzt noch ein Feuerchen, und wir haben es so gemütlich, wie wir es uns nur wünschen können.«

»Du warst noch nie sonderlich fantasievoll«, stellte Messer lakonisch fest, doch der kleine Glatzkopf grinste nur.

»Ich bin genügsam, Messer. Und ich kann mich auch an kleinen Dingen erfreuen. Das macht mich zu einem so glücklichen Menschen. Solltest du auch mal probieren.«

Der vogelhafte Mann ignorierte Ness. Stattdessen wandte er sich an Dolen. »Ich denke, wir haben unsere Unterkunft für die Nacht gefunden.«

Der narbige Ritter nickte. Ohne große Worte teilte er die Männer in Wachschichten ein, und selbst die drei Kriegsknechte akzeptierten seine Anordnungen ohne Widerworte.

Wenig später saßen die sieben Männer um das Feuer, das in der Kochmulde brannte, und starrten in den Topf, in dem ein Mehlbrei vor sich hin köchelte. Inzwischen war die Frequenz der Blitze zurückgegangen, und das Grollen des Donners klang gedämpfter und ferner. Der Regen jedoch rauschte unverändert stark in der Dunkelheit. Und noch etwas war da, ein regelmäßiges, dumpfes Hämmern tief in der Erde, mehr spür- als hörbar.

»Trommeln«, sagte Cunrat schließlich leise. »Ich glaube, ich kann Trommeln hören.«

Die anderen hoben die Köpfe und lauschten.

»Ist das dein Talent?«, fragte Ness nach einem langen Moment.

»Was?«

»Dinge zu hören. Ist das dein Talent, Junge? Irgendwas Nützliches für den Kampf ist es nicht, so viel ist mal sicher.«

Cunrat starrte den kleinen Mann düster an. »Ich glaube, das geht dich überhaupt nichts an, Kriegsknecht.«

»Aber im Gegenteil.« Ness grinste unbekümmert. Er holte eine silberne Feldflasche aus seinem Wams hervor, entkorkte sie und nahm einen kleinen Schluck. »Es geht uns alle etwas an. Wir wissen, was Dolen und der haarige Kerl da können, und wir wissen auch, womit wir bei Messer rechnen können. Aber wir wissen doch alle: Wenn du ein Ritter des Ordens bist, musst du ebenfalls ein Talent haben. Und kein allzu schwaches. Der Tempel hat sich schon immer nur die mächtigeren geholt.«

Dolen funkelte den Kriegsknecht an, bevor er sich Messer zuwandte. »Wie viele Menschen wissen denn noch davon? Ich bin bisher immer davon ausgegangen, dass es ein Geheimnis des Ordens ist, dass wir den Fluch in uns tragen.«

Der Vogelmann zuckte mit den Schultern. »Die meisten von denen, die ein paar Jahre dabei sind, Ritter. Sie sind nicht blöd.« Er deutete auf Ness und den Rosskopf. »Die da sind mehr als nur ein paar Jahre dabei. Sie sind *alte* Kriegsknechte. Wie lange machst du das schon, Ness?«

»Fünfundzwanzig Jahre. Vielleicht auch ein paar mehr oder weniger. Ich habe nicht wirklich mitgezählt.«

Messer nickte. Er sah Dolen an. »Vertraut mir – sie wissen mehr über euch als ihr über sie.«

»Und die Hälfte davon würde ich gern vergessen, so viel ist mal sicher«, warf Ness ein. »Normalerweise würde ich damit nicht hausieren gehen, aber wenn wir zusammenarbeiten müssen, wüsste ich gern, womit unsere Würfel gezinkt sind.«

Für eine Weile starrten sich Ritter und Kriegsknechte an. Schließlich seufzte Dolen, und erst jetzt, als sich die Männer wieder entspannten, wurde Cunrat klar, wie angespannt sie gewesen waren. »Ihr habt recht. Es wäre für uns alle sinnvoll, diese Dinge zu wissen. Das Problem ist nur, dass man versäumt hat, ad Koredin einzuweihen. Oder irgendjemand hat gedacht, dass wir hier unten ohnehin Zeit und … Hilfsmittel genug haben werden.«

In Cunrats Gesicht zuckte es, ohne dass er etwas dagegen

unternehmen konnte. Bevor ihm jedoch eine passende Erwiderung einfiel, ergriff Messer abermals das Wort: »Ihr meint Blaustein.«

Jetzt war es an Dolen, mit den Schultern zu zucken. »Ich habe mir sagen lassen, dass es hier unten im Süden wesentlich einfacher ist, an Aget zu kommen. Es liegt angeblich an den Stränden herum, und man braucht es nur aufzusammeln.«

Endlich fand Cunrat seine Stimme wieder. »Ich werde keinen Blaustein anrühren«, knurrte er. »Der Orden lehrt, dass es das Blut der alten Götter ist, das schwache Geister berauscht und das kalte Feuer der Magie entfacht, das auch einen aufrechten Menschen auffr…«

»Du willst uns allen Ernstes erzählen, dass du noch nie Blaustein…«

»Nein.«

»… ausprobiert hast? Im Ernst? Noch nie?« Ness schüttelte den Kopf. »Ich finde das ziemlich unglaubwürdig. Warum? Ich meine, so gut wie jeder Adlige probiert diesen Stoff, habe ich mir sagen lassen. Und ich bin mir sicher, dass dir im Orden mehrfach jemand was davon angeboten hat.«

»Es ist verboten«, sagte Cunrat knapp. »Und ich habe kein Interesse daran, meinen Aufstieg für einen billigen Rausch auf's Spiel zu setzen.«

»Was soll daran billig sein?«, murmelte Zeisig. »Der Scheiß kostet ein Vermögen.«

Ness setzte seine Flasche abermals an, dann jedoch hielt er inne. »Kann es sein, dass du einen gewaltigen Stock im Arsch hast, Ritter? Langsam wundert es mich nicht, dass sich deine Schwestern mit unserem Freund Marten eingelassen haben. Es muss schwer sein, mit so einem steifen Klotz aufzuwachsen.«

Cunrat spürte, wie ihm heiße Wut in die Kehle stieg. »Halt dein Maul«, presste er hervor. »Ich habe nichts damit zu tun, dass dieses Schwein meine Schwestern beschmutzt hat.«

Der alte Kriegsknecht zog die Brauen hoch. »Ach nein? Und wie hast du dann davon erfahren?«

»Isabel hat es mir selbst gestanden.«

Ness nickte. »Und warum hat sie das wohl getan? Um Vergebung zu erlangen? Oder um der selbstgerechten Fassade ihres Bruders einen Schlag zu verpassen? Was meinst du?«

Cunrat öffnete den Mund zu einer scharfen Entgegnung, doch seltsamerweise brachte er keinen Ton heraus. Vor ihm tauchte das Gesicht Isabels auf, scharf geschnitten, umrahmt von einer strengen Hochsteckfrisur und mit einem seltsamen Lächeln auf den vollen Lippen. Damals war es ihm nicht aufgefallen, aber war es nicht höhnisch gewesen? Und hatte sie nicht erhobenen Hauptes den Raum verlassen, als er den Spiegel zertrümmert hatte, nur um ihr nicht ins Gesicht zu schlagen? Hätte er von ad Sussetz' Tat erfahren, hätte sie ihm nichts davon erzählt? Die Hitze kroch ihm in die Wangen.

»Lass mich raten«, sagte Ness leise. »Du hast versucht, sie einzusperren.«

»Ich habe versucht, ihre Ehre zu behüten«, gab Cunrat durch zusammengepresste Zähne zurück. »Das ist meine Pflicht als Bruder. Es war nicht an ihr, zu wählen, wen sie …«

Dolen seufzte. »O je. Wenn deine Schwestern auch nur ein wenig mit dir verwandt sind, ad Koredin, dann kann ich mir vorstellen, dass es die denkbar dümmste Idee überhaupt war, ihnen vorschreiben zu wollen, was oder wen sie zu … was auch immer haben.«

Empört sah Cunrat auf. »Ich weiß, wo mein Platz ist, und ich kann Befehlen folgen!«

»Ich bin mir sicher, dass deine Schwestern das ungemein an dir schätzen. Und vermutlich war das ihre Art, dir das mitzuteilen.« Der ältere Ritter rieb sich versonnen den vernarbten Kiefer, bevor er seine Schüssel aufnahm und zu essen begann.

Für eine Weile beugten sich die Männer schweigend über ihr Mahl, während Cunrat brütend ins Feuer starrte. »Blaustein«, sagte er schließlich leise. »Habt ihr noch etwas davon bei euch, Wibalt?«

Der Haarige schüttelte den Kopf. »Das Wenige, was wir noch hatten, haben Dolen und ich am Tor verbraucht, und der Rest ist bei Herre Henric und den übrigen Männern geblieben. Wenn es hart auf hart kommt, brauchen sie es nötiger als wir.«

Ness schnaubte und hielt Cunrat die Flasche hin. »Da. Das hilft auch.«

Die Ritter hörten auf zu essen und starrten die silberne Flasche an. »Du hast dort drin Blaustein?«, fragte Cunrat argwöhnisch.

Der kleine Kriegsknecht grinste. »In der Flasche? Sei nicht albern. Das ist Branntwein. Wirklich starkes Zeug aus einem kleinen Dorf bei Krinec. Wenn du vergessen willst, ist das so gut wie alles andere. Und besser als das meiste.« Er schwenkte den Behälter ermuntert unter Cunrats Nase.

Cunrat starrte die Flasche an, dann griff er danach und nahm einen tiefen Zug. Der scharfe Alkohol stieg ihm in die Nase, brannte sich eine feurige Spur hinab in seinen Magen und trieb ihm Tränen in die Augen. Instinktiv schnappte er nach Luft und wurde mit einem heftigen Hustenanfall belohnt. »Was bei den Gruben …?«

»Gut, was? Aber du solltest etwas vorsichtiger damit sein,

so viel ist mal sicher. Man sagt, davon kann man erblinden.«
Das Grinsen des Kriegsknechts wurde noch eine Spur breiter,
als er Cunrat die Flasche wieder abnahm. »Wenn du wirklich
Blaustein probieren willst, solltest du mit Messer reden. Ich
verwette meine Flasche darauf, dass er etwas dabeihat.«

Messer funkelte Ness über das Feuer hinweg an. Dann
nickte er knapp und fischte eine kleine Schnupfdose aus den
Tiefen seines Mantels. Er wog sie in der Hand und musterte
Cunrat ernst. »Euer erstes Mal, Cunrat? Dann solltet ihr vorsichtig damit sein. Das hier ist stärker als das, womit sich die
Huren in Berun den Ausschnitt pudern. Und jeder reagiert
anders darauf.«

Cunrat streckte die Hand aus. Dann jedoch zögerte er und
warf Dolen einen Seitenblick zu. Der Ritter sah ihn aufmerksam an, ohne jedoch Anstalten zu machen, ihn davon abzuhalten. »Ihr meint auch, dass ich das tun sollte?«

Der Narbige schürzte die Lippen. »Wenn du bis heute
nicht weißt, wie dein Schandmal aussieht, dürfte das der einzige Weg sein, es herauszufinden.« Er zuckte mit den Schultern. »Aber der Mann hat recht – jeder von uns reagiert anders. Vielleicht merkst du nichts – vielleicht stirbst du daran.
Alles ist möglich. Deshalb ist es ja in Berun verboten.«

Cunrat betrachtete die Dose erneut. Sie war aus Silber,
mit rund geschliffenen Ecken und Kanten, die auf lange Jahre
der Benutzung hindeuteten, und ein milchiger Stein war in
ihren Deckel eingelassen, den das Porträt einer Frau zierte.
Dann schluckte er. Noch immer kratzte der Branntwein in
seinem Hals. »Es gibt nur einen Weg, es herauszufinden, richtig?«

Messer drückte auf einen kleinen Knopf an der Seite der
Dose. Der Deckel klappte auf und gab den Blick auf ein oder

zwei Löffel voll fein gemahlenem, orange schimmerndem Staub frei.

»Nur einen Weg, es herauszufinden«, bestätigte der Vogelmann.

Ness zuckte mit den Schultern. »Genau genommen mehrere. Aber sie alle laufen auf dasselbe hinaus: Du nimmst das Zeug, und wir sehen, was passiert.«

Cunrat leckte sich die plötzlich trockenen Lippen. »Das ist Blaustein? Ich dachte, er wäre …«

»Blau?« Messer entnahm eine Prise des Pulvers, dann packte er Cunrats Arm und ließ es zu einem ordentlichen Häuflein auf seinem Handrücken rieseln. »Nur im Sonnenlicht. Ein erstaunlicher Stoff, dieser Agetstein. So unscheinbar, bis man ihn ins rechte Licht setzt. Im Dunkeln verbirgt er seine Fähigkeiten, wie so vieles. Deshalb ist er auch so schwer zu finden. Vermutlich werden nur die wenigsten entdeckt. Das richtige Licht zur richtigen Zeit – darin liegt der Trick.« Er hielt Cunrats Arm ruhig und sah ihm offen und vollkommen frei von Humor in die Augen. »Ist bei Steinen wie bei Menschen. Und manche muss man erst zu Staub zermahlen und in eine neue Form bringen, bevor sie zu etwas nütze sind.«

»Und dann zieht man sie sich die Nase hoch.«

Messer blinzelte. »Man kann jeden Vergleich überstrapazieren«, sagte er, ohne Wibalt anzusehen.

»Man könnte sie auch mit viel Branntwein zu sich nehmen«, warf Ness ein und schwenkte seine Feldflasche. »Branntwein macht alles erträglicher. Leute – und Steine. Hab ich mir zumindest sagen lassen. Wenn wenigstens ein kleiner Teil davon brauchbar ist. Wusstet ihr, dass das blaue Zeug auf den Brüsten der Huren fast nie Blaustein ist? Es ist einfach nur blaues Steinmehl. Lapis oder so was. Typisch eigentlich, dass es oft der billige Ersatz ist, der überzeugender aussieht als der echte Stoff.«

»Danke. Es reicht jetzt, Ness.« Messers knochige Spinnenfinger hielten Cunrats Handgelenk noch immer fest wie eine Eisenklammer. »Bereit?«

Cunrat schluckte nochmals, dann beugte er sich über seine Hand und sog das Staubhäuflein auf.

»Hätten wir ihm vielleicht sagen sollen, dass sich Branntwein und Aget nicht unbedingt vertragen?«, fragte Ness in die Runde.

»Was?«

»Dazu ist es jetzt ja wohl zu spät.« Wibalt schöpfte sich eine zweite Portion Brei aus dem Topf.

»So viel ist mal sicher.«

Cunrats Zunge begann zu kribbeln. Er runzelte die Brauen und leckte sich über die Lippen, die gleichfalls zu kitzeln begannen, als liefen ihm winzige Käfer mit stacheligen Beinen über die Haut. »Was…?«, wiederholte er ein wenig schleppender und blinzelte.

Ein plötzlicher, gleißender Schmerz durchfuhr seine Nasenwurzel, als hätte ihm jemand einen Nagel direkt über dem Nasenbein in die Stirn getrieben. Mit einem erstickten Keuchen sog er die Luft ein, die seine Lungen versengte wie gefrorenes Wasser. Das flüssige Eis schoss durch seine Adern in seine Arme, hinunter in seine Beine und füllte seinen Magen mit blauem Feuer. Der Nagel in seiner Stirn löste sich auf, floss in seine Augen und überzog sie von innen mit Frost, während das dumpfe Hämmern der fernen Wellen seine Ohren ausfüllte, jedes Geräusch in der Wucht eines gigantischen Herzschlags ertränkte und ihm jeden Sinn für oben, unten, links, rechts, gestern und heute raubte.

Cunrat spürte, wie er fiel. Er war sich nur nicht sicher, wohin.

Ein grellblauer Blitz durchzuckte seinen Kopf, und die Welt hörte auf, sich um ihn zu drehen. Cunrat lag auf dem Rücken und starrte in einen blauen Himmel. Blau wie das Pulver auf dem Busen eines Freudenmädchens. Ein Galgenholz stach von rechts in sein Blickfeld. Die Hanfschlinge schaukelte kaum merklich, und Cunrat meinte, ein leises Knarren zu hören. Das einzige Geräusch sonst war der dumpfe Schlag seines eigenen Herzens. Er blinzelte und setzte sich auf. Der Galgen gehörte zur Plattform, die im Hafen von Berun stand. Auch alles andere im Hafen stand. Menschen, Karren, zwei Hunde im Sprung, Fischerboote mit geblähten Segeln, die Wellen, selbst die Luft. Alles war in einen blauen Schimmer getaucht, so als befände er sich unter Wasser. Er runzelte die Stirn und stand auf. Nichts anderes regte sich. Cunrat stellte fest, dass er die Luft angehalten hatte. Er atmete aus, und der Frost strömte aus ihm und über die Stadt. Blaues Eis legte sich über die Menschen, die Karren, die Hunde, die Häuser, die Takelage der Boote und die Wellen. Staunend wanderte Cunrat zwischen dem eingefrorenen Volk hindurch. Er war versucht, eines der von Frostkristallen überzogenen Gesichter zu berühren, aber ein unbestimmtes Gefühl hielt ihn davon ab. Die Hunde allerdings ... Er hockte sich neben den vorderen der beiden, einen gefleckten, struppigen Köter, dessen Augen fest auf irgendein Nagetier gerichtet waren, das im blauen Halbdunkel zwischen einigen Fässern am Pier verschwand, Augen, die von filigranen Frostkristallen überzogen waren. Er legte den Kopf schief. Dann streckte er die Hand aus und strich sanft über den Nacken der Kreatur. Haarspitzen brachen unter seinen Fingern wie sprödes Glas. Doch die Sprünge liefen weiter über den Hund, über seinen Rücken und seine Flanken hinab. Einer davon umrundete seinen Vorderlauf, und mit einem leisen, kaum hörbaren Klirren löste sich die Pfote einfach von dem Tier und driftete langsam beiseite. Wieder das kaum hörbare Klingen, und die Risse durchzogen den Schädel des Tiers und den Rest seines Körpers.

Cunrat schrak zurück und starrte entsetzt auf das Tier, das sich mit leisem Knistern immer mehr in eine Wolke blauer Splitter auflöste. Stolpernd taumelte er weg von dem, was gerade noch ein Hund gewesen war, streifte einen Karren und beobachtete mit wachsendem Grauen, wie auch der schon durch diese flüchtige Berührung Risse bekam. Er rempelte einen Hafenarbeiter an, der zu Boden fiel und mit einem hellen Glockenschlag in einer Wolke blauen Staubs zersprang. Die Risse liefen von dort aus über den Boden, der sich gleichfalls in Wogen aus blauen Eiskristallen auflöste. Das Knistern des splitternden Eises wurde jetzt von einem tiefen Stöhnen ergänzt, das aus dem Inneren der Erde zu kommen schien. Die Risse erreichten eine Gruppe von Marktfrauen und lösten sie in weitere Wolken von langsam auseinanderdriftenden Splittern auf.

»Bei den Gruben ...« Cunrat drehte sich um und lief. Mit einem dumpfen Knall verwandelte sich eines der Gebäude zu seiner Rechten in Staub, dann ein Bettler links von ihm, und plötzlich erreichte er das Ende des Piers. Vor ihm erstreckte sich nur das Feld der gefrorenen Wellen des Hafenbeckens, und ohne nachzudenken sprang er, landete auf dem Eis, rollte ab, fühlte das Eis unter sich zerspringen, kam wieder auf die Füße und rannte. Er hatte keine Ahnung, wohin, aber stehen zu bleiben war keine Option, wenn sich die Welt um ihn in blauen Staub verwandelte. Der Löwe im Hafen von Berun zersprang, die Triaren des Kaisers lösten sich auf, und das Leuchtfeuer am Ende des Kais begann, in sich zusammenzusacken, noch bevor Cunrat es erreicht hatte. Er versuchte, noch schneller zu laufen als die Risse, doch die Trümmer des Leuchtfeuers begannen, auf ihn herabzuregnen, noch bevor er das Ende der Hafenmauer passiert hatte. Und mit ihnen blaues Feuer. Er würde es nicht schaffen. Als die ersten Brocken um ihn herum einschlugen und die Wellen in Staub verwandelten, ließ er sich fallen, rollte sich zusammen und streckte dem Turm die Hände entgegen, auch wenn er wusste, dass er unter Wagenladungen von Stein zerquetscht werden würde, bevor sich alles in blauen Staub auflöste. Und plötzlich stand da eine unsichtbare Glocke über ihm, kaum einen Fingerbreit von seinem Gesicht entfernt, und die Trümmer des Turms prasselten darauf ein und ließen seine Zähne vibrieren, während sich die Wellen um ihn in Staub auflösten. Durch den Staub sah er einen grauen Schatten auf sich zukommen, größer als der Turm selbst und mit Tausenden grauen Augen. Dann verschwand der Boden unter ihm, und er fiel abermals in einem blauen Blitz, der seine Augen versengte.

Er stand in einem weiten Gang, dessen Kreuzgewölbedecke über ihm im Dunkel verschwand. Er sah sich um. Dasselbe galt auch für die Enden des Gangs – auch sie verschwanden in formloser Dunkelheit. Das Knistern, Klirren und Krachen der zerbrechenden Welt war verschwunden und durch eine dröhnende Stille ersetzt, in der das einzige Geräusch sein eigener, gehetzter Atem war. Erst mit einem Moment Verzögerung ging ihm auf, dass das Dröhnen noch immer einem Herzschlag glich. Beiderseits des Gangs hingen endlose Reihen von dunklen Porträts, die alle missbilligend auf ihn herabzustarren schienen, auch wenn er keins der Gesichter erkennen konnte. Nein, sie waren ihm nicht unbekannt; er hatte sogar das Gefühl, jedes davon zu kennen. Verwirrt trat er an eins heran und musterte es genauer. Wer auch immer dort abgebildet war, er trug die Rüstung eines Ordensritters, deren Details er bis ins Kleinste erkennen konnte. Wandte er sich jedoch dem Gesicht zu, schien es seltsam unscharf, und je mehr er sich konzentrierte, desto undeutlicher wurden die Züge, bis sie zu einer einzigen leeren Fläche verschwammen, die ihn jedoch noch immer anzustarren schien.

Cunrat runzelte die Stirn und wandte sich ab. Direkt zwischen diesem und dem nächsten Porträt war plötzlich eine Tür, ein hohes, zweiflügliges Portal, verziert mit Schnitzereien, die Szenen aus einem ihm unbekannten Krieg erzählten. Er hatte diese Art Türen schon einmal gesehen, selbst wenn ihm das Motiv unbekannt war. Und plötzlich wusste er, wo er sich befand. Das hier war der kaiserliche Palast von Berun.

Zögerlich streckte er die Hand aus und berührte einen der Türflügel. Dieses Mal zersprang nichts; stattdessen schwang das Portal geräuschlos auf und gab den Blick auf einen hohen Saal frei, der hell erleuchtet war, ohne dass er eine Lichtquelle entdecken konnte. Er brauchte einen Moment, um zu begreifen, dass die Wände selbst leuchteten, und da wurde ihm klar, dass alles in diesem Raum – Wände, Boden und Decke – aus Blaustein bestand, der kunstvoll in Formen geschnitten war. Auch hier drinnen war jede Oberfläche, jede Handbreit Wand oder Boden von Abbildungen eines Kriegs überzogen, so detailliert, dass er die Gesichter der Krieger zu seinen Füßen erkennen konnte, von denen keins dem anderen glich. Sein Blick folgte den Reihen der Krieger, die sich zu ganzen Heereszügen gepanzerter Männer verbanden, die mit Schilden und Speeren, mit Belagerungswerkzeugen und fremdartigen Reittieren auf ein gemeinsames Ziel zumarschierten.

Cunrat hob den Kopf und betrachtete die gegenüberliegende Wand. Sie wurde von einem unmöglich hohen Turm ausgefüllt, der die Wand hinauf- und bis in die Decke hineinwuchs und heller strahlte als alles Übrige im Saal. Er ließ die ihn umgebenden Berge geradezu zwergenhaft erscheinen. Azhdar, die riesigen Sturmdrachen des Macouban, umkreisten ihn, und ihre Schwingen rührten die Wolken zu einem riesigen Strudel, der sich unter Cunrats Augen langsam über die Wände ausbreitete. Wo er über die aufmarschierenden Heere strich, wandten sich die Krieger um, und mit plötzlichem Erschrecken wurde ihm klar, dass jeder ihn ansah. Irgendetwas knisterte. Cunrat riss den Blick los und entdeckte, wie der Blaustein der Wände wie Schimmel aus der Tür herauswuchs und sich über Boden, Decke und Wände des Gangs auszubreiten begann. Die Verwandlung erreichte die Bilderrahmen links und rechts der Tür, und die unidentifizierbaren Ritter nahmen die Gesichter von zwei Menschen an, die er nur zu gut kannte. Isabel und Marten ad Sussetz starrten auf ihn herab, bevor sie sich mit einem bedauernden Lächeln abwandten und aus den Rahmen verschwanden. Ein Knirschen alarmierte ihn. Er wandte die Aufmerksamkeit wieder dem Raum zu und entdeckte zu seinem Entsetzen, dass sich die Krieger aus dem Boden erhoben und ihre Speere auf ihn gerichtet hatten. Jetzt, da sie ihm gegenüberstanden, sah er deutlich den Frost auf ihren Blausteingesichtern. Und auf den Spitzen ihrer Speere, die sie jetzt hoben und nach ihm warfen. Instinktiv riss er die Hände vor, und abermals flackerte der unsichtbare Schild vor ihm auf, nur erkennbar an den Dutzenden von Speeren, die im selben Moment von ihm abprallten oder daran zerbrachen. Die Blausteinkrieger griffen nach ihren Schwertern, und Cunrats Hand fuhr an seinen eigenen Gürtel, nur um festzustellen, dass keine Klinge daran hing. Fluchend wirbelte er herum und rannte. Der Blaustein an den Wänden hielt Schritt und verfolgte ihn mit einem stetig anwachsenden Knistern, bis er sich durch eine nur angelehnte Tür warf und in einem grellblauen Blitz in die Tiefe stürzte.

Mit einem neuerlichen Fluch fand er sich direkt vor einem gähnenden Abgrund wieder. Für einen endlos scheinenden Moment rang er um sein Gleichgewicht, fand es schließlich und lehnte sich keuchend zurück. Erst jetzt wurde ihm klar, dass er auf einem kaum einen Fuß breiten Absatz auf einer Festungswand hoch oben über Gostin stand. Doch noch während er starrte, wuchs Gostin, wuchs und veränderte sich. Häuser fraßen den Urwald und drängten die steilen Klippen zurück, und mit wachsender Verwirrung beobachtete Cunrat, wie sich die kleine Hafenstadt in die Hauptstadt des Kaiserreichs selbst verwandelte – oder zumindest ein düsteres Zerrbild davon. Von hier aus konnte er die gewaltige Metropole beinahe komplett überblicken, und was er sah, erfüllte ihn mit Grauen. Ein Großteil der Viertel lag in Trümmern, schwarzer Rauch quoll aus den Ruinen, und mindestens ein Dutzend Stellen stand lichterloh in Flammen. Wenn er genauer hinsah, glaubte er, eisblaue Gestalten zu sehen, die durch die Straßen marschierten und mehr Feuer auf Fliehende warfen. Hier und da lieferten sie sich Gefechte mit den roten Röcken Beruns, und Schreie, Waffenklirren und Wehklagen drangen bis zu ihm hinauf. Mit ihnen wehte ein seltsam widerlicher Geruch heran, ein Geruch wie von Feuer, von süßlicher Verwesung und salzigem Meer, von nassem Fell und verrottenden uralten Wäldern, der ihn würgen ließ. Schwärme von Skellingen glitten durch den Rauch über der Stadt, doch ihre Schreie drangen nicht bis zu ihm durch. Nach wie vor war das einzige Geräusch der stetige Herzschlag, der wie eine dumpfe Trommel unter allem lag. Während er noch starrte, konnte er den Wald bemerken, der von den östlichen Klippen aus auf die Stadt zuwuchs, über die Mauern wucherte und die Nester des Feuers unter sich begrub. Die blauen Krieger wichen vor dem Wald zurück, verwandelten sich in Spinnen und krabbelten in Strömen zum Stadtzentrum, um sich in das Hafenbecken der Stadt zu stürzen, das jetzt jedoch kein Becken mehr war, sondern ein dunkler Schlund, in den das Wasser hinabstrudelte und dabei mehr und mehr vom Hafen, den angrenzenden Lagerhäusern und schließlich den tieferen Stadtvierteln fraß. Über diesem Loch drehten sich aufgetürmte Wolken in der Gegenrichtung, und noch mehr Wolken krochen über das offene Meer heran, das unter der hereinbrechenden Schwärze blau leuchtete wie von Millionen Totenlichtern. Auf diesem glühenden Teppich glitt ein riesiges graues Schiff auf die Hafeneinfahrt zu, und noch während es sich näherte, spie es fremdartige Krieger aus, die über das leuchtende Wasser auf die Stadt zurannten. Jeder Mann, der sich ihnen in den Weg stellte, als sie in die Straßen der Stadt strömten, löste sich in einer Wolke aus blauem Staub auf und verwehte im auffrischenden Sturm aus dem Süden, der ihn jetzt von seinem schmalen Standplatz zu zerren drohte.

»Es ist alles dein verdammter Stolz«, sagte jemand neben ihm.

Cunrat fuhr herum und sah Isabel, die ihn traurig anlächelte, bevor sie einen Schritt nach vorn tat und in der Tiefe verschwand.

»Sie hat recht, ad Koredin.« Marten ad Sussetz, der direkt hinter ihr gestanden haben musste, grinste, breitete die Arme aus und sprang. Hinter dem Schwertmann stand zu Cunrats Entsetzen der Kaiser selbst, der ihm einen vorwurfsvollen und enttäuschten Blick zuwarf, bevor er das Gleichgewicht verlor und den anderen beiden hinterherstürzte, und hinter ihm fiel ein weiterer Mann von dem Vorsprung, eine andere Frau, ein Kind, ein Mädchen, ein Soldat und immer so weiter, immer schneller, eine endlose Reihe Menschen. Und dann begann die Mauer zu zerfallen, der Vorsprung bekam Risse, und jetzt hörte Cunrat erneut das Knistern des springenden Eises, kurz bevor der Fels, auf dem seine Füße standen, ebenfalls nachgab und er auf die tief unter ihm liegende Stadt zustürzte. Er öffnete den Mund zu einem Schrei, streckte dem heranrasenden Straßenpflaster die Hände entgegen, und der unsichtbare Schild pulverisierte den Stein zu einem tiefen Krater, bevor ein grellblauer Blitz ihn mit sich fortriss.

Cunrat schrak hoch, und der Schrei gellte in seinen Ohren. Er schrie weiter, bis ihm die Luft ausging, dann sog er keuchend Luft ein. Was blieb, war wie immer der dumpfe, regelmäßige Schlag seines Herzens. Dieses Mal jedoch konnte er nichts sehen, und so taumelte er orientierungslos auf die Füße, bis sich seine Augen an die Finsternis gewöhnt hatten. Vage, kaum wahrnehmbar entdeckte er die Umrisse einer Tür. Er warf sich dagegen, seine Hände ertasteten einen Riegel, den er zurückwarf, bevor er durch die Öffnung stolperte und der Länge nach hinschlug. Weicher Morast fing ihn auf, drang ihm in die Nase und durchweichte sein Hemd, während ihn der

Geruch von feuchter Erde und Salz umfing. Mühsam stemmte er sich auf die Ellbogen und spuckte schlammiges Wasser. »Hey!« Er fuhr herum und sah etwas Dunkles auf sich zufliegen. Die Geste kam ganz automatisch. Er hob die Hand und rief die unsichtbare Wand, die ihn vor den Speeren und dem auf ihn zurasenden Pflaster gerettet hatte. Der Klumpen Gras platzte kurz vor seinem Gesicht und überschüttete ihn mit einem Schauer lehmiger Erde. »Was ...?«

Messer klopfte sich die Hände ab und lächelte schmal. »Na also. Es hört langsam auf zu wirken.«

»Wird auch Zeit«, murrte Zeisig und warf einen zweiten Erdklumpen, der dieses Mal an Cunrats Stirn platzte und ihn in die Pfütze warf.

»Hey!« Cunrat wischte sich die Erde aus Gesicht und Haaren. »Was soll das?«

Messer zuckte mit den Schultern und stand von der Kiste auf, auf der er es sich gemütlich gemacht hatte. Ein niedriges Feuer flackerte neben ihm unter dem schmalen Felsüberhang. »Wir mussten sichergehen, dass es aufgehört hat. Meine Güte, hast du gesehen, was du da drin angestellt hast?« Er deutete auf die Tür in den Felsenkeller und schüttelte den Kopf. Dann nickte er jemandem hinter Cunrat zu. Eine Hand packte ihn im Genick und zog ihn auf die Füße. Wibalts haarige Pranke wischte nachlässig etwas Schmutz von ihm ab, bevor sie ihm auf die Schulter klopfte. »Jetzt wissen wir zumindest, was dein Fluch ist, ad Koredin«, stellte der Ritter fest. »Herre Henric hat recht gehabt: In dir steckt mehr, als man glaubt, wenn man dich kennenlernt. Kein Wunder, dass wir dich ertragen mussten. Das war beeindruckend.«

»Was?«, wiederholte Cunrat, dieses Mal noch eine Spur ratloser. »Was ... habt ihr gesehen, das ich ...?«

»Gesehen?« Messer schnaubte. »Du hast uns fast umgebracht.« Er nickte zur noch immer offenen Tür.

Cunrat wankte verwirrt hin. Der Platz rund um die Feuerstelle war komplett verwüstet. Die Kochgeschirre lagen ausgeleert und zum Teil zertrümmert an der Wand, die Mehlkiste an eine der Seitenwände gedrückt und regelrecht zerquetscht. Er runzelte die Stirn. Genau genommen war ein beinahe kreisrunder Bereich des Raums mit fast sechs Schritt Durchmesser wie leergefegt. Selbst die zertretenen Strohhalme, die lose verteilt auf dem Boden des Vorratskellers herumlagen, waren jetzt als zusammengeschobene Linie am Rand. Die einzigen Unregelmäßigkeiten im Kreis waren dort, wo er auf eine der Wände stieß.

»Was ...«, Cunrat räusperte sich, »was ist passiert?«

Der Vogelmann zuckte mit den Achseln. »Du hast Zeisig und Wibalt da hinten fast die ganze Nacht eingesperrt.« Er deutete an Cunrat vorbei in den hinteren Teil des Kellers. »Der Rest von uns ist gerade noch aus der Tür gekommen. Was bei dem verdammten Sturm keine schöne Sache war, kann ich dir sagen.«

Wibalt nickte. »Für eine Weile hatten wir ernsthaft Sorge, du könntest deine ... das, was du da tust, noch weiter ausdehnen. Dann wäre es dort wirklich eng geworden. Wie es aussieht, kannst du eine Art Barriere erschaffen. Was genau das ist – das müssen wir noch herausfinden. Aber den ersten Schritt hast du gemacht.«

»Barriere?« Er rieb sich die schmerzenden Augen. »Aber was ist mit ... ich habe Dinge gesehen. Berun in Flammen. Das graue Schiff! Ich ...«

Messer winkte ab. »Vergiss es. Was du gesehen hast, hat keine Bedeutung. Wir alle hatten solche Visionen. Das fängt normalerweise lange an, bevor man den ersten Blaustein zu sich nimmt. Dann, wenn dein Fluch erwacht. Es ist vermutlich dasselbe wie die Träume, wenn ein Junge anfängt, erwachsen zu werden. Du weißt schon – die Sorte, in der viel nacktes Fleisch vorkommt und bei der er mit klebriger Hose aufwacht.«

Wibalt warf dem Vogelmann einen Seitenblick zu. »Bei dir war's nur etwas heftiger, weil wir dich dazu gezwungen haben.«

»Das klingt jetzt ziemlich unanständig«, warf Zeisig ein und lachte keckernd. »Aber man merkt, dass sich da ziemlich viel aufgestaut hat. Das ist nie gut.«

»Halt den Mund, Zeisig«, sagte Messer, ohne sich umzusehen. »Wie gesagt: Die Visionen sind wahrscheinlich nur die Art deines Kopfs, damit klarzukommen. Dafür baut er Splitter von dem zusammen, was du kennst und was dich umgibt. Kein Grund zur Sorge. Das ergibt nie einen Sinn.«

Cunrat starrte auf seine Hände. »Und ich … mein Fluch ist es, eine … eine Barriere zu errichten?«

Wibalt nickte. »Durch die man nicht einmal mit einem Schwert kommt.«

Cunrat sah auf, und der haarige Ritter zuckte mit den Schultern. »Wir mussten es versuchen.«

»Und das kann ich jetzt?«

Messer lächelte schmal. »Von ›können‹ kann erst die Rede sein, wenn du es auch beherrschst. Ansonsten bist du nur eine Gefahr für alle. Deshalb nennt man es ja Fluch.« Er richtete sich auf, schniefte und starrte in den dunklen Himmel. Die Wolken hatten sich beinahe verzogen, und was übrig war, nahm an den östlichen Rändern einen zarten rosa Schein an. Ein kühler Wind trug den Geruch von Seewasser und Tang heran. »Nun gut, ich schätze, diese Nacht werden wir ohnehin keinen Schlaf mehr bekommen. Packen wir zusammen, Ritter. Wir haben noch einen weiten Weg vor uns. Kommt, Cunrat, holen wir den Rest.«

Er wandte sich ab, und Cunrat folgte ihm. Nur wenige Dutzend Schritte weiter endete der Talboden abrupt an einer steilen Klippe. Hier fiel das Land mehrere Hundert Schritt senkrecht ab. Am Fuß der Klippe donnerten noch immer die aufgewühlten Wellen gegen den Fels, und erst jetzt wurde Cunrat klar, dass der monotone Herzschlag seines Traums der dumpfe Schlag der Brandung gewesen sein musste. Erneut rieb er sich die Augen und spürte, dass sich irgendwo dahinter ein monströser Kopfschmerz ankündigte. Direkt an der Kante standen Dolen und die beiden restlichen Kriegsknechte und sahen schweigend auf die dunkle See hinab.

»Sind sie noch da?«, fragte Messer leise.

Einer der Männer zischte unwirsch.

Vorsichtig trat Cunrat an die Kante und sah hinab. Dort unten auf den schwarzen Wellen, kaum zu sehen gegen die silbernen Linien auf dem Wasser, lag das riesige graue Schiff aus seinem Traum. Instinktiv sah Cunrat auf den Boden zu seinen Füßen, doch dieses Mal blieb das blaue Eis aus. »Was tut es da?«

»Den Sturm abwarten, schätze ich. Genau wie wir«, raunte Dolen.

»Nur einen Steinwurf von der Brandung entfernt«, fügte Ness hinzu. »Irgendwas stimmt mit denen nicht.«

Cunrat musterte das reglos daliegende Schiff, und plötzlich hatte er das Gefühl, dass sich im Wasser direkt daneben etwas bewegte. Mehrere Schatten, um genau zu sein. »Schwimmt da jemand?«, flüsterte er ungläubig.

Dolen nickte stumm.

»Irgendwas stimmt mit denen nicht«, wiederholte Ness nach einer kleinen Pause. »So viel ist mal sicher.« Er biss ein Stück von seiner Sumya-Rolle ab und wandte sich um. »Lasst uns gehen. Wir haben noch einen weiten Weg vor uns, und ich habe das Gefühl, wir sollten vor denen dort ankommen. Wer auch immer die sind.«

14

PRIESTER UND TOTE GÖTTER

Es war noch ein langer Weg bis Skolholt, und die meiste Zeit über fror Danil. Und wenn er gerade mal nicht fror, dann hatte er Durst oder spürte seinen brennenden Hintern bis hinauf zum Hals. Irgendwann war sein Umhang so voll Wasser gesogen, dass er schwer wie Blei um seine Schultern lag, während sich seine Zehen anfühlten, als wären sie schon vor Ewigkeiten zu Eis gefroren. Jede weitere Meile, die sie über diesen unebenen, harten Boden ritten, wünschte er sich mehr und mehr in den warmen, sonnigen Süden zurück. Dorthin, wo schlechtes Wetter gerade mal einen Regenschauer lang anhielt, während dem man sich bei einem Krug Wein ins nächste Gasthaus zurückzog und mit dem Gesicht im Busen einer Frau darauf wartete, bis die Sonne wieder hervorkam. Selbst die Kerker unter den Ordensgebäuden des Flammenden Schwerts schienen im Vergleich zu dieser unwirtlichen Gegend an Charme zu gewinnen. Immerhin besaßen die Ordensritter Fackeln und Kohlebecken, an denen man sich die Hände aufwärmen konnte

Es war wirklich ein Elend. Selbst Bogk schien die Kälte

inzwischen zu spüren, denn er hatte nun ebenfalls einen Umhang über seine Lederweste geworfen. Dennoch schien ihm nichts von seiner guten Laune abhandengekommen zu sein, denn er erzählte ohne Unterlass von einsamen Wäldern, tragischen Heldenliedern und tödlichen Winterstürmen im Norden, gegen die ihre Reise der reinste Sonntagsspaziergang sein musste.

Wehmütig dachte Danil an die gemeinsamen Spaziergänge mit Sara in den Kaiserlichen Gärten zurück, und an das Leuchten in ihren Augen, als er sie zum Theaterstück über den Dumresischen Bauernaufstand ausgeführt hatte. Er vermisste ihr ansteckendes Lachen und sogar die trockenen Bemerkungen, mit denen sie sich über ihn lustig gemacht hatte, als er sie auf besonders lächerliche Art hatte beeindrucken wollen. Sie war so völlig anders gewesen als diese hirnlosen Gänse am Hof, die gackernd umeinanderstolperten und nichts anderes im Kopf hatten als schöne Kleider und das nächste rauschende Fest. Sara hatte etwas Besonderes an sich gehabt, dem er sich nicht entziehen konnte. Und sie hatte Mut. Viel mehr Mut als er selbst.

Ganz allmählich dämmerte ihm, was für ein Leben er so leichtfertig aufs Spiel gesetzt hatte. Nur weil er geglaubt hatte, irgend so eine dämliche Familienehre verteidigen zu müssen, die es ohnehin nicht gab. Er war der jüngste Sohn eines Vaters, der ihn nie beachtete, und zweier älterer Brüder, die kaum mehr als milde Verachtung für ihn übrig hatten. Es gab für ihn weder eine Aussicht auf das Erbe der ad Corbecs noch die Möglichkeit, jemals dem Orden der Reisenden dienen zu dürfen. Alles, was er im Leben erreicht hatte, verdankte er Henrey Thoren und der Mutter des Kaisers. Diese beiden waren die einzigen Menschen gewesen, die an ihn geglaubt hatten. Und sie hatten ihn zu Sara geführt. Aber was hatte er getan? All das leichtfertig aufs Spiel gesetzt. *Ehre …* Er schnaufte und wischte sich das eisige Wasser aus dem Gesicht. Es schmeckte ein wenig salzig.

Sie trabten einen steilen Abhang hinauf, und der Wind trieb ihnen eisigen Schnee in die Gesichter. Danil hielt den Kopf tief unter der Kapuze verborgen, und erst als Bogk an den Zügeln seines Pferds zog, stellte er fest, dass sie Skolholt erreicht hatten. Der Hügel ragte hier steil über dem Flusstal auf und bot eine großartige Sicht über das gesamte Umland. Ein entlegenes Stück Erde, das nur über einen schmalen Grat mit dem dahinter liegenden Höhenzug verbunden war und von drei Seiten beinahe uneinnehmbar schien. Ein idealer Standort, um über die gesamte Region zu herrschen, und ein Albtraum für jede angreifende Armee. Die Siedlung war zwar kaum mit einer berunischen Stadt vergleichbar, die gedrungenen Häuser vollständig aus Holz und mit Stroh bedeckt, aber von beeindruckend hohen Palisaden umgeben, die aus manndicken Baumstämmen errichtet worden waren. Rund um Skolholt war der Wald vollständig zurückgedrängt worden, um Platz für Felder zu schaffen und im Verteidigungsfall jeden anstürmenden Gegner entdecken zu können, lange bevor er die Holzmauern erreicht hatte.

Bei dem Gedanken, dass in diesem Augenblick vielleicht ein gutes Dutzend Pfeilspitzen auf ihn gerichtet waren, fühlte sich Danil unwohl. Er hatte mit dem üblichen Lärm aus Hundegebell, Handwerksarbeit und Menschenstimmen gerechnet, doch es blieb ausgesprochen still.

Als sie vor das geschlossene Tor trabten, tauchte ein blonder Haarschopf auf dem Wehrgang auf. Er gehörte zu einem Jungen, der nicht mehr als zwölf Sommer erlebt haben dürfte.

Finster starrte er zu ihnen herab und sprach sie in einem Dialekt an, den Danil kaum verstand.

»Verschwindet vom Tor. Fremden ist der Zutritt verboten.« In seiner Stimme schwang ein Hauch Unsicherheit mit.

»Ist das Skolholts Gastlichkeit, von der alle Welt spricht?«, rief Bogk nach oben. »Dass ihr halb erfrorenen Wanderern die Tore vor der Nase zuschlagt?«

»Was kümmert mich das?«, krähte der Junge. Er versuchte, seiner Stimme einen besonders tiefen Klang zu geben, was kläglich misslang. »Ich kenne euch nicht. Wenn ihr gekommen seid, um uns zu überfallen, dann warne ich euch. Wir verstehen hier oben keinen Spaß!« Er hob einen Stoßspeer, der beinahe doppelt so lang war wie er selbst und ihn im Kampf wohl eher behindert hätte.

Bogk seufzte. »Wenn wir vorhätten, eure Siedlung zu überfallen, hätten wir eine Armee mitgebracht.« Er wandte sich im Sattel um und machte eine ausschweifende Bewegung mit dem Arm. »Siehst du hier irgendwo eine Armee?«

Die Miene des Jungen verfinsterte sich noch mehr. Offenbar glaubte er, dass Bogk sich über ihn lustig machen wollte, und vermutlich hatte er damit sogar recht. »Ich warne euch«, wiederholte er und wackelte mit dem Speer. »Wir verstehen hier keinen Spaß.«

»Schon gut.« Bogk hob beschwichtigend die Hände. »Wie wäre es, wenn du erst mal deinen Heetmann rufst, oder wer sonst am Tor die Verantwortung trägt?«

Der Junge dachte einen Augenblick darüber nach. »Der alte Lögre hat den Befehl über das Tor. Aber der sitzt im Schwitzhaus und will nicht gestört werden. Also habe ich hier das Kommando.«

Bogk runzelte die Stirn. »Nimm mich nicht auf den Arm,

Junge. Ist denn kein Krieger in der Nähe, mit dem ich sprechen kann?«

»Die Krieger sind alle …« Hastig biss sich der Junge auf die Lippen. »Was geht dich das an? Wenn ich sage, dass du mit mir sprechen sollst, dann sprichst du mit mir, oder du scherst dich davon!«

Bogk warf Danil einen Seitenblick zu. »Hör mal zu, Junge, mein Name ist Bogk. Mir fallen vor Kälte die Zehen ab, und ich habe seit Ewigkeiten nichts Warmes mehr im Bauch gehabt. Ich hatte auf die Gastfreundschaft deines Herrn Gragar gehofft, die er meinem Stamm in der Frühjahrsversammlung vor zwei Jahren in Steinvor angeboten hatte. Aber die scheint ihm wohl in der Zwischenzeit abhandengekommen zu sein. Wenn er und seine Krieger nicht hier sind, dann sag mir wenigstens, wohin sie aufgebrochen sind. Vielleicht erreiche ich sie ja noch, bevor mir die Beine bis zum Arsch abgefroren sind und ich anfange, Eis zu pissen.«

»Ihr kennt Gragar?« Die Erwähnung dieses Namens schien den Jungen sichtlich zu beruhigen. Er stieß sich den Zeigefinger gegen die schmale Brust. »Ich bin Gissur, sein jüngster Sohn. Mein Vater sitzt auf dem Thron im Fürstenhaus, und wenn er euch seine Gastfreundschaft angeboten hat, werde ich euch zu ihm bringen.«

Kurze Zeit später standen sie auf dem Hauptplatz der Siedlung und schauten sich um. Die Häuser schienen größtenteils verlassen zu sein. Nur hier und da stiegen dünne Rauchfäden aus den Dachlöchern in den wolkenverhangenen Himmel hinauf. Vor einem Hauseingang hatte sich eine Handvoll alter Frauen versammelt und verfolgte ihren Weg mit finsteren Blicken. Irgendwo meckerte eine Ziege, und hinter einem fest verrammelten Fensterladen plärrte ein Kind.

Danil tastete unter dem Umhang unauffällig nach dem Griff seines Schwerts. Er wartete nur darauf, dass jeden Augenblick sämtliche Türen aufflogen, ein gutes Dutzend schwer bewaffneter Krieger sie umringen und in Stücke hauen würde. Schließlich ließ doch kein vernünftiger Mensch eine komplette Siedlung völlig unbewacht in der Obhut von Kindern und Greisen zurück. Oder etwa doch?

Wider Erwarten wurden sie von niemandem niedergemetzelt, und Gissur schien sich in seiner Rolle als oberster Torwächter und Gastherr zunehmend zu gefallen. Breitbeinig und mit erhobenem Haupt marschierte er ihnen voraus, ohne die alten Frauen auch nur eines Blickes zu würdigen. »Ihr kommt aus Berun, sagt ihr? Dann kennt ihr sicherlich den Kaiser. Habt ihr ihn schon einmal gesehen? Ist er wirklich so klein, und ist seine Haut so braun, wie man es sich erzählt?« Er warf einen Seitenblick auf Danil. »Du hast auch verdammt dunkle Haut. Bist du sicher, dass du nicht mit dem Kaiser verwandt bist?«

Danil runzelte die Stirn. Kein Mensch hatte ihn je zuvor dunkelhäutig genannt. Allerdings musste er zugeben, dass seine Hautfarbe im Vergleich zu dem blassen, fast weißen Gesicht des Jungen tatsächlich um einiges dunkler war. Unwillkürlich dachte er an Sara, die von vielen Berunern für ihre dunkle Hautfarbe verachtet wurde. »Ich würde sie eher als bronzefarben bezeichnen«, widersprach er verlegen.

»In den Adern der Krieger aus Südland fließt Bronze«, erklärte Bogk und klopfte Danil dabei so hart auf die Schulter, dass er beinahe in die Knie ging. »Die Reisenden haben ihnen diese Gabe geschenkt, damit sie stark und widerstandsfähig werden.«

Der Junge blickte ihn einen Augenblick lang zweifelnd an,

eher er auf den Griff des Messers an seinem Gürtel klopfte. »Bronze ist schwach und leicht verformbar. Wir Skolholter verlassen uns auf Stahl aus den Hügeln von Hellu, die den Göttern Frorn und Iddis geweiht sind.«

»Die Götter sind tot«, sagte Danil. »Kazarh hat sie getötet.«

»Ich weiß«, zischte Gissur und ballte die freie Hand zur Faust. »Er hat sich feige von hinten an sie herangeschlichen und wie ein Dieb und Meuchelmörder erstochen. Mogho hat sie dann mithilfe eines bösen Zaubers tief unten in der Erde vergraben, wo sie seitdem liegen und von den sonnenbeschienenen Hügeln träumen, auf denen sie wohnten. Doch die Zeiten ändern sich, sagen die Priester. Der Wind weht bald aus einer anderen Richtung.« Die Worte schienen ganz offensichtlich auswendig gelernt zu sein, aber er stieß sie mit so viel Inbrunst aus, dass Danil ein kalter Schauer über den Rücken lief. Offenbar stimmten die Gerüchte, und die Lyttoner waren nie auch nur halb so kaisertreu gewesen, wie das Reich geglaubt hatte. Oder sie waren allesamt vollkommen verrückt geworden. Was die Sache allerdings auch nicht besser machte.

Sie betraten eine düstere Halle, in deren Mitte ein gewaltiges Feuer prasselte, dessen Hitze fast schmerzhaft auf Danils Haut prickelte. Entlang der Wände waren unzählige Felle zu Betten ausgelegt worden, und darüber hingen große Wandteppiche, schartige Schwerter und Spieße, die in der Mitte entzweigebrochen waren. Eine Handvoll Männer und Frauen saßen im Halbkreis um das Feuer herum. Sie waren in dicke Felle gehüllt, und ihre gefurchten Gesichter und grauen Haare ließen darauf schließen, dass kaum einer von ihnen noch im waffenfähigen Alter war. Die Gespräche verstummten, und die Köpfe wandten sich ihnen einer nach dem anderen zu.

Auf der gegenüberliegenden Seite der Feuerstelle stand auf einem Podest eine Handvoll hochlehniger Holzstühle. Auf dem größten und eindrucksvollsten saß Fürst Gragar. Sein schlohweißes Haar fiel in sanften Locken über die breiten Schultern, und auf seinem wettergegerbten Gesicht lag ein stolzer und herrischer Zug. Danils Blick fiel auf das mächtige Breitschwert an seiner Seite, in dessen runenverzierter Klinge sich die Flammen spiegelten. Der Herrscher von Skolholt war trotz seines Alters immer noch eine ehrfurchtgebietende Gestalt.

»Du bist Bogk?«, rief der Fürst mit volltönender Stimme.

»Ja, ich erinnere mich an diesen Namen. Bogk vom Stamm der Schlammwühler, nicht wahr?«

Bogk neigte lächelnd den Kopf. »Wir bevorzugen es, Waldmenschen genannt zu werden.«

Gragar winkte ab. »Diesen Namen durftet ihr früher einmal tragen, als euer Volk noch große Krieger hervorgebracht hatte. Diese Zeiten sind längst vorbei.«

»So wie Eure, Fürst Gragar. Ich sehe Euch nicht im Kreis Eurer Krieger. Gerade mal eine Handvoll Wächter sind übrig geblieben, und die Stühle an Eurer Seite sind leer. Wo sind die anderen hin?«

»Dort, wo sie hingehören.« Gragar funkelte ihn verächtlich an. »Meine Krieger sind in die Schlacht gezogen. Nicht mit mir an der Spitze, aber mit meinem eigenen Fleisch und Blut. Meine Söhne führen sie an, und das ist beinahe genauso viel wert, als würde ich selbst mit ihnen reiten.«

Bogk zog die Augenbrauen hoch. »Alle zusammen? Hat der Fürst von Lytton sie eingezogen?«

Gragar schnaubte. »Diesem Wurm würde ich nicht einmal meine Waschweiber anvertrauen. Ich bin ein freier Mann und gehorche niemandem außer den Göttern ...«

»... die meines Wissens tot sind.«

Danil schaute Bogk erstaunt an.

»Ha!«, rief Gragar. »Die Götter sind so wenig tot wie du und ich. Das weißt du ganz genau, Schlammwühler. Du kennst die Prophezeiungen. Sie werden zurückkehren, denn die Priester haben es verkündet. Die Zeit ist angebrochen. Alle Stammesfürsten folgen ihrem Ruf. Ich wäre ihm ebenfalls gefolgt, wenn meine Beine mich noch tragen würden.« Klatschend schlug seine Hand auf den Oberschenkel. »Meine Söhne werden an meiner Stelle kämpfen und unser Volk zu altem Ruhm zurückführen. Das verhasste Kaiserreich wird fallen und seine Verbündeten mit ihm. Die Zeit ist gekommen, sich für eine Seite zu entscheiden. Die Schlammwühler werden sich ebenfalls entscheiden müssen.«

Bogk lächelte nachsichtig. »Ich sehe einen Greis, der in einer Lehmhütte haust und sich an alte Geschichten und tote Götter klammert. In Berun bin ich durch steinerne Städte gegangen, in denen Rohre aus Blei klares Trinkwasser in jedes Haus leiten und wo man in eigens dafür geschaffenen Räumen sein Geschäft verrichten kann. Ich habe Paläste aus weißem Marmor betreten, die deine jämmerliche Hütte um ein Vielfaches überragen, und ich bin Rittern in glänzenden Rüstungen begegnet, von denen jeder Hunderte deiner Art vom Schlachtfeld fegt. Es ist viel eher die Zeit gekommen, in der du entscheiden musst, ob deine Söhne weiter im Hocken scheißen oder eine Zukunft bekommen, für die es sich zu kämpfen lohnt.«

Gragar legte den Kopf in den Nacken und lachte dröhnend. »Du hast keine Ahnung, was dem Kaiserreich bevorsteht!«

»Ich heiße Danil ad Corbec«, sagte Danil und trat einen Schritt nach vorn. »Und ich weiß zumindest, was Euch bevorsteht. Vier Tagesreisen von hier lagern sechshundert Kriegsknechte unter dem Banner des berunischen Kaisers. Sie sind auf der Jagd nach den Priestern der toten Götter, und dummerweise hat sie ihre Suche bis vor die Tore Eurer Stadt geführt. Wenn Ihr ihnen nicht verratet, was sie wissen wollen, werden sie Skolholt in Schutt und Asche legen.«

Es entstand eine Pause, in der nur das Knistern des Feuers zu hören war. Gragar kniff die Augen zusammen und musterte Danil vom Kopf bis zu den Füßen. »Und sie haben dich geschickt, um mir diese Botschaft zu überbringen?«

Danil zuckte mit den Schultern. »Es war sozusagen meine Idee. Wenn es nach unserem Anführer ginge, wärt Ihr schon tot.«

»Dann bist du also unser Retter, wie? Wir sollten dir wohl dankbar sein.« Nachdenklich tätschelte Gragar den Griff seines Schwerts. »Ich frage mich allerdings, wieso ich dir glauben sollte. Was sagst du, Schlammwühler? Sollte ich ihm glauben?«

»Es stimmt, was er sagt«, brummte Bogk. »Sechshundert Kriegsknechte, und ihr Anführer ist ein Mann, der es liebt, Häuser brennen zu sehen. Ihr solltet Euch Danils Vorschlag durch den Kopf gehen lassen.«

»Willst du mich beleidigen?« Gragars Gesicht verzerrte sich zu einer Grimasse. Wütend ballte er die Hände zu Fäusten. »Du bist ein Speichellecker, der dem Kaiser in den Arsch kriecht. Wir Skolholter sind keine Arschkriecher. Wir werden kämpfen. Jeder, der sich uns in den Weg stellt, wird dafür mit

seinem Blut bezahlen.« Er richtete einen zitternden Zeigefinger auf Bogk. »Wenn du nicht als Gast vor mein Feuer getreten wärst, hätte ich dir bereits die Haut von den Knochen
gezogen und den Hunden zum Fraß vorgeworfen.«

Bogks Augen verengten sich, und Danil spürte, wie sich die
feinen Härchen auf seinen Unterarmen aufzurichten begannen. Die Wächter des Fürsten legten die Hände an die Griffe
ihrer Schwerter, und einer der Männer an der Feuerstelle zog
verstohlen seine Axt zu sich heran. Der Augenblick zog sich
in die Länge, und das Knacken des Feuers dröhnte unnatürlich laut in Danils Ohren.

»Du hast es nicht anders gewollt.« Bogk zuckte mit den
Achseln. »Dann können wir wohl nichts mehr für dich tun,
Gragar.« Er wandte sich um und winkte Danil heran. »Ich
denke, wir sind hier fertig.«

»Fertig?«

Bogk nickte. »Es ist noch ein langer Weg zurück ins Lager,
und das Wetter sieht nicht so aus, als würde es besser werden.«

Danils Blick fiel auf Gissur, der sie ebenso finster anstarrte
wie sein Vater. Die Hand, mit der er den Speer umklammert
hielt, zitterte leicht. Er erinnerte ihn an den Jungen, von dem
Sara erzählt hatte. Wie hieß er noch mal? Flynn. Flynn
Hasenfuß, weil er so schnell rennen konnte. Hoffentlich war
dieser Junge ebenso schnell, wenn Jorings Kriegsknechte ihn
holen kamen. Nur wusste er wohl wie die meisten Jungen
seines Alters nicht, wann es sich lohnte zu kämpfen und wann
man besser die Beine in die Hand nahm. Dieser Junge würde
nicht fliehen. Er würde an der Seite seines lahmen Vaters stehen und ihn bis zum Tod verteidigen. Oder vermutlich viel
eher einen langsamen, schmerzhaften Tod durch einen Armbrustbolzen sterben, der sich in seine Eingeweide gebohrt

hatte. Sara hätte sicherlich nicht zugelassen, dass er für die Dummheit eines alten Narren starb. Sara hätte etwas unternommen, um das Leben dieses Jungen zu retten, und das so vieler unschuldiger Menschen in dieser Stadt.

Und er? Konnte er denn etwas tun? Hatte er als Schwertmann des Kaisers nicht sogar die Verpflichtung dazu? Die Schwachen zu beschützen, die Frauen und Kinder?

»Komm«, sagte Bogk noch einmal eindringlich. »Wir können hier nichts mehr tun.«

»Bis auf eine Sache …« Danil fuhr herum und packte Gissur am Handgelenk. Blitzschnell drehte er ihm den Arm herum, bis sein Spieß klappernd zu Boden fiel und er jaulend auf die Knie fiel. Die Wachen rissen ihre Schwerter hervor, doch Danil kümmerte sich nicht darum. Er legte seine andere Hand um die des Jungen und spreizte dessen kleinen Finger ab.

»Was tust du da?«, rief Bogk.

»Antworten«, stieß Danil zwischen zusammengebissenen Zähnen hervor. Er zog sein Messer aus dem Gürtel und legte die Klinge an das oberste Fingerglied. »Ich will Antworten!« Ruckartig zog er die Klinge über Gissurs Finger. Ein winziges Stück Fleisch schnipste durch die Luft und landete zischend in der Feuerstelle. Gissur starrte ihm mit weit aufgerissenen Augen hinterher. Es dauerte eine Weile, bis der Schmerz sein Hirn erreicht hatte und er einen schrillen Schrei ausstieß.

»Lass ihn los!« Gragar stemmte sich in die Höhe. Einen Augenblick lang stand er da, als hätten ihm seine toten Götter die Kraft in den Beinen zurückgegeben, dann fiel er wie ein nasser Sack zurück auf seinen Stuhl. »Lass ihn los«, krächzte er aufgebracht. »Lass ihn los, oder ich töte dich.«

»Antworten!« Danil zog die Klinge ein weiteres Mal über den Finger des Jungen. Das nächste Fingerglied fiel zu Boden, und Gissur stieß ein herzzerreißendes Jaulen aus. Danil richtete die blutige Messerspitze auf Gragar. »Wenn ich mit diesem Finger fertig bin, mache ich mit den restlichen weiter, und danach mit der anderen Hand. Wenn ich dort nichts mehr finde, nehme ich mir seine Zehen vor, und danach mache ich so lange weiter, bis du uns endlich verrätst, wo sich die Priester verstecken.«

»Das wirst du bereuen.«

»So? Willst du mich etwa bestrafen, oder überlässt du das deinen Göttern? Ich bezweifle, dass sie in der Lage sind, die Finger deines Sohns nachwachsen zu lassen. Meine Götter dagegen schon. Sie sind sogar in der Lage, Tote auferstehen zu lassen. Also überlege dir gut, wem du dienen willst.«

Gragar ballte in hilflosem Zorn die Fäuste. »Du missachtest die Gesetze der Gastfreundschaft.«

Danil lächelte kalt. »Du hast Bogk eingeladen, aber nicht mich. Ich bin ein verdammter Beruner Arschkriecher mit einem Messer in der Hand. Deine Gastfreundschaft schert mich einen Dreck. Aber ich bin nur ein einzelner Mann. Drei Tagesreisen von hier sitzt eine ganze Armee von Arschkriechern. Sechshundert blutdurstige Kriegsknechte, die nichts lieber tun, als eine Siedlung niederzubrennen, die von Kindern und Greisen bewacht wird. Ihr Anführer wird jeden verdammten Einwohner von Skolholt foltern lassen, jeden Mann, jede Frau und jedes Kind, bis ihm endlich jemand verrät, wo sich eure Priester verstecken. Willst du das?«

»Du … du elender …« Gragar starrte ihn hasserfüllt an. Seine Hände ballten sich abwechselnd zu Fäusten. »Wenn mein Sohn stirbt, dann bist du der Nächste.«

»Wir werden sehen.« Danil atmete tief durch und hob das Messer.

»Lass die Waffe fallen!«

Danil schüttelte den Kopf. »Erst verrätst du das Versteck.«

»Niemals!«

»Sag es ihm«, rief Gissur mit schriller Stimme dazwischen. Flehentlich sah er seinen Vater an. »Er bringt mich um!«

»Dann stirb wie ein Mann«, knurrte Gragar, und seine Stimme klang plötzlich eiskalt. »Ich werde deinen Tod rächen.« Er gab seinen Wächtern ein Zeichen, und die Männer hoben ihre Schilde und setzten sich mit grimmigen Gesichtern in Bewegung. Langsam kamen sie von beiden Seiten um die Feuerstelle herum, und sie erweckten dabei nicht den Eindruck, als wären sie in Skolholt zurückgeblieben, weil sie zu alt oder zu schwach waren. Eher, weil sie vielleicht eine Spur zu viel Spaß am Töten empfanden, als es für einen ehrbaren Krieger angemessen war. Die zuckenden Flammen spiegelten sich in ihren Augen und verliehen ihren Zügen etwas Teuflisches.

»Scheiße.« Danil wich vorsichtig zurück und zog den Jungen mit sich. Er hatte sich den Ausgang des Ganzen irgendwie anders ausgemalt. »Können wir vielleicht noch einmal von vorn anfangen?«

»Bisschen spät dafür«, knurrte Bogk. Kopfschüttelnd griff er nach seinem Weinschlauch und zog den Pfropfen heraus.

Danil warf ihm einen Seitenblick zu. »Sollten wir nicht besser …?«

»Allerdings.« Bogk nahm einen gewaltigen Schluck und verzog das Gesicht zu einer Grimasse. Unvermittelt sprang er vor und spritzte die restliche Flüssigkeit in das Feuer. Eine gewaltige Flammensäule schoss in die Höhe, umhüllte für einen kurzen Augenblick die Dachbalken und sprang dann wie ein lebendiges Wesen wieder hinab, um nach allen Seiten auseinanderzustieben.

Die Wächter rissen ihre Schilde in die Höhe. Einer stieß ein hohes Kreischen aus und taumelte mit brennenden Haaren rückwärts. Der hinter ihm sprang zur Seite und riss dabei zwei weitere Wächter mit sich zu Boden. Die Flammen fauchten auf die drei Männer zu, umhüllten sie für einen kurzen Moment und rasten dann weiter, um alles Brennbare auf ihrem Weg zu vernichten. Der Mann mit den brennenden Haaren taumelte auf den Thron zu und wurde von einem Kameraden geistesgegenwärtig mit dem Schwert niedergestreckt. Irgendwer schrie »Feuer!«, ein anderer: »Schützt den Fürsten!«

Chaos brach aus, und die Menschen stoben nach allen Seiten auseinander. Schubsten, brüllten und schlugen um sich, verzweifelt bemüht, sich vor der wütenden Feuerzunge in Sicherheit zu bringen. Ein kunstvoll gewebter Wandbehang ging in Flammen auf, und das Feuer breitete sich mit rasender Geschwindigkeit über die gesamte Wand aus, während unter den Deckenbalken schwarzer Rauch hervorquoll und die Sicht vernebelte.

Sprachlos schüttelte Danil den Kopf. Das alles passierte so rasend schnell, dass es unmöglich war, einen klaren Gedanken zu fassen. Es fühlte sich an, als versuchte er, mit gespreizten Fingern ein Wasserfass auszuschöpfen. Er wich einem Fliehenden aus, der mit weit aufgerissenen Augen an ihm vorüberstolperte, stieß dabei gegen einen anderen und rammte ihm krachend den Knauf seines Dolchs gegen die Stirn.

»Komm schon!«, brüllte jemand hinter seinem Rücken. Er warf einen Blick über die Schulter und sah, wie Bogk mit seiner Axt weit ausholte und einem entsetzt dreinblickenden Türwächter den Schädel spaltete. Der nächste Hieb traf seinen Nebenmann an der Schulter und schleuderte ihn zu

Boden. Leichtfüßig sprang Bogk über die beiden hinweg und stieß die Tür auf.

Danil presste sich den Ärmel vor Mund und Nase und stolperte rückwärts. Er spürte einen Ruck am Arm und stellte verwundert fest, dass er immer noch die Hand des Jungen umklammert hielt. Gissur wand sich in seinem Griff und trat um sich, doch Danil verpasste ihm einen Hieb gegen die Schläfe, sodass er die Augen verdrehte und röchelnd zu Boden sank.

Erneut schoss eine Flammenzunge quer durch die Halle und hinterließ eine Spur der Verwüstung. Ein Wächter tauchte brüllend aus dem Qualm auf, riss sein Schwert über den Kopf und stieß beim Ausholen mit dem Ellbogen gegen einen Holzpfeiler. Dumpf drang die Waffe in den Rücken eines anderen Wächters ein, und Danil rammte ihm seinen Dolch in die Seite. Schnell riss er Gissur am Hemd in die Höhe und warf ihn sich wie einen nassen Sack über die Schulter.

Draußen hatte es wieder zu schneien begonnen. Eine Handvoll Männer und Frauen kamen ihnen mit Eimern entgegen geeilt. »Rettet den Fürsten!«, schrie Danil und stolperte, ohne eine Reaktion abzuwarten, an ihnen vorbei zu den Pferden.

Mit zusammengebissenen Zähnen warf er den Jungen über den Rücken des Tiers und schwang sich in den Sattel. Das Pferd scheute und schlug aus, und er klammerte sich fluchend am Sattel fest, um nicht kopfüber wieder in den Straßenschlamm zu stürzen. Er warf einen Blick über die Schulter. Aus dem Dach der Fürstenhalle schlugen die Flammen jetzt meterhoch in den Himmel, und aus allen Löchern und Ritzen quoll schwarzer Rauch hervor. »Scheiße«, murmelte er und trat dem Pferd die Hacken in die Seiten. Das Tier machte einen weiten Satz nach vorn und preschte los.

Sie wurden erst wieder langsamer, als sie Skolholt weit hinter sich gelassen hatten und nur noch die schwarze Rauchwolke zu erkennen war, die hinter dem Horizont in den Himmel wuchs.

»Das ist mächtig schiefgelaufen«, brummte Bogk und lenkte sein Pferd dicht neben Danils. Er packte Gissur beim Schopf und drehte seinen Kopf so, dass er ihm ins Gesicht blicken konnte.

»Geht es ihm gut?« Danil wagte kaum hinzuschauen, aus Angst, vielleicht zu heftig zugeschlagen zu haben.

»Wir werden sehen«, antwortete Bogk und kniff dem Jungen in die Wange. Gissur riss die Augen auf und stieß ein erschrockenes Quieken aus. »Alles in Ordnung.«

»Nichts ist in Ordnung«, winselte Gissur und streckte die blutende Hand in die Höhe. »Ihr habt mir den Finger abgehackt, ihr Drecksäcke. Dafür bringe ich euch um!«

Danil schnaufte. »Das übernimmt schon dein Vater.«

»Aber danach bringe ich euch noch mal um.« Hasserfüllt starrte Gissur sie an. Seine Brust hob und senkte sich, und er ballte die Hände zu Fäusten. »Gebt mir eine Waffe, und ich fange an Ort und Stelle damit an.«

»Hm«, machte Bogk und runzelte die Stirn. Auf sein faltiges Gesicht trat ein nachdenklicher Ausdruck. »Warum hast du den Jungen mitgenommen?«

Danil zuckte mit den Schultern. »Als Geisel. Falls wir aufgehalten werden.«

Bogk nickte. »Wir sind aber nicht aufgehalten worden. Es sieht also ganz danach aus, als hätte er seine Aufgabe erfüllt.«

»Was meinst du damit?«

»Dass er uns nur aufhält. Es ist noch ein langer Weg bis nach Süden, und wir können ihm nicht trauen.« Bogk zog sein Beil aus dem Gürtel und fuhr mit dem Zeigefinger über die Klinge. »Du kannst schon mal vorreiten, wenn dir das lieber ist.« Die Worte kamen so ruhig und gelassen aus seinem Mund, dass Danil einen Moment brauchte, bis er den Sinn verstand. Bogk packte den Jungen am Kragen und zog ihn mit müheloser Leichtigkeit von seinem Pferd.

»Warte!«, schrie Gissur und klammerte sich panisch an Bogks knotigen Unterarm.

»Worauf?«

»Die Priester. Ich ... ich weiß, wo sie leben.«

»So?« Bogk zog den Jungen so nah zu sich heran, dass sich ihre Nasen beinahe berührten. Er sog tief die Luft ein und kniff seine Augen zu schmalen Schlitzen zusammen. »Weißt du was? Ich glaube dir nicht. Ich glaube, du versuchst nur, dich herauszureden.«

»Nein, nein!« Panisch schüttelte Gissur den Kopf. Mit zitternder Hand deutete er nach Süden. »Die Hügel von Hellu. Ich kenne den Ort.« Seine Augen glitten zu Danil und dann zu dem schimmernden Axtblatt, das wie ein hungriger Raubvogel über seinem Kopf schwebte. »Ich bin dort schon einmal gewesen. Ich kann euch zu ihnen hinführen.«

Bogk antwortet nicht. Mit leichtem Schenkeldruck lenkte er sein Pferd von Danil fort und holte mit der Axt aus.

»Bogk!« Danils Hand fuhr zum Griff seines Schwerts. Die dunklen Augen des Waldmenschen richteten sich auf ihn, und Danil überkam das gleiche unheimliche Gefühl wie vor wenigen Tagen im Wald, als der alte Mann ihn an dem Opferstein überrascht hatte. Er musste sich zusammenreißen, um nicht zurückzuzucken. »Lass ihn los«, befahl er mit krächzender Stimme. »Sofort.« Sie starrten sich einen Moment lang an, dann nickte Bogk und senkte die Axt. Danil atmete erleichtert auf. »Es ist einen Versuch wert, nicht wahr?«

»Schon möglich.« Bogk zuckte mit den Achseln.

Danil nahm die Hand vom Griff seines Schwerts und rieb sich die Hände. »In Ordnung, Junge. Du zeigst uns den Weg, und wir verschonen Skolholt ... und du rettest deinem Vater damit das Leben.« Er schenkte Gissur ein schiefes Lächeln, das der Junge mit finsterem Blick erwiderte.

15

BESSERE ZEITEN

Es hatte eine ganze Weile gedauert, bis Emeri wieder erwacht war, und dann hatte Xari ihr genug Tropfen aus der Flasche verabreicht, um sie erneut schlafen zu schicken. Der verletzte Fährmann hatte sein Bewusstsein zwar ebenfalls wiedererlangt, lag jedoch seitdem schweigend im Schatten des Karrens und starrte auf den Urwald jenseits der Bootswand. Marten war nicht sicher, ob er wirklich begriffen hatte, was hier geschah. Dann waren sie auf ein weiteres Hindernis im Wasserlauf gestoßen, und Marten, Xari und der pockennarbige Fährmann hatten alle Hände voll zu tun, um nicht stecken zu bleiben.

»Ich hätte wirklich gedacht, dass dieser Fluss etwas besser zu befahren wäre«, hatte Marten geknurrt, als sie eine weitere Sandbank nur mit knapper Not passiert hatten.

Der Pockennarbige hatte etwas in der Sprache der Metis gemurmelt, das ein sehr derber Fluch gewesen sein musste. »Wir sind in der Dunkelheit falsch gefahren. Ein Nebenarm von *Gunboru*. Ist wie großes Spinnennetz hier. Nur aus Wasser.«

Gunboru, das war der Name des Flusses, der an Tiburone vorbei nach Norden führte, von der Südmeerküste nur getrennt durch die Hügelkette, auf deren sicheren Grund die Hauptstadt des Macouban errichtet worden war.

»Und das heißt?«

Der Fährmann hatte ihn düster angesehen. »Heißt, wenn wir Glück haben, bringt uns dieser Arm irgendwann wieder zurück auf den Fluss. Aber bis dahin sind wir hier nicht sicher.«

Tatsache. Ist das derselbe Grad an nicht-sicher, den wir hier eigentlich immer haben, oder eine besondere, neue Stufe von nicht-sicher? So etwas wie: Wir sind so gut wie erledigt nicht-sicher, oder eher: Es gibt Mücken hier, und trinkt nicht das Wasser nicht-sicher? Bei den verdammten Scheiß-Gruben, kann in diesem Land hier niemand mal klare Worte finden? Marten enthielt sich eines Kommentars und stakte stattdessen mit schmerzenden Muskeln weiter, den Rest des Tages und eine weitere Nacht.

Auch am nächsten Tag jedoch sah es nicht so aus, als würde sich der sich windende Wasserweg wieder in Richtung Hauptfluss bewegen. Eher im Gegenteil. Der Nebenarm des Flusses entleerte sich mehr und mehr in die Sumpfseen um sie und war inzwischen schmal genug, dass sich die Kronen der Bäume an beiden Ufern gelegentlich beinahe berührten und Schlingpflanzen bis auf die Wasseroberfläche hingen. Mehr als ein Dutzend Mal war es ihnen bislang gelungen, mit vereinten Kräften an einem gestürzten, halb versunkenen Baum vorbeizukommen, doch Marten war sich ziemlich sicher, dass ihr Glück nicht mehr lange halten würde. *Wenn man irgendwas an diesem Scheiß hier als Glück bezeichnen kann.*

»Baum!«, rief Xari von vorn. »Baum voraus. Das sieht nicht gut aus.«

Marten wechselte einen Blick mit dem Pockennarbigen.
»Was heißt ›sieht nicht gut aus‹?«, rief er zurück.

»Schaut selbst.«

Marten zog seine Ruderstange ein und ließ sie auf den Boden fallen, dann schob er sich an dem Wagen, der noch immer in der Mitte der Fähre vertäut war, vorbei. Xari stand mit verschränkten Armen im breiten Bug des Gefährts.

»Ich weiß nicht, wie ihr das seht«, sagte sie, ohne sich umzudrehen. »Aber ich glaube, unsere Glückssträhne hat uns verlassen.«

»Habe ich schon gesagt, dass ich es hasse, wenn ich immer recht habe?« Marten schniefte und wedelte eine Wolke Moskitos beiseite. Etwa hundert Meter vor ihnen war ein Hindernis hinter der nächsten Flussbiegung aufgetaucht. Das Wasser hatte die Wurzeln eines Urwaldriesen am Ufer unterspült, und nach dem Regen der vergangenen Tage hatte der durchweichte Boden schließlich nachgegeben. Der gewaltige Baum war gestürzt und hatte neben einem ganzen Abschnitt der Uferböschung auch zwei oder drei seiner Nachbarn mit in den Fluss gerissen. Das Gewirr aus geborstenen Stämmen und gesplitterten Ästen versperrte den Flussarm von einer Seite zur anderen und bildete ein Sieb, das stetig weiteres Treibgut aus der Strömung sammelte und zu dem entstehenden Damm hinzufügte. Treibgut, zu dem auch ihre Fähre gehörte.

Marten schnalzte mit der Zunge. »He, du«, wandte er sich an den Pockennarbigen. »Hast du eine Axt hier?«

Zweifelnd musterte der Fährmann das langsam näher kommende Hindernis. »Ich glaube nicht, dass da eine Axt hilft.«

»Nicht?« Marten blies die Backen auf. »Na gut, wenn du es sagst. Du bist der Fachmann.« Er nickte Xari zu. »Dann hast du recht. Ende der Fahrt.«

Hinter ihnen stand Emeri vom improvisierten Krankenlager im Schatten des Wagens auf und gesellte sich zu ihnen. Stumm betrachteten sie eine Weile den Fluss. »Und was jetzt?« Marten sah sie an. Ein Verband aus rotem, seidenartigem Stoff war straff um ihren linken Arm gewickelt, und dank der Farbe konnte er nicht erkennen, ob die dunklen Flecken darauf Blut, eine nässende Wunde oder doch nur Schweiß waren. »Wie geht es dir?«

Emeri fasste unwillkürlich nach ihrem Arm, winkte dann jedoch brüsk ab. »Ich lebe, und ich kann stehen, oder? Ich will wissen, was wir jetzt tun.«

Marten wechselte einen verstohlenen Blick mit Xari, die jedoch nur die Schultern hob. »Wir laufen«, beschied er schließlich. »In welcher Richtung kommen wir wohl am besten voran? Linkes oder rechtes Ufer?«

Xari sah in den Himmel, wo irgendwo zwischen den Baumkronen ab und an die Sonne hindurchblitzte. »Rechts kommen wir irgendwann an den Fluss«, sagte sie nachdenklich.

»Ist das gut?«

Der Fährmann zuckte mit den Schultern. »Wenn wir ein Boot haben.«

»Und ohne Boot?«

»Ohne Boot stecken wir früher oder später im Sumpf fest. Der *Gunboru* hat über weite Strecken kein richtiges Ufer.« Der Pockennarbige spuckte über die Bordwand in das bräunlich-grüne Wasser.

»Und falls wir ein Boot finden, bringt es uns zurück dorthin, wo wir angefangen haben«, stellte Xari fest. »Die Mündung des Flusses liegt etwa eine halbe Tagesreise westlich des Fürstenguts.«

»Das heißt, wir fahren im Kreis.«

Marten nickte.

»Und links?«

»Links kommt Wald«, setzte Emeri an.

»Ist nicht dein Ernst.«

Die Fürstentochter warf Marten einen finsteren Blick zu. »Allerdings beginnt dort nach einer Weile höheres Gelände. Felsiger Untergrund. Und irgendwo dort gibt es eine Straße, die von Gostin nach Tiburone führt, mit einer Abzweigung, die zur Küstenfähre unseres Guts läuft.«

Der Pockennarbige sah versonnen in den Wald. »Wir sind am größten Teil von Sumpf hier vorbei. Straße müsste nah sein, wenn wir höheren Grund erreichen. Folgt Rand von Sumpfland. Und an Straße liegen Dörfer. Ich weiß nicht genau, wo wir sind, aber wenn wir Straße finden, dann kann es nicht weit sein. Nicht mehr als halben Tag.«

Marten sah ihn verblüfft an. »Bist du sicher?«

Der Metis nickte. »Ich weiß nur nicht, in welcher Richtung«, fügte er hinzu.

Marten stieß langsam die Luft aus. »Links klingt trotzdem besser. Ich weiß nicht, wie ihr das seht, aber ich bin kein Freund von Sümpfen.«

»Fast das gesamte Macouban besteht aus Sümpfen«, merkte Emeri an.

»Jap. Sag ich doch.«

»Das ist meine Heimat, die du gerade schlechtmachst.«

Marten schnaubte bitter. »Ich mache gar nichts schlecht. Sie war schon so, als ich ankam.«

»Ich mag auch keine Sümpfe«, stellte der Pockennarbige langsam fest.

Marten zog die Brauen hoch. »Ich fange an, den Mann zu mögen. Also, linkes Ufer?«

Die Frauen hoben beide die Schultern und nickten. Ohne weitere Worte hob der Pockennarbige sein Ruder auf und ging zurück auf seinen Posten am hinteren Ende der Fähre. Das Hindernis vor ihnen war inzwischen deutlich näher gekommen. Trotzdem zögerte Marten. »Was ist mit …?« Er nickte in Richtung des provisorischen Krankenlagers. »Er kann nicht laufen, oder?« Es war eine reichlich überflüssige Frage, das konnte er selbst sehen. Der Mann war bereits seit Stunden wieder ohne Bewusstsein. Sein massiger Körper glänzte von Schweiß, und der Verband, den ihm Marten angelegt hatte, war dunkel vor Wundwasser und zog Fliegen an.

Die Fürstentochter sah ihn an, und dieses Mal lag keine Wut in ihrem Blick, sondern Besorgnis. »Wir müssen ihn irgendwie tragen. Er braucht Hilfe. Von einem richtigen Heiler, meine ich. Sein Fieber steigt. Wenn es so weitergeht, wird es schon ein halbes Wunder sein, wenn er diesen Tag überlebt.«

Marten sah auf den Mann hinab. Er war so aschfahl, dass man ihn hätte für tot halten können, wäre da nicht der stoßweise rasselnde Atem gewesen. »Armes Schwein«, murmelte er mehr zu sich selbst. »Vielleicht wäre er besser dran gewesen, wenn ihm das erspart geblieben wäre.« Er hob den Blick und musterte die sattgrüne Dunkelheit des Urwaldes. »Das wird kein Spaziergang.« Als er sich umwandte, sah er die Blicke der beiden Frauen auf sich ruhen. »Was denn? Ich habe nicht gesagt, dass wir ihn hierlassen sollen. Ich habe die verdammte Amputation nicht mitgemacht, um ihn jetzt hier verrotten zu lassen, wenn ich es verhindern kann. Davon abgesehen, dass dann das da ganz umsonst gewesen wäre.« Er deutete auf Emeris bandagierten Arm.

»Und ganz davon abgesehen, dass wir daran schuld sind,

dass er den Arm überhaupt verloren hat.« Emeris Gesichtsausdruck war nicht zu deuten.

Marten runzelte die Stirn. »Das«, sagte er leise, »darfst du nicht einmal denken. Keiner von uns ist schuld daran, dass diese Männer hier sind. Es ist Krieg. Ein Krieg gegen das Macouban und gegen Berun. Und weder du noch sonst jemand von uns kann etwas dafür. Sie folgen uns, ja. Aber nicht wegen etwas, das einer von uns getan hat.«

Xari sah ihn nachdenklich an. »Aber vielleicht wegen etwas, das der Kaiser unterlassen hat«, gab sie ebenso leise zurück. »Weil sie den Schutz nicht bieten, den er dem Macouban und seinem Volk schuldet.«

»Dann muss vielleicht jemand dafür sorgen, dass der Kaiser seine Schulden begleicht. Alles zu seiner Zeit. Zuerst kümmern wir uns um das, was wir tun können.«

Marten hatte es nicht für möglich gehalten, doch die Luft war nochmals schwüler geworden, als sie den Fluss verlassen hatten. Es stank nach Morast, Pilzen und Pflanzensäften. Wasser tropfte aus seinen Haaren, brannte in seinen Augen, lief ihm durch den Bart und troff in sein Hemd, das mittlerweile so nass war, als wäre er darin ins Wasser gesprungen. Wasser fiel in schweren Tropfen aus dem dämmrig grünen Blätterdach über ihnen, rann an den Stämmen der moosbewachsenen Bäume herab und verwandelte den Waldboden in einen tückischen Morast, der bei jedem Schritt hartnäckig an seinen Stiefeln saugte und drohte, ihn zu Fall zu bringen. Dass er das vordere Ende der Trage schleppte, auf der der fiebernde Metis lag, machte es nicht angenehmer. Sie waren jetzt bereits den zweiten Tag unterwegs, seit sie den Fluss verlassen hatten, und ihre Nacht unter den Wurzeln eines riesigen Baums war alles andere als erholsam gewesen, besonders, weil sich die beiden Frauen geweigert hatten, wenigstens ein kleines Feuer zu entzünden. Dass sie sich die Höhlung mit unzähligen Insekten hatten teilen müssen, hatte Martens Schlaf ebenfalls nicht gerade verbessert. Ebenso wenig wie Emeris trockener Rat einzuschlafen, weil er dann wenigstens im Schlaf sterbe, falls ihn eine der unzähligen Spinnen beiße. Und dann war da noch die nagende Frage, wie weit sie den Kolnorern in ihrem Nacken voraus waren. Denn dass diese Männer nach ihnen suchen würden, daran hegte Marten keinen Zweifel. Und die verlassene Fähre würde nicht zu übersehen sein. *Wir hätten das verdammte Ding versenken sollen.*

Erneut stolperte Marten und ließ sein Ende der Last beinahe fallen. Fluchend fing er sich und wankte weiter vorwärts, den beiden Frauen hinterher, die einem für ihn nicht erkennbaren Pfad durch das Dickicht zu folgen schienen.

Das hier, das war genau der Grund, warum er nie Interesse daran gehabt hatte, Tempelritter zu werden. Oder zumindest einer der Gründe; er hatte weder den Ordnungssinn, der den typischen Templer angeblich auszeichnete, noch die Begeisterung für das Bezwingen fremder Reiche. Sein Vater hatte in den wenigen Wochen, die er im Jahr in ihrem Haus in der Hauptstadt bei seiner Familie verbracht hatte, gern Abendgesellschaften abgehalten, bei denen er nie müde geworden war, vom Leben an den Grenzen des Reichs zu erzählen. Die Blicke der gelangweilten Hofdamen aus dem Kreis seiner Mutter hatten ebenso fasziniert an seinen Lippen gehangen wie ihrer Männer, wenn Elgast ad Sussetz davon berichtete, wie der neueste Feldzug gegen die Heiden in den Wäldern Lyttons verlaufen war. Oder wie die letzte strapazenreiche Expedition in die unwegsamen Bergregionen der Provinz Priban in einer glorreichen Schlacht gegen halb wilde Götterkinder die Gletscher am Rande der Welt mit Blut getränkt hatte. Elgast hatte von spartanischen Feldlagern berichtet, deren Entbehrungen ein Ritter gern durchstand, wenn am Ende ein weiterer verborgener Tempel der alten Götter in Schutt verwandelt werden konnte. Er hatte von den eisigen Nächten unter dem majestätischen Sternenzelt des Nordens geschwärmt, das in manchen Nächten in geheimnisvollen grünen Flammen stand, jenen Flammen, die der Legende nach loderten, seit die Reisenden den Sitz der Götter in Brand gesetzt hatten.

Vielleicht kam er gerade jetzt darauf, weil die Luft hier an den letzten Abend erinnerte, an dem er seinen Vater gesehen hatte.

Er war gerade dreizehn geworden, und der Sommertag war für die Kaiserstadt brütend heiß gewesen. Seit Tagen hatte sich kein Windhauch geregt, und die tote Luft, die wie eine fast sichtbare Glocke über der Stadt hing, hatte selbst bis hinauf an den Fuß der Kaiserlichen Festung nach unzähligen Formen der Verwesung und des Verfalls gestunken. Normalerweise lag das Haus ad Sussetz hoch genug über den schmutzigen Vierteln am Fuß des Bergs und weit genug vom Hafen entfernt, um von den Ausdünstungen der Straßen und dem Gestank des Hafenbeckens verschont zu bleiben. Doch an diesem Abend konnten nicht einmal die Zitrusblüte und die Rosen im kleinen Garten des Anwesens den Odem der alten Stadt vertreiben.

Die Familie hatte sich auf die Dachterrasse des Hauses zurückgezogen, deren Steine noch immer die Hitze des Tages abstrahlten. Dennoch standen die Chancen hier noch am besten, so etwas Ähnliches wie eine Abkühlung zu erleben. Die Luft war noch drückender als in den vergangenen Tagen.

Über dem offenen Meer am Horizont flackerte ein Wetterleuchten mit dem Versprechen eines baldigen Endes von Hitzewelle und Flaute, und damit auch von Elgast ad Sussetz' Warten. Der Tempelritter war einem neuen Einsatz zugeordnet worden, doch die Flotte, mit der er auslaufen sollte, lag, zum Warten verdammt, unten im Hafen fest.

Doch noch war das Unwetter nicht heran, und die Familie verbrachte einen weiteren Abend des unbehaglichen Beisammenseins. Unbehaglich, so schien es, vor allem für Marten. Er war sich nicht sicher, ob die Spannung, die zwischen seinen Eltern in der Luft lag, überhaupt jemand anderem bewusst war. Sicherlich nicht seinem Bruder, der ihren Vater wie stets vollkommen unvoreingenommen anhimmelte. Hardrad diente bereits als Knappe im Tempel der Reisenden und stand kurz vor seinem siebzehnten Geburtstag. Niemand bezweifelte, dass er schon im kommenden Jahr die Berufung zum Ritter des Ordens erhalten würde.

Und vielleicht nicht mal für seine Mutter, deren kühle Freundlichkeit damals noch nicht vollkommen verknöchert war. Das war erst nach der Nachricht vom Tod seines Vaters geschehen. Neben ihren Eltern war noch eine junge Amme anwesend gewesen, die die Wiege seiner Schwester im Auge behielt, während ihre Eltern die Gäste des Abends unterhielten. Diese bestanden vor allem aus Veltrin ad Geldaren, einem älteren Ritter und Freund des Hauses, der wie Elgast auf den Marschbefehl wartete, Veltrins Frau und einem weiteren, jüngeren Ritter mit hässlich vernarbtem Kiefer, dessen Namen Marten nicht verstanden hatte. Außer ihnen gab es noch die übliche Handvoll Höflinge, die so austauschbar wirkten, dass er sich nie die Mühe machte, sich auch nur ihre Gesichter zu merken.

»Ja, es stimmt«, hatte Elgast soeben auf die Frage einer der gesichtslosen Hofdamen geantwortet. Seine tiefe, klare Stimme war Marten noch bis heute unauslöschlich im Gedächtnis. »Die Einwohner des Priban hängen noch immer dem Glauben an ihre toten Götter an. Es ist bislang kaum auszurotten gewesen, doch kein Vergleich zu denen, die weiter südlich in den Sümpfen leben. Im Priban haben wir es nur mit Felsen und Bergen zu tun. Das Gebirge mag groß sein, doch man kann es sich Tal für Tal vornehmen. Irgendwann werden wir jeden Tempel und jeden Unterschlupf gefunden haben.«

Der Narbige hob zustimmend seinen Becher. »Und wenn wir den Tempel beseitigt haben, den unsere Späher im Frühjahr ermitteln konnten, wird kaum noch genug von dem Irrglauben dieser Ziegenhirten übrig sein, damit sich ein Widerstand gegen die Lehre erhalten kann.«

Veltrin, der älteste der Ritter, schüttelte zweifelnd den Kopf. »Das ist das Problem mit Ziegenhirten: Sie beten Steinhaufen an, wenn es sein muss. Ja, wir haben ihnen die großen Götter fast genommen, aber es wird noch Arbeit für Generationen von Rittern sein, ihnen auch die kleinen auszutreiben. Und noch südlicher, im Macouban?« Er winkte ab und nahm einen winzigen Schluck Wein. »Dort gibt es keine Täler, dort gibt es nichts Übersichtliches. Um dort den Irrglauben auszutreiben benötigt es keine Ritter, sondern eine Flut, die die ganzen von Fieber und Göttern verseuchten Sümpfe in die Tiefen des Meeres reißt. Und selbst das, meine Liebe, ist vielleicht nicht genug, denn wenn es stimmt, was man sich dort erzählt, dann glauben die Metis, dass ihre Götter im Meer selbst wohnen. Und das war sogar für die Reisenden unbezwingbar.«

»Dann hat es den Reisenden vielleicht nur an Entschlossenheit gemangelt«, warf der Narbige ein. Ein, zwei der Höflinge lachten, doch Elgast sah den Narbigen düster an. »Hüte deine Zunge, Ritter. Alle Entschlossenheit hilft nicht, wenn der Feind sich dort verbirgt, wo man ihn nicht zu erreichen vermag. Und wenn auch nur das Geringste an diesen Gerüchten ist, dann ist es vielleicht besser, diesen Landstrich seinem eigenen Verderben zu überlassen. Nichts Gutes kommt von dort, und nichts Gutes für das Reich wird daraus entspringen, wenn wir versuchen sollten, diesem verfluchten Landstrich mehr abzuringen, als er uns freiwillig gibt. Selbst der Kaiser hat eingesehen, dass es für ihn dort nichts zu gewinnen gibt.«

»Es bleibt doch aber die Frage, warum sich ausgerechnet die Metis so sehr gegen den Willen der Reisenden wehren«, warf der Narbige ein. »Es ist doch beinahe so, als hätten sie etwas zu ver…«

Veltrin wischte den Einwand beiseite. »Natürlich haben sie etwas zu verbergen. Ihre verdammten Götter. Sie sind primitive Kreaturen, die mit Zähnen und Klauen an Gedanken und Traditionen festhalten, die sie unterdrücken und unfrei machen. Sie schätzen sich glücklich und sind dabei nichts weiter als Sklaven ihres blödsinnigen Glaubens an höhere Wesen, deren Gesetzen und Regeln sie sich freiwillig unterwerfen. Darin liegt die wahre Macht ihrer Götter – oder vielmehr ihrer Priester: Das dumme Volk glauben zu lassen, sie seien etwas Besseres, zu glauben, dass sie die Wahrheit hochhielten bis zur Wiederkunft der Götter. Und genau das macht sie so gefährlich. Sie sind wie eine Infektion, wie eine schwärende Beule, dort in ihrem Seuchenpfuhl. Umso mehr, als es einer der Orte ist, an dem die verderbliche Macht des Agetsteins tief in den Knochen des Landes steckt. Man darf sie nicht ignorieren, sondern muss sie ausbrennen, wenn sich die Fäulnis nicht ausbreiten und auch das andere, bereits gesundete Fleisch erneut verderben soll. Ist es nicht der Wille der Reisenden, diese Seuche auszurotten?« Als niemand antwortete, nickte er. »Genau deshalb widerspreche ich euch, bei allem Respekt, Elgast. Wir können und dürfen dieses Land nicht sich selbst überlassen. Es wird der Tag kommen, an dem sich der Orden dieses Problems annehmen muss. Und wenn das heißt, den ganzen Sumpf trocken zu legen, um diese Wunde Beruns ein für alle Mal auszubrennen, dann wird auch das getan werden.«

Die Ritter hatten nachdenklich genickt, die Hofschranzen sowieso, und die Augen seines Bruders hatten geleuchtet. Das Werk der Reisenden fortzusetzen, indem er das tun konnte, was er ohnehin am liebsten tat: anderen seinen Willen aufzwingen. Natürlich war das ganz nach Hardrads Geschmack. Sein Bruder war ein Arschloch.

Vielleicht war es das Wetter an diesem Abend oder auch die Spannung, die sich vor dem herannahenden Gewitter in der Luft aufbaute, doch zum ersten Mal konnte der dreizehnjährige Marten nicht schweigen, wie es ihm in so einer Runde anstand. Noch bevor einer der Erwachsenen das Wort ergreifen konnte, wandte er sich an Veltrin: »Wenn die Reisenden die Götter im Macouban nicht bezwingen konnten, oder vielleicht auch nicht wollten, warum muss das der Orden? Ich meine, wenn Macouban so gefährlich ist, dass sie es nicht konnten, wieso sollten gewöhnliche Menschen das können? Und wenn sie es nicht wollten und der Kaiser nichts davon hat – warum müssen dann wir die Menschen dort von ihren Göttern abbringen?«

Sein Vater starrte ihn düster an, vermutlich zu gleichen Teilen erbost darüber, dass er die Worte des älteren Ritters infrage gestellt hatte, wie davon, dass er es überhaupt gewagt hatte, sich zu äußern. »Halt deinen Mund, Bursche, oder …«

»Weil diese Götter Berun für Hunderte von Jahren versklavt hatten, bevor die Reisenden sie vom Angesicht der Welt wischten, junger Knappe«, sagte Veltrin in jenem väterlich herablassenden Ton, den normalerweise Elgast gegenüber seinem jüngeren Sohn anschlug. Wäre das nicht der Fall gewesen, hätte Marten vielleicht wirklich geschwiegen.

»Wenn die Reisenden die Götter beseitigt haben, ist es dann nicht egal, was die Wilden dort machen?«

Jetzt verdüsterte sich auch das Gesicht des älteren Ritters.

»Du meinst also, du weißt es besser als der Orden, Bursche?«, schnappte er.

»Ich …«

»Elgast, dein Sohn lässt es deutlich an Respekt mangeln.«

Die Ohrfeige seines Vaters kam beinahe zu schnell für Marten, um ihr auszuweichen. Marten war auf den Beinen und auf dem Weg zur Treppe, bevor Elgast seinen massigen Körper aus dem Stuhl gestemmt hatte.

»Wirst du wohl stehen bleiben, wenn ich dich schlagen will!«, war das Letzte, was er von seinem Vater hörte.

Es sollte auch das Letzte sein, was er je von Elgast ad Sussetz hören würde. Marten hatte sich im Geräteschuppen des Gärtners versteckt, wie immer, wenn ihm Elgast oder Hardrad ans Leder wollten. Wenig später war das Gewitter über Berun hereingebrochen, hatte die Hitze und den Gestank vertrieben und die Flaute beendet. Als die Flotte des Kaisers am kommenden Morgen auslief, um Veltrin, Elgast und den Narbigen in Richtung Priban zu tragen, hatte Marten noch immer auf einem Stapel alter Rübensäcke geschlafen.

16

NICHTS ALS DIE WAHRHEIT

Als Sara den Kampfplatz betrat, zitterte sie am ganzen Körper. Verwirrung und Zorn weckten in ihr die widerstrebendsten Gefühle. Sie ballte die Hände zu Fäusten und biss die Zähne aufeinander. Sie entdeckte Thoren auf der gegenüberliegenden Seite des Platzes auf einem schweren Schlachtross, vom Kopf bis zu den Füßen in schwarzen Stahl gehüllt und mit einer Turnierlanze in der Hand. Mit beiläufigem Schenkeldruck lenkte er das Tier um einen Begrenzungspfosten herum und klappte das Visier nach unten. Das Pferd wieherte, schüttelte den massigen Kopf und setzte sich behäbig in Bewegung. Es hatte nichts Leichtfüßiges oder Elegantes an sich, als es lostrabte. Es schaukelte wie ein alter Kahn bei starkem Wellengang, und es brauchte eine halbe Ewigkeit, bis es Geschwindigkeit aufgenommen hatte. Doch als es schließlich über den Platz auf Sara zugaloppierte, vermittelte es den Eindruck, als würde keine Macht der Welt seinen Lauf wieder aufhalten können. Es warf den Kopf herum, die Hufe trommelten auf den Boden und ließen Schlamm aufspritzen. Thoren senkte die Lanze, die eiserne Spitze schimmerte fahl.

Ein blecherner Schlag. Krachend zersplitterte die Waffe an dem stählernen Schild einer Übungsfigur, die sich ächzend einmal um die eigene Achse drehte und mit ihrem hölzernen Arm nach dem Reiter schlug. Thoren duckte sich unter dem Schlag weg und zog hart an den Zügeln. Das Schlachtross wich schwerfällig zur Seite aus, verlangsamte sein Tempo und kam nur wenige Meter vor Sara schnaubend zum Stehen. Thoren ließ die zersplitterte Lanze zu Boden fallen und zog den Helm vom Kopf. Ein Diener eilte heran, und Thoren warf ihm den Helm zu und ließ sich beim Absteigen helfen.

Er warf Sara einen Seitenblick zu, den sie mit kaum unterdrücktem Zorn erwiderte. »Wie wäre es mit einem Übungskampf?«

»Wenn Ihr es wünscht«, gab sie zischend zurück. »Ein wenig Übung hat noch niemandem geschadet.«

»Kampfstab?«

»Richtige Waffen.« Wahllos riss sie ein Langschwert aus dem Waffenständer und marschierte an ihm vorbei auf die Mitte des Platzes. »Seid Ihr bereit?«

»In unseren Kreisen sollte man immer für einen Kampf bereit sein.«

»Offenbar auch für einen weisen Spruch ...«

»Auch das.« Thoren entschied sich für eine geringfügig kürzere, wuchtige Klinge und führte zwei lockere Schläge in die Luft aus. »Bist du ...?«

Sie wartete gar nicht erst ab, bis er in Position war. Mit einem Schrei sprang sie vor und ließ ihr Schwert auf ihn niederfahren. Er reagierte schneller, als sie gehofft hatte. Blitzschnell riss er seine Waffe in die Höhe, und die Klingen schlugen klirrend aufeinander. Ansatzlos revanchierte er sich mit einer Reihe schneller Schläge und Stiche, die sie Schritt für

Schritt rückwärts trieben. Schon nach kurzer Zeit bestimmte er den Kampf nach Belieben, stach zu, täuschte an und schlug Finten, während sie im Rückwärtsgang verteidigte, ohne auch nur eine Möglichkeit für einen Gegenangriff herauszuschlagen. Ihre Aktionen beschränkten sich gerade mal auf gelegentliche Antäuschungen von Stichen, die Thoren mühelos durchschaute und fast beiläufig ins Leere laufen ließ. Ihren nächsten verzweifelten Schlag fing er mit der Parierstange ab und riss ihr dabei fast das Schwert aus der Hand.

»Du bist nicht konzentriert bei der Sache. Wie willst du auf diese Art einen ernsthaften Kampf bestehen?«

»Glaubt Ihr nicht, dass ich es ernst meine? Ich weiß, wie man richtig kämpft. Ich habe bereits mehr als einen Menschen getötet.« Sie biss die Zähne zusammen, täuschte einen Hieb gegen seine rechte Seite an, um im nächsten Augenblick auf seine Füße zu zielen. Die Klinge kratzte über seinen Beinschutz, und er zog hastig den Fuß zurück. Knurrend trat sie nach seinem anderen Bein und erwischte ihn seitlich am Knie. Sie sah, wie Thoren das Gleichgewicht verlor, stieß einen triumphierenden Schrei aus und erkannte zu spät, dass er sie hinters Licht geführt hatte. Erschrocken riss sie ihr Schwert nach oben, aber sie kam zu spät. Thorens Klinge raste auf sie zu und traf sie heftig am Oberarm. Es war zwar nur die Breitseite, aber der Schmerz trieb ihr dennoch die Tränen in die Augen.

»Ein Zweikampf ist etwas anderes als eine Schlacht. Eine Schlacht überlebst du durch Glück und einen fähigen Feldherrn, aber einen Zweikampf gewinnt immer nur der Bessere.«

»Dämliches Gerede!« In hilfloser Wut schlug sie nach Thoren und erreichte dadurch nur, dass sie sich beinahe selbst an seiner Klinge aufspießte. Verzweifelt wehrte sie seinen Gegenangriff ab, sprang vor und vollführte eine Handvoll wilder Schwünge, die kaum mehr bewirkten, als ihr den Atem zu rauben und sie der Lächerlichkeit preiszugeben. Kreischend stach sie nach seinem Oberschenkel, und Thoren lenkte ihre Klinge zur Seite, trat zwei Schritte zurück und senkte das Schwert. Der besorgte Ausdruck auf seinem Gesicht verstärkte ihren Zorn nur noch mehr, und sie fletschte die Zähne. Sie spürte, wie eine Welle eisiger Kälte ihren Körper überspülte, und sah, wie die Konturen ihrer Hände verschwammen. Der Ausdruck in Thorens Gesicht veränderte sich schlagartig, und sie lachte auf. Diesmal kostete es sie keinerlei Mühe, sich unsichtbar zu machen, und das erschreckte und befügelte sie zugleich. Sie holte weit aus, und noch während Thoren hastig zurückwich, schwang sie das Schwert wie ein Holzfäller, der einen Baum fällen wollte.

Funkensprühend krachten die Klingen aufeinander. Einmal, zweimal, dann wich sie zur Seite aus und ließ Thoren ins Leere laufen. »Den Hinterhältigsten habt Ihr vergessen«, zischte sie und begann, ihn langsam zu umkreisen. »Am Ende gewinnt immer der Hinterhältigste. Das solltet Ihr eigentlich am besten wissen, Puppenspieler.« Sie lächelte, als Thorens Augen zur falschen Seite zuckten. Seine Klinge beschrieb unsichere kleine Kreise, und er wich wortlos Schritt für Schritt zurück. Für diese Situation hatte er offenbar keinen weisen Spruch mehr auf Lager. Sie lächelte.

Sie wartete, bis er ihr die Schulter zugedreht hatte, dann machte sie einen Schritt auf ihn zu und zielte auf seine ungeschützte Seite. Blitzschnell schlug sie zu und schrie im nächsten Augenblick erschrocken auf, als ihre Klinge an Thorens Parierstange hängen blieb. Mit einem Ruck zog er ihr den Griff aus den Händen, und als sie nachfassen wollte, trat er ihr die Beine unter dem Körper weg. Panisch ruderte sie mit den Armen, versuchte, sich irgendwo festzuklammern, und landete mit einem Aufschrei im Dreck.

Als sie sich nach einer Weile stöhnend auf den Rücken wälzte, blickte sie auf die Spitze von Thorens Schwert, die nur wenige Fingerbreit über ihrer Kehle schwebte.

»Deine Fähigkeiten werden von Tag zu Tag besser«, brummte der Puppenspieler. Der Kampf schien ihn nicht besonders mitgenommen zu haben, er atmete noch nicht einmal schneller. »Das allein nützt dir aber nichts.«

»Ihr hattet Glück.«

»Kein Glück.« Thoren deutete auf den schlammigen Boden, auf dem klar und deutlich ihre Fußabdrücke zu erkennen waren. »Ich habe dich die ganze Zeit gesehen und gehört. Ein guter Krieger kämpft nicht nur mit den Augen, sondern mit allen Sinnen.«

Sie funkelte ihn böse an. »Ihr seid wohl nie um eine Weisheit verlegen, was?«

»Ich gebe immer mein Bestes.«

»Dabei, die Menschen zu manipulieren? An Ihren Fäden zu ziehen?«

Thoren schaute sie einen Augenblick lang missmutig an. Er atmete tief durch. »Ich versuche, ein Kaiserreich zusammenzuhalten, Sara. Das ist keine einfache Sache.«

»Natürlich nicht. Man braucht willige Gehilfen dafür, nicht wahr?«

»Es schadet zumindest nicht.«

Sie schnaubte geringschätzig. »Ihr habt mich von Anfang an angelogen, Thoren. Ihr hattet niemals vor, mir bei der Suche nach Flynn Hasenfuß zu helfen. Ihr habt geglaubt, dass ich mich genauso gut mit Worten abspeisen lasse wie Danil und die anderen. Dass ich nach Eurer Pfeife tanzen würde, ohne Fragen zu stellen, ohne eine Gegenleistung zu verlangen. Wie ein Haushund, der seinem Herrchen hinterherrennt. Aber wisst Ihr was? Ich scheiße darauf. Ich scheiße auf Euch und auf Eure Intrigen.«

Thoren zog die Augenbrauen zusammen, und ein Schatten huschte über sein Gesicht. Seine Finger krampften sich so fest um den Griff des Schwerts, dass die Knöchel weiß hervortraten. »Was erlaubst du dir eigentlich?«, knurrte er durch zusammengebissene Zähne. »Ich habe dich aus dem Dreck gezogen, du undankbares Balg. Ich habe dir die einmalige Gelegenheit gegeben, etwas aus deinem jämmerlichen Leben zu machen, für eine großartige Sache zu kämpfen, statt anständigen Bürgern die Taschen leer zu räumen. Du solltest dankbar für diese Gnade sein!«

»Gnade?« Sie lachte bitter. »Der Narr hat mir erzählt, wer Ihr in Wirklichkeit seid. Es war keine Gnade, die Euch dazu gebracht hat, mir zu helfen. Es war eiskalte Berechnung, sonst nichts. Ihr habt meine Gabe erkannt und wolltet sie besitzen. Ihr seid keine Spur besser als Feyst Dreiauge und seine Söhne. Mit dem Unterschied, dass die wenigstens zugeben, Verbrecher zu sein.« Sie schlug mit geballter Faust auf den Boden ein und ließ Schlamm aufspritzen. »Ihr seid vielleicht der große Puppenspieler, aber die Puppen tanzen schon lange nicht mehr nach Euren Regeln. Weder Danil noch der Narr, und schon gar nicht ich. Ihr habt verloren, Henrey Thoren, Ihr seid ganz allein. Es gibt niemanden mehr, der die Drecksarbeit für Euch erledigt. Das Bühnenstück ist aus!«

Thoren sah sie eine ganze Weile mit versteinerter Miene an. Das von tiefen Furchen durchzogene Gesicht zeigte dabei keinerlei Regung. Erst nach einer halben Ewigkeit senkte er das Schwert und trat wortlos einen Schritt zurück.

Sara stemmte sich in die Höhe und warf ihm einen kalten Blick zu. Wenn sie ihn so ansah, kam ihr der hässliche Glatzkopf überhaupt nicht mehr wie ein hinterlistiger Puppenspieler vor, der alle Fäden in der Hand hielt. Eher wie ein zweitklassiger Taschenspieler, dem gerade vor versammeltem Publikum die gezinkten Würfel aus den Hemdsärmeln gefallen waren. Dabei konnte sie ihm noch nicht einmal die Schuld dafür geben, dass sie auf seine billigen Tricks hereingefallen war. Sie hätte von Anfang an wissen müssen, dass er nicht besser war als all die anderen Beruner, die nur auf ihren eigenen Vorteil bedacht waren und für die das Leben eines Menschen nur so viel Wert besaß, wie ihnen nützlich war. Sie wischte die schlammverschmierten Hände an den Hosenbeinen ab und wandte sich um. Ihre Narbe brannte wie die Hölle, und sie fand, dass das eigentlich ein gutes Zeichen war. Die Leute sagten schließlich, dass man aus Schaden klug wurde, und bei all den Dingen, die ihr widerfahren waren, musste sie in letzter Zeit ganz zwangsläufig ein verdammtes Genie geworden sein. Jetzt musste sie nur noch herausfinden, was sie damit anfangen sollte.

»Warte«, sagte Thoren.

Der Klang seiner Stimme ließ sie innehalten. Sie drehte sich nicht um, aber irgendetwas an seinem Tonfall zwang sie, stehen zu bleiben.

»Ich war einer von ihnen«, sagte Thoren leise. Die Worte kamen stockend, so als kostete es ihn eine ganze Menge Überwindung, sie herauszubringen. »Ein Ritter im Flammenschwertorden, meine ich. Sie haben alle die Gabe. Jeder von ihnen, und ich natürlich auch. Ich sehe den Fluch in anderen

Menschen – eine sehr nützliche Sache, wie du dir sicherlich denken kannst. Naevus wollte mich deswegen sogar zu seinem Nachfolger ernennen.«

»Naevus?«

»Der Erhabene. Er hatte viele Jahre lang die Geschicke des Ordens gelenkt, doch irgendwann wurde er von seinem Fluch zerstört, so wie es vielen mächtigen Rittern im Lauf der Zeit ergangen ist. Heute ist er nur noch ein Schatten seiner selbst, aber ich würde ihn dennoch als die böse Seele des Ordens bezeichnen. Naevus war vor Cajetan ad Hedin der Ordensfürst, und er war der wichtigste Berater unseres ehemaligen Kaisers. Ich war in dieser Zeit der Anführer seiner Kriegsknechte und erledigte die Drecksarbeit für die beiden …«

Sara drehte sich um. Thoren hob den Blick zu ihr und senkte ihn wieder, um auf seine schwieligen Hände hinunterzustarren. »Was ist passiert?«, fragte sie und musterte ihn mit zusammengekniffenen Augen.

»Ich habe die Seiten gewechselt. Ich bin in die Dienste der Kaiserin eingetreten.«

»Einfach so?«

Thoren zuckte mit den Schultern. »Ich hatte in meinem Leben mehr als genug Blut vergossen, und bis dahin hatte ich nie nach den Gründen gefragt. Hatte einfach nur getan, was mir von Naevus und dem Kaiser befohlen wurde. Harand war ein völlig anderer Mensch als sein Sohn. Er war ein jähzorniger und streitlustiger Mann, dem seine Ehre mehr bedeutete als alles andere. Naevus wusste das recht gut auszunutzen, um seine eigenen Ziele zu verfolgen. Er wollte den Einfluss des Flammenschwertordens weiter nach Norden ausweiten, also hetzte er den Kaiser auf die dumresischen Bauern. Halb verhungerte Männer und Frauen, deren verzweifelter Kampf um Gerechtigkeit ihm gerade gelegen kam, um in Lytton und Dumrese einzumarschieren. Unzählige Menschen mussten damals sterben, damit der Orden eine Handvoll Burgen errichten konnte und der Kaiser ein Bühnenstück bekam, das der Welt seine Heldenhaftigkeit und Größe bewies.«

»Der Dumresische Bauernaufstand«, sagte Sara leise. »Ich habe damals gelacht, als ich das Bühnenstück sah.«

Thoren nickte. »Ich hatte so viele Möglichkeiten, aber alles, was ich tat, war, wehrlose Menschen abzuschlachten. Und daran hätte sich wohl zeit meines Lebens nichts geändert, wenn Ann Revin mir nicht eines Tages die Augen geöffnet hätte. Ich habe ihr meine Treue geschworen, weil ich in meinem Leben endlich etwas Gutes tun wollte. Etwas Sinnvolles, vor dem ich mich auf meinem Sterbebett nicht ekeln würde.«

»Und weil Ihr der Kaiserin nah sein wolltet?«

Thoren blinzelte und blickte wieder auf seine Hände hinab. »Die Verbindung zwischen Harand und Ann Revin war von Anfang an eine rein politische Angelegenheit. Berun benötigte damals dringend Geld, um das marode Reich zusammenzuhalten, und Armitago befand sich schon seit längerer Zeit in einem Konflikt mit Cortenara. Was lag also näher, als ein Bündnis zwischen diesen beiden Adelshäusern?«

Sara nickte. »Ein Bündnis, das durch eine Heirat besiegelt wurde.«

»Und durch die Geburt eines Thronfolgers natürlich. Als der Kaiser seine ehelichen Pflichten erfüllt hatte und Edrik geboren war, ließ er seine damals erst fünfzehn Jahre alte Ehefrau allein im Kaiserpalast zurück und wandte sich wieder anderen Vergnügungen zu. Es ist nicht bloß ein Gerücht, dass er sich einmal quer durch das gesamte Kaiserreich gevögelt hat. Im Laufe seines Lebens hatte er Bastarde gezeugt wie Sand am Meer, und wenn der Orden nicht immer wieder hinter ihm aufgeräumt hätte, könnte heute der Großteil der Bevölkerung ein Anrecht auf den Thron geltend machen.«

»Und Ihr habt Euch in der Zwischenzeit um seine Frau gekümmert?«

Thorens Züge verhärteten sich. »Ann Revin ist eine Ehrenfrau. Sie widmet ihre Kräfte einzig und allein dem Wohl des Kaiserreichs. Ohne ihre Bemühungen wäre es schon längst in tausend Teile zerbrochen. Harands maßlose Feldzüge haben uns nichts anderes eingebracht als den Hass der halben Welt, und wenn Ann Revin nicht immer wieder die Wogen hinter diesem Trottel geglättet hätte, wäre Berun schon längst untergegangen. Um das zu verhindern, haben wir all die Jahre gekämpft. Das ist der einzige Grund, warum ich Menschen wie dich gesucht habe, nichts anderes. Ich habe es für Ann Revin getan. Und für Berun.« Er ballte die Hände zu Fäusten und sah für einen Augenblick so aus, als würde er am liebsten etwas zerschlagen. Doch dann ließ er die Schultern hängen und schüttelte traurig den Kopf. »Es war falsch von mir, dich auszunutzen. Aber ich war verzweifelt. Es geschehen Dinge in Berun, die wir nicht verstehen. An allen Ecken und Enden rumort es. Gerüchte machen die Runde, zuerst im Macouban, und jetzt auch im Rest des Kaiserreichs. Im Osten sammelt der kolnorische König seine Truppen, im Norden rebellieren die Anhänger der toten Götter, und im Westen bedrängt uns der Novenische Städtebund. Für den Kaiser mögen diese Ereignisse nicht zusammenhängen, aber Ann Revin und ich sind uns sicher, dass etwas geschehen wird. Wir wissen nur beim besten Willen nicht, was!«

»Mit anderen Worten: Ihr steckt bis zum Hals in der Scheiße und habt keine Ahnung, aus wessen Arsch sie kommt.«

Thoren verzog das Gesicht. »So kann man es natürlich auch ausdrücken.«

»Aber Ihr seid viel zu stolz gewesen, um mich einfach um Hilfe zu bitten.«

»Ich wusste nicht, ob ich dir trauen konnte.«

»Und das, obwohl der Narr in meinen Kopf gekrochen ist und mich für dumm genug befunden hat?«

»Ich wusste ja auch nicht, ob ich dem Narren trauen konnte«, Thoren breitete in einer hilflosen Geste die Hände aus, »und wie es aussieht, hatte ich damit recht behalten.«

Sara winkte geringschätzig ab. »Der Narr steht auf Männer und versucht nur, den Kaiser zu beschützen. Er hat nichts mit dieser Verschwörung zu tun. Wenn Ihr nicht in jeder Ecke einen Verräter vermutet hättet, wärt Ihr längst von allein darauf gekommen.«

Thoren runzelte die Stirn. »Der ...?«

»Der Narr ist nicht Euer Problem. Euer eigentliches Problem ist, dass Ihr keine Ahnung habt, wo Ihr den Hebel ansetzen sollt. Dabei liegt die Lösung auf der Hand. Die einzige Person, von der Ihr wisst, dass sie mit der ganzen Sache etwas zu tun hat, ist zufällig auch dieselbe, nach der ich suche ...«

»Feyst Dreiauge.«

»Das habt Ihr gut erkannt. Wenn wir an ihn herankommen, haben wir vielleicht eine Spur.«

Zweifelnd schaute Thoren sie an. »Und wenn nicht?«

Sara zuckte mit den Schultern. »Dann haben wir nichts verloren. So einfach ist das.«

Nachdenklich legte Thoren die Stirn in Falten. Er warf einen Blick in den Himmel, an dem sich dunkelgraue Wolken zusammenzuballen begannen. »Wenn es so einfach ist, wie du sagst, kannst du mir sicherlich auch verraten, wie du an ihn herankommen willst. Der letzte Versuch ist, wie du weißt, fehlgeschlagen, und diesmal wird Dreiauge noch mehr auf der Hut sein.«

»Ich habe eine Idee, wie ich ihn diesmal ganz sicher aus seinem Loch hervorlocke.« Das entsprach zwar nicht ganz der Wahrheit, aber es bestand zumindest eine gewisse Möglichkeit. Jedenfalls, wenn alles klappte. Also wenn das Wetter mitspielte und Feyst Dreiauge und alle sonstigen Beteiligten. Wenn niemand von denen die Nerven verlor und keine unvorhergesehenen Dinge geschahen. Alles in allem war die Chance also verschwindend gering, dass ihr Plan Erfolg haben würde, aber es war allemal besser, als die Hände in den Schoß zu legen und dabei zuzuschauen, wie alles vor die Hunde ging.

»Was schwebt dir vor?«, fragte Thoren.

»Etwa ein halbes Dutzend gewissenlose Kriegsknechte sollten genügen.«

Thoren nickte langsam. »Das sollte das geringste Problem sein. Es wäre bedeutend schwieriger, einen Kriegsknecht aufzutreiben, der noch über ein intaktes Gewissen verfügt.«

»Die wären völlig fehl am Platz«, sagte Sara und hob ihr Schwert vom Boden auf. Sie wischte die Klinge an ihrem Ärmel sauber und begutachtete sie von allen Seiten. »Eine Kleinigkeit zu essen sollten wir noch auftreiben – und einen gemeinsamen alten Freund, der sich sicherlich freuen wird, endlich mal wieder an die frische Luft zu kommen.«

17

FÜNFZEHN JAHRE

Wie ich es jedem Dorf sage«, verkündete Theyn Bront Halvor laut und in einem so schwer akzentuierten Berunisch, dass es Alaunar in den Ohren schmerzte, »wir können das einfach gestalten, und ich werde euch als gute Untertanen Beruns betrachten. Oder ihr könnt es euch selbst schwer machen. Dann werden wir euch als Feinde des Kaisers ansehen und mit diesem primitiven Saustall hier verfahren, wie es einer derartigen Ansammlung von verlausten Wilden gebührt.«

Die Bewohner des Dorfs starrten ihn düster an. Sie alle knieten auf dem durchweichten Platz, der zwischen dem Haupthaus der Ansiedlung und dem schlammigen Karrenpfad lag, den die Einheimischen hier als Straße bezeichneten. Eine der wichtigsten Straßen des Macouban, wenn Alaunar das richtig verstanden hatte. In anderen Gegenden hätte diese traurige Schneise im Wald nicht einmal als Forstweg gegolten. Es waren kaum mehr als drei Dutzend Menschen, die im Schlamm vor Bront knieten, davon allein zehn Kinder und Kleinkinder, die sich verängstigt an ihre schmuddeligen Mütter drückten, und fünf oder sechs Greise, die in seinen Augen so austauschbar elend aussahen, dass er sich nicht die Mühe machte, ihr Geschlecht erraten zu wollen. Der Rest bestand vor allem aus Weibern unterschiedlichen Alters und ein paar sehnigen kleinen Männern mit schlechten Zähnen. Um sie herum stand etwa die doppelte Anzahl von Männern des Theyns mit schussbereiten Armbrüsten. Die Waffen lagen locker in den Händen der Männer und waren nicht direkt auf die Metis gerichtet, doch selbst ein Idiot wäre nicht auf die Idee gekommen, sich zu rühren. Alaunar wusste, dass mindestens fünfzig weitere Männer um sie herum die Straße und den Wald im Auge behielten, während der Rest von Bronts kleiner Armee das tat, was sie am besten konnte: jedes Gebäude des Weilers durchkämmen, Vorräte und alles, was ihnen irgendwie von Wert erschien, einsammeln, und alles an Haustieren zusammentreiben, was sie finden konnten.

Niemand sprach ein Wort, und so waren die einzigen Geräusche jene, die die Plünderer in Beruner Farben machten, und das wütende Kläffen eines halben Dutzends struppiger Dorfhunde, die in einem Zwinger tobten, ohne dass ihnen jemand Beachtung schenkte. Schließlich fuhr der Theyn fort – ein klein wenig enttäuscht, wie es schien. »Der einfache Weg«, er hob demonstrativ einen Finger, »ist: Ihr bringt uns alles Blaustein, das ihr hier habt. Und wenn ich alles sage, dann meine ich alles.« Er trat ein paar Schritte nach vorn und sah auf eine alte Frau hinab, deren fahlbraune Haut von der Sonne in unzählige Falten gebacken war. »Versucht gar nicht erst, uns zu erzählen, dass ihr nichts habt. Ihr glaubt gar nicht, wie oft wir das in den vergangenen Wochen gehört haben. Wir haben nichts. Das ist alles. Wir schwören bei den Reisenden, dass wir nicht mehr davon haben. Und so weiter.

Und am Ende kommt doch immer noch etwas zusammen. Nur dass wir bis dahin einigen Leuten wehtun mussten. Sogar Kindern.« Er sah sich um und seufzte. »Vor einer Weile hat es gereicht, ein paar Hütten anzuzünden, aber seit eure Scheiß-Regenzeit angefangen hat, dauert mir das zu lange. Man sollte glauben, wer hier wohnt, hat gelernt, wenigstens wasserdichte Hütten zu bauen, aber das könnt ihr offensichtlich genauso wenig wie lügen.« Er sah wieder auf die alte Frau hinab. »Also – was sagst du?«

Die Greisin antwortete nicht, sondern starrte nur weiter vor sich hin, ihr zerfurchtes Gesicht so reglos wie eine Maske. »Hm.« Bronts Tonfall änderte sich nicht, als er sein Schwert zog. »Ich mag es nicht, wenn ich Fragen stelle und ignoriert werde. Wo ich herkomme, gilt das als unhöflich.« Er legte den Kopf schief, bevor er seine Klinge durch den Nacken der Alten trieb. »Andererseits – vermutlich war sie einfach so alt, dass sie mich nicht mehr hören konnte.«

Mit der Verzögerung des Schocks ging ein entsetztes Einatmen durch die Gruppe der Gefangenen, und eines der Kinder schluchzte auf. »Ihr müsst mir nicht danken. Das war sicherlich eine Erlösung für alle von euch. Sie eingeschlossen.«

»Sie hat Euch nicht verstanden!«, protestierte eine der jüngeren Frauen. »Sie sprach kein Berunisch!«

Bront runzelte die Stirn. »Das ist natürlich unglücklich. Da sieht man es mal wieder – Wissen kann Leben retten.« Mit einer beiläufigen Geste stach er der Frau das Schwert durch die Brust. »Genauso, wie zu wissen, wann man den Mund halten sollte und wann nicht. Ich habe sie nicht gefragt, und es war keine Antwort auf meine Frage.« Er zog sein Schwert langsam aus der Wunde, und die Frau glitt mit leisem Röcheln zu Boden. Ihr Zucken ließ langsam nach. Er deutete mit der

Klinge auf die nächste Frau, die wimmernd zusammenschrak.
»Du. Sprichst du unsere Sprache?«

Die Frau, beinahe noch ein Mädchen, nickte eilig.

»Na also.« Der Theyn stellte zufrieden sein Schwert ab und stützte sich auf das Heft. »Selbe Frage. Hast du verstanden, was wir wollen?«

Wieder das hastige Nicken, und Bront winkte zufrieden seiner Assistentin zu.

Gleve trat neben ihn und ließ einen ledernen Sack vor die zitternde Metis fallen. »Dann nimm dir drei Helfer und fang an einzusammeln. Der Kaiser braucht eure uneingeschränkte Unterstützung und jedes verkackte Bröckchen Blaustein, das ihr habt. Der Rest von euch bleibt hier und wartet mit Ungeduld darauf, dass ihr fertig werdet. Also husch, husch. Bevor ich anfange, mich zu langweilen. Oh – und«, er hob einen Finger, als die Metis hastig auf die Füße kam, »jemand von euch Affen, der meine Sprache spricht, soll gefälligst herkommen und uns etwas zu trinken anbieten.« Tadelnd schüttelte er den Kopf, dann nickte er Gleve zu. »Und findet mir ein Schwein und steckt es auf einen Spieß. Was ist das nur in diesem Land, dass sich niemand um Gastfreundschaft Gedanken macht?«

»Die Leute sind es gewohnt, dass man sie nicht einkesselt, zusammentreibt und im Dreck knien lässt, bevor man sich auf die Gastfreundschaft beruft«, sagte Oloare ohne erkennbare Regung in der Stimme. Sie stand ein wenig hinter Alaunar und hatte sich die Kapuze ihres Regenumhangs tief ins Gesicht gezogen, selbst wenn der Himmel seine Schleusen gerade geschlossen hielt.

»Sag ich doch – was ist nur mit diesem Land los? Hört euch das an – selbst die Hunde sind irrsinnig.« Der Theyn deutete zwischen die Hütten, wo die Hunde des Dorfs wüteten, ohne sich jedoch an die Männer heranzuwagen. Es waren nur noch die vorsichtigen übrig. Die Leichen der mutigeren lagen zerhackt auf dem Dorfplatz und der Straße. Theyn Bront grinste Oloare an, bevor er ihr und Alaunar mit einem Wink gebot, ihm zu folgen. Einige der Männer hatten ein paar Flechtstühle aus einem der Häuser herbeigeschafft und unter dem niedrigen Vordach des Haupthauses aufgestellt. Bront stapfte hinauf auf die Veranda und ließ sich mit einem Ächzen in den Korbsessel fallen. »Seht Ihr, Oloare, das ist der schöne Teil an dem Spiel, das wir hier aufführen. Wir sind Berun.« Er klopfte sich auf den Harnisch. »Berun führt sich auf wie der Haufen mörderischer Barbaren und selbstgerechter Arschlöcher, der sie sind, bringt ein paar der Leute in jedem Dorf um und bestiehlt und beleidigt den Rest. Und siehe, schon wieder ein Dorf, in dem der Kaiser mehr als nur ein wenig unerwünscht ist. Das Beste daran aber ist, dass wir in der Zwischenzeit mit dem Besten versorgt werden, was dieses Land zu bieten hat, und nebenbei zu mehr Blaustein kommen, als wir uns je erhofft hätten. Wir werden reich, meine Beste.« Er lehnte sein Schwert an seinen Sessel und legte die Stiefel auf den hölzernen Handlauf. »Götter, werde ich froh sein, wenn wir Gostin erreicht haben und dieser Albtraum hier ein Ende hat.«

Alaunar und seine Schwester ließen sich auf zwei der anderen Stühle im Schatten nieder. »Ich kann sehen, wie das dem Plan nützt«, sagte Oloare, und noch immer lag kein Gefühl in ihrer Stimme. »Wie viel Blaustein habt Ihr im Moment?«

Bront zuckte nachlässig mit den Schultern. »Wenn ich ehrlich bin – keine Ahnung. Zwei, drei Säcke sicherlich.«

»Etwas über eineinhalb«, warf Gleve ein.

Der Theyn runzelte misstrauisch die Stirn, doch seine rothaarige Leibwächterin hob nur die Brauen. »Wir haben fünf ... hatten fünf Männer mit Talenten, Euren Bruder mitgezählt, Oloare. Nicht eingerechnet der eine oder andere Fährtensucher aus den Reihen der Einheimischen, und ihr könnt euch kaum vorstellen, wie schnell manche Leute sich durch unsere Vorräte fressen. Vigglud und Bladik besonders. Ich fürchte, Theyn, Vigglud frisst das Zeug inzwischen so.«

Bront verzog das Gesicht. Er sah Oloare missgestimmt an. »Mereik war meine fünfte Talentierte, aber sie hat's mit dem Blaustein übertrieben und hat sich im Rausch von irgendwas im Sumpf fressen lassen. Irgendwas Großes mit Fangarmen und zu vielen Zähnen.«

»Ein *Paqualho*.« Oloare nickte. »Aget scheint für sie eine Delikatesse zu sein«, erklärte sie ihrem Bruder. »Aber dort, wo wir von hier aus hingehen, müssen wir uns keine Sorgen um sie machen. Sie leben nur in den Sümpfen und Flussläufen östlich von hier. Ab hier wird das Gelände felsiger.«

Der Theyn, der sich soeben einen Weinschlauch reichen ließ, sah sie zwischen zwei Zügen von der Seite an. »Und wo genau gehen wir hin?«

Oloare schob ihre Kapuze zurück und sah Bront spöttisch an. »Dorthin, wo wir erwartet werden. Alles andere werdet Ihr erfahren, wenn es nötig und an der Zeit ist.« Sie wurde ernst. »Aber vielleicht sollten wir uns von jetzt an nicht mehr mit jedem Weiler aufhalten. Es wird langsam Zeit, uns auf unser Treffen vorzubereiten.«

Bront nahm einen letzten Schluck und gab den Schlauch an Gleve weiter. »Ich habe mehr als hundertfünfzig Mann zu versorgen«, sagte er gleichmütig. »Die ernähren sich nicht von selbst. Außerdem werden sie unruhig, wenn sie sich mehr als ein paar Tage mit niemandem schlagen dürfen. Das liegt uns im Blut.«

Alaunar schnaubte. »Ich habe es für Übertreibung gehalten«, sagte er vor sich hin, »aber das stimmt tatsächlich. Sie sind wie Hunde.«

»Hunde sind edle Tiere«, stimmte der Theyn zu und hob einen Finger, um auf das anhaltende Gebell hinzuweisen. »Zumindest jene, die wissen, wer das Rudel führt.«

Oloare zuckte mit den Schultern. »Es wird Zeit, Euer Rudel zu verkleinern. Wo wir hinmüssen, könnt Ihr nicht mit so vielen Männern gehen.«

Bront runzelte die Brauen. »Jedenfalls werde ich nicht ohne sie irgendwohin gehen«, knurrte er.

Die Heilerin seufzte. »Ich sage nicht, dass Ihr ohne Männer gehen sollt. Das würde das ganze Unterfangen unsinnig machen. Aber wir schaffen es nicht rechtzeitig an unser Ziel, wenn wir euren kompletten Tross mit uns schleppen. Außerdem wird die Anwesenheit des Kolno auch in Gostin benötigt, vergesst das nicht. Kommt ihr dorthin zu spät, könnten die Söldner auf dumme Gedanken kommen.«

Die nachdenklichen Falten auf der Stirn des Theyn vertieften sich. »Das war nicht der Plan ...«, stellte er vorsichtig fest.

»Pläne ändern sich. Ich kann euch nur raten, mich rechtzeitig an den Treffpunkt zu bringen, sonst werdet ihr die Unterstützung der Huacoun verlieren, und ich bin mir ganz und gar nicht sicher, dass ihr Gostin dann noch einnehmen werdet. Oder halten könntet.«

Der Kolnorer verzog das Gesicht. »Was schlagt ihr vor?«, brummte er unwirsch.

»Dreißig Mann. Nehmt eine Quartere und sendet den Rest

nach Gostin. Eine Quartere kann sich schneller bewegen, und sie reicht, um uns an unser Ziel zu bringen und vor den Gefahren zu schützen, die auf dem Weg liegen. Wir können es von hier aus in zwei Tagen schaffen, wenn wir nicht noch mehr Zeit verlieren. Wir sollten jedoch damit rechnen, dass uns dieses Land mehr Zeit kostet als das, und wir haben nur noch vier Tage bis zu unserem Treffen.«

»Dann weiß ich nicht, warum du dich so aufregst, Weib. Wir haben doch bewiesen, dass wir schnell sind.«

»Ein anderer Vorteil wäre, dass deine übrigen Männer dann bereitstehen, wenn sie in Gostin gebraucht werden«, fügte Oloare kühl hinzu, und Alaunar hörte ziemlich deutlich heraus, dass seine Schwester Bronts abfälligen Tonfall nicht überhört hatte. Eilig schritt er ein. »Dreißig Mann erscheinen mir vollkommen ausreichend, Theyn. Wir hätten diese Reise mit weniger bewältigen können – und wenn auch nur die Hälfte von dem stimmt, was man über die Huacoun erzählt, dann würden Euch auch weitere zweihundert Männer nichts nützen, wenn ihr sie verärgert. Sendet Gleve mit dem Rest nach Gostin und lasst sie dafür sorgen, dass alles für Eure Ankunft vorbereitet ist.«

Der Theyn sah zwischen den Geschwistern hin und her. Er wirkte noch immer nicht überzeugt. »Sei es, wie es ist, aber wir müssen ohnehin noch irgendwo hier auf Vigglud und seine Leute warten. Bladik hat einen seiner Käfer geschickt. Sie sind also ganz in der Nähe.«

Oloare horchte auf. »Das heißt, sie haben ihren Auftrag ausgeführt?«

»Das will ich ihnen geraten haben«, knurrte Bront düster. »Sollten sie es sonst wagen zurückzukehren, dann …«, er stockte, »dann dürft ihr euch einen Bonus verdienen.«

Alaunar fing Oloares fragenden Blick auf und nickte. »Für interessante Gegner bezahlt er mich extra. Und Vigglud ist einer der stärkeren Talentierten, die ich bisher gesehen habe. Für einen Kolnorer gänzlich ungewöhnlich.«

»Ich freue mich darauf, seine Bekanntschaft zu machen.« Der weiße Schatten schüttelte den Kopf. »Tust du nicht. Du kannst Leute wie ihn nicht ausstehen. Vertrau mir.«

»Wenn du es sagst. Also gut, rasten wir.« Sie nickte Bront zu. »Aber nicht lange. Die Gezeiten dürfen uns nicht den Weg abschneiden. Glaubt mir, Theyn: Ihr wollt die Götter nicht warten lassen. Nicht diese.«

Bront schnaubte. »Du hast – wie lange auf sie gewartet? Fünfzehn Jahre? Und dann können die sich nicht ein paar Stunden gedulden?«

Oloare strich ihr cremefarbenes Kleid glatt und richtete sich hoch auf. »Ich warte bereits mein ganzes Leben lang auf sie. Und nein, wir können sie nicht warten lassen. Wenn Ihr Ihre Unterstützung wollt, dann solltet ihr dafür sorgen, dass ich dort bin.«

Bront starrte sie an. Dann lachte er auf. »Ein paar Stunden. Das ist in Ordnung. Zeit für ein Schwein und ein Weib. Gleve, such mir etwas Geeignetes raus und lass sie mir in diese Hütte bringen. Hauptsache, Ihr geht mir nicht verloren, Oloare.« Er wandte sich ab. »Und jetzt bring irgendjemand diese Köter zum Schweigen!«

Die Wundheilerin warf einen letzten Blick auf die kniende Dorfbevölkerung, dann verließ sie den Dorfplatz.

Alaunar folgte ihr. »Du glaubst, dass sie Götter sind?«

Auf Oloares Stirn tauchte eine winzige Falte auf. »Spielt das eine Rolle? Wir warten schon zu lange auf sie, um uns gerade jetzt Gedanken darum zu machen, oder? *Ich* warte schon zu lange. Sie werden unsere Geduld belohnen. Du kennst die Lehren.«

Alaunar zuckte unbestimmt mit den Schultern. »Die Lehren. Du kennst mich – ich war noch nie so überzeugt davon. Aber hey, solange es gut belohnt wird, dürfen sie von mir aus Götter sein.«

»Du hast keine Prinzipien.«

Alaunar schnalzte mit der Zunge. »Ich habe jede Menge davon. Es sind nur nicht deine. Aber was mich interessiert – du glaubst wirklich, dass sie den Kolnorern geben, was sie wollen?« Er sah sich unwillkürlich um. Inzwischen hatten sie den Dorfplatz verlassen und gingen auf die Stallungen zu, und keiner der Kriegsknechte war zu sehen.

»Die Kolnorer unterscheiden sich im Grunde kaum von den Berunern. Beide gefallen sich in der Rolle der Herrscher der Welt, und für ein wenig mehr Macht, ein wenig mehr Land und viel mehr Geld kann man alles von ihnen kaufen. Einschließlich sie selbst. Gib ihnen Titel, Orden und Glitzerzeug, nicht zu vergessen Ruhm und pathetische Reden sowie das Gefühl, den anderen überlegen zu sein, und sie werden sich mit Freude darauf stürzen. Wenn das Kolno also das Land hier will – ja, ich glaube, sie werden es den Kolnorern überlassen. Was dem Kolno hilft, schwächt Berun, und damit ist allen geholfen. Außer Berun natürlich. Aber die hatten ihren Spaß.«

»Hm.« Alaunar sah nachdenklich aus. »Und du bist sicher, dass es diesen Ort gibt?«

Seine Schwester nickte. »Ich war dort.«

Ihr Bruder sah sie verblüfft an. »Du warst …?«

»Nicht darin. Ich habe ihn nicht betreten; das ist Sache der Götter. Glaub mir, der Ort ist gut verborgen und bewacht. Ich habe beinahe zehn Jahre gebraucht, um ihn zu finden.«

Alaunar leckte sich über die plötzlich trockenen Lippen. »Und?«

»Nach dem, was ich gesehen habe, lohnt es sich, dafür den Kolnorern bei ihrem Krieg zu helfen. Es würde sich sogar lohnen, einen Krieg dafür anzufangen.« Oloare betrachtete die Hunde, die sich gerade außerhalb der Reichweite von Alaunars Waffe hielten. Dann hockte sie sich langsam nieder und streckte eine geschlossene Hand aus. Ein struppiger schwarzer Köter kam zögerlich näher, die Lefzen so hoch gezogen, dass sämtliche Zähne frei lagen. Er ließ die beiden Geschwister nicht aus den Augen, und ein unentwegtes Grollen stieg aus seinem Hals auf, bereit, sich bei der geringsten Bewegung Oloares wieder in ein wütendes Kläffen zu verwandeln. Dennoch trieb ihn die Neugier unerbittlich vorwärts.

»Sie sind tatsächlich wie Hunde, die Kolnorer. Stinkend, laut, voller Wut, voller Angst und Neugier. Stecken ihre Nasen in Dinge, die sie nichts angehen, pissen auf alles, was sie als ihr Eigen betrachten, und kuschen doch am Ende des Tages vor dem nächstbesten Stärkeren. Nur im Rudel sind sie stark. Allein kläffen sie nur, zeigen die Zähne und lassen sich doch verführen, wenn man nur Stärke zeigt.« Langsam, ohne die Augen von dem schwarzen Hund zu nehmen, schob sie sich einen kleinen Kristall zwischen die Zähne und zerkaute ihn sorgfältig. Schließlich erschauderte sie und atmete tief durch.

»Im Moment mag er der Leithund hier sein, aber ich hoffe, dein kolnorischer Herr ist sich darüber bewusst, dass man die, die da kommen, wirklich nicht warten lässt. Wenn er ihren Zorn auf uns zieht, werde ich ihn persönlich zum Schweigen bringen.« Sie öffnete die Hand, und der Hund stieß in Erwartung einer Leckerei instinktiv seine Schnauze in die Handfläche. Oloares Finger schlossen sich darüber, noch bevor das Tier zurückzucken konnte, und wo ihre Spitzen über die Lefzen strichen, verschmolzen deren Ränder und versiegelten das Maul des Tiers, in dessen Augen jetzt nackte Panik trat. Oloare packte es mit plötzlich eisernem Griff im Nacken und zwang es auf den Boden, ohne auf seine verzweifelt kratzenden Krallen zu achten. »Ich hasse das sinnlose Gekläffe der Hunde. Es ist nur Lärm, und Lärm bedeutet Ärger.«

Alaunar verschränkte die Arme und sah seiner Schwester wortlos zu, wie sie jetzt den Hund losließ. Das Maul des Tiers war inzwischen komplett zugeschmolzen, und mit ersticktem Winseln begann es, sich die Lefzen blutig zu kratzen. *Lärm bedeutet Ärger.* Er hätte es nicht besser formulieren können. Dennoch war etwas Unheimliches an der Art, mit der sie sich Stille verschaffte. Er würde mit einem offenen Auge schlafen. Sicher war sicher.

»He, Sabra! Schläfst du?«

Noch ehe Marten reagieren konnte, rempelte er gegen Xari, strauchelte, und dieses Mal ließ er sein Ende der Trage wirklich fallen. Der Fiebernde stöhnte auf, und Xari funkelte ihn böse an. »Reiß dich gefälligst zusammen«, zischte sie.

»Mein Bein schmerzt«, murrte Marten nicht zum ersten Mal.

Die Metis verdrehte die Augen. »Dem da fehlt der Arm, und er jammert weniger als du.«

»Das könnte daran liegen, dass du ihm die Tropfen gibst.« Marten massierte sich demonstrativ den Oberschenkel.

»Wenn du dein Bein verlierst, gebe ich dir auch welche«, sagte Emeri.

Erst jetzt bemerkte Marten, dass sie den Waldrand erreicht hatten – oder zumindest den Rand einer größeren Lichtung. Beinahe unmittelbar vor ihnen hatte irgendjemand ein Feld von gut mannshohen Gewächsen in ordentlichen Reihen gepflanzt, hinter dem mehrere dünne Rauchfahnen aufstiegen. Irgendwo bellte aufgeregt ein Hund.

»Oh. Wir sind da?«

Emeri sah ihn düster an. »Wir sind irgendwo, ja. Hoffentlich bei einem der Weiler an der großen Straße, und wenn wir Glück haben ...«

»Große Straße? Im Ernst?«

Die Fürstentochter verdrehte die Augen. »Es ist eine Straße. Und sie ist die größte in diesem Teil des Macouban, zwischen Tiburone und Gostin. Wie sollte man sie sonst nennen?«

Marten sah hinauf in das dunkle Blätterdach und nickte langsam. »Grüne Straße wäre wohl zu wenig aussagekräftig hier. Ich sehe, was du meinst. Aber ich hätte erwartet, dass einer der Herrscher sie nach sich benennt.«

»In Berun vielleicht. Die Herrscher des Macouban sind nicht so hoffärtig.«

Marten sah sie zweifelnd an. »Wenn du es sagst ... Und warum stehen wir immer noch hier? Braucht der Mann nicht einen Heiler?« Er deutete auf die Trage, deren anderes Ende der Pockennarbige jetzt abgesetzt hatte, um seine Schultern zu massieren.

»Die Hunde«, sagte Xari nachdenklich und hob einen Finger.

Marten runzelte die Stirn und lauschte. Die Metis hatte recht. Es war nicht nur ein Hund, inzwischen bellten mehrere Tiere durcheinander. Jetzt, da er darauf achtete, konnte er außerdem mehrere Stimmen ausmachen, das Klirren eines zerbrechenden Tongefäßes und ersticktes Schluchzen, so als würde jemand wenig erfolglos gegen Tränen ankämpfen. Eine Männerstimme brüllte etwas, doch sie war zu weit entfernt, um etwas zu verstehen. Eine zweite antwortete, nicht eben freundlicher.

Für einen Moment lauschten sie stumm.

»Familienstreit? Schlechter Zeitpunkt? Sollen wir später wiederkommen?«

Diesmal schossen ihm beide Frauen einen Blick zu. Emeri stellte der Metis leise eine Frage, die Marten nicht verstand, und Xari antwortete in derselben Sprache, die Marten bisher nur gehört hatte, wenn sich die Metis-Bediensteten des Fürsten untereinander unterhielten. Emeri sprach den Dialekt der Einheimischen ebenfalls?

»Was ist?«

»Es sieht eher so aus, als kämen wir zu spät.«

Inzwischen hatten die Stimmen eine Lautstärke erreicht, bei der Marten einzelne Streiter unterscheiden konnte. Auch die Hunde hatten ihr Gebell zu einem wütenden Geifern gesteigert. »Ihr wollt wirklich … ich meine, sie klingen nicht gerade wie in der Stimmung, irgendwelchen Fremden auszuhelfen. Mehr danach, sie umzubringen.«

»Da könntest du richtigliegen«, sagte Xari leise. Dann straffte sie die Schultern. »Das ändert aber nichts daran, dass Prahit Hilfe braucht. Wenn es nicht schon zu spät ist.«

Prahit? Marten brauchte einen Moment, bis ihm klar wurde, dass das der Name des fiebernden Metis sein musste. Seltsam eigentlich, dass er sich bis jetzt keine Gedanken darüber gemacht hatte, wie der Mann heißen mochte. Jemand, der ihretwegen in diesem Zustand war. Er räusperte sich. »Natürlich. Aber ich würde trotzdem vorschlagen, zuerst nachzusehen, was dort vor sich geht. Ich meine, falls das mehr ist als ein Streit unter Nachbarn.«

Emeri wechselte noch einen Blick mit Xari, dann nickte sie. »Vielleicht ist das nicht die schlechteste deiner Ideen. Ich werde …«

»Nein«, unterbrach Xari bestimmt. »Ich gehe. Ibril wird mich begleiten. Wir sind Metis – ihr beide seid ein wenig zu hell für die Ereignisse der letzten Tage. Zu … Berun.«

»Aber ich bin die *Vairani*«, setzte Emeri an, doch dieses Mal war es Marten, der sie unterbrach: »Sie hat recht. Du hast zwar auch recht, keine Frage, aber wer weiß das schon? Wer außer uns?« Er hob die Hand, bevor Emeri etwas sagen konnte. »Ja, du bist die *Vairani* – wobei ich immer noch dankbar wäre, wenn mir irgendwann vielleicht jemand erklären könnte, was das eigentlich bedeutet –, aber das ist eine Sache für Metis. Du weißt nicht, ob sie hier nicht schon Besuch von falschen Berunern hatten. Und wenn, dann sind unsere Gesichter das Letzte, was sie sehen wollen.«

»Das gilt auch für Siedlungen, die Besuch von echten hatten«, murmelte Xari. »Emeri, er hat recht. Ihr beide bleibt hier. Wir sehen uns an, was dort vorgeht, und bringen so schnell wie möglich Hilfe.«

»Xari«, die Metis hatte sich schon abgewandt, doch Marten hielt sie zurück. »Seid vorsichtig, in Ordnung?«

»Vorsicht? Das ist nicht meine Stärke, Sabra.« Sie warf Marten ein kurzes Lächeln zu, das ihm das Blut in die Ohren schießen ließ, dann nickte sie dem Pockennarbigen zu, und zusammen verschwanden sie auf einem schmalen Pfad in Richtung Dorf, während Emeri ihnen mit finsteren Blicken hinterhersah.

315

Marten musterte Emeris Rücken in dem verdreckten Kleid. Sie hatte in diesem Moment alles Mädchenhafte verloren; mit ihrer hoch aufgerichteten, steifen Haltung erinnerte sie ihn mehr denn je an ihre Mutter. Sie war nicht nur irgendeine religiöse Führerin irgendwelcher Eingeborener, wurde ihm in diesem Moment bewusst. Emeri war darüber hinaus jetzt das einzige weibliche Mitglied der Fürstenfamilie dieser Provinz und damit direkte Verbündete des Kaiserhauses. Er beschützte sie nicht nur, weil es richtig war, nicht nur, weil er ihr sein Leben schuldete. Diesen Teil konnte man vielleicht sogar als beglichen ansehen. Aber er hatte als Schwertmann einen Eid vor den Reisenden abgelegt, die Kaiserliche Familie und ihre Vertrauten zu schützen. Notfalls mit seinem Leben. Gut, er war kein Schwertmann mehr – aber entband ihn das von seinem Eid? Marten sah auf den fiebrigen Mann zu seinen Füßen, der erneut das Bewusstsein verloren hatte. Irgendetwas stimmte nicht. »Emeri«, er deutete auf die Trage, »fass mit an. Lass uns den Mann vom Weg schaffen. Ich würde ihn gern dort drüben unter dem Gebüsch verborgen wissen, nur falls ...«

Als er ein leises Knacken hörte, stockte er. »Falls es nötig sein sollte, unauffällig zu sein.« Er schob sein Schwertgehänge beiseite und lockerte dabei die Klinge in der Scheide. »Fass bitte an.«

Gemeinsam zerrten sie den Verwundeten zu einem nahen, dichten Gebüsch. Als Emeri schließlich ihr Ende der Trage absetzte, war er sich sicher. Ohne Rücksicht auf den Verwundeten ließ Marten los und sich selbst auf ein Knie fallen. Noch in derselben Bewegung riss er sein Schwert heraus, gerade rechtzeitig, um die Klinge des Mannes abzulenken, der im Schatten auf sie gewartet hatte. Der Angriff war plump; der

Mann war sich sicher gewesen, nicht verfehlen zu können. Da Marten nun schon mal auf einem Knie war, rammte er dem Kerl die Faust in den Schritt. Der Kerl klappte zusammen, und Marten nutzte den Schwung und ließ das Gesicht des Mannes auf sein Knie krachen. Der zweite Angreifer hatte eine schnelle Auffassungsgabe. Er bremste wesentlich früher und konnte es so gerade noch verhindern, in den Rückschwung von Martens Schwert zu laufen. Ein Fluch entfuhr ihm. Er warf sich beiseite, doch das Gebüsch geriet ihm in den Weg, und der nächste Hieb Martens erwischte ihn so hart auf dem Panzer, dass der sich weit genug nach innen bog, um seine Rippen zu quetschen. Seinen Ausruf verstand Marten nicht, doch dass der Landsknecht an ihm vorbeisah, warnte ihn. Er warf sich nach vorn in den Morast zu Füßen des Mannes, und der Bolzen, der mit Sicherheit für ihn gedacht war, schlug mit einem dumpfen *Klunk* in die Brust seines Gegners. Marten wirbelte herum und warf das Einzige, was zur Hand war, nach dem Schützen. Schwerter waren nicht zum Werfen gedacht, doch auf diese kurze Entfernung war Wucht alles, was er brauchte. Das Schwert prallte gegen den Armbrustschützen, der zu spät versuchte, das Wurfgeschoss abzuwehren. Der Griff prallte auf den Kopf des Mannes und ließ ihn zurücktaumeln. Marten griff sich das Schwert des ersten Angreifers und stemmte sich hoch. »Emeri, das ist eine Falle, das sind die Kolnorer! Sie sind ... ach bei den verkackten Gruben – im Ernst?«

Zwei weitere Kriegsknechte standen hinter Emeri, und beide hatten ihre Armbrüste auf ihn gerichtet. Ein schlanker, blasser Mann hatte die Haare an Emeris Hinterkopf gepackt und hielt ihr ein Messer an den Hals. Aus einer dünnen Schnittwunde quollen ein paar vereinzelte dunkle Blutstropfen. »Wir sind was?«, erkundigte sich der Mann ruhig.

»... bereits hier«, beendete Marten seinen Satz lahm.

»Und das ist ein Glück.« Der Blasse warf den Kriegsknechten neben sich einen verächtlichen Blick zu. »Wer weiß, wie das hier sonst noch ausgegangen wäre. Also, was haben wir denn hier?« Er bog Emeris Kopf nach hinten und musterte sie interessiert. »Keine Metis, auch wenn du dreckig genug für zwei bist. Zwei Eimer Wasser könnten ein hübsches Ding zum Vorschein kommen lassen. Ich fürchte, das könnte Theyn Bront gefallen.« Er sah Marten an, der noch immer unschlüssig dastand, das nutzlose Schwert halb erhoben. »Lass das Ding fallen, bevor noch jemand verletzt wird und uns das allen leidtut.« Marten sah an sich hinab, dann öffnete er widerstrebend die Hand, und das Schwert klatschte dumpf in den Schlamm.

Der Blasse nickte. »Eine gute Entscheidung. Du bist ebenfalls kein Metis. Deiner Aussprache nach zu urteilen, bist du ... aus Berun? Du siehst nicht aus wie ein Kriegsknecht, aber du hast nicht das erste Mal gekämpft. Gleich gegen drei, und das mit Bravour. Also, was bist du? Ein Glücksritter oder von Stand?«

»Das ist eine sehr gute Frage.« Die Frauenstimme hinter ihm ließ Marten zusammenfahren, und Emeris Augen weiteten sich. »Oloare!«

»Oloare?«, wiederholte er ungläubig den Ausruf der Fürstentochter. *Was bei den verschissenen Reisenden ...?*

Von links trat die hochaufgeschossene Heilkundige des Fürstenhauses in sein Blickfeld. Er hatte sie erst vor wenigen Tagen das letzte Mal gesehen, auf dem Fürstengut Baradeno, am Morgen, bevor er Fürstin Imara vorgestellt worden war, vor jener chaotischen Neujahrsnacht, als alles in die Gruben gefahren war. Damals hatte Oloare ein ganz ähnliches Kleid getragen wie jetzt: schlicht, hochgeschlossen und makellos, und doch wirkte sie so verändert, dass er sie beinahe nicht wiedererkannt hätte. Ihre kontrollierte Zurückhaltung, die jeder Hofdame Beruns gut zu Gesicht gestanden hätte, war verschwunden. Sie hatte einer offen zur Schau getragenen Abscheu Platz gemacht, und die dunklen Augen hatten einen seltsamen Glanz, der Marten einen kalten Schauer über den Rücken trieb.

Die Heilerin der Fürstin musterte sie ohne Regung, zuerst Emeri, dann Marten. Erst jetzt fiel Marten auf, dass der blasse Mann ihr so ähnlich sah, dass es Marten nicht gewundert hätte zu erfahren, dass er der Zwilling Oloares wäre. Schließlich wandte sie sich den Kriegsknechten zu. »Wo habt ihr die hier aufgetrieben?«

Der schnauzbärtige Armbrustträger hinter Emeri klang verunsichert. »Sie haben versucht, sich hier zu verstecken, als wir sie entdeckt haben, Dame. Ihr kennt diese Leute?«

Eine feine, senkrechte Falte erschien zwischen Oloares Augenbrauen. Sie antwortete nicht sofort. Die Pause wurde sogar so lang, dass der blasse Mann hinter Emeri sich ihr ebenfalls mit fragendem Blick zuwandte. Schließlich jedoch nickte sie kaum merklich. »Ja, ich kenne sie.«

Marten stellte fest, dass er die Luft angehalten hatte, und atmete vorsichtig aus.

Dennoch richtete Oloare den Blick wieder auf ihn. »Ihr habt versucht, euch hier zu verstecken? Wie unerwartet. Und auch noch selbstlos gegenüber einem Krüppel. Wer ist der Mann?«

Emeri richtete sich auf. »Er hat uns das Leben gerettet. Jetzt suchen wir jemanden, der seines rettet. Oloare, was tun Sie hier?«

Die Heilerin sah sie nicht einmal an, als sie antwortete: »Wir werden sehen. Vielleicht rette ich euer Leben. Das hängt ganz von euch ab. Und der erste Schritt dazu ist, dass ihr jetzt den Mund haltet.«

Emeri wirkte, als würde sie widersprechen wollen, doch Marten kam ihr eilig zuvor: »Verstanden! Wir wollen wirklich ...«

Der blasse Kerl hob eine Augenbraue, und Marten verschluckte den Rest. »Verstanden«, wiederholte er stattdessen lahm.

Oloare nickte. »Gut«, stellte sie fest und wandte sich an die Landsknechte. »Ich übernehme diese Gefangenen und benachrichtige den Theyn, wenn es euch recht ist.«

»Nun, eigentlich ...«

»Es ist euch doch recht, oder?«, warf der blasse Mann ein, und seine Stimme klang eine Spur schärfer. »Dann könntet ihr euch nämlich eher um eure Verwundeten kümmern. Bevor der Theyn davon erfährt. Geht mir aus den Augen.«

Sein Ton zeigte Wirkung. Der Schnauzbärtige würgte lediglich ein »Selbstverständlich. Danke, Herre« hervor und senkte die Armbrust. Er winkte seinem Kameraden, und zusammen zerrten sie den benommenen dritten Schützen auf die Füße, dessen Auge bereits zugeschwollen war und sich schwarz zu verfärben begann. Nicht ohne Marten allerdings einen vernichtenden Blick zuzuwerfen.

Jetzt war es an Marten, die Stirn zu runzeln. Der Blasse war sehnig und trug ein gutes Schwert an seiner Seite, aber eigentlich wirkte er nicht wie jemand, vor dem zwei Männer mit schussbereiten Waffen so einfach die Schwänze einzogen. Umso mehr, als der Kerl keine Beruner Rüstung trug. Sein geölter Lederbrustpanzer mit den kunstvollen Prägeornamenten war ebenfalls wesentlich teurer als die zweckmäßig schlichten Harnische der Kriegsknechte und stammte vermutlich irgendwo aus dem Novenischen. Der Mann sah so wenig nach Söldner aus, dass Marten nur zu einem Schluss kam: gedungener Mörder.

Als die Kriegsknechte endlich ihre glücklosen Kumpane eingesammelt und sich zurückgezogen hatten, schob der Blasse Emeri von sich und steckte das Messer ein. Marten entging jedoch nicht, dass seine Hand auf dem Heft seines Schwerts liegen blieb. »Also gut, was machen wir jetzt mit euch? Ich vermute, ihr wollt euren Kumpanen nicht hier liegen lassen. Also heb ihn auf und bewegt euch.« Die Stimme des Blassen war leise und so unbekümmert, als seien sie zu einem Spaziergang verabredet. Das war vermutlich das Alarmierendste an ihm, und Marten nickte. Mit zusammengebissenen Zähnen zerrte er den Verwundeten zurück auf die Trage. Das arme Schwein hatte Glück. Er hatte schon wieder das Bewusstsein verloren.

Emeri jedoch konnte sich offensichtlich nicht mit der Aussage zufriedengeben. Sie betastete ihren Hals und funkelte den Blassen mörderisch an, bevor sie sich Oloare zuwandte. »Sie wissen genau, was ich gemeint habe, Oloare! Sie sind die Heilkundige des Fürstenhauses Antreno – und jetzt sind sie hier im Bund mit Kolnorern, die sich gegen Berun und das Macouban verschworen haben! Warum?«

»Ihr wisst, dass sie Kolnorer sind? Vielleicht bist du doch nicht so tumb, wie ich dachte, Kind.« Oloare sah mit milder Verächtlichkeit auf die junge Frau herab. »Aber du liegst falsch. Sie haben sich nicht gegen das Macouban verschworen. Was hier geschieht, ist *für* das Macouban. Gegen Berun? Natürlich. Es wird Zeit, dass das Macouban Beruns Fesseln abstreift. Und dabei brauchen wir Hilfe von Freunden. Der Fürst ist schwach, und selbst wenn der Kaiser das ebenfalls ist, so wären wir allein wohl weitere hundert Jahre unter den Pranken der Beruner Löwen.«

Emeri bebte vor Zorn. »Diese Freunde haben die Fürstin getötet!«, schrie sie Oloare entgegen. »Sie haben den Neujahrsmond in ein Blutbad verwandelt und versucht, mich zu ermorden!«

»Tatsächlich?«

Marten war verblüfft, nicht mehr als beiläufiges Interesse auf dem Gesicht der Heilkundigen zu sehen. Andererseits – was hatte er erwartet? Sie war hier, und die Kolnorer schienen sich ihrem Befehl zu beugen. Oder zumindest der Anwesenheit ihres Bruders. Der Blasse musste wirklich gut sein. Die Kolnorer standen nicht gerade im Ruf, sich von einem einfachen Totschläger beeindrucken zu lassen. Nach allem, was Marten gehört hatte, waren die Kolnorer ein ganzes Volk von Totschlägern.

»Imara ist tot? Das ist unglücklich und nicht im Sinne der Sache. Schwachköpfe.« Sie sah ihren Bruder düster an. »Es gab klare, wirklich klare Bedingungen für meine Zusammenarbeit, Alaunar. Das erschwert alles. Unnötig.«

»Was soll das heißen?« Emeris Augen wurden noch eine Spur größer. »Sie wissen davon?«

»Natürlich wusste sie davon. Sie ist hier«, murmelte Marten und zog damit die Aufmerksamkeit der Heilkundigen abermals auf sich.

»Weißt du, Berun, ich habe mich mehrfach gefragt, warum ich meine Zeit damit verschwende, dich von den Toten zurückzuholen. Es sieht ganz danach aus, als wüsste ich es jetzt.« Ein schmales Lächeln erschien in ihren Mundwinkeln, doch es taugte nicht dazu, Oloare auch nur im Geringsten freundlicher zu machen. »Vielleicht war es doch Duambe, der Fischgott dieser Wilden, der dafür gesorgt hat, dass du hier angespült wirst. Möglicherweise hat es tatsächlich einen Nutzen gehabt, dich zusammenzuflicken. Auch wenn du mir auf dem Gut entkommen bist. Wie eigentlich?« Sie sah ihn nachdenklich an, dann jedoch hellte sich ihr Blick auf. »Ja doch. Natürlich. Emeris lästige Zofe. Sie hat ein Auge auf dich geworfen. Sie war es sicherlich, die dich gewarnt hat. Wo ist sie eigentlich? Ich hätte erwartet, sie bei euch zu sehen.«

Marten lief es abermals kalt über den Rücken, doch er zuckte mit den Schultern. Fieberhaft dachte er nach. Tatsächlich war es eine gute Frage: Wo waren Xari und der Pockennarbige? Hatte man sie ebenfalls bereits erwischt? In diesem Fall wären sie wirklich in den Gruben. Nicht nur bis zum Hals wie jetzt, sondern deutlich über die Oberkante der Unterlippe. Aber wenn nicht – er ertappte sich dabei, wie er die beinahe schulterhoch bewachsenen Felder neben dem Pfad musterte, und senkte den Blick. Falls Xari noch nicht entdeckt war, gab es keinen Grund, dass er es war, der sie verriet. »Wir wurden getrennt. Sie ... hat einen anderen Weg genommen. Was weiß denn ich.«

Oloare wirkte nicht vollständig überzeugt, doch Emeri schnappte: »Ist sie denn nicht bei euch? Das Miststück hat versucht, mich zu hintergehen und Marten von mir zu entfernen! Jetzt wird mir einiges klar. Sie arbeitet für euch, richtig?«

Die Heilkundige starrte Emeri an, dann lachte sie leise auf. »Für mich? Nein. Wobei ich mich gerade frage, ob das nicht vielleicht sogar eine gute Idee gewesen wäre.«

Der Blasse wandte den Blick nicht von Marten ab. »Sie lügen«, stellte er nüchtern fest.

Oloare zuckte mit den Schultern. »Natürlich. Die kleine Metisdienerin hat eine ganz besondere Gabe, und ich denke, dass sie Marten damit ins Bett gezogen hat, wofür du sie in den Sumpf gejagt hast, richtig?« Sie schnaubte abschätzig. »Sei's drum. Glück für sie. Jedenfalls«, sie wandte sich wieder an Marten, »du hast mir etwas in die Hand gegeben, das diese Schwachköpfe aus dem Kolno mir genommen haben, als sie Imara töteten. Ich denke, ich werde dieses Geschenk annehmen.«

Der Blasse sah Imara fragend an. »Diese beiden hier – sind sie wichtig?«

»Geduld, Alaunar. Geduld. Ich glaube, die Götter des Macouban sind mit uns.«

Ihr Bruder schnaubte. »Erzähl mir nicht, dass du daran glaubst.«

»Natürlich nicht. Sie sind ein müdes Abbild wirklicher Götter. Ein Wunschbild von etwas, das sie einst hatten. Aber was will man von diesen Wilden auch anderes erwarten.«

»Das wirst du bereuen, Oloare«, zischte Emeri. Für einen Augenblick sah sie aus, als würde sie sich auf Oloare stürzen wollen, und Marten packte schnell ihr Handgelenk. Nicht, weil sie der Heilkundigen irgendetwas tun konnte, aber er war sich sicher, dass der Blasse sie stoppen würde. Schmerzhaft. Emeri blickte auf seine Hand hinunter und schüttelte ihn dann mit mühsam beherrschter Wut ab.

Oloare sah ihnen immer noch mit fast unbewegter Miene zu. »Hebt den Mann auf oder lasst ihn liegen. Es ist mir gleich. Aber folgt mir jetzt und strapaziert nicht weiter meine Geduld. Wenn ich anfange, es zu bereuen, wirst du es als Erste spüren, Mädchen. Ich stelle euch jetzt dem Herrn des

Macouban vor. Es liegt also in meiner Hand, wie euer Schicksal von hier aus aussieht. Daran solltet ihr denken.«

»Fürst Antreno ist in diese Verschwörung eingeweiht?«, fragte Marten verblüfft.

Oloare schnaubte. »Antreno? Das Haus Antreno ist Geschichte, auch wenn es sich noch nicht überall herumgesprochen hat. Ihr werdet gleich Theyn Halvor begegnen, dem neuen Herrn dieses Landes. Er hat eine etwas zweifelhafte Persönlichkeit und eine Vorliebe für junge Mädchen. Du dürftest genau seinem Geschmack entsprechen. Also hütet eure Zungen und lasst mich reden, wenn ihr nicht gefragt werdet, wenn euch euer Leben lieb ist.«

»Er hat nicht einmal halb so viel Geduld wie meine Schwester«, fügte Alaunar mit leiser Stimme hinzu. »Und noch deutlich weniger Liebe für alles aus Berun. Er hat drei Söhne an den Kaiser verloren. Aus irgendeinem Grund nimmt er das persönlich.«

18

NATTERN UND SCHWERTFISCHE

Es war noch mitten in der Nacht, und die Gänge hinter den Kerkermauern lagen dunkel und verlassen vor ihnen. Ihre Schritte hallten unnatürlich laut auf dem kalten Steinboden wider, als sie die Treppen zu den abgeschiedensten Gewölben hinunterstiegen. Ein übler Gestank nach Moder und Verwesung schlug ihnen entgegen. Sara presste den Ärmel dicht gegen Mund und Nase und musste sich dennoch zusammenreißen, um sich nicht zu übergeben. Sie fragte sich, wie Thoren diesen Gestank so gelassen ertragen konnte, aber vermutlich war er einfach nur daran gewöhnt.

Die schwer bewaffneten Wachen stellten keine Fragen. Lediglich ihre finsteren Blicke folgten ihrem Weg den langen Gang hinunter, in dessen Wände rechts und links im Abstand von vier bis fünf Schritten schwere, eisenbeschlagene Türen eingelassen waren.

Hinter jeder Tür ein Schicksal. Manchmal zu Recht, gelegentlich wohl auch völlig unverschuldet. Am Ende machte es hier unten keinen Unterschied. Wer einmal hinter diesen Mauern angekommen war, der kehrte in den meisten Fällen nicht mehr zurück. Das hier war die finsterste Seite Beruns. Der Preis für das friedliche Leben in den Städten und auf den Straßen des Kaiserreichs.

Ihr Ziel war die Zelle am hintersten Ende des Gangs. Dort, wo niemals das Sonnenlicht hinunterdrang und wo das einzige Zeichen von Leben der Schimmel war, der die Wände überwucherte. Es war ein erbärmliches Loch, kaum groß genug, um darin herumzulaufen, und sicherlich nicht die angemessene Unterkunft für einen Mann von edlem Blut. Der Wächter schlug krachend die Tür hinter ihnen ins Schloss, und Thoren steckte die Fackel in eine Halterung an der Wand.

Der ehemals stattliche Mann, der vor ihnen im Dreck kauerte, war jetzt so dürr und ausgemergelt, dass die Haut in schmutzigen Lappen von ihm herunterhing. Die lockige Haarpracht war ihm bis auf vereinzelte strohige Büschel vollständig ausgefallen, und seine Arme und Beine waren von eitrigen Geschwüren übersät. Beinahe empfand Sara so etwas wie Mitleid mit dieser erbärmlichen Kreatur. Allerdings nur beinahe. Sie ging vor ihm in die Hocke und berührte ihn leicht an der Schulter. »Ihr seht krank aus, Beltran ad Iago. Aber das wisst Ihr wohl selbst am besten. Es liegt an der schlechten Ernährung. Straßenkinder sehen manchmal so aus, oder die Sklaven in den Städten des Macouban, wenn ihre Besitzer sie verhungern lassen.«

Der macoubanische Botschafter drehte den Kopf. Er blinzelte und schien Mühe zu haben, sich zu orientieren. »Helfen Sie mir«, krächzte er und streckte die Hand nach ihr aus. Die schwere Kette um sein Fußgelenk rasselte leise. »Zeigen Sie Erbarmen. Ich tue alles, was Sie wollen!«

Wortlos blickte Sara ihn an. Wie furchtbar gewöhnlich

doch selbst der größte Mann mit einem Mal erschien, wenn man ihn seiner Kleidung beraubte und in ein stinkendes Kellerloch steckte. Sie drehte das Gesicht so ins Licht der Fackel, dass er ihre Züge besser erkennen konnte und vor allem die wulstige Narbe sah, die sich wie ein Wurm über ihre linke Gesichtshälfte zog. Er musterte sie einen Augenblick lang mit zusammengekniffenen Augen, dann sog er scharf die Luft ein und fuhr zurück. »Die Metis!«

Sie lächelte und beugte sich vor. »Ihr erinnert Euch, wie schön. Seit unserer Begegnung im Kaisersaal ist immerhin ein bisschen Zeit vergangen, und wir haben uns beide ein Stück weit verändert. Bei mir ist es eine längere Geschichte, und ich bin mir immer noch nicht sicher, ob sie ein glückliches Ende gefunden hat. Von Eurer Geschichte kann man vermutlich etwas Ähnliches behaupten. Vom hochverehrten Botschafter des Macouban zum verhinderten Verschwörer und Kaisermörder. Es ist beinahe ein Wunder, dass Ihr immer noch am Leben seid.«

»Man hat mich hereingelegt«, krächzte Beltran entsetzt. »Es war ein abgekartetes Spiel. Ich war niemals an einem Mordkomplott beteiligt, ich schwöre es. Ich bin ein ehrbarer Mann!«

Sara schnaufte geringschätzig. »So ehrbar, wie ein macoubanischer Sklavenhalter nur sein kann. Aber falls es zu Eurer Beruhigung beiträgt: Wir wissen inzwischen, dass Ihr nicht an dem Komplott beteiligt gewesen seid.«

Beltrans Kopf ruckte nach oben. »Wer? Warum? Wieso werde ich dann noch hier festgehalten?«

»So viele Fragen …«, sagte Thoren und trat hinter dem Licht der Fackel hervor. »Aber es ist nichts Persönliches, falls Ihr das glaubt.«

»Ihr?« Beltran starrte ihn entgeistert an. »Henrey Thoren? Ihr ... was soll das?«

»Lasst es mich so ausdrücken: Es ist zurzeit politisch geschickter, Euch hierzubehalten. Ich denke, Ihr versteht solche Überlegungen.«

Beltrans Züge verhärteten sich. Er richtete einen anklagenden Zeigefinger auf Thoren. »Damit kommt Ihr niemals durch. Man wird nach mir suchen. Meine Familie, Fürst Antreno. Sie werden Euch dafür hängen lassen!«

Thoren winkte ab. »Bis jetzt weiß noch niemand von Eurer Unschuld. Für die Öffentlichkeit seid Ihr immer noch ein Verschwörer, von dem sich ein ehrbarer Mann besser fernhält. Eure Familie wird keinen einzigen Finger rühren, um Euch hier herauszubekommen.«

»Und wenn es nach mir ginge«, fügte Sara hinzu, »könntet Ihr hier drin ruhig verrotten.« Sie richtete sich auf und wandte sich zur Tür.

»Warte!«, rief Beltran ihr verzweifelt hinterher. »Hilf mir, ich flehe dich an. Es muss doch irgendetwas geben, das ich tun kann ...«

Sara drehte den Kopf.

Beltran kroch auf allen vieren hinter ihr her, bis die Kette ihn aufhielt. Flehentlich streckte er die Hand aus. »Wie wäre es mit Geld? Ich habe viel Geld!«

»Geld ist schon mal ein Anfang.« Sie lächelte und legte die Hand ans Kinn. »Vielleicht gibt es sogar noch mehr, was Ihr tun könnt.«

»Alles, was du willst!«

»Wie wäre es mit einem Fest? Ich möchte, dass Ihr ein kleines Fest für mich ausrichtet.«

Beltran nickte eifrig.

»In wenigen Tagen wird der Kaiser offiziell das Geschenk des Picen von Cortenara empfangen. Ein Saal aus Blaustein, den sie zurzeit oben in dem alten Tempel am Rand der Palastanlage einrichten. Ihr habt sicherlich davon gehört. Ich habe den Saal sogar schon mit eigenen Augen gesehen und finde ihn ausgesprochen hässlich. Aber ums Gefallen geht es bei solchen Veranstaltungen ja in erster Linie gar nicht, habe ich recht?«

»Es geht vor allem um Politik«, sagte Thoren. »Der Kaiser wird die höchsten Würdenträger des Reichs um sich versammeln. Aus allen Landesteilen werden die Fürsten, Barone und Grafen anreisen, und man wird sich natürlich miteinander unterhalten. Ein paar Verhandlungen hier, ein wenig Diplomatie dort. Wenn es gut läuft, werden ein paar bedeutende Entscheidungen zum Wohl des Reichs getroffen.«

»Und ich soll das alles finanzieren?« Beltran schluckte hörbar. »Das ... das ist unmöglich. So viel kann ich nie im Leben zusammenbekommen.«

Thoren seufzte. »Das Problem kenne ich nur zu gut ...«

»Keine Sorge«, sagte Sara. »Mein Fest wird ein kleines Stück bescheidener ausfallen. Vielleicht nennen wir es besser einen Empfang oder ein Geschäftsessen. Wie wir gehört haben, seid Ihr recht gut mit den Männern in der zweiten Reihe vertraut. Mit den Sekretären, den Botschaftern, den Räten und Vögten ...«

»... den Halsabschneidern, Betrügern und Lügnern«, ergänzte Thoren. »Den Menschen, die im Hintergrund die Strippen ziehen und die Geschäfte für ihre Herren führen. Ladet sie ein. Die wirklich wichtigen Männer des Reichs – und Feyst Dreiauge.«

»Dreiauge?« Beltran runzelte die Stirn. »Der Beruner

Unterweltkönig? Er ist ein sehr gefährlicher Mann. Was wollt Ihr von ihm?«

»Nichts, was Euch interessieren müsste.«

»Wenn ich mich für diese Sache hergeben soll, schon.«

»Nur so viel«, sagte Sara, »er ist an der Verschwörung gegen das Kaiserhaus beteiligt, der auch Ihr zum Opfer gefallen seid. Wir haben vor, ihn aus seinem Versteck hervorzulocken.«

Beltran nickte langsam. Seine Augen glitten zu Thoren. »Was bringt Euch zu der Annahme, dass Dreiauge meine Einladung annehmen wird?«

»Die Gier, mein Freund«, sagte Thoren. »Der Kaiser benötigt Unterstützer für seine anstehenden Kriegszüge. Es geht das Gerücht, dass er die treuesten seiner Untertanen reich belohnen wird. Hinter vorgehaltener Hand munkelt man, dass er für sie einen besonderen Preis ausgelobt hat: das Macouban.«

Beltran zuckte zusammen, als hätte Thoren ihn geschlagen. »Niemals! Wer erzählt denn so etwas?«

»Der fürstliche Botschafter des Macouban natürlich: Ihr!« Beltran öffnete den Mund, um etwas zu entgegnen, doch Thoren brachte ihn mit einer Handbewegung zum Schweigen. »Es ist natürlich nur ein Gerücht, mehr nicht. Jeder weiß, dass das Macouban kein Teil des Kaiserreichs ist, sondern lediglich ein Protektorat. Edrik hat nur begrenzte Befehlsgewalt im Süden, aber man kann ja nie wissen. Die Zeiten ändern sich, und in vielen Gerüchten steckt irgendwo ein Körnchen Wahrheit. Formuliert es so unverfänglich, wie Ihr wollt, aber macht den Gästen klar, dass es hier um eine ganze Menge geht. Dass sie es sich nicht leisten können, dem Empfang fernzubleiben. Vor allem Feyst Dreiauge nicht. Macht ihn neugierig, versprecht ihm, was Ihr wollt. Handelsrouten, Sklaven, Ländereien ...«

»Ihr seid der richtige Mann für diese Aufgabe«, sagte Sara. »Dreiauge weiß, dass Ihr euch niemals freiwillig auf unsere Seite stellen würdet. Er wird Euch vertrauen.«

»Und falls nicht? Man sagt ihm eine gewisse Rachsucht nach. Es könnte Blut fließen ...«

Sara zuckte mit den Achseln. »Das Risiko müssen wir eingehen. Aber wir haben alle schon Blut fließen gesehen. Man gewöhnt sich erstaunlich schnell daran.« Sie streckte die Hand aus. »Also was sagt Ihr? Kommen wir ins Geschäft?«

Beltran leckte sich über die schorfigen Lippen, und Sara glaubte, einen Hauch des früheren Glanzes in seine müden Augen zurückkehren zu sehen. »Habe ich denn eine Wahl?«

»Nicht, wenn Ihr hier herauskommen wollt.«

Beltran sah sie lange aufmerksam an. »Ich wusste gleich vom ersten Augenblick, dass deine Anwesenheit in der Stadt für mich irgendwann einmal eine Menge Ärger nach sich ziehen würde.«

»Ich habe mir sagen lassen, dass die macoubanische Botschaft einen hübschen Palast am Rand der Unterstadt besitzt. Der würde sich für unsere kleine Unternehmung ganz hervorragend eignen ...«

Beltran seufzte. »Besorgt mir Pergament und eine Schreibfeder. Und verdammt noch mal endlich etwas Ordentliches zu Essen. Das Dienstpersonal in dieser Herberge hier ist unter aller Sau.«

»Habe ich das richtig verstanden?« Hilger stieß ein krächzendes Lachen aus. »Ihr wollt einen Weidenkorb bis zum Rand mit Nattern füllen, um dann aus seiner Mitte die giftigste von allen herauszuziehen? Seid Ihr denn noch ganz bei Trost?«

Ungerührt zuckte Sara mit den Achseln. »Und? Was sagst du dazu?«

Es war noch früh am Morgen, aber die Kaiserlichen Parks hallten bereits von den Geräuschen unzähliger Bediensteter wider, die emsig auf den Wegen entlangeilten, Zelte errichteten, unter den ausladenden Ästen der Bäume Festtafeln aufbauten und sich über die angemessene Reihenfolge der Banner stritten, auf denen die Wappen der wichtigsten Adelshäuser abgebildet waren. Eine ganze Armee schwitzender Gärtner schnitt Büsche und Sträucher in Form, pflanzte bunte Blumen, die nicht in die Jahreszeit passten, und schreckte noch nicht einmal davor zurück, den Lauf ganzer Bäche umzulenken, um sie harmonisch in das Gesamtbild einzufügen.

Sie folgten einem schmalen Pfad durch ein Labyrinth sorgfältig zurechtgestutzter Hecken, und Saras Schritte knirschten leise auf dem schneeweißen Kies. Sara, Thoren, Hilger und Ann Revin. *Eine seltsame Gruppe von Verrückten ist das*, dachte sie kopfschüttelnd. Auf einem Feldzug gegen eine Bedrohung, von der keiner so recht wusste, woher sie kam und wohin sie führen würde, nur dass sie real war, und dass bereits eine ganze Menge Menschen deswegen gestorben waren.

Nachdenklich kratzte sich Hilger am Kinn. »Der Ort wird nur so vor Wachen wimmeln. Jeder der Anwesenden hat Feinde wie Sand am Meer und wird sich mit allen Mitteln zu verteidigen wissen. Ein falscher Schritt, und es wird zu einem Gemetzel kommen.«

»Genau das Gleiche wird auch Feyst Dreiauge denken«, entgegnete Sara. »Und deshalb wird er sich sicher fühlen. Er wäre dumm, wenn er sich diese einmalige Gelegenheit entgehen ließe, ein Stück vom Kuchen abzubekommen.«

»Ein teurer und vor allem riskanter Spaß«, gab Ann Revin zu bedenken. »Wenn er misslingt ...«

»... haben wir nichts verloren«, sagte Thoren. »Beltran ad Iago hat sich bereit erklärt, für sämtliche Kosten aufzukommen. Sollte dennoch etwas schiefgehen ... dann wird er ebenfalls die volle Verantwortung übernehmen. Offiziell wird es bei diesem Fest keine Verbindung zum Kaiserhaus geben. Es handelt sich um eine rein private Angelegenheit. Eine Zusammenkunft von Freunden im Rahmen der Feierlichkeiten zur Eröffnung des Blausteinzimmers. Das Kaiserhaus kann dabei nur gewinnen. Selbst wenn es uns nicht gelingen sollte, Feysts habhaft zu werden, können sich aus den Gesprächen immer noch einige interessante Gelegenheiten ergeben, um die Fürsten auf unsere Seite zu ziehen.«

»Eine Zusammenkunft von Freunden ...« Ann Revin lächelte. Sie folgte mit dem Blick dem Weg eines bunten Pfaus, der mit weit ausholenden Schritten über den Rasen stolzierte und dabei kräftig mit den Flügeln schlug. Gerade als er sich in die Luft zu schwingen begann, wurde er grob zurückgerissen und stürzte zurück auf den Boden. Ein hagerer Mann mit übergroßen Lederhandschuhen eilte heran und hob den Vogel auf. Jetzt sahen sie den dünnen Silberdraht aufblitzen, der um das Bein des Pfaus gebunden war und ihn an der Flucht hinderte. »Und wie wollt Ihr die giftigste Natter unbemerkt unter den anderen hervorziehen?«

»Es wird sich schon die passende Gelegenheit ergeben«, sagte Sara. »Ein Geheimgespräch unter vier Augen, ein Vertrag, der hinter verschlossenen Türen unterzeichnet wird. Beltran wird eine Privataudienz vorschlagen oder zur Not einen Spaziergang im Garten. Irgendetwas Unverfängliches, damit Dreiauge sich von den anderen entfernt. Im Notfall improvisieren wir.«

Sie traten auf eine kleine Lichtung hinaus, auf der gerade zwei schwitzende Diener dabei waren, unbeholfen eine Holzplatte auf zwei Böcke zu wuchten. Weitere Bedienstete schleppten Weidenkörbe heran und begannen damit, unter den wachsamen Augen von Meister Grill verschiedenste Speisen auf dem improvisierten Tisch anzurichten. Als der kaiserliche Koch sie erblickte, zog ein Strahlen über sein bärtiges Gesicht, und er winkte sie fröhlich heran.»Ihr kommt gerade rechtzeitig, Majestät. Was sagt Ihr hierzu? Zunächst servieren wir Fasanenhäppchen in Feuerblatt, eine wirklich gewagte Kombination, mit der die Gaumen Eurer Gäste auf überraschende Art vorgewärmt werden. Als zweiten Gang Ferkel in Fischsauce, prall gefüllt mit einer scharfen Mischung aus Kräutern und diesen scheußlichen selcanischen Algen, die derzeit allerdings auf keiner Festtafel fehlen dürfen. Derweil bieten wir dem einfachen Landadel einen Augenschmaus von Himmel und Erde. Im Grunde ein Durcheinander aus Bohnen, Wurzelbrei und Rüben, die aber in den unterschiedlichsten Farben und Formen hübsch angerichtet sind. Hier geht es in erster Linie darum, Massen von hungrigen Mägen zu füllen, weniger um den Geschmack. Ich denke auch darüber nach, ob wir es wagen können, Skellingnester anzubieten, wo doch vor allem die Bürger unserer südlichen Fürstentümer in diesem Vogel einen Boten des ...«

»Genug!« Ann Revin hob die Hand.»Was soll das Ganze?«

»Wir proben die Speisenfolge für die Feierlichkeiten, Euer Majestät.« Meister Grill versuchte sich an einer Verbeugung, die kläglich am Umfang seines Bauchs scheiterte.»Wenn Ihr es wünscht, könnt Ihr jederzeit probieren. Ich verbürge mich selbstverständlich für …«

»Richtet die Speisen einfach an«, sagte Ann Revin ungehalten. »Ich werde sie mir später ansehen.« Sie wartete, bis der Koch sich wieder den Arbeiten an der Festtafel widmete, und wandte sich dann an Sara und Thoren. »Dreiauge wird sich nicht so leicht in die Falle locken lassen. Nehmen wir an, er geht auf die Einladung ein, und es gelingt euch sogar, ihn mit einer List von den anderen fortzulocken … dann wird er sich aber immer noch inmitten seiner Wachen befinden, und er wird vermutlich jeden Menschen entwaffnen lassen, der sich ihm nähern will.«

»Ein gutes Argument«, pflichtete Hilger ihr bei. »Sollen wir ihn mit bloßen Händen niederringen?«

»Es wird tatsächlich nicht leicht werden«, sagte Sara. »Aber auch darüber haben wir uns bereits Gedanken gemacht …« Sie drehte den Kopf, als Meister Grill sich hinter ihrem Rücken räusperte. Auf dem Arm balancierte er ein schweres, silbernes Tablett, auf dem kunstvoll ein Hirsch drapiert worden war. Oder zumindest etwas, das große Ähnlichkeit mit einem Hirsch aufwies. Bei Meister Grill wusste man ja nie so genau.

Lächelnd neigte er den Kopf. »Es ist angerichtet!«

Ann Revin wollte ihn schon verärgert zurechtweisen, doch Sara rieb sich den Bauch. »Es riecht großartig. Was ist es?«

»Wie sieht es denn aus?«

»Auf den ersten Blick wie ein Hirsch, aber wie ich Euch kenne, handelt es sich in Wirklichkeit um etwas völlig anderes.«

Meister Grill lachte dröhnend. »Ihr habt mich durchschaut, junge Dame. Natürlich ist es etwas anderes.«

»Hör mal…«, sagte Hilger, doch Thoren brachte ihn mit einer Handbewegung zum Schweigen.

Interessiert beugte sich Sara nach vorn. »Darf ich?«

»Greift nur zu. Aber seid vorsichtig, es ist ziemlich scharf.« Sie probierte eine Handvoll und runzelte die Stirn. »Ich schmecke Zitrone.«

»Richtig.«

»Und etwas Festes, Rauchiges. Es ist kein Fleisch, so viel ist klar. Ist es etwa… Fisch?«

»Hervorragend. Ihr seid eine wahre Kennerin. Aber könnt Ihr mir auch verraten, um was für einen Fisch es sich handelt?«

Sie kostete erneut und schüttelte den Kopf. »Ich komme nicht darauf.«

»Ihr etwa, Henrey Thoren?« Meister Grill streckte ihm das Tablett entgegen.

Thoren runzelte die Stirn. Nach einem kurzen Augenblick des Zögerns streckte er die Hand aus und stieß sie kurz entschlossen in das seltsame Tier hinein. Mit einem Ruck riss er sie wieder heraus, und in seiner Hand blitzte eine lange Klinge aus glänzendem Stahl. »Schwertfisch«, sagte er, und ein schmales Lächeln trat auf sein vernarbtes Gesicht.

»Natürlich«, rief Sara. »Jetzt erkenne ich es auch.«

»Der Geschmack ist nicht besonders gut«, fügte Meister Grill hinzu. »Aber in diesem Fall geht es ja auch mehr um die Optik.«

19

SCHWEINE

Theyn Bront Halvor schien seine ganze Aufmerksamkeit dem Schwein zu widmen, das gerade von zwei Kriegsknechten auf einen eisernen Spieß geschoben wurde. Nachdenklich kratzte er sich durch den dichten blonden Bart, der ihm in einem schmuddeligen Zopf vom Kinn hing, und nippte gelegentlich an einem Silberbecher Wein. Schließlich deutete er mit einem Finger auf Oloare und sagte: »Nenn mir einen Grund, warum ich nicht mit ihnen machen sollte, was ich will. Ich bin der verdammte nächste Fürst hier. Ich kann machen, was ich will, und ich sehe keinen Grund dafür, einen abgerissenen Beruner Streuner durchzufüttern. Und was die Kleine angeht – steckt sie in einen Zuber und bringt sie mir nach dem Essen in ein Bett. Ich habe diese dreckigen kleinen Metis so satt.«

Oloare verschränkte die Arme vor der Brust und sah missbilligend auf den Kolnorer hinab. »Gründe? Wie wäre es mit: Weil ich es sage. Weil Ihr noch nicht der neue Herr hier seid, und weil Ihr mich braucht, um es zu werden. Also hat mein Wort ein gewisses Gewicht.«

Der Theyn schürzte die Lippen und nickte langsam. »Gute Gründe. Für den Moment. Aber sag mir, Oloare, was könnte der Grund sein, dass du dieses Gewicht ausgerechnet jetzt in die Waagschale wirfst?«

»Berechnung.« Oloare schien sich vom lauernden Ton des Theyns nicht beeindrucken zu lassen. »Wir hatten eine Absprache, Kolnorer. Ihr übergebt mir Imara und ihre Tochter, gesund und unverletzt.«

Bront Halvor verdrehte die Augen. »Meine Männer sind unterwegs. Geduld ist eine Tugend, Weib. Du ...«

»Und jetzt berichten mir diese beiden, dass Imara tot ist«, unterbrach Oloare ihn scharf. »Das heißt, wir haben jetzt ein Problem.«

Der Becher des Theyns hielt auf halbem Weg zu seinem Mund inne, als er seinen Blick endlich von den Vorbereitungen für das Spanferkel losriss und die beiden Gefangenen erneut musterte. »Und du glaubst ihnen«, stellte er fest.

Der Anflug eines grimmigen Lächelns zog über Oloares Gesicht. »Ich denke, das Mädchen würde dich für Imaras Tod umbringen, wenn sie eine Gelegenheit bekäme. Also ja, denn ich habe keinen Grund, an ihren Worten zu zweifeln.«

Bront nickte anerkennend. »Fein, von mir aus. Danke für den Hinweis. Dann sollte ich wohl dafür sorgen, dass ihre Hände gebunden sind. Am besten am Bettpfosten, oder? Was die Fürstin angeht«, er breitete bedauernd die Hände aus, »das tut mir leid, aber nun ja – es ist Krieg. Da verläuft nie was nach Plan. Deshalb verdienen ja Leute wie ich oder dein Bruder so gut daran. Weil wir damit umgehen können, dass Pläne sich ändern.«

»Das trifft sich gut, dann macht es dir ja nichts aus, wenn ich dir das Mädchen nicht überlasse.« Oloare warf ihrem

Bruder einen Blick zu. »So gern ich sie dir zu deiner Erbauung überlassen würde – der Name dieses Mädchens ist Emeri Antreno. Sie ist die Tochter der Fürstin Imara Antreno, und nach deren Tod ist sie die *Vairani*, die wichtigste Verbindung der Metis zu ihren Göttern. Und das ist jemand, den deine zukünftigen Verbündeten nur zu gern in die Finger bekommen würden. Unversehrt.«

Das Gesicht des Theyn hatte sich bei ihren Worten verdüstert, und seine Kiefermuskel zuckten, als er die Zähne fest genug zusammenbiss, dass Marten meinte, sie knirschen zu hören. »Und ich soll deiner Behauptung Glauben schenken, Weib?«, presste er schließlich hervor.

Oloares Gesicht blieb unbewegt. »Ich empfehle es, Theyn. Es sei denn, du willst das Risiko eingehen, deine Verbündeten zu verärgern, noch ehe der Bund besiegelt ist. Ich fordere diese Gefangene für mich.«

»Du forderst.« Bronts Stimme war leise und bebte vor Wut. »Von mir. Meine Gefangene.«

Abermals erschien die winzige Falte zwischen Oloares Brauen, bevor sie ein Kopfschütteln andeutete. »Nein, das ist so nicht ganz richtig. Ich empfehle dir lediglich dringend, sie bis zu unserem Treffen unter meiner Obhut zu lassen. Ich kenne dieses Mädchen. Ich habe sie beinahe aufgezogen und weiß sie und ihren Wert am besten einzuschätzen. Und dieser Wert kommt auch dem Kolno zugute – wenn wir sie unversehrt zu unserem Zielort bringen. Davon abgesehen benötigt sie ohnehin meine Hilfe, wie es aussieht.« Oloare deutete auf Emeris dick bandagierten Arm.

Der Blick des Kolnorers zuckte zwischen den beiden Frauen hin und her, bevor er mühsam durchatmete. »Ich bin es nicht gewohnt, dass man Forderungen an mich stellt. Aber ich bin ein vernünftiger Mann, jemand, mit dem man reden kann. Was kannst du mir bieten?«

Oloare neigte anerkennend den Kopf. »Mehr, als du erwartest. Ich kann dir sagen, wer der Mann in ihrer Begleitung ist.« Sie deutete auf Marten. »Imara war davon überzeugt, dass er kaiserliches Blut hat, mehr noch: dass er ein Sohn des alten Löwen von Berun ist, und damit ein Bruder des Kaisers selbst.«

Die Wut des Kolnorers verflog so schnell, wie sie gekommen war, und machte einem Ausdruck ungläubiger Verblüffung Platz. »Er ist was? Aber ich denke, der Kaiser ist ohne Geschwister?«

»So sagen sie es der ganzen Welt.« Die Heilkundige nickte. »Und dennoch war sich Imara sicher. So sicher, dass sie bereits eigene Pläne zu schmieden begann.«

Marten warf Emeri einen fragenden Seitenblick zu. »Im Ernst?«, flüsterte er.

Die Fürstentochter zuckte mit den Schultern und setzte zu einer Antwort an, doch in diesem Moment legten sich die schmalen Hände des Blassen wie Eisenklammern um ihren und Martens Nacken und erstickten ihr Gespräch im Keim.

»Das hieße, dass der Kerl dort ein Thronfolger Beruns ist«, stellte Bront immer noch verblüfft fest. Dann schlich sich ein nachdenklicher Zug in sein Gesicht, und er nestelte abermals unbewusst an seinem Bart. »Zumindest für den Fall, dass dem Kaiser etwas zustoßen sollte.«

Oloare nickte. »Ein interessanter Gedanke, nicht wahr? Und welche Möglichkeiten es eröffnet, wenn man diesen Mann in der Hand hat. Unversehrt.«

Der Theyn stand auf und umrundete Marten, Emeri und den blassen Mann langsam, wobei er sie eindringlich musterte.

Aus dieser Nähe konnte Marten deutlich sehen, dass es um die Zähne des Mannes nicht zum Besten bestellt war. Er wich dem Blick Bronts nicht aus, und schließlich nickte der Kolnorer langsam. »Also gut, Oloare. Du hast deine Zauberin oder was auch immer die Kleine sein soll. Damit kennst du dich besser aus als ich. Ich behalte den kleinen Kaiser hier. Ich denke, wir werden uns gut verstehen.« Er blieb stehen und sah auf den Verletzten zu Martens Füßen hinab. »Was ist mit dem hier?« Er schubste die Trage mit einer Stiefelspitze.

»Ein Fährmann, wenn ich sie richtig verstanden habe. Niemand von Bedeutung.«

»Fährmann. Soso.« Bront legte den Kopf schief und musterte den bewusstlosen Metis. »Eine Fürstentochter und ein Kaisersspross schleppen einen halb toten Fährmann durch die Sümpfe. Also wenn ihr nicht seltsam seid, weiß ich auch nicht. Kommt, ist er nicht doch zufällig ein Graf aus dem Veycari?« Er blieb dicht neben Emeri stehen und betrachtete ihre schlanke Figur mit unverhohlenem Interesse.

Die junge Frau verzog das Gesicht. »Er hat uns das Leben gerettet und braucht Hilfe«, sagte sie fest.

»Hilfe.« Bront löste seinen Blick von Emeris Rückseite und betrachtete erneut den Verletzten. »Was meinst du, Oloare. Wollen wir einen einfachen Fährmann retten? Ist dem Kerl überhaupt noch zu helfen? Können wir ihm vielleicht einen Arm annähen?«

Die Heilerin sah ihn ausdruckslos an, und der Theyn nickte. »Dachte ich auch nicht. Das heißt, wenn wir ihn hierlassen, stirbt er. Und ich glaube nicht, dass wir uns leisten können, ihn mitzuschleppen. Wir sind ein wenig in Eile und können keinen Ballast brauchen. Es steht zu viel auf dem Spiel, versteht ihr?« Er hob die Augenbrauen, und dann, bevor noch irgendjemand reagieren konnte, trat er mit dem Absatz des Stiefels auf den Kehlkopf des Verwundeten. Die Augen des Mannes flogen auf. Marten wollte instinktiv vorwärts stürzen, um … tja, er hatte keine Ahnung, was er wollte, aber es spielte auch keine Rolle, denn der Blasse riss ihn am Genick zurück und außer Reichweite des Theyn, der abermals zutrat, und dann ein drittes Mal. Blut spritzte aus dem Mund des zuckenden Metis, und der Kolnorer trat ihm mit einem Knurren gegen den Kopf, auch wenn klar war, dass der Mann bereits unwiderruflich tot war. Keuchend verpasste Bront ihm einen letzten Tritt, dann sah er auf, wischte sich eine blonde Strähne aus dem Gesicht und setzte ein wildes Grinsen auf. »Damit wäre dieses Problem gelöst, würde ich sagen.« Er drehte den Kopf, bis seine Nackenwirbel krachten. »Es war ohnehin das Beste für ihn. Ich meine, was soll ein Fährmann ohne Arm schon machen? Betteln gehen? Das ist eines Mannes unwürdig. Dann doch besser so. Außerdem – nehmt es als Bezahlung für entgangene Freuden. Irgendwie muss sich ein Mann ja abreagieren.« Er zwinkerte Emeri zu und wandte sich ab. »Legt sie in Ketten und bewacht sie gut«, wies er einige nebenstehende Kriegsknechte an. »Ich werde jeden persönlich zur Verantwortung ziehen, wenn die zwei abhandenkommen oder beschädigt werden.« Er nickte bedeutsam in Richtung des Toten auf der Trage. »Und beseitigt das dort. Das kann einem ja jeden Appetit verderben. Lasst uns essen, Oloare. Wir haben noch einen weiten Weg vor uns.«

»Ibril, nein!« Xari riss den Metis gewaltsam runter und presste sich neben ihm auf die feuchte, modrig riechende Erde unter dem Boden des Hauses. Das Gebäude war, wie im

Macouban in vielen der sumpfigeren Gegenden üblich, auf einer erhöhten Plattform errichtet, die von Pfählen aus Hartholz getragen wurde. Der Kriechraum darunter war üblicherweise ein Gewirr aus modernden Stämmen, in dem Rotten von *Mbwamaii*, kurzbeinigen schwarzen Wasserschweinen, hausten, die das Haus von Spinnen, Schlangen, Ratten und anderem Ungeziefer freihielten. Xari und ihr Begleiter hatten die ersten Hütten erreicht, ohne einem einzigen Menschen zu begegnen. Dass einer der noch immer wie verrückt kläffenden Hunde mit einem Fiepen verstummt war, hatte sie gewarnt. Nur einen Lidschlag, bevor zwei Männer in Sichtweite gekommen waren, hatten sie sich im Schatten der nächsten Hausecke verborgen. Und nicht zu Unrecht. Die beiden trugen die Rüstungen von Berunern und hielten gezogene Waffen in den Händen. Xari und der Pockennarbige hatten einen Blick zurück zum Feldrand geworfen, doch beiden war schon im gleichen Augenblick klar, dass sie es nicht zurückschaffen würden, bevor die Bewaffneten in Blickweite kamen. Ein Eingang in die Hütte war hier ebenfalls nicht zu sehen, also taten sie das Einzige, was ihnen blieb: Sie tauchten in die stinkende Dunkelheit unter dem Haus. Das ungehaltene Schnüffeln einer ganzen Familie von *Mbwamaii* begrüßte sie, doch zum Glück waren keine Ferkel anwesend, und so wichen ihnen die Rüsseltiere widerwillig aus, ohne mit den kurzen Hörnern und scharfen Zähnen auf sie loszugehen. Mit angehaltenem Atem krochen sie auf allen vieren tiefer in das Labyrinth, wo sie abwarteten, bis die Stiefel der Kriegsknechte ihr Versteck passiert hatten – und dann noch eine Weile länger, was sich als gute Idee herausgestellt hatte. Denn den ersten beiden waren noch vier weitere Männer gefolgt, und schließlich hatte Xari ihrem Begleiter stumm bedeutet, den ganzen Weg unter der Hütte bis auf die andere Seite zu kriechen, von wo sie schließlich einen guten Ausblick auf den Dorfplatz gehabt hatten. Dort hatten sie noch immer gelegen, als wenig später die drei Gefangenen in ihr Blickfeld geführt wurden, und schließlich waren sie soeben Zeugen davon geworden, wie der Kolnorer Anführer ihren Gefährten zu Tode getrampelt hatte.

»Nicht! Du kannst ihm nicht mehr helfen!«, zischte Xari eindringlich in Ibrils Ohr.

Der Pockennarbige sträubte sich, und ihr war klar, dass sie keine Chance hatte, ihn zurückzuhalten, wenn er es ernsthaft darauf anlegen sollte. Alles, was ihn im Moment zurückhielt, war ihr Körperkontakt. Und ... es gab etwas, das sie tun konnte. Ein leichter, kaum merklicher Sandelholzduft umwehte sie. »Bleib bei mir, Ibril«, flüsterte sie. »Ich brauche jetzt deine Hilfe.«

Der Fährmann wand sich noch einen Moment, bevor er seinen Widerstand gegen ihren Griff aufgab und nickte. »Natürlich, du hast recht. Wir können ihm nicht mehr helfen.«

»Vielleicht konnten wir das nie«, murmelte Xari, doch Ibril ignorierte sie. »Die *Vairani* lebt noch. Wir müssen sie befreien.«

Xari erschauerte. Gelegentlich erschrak sie noch immer selbst davor, welche Wirkung ihre Gabe auf andere haben konnte. Selbst ohne Aget. Und wenn Ibril sich darüber klar werden würde – und er würde es mit Sicherheit, sie taten es immer –, würde er beginnen, seinen eigenen Entscheidungen zu misstrauen, ihr zu misstrauen, und schließlich würde er dazu übergehen, sie zu verabscheuen. Damit musste sie früher oder später leben. Sie nickte. »Das werden wir«, flüsterte sie. »Aber im Moment können wir das nicht.« Sie sah sich um. Die Kolnorer durchsuchten noch immer die Hütten nach allem, was ihnen halbwegs wertvoll erschien, und zerstörten dabei den Rest. Ein anderer Trupp war dabei, mehrere Feuergruben anzuheizen und jedes Schwein, dessen sie habhaft werden konnten, auszunehmen und auf Spieße oder in herbeigeschaffte Kessel zu verteilen. Sie runzelte die Stirn. An einem Tisch vor den Stufen des Haupthauses sammelten sich die Anführer der Männer, um irgendetwas zu beratschlagen, das sie von hier aus nicht verstehen konnte. Stumm zählte sie durch. Wenn sich die falschen Kaiserlichen an die Gepflogenheiten Beruns hielten, das hieß, wenn jeweils rund 25 Mann einem Vibel unterstellt waren, mussten sie etwa eineinhalb Kompanien hierhaben. Beinahe halb so viele Männer, wie Berun angeblich im Macouban hatte, und sie hatte noch immer nicht den Talentierten gesehen, der die Luft in Klingen verwandeln konnte. Das bedeutete wohl, dass irgendwo dort draußen noch weit mehr Kriegsknechte sein konnten. »Vor allem können wir hier nicht bleiben«, stellte sie fest. »Ich fürchte, wir enden wie dein Freund, wenn sie uns erwischen.«

Ibril starrte düster zwischen den Trägerpfosten hindurch. »Sie haben die *Vairani* und den Beruner nicht angefasst«, stellte er fest.

»Natürlich nicht. Sie wissen um ihren Wert. Siehst du die hochgewachsene Schlampe dort? Das ist Oloare, die Heilerin der Fürstin. Oder sie war es bis vor einigen Tagen. Sie weiß genau, wen sie gefangen genommen haben, und sie ist gerissen genug, das auszunutzen. Wir? Dich bringen sie vermutlich um. Was sie mit jemandem wie mir machen, darüber will ich gar nicht nachdenken.« Sie erschauderte. »Wir müssen hier verschwinden. Hast du einen Vorschlag?«

Ibril schob ein kleines *Mbwamai* beiseite, das inzwischen

Gefallen an seiner Anwesenheit gefunden hatte und wiederholt versuchte, sich in seine Achselhöhle zu kuscheln. Düster verzog er das Gesicht. »Ich könnte das Geschenk, das mir die Götter gemacht haben, einsetzen und uns unsichtbar machen«, murmelte er.

Xari sah ihn überrascht an. »Das kannst du?«

Ibril schnaubte. »Das weiß man nie, bevor man es ausprobiert hat. Hast du zufällig Aget bei dir?« Grimmig starrte er auf den Dorfplatz, wo noch immer der Großteil der Einwohner des kleinen Dorfs kniete. Eines der Kinder schluchzte seit einer Weile, und die Versuche seiner Mutter, es zu beruhigen, wurden zusehends verzweifelter. »Aber stattdessen können wir auch warten, bis es dunkel wird, und uns davonschleichen.«

Die Metis stellte fest, dass sie die Fäuste in hilfloser Wut so fest geballt hatte, dass sich die Fingernägel in ihre Handflächen gruben. »Wir können nicht... wir können sie nicht zurücklassen.«

»Von wem sprichst du? Dem Beruner und der *Vairani* oder den Menschen dort?«

Xari setzte zu einer Entgegnung an, stockte und versuchte es erneut. »Beides«, sagte sie leise. »Dieser Mann will unsere Welt brennen sehen. Zünden wir sie an.«

Der Pockennarbige starrte sie verständnislos an, und Xari atmete tief durch. »Was hältst du davon, ein Feuer zu legen? Verwirrung zu stiften. Und währenddessen die Leute dort vorn wegzubringen und Marten und Emeri zu befreien?«

»Nur wir zwei?«

»Siehst du sonst noch jemanden?«

Der Metis schob das *Mbwamai* abermals fort und seufzte. »Nur du und ich und die irrsinnige Frau dort«, sagte er leise zu dem Tier. »In Ordnung.« Er sah auf und starrte Xari im Halbdunkel ihres Verstecks grimmig an. »Dieses Monster hat meinen Bruder und meinen besten Freund getötet. Es wird Zeit, dass wir ihn aufhalten.«

Xari erwiderte seinen Blick. »Großartig«, murmelte sie ohne jede Begeisterung. »Noch ein Held. Genau das, was uns noch gefehlt hat.«

»Und was tun wir jetzt?«

Die Metis sah hinaus auf die knienden Dorfbewohner, dann musterte sie den Boden der Hütte über ihren Köpfen. »Wir suchen uns etwas Brennbares. Und wenn du Aget findest – das wäre jetzt sehr nützlich.« Sie schob sich tiefer in das Gewirr aus Stämmen unter der Hütte, wo wie in jedem der traditionellen Metis-Häuser irgendwo eine Klappe sein musste, durch die man nach oben ins Innere gelangte.

20

DER BERG DER GÖTTER

Es war ein langer und mühsamer Weg gewesen, bis Danil endlich zur ersten richtigen Schlacht seines Lebens gekommen war. Dieser Weg hatte sie tief hinein in die undurchdringlichen Wälder des Nordens geführt, und mehr als ein Wagen war auf den steinigen Pfaden zu Bruch gegangen oder in einem der schlammigen Wasserläufe stecken geblieben, die hier so zahlreich und tückisch waren wie die Skellinge im Hafen von Berun. Als sie nach tagelanger Reise schließlich ihr Ziel erreicht hatten, war Danil beinahe froh darüber, endlich kämpfen zu dürfen. Endlich nicht mehr bis zu den Knien durch eisiges Wasser zu waten und sich jeden Abend beim Ausziehen der Stiefel fragen zu müssen, ob noch alle Zehen an den Füßen geblieben waren. Sich auch keine Gedanken mehr darüber machen zu müssen, ob Gragars Sohn sie nicht so weit in den Norden zu führen gedachte, bis sie irgendwann alle erfroren oder von Wölfen gefressen wurden.

Es war bereits tiefste Nacht, als Danil und Bogk durch die Reihen der Zelte stapften, die zwischen den Bäumen aufgeschlagen worden waren. Überall brannten Feuer, um die herum sich die Kriegsknechte scharten, Geschichten erzählten, lachten und sich Mut antranken für den kommenden Morgen, der vielleicht schon der letzte ihres Lebens sein konnte. Der Boden war von unzähligen Stiefeln und Wagenrädern aufgewühlt, die sich unermüdlich den steilen Hang hinauf- und hinuntergeschoben hatten, vor dem sie lagerten. Morgens schwer beladen mit Pfeilen und Leitern und abends mit den Körpern der Unglücklichen, die nicht mehr aus eigener Kraft laufen konnten und es zu einem Großteil vielleicht auch nie wieder tun würden. Drei Tage waren sie nun schon gegen diesen verdammten Hügel angerannt, auf dessen Kuppe sich zwischen uralten Baumriesen schwarze Palisaden gegen das Licht des Mondes abzeichneten.

Hellu wurde er von den Einheimischen genannt, der Berg der Götter. Hinter seinen Mauern herrschten die Priester der toten Götter, die Lytton gegen den Kaiser aufgehetzt hatten und das Gefährlichste und Bösartigste waren, gegen das Berun in den letzten Jahrzehnten zu bestehen hatte. Das jedenfalls hatte Joring behauptet, als er mit glänzenden Augen zum ersten Angriff gegen die Tempelanlagen geblasen hatte. Für Danil hatten sich die Verteidiger kaum von den Bauern unterschieden, deren Dörfer sie auf ihrem Weg durch Lytton niedergebrannt hatten. Zerlumpte Gestalten, in Felle gehüllt und mit Äxten und Keulen bewaffnet. Joring hatte ihnen kaum mehr als einen halben Tag gegeben, aber sie hatten offenbar mit dem Segen ihrer Götter gekämpft, oder zumindest mit dem Mut der Verzweiflung. Ein ums andere Mal hatten sie die Angreifer blutig zurückgeschlagen und sie zurück ins Tal zu ihren Zelten getrieben.

Joring schien das wenig zu kümmern. Für ihn waren die Kriegsknechte ohnehin nur Material, mit dem er arbeiten konnte. Wo gehobelt wurde, da fielen schließlich immer auch eine ganze Menge Späne. Sein Zelt stand ein Stück erhöht auf einer kleinen Hügelkuppe, von wo aus er einen prächtigen Blick auf das Kampfgetümmel hatte. Zwei schwer gepanzerte Schwertträger bewachten den Eingang und musterten die beiden Besucher unter finster zusammengezogenen Augenbrauen hervor. Als Danil und Bogk den Eingang erreicht hatten, wurde die Plane zurückgeschlagen, und eine junge Frau trat mit vor der Brust zusammengerafftem Kleid aus dem Inneren. Als sie die beiden Männer erblickte, senkte sie hastig den Blick. Danil konnte dennoch im Fackellicht die geröteten Augen und den Bluterguss erkennen, der ihre linke Gesichtshälfte zierte. Wortlos und mit gesenktem Kopf hastete das Mädchen an ihnen vorbei, zurück in die Zeltstadt. Danil blickte ihr einen Augenblick lang stirnrunzelnd hinterher und betrat dann das geräumige Zelt.

Joring stand nur mit einer Hose bekleidet vor dem Feuer und starrte ausdruckslos in die Flammen. Auf seinem muskelbepackten und von zahlreichen Narben überzogenen Oberkörper glitzerte der Schweiß. »Die wenigsten Menschen finden vor einer entscheidenden Schlacht Schlaf. Manche laufen ziellos umher, andere saufen und huren, und wieder andere spielen Karten oder erzählen sich Geschichten, so als wollten sie all die schönen Dinge, die ihnen das Leben bietet, noch ein letztes Mal in vollen Zügen genießen. Die Aussicht auf den Tod kann ein Geschenk sein, denn sie macht uns bewusst, wie wertvoll das Leben ist. Das ist es, was uns in diesen Augenblicken nicht zur Ruhe kommen lässt.«

»Und wenn unser Feldherr uns rufen lässt«, sagte Danil und unterdrückte ein Gähnen.

Joring blickte auf und runzelte die Stirn. Er griff nach seinem Hemd und streifte es über, dann deutete er auf einen langen Tisch, auf dem unzählige Karten und Schriftstücke ausgebreitet lagen. »Ihr seid es doch, der immer ganz versessen auf eine echte Schlacht war. In wenigen Stunden, wenn die Sonne hinter den Bergen aufsteigt, gebe ich Euch Gelegenheit, Eure Kampffähigkeiten unter Beweis zu stellen. Morgen früh könnt Ihr beweisen, was für ein heldenhafter Ritter Ihr seid. Ich habe entschieden, dass der Tempel nun so weit für den entscheidenden Angriff ist. Die Palisaden sind niedergerissen und werden unseren Bemühungen kaum noch standhalten. Ich erteile Euch die Erlaubnis, an diesem Sturm teilzunehmen.«

»Die Festung? Im Sturm? Meint Ihr nicht, dass ein Ritter auf einem Pferd da recht nutzlos ist?«

Joring schnaubte. »Eine Festung erstürmt man nicht vom Rücken eines Pferds aus. Ihr werdet selbstverständlich zu Fuß angreifen.«

»Zu Fuß …«

»Ihr könnt auch auf den Händen laufen, wenn Euch das lieber ist.«

Danil schüttelte den Kopf. »Das meinte ich nicht. Ich dachte nur, dass ich als Ritter in dieser Art von Schlacht eher ungeeignet bin. Ich meine, ich habe noch nie …«

»Viele meiner Männer haben noch nie eine Burg erobert, und keiner von denen, die jetzt immer noch da oben im Schlamm liegen, wird es je wieder versuchen können. So ist Krieg nun einmal.« Joring zuckte mit den Schultern und tippte mit dem Zeigefinger auf eine der Landkarten auf dem Tisch. »Ihr werdet dem Trupp zugeordnet, der von Westen aus angreift. Es wird die Männer motivieren, von einem Ritter des Kaisers angeführt zu werden.«

»Ich habe nicht das Gefühl, dass sie mich besonders gut leiden können …«

»Dann wird es sie vielleicht motivieren, wenn sie einen Ritter sterben sehen.«

Die aufgehende Sonne hatte gerade erst begonnen, den Himmel zaghaft rot zu färben, als sie sich durch den Wald zur Westseite des Hügels aufmachten. An seinem Fuß hatten schon seit der Nacht zahlreiche Männer Gräben ausgehoben, Weidenschilde geflochten und Geschütze ausgerichtet, während ein ganzer Trupp Zimmerleute konzentriert Leitern aus massivem Eichenholz zusammengezimmert hatte. Die Fertigung einer Sturmleiter war eine hochkomplexe Angelegenheit im Kaiserreich. Das waren keine einfachen Gestelle, die beim ersten Angriff unter der Last der Kriegsknechte zusammenbrachen, sondern kunstvoll gefertigte Konstruktionen aus massivem Eichenholz, die für die Ewigkeit gebaut wurden. Danil hatte sich ihren Einsatz einmal von einem Schreinermeister erklären lassen. Der erste Angriffstrupp würde sie im Schutz massiver Weidenschilde an die Mauern heranschleppen und aufrichten, während Männer mit Hammer und Meißel Eisenhaken in die Burgmauern trieben, an denen die Leitern unverrückbar festgebunden wurden. War so eine Leiter erst einmal an Ort und Stelle, musste man ihr schon mit schwerem Gerät zu Leibe rücken, um sie wieder loszuwerden. Gegen so ein Konstrukt waren Holzstangen und Äxte so gut wie machtlos.

Wie sich im Verlauf der letzten drei Tage herausgestellt hatte, waren die Befestigungsanlagen oben auf dem Berg aber bei Weitem nicht so hoch und massiv, wie sie befürchtet hatten, und bestanden zu großen Teilen sogar nur aus Weidenzäunen und hölzernen Palisaden. Da der Hang durch die unzähligen Stiefel, die über ihn hinweggetrampelt waren, aber von Tag zu Tag mehr aufweichte, hatten die Kriegsknechte die Leitern kurzerhand umfunktioniert und verwendeten sie nun als Treppen, um die schlammigsten Teilstücke ihres Wegs nach oben zu überbrücken. Entlang des Pfads hockten die Kriegsknechte des Angriffstrupps, schärften ihre Waffen und kauten lustlos auf ihrer Wegzehrung herum oder starrten blicklos ins Leere. Etwas weiter den Weg hinauf verteilten Trossbegleiter Pfeile und Bolzen an die Schützen, die die Verteidiger während des Angriffs mit einem Regen aus Pfeilen überziehen sollten.

Danil schaute zu den düsteren Baumreihen hinauf, zwischen denen es gelegentlich rötlich aufblitzte, wenn ein Strahl der aufgehenden Sonne auf ein Schwert oder eine Speerspitze traf. Die Befestigungen hatten in den vergangenen Tagen schon eine ganze Menge abbekommen, und wenn man den Erzählungen der Kriegsknechte glauben durfte, waren schon unzählige Verteidiger ums Leben gekommen. Dennoch schienen sie auch jetzt noch nicht gewillt zu sein, den Kampf aufzugeben, und würden es vielleicht auch morgen und am Tag danach noch nicht sein. Irgendwann würde der Widerstand ganz sicher zusammenbrechen, nur dass Danil dann vielleicht schon nicht mehr unter den Verrückten war, die schreiend den Hügel hinaufstolperten, um sich von ihren Äxten und Keulen niederknüppeln zu lassen.

Der Gedanke, mit einem Pfeil in der Kehle oder zerschmettertem Schädel durch den Schlamm zurück ins Lager geschleppt zu werden, schien mit einem Mal nicht mehr halb so erstrebenswert wie damals, als er noch von Heldentaten im Namen des Kaisers geträumt hatte. Es war eben doch etwas anderes, gegen einen oder mehrere gelangweilte Kriegsknechte einen Zweikampf zu bestreiten – oder von einem Barbaren erschlagen zu werden, der um sein Leben kämpfte. Er warf Bogk einen Seitenblick zu, den der Waldmensch mit einem Grinsen erwiderte.

»Ein schöner Tag zum Sterben, nicht wahr?« Bogk streckte ihm seinen Weinschlauch entgegen, und er nahm ihn dankbar an. Nach einem tiefen Schluck schüttelte er angewidert den Kopf.

»Diese Scheißkälte ist nichts für mich.«

»Keine Sorge, dir wird schon noch warm werden. Spätestens auf halber Höhe zwischen den Bäumen wirst du dir wünschen, nicht so eine nutzlos schwere Rüstung mit dir herumzuschleppen.«

»Auf halber Höhe werde ich vermutlich andere Sorgen haben«, brummte Danil und griff nach dem Schwert, das Gissur ihm reichte.

»Ich bete, dass du stirbst«, zischte Gragars Sohn, aber selbst er schien an diesem Morgen ein wenig in Sorge zu sein. Mit ernster Miene deutete er auf die Waffe. »Es ist eine Schande, wie Ihr mit Eurem Schwert umgeht. Ihr könnt so auf keinen Fall vor die Götter treten. Deshalb habe ich den Griff mit neuem Leder umwickelt und die Klinge nachgeschärft.«

Danil nickte abwesend, während er zu den Bäumen hinaufschielte. Sie waren verdammt düster, das musste man schon sagen. »Falls Deine Gebete aus irgendeinem Grund auf offene Ohren stoßen, rate ich dir, die Beine in die Hand zu nehmen, Junge. Ich bin nicht sicher, ob Joring sein Wort auch dann noch hält und dich am Leben lässt, wenn ich tot bin. Das Gleiche gilt übrigens auch für dich, Bogk. Ich traue diesem verlogenen Ordensritter keinen Meter über den Weg…« Er zupfte nervös an seinem Schildgurt herum, vielleicht zum hundertsten Mal an diesem Morgen, und zog ihn ordentlich nach. Dann warf er einen Blick auf die Männer, die sich in seinem Rücken zu sammeln begannen. Die meisten schienen zum Glück erfahrene Kriegsknechte zu sein, gut erkennbar an den dichten Bärten und unzähligen Amuletten und Talismanen, die sie sich zum Schutz umgehängt hatten. Der Orden verfolgte solchen Aberglauben zu Hause zwar mit unnachgiebiger Härte, aber bei den eigenen Kriegern schien er gelegentlich die Augen fest zuzudrücken. Ein paar Neulinge waren auch darunter, die ihn mit großen, ängstlichen Augen anstarrten und vermutlich darauf warteten, dass er etwas Aufmunterndes oder Heldenhaftes von sich gab. »Ich weiß noch nicht einmal, was ich zu tun habe«, brummte er an Bogk gewandt.

»Das ist einfach. Ihr wartet auf das Signal, und dann rennt Ihr los, als wären die toten Götter hinter Euch her. Versucht dabei, so lange wie möglich am Leben zu bleiben, das wirkt ungeheuer motivierend auf alle, die Euch nachfolgen.«

»Rennen und dabei am Leben bleiben.« Danil nickte schlecht gelaunt. »Ich hoffe, dass ich mir das alles merken kann.« Er schenkte den Kriegsknechten ein gequältes Lächeln, das nach dem Ausdruck auf ihren Gesichtern wohl eher einer ängstlichen Fratze glich. Also hob er das Schwert und schwenkte es ein paarmal über dem Kopf. Das schien schon motivierender zu wirken. Klappernd schoben die Kriegsknechte ihre Helme und Schilde zurecht, klopften sich gegenseitig auf die Schultern und formten nach und nach eine ungerade Reihe. Ein Horn ertönte, und gleich darauf ein zweites, dem in der Ferne weitere Hörner antworteten. »Vorwärts«, krächzte Danil und klappte das Visier seines Helms herunter. Klappernd und rasselnd setzten sich die Kriegsknechte in Bewegung.

Schon der erste Anstieg war eine verdammt mühselige Angelegenheit. Der Boden war so aufgewühlt und schlammig, dass Danil Mühe hatte voranzukommen, ohne schon auf den ersten Metern seine Stiefel zu verlieren. Fluchend kämpfte er sich zwischen knotigen Baumwurzeln und Steinen den Hang hinauf, immer darauf gefasst, im nächsten Augenblick von einem Pfeil oder zustoßenden Speer durchbohrt zu werden. Hinter sich hörte er die Kriegsknechte keuchen, doch der Helm behinderte seine Sicht, und er konnte nicht erkennen, ob sie ihm alle folgten oder der Großteil entschieden hatte, lieber doch in der relativen Sicherheit des Zeltlagers zu bleiben. Da er nicht vorhatte, nachher völlig allein brüllend und mit dem Schwert wedelnd vor den Befestigungen der Götteranbeter aufzutauchen, wurde er langsamer, bis er aus dem Augenwinkel Bogk erspähen konnte. Er nickte ihm zu und deutete mit dem Schwert den Hang hinauf. »Vorwärts!«

»Wohin auch sonst?« Bogk zwinkerte ihm zu und grinste.

Sie folgten einem flachen Bachlauf hinauf bis zu der Biegung, an der die Kriegsknechte vor wenigen Tagen zum ersten Mal auf Widerstand gestoßen waren. Eine Handvoll selbstmörderischer Wilder hatten hier beinahe ein ganzes Dutzend Männer erschlagen, ehe sie mit vereinten Kräften zurückgedrängt werden konnten. Etwas knirschte unter Danils Stiefel, und er sah nach unten auf eine zerschmetterte Hand, die halb aus dem Schlamm herausragte. »Scheiße«, murmelte er und biss die Zähne zusammen. Mit eiligen Schritten durchquerte er das brackige Gewässer und trampelte über einen Weidenzaun, hinter dem es noch steiler bergauf ging. Irgendwo weiter oben hörte er vielstimmiges Brüllen und das Klappern von Waffen, die rhythmisch auf Schilde einschlugen. Ein dünner Schatten raste an ihm vorbei und verschwand klappernd zwischen den Bäumen. Er fragte sich noch, was das gewesen war, als ein zweiter Schatten direkt auf ihn zuschoss und mit ohrenbetäubendem Kreischen an seinem Helm entlangschrammte. Hinter ihm stieß jemand einen gurgelnden Schrei aus, und er begriff gerade noch rechtzeitig, dass es sich um Pfeile handelte. Im letzten Augenblick riss er den Schild über den Kopf, als ein ganzer Regen davon auf ihn niederprasselte, in Bäume und Wurzeln einschlug und von den Steinen um ihn herum abprallte. Eine Hand stieß ihn grob in den Rücken, und er hörte Bogk brüllen: »Weiter! Nicht stehen bleiben! Bietet den Drecksäcken kein Ziel.« Er stöhnte und kämpfte sich weiter den Hang hinauf, bis sein Atem in der Brust rasselte und ihm der Herzschlag in den Ohren dröhnte.

Ein Hindernis tauchte vor ihm auf, ein hoher Zaun aus angespitzten Holzpfählen, der an dieser Stelle schon halb in den Dreck getreten war. Ein massiger Kriegsknecht stürmte mit erhobenem Schild an ihm vorüber und warf sich mit seinem ganzen Gewicht dagegen, bis die Palisade krachend zusammenbrach. Brüllend rappelte er sich auf, schlug mit seinem Breitschwert nach einem unsichtbaren Gegner und wurde im nächsten Augenblick von einer Speerspitze durchbohrt. Er stolperte noch einige Schritte weiter, erhielt einen Schlag gegen den Schädel, der ihn herumschleuderte und in eine ausgestreckte Klinge laufen ließ, die sich als die Waffe eines Kameraden entpuppte, der direkt hinter ihm durch die Lücke geschlüpft war.

»Meine Güte«, schnaufte Danil und sah, wie der Hinterkopf des zweiten Kriegsknechts von einem gewaltigen, mit Eisenbändern verstärkten Schmiedehammer zu Brei geschlagen wurde. Blut spritzte ihm in die Augen, und er blinzelte und sah sich plötzlich einem schlammverschmierten Monster gegenüber, das mit einer federgeschmückten Keule auf ihn einschlug, die entfernt Ähnlichkeit mit dem Kieferknochen eines Maultiers aufwies. Instinktiv riss er den Schild hoch, und die Waffe hinterließ eine tiefe Delle im kunstvoll aufgemalten Wappen des Hauses ad Corbec. Er stieß die Keule mit dem Schild beiseite und stocherte nach der ungeschützten Seite des Mannes. Trotz seiner Masse wich sein Gegner spielerisch aus, schwang die Keule in einem weiten Bogen – und stieß ein überraschtes Schnaufen aus, als ihn jemand von hinten anrempelte und er von seinem eigenen Schwung getragen auf Danil zustürzte. Brüllend rammte ihm Danil den Schwertknauf ins Gesicht, hörte Knochen splittern und ließ nach allen Seiten Zahnstückchen und Blut davonspritzen. Ein untersetzter Kriegsknecht mit blutverschmierten Haumessern in jeder Hand drängte sich zwischen sie, und Danil verspürte für einen kurzen Augenblick Verärgerung darüber, dass er ihren Zweikampf so rüde unterbrach.

Der Ärger hielt nicht lange an, denn schon im nächsten Augenblick musste er einem Jagdspieß ausweichen, der auf seine Schulter zustieß. Ein enttäuschend junges Gesicht starrte ihm mit vor Angst weit aufgerissenen Augen entgegen, und es widerstrebte ihm, sich mit diesem halben Kind anzulegen. Der Junge kannte solche Bedenken allerdings nicht, denn er stach erneut nach ihm. Blitzschnell drehte sich Danil zur Seite, ließ den Spieß an seinem Brustpanzer abgleiten und stieß dem Jungen den Schild gegen die Brust, sodass der mit den Armen rudernd rückwärts in den Schlamm stürzte. Aus dem Augenwinkel sah er Bogk, der seine Axt herumwirbelte, einem alten Mann den Schädel spaltete und im nächsten Augenblick einem abgemagerten Kerl den Oberschenkel zertrümmerte, als wäre es der Ast eines vertrockneten Baums.

Eine blutüberströmte Frau zog sich auf den Unterarmen durch den Dreck, und Danil runzelte die Stirn. Das waren also die gefürchteten Wilden, die ihnen drei Tage lang verbissenen Widerstand geleistet hatten? Eher beiläufig schlug er eine Mistforke zur Seite, schnitt einem weißhaarigen Axtkämpfer eine klaffende Wunde in die Seite und machte einen Schritt auf einen stämmigen Burschen zu, dem kaum der erste Flaum auf der Oberlippe wuchs. Geduldig wartete er, bis der Bursche herangekommen war, wehrte seinen jämmerlichen Versuch eines Angriffs ab und spaltete ihn mit einem einzigen, kräftigen Hieb von der Schulter abwärts beinahe in zwei Hälften. Schnell zog er das Schwert zurück und schaute sich nach dem Nächsten um.

Hier und da waren die Kriegsknechte noch in Zweikämpfe mit den Wilden verwickelt, aber überall sonst hatten sie bereits die Oberhand gewonnen und ihre Gegner einen nach dem anderen niedergemetzelt. Überall lagen Tote und Verletzte herum: verdreht und verstümmelt im Schlamm hinter den Palisaden, die den Verteidigern kaum Schutz geboten hatten, ebenso wie auf dem weitläufigen Platz, der sich dahinter erstreckte. Sie türmten sich in großen Haufen vor dem Eingang des mächtigen Gebäudes, das den größten Teil der Tempelanlage einnahm. Danil hörte ein paar verletzte Kriegsknechte jammern, und irgendwo weiter unten am Hang schrie ein Mann sich die Seele aus dem Leib, aber im Großen und Ganzen ging es beinahe friedlich zu, wenn er bedachte, was für ein Gemetzel sich in den letzten drei Tagen hier zugetragen hatte. Schnaufend ließ er den Schild sinken und klappte das Visier seines Helms hoch.

»Du hast meinen Ratschlag also beherzigt.« Bogk kam auf ihn zugeschlendert und grinste, als begegnete er ihm auf einem Empfang des Kaisers zur Unterstützung notleidender Straßenkinder. Eine blutende Schnittwunde zierte seinen linken Oberarm, sie schien ihn aber nicht besonders zu stören. »Rennen und dabei am Leben bleiben. Eigentlich ist es ganz einfach, wenn man es erst einmal begriffen hat, nicht wahr?« Anerkennend klopfte er Danil auf die Schulterpanzerung. »Wenn so viel Feindesblut den Boden düngt, macht das uns und die Geister des Waldes glücklich.«

Danil nickte und zog den Helm vom Kopf. Er wischte sich ein paar Blutspritzer aus dem Gesicht und stellte fest, dass er es irgendwie fertiggebracht hatte, sich während des Kampfs die Lippe aufzubeißen. Er konnte nicht gerade behaupten, dass er sich besonders glücklich fühlte. »Es sind eine ganze Menge Alte und Kinder darunter«, murmelte er, während er sich umblickte.

Bogk grinste. »Das hat die Sache sehr viel einfacher für uns gemacht.«

»Ich hatte irgendwie … mehr erwartet. Das sind doch nicht die gleichen Menschen, die die letzten drei Tage gegen uns ausgehalten hatten, oder? Wo sind ihre Krieger hin?«

Bogk zuckte mit den Schultern. »Diese Lyttoner sind nicht gerade für ihren übergroßen Mut bekannt. Vielleicht haben sie sich in der Nacht aus dem Staub gemacht und nur die Alten und Schwachen zurückgelassen, oder die anderen sind alle schon tot, und wir mussten nur noch die Reste aufräumen. Ich finde, du machst dir zu viele Gedanken, wenn du den Reisenden danken solltest, noch am Leben zu sein.«

»Vermutlich hast du recht«, sagte Danil, während er mit gerunzelter Stirn zu dem Tempel hinüberblickte, der die umliegenden Gebäude beinahe um das Dreifache überragte. Er war ein unglaublich beeindruckender Bau, sicherlich mehr als dreißig Schritt hoch, vollständig aus Holz errichtet und von oben bis unten mit kunstvollen Schnitzereien verziert. Zwei massive Baumstämme flankierten das Eingangstor, das beinahe so hoch war wie der Tempel selbst und in einem blutigen Rot angestrichen war. Eine Handvoll Kriegsknechte hatte es mithilfe eines Rammbocks aufgestoßen und war lärmend und waffenklappernd im Inneren verschwunden. Die dunkle Öffnung erinnerte Danil entfernt an ein geöffnetes Maul. Das Maul eines großen, hungrigen Tiers, das nur darauf gewartet hatte, dass jemand so dumm gewesen war, sich direkt in die Falle hinein zu begeben. Er fragte sich einen Augenblick, was er täte, wenn sich das Tor krachend hinter den Eindringlingen schließen und sie mit Haut und Haaren verspeisen würde, und stellte fest, dass er vermutlich nicht einmal besonders verwundert wäre. Stöhnend rieb er sich die Schläfen. Verdammt, er war schon viel zu lange in diesem abergläubischen Land unterwegs. Noch ein paar Wochen länger, und er verlor irgendwann den Verstand. »Lass uns mal nachschauen.« Er hob seinen Schild und stapfte über den Platz.

Sie waren erst wenige Schritte weit gekommen, als der erste Kriegsknecht ihnen aus dem Innern des Tempels entgegenstolperte und sich lautstark auf die Treppenstufen erbrach. Danil schaute ihn fragend an, doch der Kriegsknecht machte nur eine wegwerfende Handbewegung und schob sich wortlos an ihm vorbei. Mit einem unguten Gefühl trat Danil durch das Tor. Aus der Dunkelheit schlug ihm ein durchdringender, süßlicher Gestank entgegen, und er rümpfte die Nase und versuchte, durch den Mund zu atmen, während er sich vorsichtig vorantastete. Der Gang endete an einem weiteren Durchgang, etwas kleiner als der vorhergehende, an dem ein Kriegsknecht Wache stand und mit abwesendem Gesichtsausdruck vor sich hinstarrte. Als Bogk ihn ansprach, hob er nur wortlos die Fackel und beleuchtete die dahinter liegende Halle.

Sie lagen überall auf dem Boden verstreut. Männer, Frauen und Kinder. Unzählige Krieger, in voller Rüstung und schwer bewaffnet, dazwischen Bauern in Festtagskleidung, Frauen in bunt bestickten Gewändern und Priester in weißen Roben. Sie lagen auf den Rücken in einem See aus Blut, in langen, ungeraden Reihen, bis zum gegenüberliegenden Ende der Halle, wo das Licht der Fackeln nicht mehr hinreichte. Sie konnten noch nicht lange tot sein, denn das Blut war zum Teil noch flüssig, und auf den fahlen Gesichtern waren noch keine Zeichen von Verwesung zu erkennen. Danil spürte, wie sich ihm der Magen umstülpte und bittere Galle seine Speiseröhre hinaufzusteigen begann.

Ein dürrer Kriegsknecht mit wieselartigen Zügen hockte unbeeindruckt zwischen den Leichen und zerrte einem der Toten den Stiefel vom Fuß.

»Was ist passiert?«, krächzte Danil.

Der Kriegsknecht schaute mit einem leicht irritierten Blick zu ihnen auf. »Waren alle schon in dem Zustand, als wir reinkamen. Alle mit durchgeschnittener Kehle.« Er zog den Zeigefinger über seinen dünnen Hals und hob dann den Stiefel. »Habt ihr schon mal so eine gute Qualität gesehen? Meine Sohlen sind schon seit Auttrin durchgelaufen, aber die hier fühlen sich an, als könnten sie bis hoch nach Dumrese halten, und auf dem gleichen Weg wieder zurück. Diese Wilden haben von nichts eine Ahnung, aber von Lederarbeiten verstehen sie etwas.«

Danil beachtete ihn nicht weiter und ging an ihm vorbei

auf das hintere Ende der Halle zu, sorgfältig darauf bedacht, auf keinen der unzähligen Toten zu treten. Auf einem erhöhten Absatz thronte ein massiver Altar aus Stein. In seine Oberfläche war eine tiefe Rinne eingemeißelt worden, über deren Zweck kein Zweifel bestand. Ein Toter in einer blutverschmierten Robe lehnte mit dem Rücken am Altar. Sein Kinn war auf die Brust gesunken, und in seiner schlaffen Hand lag ein langes, schmales Messer, das im Licht der Fackeln grünlich schimmerte.

Er wirkte größer und dünner als die Menschen unten im Saal, und seine Haut war blass und wies einen silbrigen Schimmer auf, der entfernt an Fischschuppen erinnerte. Danil ging vor ihm in die Hocke und musterte seinen Hals, über den sich wie bei allen anderen Toten ein langer, sauberer Schnitt zog.

»Den Geistern gefällt dieser Anblick ganz und gar nicht«, murmelte Bogk in seinem Rücken.

»Da sind wir uns ja ausnahmsweise einmal einig, deine Geister und ich.« Danil hob den Kopf. Er schmeckte Kotze und hätte sich am liebsten auf der Stelle übergeben. Bei den Reisenden, was würde er jetzt für einen ordentlichen Branntwein geben! Er deutete auf das fremdartige Messer. »Was hat das alles zu bedeuten? Was hat das denn für einen Sinn, sich selbst umzubringen?«

Bogk zuckte mit den Schultern. Auf seinem Gesicht lag ein düsterer Schatten. »Ich habe keine Ahnung, was das zu bedeuten hat, aber auf keinen Fall etwas Gutes.« Nachdenklich zupfte er an seinen dünnen Bartzöpfen. »Vielleicht haben sie einen Schutzzauber weben wollen, der schiefgegangen ist. Oder sie haben ihren Göttern ein Blutopfer gebracht.«

»Aber die Götter sind doch tot, oder etwa nicht?«

»Mir ist zumindest in letzter Zeit keiner über den Weg gelaufen.«

Wäre ein Künstler auf den Gedanken gekommen, das Abbild eines Gottes des Zorns zu erschaffen, und hätte dafür ein Modell gesucht, er wäre von Ordensritter Joring besonders angetan gewesen. Der Anführer der Kriegsknechte war schon an normalen Tagen nicht gerade für seine Heiterkeit bekannt, aber der Anblick der vielen Toten schien seine Laune noch mal um ein ganzes Stück verschlechtert zu haben. Wutschnaubend stapfte er zwischen den Leichen hindurch, die rechte Hand auf dem Schwertgriff und die linke zur Faust geballt. »Wie können es diese Wilden wagen, sich auf diesem Weg der Gerichtbarkeit des Ordens zu entziehen? Ich hätte sie lebend gebraucht, verdammt noch mal!«

»Es war sicher nicht gegen Euch persönlich gerichtet«, murmelte Danil und unterdrückte ein Gähnen. Sein Magen hatte sich noch immer nicht beruhigt, und er wollte nichts lieber als einen Schluck zu trinken und endlich ein Bett, in dem er ausschlafen konnte.

Joring beachtete ihn nicht. »Das ergibt alles keinen Sinn. Zuerst rotten sie sich zusammen, um gegen unseren Kaiser ins Feld zu ziehen, und dann schneiden sie sich die Kehlen durch. Wie soll ich denn jetzt ein Exempel an ihnen statuieren? Cajetan ad Hedin wollte, dass sie auf dem Richtplatz der Menge vorgeführt werden, um all den anderen Götteranbetern als Warnung zu dienen. Könnt Ihr mir sagen, was ich jetzt tun soll?«

»Ihr könntet sie in Essig einlegen. Vielleicht überstehen sie die Reise ja einigermaßen unbeschadet, bis Ihr sie auf den Richtblock gezerrt habt.«

Joring musterte Danil einen Augenblick lang mit zusammengezogenen Augenbrauen, dann nickte er langsam. »Vielleicht sollte ich das tatsächlich tun. Ich werde darüber nachdenken …« Er wandte sich um und marschierte durch die Reihen der Toten langsam zurück zum Ausgang. »In der Zwischenzeit macht ihr diesen Ort dem Erdboden gleich. Zerschlagt ihre Altäre, zündet die Häuser an und fällt ihre heiligen Bäume. Ich will, dass kein Stein mehr auf dem anderen bleibt. Wenn wir hier fertig sind, soll nichts mehr an diesen verdammten Ort erinnern.« Er deutete auf den wieselgesichtigen Kriegsknecht, der immer noch seine erbeuteten Stiefel bewunderte. »Die Truppen sollen sich sammeln und zum Abmarsch bereit machen. Wir kehren auf der Stelle nach Berun zurück!«

Dummerweise beschloss ausgerechnet in diesem Augenblick Bogk, den Ordensritter auf das Versprechen aufmerksam zu machen, das er seinem Volk gegeben hatte. Mit einem arglosen Lächeln stellte er sich Joring in den Weg. »Ihr habt versprochen, uns in das Berunische Reich aufzunehmen, wenn dieser Kriegszug zu einem erfolgreichen Ende gebracht wurde …«

Joring schnaufte frustriert und machte eine ausschweifende Handbewegung, die den gesamten Raum umfasste. »Nennst du das hier erfolgreich? Ein Grab voller Leichen? Ich kehre mit nichts nach Berun zurück, und aus diesem Grund schulde ich dir auch nichts.«

Bogk schaute ihn verdattert an. »Aber ich habe Euch doch hierhergeführt, und Ihr habt mir Euer Wort gegeben.«

»Mein Wort? Dass ich nicht lache.« Joring streckte ihm den Zeigefinger unter die Nase. »Geh mir aus dem Weg, du Bettler, oder ich gebe dir mein Wort, dass ich dich am nächsten Baum aufknüpfen lasse. Hast du mich verstanden?«

Bogk blinzelte. Er schien einen Augenblick zu brauchen, bis ihm die Bedeutung von Jorings Worten klar wurde, doch als er es endlich begriff, blieb ihm der Mund offen stehen. Danil hatte noch nie zuvor einen Menschen gesehen, der so fassungslos wirkte wie der zurückgewiesene Waldmensch. Dabei hätte er sich doch denken können, wie die Dankbarkeit des Ordens aussah. Danil hatte ihn schließlich oft genug davor gewarnt. Er seufzte und wollte Bogk gerade unauffällig zur Seite ziehen, als der langsam und energisch den Kopf schüttelte. »Ich rühre mich nicht vom Fleck«, presste er zwischen zusammengebissenen Zähnen hervor, und Danil stellte voller Unbehagen fest, dass er noch immer seine Waffe umklammert hielt, »bis Ihr Euer Versprechen eingelöst habt.«

Joring blieb wie angewurzelt stehen. Sein Blick fiel nun ebenfalls auf die blutige Axt, und seine Hände ballten sich zu Fäusten. Die umstehenden Kriegsknechte hielten die Luft an, und der wieselgesichtige Kriegsknecht stellte die erbeuteten Stiefel behutsam auf einem Stück trockenen Boden ab und zog langsam ein beeindruckend hässliches Hiebmesser aus dem Gürtel.

»Aus dem Weg«, zischte Joring mit kaum unterdrückter Wut.

»Nein«, sagte Bogk.

»Wartet mal«, sagte Danil und hob die Hände. Er hatte nun wirklich keine Lust auf noch mehr Gewalt. Der Anblick der vielen Toten hatte seinen Magen schon genug in Aufruhr versetzt, und er brauchte jetzt ganz dringend etwas zu trinken. Das hatte er sich mehr als verdient, und das würde ihm jetzt auch keine kleinliche Streiterei mehr vermiesen. »Das ist nicht der geeignete Augenblick, um einen Streit anzuzetteln. Lasst uns die Sache nachher in aller Ruhe bei einem Becher

Wein klären, dann werden wir sicherlich zu einer einvernehmlichen Lösung kommen.«

Bogk runzelte die Stirn. »Aber er hat es doch versprochen.«

»Das stimmt, und wir werden auf jeden Fall darüber reden, das verspreche ich dir. Aber nicht jetzt und nicht an diesem götterverfluchten Ort.« Er trat einen Schritt auf Bogk zu und streckte die Hand aus. »Und jetzt gib mir die Axt, mein Freund.«

Bogk runzelte die Stirn. Er sah zu Joring, der ihn mit selbstgerechtem Zorn anfunkelte, dann zu den Kriegsknechten, die einen waffenstarrenden Kreis um sie herum gebildet hatten, und schließlich zu Danil, der innig hoffte, dass die Sache irgendwie noch ein gutes Ende nahm. »Also gut«, sagte er und legte die Axt mit einem Seufzer in Danils offene Hand. »Lass uns später darüber reden.«

»Ergreift ihn!«, brüllte Joring so unerwartet, dass Danil zusammenzuckte und die Waffe fallen ließ.

Die Kriegsknechte reagierten augenblicklich. Sie stießen Danil beiseite und stürzten sich auf Bogk, der fluchend herumfuhr. Noch ehe er reagieren konnte, hatte der Wieselgesichtige ihm mit der Breitseite seines Hiebmessers einen Schlag gegen die Schläfe versetzt. Bogk taumelte rückwärts, genau in die Richtung eines zweiten Kriegsknechts, der ihm den Stiel seines Spießes in die Magengrube rammte, während ein Dritter ihm von hinten die Beine wegtrat und ihn mit dem Gesicht voran zu Boden warf. Bogk stöhnte und versuchte sich aufzurichten, aber er hatte bereits verloren. Grinsend bohrte ihm der Wieselgesichtige das Knie in den Rücken, zauberte von irgendwoher einen Strick zutage und fesselte ihm mit geübten Bewegungen die Hände.

Als die Kriegsknechte ihn zurück auf die Beine zerrten,

drehte er den Kopf und funkelte Danil zornig an. »Du hast mich belogen!«

»Ich ...«, sagte Danil und kam sich ziemlich dumm dabei vor. »Das habe ich so nicht gewollt.«

»Er weiß eben, wo sein Platz ist«, sagte Joring und ließ die Fingerknöchel knacken. »Du dagegen hast es gewagt, die Waffe gegen einen Ordensritter zu erheben.«

»Ich hätte sie dir besser gleich in dein hässliches Gesicht rammen sollen.«

Jorings Faust krachte so unerwartet in seinen Bauch, dass er wohl erneut zu Boden gestürzt wäre, wenn die Kriegsknechte ihn nicht festgehalten hätten. Schmerzerfüllt verzog er das Gesicht und spuckte Blut.

Joring streckte ihm den Zeigefinger unter die Nase. »Ich habe dem Tempelfürst versprochen, dass ich ein paar Wilde zurück nach Berun bringe, die er auf dem Marktplatz zur Schau stellen kann. Da ich hier nicht fündig geworden bin, muss ich eben jemand anderen finden, den er verbrennen kann.«

»Wartet«, rief Danil dazwischen. Fassungslos schüttelte er den Kopf. »Das ist alles ein furchtbares Missverständnis. Er ist keiner von denen. Ihr könnt ihn doch nicht ...«

»Er betet die Götter an«, fauchte Joring. »Das ist mehr als genug, um ihn der Reinigenden Flamme zu überantworten.«

»Waldgeister«, murmelte Danil so leise, dass er sich selbst kaum hörte.

»Was?«

Danil räusperte sich. »Er betet verdammte Waldgeister an. Keine Götter.«

Irritiert runzelte Joring die Stirn. »Wo ist denn da der Unterschied?«

»Dass die Götter tot sind, während seine Waldgeister noch leben.«

»Na und?« Joring zuckte mit den Schultern. »Wenn sie ein Problem mit uns haben, sollen sie sich doch beschweren. Wir werden ihnen schon die gebührende Antwort erteilen.« Er stieß Danil den Zeigefinger gegen den Brustpanzer. »Und jetzt seht zu, dass Ihr zurück ins Lager kommt. Eure Anwesenheit beginnt mir nämlich ganz gewaltig auf die Nerven zu gehen.«

21

DIE FEUER DER LEIDENSCHAFTEN

A d Koredin.«

Cunrat sah auf, dann beschleunigte er unwillig seine Schritte und schloss zu Dolen auf. Der Ritter marschierte stoisch an der Spitze ihres kleinen Zugs, ohne sich anmerken zu lassen, ob ihm die schwere Rüstung etwas ausmachte. Wie jeder der Ritter hatte er inzwischen die erbeuteten Rüstungsteile notdürftig angepasst und angelegt. Allerdings war er der Einzige, der die beinahe vollständige Rüstung eines Kriegsknecht-Vibel trug. Wibalt und Cunrat waren schlicht zu groß für die erbeuteten Teile, sodass der junge Ritter mit einem etwas eng sitzenden Kettenhemd vorliebnehmen musste, während der hünenhafte Wibalt lediglich einen Waffenrock und einen zurechtgebogenen Brustpanzer trug. Keiner der Helme hatte dem großen Ritter gepasst, also hatte er darauf verzichtet, und das struppige Haar klebte jetzt als verschwitztes Gewirr auf seinem Schädel.

»Herre?«

Dolen warf ihm einen kurzen Seitenblick zu. »Gib mir deine Feldflasche.« Er streckte Cunrat die Hand hin. Verwirrt warf dieser einen Blick auf die Flasche, die an Dolens Gürtel hing und bei jedem Schritt leise gluckste.»Mach schon.« Cunrat nestelte die Flasche von seinem Gürtel und drückte sie Dolen in die Hand. Der Ritter trank einen ausgiebigen Schluck, spülte den Mund aus und nahm einen weiteren, bevor er die Flasche zurückreichte.»Du traust Messer und den Kriegsknechten nicht«, stellte er leise fest, ohne Cunrat anzusehen.»Und du hast recht damit. Die Kriegsknechte – sie können nichts dafür. Sie sind einfache Männer, deren Handwerk das Töten ist, für den, der sie bezahlt. Wir können froh sein, dass es jemand zu sein scheint, der dem Thron nahesteht und dessen Taschen tiefer sind als die des Fürsten. Aber am Ende des Tages geht ihre Ehre doch nicht weiter als bis auf den Grund ihres Beutels. Vergiss das nicht.«

Cunrat runzelte fragend die Stirn.»Gilt das nicht auch für Messer?«

»Das ist komplizierter, fürchte ich. Arbeitet er für Cajetan, könnten seine Motive tiefer gehen. Noch dazu trägt er wie wir den Fluch und steht im Dienst des Ordens, obwohl er kein Ritter ist. Das sollte uns zu denken geben. Ich bin seit über dreißig Jahren Mann des Ordens und habe von Männern wie ihm nur flüstern hören. Wir tun die Arbeit der Reisenden im Licht – *sie* verbergen sich in unseren Schatten und tun die Dinge, die für uns undenkbar sind. Das schließt auch einen Dolch in unseren Rücken nicht aus. Allein dass Cajetan ihn hierhergeschickt hat, beweist, dass etwas Größeres im Gange ist, als man uns sagt.«

»Eine Revolte reicht Euch nicht?«

Dolen hob die Brauen.»Sie ist ein guter Grund, ja. Aber unser Schiff hat Berun verlassen, Wochen bevor Fürst Antreno seinen Handstreich unternahm. Wenn also Fürst Cajetan von diesen Plänen wusste – warum ließ man dann uns in diese Falle laufen?« Er schüttelte den Kopf. »Nein. Da ist noch mehr, als er uns sagt.« Der narbige Ritter sah misstrauisch hinauf in das dunkle Blätterdach, das sich wie ein sattgrüner Tunnel über dem Karrenpfad wölbte, den man hier Straße nannte, bevor sein Blick erneut nach links wanderte, wo zwischen bemoosten Stämmen und schroffen Felsen in der Ferne gelegentlich das Meer hindurchschimmerte.

Cunrat musterte ebenfalls die See. Von hier aus konnte man kaum mehr als ein Glitzern sehen, und dennoch wurde er das Gefühl nicht los, dass dieses graue Schiff noch immer ganz in ihrer Nähe war, dass es der Küste folgte – um was zu suchen? »Das Schiff«, murmelte er, und Dolen nickte kaum merklich. »Ist es denkbar, dass Messer deswegen hier ist?«

»Ich glaube, da kommen wir der Sache schon näher.«

»Was sagt Wibalt dazu?«

Der Narbige schnaubte. »Wibalt? Dem brauchst du auch nicht trauen, und seine Meinung ist nicht wert, was er an einem Tag verfrisst.«

»Er ist ein Ritter!« Cunrat sah den Älteren verwundert an, doch jener winkte nur verächtlich ab.

»Er ist ein Ritter wegen seines Fluchs, der stärker als gewöhnlich und für uns nützlich ist. Er ist ein Ritter, weil er groß und stark ist wie ein Ochse und weil er hart genug zuschlägt für zwei. Wir brauchen solche Männer – aber für seinen Kopf hat ihn der Orden sicher nicht erwählt.« Er seufzte. »Freund Wibalt mag ein Ritter sein, doch sein Geist ist der eines Kriegsknechts. Weshalb er sich mit denen wohl auch so gut versteht.« Dolen nickte nach hinten, und Cunrat konnte sehen, dass Wibalt mit dem Mann namens Zeisig ins Gespräch vertieft war. »Er ist loyal und tut seine Pflicht, so viel steht außer Frage. Doch auf sein Urteil solltest du dich nicht verlassen.«

Cunrat lächelte schmal. »Bleibt nur noch Ihr, was?«

Dolen musterte die nächste Biegung vor ihnen. »Das habe ich nie gesagt«, stellte er ohne einen Anflug von Humor fest. »Vertrau niemandem, ad Koredin, dann kannst du nicht enttäuscht werden. Wenn du vertrauen willst, dann auf die Worte der Reisenden und die Sache des Ordens. Alles andere führt im Zweifel nur zu Enttäuschung und hält dich von dem ab, was getan werden muss.«

»Das ... ist eine ziemlich düstere Lebensweisheit.« Cunrat musterte den Narbigen mit neu erwachtem Interesse.

»Eine, die ich hart erlernen musste«, gab Dolen knapp zurück und rieb sich abwesend seinen zerschlagenen Kiefer. »Erhalte dir dein Misstrauen. Es könnte sein, dass es in den nächsten Tagen notwendig wird, unsere Befehle zu missachten, und wenn es so weit ist, werde ich dich um deine Unterstützung bitten. Ich glaube nämlich, es könnte wichtiger werden, Messer im Auge zu behalten und dieses Schiff aufzuspüren, als das Ordenshaus in Tiburone zu warnen und Hilfe für unsere Brüder in Gostin zu beschaffen. Selbst wenn das den Tod von guten Männern bedeutet.«

Cunrat starrte den Mann entgeistert an. »Ihr wollt, dass ich den direkten Befehl Herre Henrics missachte und mein Wort breche?«

Dolen zuckte mit den Schultern. »Bei deiner Aufnahme in die Ritterschaft des Ordens hast du geschworen, der Sache der Reisenden und des Ordens um jeden Preis zu dienen, nicht etwa dem Reich oder dem Kaiser, ad Koredin. Es könnte sein, dass dieser Preis dein Stolz ist. Denn mit einem hat der kleine Mann, Ness, recht: Wenn Stolz uns davon abhält, zu tun, was getan werden muss, sollten wir ihn loswerden. Manchmal können wir nicht beides: ehrenhaft sein *und* das Richtige tun. Du sollst selbstverständlich keinen direkten Befehl missachten, Ritter. Nicht, wenn es sich vermeiden lässt. Aber behalte im Kopf, dass es notwendig werden könnte. Das ist alles.« Der Narbige ging schneller, und Cunrat wurde klar, dass dieses Gespräch beendet war.

»Theyn.« Oloare klang eindringlich. »Wir sollten wirklich aufbrechen. Es bleiben uns nur noch wenige Stunden Tageslicht, und wenn wir bis zum Einsetzen der Dämmerung die Küste nicht erreicht haben, versperrt uns die Flut den Weg. Das kostet uns Zeit, die wir nicht haben.«

»Weib«, schnappte der Kolnorer zurück, »langsam gehst du mir auf die Nerven. Und das solltest du besser lassen.«

Marten stimmte ihm im Stillen zu. Oloare sollte das wirklich besser lassen. Der Kerl hatte noch immer das Blut Prahits am Stiefel kleben, um deutlich genug zu beweisen, dass nichts auf seine Nerven gehen sollte. Er schien kaum welche davon zu haben, und Marten fragte sich, wie viele der eigenen Männer dieser Kolnorer verschlissen hatte, bis er hier angekommen war. Und vor allem: Wie viele Einwohner hatte es das Macouban bereits gekostet, dass dieses bärtige Arschloch zu Wutanfällen neigte wie ein verzogener achtjähriger Adelsspross aus Berun? Marten wagte nicht, darüber nachzudenken. Es war bereits gut zwei Stunden her, dass man ihn und Emeri grob an zwei der Stützbalken am Rand der Veranda gebunden hatte. Anfangs hatte der Theyn ihn und die Fürstentochter noch ausgiebig begutachtet, doch Oloare war nicht von seiner Seite gewichen, und so sehr es den bärtigen Kolnorer zu jucken schien – unter ihrem kalten Blick hatte er am Ende kein Wort zu ihnen gesprochen und keinen Finger an sie gelegt.

Schließlich hatte er sich abgewandt, war zu seinem Schwein zurückgekehrt und hatte sie sofort vergessen. Es schien Marten, als verliere er ebenso schnell das Interesse, wie sein Temperament mit ihm durchging. Oloare war mit ihm gegangen, und auch sie hatte kein Wort von sich gegeben, obwohl ihr die mörderischen Blicke Emeris nicht entgangen sein konnten.

Jetzt saßen er und Emeri am Rand der Plattform, die Rücken an die glatten Pfeiler gelehnt. Marten hatte es aufgegeben, die Fesseln lösen zu wollen. Der Mann, der die Lederriemen verzurrt hatte, verstand sein Handwerk, und die Schnüre saßen ohnehin so fest, dass er inzwischen beinahe das Gefühl in den Fingern verloren hatte.

Die seltsamen Schweine, die die Kolnorer geschlachtet hatten, waren inzwischen durchgebraten, und ihr Geruch hing verlockend in der Luft, während die Männer das von Fett triefende Fleisch in sich hineinstopften. Allein der Anblick ließ Martens Magen knurren, und er hatte schließlich den Blick abgewandt. Stattdessen die Dorfbewohner anzustarren machte es nicht besser. Sie kauerten noch immer auf dem Dorfplatz und sahen stumm zu, wie die Kriegsknechte ihre Haustiere fraßen und mit den Knochen nach den Hunden warfen, die inzwischen ihr Gekläffe eingestellt hatten. Hunde waren loyal, solange man sie fütterte. Marten war sich nicht sicher, ob das ein Zeichen von Dummheit oder Schlauheit war. Auf jeden Fall unterschied es sie nicht sonderlich von einigen Menschen, die er kannte. Vorsichtig versuchte er, seine Schultern so weit zu lockern, wie es sein unbequemer Sitzplatz zuließ. Fieberhaft dachte er nach. Wo bei den Reisenden waren Xari und der Pockennarbige? Hatte man sie ebenfalls bereits erwischt?

Nein, das konnte er vermutlich ausschließen. Dieser kolnorische Drecksack hätte sich jemanden wie Xari sicher nicht entgehen lassen. Aber wenn nicht – wo waren sie dann? Er ertappte sich dabei, wie er die Hütten rund um den Platz musterte, und senkte den Blick. Falls Xari noch nicht entdeckt war, dann gab es keinen Grund, dass er es war, der sie verriet.

Vermutlich war das der Grund, warum er den blassen Mann nicht gehört hatte, bis er plötzlich neben ihm stand. Er zuckte zusammen. Der Blasse zog ein langes Messer mit einer dünnen, gebogenen Klinge und drehte es nachdenklich zwischen den Fingern. »Du bist also ein Sohn des Löwen von Berun, hm?«

Marten starrte den Mann an. »Ich habe keine Ahnung, warum das jeder behauptet.«

»Immerhin hat dir das das Leben gerettet«, gab der Blasse zurück. »Der Theyn hat nicht viel für Beruner übrig, und für den Kaiser noch weniger. Aber selbst er weiß, dass jemand mit kaiserlichem Blut wertvoll genug sein könnte, um ihn am Leben zu lassen.« Er legte das Messer sanft neben Marten ab und holte eine fingerdicke Leine aus geflochtenem Leder hervor. »Und weißt du was? Ich glaube Oloare sogar. Zumindest musst du ihr oder irgendjemandem einiges wert sein, denn aus reiner Menschenfreundlichkeit hat sie noch für niemanden ein Wort eingelegt.« Er sah von der Leine auf. »Ich frage mich nur, für wen genau du etwas wert sein könntest. Nicht für den Kaiser, so viel steht fest, sonst wärst du kaum hier. Vielleicht für den Hof der Kolnorer?« Er zuckte mit den Schultern und formte aus dem einen Ende der Leine eine

Schlinge. »Auf jeden Fall sollte dir darauf eine Antwort einfallen, wenn sich Theyn Halvor diese Frage stellt. Bis dahin halt den Kopf unten und tu, was man dir sagt.« Mit einem fast bedauernden Ausdruck warf er die Schlinge über Martens Kopf, und noch bevor dieser auch nur reagieren konnte, hatte er die Schlinge zugezogen. Dann nahm er das Messer und stand auf. »Wie auch immer: Der Theyn hat beschlossen, dass ihr ihm für die nächsten Tage nicht von der Seite weicht. Oloare hat versucht, ihn davon zu überzeugen, euch nach Gostin zu schicken, aber er hat es sich so in den Kopf gesetzt. Macht also das Beste daraus. Immerhin lebt ihr noch. Das ist mehr, als man von anderen sagen kann. Egal, wer du bist – der Theyn hat schon wesentlich wertvollere Männer erschlagen, wenn sie ihm in die Quere gekommen sind. Weil sie nicht getan haben, was er sagt. Oder einfach, weil er einen schlechten Tag hatte.« Er sah über den Platz, wo eine Gruppe Männer ihr Marschgepäck richtete und weiter zu den Dorfbewohnern. Leise fügte er hinzu: »Und je länger wir hier sind, desto mehr schlechte Tage hat er.« Mit einer schnellen Bewegung schnitt er Martens Fesseln durch. Die Klinge war so scharf, dass sie Marten ein kleines Stück des linken Handballens abschnitt, ohne dass er es im ersten Moment bemerkte. Erst als er seine Handgelenke massierte, bemerkte er das Blut, das auf die Bohlen der Veranda tropfte. »Hey«, protestierte er, doch der Blasse zog an seiner Leine, und die Schlinge um seinen Hals zog sich weiter zu, sodass ihm gar keine andere Möglichkeit blieb, als hinter ihm her zu Emeri zu stolpern. Der Mann sah auf die Fürstentochter hinab. »Du hast gehört, was ich gesagt habe?« Emeri sah zu ihnen auf und nickte. Unverhüllter Hass lag in ihrer Miene, doch den Blassen schien das nicht zu stören. »Gut. Halt still.« Er warf Emeri eine zweite Schlinge derselben Leine über den Kopf, bevor er auch ihre Fesseln durchschnitt. »Dann kommt und macht keinen Ärger. Es sieht so aus, als hätten wir heute noch ein Stück zu marschieren, also spart euch eure Kräfte.«

Emeri rieb sich die Arme, und für einen Moment wirkte sie, als wolle sie den Mann trotzdem angreifen, doch das noch immer gezogene Messer brachte sie schließlich von dieser Idee ab. »Er hat ihn totgetreten. Einfach so.«

Der Blasse sah sie ausdruckslos an. »Einfach so«, wiederholte er leise. »Deswegen sagte ich, dass ihr tun sollt, was man euch sagt. Bewegt euch.« Erneut zog er an der Leine, und wieder blieb ihnen nichts übrig, als ihm zu folgen. Auf dem Dorfplatz sammelten sich inzwischen einige Männer und nahmen unter der wortkargen Regie einer stämmigen Kolnorerin Stellung auf. Der blasse Mann bemerkte Martens Blick. »Das ist Vibel Gleve, die rechte Hand des Theyn. Sie wird den Trupp führen. Gleve redet nicht viel, aber was sie sagt, ist Gesetz. Ganz besonders für euch beide.«

»Ich hatte fünfzig gesagt«, knurrte der Theyn gerade, doch Oloare sah ihn mit demselben herablassend-unnachgiebigen Blick an, mit dem sie auch Marten während seiner Genesung mehr als einmal bedacht hatte, wenn er eine ihrer Ansicht nach unsinnige Forderung gestellt hatte. Wie zum Beispiel, allein pissen gehen zu dürfen.

»Zwanzig. Eine Quartere. Das reicht als Ehrengarde und zum Geleitschutz. Alles andere bremst uns und würde außerdem vielleicht als Misstrauen aufgefasst werden. Das habe ich Euch aber bereits erklärt«, sagte sie ruhig.

»Da scheiß ich drauf. Natürlich misstraue ich denen. Ich misstraue ja sogar meinen eigenen Leuten. Welcher vernünftige Mann würde das nicht tun?«

Oloare überging die Frage. »Wir müssen uns beeilen, wenn wir vor der Flut am Ufer sein wollen. *Und* dann führt uns unser Weg noch ein ganzes Stück unter der Flutlinie entlang. Nimmst du fünfzig Männer mit, werden es dreißig nicht schaffen. Also zwanzig. Gesunde, kräftige Männer. Es kann sein, dass es etwas zu graben gilt.« Sie betrachtete die versammelte Quartere, und Marten tat es ihr nach. Die Männer waren kantige, muskulöse Kolnorer oder Ähnliches, auch wenn sie samt und sonders ein wenig hager wirkten. Wenn sie wirklich zu Fuß bis hierher gekommen waren, so hatte ihnen der lange Marsch nicht gutgetan. Gleichzeitig bewies das aber auch, dass sie wirklich harte Hunde waren. Oder Hündinnen. Eine Handvoll der Kriegsknechte wies keinen struppigen Bart auf, und bei zumindest dreien war er sich bei näherem Hinsehen ziemlich sicher, dass es sich um Frauen handelte. Er hatte davon gehört, dass unter den Truppen der Kolnorer auch Frauen kämpften, aber dass es so viele waren, wunderte ihn doch. Er warf Emeri einen unauffälligen Blick zu, doch die hatte nur Augen für Oloare, und ihre Lippen formten in diesem Augenblick etwas, das Marten als »Ich bring dich um« interpretierte. *Und ich werde dir dabei helfen.* Stumm berührte er ihren Arm.

Der Theyn hatte seinen Widerstand noch immer nicht ganz aufgegeben. »Was ist mit Vigglud und Bladik? Sie müssten jeden Moment hier eintreffen, und ich hätte sie wirklich gern bei mir, wenn ...«

Oloare winkte ab, und Marten meinte, jetzt eine Spur Gereiztheit in ihrer Stimme zu entdecken. »Schickt jemanden zurück, wenn wir am Ufer sind, wenn Ihr wollt. Aber ob sie den Weg danach finden, wage ich zu bezweifeln. Wenn Ihr meinen Rat wollt ...«

»Ich scheiß auf deinen Rat.«

»...dann schickt sie nach Gostin. Sobald wir fertig sind, werden wir ohnehin dorthin gehen.«

»Erklär mir nicht meinen Plan, Weib!«

Marten glaubte, beim Wort »Plan« etwas Abfälliges über das Gesicht des Blassen huschen zu sehen, doch das fremdartige Gesicht war schwer zu lesen.

»Hatte ich auch nicht vor. Das wäre Zeitverschwendung.« Oloare hängte sich eine Tasche über die Schulter und musterte die zusammengetriebenen Dorfbewohner. »Was hast du mit ihnen vor?«

Bront folgte ihrem Blick. »Sie wissen ziemlich viel. Vor allem haben sie dein Gesicht gesehen. Ich schätze, das ist nicht gut für sie?«

Die Heilkundige beendete die Musterung mit unbewegter Miene. »Du hast recht. Das könnte zu Problemen führen. In einigen Tagen wäre das egal, aber jetzt... Am besten wäre es, wenn deine Leute sie beseitigen.« Sie riss den Blick los und wandte sich ab. »Auch das wird in einigen Tagen keine Rolle mehr spielen.«

»Was?« Emeri stieß einen ungläubigen Schrei aus. »Das kannst du nicht tun, Oloare! Das ist Mord! Mord an deinem Volk!«

Oloare warf ihr einen abschätzigen Seitenblick zu. »Sie sind ebenso wenig mein Volk wie deins, Kind. Und es ist kein Mord. Es ist lediglich... aufräumen.«

Die Fürstentochter zerrte an der Schlinge um ihren Hals. »Ich werde dich...«, doch die Heilerin schnaubte. »Glaube ich kaum. Und jetzt halt deinen Mund, bevor ich ihn dir schließe.« Sie wandte sich ab und marschierte an die Spitze des Zugs, der sich jetzt aufstellte.

Im Gesicht des Theyn zuckte es. Dann kratzte er sich den Bart und winkte seine übrigen Vibel heran. »Ihr habt das Weib gehört«, sagte er ruppig. »Ihr wartet, bis Vigglud und seine Männer hier sind. Ich schicke ihm einen Mann, der ihn zu mir bringt, der Rest geht mit euch nach Gostin zu unseren Verbündeten. Auch Bladik. Und dann ... räumt hier auf. « Er winkte in Richtung der Dorfbewohner.

Die Vibel nickten. Einer von ihnen räusperte sich. »Theyn, sollen wir ...«

Bronts Faust traf seine Lippe und ließ sie platzen. »Heetmann«, bellte er. »Wir sind Beruner, vergesst das nicht. Und wir sind Beruner, bis ich etwas anderes sage, verstanden? Bis dahin wirst du mich Heetmann nennen.«

Der Mann stolperte einen Schritt rückwärts und betastete seine Lippe, bevor er sich fing und wieder Haltung annahm. »Ja, Herre. Heetmann.«

»Gut.« Der Theyn tätschelte dem Vibel auf die Wange. »Bis Vigglud hier ist: habt Spaß. Aber vergesst nicht, am Ende aufzuräumen. Und du, Schatten – verlier meine Gäste nicht.« Er nickte dem Blassen zu, schenkte Emeri ein schmieriges Grinsen. Dann wandte er sich ab und ging ebenfalls zum Anfang des Zugs, wo Gleve auf seinen Wink hin das Zeichen zum Abmarsch gab. Marten sah sich noch ein letztes Mal um. Wo bei allen Reisenden war Xari? Doch auch jetzt konnte er keine Spur von ihr entdecken. Wenig später traten sie erneut unter das dichte Blätterdach des Urwalds.

22

NACKTE TATSACHEN

Bist du so weit?«, flüsterte Xari.

Ibril nickte, bedeutete ihr jedoch mit erhobenem Finger, dass er einen weiteren Moment gut brauchen könnte. Hastig löste er einen weiteren Pergamentverschluss von einem der großen Tonkrüge. Eine weitere Wolke des durchdringenden Dufts nach *Djelaba*-Öl stieg auf und erfüllte den Raum mit seinem würzigen Aroma.

Xari wischte sich die Hände ab und sah sich um. Das Innere der kleinen Hütte, in die sie eingedrungen waren, wurde nur von einem winzigen Fenster neben der Tür notdürftig beleuchtet, auch wenn durch einige Ritzen in den Wänden weitere Lichtstrahlen ihren Weg in das Halbdunkel fanden. Sie beleuchteten Kistenstapel und zwei Reihen von grob gezimmerten Regalen. Offensichtlich wurde dieser Schuppen nicht bewohnt, sondern als Lager für verschiedenste Güter des Dorfs genutzt. Von Lampenöl über Ballen von Tuch bis zu Fässern von eingemachtem Essen hatten die Dörfler hier alles eingelagert, was sie nicht täglich benötigten. Sie waren allerdings nicht die Ersten hier gewesen. Zahlreiche zerbrochene Gefäße, zerrissene Stoffe und ausgeleerte Kisten und Säcke, deren Inhalt zu einer schmutzigen Masse zertreten worden waren, zeugten davon, dass die Kriegsknechte auch hier nach Wertvollem gesucht hatten. Auch sie hatten die Hütte nochmals durchsucht, jedoch leiser und so vorsichtig wie möglich. Erst jetzt jedoch fiel Xari der zentrale Stützbalken dieser Behausung auf. Er war mit abgegriffenen Schnitzereien verziert, die sich wie Schlangen um das altersdunkle Holz wanden. Das war an sich nicht ungewöhnlich. Die meisten traditionellen Wohnhäuser der Metis hatten diesen zentralen Pfeiler mit den Schlangen des Duambe, an dem normalerweise Rauchgefäße und kleinere Opfergaben aufgehängt waren. Sie runzelte die Stirn. Das bedeutete wohl, dass auch dieses Haus hier früher einmal bewohnt worden war. Und das brachte sie auf eine Idee. Sie trat an den Balken heran, reckte sich auf die Zehenspitzen und tastete ihn dort ab, wo er im Dunkel des alten Dachs verschwand, wobei sie inständig darauf hoffte, in kein Spinnennest oder Ähnliches zu fassen. Sie hatte in doppelter Hinsicht Glück: Nichts biss in ihre Hand, und ihre Finger fanden, was sie erhofft hatte. Oben am Kopf des Pfeilers war etwas befestigt. Sie schob ihre Finger darunter und zog an dem flachen Plättchen hin und her, bis es sich schließlich mit leisem Knirschen löste. Nachdenklich betrachtete sie die daumenlange, dünne Platte aus Blaustein, die dort oben im Dunkel befestigt gewesen war. Die meisten der Duambesäulen hatten eines, manchmal sogar mehrere dieser kleinen Amulette, die dem Haus und seinen Bewohnern Glück bringen sollten. In diesem Fall war es das Beste, was ihr passieren konnte. Und Duambe würde ihr den kleinen Diebstahl vergeben. Schließlich würde sie das Aget dazu verwenden, sein Volk zu retten. Oder?

Das Motiv auf der Oberfläche des Plättchens war merkwürdig. Es zeigte nicht die Schlangen des Gottes und auch keines der anderen Symbole, die ihr geläufig waren. Stattdessen hatte jemand eine Welle darauf abgebildet und darunter ein Meer, in dem stilisierte Fische schwammen – und eine Gestalt, die wie eine Mischung aus Mensch und etwas anderem wirkte. Ihre riesigen Augen waren dunkle Löcher, die so tief eingegraben waren, dass sie beinahe die dünne Platte durchstießen, und sie schienen direkt durch sie hindurchzusehen. Xari erschauderte. Irgendetwas sagte ihr, dass das hier nicht Duambe oder seiner Schwester geweiht war. Zu fremdartig waren Motiv und Verzierung. Sie straffte die Schultern und schloss die Hand um ihren Fund. Was sollte es. Sie hatte Blaustein gefunden. Das war alles, was jetzt zählte. Mit einem tiefen Durchatmen wandte sie sich wieder dem Fenster zu und schielte vorsichtig nach draußen, peinlich darauf bedacht, sich nicht sehen zu lassen. Sie runzelte die Stirn. »Was bei den Moa tun sie?« Plötzlich kroch ihr ein kalter Hauch über den Rücken. »Sie brechen auf!«

Der Pockennarbige hielt inne und sah auf. »Die Fremden?«

»Nein.« Xari schüttelte den Kopf. »Nicht alle. Nur ihr Anführer, der Schlächter. Und mit ihm die *Vairani*, der Beruner und etwa zwei Dutzend andere. Der Rest macht keine Anstalten.«

Ibril sah sie unschlüssig an. »Und das heißt?«

»Ich ... ich weiß es nicht.« Frustriert ballte die Metis die Fäuste. »Sie teilen sich auf. Sie entkommen uns! Verdammt, bist du endlich so weit?«

Der Pockennarbige stand auf und betrachtete die Reihen von Ölkrügen, die sie an den Wänden der Hütte aufgestellt hatten, und die kleinen, ebenfalls mit Öl gefüllten Becher, die unter dem Fenster standen. »Fast«, sagte er. »Wir brauchen immer noch Feuer.« Zu Xaris Unmut hatten sie weder in dieser Hütte noch in der ersten ein brennendes Herdfeuer, glühende Kohlen oder auch nur Feuerzeug und Stahl gefunden.

Erneut sah sie aus dem Fenster. Der hochgewachsene blasse Mann zog an der Leine, die an Martens und Emeris Hälsen befestigt war, und der Tross setzte sich in Bewegung, unerreichbar weit entfernt auf der anderen Seite des Dorfplatzes. Erneut stieß sie einen leisen Fluch aus. Dann fiel ihr Blick auf das nächstgelegene Kochfeuer, über dem noch immer die Reste eines *Mbwamai* schmorten.

»Ich besorge dir Feuer«, murmelte sie. »Halt dich bereit.« Bevor Ibril etwas entgegnen konnte, griff sie sich einen Ölkrug, öffnete die Tür und stieg die Stufen hinab in den Schlamm des Dorfplatzes. Dabei ließ sie ihr zerschundenes Kleid von einer Schulter gleiten. Sie war tatsächlich erstaunt, wie weit sie kam, bevor einer der Kriegsknechte überhaupt bemerkte, dass sie nicht, wie die übrigen Frauen des Dorfs, in der Mitte des Platzes hockte. Einer der bärtigen Männer am Feuer richtete sich als Erster auf und starrte sie an. Die Rundungen unter ihrem vor Nässe und Schmutz eng anliegenden Kleid lenkten ihn sichtlich ab, und das Lächeln, das ihm die junge Metis schenkte, brachte ihn noch mehr durcheinander. »Was tust du hier?«, fragte er. Weit hinter ihm ließ der Theyn samt Gefolge und Gefangenen soeben den Rand des Dorfs hinter sich. Für einen Moment kam es ihr vor, als hätte sich Marten zu ihr umgesehen, doch sicher war sie sich nicht. Sie schob den Gedanken beiseite und zwang sich, weiterhin zu lächeln. Sie antwortete nicht, sondern hielt dem Kriegsknecht stattdessen den gut gefüllten Krug hin. Der Mann erhob sich halb, und der Ausdruck in seinem Gesicht schwankte zwischen Verwirrung, Argwohn und aufkeimender Lust. »Was ist das? Wein? Du bringst uns Wein?«

Xari lächelte weiter und trat auf den Mann und seine Kameraden am Feuer zu. Kurz bevor der Mann sie erreichte, täuschte sie ein Stolpern an, und während der Kriegsknecht noch instinktiv versuchte, sie aufzufangen, leerte sie einen Gutteil des Krugs schwungvoll über ihn und die drei am nächsten sitzenden Männer, bevor ihr das Gefäß entglitt und direkt im Feuer landete. *Djelaba*-Öl brannte so gut wie kaum etwas anderes. Eine Stichflamme schoss aus der Glut bis weit hinauf über die Köpfe der Kriegsknechte, die erschrocken zusammenzuckten, während Xari bereits herumfuhr, den Bärtigen packte und zwischen sich und das Feuer zog. Im nächsten Moment barst der Krug mit einem dumpfen Knall und überzog die Männer rund um die Feuerstelle mit einem Schauer aus Glut und brennendem Öl. Flüssiges Feuer landete auf dem Mann vor ihr, und das Öl auf seinen Kleidern fing ebenfalls sofort Feuer und flammte in einer Lohe auf, die seinen Bart in Brand setzte. Xari stieß ihn von sich und riss einen der brennenden Äste aus der Feuerstelle, wirbelte herum, sprang über die ausgestreckte Hand eines der Männer und rannte zurück in die Hütte. Triumphierend schwenkte sie das flammende Holz, und Ibril schlug die Tür hinter ihr zu, gerade rechtzeitig, sodass zwei Armbrustbolzen lediglich krachend in das alte Holz schlugen. Hastig legte er den Riegel vor und wuchtete eine Kiste vor die Tür. »Was verdammt noch mal tust du da, Weib? Sie werden uns töten!«, schrie er dabei, doch Xari lächelte nur grimmig. Sie packte ein Talglicht, entzündete es an dem Ast und stellte es in die Mitte der freien Fläche des Fußbodens. Von außen donnerte in diesem Augenblick etwas gegen die Tür und hob sie beinahe aus den Angeln, doch auch das ignorierte die junge Frau. »Auf mein Zeichen verschwindest du«, wies sie ihn mit einer Geste zur Falltür im Boden an. »So weit wie möglich. Und verstopfe dir die Nase.«

»Was?«

»Tu, was ich dir sage! Sobald die Flammen hochschlagen, sieh zu, dass du die Frauen und Kinder erreichst und wegbringst. Rette so viele wie möglich.«

»Aber ...«

»Kein Aber. Verschwinde, solange du noch Zeit hast. So weit weg von mir, wie du kannst.« Xari goss einen der tönernen Becher aus, drehte ihn um und platzierte das Blausteinamulett auf dem Gefäßboden, bevor sie es mit entschlossenem Druck zerbrach und eines der Bruchstücke mit einem zweiten Becher zu blassbläulichem Staub zerrieb. »Und verstopf deine Nase. Geh und rette so viele der Leute, wie du kannst. Die Kriegsknechte überlass mir.«

Ibril schluckte. Ohne die Augen von dem blauen Pulver zu wenden, ging er rückwärts zu der verborgenen Klappe im Boden und öffnete sie. »Was hast du vor?«

Xari sah auf, und ein düsteres Lächeln kroch auf ihre Lippen. »Wie sagt Oyambe, Schwester von Duambe, im *Bajampuroosh*-Lied? ›Ich bin lieblich wie der Morgen und entsetzlich wie die See. Alle werden mir verfallen – und durch mich vergehen.‹« Sie schnaubte. »Die Herrin der Stürme kann heute noch etwas von mir lernen.«

Unter den alarmierten Blicken Ibrils schob sie sich das Pulver in den Mund und wartete auf den Kälteschauer, der sie durchfuhr. Dann leckte sie sich über das leicht taube Zahnfleisch und grinste schmal – ein Grinsen, das Ibril dazu veranlasste, so schnell durch die Luke zu verschwinden, als wäre ein Schwarm Totenlichter hinter ihm her.

Erneut erbebte die Tür unter einem schweren Hieb, und das obere Türscharnier riss aus dem alten Holz. Xari atmete tief durch und ließ die Kälte bis in Fingerspitzen und Zehen strömen. Mit einem letzten Krachen barst die Tür, und Licht strömte ins Innere der Hütte. Die Splitter warfen einige Krüge um und ließen das klare Öl über den Boden rinnen. In diesem Augenblick ging ein Duft wie von frisch geschlagenem Sandelholz von Xari aus, strömte einer Woge gleich durch die Hütte, schoss aus dem Fenster, durch die Türöffnung und durch jede Ritze des Schuppens nach außen und wallte über die auf dem Dorfplatz lagernden Kriegsknechte. Der Duft überdeckte den durchdringenden Geruch des *Djelaba*-Öls, verdrängte den Brodem aus Holzfeuer, verbranntem Bratenfett, ungewaschenen Soldaten, *Mbwamai*-Schlamm und dem allgegenwärtigen Geruch des Urwalds und hüllte alles in eine schwere, süßliche Decke, die sich wie Honig über die Geister der Männer legte. Die drei Kriegsknechte direkt in der Tür der Hütte stolperten einen Augenblick lang zurück, nahezu überwältigt von der plötzlich über sie hereinbrechenden Woge der Lust, die von Xari ausging. Der vorderste zog die Oberlippe hoch, entblößte eine Reihe gelbfleckiger Zähne und knurrte gutural wie ein läufiger Hund. Auch der Zweite schüttelte seine Erstarrung ab und versuchte, sich am Ersten vorbei in den Raum zu schieben. Ohne auch nur hinzusehen, zog der Vorderste ein Messer und stach es dem anderen durch den Hals. Xari breitete die Arme aus und lächelte. Sie wusste, in diesem Augenblick erschien sie den Männern wie die einzige Frau des Macouban. Oder mehr noch: Wie ein einziges nach Sex duftendes Stück bebendes Fleisch, in das sie ihre

Zähne schlagen wollten, um es zu zerfetzen. Es trieb ein freudloses, brutales Grinsen auf ihr Gesicht. Dieser Grad an Macht machte sie beinahe betrunken. Die unsichtbare Wolke aus Sandelholzgeruch hüllte inzwischen beinahe den kompletten Dorfplatz ein, und die Männer standen auf, zögerlich zuerst, doch das änderte sich schnell, als mehr und mehr von ihnen auf die Hütte zugingen. Daraus wurde binnen weniger Lidschläge eine Art Wettlauf, als jeder unbewusst schneller am Ausgangspunkt des unwiderstehlichen Dufts sein wollte als die anderen. Jeder von ihnen war von einem Augenblick zum anderen zum Konkurrenten jedes anderen geworden, als die Traube der Männer begann, die Hütte zu stürmen. Noch im Laufen warfen manche ihre Waffengurte weg und öffneten ihr Hosenband, während andere anfingen, mit blanken Klingen auf die neben ihnen Laufenden einzuschlagen, worauf sich mehrere blutige Handgemenge entwickelten.

Selbst einige der Frauen schlossen sich an, während die meisten (und ein oder zwei der männlichen Kriegsknechte) verwirrt ihren Kameraden zusahen und ratlose Blicke und alarmierte Rufe wechselten.

Inzwischen war es mehr als einem halben Dutzend Männer gelungen, ins Innere der Hütte vorzudringen, doch Xari begrüßte sie unbewegt lächelnd und mit weit geöffneten Armen. Erst als der Erste von ihnen seine Hand ausstreckte, um ihr Kleid zu packen, öffnete sie, noch immer lächelnd, die Rechte und trat einen Schritt zurück. Dem Kriegsknecht gelang es noch, sie vorn am Kleid zu ergreifen, doch er konnte sich nicht halten, als die improvisierte Fackel auf einem der Ölkrüge landete. Die Stichflamme schoss hoch genug, um das Gesicht des Mannes anzusengen, und die Lohen rasten in alle Richtungen davon, sprangen von Krug zu Krug, jagten von

Becher zu Becher und breiteten sich über die Pfützen auf dem Boden aus. Wenigstens einer der Männer war noch genug bei Besinnung, um zurückzuschrecken und einen entsetzten Laut auszustoßen, bevor der erste der Ölkrüge barst, gefolgt von einem zweiten und dem Beginn der Schreie. Im nächsten Augenblick schossen Flammen aus jedem Spalt, jeder Ritze der Hütte, und eine Feuerwalze rollte aus dem von Leuten verstopften Eingang über Dutzende Männer hinweg. Die Schreie vervielfachten sich, begleitet vom Geräusch weiterer berstender Krüge und immer neuen Flammenstößen, die brennendes Öl durch die Ritzen der Wände schickten und im Handumdrehen die angrenzenden Hütten mit feurigen Tränen überzogen.

Ibril kroch unter dem hinteren Ende der bereits brennenden Plattform hervor und stolperte in den Schatten des nächsten Hauses. Hastig schlug er die Flammen aus, die ein Spritzer Öl auf seinem Hemdärmel abgeladen hatte. Dabei stolperte er beinahe in einen der Kriegsknechte, der ihn jedoch nicht beachtete, sondern auf das flammende Inferno zuwankte. Verblüfft sah er dem Mann hinterher und erblickte etwas, das ihn mit Grauen erfüllte. Noch immer erklommen Männer die Plattform der Hütte, die sich inzwischen in eine Feuersäule verwandelt hatte, und einer nach dem anderen drängten sie sich in den flammenden Schlund, der von der Tür übrig geblieben war, um erst im Inneren ebenfalls in Schreie auszubrechen. Hastig wandte er den Blick ab und presste sich die Hand vor die Nase, die er erst kurz zuvor mit Talg aus einer der Kerzen im Lagerraum verstopft hatte. Rauch erfüllte die Luft und ließ ihn würgen. Hustend und mit tränenden Augen stolperte er voran. Niemand beachtete ihn. Selbst die gefangenen Dorfbewohner starrten nur entsetzt auf den Zug der

Männer, der sich noch immer in die Flammenhölle stürzte. Einige versuchten, die zwei oder drei Männer unter ihnen festzuhalten, die Xaris unheilvollem Ruf ebenfalls folgen wollten, so wie inzwischen einige der weiblichen Kriegsknechte mit ihren Kameraden kämpften, die sich wie von Sinnen dagegen wehrten, vor dem Flammentod bewahrt zu werden. Eine der Söldnerinnen war dazu übergegangen, die Männer einfach mit einem Knüppel niederzuschlagen, doch niemand achtete mehr auf die Dörfler. Ibril riss sich von dem Chaos los. Es dauerte etwas, doch schließlich gelang es ihm, die Aufmerksamkeit der Menschen auf sich zu ziehen, und kurz darauf verschwanden die Metis zwischen den Häusern und im nahen Urwald. Ibril ging als Letzter. Er warf noch einen Blick auf die Feuersbrunst, die sich jetzt auf weitere Hütten ausbreitete, und nickte Xari im Geiste stumm zu. Das war eine Frau gewesen, die wusste, wie man die Herzen der Männer in Flammen setzte. Und den Rest dazu. Er würde stolz sein, ihre Geschichte erzählen zu dürfen.

23

ENTHÜLLUNGEN

Dolen blieb stehen und hob eine Hand. Tief sog er die Luft ein. »Was ist das?«

»Rauch. So was kommt von Feuer«, erwiderte Ness trocken. Sie hatten alle angehalten, und Kriegsknechte wie Ritter hatten beinahe ohne einen bewussten Gedanken ihre Waffen in der Hand.

»Eine Siedlung?«, fragte Cunrat leise.

»Vermutlich.« Wibalt deutete auf den Himmel, wo sich über den Baumkronen eine dicke, tiefschwarze Wolke wälzte, die Cunrat gerade noch für die nächste Regenwolke gehalten hatte. »Aber dann eine, die in Flammen steht.«

»Oder eine verdammt schlechte Köchin«, warf Zeisig ein.

»Das eine schließt das andere nicht aus«, murmelte Ness.

Cunrat musste ihnen recht geben. Das dort war keine Regenwolke, die sich in den Wipfeln der Bäume verfangen hatte.

»Ich glaube nicht, dass uns das etwas angeht«, gab Messer zu bedenken. »Ich rate, einen Bogen darum zu machen und die Einheimischen ihre Brände selbst bekämpfen zu lassen. Angesichts der Regenfälle haben wir einen Waldbrand kaum zu befürchten.«

Die Männer sahen den Vogelmann an, der lediglich ein wenig ungeduldig wirkte.

Ness rieb sich sein halbes Ohr. »Ich weiß nicht, wie du das machst, Messer, aber du überraschst mich immer wieder damit, ein wie großes Arschloch du sein kannst.«

Messer zuckte lediglich mit den Schultern. »Wenn ich mich recht erinnere, geht es bei unserem Ausflug hier um nichts weniger als darum, das Reich von der Gefahr hier unten zu informieren. Das dürfte Vorrang haben.«

Dolen legte den Kopf zur Seite und sah zum Rauch hinauf. »Er hat recht«, gab er zu. »Das hat Vorrang. Aber wissen wir, wie wir mit dem umgehen können, was dort vielleicht auf uns wartet?«

Cunrat sah die anderen Männer an, die zögerlich den Kopf schüttelten.

»Das ist das Problem. Es könnte uns also durchaus etwas angehen, Meister Messer.« Dolen wandte sich um. »Wir gehen vorsichtig weiter, links und rechts des Pfads. Wenn es einen Hinterhalt gibt, will ich es niemandem zu leicht machen. Wibalt, Rosskopf – ihr kommt mit mir. Ness, Zeisig, ihr nehmt mit Cunrat die andere Seite. Gebt uns nach Möglichkeit Rückendeckung.« Er nahm die Armbrust vom Rücken und drückte sie Cunrat in die Hand. »Seid sparsam mit den Bolzen. Wir haben nicht allzu viele. Messer – Ihr bleibt ebenfalls bei mir.«

Kaum hundert Schritte weiter lichtete sich der Wald. Fast gleichzeitig wurden die Rufe von mehreren Männern hörbar – und gellende Schmerzensschreie, die über das Brausen der Flammen zu hören waren. Ness hob die Hand.»Habt ihr das gehört?«, flüsterte er.

Zeisig nickte.

»Was?« Cunrat sah zwischen den Männern hin und her.

»Kolno«, murmelte Zeisig und schnalzte leise mit der Zunge.»Da vorn brüllt jemand auf Kolnorisch herum.« Missbilligend schüttelte er den Kopf.»Was ist das nur für ein Land hier. Cortenara, Veycari, Kolno – die lassen ja wirklich jeden rein.«

»Nicht zu fassen, was?«, raunte Ness.»Und dann auch noch dich.«

Cunrat schnaubte.»Und was geht da jetzt vor?«

Ness' Grinsen verblasste, als er sich auf die Rufe konzentrierte.»Sie suchen jemanden. Und sie wollen jemanden aufhalten. Abhalten von … keine Ahnung. Mein Kolnorisch ist eingerostet. Auf jeden Fall sind sie mächtig angepisst von irgendjemandem.«

»Klingt gut, wenn du mich fragst«, stellte Zeisig fest.»Ich mochte Kolnorer noch nie.«

»Andererseits sind Kolnorer doch immer angepisst.« Ness nahm seine Bogenhülle von der Schulter und begann leise, die Sehne aufzuziehen.»Das, oder besoffen.«

Zeisig lachte schnaubend.»Besoffen mag ich sie mehr. Fertig? O Scheiße.« Letzteres war auf die drei Männer gemünzt, die wie aus dem Nichts zwischen den Büschen auftauchten und auf sie herunterstarrten. Für einen Moment war jeder von ihnen zu verblüfft, um sich zu bewegen. Ness' Reflexe meldeten sich als Erste zurück. Er warf dem Ersten den gerade gespannten Bogen über den Kopf und riss ihn daran herunter. Der fremde Kriegsknecht stolperte vorwärts und direkt in die Faust des kleinen Mannes, der allen Schwung aus seiner Aufstehbewegung in den Hieb setzte und damit den anderen fast von den Füßen hob. Der zweite Gegner öffnete den Mund, doch statt eines Rufs entrang sich seinem Mund nur ein leises Gurgeln. Er tastete nach dem Messergriff, der aus seinem Hals ragte, bevor er zwei Schritte zur Seite wankte und fiel. Cunrat hatte jedoch keine Zeit, sich zu fragen, woher das Messer gekommen war. Der dritte Mann hatte die Armbrust in seiner Hand gesehen und griff danach. Instinktiv drückte der junge Ritter den Abzug, doch der Mann war schneller. Seine Finger schlossen sich um Schaft und Pfeil – im selben Moment, als sich die Sehne löste und ihm das Handgelenk zertrümmerte. Mit einem hohen Aufjaulen stolperte der Fremde zurück, und das bereits erhobene Schwert fuhr nicht herab. Ohne nachzudenken, sprang Cunrat vor, warf den Kriegsknecht über den Haufen und rammte ihm die Faust in die Kehle. Das Jaulen wurde von einem erstickten Röcheln abgelöst, der Mann verlor seine Waffe, und seine Hände zuckten zum Hals, als seine Augen aus den Höhlen traten und Cunrat mit einer Mischung aus Entsetzen und Ungläubigkeit anstarrten. »Was ...? He, nein!« Der junge Ritter kroch zu dem Fremden und starrte in dessen Gesicht, in dem jetzt ein Ausdruck nackter Panik lag. Dann endete das Röcheln, und nach einem letzten krampfhaften Zucken erschlaffte er. »Verdammt!«

»Guter Schlag«, flüsterte Zeisig anerkennend und kicherte. »Das ist gar nicht so einfach, wie es aussieht.«

»Ich hatte nicht vor, ihn zu töten!«

»Tja«, Zeisig schniefte. Er zog das Messer aus der Kehle des anderen und wischte es sorgfältig an dessen Hosenbein ab. »Das war dann wohl Pech. Aber wenn es dich tröstet – der wollte sicher nicht so nett zu dir sein. Ness?«

»Da hat er vermutlich recht.« Der kleine Glatzkopf tauchte aus den Büschen auf. Auch er hielt ein Messer in der Hand. »Der Idiot da hatte jedenfalls nicht genug im Kopf, um liegen zu bleiben.«

Cunrat starrte noch immer auf den Toten vor sich. »Er trägt einen Beruner Harnisch. Und die Farben des Kaisers«, sagte er leise.

Ness nickte. »Das schon. Aber kein Mensch, der halbwegs richtig im Kopf ist, läuft hier mit so einem Bart herum. Nur Kolnorer sind so bescheuert.«

Zeisig musterte die Toten. »Ich bin verwirrt. Waren die Leute in den Beruner Farben in Gostin nicht aus Cortenara?«

Der junge Ritter schob den Bart beiseite und sah auf das zerkratzte Kompanieabzeichen am Rand des Harnischs. »Die Elfte«, murmelte er.

Ness runzelte die Stirn. »Elf. Das sind Arn Gellerts Eisenfäuste, wenn ich mich nicht irre. Das Letzte, was ich von denen gehört habe, war, dass sie nach Lytton gegangen sind. Aber ich glaube nicht, dass die Eisenfäuste viele Kolnorer beschäftigen. Ich habe kein gutes Gefühl, was den alten Gellert angeht.« Die beiden Kriegsknechte sahen sich düster an, dann richtete sich Ness auf und winkte Dolen, der alarmiert von der anderen Seite des Fahrwegs zu ihnen herübersah. »Kolnorer«, rief er leise hinüber. »In Beruner Farben.«

Dolen stieß einen unhörbaren Fluch aus. Er wechselte einige Worte mit Messer und Wibalt, dann bedeutete er ihnen, weiter voranzugehen.

Ness seufzte. Er deutete auf Cunrats Armbrust. »Mach die mal bereit. Ich glaube, wir werden sie heute noch brauchen.«

Zeisig sah ihn skeptisch an. »Du meinst, da sind noch wesentlich mehr Kolnorer in diesem Wald?«

Ness zuckte mit den Schultern. »Ich sag's mal so: Die Eisenfäuste werden nicht nur drei Rüstungen mal eben am Würfeltisch verloren haben.«

Cunrat zögerte. »Und was hat Dolen dann vor? Sollen wir uns mit einer Kompanie anlegen?«

Ness schnaubte. »Wenn es nach mir geht, halten wir uns zurück und sehen nach, was wir tun können. Und im Zweifelsfall ziehen wir uns zurück. Aber Dolen hat nun mal das Kommando, also machen wir uns lieber bereit. Auf die Ehrenhaftigkeit von euch Ordensleuten ist schließlich Verlass. Und auch darauf, dass ihr etwas Dummes tun werdet.«

Die Lichtung öffnete sich vor ihnen und gab den Blick auf eine Handvoll Holzhütten frei, die nahezu ausnahmslos in Flammen standen. Obwohl der stete Westwind den Großteil des Rauchs von ihnen wegtrieb, schafft er es dennoch nicht ganz, den Brandgeruch von ihnen abzuhalten, in den sich der Gestank verbrannten Fleischs mischte. Gut zwei Dutzend Männer versuchten, Verwundete aus dem Bereich rund um eines der brennenden Gebäude zu zerren oder die Brandwunden Geretteter zu versorgen. Auf den ersten Blick zumindest wirkte es, als gäbe es mehr Verwundete als unversehrte Männer.

Cunrat pfiff leise durch die Zähne. »Was bei den Reisenden ist hier passiert?«

»Ich sag's mal so – sieht ganz danach aus, als kämen wir zu spät zur Feier«, flüsterte Ness.

»Ach was. Genau richtig«, murmelte Zeisig. »Ich mag meine Gegner vorgekocht und schön mürbe.«

Der kleine Glatzkopf rieb sich nachdenklich das Ohr. »Ich sehe alles in allem beinahe fünfzig Männer in Beruner Rüstungen, und eine ganze Reihe von ihnen tot oder außer Gefecht. Aber nur ein oder zwei tote Einheimische. Wenn überhaupt. Deine Frage ist tatsächlich berechtigt, Ritter. Ich hab keine Erklärung dafür, was sich hier abgespielt hat.«

»Das da?« Cunrat deutete auf eine Gruppe von Kriegsknechten, die hinter einer anderen hervor in ihr Blickfeld kamen. Sie brüllten irgendetwas, das er nicht verstehen konnte, und zerrten etwas hinter sich her durch den Schlamm. Erst mit etwas Verzögerung ging ihm auf, dass es sich um einen Menschen handelte.

»Wir haben sie«, raunte Ness, und Cunrat wurde klar, dass der kleine Mann die Worte der falschen Beruner übersetzte. »Wir haben die … Schlampe.« Er warf Cunrat einen Seitenblick zu. »Das eigentliche Wort ist wesentlich hässlicher, aber ich kann's nicht übersetzen. Die Kolnorer sind da sehr einfallsreich.« Er wandte sich wieder dem Dorfplatz zu, wo die Männer jetzt zusammenliefen. Selbst jene, die gerade noch dabei waren, Kameraden zu versorgen, ließen liegen, womit sie gerade beschäftigt waren, und stapften auf die größer werdende Gruppe zu. Andere Rufe wurden laut, und Ness übersetzte weiter mit leiser Stimme: »Erschlagt sie. Weidet sie aus, nein, verbrennt sie, wir hängen das Miststück, Hexe, und so weiter.«

Ein besonders großer Kerl mit einem geflochtenen Bart und beginnender Halbglatze stieß die übrigen Männer beiseite und riss die Frau am Haarschopf hoch. Sie baumelte schlaff wie eine Strohpuppe von seiner Faust, und Cunrat wurde klar, dass sie das Bewusstsein verloren hatte. Tot war sie vermutlich nicht, sonst hätten die Männer dort nicht so ein Aufhebens um sie gemacht. Der Riese bellte einen Befehl, und irgendjemand brachte zwei Eimer Wasser, die sie der Leblosen nacheinander überkippten. Er sagte irgendetwas, das raues, hässlich klingendes Gelächter unter seinen Kameraden hervorrief.

»Sie stinkt wie ein Schwein. Ist durch die Scheiße gekrochen. Die würde nicht mal ein *Skogsvener* vögeln – so nennen die Kolnorer die Waldmenschen im Norden –, und das sind alle Schweineficker. Spült das Dreckstück ab. Vielleicht lässt sich noch was draus machen. Keiner fasst sie vor mir an.« Seine Miene verdüsterte sich zusehends, während er weitersprach. »Wer immer die dort ist, ich glaube, was jetzt kommt, will niemand von uns sehen.«

Ungläubig starrte Cunrat auf die Szene vor ihnen. Noch während der Riese die Frau hielt, riss ihr ein anderer die Lumpen vom Leib, die einmal ein Kleid gewesen sein mussten.

Ein anderer Mann brachte Lederschnüre herbei, zwei weitere schleppten einen Tisch von der Veranda einer der wenigen noch nicht brennenden Hütten. Unter grimmigem Johlen warf der Riese seine Beute auf den Tisch, wo sie von den anderen festgeschnürt wurde. Wieder brüllte er etwas.

»Mehr Wasser«, übersetzte Ness leise. »Er ... wir wissen wohl alle, was er will. Und sie werden nicht aufhören, bis das arme Ding tot ist.«

»Diese Kolnorer sind keine Männer; das sind Tiere!«, stieß Cunrat gepresst hervor.

Ness schnaubte. »Es sind ganz gewöhnliche Kriegsknechte. Glaubst du, Beruner sind besser? Ich habe Ritter tun sehen, was dort gleich passiert, und Männer meiner eigenen Quartere. Ganz besonders, wenn sich die anderen nicht wehren können.«

»So ist der Krieg«, warf Zeisig ein. »Krieg trifft immer die Falschen.«

»Krieg?«, zischte Cunrat mühsam beherrscht. »Seit wann sind wir im Krieg? Und warum bei den Gruben führen verdammte Kolnorer Krieg gegen die Einheimischen des Macouban? Gegen Bürger des Kaiserreichs.«

»Soweit ich weiß, sind die Metis keine Reichsbürger und ist das Macouban keine Provinz. Und sie führen keinen Krieg gegen die Metis. Was glaubst du, warum sie unsere Farben tragen? Weil sie ihre eigenen zum Kotzen finden? Kaum. Ich weiß nicht, warum, aber sie führen Krieg gegen uns, indem sie dafür sorgen, dass sich das gesamte Macouban gegen die Männer Beruns erhebt. Es ist früher schon vorgekommen.«

»Dumrese«, nickte Zeisig bestätigend.

»Unter anderem.«

»Dann wird es Zeit, ihnen zu zeigen, dass das Kaiserreich nicht tatenlos daneben steht. Das hier ist immer noch ein Protektorat. Es ist unsere Aufgabe, die zu schützen, die sich nicht selbst schützen können!«

»Ach herrje.« Ness griff nach Cunrats Arm, doch der junge Ritter war schneller. Ehe einer der anderen beiden es verhindern konnte, war Cunrat ausgewichen, hatte die Armbrust aufgehoben und marschierte durch die Büsche davon. Der alte Kriegsknecht seufzte. »Hab ich nicht gesagt, dass man sich darauf verlassen kann, dass sie etwas wirklich Dummes tun?«

Zeisig hob die Brauen. »Ich weiß auch nicht, was mit den jungen Leuten heutzutage los ist. Ich wollte nie ein Held sein.«

Cunrat marschierte ohne zu zögern über den Dorfplatz auf die Traube von Männern zu. Inzwischen hatten die Kolnorer weitere Eimer Wasser herangeschafft und über der Frau auf dem Tisch ausgegossen. Irgendjemand hatte Weinschläuche aufgetrieben. Andere nestelten bereits an ihren Hosenbändern, niemand jedoch achtete auf den jungen Ritter. Warum auch? Wie jeder von ihnen war er unrasiert und trug eine abgegriffene Beruner Kriegsknechtsrüstung, einer von vielen, die sich jetzt um den Tisch drängten, um auf ihre Gelegenheit zu warten.

»Genug!«, donnerte der riesige Kolnorer und winkte die Männer mit den Eimern beiseite. Zumindest vermutete Cunrat das. Der Kerl sagte noch mehr und winkte wieder, worauf die übrigen Männer lachend einen Schritt zurücktraten. Mit einem breiten Grinsen öffnete der Riese seine Hose und ließ sie fallen, bevor er an den Tisch trat und anerkennend auf die bloßen Oberschenkel der jungen Frau klatschte. Ein Stöhnen verriet Cunrat, dass die Metis inzwischen dabei war, wieder zu sich zu kommen. *Gerade im falschen Moment.* Erneut brüllte der Kolnorer etwas, das wiederum mit Grölen und hässlich klingenden Kommentaren seiner Kumpane quittiert wurde, dann packte er die Hüfte der Frau, und ein langer Pfeil schlug mit dumpfem Klatschen in sein Schulterblatt und stieß ihn nach vorn, wo er mit ganzem Gewicht auf ihr landete.

Die Köpfe der übrigen Kriegsknechte fuhren herum und ihre Hände zu den Waffen. Cunrat schoss dem Nächststehenden in den Bauch. Der Bolzen durchschlug aus dieser Entfernung den Harnisch, als sei er aus Papier. Noch bevor der Mann fiel, warf Cunrat die Armbrust ins Gesicht eines zweiten, zog sein Schwert und hieb es einem dritten in den Schwertarm, noch bevor jener seine Klinge ganz aus der Scheide gezerrt hatte. Ein Mann ganz in seiner Nähe fiel, einen Pfeil im Gesicht, gleich darauf ein zweiter und dritter, aus denen ebenfalls Pfeile ragten. Der Glatzkopf war schnell und treffsicher, das musste man ihm lassen. Er parierte den hastigen Hieb eines Kolnorers, schlug ihm die Parierstange seiner Waffe ins Gesicht und stellte dann fest, dass er einen weiteren Kriegsknecht übersehen hatte, der ... ein Armbrustbolzen schlug in der Seite des Mannes ein und stieß ihn aus Cunrats Gesichtsfeld. Ein anderer hinter ihm ging mit einem Aufschrei zu Boden. Ein Bolzen ragte aus seinem Oberschenkel. Und wieder fällte ein langschaftiger Pfeil einen der bärtigen Kriegsknechte, doch inzwischen hatten die übrigen ihre Waffen hervorgerissen und zerstreuten sich über den Platz, um Deckung zu suchen. Zwei der Kolnorer taten allerdings das Naheliegende: Sie warfen kurzerhand den Tisch um, an den die nackte Metis gefesselt war, um dahinter in Deckung zu gehen. Die Frau gab einen leisen Aufschrei von sich, und Cunrat zuckte instinktiv zusammen, als sie auf den Boden krachte. Dann warf er sich zur Seite, als ein großer Schatten an ihm vorbeischoss. Im nächsten Moment sprang Wibalt über den gestürzten Tisch, riss einen der verschanzten Männer am Helm hoch und schlug ihn mit dem Genick auf die Tischkante. Der andere Kolnorer nutzte die Gelegenheit, dem Ritter einen langen Dolch in die Rippen zu treiben. Wibalt stieß ein Grunzen aus, packte den Arm des Mannes und brach ihn über dem Tischbein, bevor er sich das Messer aus dem Leib zog und den schreienden Kolnorer mit dessen eigener Waffe abstach. Auf der anderen Seite pflügten sich jetzt Dolen und der Rosskopf mit gezogenen Klingen in die auseinanderlaufenden Kriegsknechte und hackten auf sie ein, sodass in Cunrats unmittelbarer Nähe plötzlich kein Gegner mehr übrig blieb. Sein Blick fiel auf die noch immer gefesselte Frau, die hilflos von der Tischplatte hing. Mit zwei schnellen Sätzen war er bei ihr und zerhackte die ledernen Fesseln.

Mühsam zerrte er die Metis aus dem schwarzen Schlamm, der zum Glück ihren Fall gedämpft hatte. Sie öffnete die Augen und starrte ihn verwirrt an. Dann traf ihn plötzlich ein Sandelholzduft wie ein Fausthieb in den Magen. Das Schwert entglitt seiner Hand, und seine Faust schloss sich scheinbar ohne sein Zutun um die Haare der Frau. Er riss ihren Kopf zurück und umfasste ihre Brust. Im selben Moment verschwand der Geruch schlagartig wieder, und er sah seinen eigenen Dolch in der Faust der Metis, die die Klinge direkt unter seine Rüstung trieb. Oder es versuchte, denn noch während Cunrat entsetzt zusammenfuhr, schien die Klinge an irgendetwas Unsichtbarem abzugleiten und fuhr lediglich mit einem hässlichen Kratzen an seiner Seite vorbei. Cunrat ließ los und stolperte zurück, als hätte er sich verbrannt, als sich im selben Moment eine Gestalt direkt neben ihm aus dem Schlamm erhob. Eine Pfeilspitze ragte ihm unter seinem Schlüsselbein aus der Brust, doch es war nicht zu erkennen, ob Blut oder Schlamm davon herabtropften.

Der kolnorische Riese stemmte sich mit einem dumpfen Grollen hoch und packte die Metis am Bein. »Du«, knurrte er.

»Du«, echote die Frau und stach ihm den Dolch bis zum Heft ins Auge. Ein Zittern durchlief den Kolnorer, dann erschlaffte er und sackte zusammen. »Du warst sowieso zu klein für mich.« Sie spie aus, bevor sie aufblickte und sich, den blutigen Dolch in der Faust, erneut Cunrat zuwandte.

Der Ritter hob eilig die Hände. »Ich … das war keine Absicht!«, stammelte er regelrecht, noch immer mehr erschüttert von seiner eigenen Reaktion als von der Tat der Frau. »Ich würde das nie … Wir sind hier, um zu helfen. Dir.« Er deutete zur Seite, wo Dolen gerade einen letzten Kolnorer niedermachte.

»Mir?« Die Metis lachte spröde auf. »Mir hilft niemand. Ich helfe mir selbst.«

»Tja. Was soll ich sagen …« Der Anblick der lediglich mit schwarzem Schlamm bekleideten Frau, die ohne Scham und mit einem Dolch in der Hand vor ihm stand, verwirrte ihn mehr, als er erwartet hätte.

»Überhaupt nichts. Verdammter Idiot!« Dolen stand plötzlich neben Cunrat und verpasste ihm eine Ohrfeige. »Was für eine beschissene Idee war das?«

»Ich …«

»Lauft, bevor sie merken, wie wenige wir sind!« Er musterte die Metis kurz. »Kannst du laufen?«

»Ich kann …« Sie machte einen Schritt und wäre der Länge nach hingeschlagen, hätte sie Cunrat nicht aus Reflex aufgefangen. »Ich brauche eine Pause«, stellte sie mit schwacher Stimme fest.

»Großartig. Lass sie liegen oder nimm sie mit, ad Koredin. Deine Entscheidung. Wir müssen hier weg!« Er wandte sich ab, als die Metis aufsah. »Ad Koredin? Cund ad Koredin?«

»Cunrat«, verbesserte Cunrat automatisch, bevor er stockte und die Stirn runzelte.

Auch Dolen blieb stehen und sah sie forschend an. »Woher kennst du diesen Namen?«

Die junge Frau hatte gerade noch ausgesehen, als würde sie jeden Moment zusammenbrechen, doch die Frage schien sie mit neuer Kraft zu durchfluten. »Du bist der Ritter, der den Sabra verfolgt hat«, stellte sie fest.

»Den was?«

»Marten. Marten ad Sussetz. Er hat deinen Namen erwähnt.«

Cunrat hatte das Gefühl, als hätte ihn jemand geschlagen.

Härter, als Dolens Ohrfeige gewesen war. »Du kennst ad Sussetz?«

Die Metis nickte. »Sie haben ihn mitgenommen. Ihn und Emeri.« Sie sah in die verständnislosen Gesichter der Ritter. »Die Tochter von Fürst Antreno«, fügte sie hinzu. »Ich weiß, welchen Weg sie genommen haben.«

Dolen und Cunrat sahen sich an. »Sie?«

»Kolnorer.« Die Metis sah sie an, als seien sie schwer von Begriff. »Eine ganze Armee davon ist hier, und sie töten jeden, der ihnen über den Weg läuft.«

Cunrat sah an ihr vorbei auf den Dorfplatz, der jetzt mit zahlreichen Leichen bedeckt war. »Das ist uns bereits aufgefallen, danke. Wo ist ad Sussetz jetzt?«

Die junge Frau zuckte mit den Schultern und verzog gleich darauf schmerzerfüllt das Gesicht. »Ich weiß es nicht. Aber ich weiß, wohin sie gegangen sind.«

24

DIE GEISTER DES WALDES

Unablässig fiel Schneeregen aus tief liegenden Wolken. Bedeckte Wagen und Zelte und ließ das gesamte Lager unter einer schmutziggrauen Decke aus klumpigem Eis verschwinden. Vor mehr als drei Tagen hatte es angefangen, und seitdem wollte es einfach nicht mehr aufhören. Es schien, als hätten die toten Götter ihre letzten Kräfte mobilisiert, um Jorings Heer auf offener Straße im Schlamm zu ersäufen. Zunächst waren sie noch gut vorangekommen, aber schon bald hatte sich die Straße unter ihren Stiefeln in einen Sumpf aus Eis und Schlamm verwandelt, der das Vorwärtskommen beinahe unmöglich machte. Im Lauf der Zeit hatte sich der Tross aus Männern, Pferden und voll beladenen Karren immer weiter auseinandergezogen, bis das hintere Ende irgendwo zwischen den Bäumen im Dämmerlicht verschwunden war und ein Meldereiter eine halbe Ewigkeit benötigte, um den Zug in ganzer Länge abzureiten. Schon am zweiten Abend hatten sie es aufgegeben, ein ordentlich befestigtes Lager zu errichten, und waren bei Einbruch der Dunkelheit dazu übergegangen, die Zelte einfach am Straßenrand aufzuschlagen.

Der Wind pfiff klagend durch die kahlen Baumspitzen, und es war so düster, dass man kaum die Hand vor Augen erkennen konnte. Unablässig knackte und knisterte es im Unterholz, und obwohl es die Sache mit dem Aberglauben in einer Welt ohne Götter eigentlich nicht mehr geben sollte, hatten sich die Kriegsknechte in ängstlichen Gruppen um die Feuer gedrängt und ihre Furcht vor den Schatten mit Wein und lautstarken Liedern bekämpft. Danil saß ein Stück abseits an einen Baum gelehnt und starrte blicklos auf den halb leeren Weinschlauch in seinen Händen. Früher hatte er sich nie darüber Gedanken gemacht, dass das Trinken nur halb so lustig war, wenn man sich dabei nicht im Kreis guter Freunde befand. Dummerweise stellte er das erst jetzt fest, da keine Freunde mehr übrig waren. Er dachte an Marten und fragte sich, ob der es im Macouban wohl besser getroffen hatte als er. Verdient hätte er es ja, denn Marten wäre sicherlich nie auf die Idee gekommen, seinen ehemals besten Freund so feige zu hintergehen. Natürlich konnte sich Danil einbilden, dass der Verrat nur zu ihrem Besten geschehen war, so wie er damals glauben wollte, die Ehre seiner Familie zu verteidigen, indem er Sara verleugnete, oder seine eigene Ehre, wenn er den Ordensfürsten erstach. Er schniefte und wischte sich mit dem Ärmel den Rotz unter der Nase fort. Cajetan ad Hedin hatte ihn einen elenden Feigling genannt, und er hatte damit verdammt noch mal recht. Er war der größte Feigling, der je durch diese Wälder geritten war, der größte Feigling von ganz Berun. Ein Mann, der es nicht verdiente, Freunde zu besitzen, denn er würde sie aus Feigheit ohnehin irgendwann alle verraten. Er nahm einen tiefen Schluck aus dem Weinschlauch und verzog das Gesicht. Das Gesöff schmeckte bitter wie Galle. »Geschieht dir recht«, murmelte er und spuckte aus. »Das hast du nun davon, du elender Feigling.«

»Im Haus meines Vaters wart Ihr nicht feige«, sagte Gissur und ging neben ihm in die Hocke. Er streckte ihm eine Schüssel mit dampfender Suppe entgegen. »Und im Kampf gegen die Priester auch nicht.«

»Das liegt daran, dass ich ohne nachzudenken in diese Situationen hineingeraten bin. Ich bin nicht nur feige, sondern auch noch ein verdammter Hitzkopf.« Danil tippte sich gegen die Stirn. »Eine schöne Anhäufung von Unzulänglichkeiten ist das.«

»Selbstmitleid«, sagte Gissur. »Selbstmitleid kommt auch noch dazu.«

Danil funkelte ihn an. »Was erlaubst du dir eigentlich, du Rotzlöffel? Du solltest dir im Klaren darüber sein, dass du immer noch meine Geisel bist.«

»Und ich schäme mich jeden Tag ein bisschen mehr dafür, von so einem versoffenen, selbstmitleidigen Feigling gefangen genommen worden zu sein. Vielleicht solltet Ihr zur Abwechslung einmal etwas für Eure Freunde tun, als immer nur an Euch selbst zu denken.«

Danil schnaufte. »Ich habe keine Freunde.«

»Bogk ist Euer Freund, und Ihr könntet ihm zumindest etwas zu essen bringen.« Gissur deutete auf die Suppenschüssel.

»Geh doch selbst.«

»Ich würde es tun, aber sie lassen mich nicht in die Nähe des Wagens. Euch werden sie passieren lassen.«

»Und was sollte das bringen?«

»Bogk würde es satt machen, und mich würde es von Eurem ewigen Gejammer befreien.«

»Es reicht!«, stieß Danil wütend hervor und sprang so

schnell auf, dass Sterne vor seinen Augen aufblitzten und er sich am Baum festhalten musste, um nicht gleich wieder rückwärts umzufallen. Fluchend kniff er die Augen zusammen und schüttelte den Kopf. Er hatte große Lust, diesem unverschämten Bengel die Ohren langzuziehen, nur würde das den Jungen am Ende wohl nur noch mehr anspornen. Er wartete, bis die Sterne aufhörten zu funkeln, dann hob er den Zeigefinger und fuchtelte damit unter Gissurs Nase herum. »Weißt du was …«, knurrte er und stellte fest, wie sich Gissurs Gesicht bereits zu einem spöttischen Grinsen zu verziehen begann, »… gib endlich her!« Mit dem finstersten Blick, den er aufzubringen vermochte, riss er ihm die Schüssel aus der Hand. Er versuchte, dabei so respekteinflößend wie möglich zu wirken, was ihm angesichts seines betrunkenen Zustands allerdings kaum möglich war. Also beschränkte er sich auf ein bedrohliches Schnaufen und wankte die schlammige Straße hinab. Langsam und würdevoll, um dem Jungen zu zeigen, dass er aus völlig freien Stücken handelte.

Es dauerte eine ganze Weile, denn der Weg war durch unzählige Wagenräder völlig aufgeweicht und von eisigen Pfützen durchzogen, in denen er mindestens ein halbes Dutzend Mal fast bis zu den Knien versank. Bei dem Wagen, in den sie Bogk eingesperrt hatten, handelte es sich um einen einfachen hölzernen Kasten, der mit Eisenbändern und einem dicken Türschloss verstärkt worden war. Ein junger Kriegsknecht stand auf seinen Speer gestützt davor Wache, und seinem Gesichtsausdruck war anzusehen, dass er nicht gerade glücklich über diese Aufgabe war. Er blickte erschrocken auf, als Danil auf ihn zugestolpert kam.

»Aufmachen!«, donnerte der junge Adlige und deutete auf die Tür.

Der Wächter schaute ihn mit großen Augen an und schüttelte den Kopf. »Ich darf den Gefangenen nicht herauslassen, Herre.«

»Das sollst du ja auch nicht. Ich will ihm nur das hier geben.« Danil streckte ihm die Suppenschüssel unter die Nase.

»Aber Joring hat gesagt …«

»Joring will sicherlich nicht, dass der Gefangene dort drin stirbt«, knurrte Danil. »Er will ihn in Berun an den Pranger stellen. Glaubst du, dass er ihn da tot noch gebrauchen kann?«

Nachdenklich kratzte sich der Wächter am Kopf. »Ich weiß wirklich nicht …«

»Er braucht jemanden, den er dem Volk vorführen kann. Wenn Bogk tot ist, dann muss er sich jemand anderen suchen. Ich kann mir vorstellen, dass der Mann, der ihn auf seiner Wache hat sterben lassen, ziemlich gute Chancen hat …« Danil ließ die Worte bedeutungsschwanger in der Luft hängen, und der Wächter ließ sich das durch den Kopf gehen.

»Aber ich kann doch gar nichts dafür«, murmelte er schließlich kleinlaut. »Ich mache doch nur, was man mir befohlen hat.«

»Seit wann hat das Joring je interessiert, hm?« Mit der freien Hand kramte Danil in seinem Geldbeutel und zog eine Münze hervor. »Wir könnten uns ja auf einen Kompromiss einigen. Ich gebe ihm die Suppe und lasse das hier draußen bei dir.«

Der Wächter zog die Augenbrauen zusammen und schielte auf das blitzende Metall. »Hm. Also gut, einverstanden. Aber macht schnell, ja?«

Danil grinste und warf ihm die Münze zu, die so schnell unter dem Umhang verschwand, als hätte sie nie existiert. Mit einem nervösen Seitenblick zog der Wächter einen Schlüssel von dem Ring an seinem Gürtel und öffnete quietschend die Tür.

Danil musste zugeben, dass Bogk selbst für seine Verhältnisse ziemlich elend aussah. Für einen kurzen Augenblick fürchtete er schon, dass der Waldmensch bereits erfroren war. Doch dann schlug er die Augen auf, und ein schmales Lächeln trat auf sein Gesicht.

»Ihr seid es, Danil. Haben sie sich dazu entschlossen, Euch endlich auch wegzusperren?«

»Ich hatte dich gewarnt«, entgegnete Danil und streckte ihm mit einem erleichterten Grinsen die Suppenschüssel entgegen. »Aber du wolltest ja nicht hören.«

Bogk nickte traurig. »Du hast recht. Ich hätte besser auf die Worte meines Freundes hören sollen.«

Danil hob die Schultern. Es tat weh, das Wort »Freund« aus dem Mund des alten Mannes zu vernehmen. Denn wie ein Freund hatte er sich ihm gegenüber nun wahrlich nicht benommen. Bogk hatte ihn sicher durch die Wälder geführt, am Lagerfeuer seinen Wein mit ihm geteilt und in Skolholt seine Haut gerettet, nur um im nächsten Augenblick feige von ihm im Stich gelassen zu werden. »Gragas kleiner Scheißer wollte mir auch weismachen, dass wir Freunde wären«, murmelte er und klemmte sich die kalten Hände unter die Achselhöhlen.

Bogk blickte von der Suppenschüssel auf. »Sind wir das denn nicht?«

»Ein Freund hätte wohl kaum zugelassen, dass man dich in diesen Käfig steckt.«

»Du hattest keine andere Wahl. Joring hätte dich mit mir zusammen eingesperrt, und damit wäre niemandem geholfen.«

»Ach was. Ich war einfach nur feige, das ist alles.« Als Bogk energisch den Kopf schüttelte, hob Danil schnell die Hand. »Lass es gut sein, ich ...«

»Wie rührend«, unterbrach ihn der Wächter und klapperte mit dem Schlüsselbund. »Es wärmt mir das Herz, euch beiden Turteltauben zuzuhören, aber ich muss die Tür jetzt leider wieder schließen.«

Danil warf dem Wächter einen finsteren Seitenblick zu und deutete mit dem Zeigefinger auf ihn. »Feige und ein Hitzkopf bin ich. Wenn ich zu viel nachdenke, fliehe ich vor der Verantwortung, und wenn ich zu wenig nachdenke ...«

»Was dann?«, fragte der Wächter und runzelte die Stirn.

»... dann mache ich lauter Dummheiten«, beendete Danil seinen Satz. Kurz entschlossen ballte er die Hand zur Faust und donnerte sie seinem Gegenüber kraftvoll gegen das Kinn. Der Wächter taumelte rückwärts und verdrehte die Augen, bis nur noch das Weiße darin zu erkennen war. Mit einem leisen Seufzer drehte er sich zur Seite und fiel um.

Danil stand wie angewurzelt da und starrte auf ihn hinab. Ganz langsam dämmerte ihm, was er da gerade getan hatte, und im gleichen Umfang, wie die Schmerzen in seinen Handknöcheln zunahmen, dämmerte ihm, dass er sich gerade richtig tief in die Scheiße geritten hatte.

Er wandte sich zu Bogk um, der ihn mit großen Augen anstarrte. »In Ordnung«, sagte er und spürte Übelkeit in seiner Kehle aufsteigen. »Ich hoffe, du kannst improvisieren. So wie in Gragars Haus, als du diesen Feuergeistern befohlen hattest, uns bei der Flucht zu helfen.«

Bogk schaute ihn ernst an, ein Schatten fiel auf sein Gesicht. Er legte Danil die Hand auf die Schulter. »Die Geister des Waldes lassen sich nichts befehlen, mein Freund. Sie schulden niemandem Gehorsam. Sie respektieren nur Stärke. Das allein hält sie davon ab, uns alle zu töten.«

»Stärke«, sagte Danil und rieb sich die schmerzenden Knöchel. »Das ist doch immerhin schon mal ein Anfang.«

»Was geht hier vor?«, rief eine Stimme in seinem Rücken. Zwei bärtige Kriegsknechte traten zwischen den Bäumen hervor, beide mit vernarbten Gesichtern und den stechenden Blicken kriegserfahrener Mörder. Keine unerfahrenen Neulinge, die sich so einfach übertölpeln ließen wie der am Boden liegende Junge. Sie starrten einen Augenblick auf ihn hinab und zogen dann beinahe zeitgleich ihre Waffen. Der Linke richtete die Spitze seines vielfach geschliffenen Haumessers auf Danil. »Du verdammtes Arschloch«, knurrte er. »Wir machen dich ...«

Sein Kopf explodierte in einem Schauer aus Blut und Knochensplittern. Der Rechte wirbelte mit erhobener Waffe herum. Er riss sein Schwert in die Höhe und stand so für einen Augenblick wie versteinert da. Eine kleine Pause folgte, in der nichts geschah, dann brach er röchelnd in die Knie und kippte zur Seite. Aus seinem Hals spritzte stoßweise das Blut in den Schnee und färbte ihn dunkelrot.

Danil glotzte die beiden Kriegsknechte an, als wären sie zwei Zauberkünstler, die soeben einen besonders eindrucksvollen Trick vorgeführt hatten. Nur mühsam konnte er sich von dem bizarren Anblick losreißen. Er hörte ein Rascheln, dann ein Schnauben. Er blinzelte und sah auf.

Gelbe Augen blitzten ihn an. Er sah Reißzähne, zotteliges Fell und lange, gekrümmte Krallen, von deren Enden frisches Blut tropfte. Die Kreatur stieß ein Mark und Bein durchdringendes Heulen aus und tauchte zurück in die Dunkelheit, aus der sie gekommen war.

414

»Was bei den …« Danil zerrte sein Schwert aus der Scheide und wich zurück. »Was war das?« Er warf einen Blick über die Schulter, doch der Wagen war verlassen. Bogk war nicht mehr da. War genauso spurlos verschwunden, wie der Wolf oder der Bär oder was immer das für ein Ding gewesen war, das die Kriegsknechte getötet hatte. »Verfluchte Scheiße«, murmelte er und drehte sich langsam im Kreis.

Ein Stück die Straße hinunter ertönte ein schriller Schrei, und dann erklang noch mehr Geheule und kurz darauf das hektische Geklirr von Waffen. Ein Signalhorn dröhnte, und überall an den Feuern sprangen die Kriegsknechte auf und rannten hektisch umher. Niemand schien zu wissen, was los war, aber ganz offensichtlich wurden sie angegriffen, denn das schreckliche Heulen nahm zu, und in ganzer Länge die Straße hinauf und hinunter schrien Menschen und griffen zu ihren Waffen.

Danil biss die Zähne aufeinander und versuchte, in der Dunkelheit etwas zu erkennen. Was war hier los, verdammt noch mal? Wer griff sie an, und was waren das für Kreaturen? Und was bei den Reisenden sollte er jetzt tun? Diese Situation war so gar nicht nach seinem Geschmack. Auf den Turnieren wusste er immer ganz genau, wer der Feind war, und selbst bei diesem chaotischen Angriff auf den Tempel der Götteranbeter kannte er zumindest die Richtung, in die er laufen musste. Aber hier?

Hinter seinem Rücken knackte es im Unterholz, und er fuhr herum. In geduckter Haltung, das Schwert vor sich ausgestreckt, wich er zurück. Im nächsten Augenblick ertönte aus der anderen Richtung ein Schmerzensschrei, und irgendwo ganz in der Nähe wieherte angstvoll ein Pferd. Gleich darauf galoppierte es panisch an ihm vorüber und die Straße

hinunter, direkt auf eine Gruppe schlaftrunkener Kriegsknechte zu, die in diesem Augenblick aus ihren Zelten gekrochen kamen. Plötzlich sprangen aus dem Baum über ihren
Köpfen drei zottelige Kreaturen herab. Zwei landeten direkt
vor den Kriegsknechten, während sich eine vierte auf den
Rücken des tobenden Tiers schwang. Das Pferd bäumte sich
auf, schlug mit den Hufen panisch in die Luft und zertrümmerte einem der Kriegsknechte den Brustkorb. Dann donnerte
es über ihn hinweg, während sein zotteliger Reiter sich in die
Mähne krallte und laute, abgehackte Schreie ausstieß.

Das Tier war schon halb um die nächste Wegbiegung her-
umgeprescht, als hinter Danil jemand »Feuer!« brüllte und
ein gutes Dutzend Armbrustbolzen an ihm vorüberschossen.
Der Großteil prasselte harmlos gegen Bäume und Steine,
doch ein paar fanden ihr Ziel. Ein Bolzen bohrte sich in die
Flanke des fliehenden Pferds, das herumgerissen wurde,
schwer auf die Seite stürzte und seinen Reiter schreiend unter
sich begrub. Ein weiterer Bolzen bohrte sich einer Kreatur ins
Bein. Danil sah, wie sie ihn zornig herausriss und in zwei
Hälften brach. Sie blieb noch einen Augenblick lang schwankend stehen, schüttelte die zottelige Mähne und verschwand
dann humpelnd im Wald.

Eine Gruppe schwer bewaffneter Kriegsknechte kam scheppernd die Straße hinuntergeeilt. Angeführt wurden sie von
Joring, der nur mit Hemd und Hose bekleidet war und ein
blutiges Breitschwert in der Hand hielt. »Was sind das für
Kreaturen?«, brüllte er Danil an. »Was wollen sie?«

Danil zuckte mit den Schultern. Außer, dass sie die Kriegsknechte töten wollten, fiel ihm kein anderer Grund für ihre
Anwesenheit ein. Und anscheinend machten sie ihre Sache
ziemlich gut, denn jetzt strömten aus allen Richtungen Män-

ner heran. Viele waren verwundet, manche so schwer, dass sie von ihren Kameraden gestützt werden mussten. Kein Einziger von ihnen hatte eine Ahnung, was eigentlich los war. Ein völlig mit Blut besudelter Mann kam auf sie zugewankt. Danil erkannte, dass es der Kassier des Heerzugs war, als er sich mit dem Ärmel über das Gesicht wischte. Seine Kleidung hing in Fetzen an ihm herab, und in seiner Stirn klaffte ein tiefer, blutiger Schnitt. Joring packte ihn am Kragen und riss ihn in die Höhe. »Was geht hier vor? Wer hat dir erlaubt, dich von den Geldtruhen zu entfernen?«

»Geister«, stotterte Carbo mit vor Entsetzen weit aufgerissenen Augen. »Überall Geister. Sie sind ... alle tot.«

»Wer ist tot? Die Geister?«

»Meine Fahne. Murok, Hassing, der Auttriner ... Sie haben ihm den Kopf abgerissen. Einfach so. Es gelang ihm nicht einmal, sein Schwert zu ziehen.«

Joring bleckte die Zähne. »Was ist mit den anderen? Wo ist der erste Zug?«

»Sie ...« Carbo deutete über die Schulter. »Geflohen ... oder tot. Wir können doch nicht gegen Geister kämpfen!«

»Elender Feigling«, zischte Joring und stieß den Kassier so heftig gegen die Brust, dass er das Gleichgewicht verlor und platschend im Schlamm landete. »Erzähl mir keine Ammenmärchen. Es gibt keine Geister. Der Orden hat solche Dinge verboten.«

»Sie sind fort!« Einer der Armbrustschützen wies die Straße hinab, wo bis eben noch die Kriegsknechte gegen die Waldgeister gekämpft hatten. Jetzt lagen dort nur noch die Reste der zertrampelten Zelte und der zuckende Kadaver des Pferds.

Joring stieß einen unterdrückten Fluch aus. »Verdammte

Scheiße. Ich will sofort wissen, was hier vor sich geht! Wo ist Bogk? Wo ist dieser elende Fährtensucher?« Mit zwei schnellen Schritten war er beim Wagen und riss die Tür auf. Angestrengt starrte er in die Dunkelheit. »Wo ist der Gefangene?« Er fuhr herum und funkelte Danil an. »Das ist das Werk dieses Jungen. Da bin ich mir ganz sicher. Gissur hat uns in eine Falle gelockt ...« Ein unmenschlich hoher Schrei unterbrach ihn, und einer der Kriegsknechte wurde direkt vor seine Füße geschleudert. Sein Hals war in einem unnatürlichen Winkel verdreht, und die Augen schielten beinahe vorwurfsvoll zu seinem Anführer empor. Hinter ihm sprang eine zottelige Gestalt in die Gruppe der Kriegsknechte hinein und schwang eine gewaltige Keule, die sie dem Nächststehenden mit lautem Krachen in den Schädel schmetterte. Mit einem triumphierenden Heulen richtete sie sich auf und breitete die Arme aus. Ihr muskelbepackter Oberkörper war über und über mit blutroten Linien und Kreisen überzogen, und sie trug nichts am Leib außer einer Halskette aus Ohren und Reißzähnen. Ihr Kopf hatte das Antlitz eines Wolfs, und als sie die Zähne fletschte, funkelten ihre Augen blutdurstig im Licht der Fackeln. Die Keule wirbelte herum, fuhr zischend auf den nächsten Kriegsknecht nieder und ließ die Armbrust zersplittern, die der Mann schützend vor sich in die Höhe riss. Als er unter dem Schlag zu Boden geschleudert wurde, stieß die Kreatur erneut ein Heulen aus, sprang auf ihn zu und wurde im nächsten Augenblick von Jorings Breitschwert durchbohrt.

»Für Kazarh!«, brüllte der Ordensritter und wirbelte herum, um einen zweiten Angreifer abzuwehren, der axtschwingend zwischen den Bäumen hervorgestürmt kam. »Zusammenrücken!«

Doch das war leichter gesagt als getan, denn jetzt kamen sie von allen Seiten. Zottelige Kreaturen, halb Mensch, halb Tier, mit Hörnern, Geweihen und Krallen, die im Licht des Feuers bedrohlich funkelten. Männer schrien und ließen ihre Armbrüste fallen, um die Schwerter aus den Gürteln zu reißen. Danil wurde zur Seite gestoßen, stolperte über einen am Boden liegenden Kriegsknecht und spießte sich beinahe an der eigenen Waffe auf. Direkt vor seinen Augen wurde ein Mann von einem Speer durchbohrt, einem kruden Ding aus Holz und Knochensplittern, das ihm die Eingeweide zerfetzte und ihn schreiend zu Boden gehen ließ.

Eine hirschartige Gestalt tauchte vor Danil auf. Das linke Geweih war zerbrochen, und an den Enden hingen Fetzen von etwas, das vielleicht einmal das Wams eines Kriegsknechts gewesen war. Der Hirschmann grinste höhnisch und hackte mit einer blutigen Axt auf ihn ein. Danil schlug die Waffe im letzten Augenblick mit dem Schwert zur Seite, und der Hirschmann sprang einen Schritt zurück und stieß ein schauriges Röhren aus. Mit der freien Hand schlug er sich gegen den Brustkorb und deutete auf Danil und dann auf sich selbst.

»Freunde?«, fragte Danil, und der Hirschmann senkte schnaufend den Kopf, um einen Augenblick später erneut anzugreifen. Dann eben nicht, dachte Danil im Zurückspringen. Der Hirschmann ließ sich Zeit, umkreiste ihn mit gebeugten Knien, während sich die Axt gemächlich um sein Handgelenk drehte und weißer Nebel aus seinem geöffneten Maul dampfte.

»Komm schon«, knurrte Danil und stieß ungeduldig zu. Der Angriff schien seinen Gegner aufzuwecken. Beinahe spielerisch parierte er die Attacke und revanchierte sich mit zwei schnell aufeinander folgenden Axthieben, die Danil rückwärts taumeln ließen. Das Röhren des Hirschmanns klang beinahe wie ein Lachen, so als ob er einen Riesenspaß an ihrem Tänzchen hatte. Immer wieder sprang er vor und zurück, ließ die Axt auf Danil niederfahren und schien sich keine Gedanken zu machen, ob er dabei selbst getroffen wurde oder nicht. Warum sollte er auch? Er war ja schließlich ein verdammter Waldgeist und hatte alle Vorteile auf seiner Seite. Danil biss die Zähne zusammen und schluckte die aufkommende Panik herunter.

Blitzschnell schoss das Axtblatt auf ihn zu, und er riss das Schwert in die Höhe. Gleichzeitig versuchte er, mit einem Schritt zur Seite auszuweichen, stolperte dabei über ein unsichtbares Hindernis und verlor das Gleichgewicht. Er versuchte, sich irgendwo festzuhalten, erwischte zufällig das Geweih des Hirschmanns und riss ihn mit sich zu Boden. Mit einem dumpfen Aufschlag prallte er auf den Rücken und sah für einen kurzen Moment Sterne. Dann blickte er direkt in die hässliche Schnauze seines Gegners und versetzte ihr einen halbherzigen Hieb. Das schien seinen Gegner kaum zu beeindrucken, denn er grunzte nur, und seine Finger tasteten nach Danils Kehle. Danil wand sich zur Seite fort, umklammerte mit der Linken das Handgelenk des Waldgeists und drückte mit der Rechten von unten gegen sein Kinn. Drückte weiter und weiter, bis etwas zerriss und der Hirschkopf nach hinten fortrutschte und darunter das Gesicht eines Menschen zum Vorschein kam.

Er war noch ziemlich jung, vermutlich sogar ein ganzes Stück jünger als Danil, und er sah überhaupt nicht aus wie ein Geist. Danil starrte ihn einen Moment lang verdutzt an, dann stieß er ihm instinktiv die Stirn gegen die Nase. Der

Junge schrie auf und warf sich zur Seite, doch Danil folgte ihm, und nach heftigem Gerangel war er plötzlich oben. Er packte den Kopf seines Gegners mit beiden Händen und stieß ihn hart auf den Boden. Wieder und wieder, bis er irgendwann ein Knacken hörte und der Blick des Jungen brach.

»Keine Geister«, keuchte Danil und stemmte sich in die Höhe. Ein hysterisches Lachen entrang sich seiner Kehle. »Einfach nur verdammte Menschen mit verdammten Tiermasken.«

25

WAS VON DER SEE KOMMT

Warum die Kolnorer sie nicht verfolgten, konnte Cunrat nicht sagen. Vielleicht hatten sie einfach genug von ihnen ausgeschaltet, sodass der Rest beschlossen hatte, dass eine einfache Metis das Risiko nicht wert war, ihnen zu folgen. Vielleicht war es auch etwas anderes. Wer konnte das schon sagen. Auf jeden Fall waren sie bereits eine gute Stunde unterwegs gewesen, bevor Messer sie schließlich hatte rasten lassen. Die Metis hatte sich an einem kleinen Flusslauf mitten im Wald notdürftig gebadet und den größten Teil des stinkenden Schlamms von ihrer Haut und aus ihren Haaren gewaschen. Erst jetzt waren ihre zahlreichen Brandwunden deutlich zu erkennen, die meisten davon große Blasen, die sich inzwischen mit Flüssigkeit gefüllt hatten, und sowohl ihre Augenbrauen als auch die Haare auf ihrer rechten Kopfhälfte waren bis auf die Haut abgeflammt.

Dennoch erschien sie Cunrat bemerkenswert sinnlich; ihr üppig gerundeter Körper, ihre dunkle, aschene Haut, die im Licht der späten Sonne ölig schimmerte, vor allem aber die Art, wie sie sich anscheinend ohne das geringste Schamgefühl bewegte, ließen den Mund des jungen Ritters trocken und seine Handflächen feucht werden. Mit Unbehagen stellte er fest, dass er enttäuscht war, als Messer mit der Behandlung ihrer Verbrennungen fertig war und tatsächlich von irgendwoher Hose und Hemd hervorholte.

Die Metis betrachtete ihre Verwundungen erstaunt und musterte den Vogelmann nachdenklich. »Ich müsste rasende Schmerzen haben, oder? Das ist Euer Talent?«

Messer verzog das Gesicht. »Ich ziehe ›Fluch‹ vor, aber ja. Auch wenn das deine Wunden nicht weniger ernst macht. Aber ohne das... Du würdest kaum noch auf den Beinen stehen.«

Die junge Frau schnaubte und stürzte beinahe, als sie sich die Hose anzuziehen versuchte. »Die Verbesserung ist nicht groß. Trotzdem, ich danke Euch für Eure Hilfe. Schätze ich.«

»Glaub mir – sie ist es. Nun gut. Wir haben dir geholfen, jetzt bist du dran. Wie heißt du, und woher kennst du diesen Mann namens ad Sussetz?« Messer reichte ihr eine Feldflasche, aus der sie in gierigen Zügen trank. Dann richtete sie sich auf.

»Mein Name ist Xari, und wir haben keine Zeit für Fragespiele. Ihr wollt Marten finden – ich auch. Aber wenn ich sie richtig verstanden habe, haben wir nicht viel Zeit. Bis zum Einsetzen der Flut.«

Dolen sah sie abschätzend an. »Du sagst, die Kolnorer haben die Tochter von Fürst Antreno bei sich?«

Xari nickte. »Auch das. Bei ihnen ist eine Verräterin: eine Frau, die als Heilerin auf dem Gut von Fürstin Imara beschäftigt war. Sie hat Emeri und Marten an die Kolnorer ausgeliefert. Können wir jetzt gehen?«

Dolen zögerte noch einen Moment, dann nickte er. »Ich

denke, wenn wir Antrenos Tochter befreien, haben wir eine interessante neue Verhandlungsposition in Gostin«, stellte er fest.

»Wobei du mit Befreien meinst, dass wir sie in Gewahrsam nehmen«, murmelte Ness.

Der Ritter warf ihm einen düsteren Blick zu. »Wir können sie nicht als Geisel in den Händen der Kolnorer lassen.«

»Sicher nicht. Falls sie eine Geisel ist und Antreno nur mit den anderen falschen Berunern zusammenarbeitet und nicht mit diesen.« Ness seufzte, dann hängte er sich seine Bogenhülle wieder über die Schulter. »Was jetzt ad Sussetz angeht…«

Xari ignorierte ihn. »Andere falsche Beruner? Was…«

»Euer Fürst hat sich von Berun losgesagt, und das mithilfe von fremden Kriegsknechten, die sich als Beruner ausgeben«, sagte Cunrat.

Xari starrte ihn verständnislos an. »Warum sollte er das tun?«

»Es kommt mir nicht so vor, als würde man die Männer des Kaisers hier besonders schätzen.«

»Das haben wir noch nie getan.« Xari schnaubte verächtlich. »Aber sie waren nicht so schlimm wie…« Sie stockte, und Messer hielt plötzlich inne.

»Wie die Kolnorer in berunischen Rüstungen, nehme ich an?«

Die Augen der jungen Frau wurden größer, als sie nickte.

Messer legte den Kopf schief. »Ich fange an, hier ein Muster zu sehen. Beruner Kriegsknechte begehen Gräueltaten – mehr als üblich, heißt das – und bringen damit bei jenen hier, die ohnehin noch nie Liebe für die Besatzer hatten, das Fass zum Überlaufen. Und Fürst Antreno nutzt die Stimmung der Stunde, die Hilfe von gekauften Kriegsknechten und einem neuen Verbündeten, um Berun loszuwerden. Nicht schlecht.«

»Und wenn man bedenkt, wie schwach der Kaiser ...«

Dolen sah Ness scharf an. »Diesen Gedanken zu äußern würde Hochverrat bedeuten.«

Der kleine Kriegsknecht grinste schmal. »Zum Glück muss ich nicht äußern, was ohnehin jeder weiß, oder?«

Der narbige Ritter verzog das Gesicht und setzte zu einer Entgegnung an, doch Xari kam ihm zuvor. »Nein. Nein, eure Idee kann nicht stimmen. Die Kolnorer haben die Frau des Fürsten umgebracht ...«

»Welchen besseren Weg gibt es, das Volk bei einem Aufstand auf seine Seite zu bekommen?«, warf Wibalt ein. »Zwei Fliegen mit einer Klappe, eh?«

Die Metis funkelte den Hünen erbost an. »Ihr kennt sie nicht. Ihr kennt Antreno nicht. Er würde nie dem Tod seiner Frau zustimmen und noch weniger seine Tochter in die Hände der Kolnorer geben. Und sie ist nicht freiwillig mit ihnen gegangen. Das kann ich euch versichern.«

»Was ist mit ad Sussetz? Ihm traue ich auf jeden Fall zu ...«

Xaris Kopf fuhr herum, und ihr Blick erstickte Cunrats Worte in seinem Mund. »Marten hat uns noch viel weniger verraten. Er hat Emeri und mir das Leben gerettet und bekämpft die Kolnorer, seit sie das erste Mal aufgetaucht sind.«

»Interessant.« Dolen runzelte die Stirn. »Wenn das wahr ist, warum sollten die Kolnorer ihren Leibwächter dann am Leben lassen? Welche Bewandtnis hat es mit diesem Mann?«

»Er ist einer von uns«, sagte Ness trocken. »Wir sind nun Mal eine Menge wert.«

»Oloare – die Verräterin – glaubt, dass er ein Bruder des

Kaisers ist. Und Fürstin Imara war davon überzeugt«, warf Xari ein.

»Er«, Dolen stockte und räusperte sich, »er ist was?«

Ness und der Rosskopf sahen sich an, und Zeisig begann, heiser zu lachen. »Ist nicht dein Ernst, oder? Der kleine Pisser soll ein Prinzlein sein? Wenn ich ihn je wiedersehen sollte, werde ich ihn Prinzessin nennen, das schwöre ich!«

»Halt den Rand, Zeisig.« Die Augen des Glatzköpfigen hatten sich verengt. »Es würde erklären, warum Thoren uns dafür bezahlt, auf ihn aufzupassen.«

»Er …« Zeisigs Lachen stockte und machte einem verdutzten Ausdruck Platz. »Wir kriegen Geld dafür?«

»Sah nicht mehr danach aus, aber jetzt, wo er am Leben ist, habe ich Hoffnung.« Ness hob die Brauen und zuckte mit den Schultern. Dann sah er den Vogelmann an. »Dass er ein Sohn des alten Löwen ist, ist mir allerdings neu. Ich vermute aber, dass andere bereits davon wussten. Richtig, Messer?«

Der Vogelmann antwortete nicht, doch nach einem kurzen Augenblick nickte Ness. »Schon seltsam. Jemand heuert uns an, ihn am Leben zu erhalten, und dich, um es zu beenden. Und bisher haben wir alle keine gute Arbeit gemacht.«

Endlich fand Dolen seine Stimme wieder. »Ein Sohn des Kaisers?«

»Des alten Kaisers«, korrigierte der Rosskopf, ohne sich umzusehen.

»Des wahren Kaisers«, wiederholte Dolen. »Das heißt, die Kolnorer haben einen Thronanwärter Beruns in der Hand.«

»Einen was?« Cunrat war sich nicht sicher, richtig gehört zu haben. Ein seltsamer Gedanke ging ihm durch den Kopf: Wenn ad Sussetz kaiserliches Blut hatte, durfte er ihm dann noch die Zähne einschlagen?

»Ich nehme an, genau so etwas sollte verhindert werden«, antwortete Messer leise.

»Wovon sprecht ihr alle, verdammt noch mal?«, fragte die Metis verständnislos dazwischen.

»Zumindest darüber sind wir einer Meinung, Messer«, antwortete Ness. An die Übrigen gewandt fügte er hinzu: »Ich vermute, wir sind uns einig, dass Tiburone warten kann. Ad Sussetz den Kolnorern abzunehmen hat Vorrang.«

»Also wenn's nach mir geht…«, setzte Cunrat an, doch niemand beachtete ihn. *Gut, offensichtlich tut es das nicht.* Stumm fluchte er vor sich hin, während er sein Bündel aufnahm. Waren sie jetzt tatsächlich auf dem Weg, um Marten ad Sussetz den Arsch zu retten?

Die Dämmerung setzte bereits ein, als ihr Trupp endlich aus dem Wald trat. Dunkler Kalksteinkies löste den lehmigen Waldboden ab und erstreckte sich in einem sanft gebogenen Band zwischen der Baumgrenze und den sanft hereinrollenden Wellen in der schmalen Bucht vor ihnen.

Marten kam stolpernd zum Stehen und atmete tief durch. Nach dem ewigen feuchtschwülen Gestank des Waldes war der frische Hauch des Meeres so ziemlich das Süßeste, was er sich vorstellen konnte. Den Kolnorern schien es ganz ähnlich zu gehen, denn eine Welle leiser Seufzer ging durch die Männer.

Er sah sich um. Die Bucht war nicht groß, wurde jedoch von einem Riff weiter draußen vom offenen Meer abgeschirmt, sodass lediglich eine leichte Dünung auf dem Kies auflief und ein rhythmisches Rauschen verursachte, als jede neue Welle die kleinen, scharfkantigen Steine von Neuem durcheinanderschob. Weiter draußen war das Meer deutlich unruhiger.

Gischtfetzen flogen vom kaum verborgenen Riff nach Osten, und das ferne Donnern der Wellen auf den Felsen bot einen unheilvollen Kontrast zu den Geräuschen des Strands. Wider Erwarten legten die Kolnorer jedoch keine Rast ein. Wäre auch zu schön gewesen. Strand, sauberes Wasser, vielleicht noch etwas zu trinken ...

Oloare deutete nach links, wo der Wald in einiger Entfernung in eine Klippe überging, die Richtung Norden anstieg und zu einem Felsmassiv anwuchs, das den kompletten nordwestlichen Abschnitt der Bucht überragte. Die geborstene Steilwand ragte mit Sicherheit über hundert Meter in die Höhe und fiel so steil ab, dass sich nicht einmal ein paar Büsche an ihr festklammern konnten. Geröll und Schutt sammelten sich an ihrem Fuß, und jetzt wurde Marten klar, woher diese Bucht ihren Kiesstrand hatte. Genau diesen schmalen Streifen aus Trümmern und Schotter strebte Oloare an. Und wenig später liefen sie zwischen Felswand und Meer. Aus dieser Nähe wirkten die Wellen längst nicht mehr so ruhig, und der Blick auf die Felsen beruhigte Marten auch nicht gerade. Deutlich war zu erkennen, dass die Flutlinie beinahe in Höhe ihrer Köpfe an der Wand verlief. Er schluckte. Zugegeben, mit dem Meer kannte er sich nicht besonders aus, selbst wenn er in einer Hafenstadt aufgewachsen war. Doch auch die Kaiserstadt lag an einer Steilküste, und es gab Abschnitte ganz in ihrer Nähe, die einen Tidenhub von mehr als drei Metern hatten. Das bedeutete, alles, was bei Ebbe noch trockener Strand war, lag bei Flut drei Meter unter der Oberfläche. Oder wurde, wie hier, an einer scharfkantigen, von Rissen und Löchern durchzogenen Felswand zerrieben. Instinktiv beschleunigte er seine Schritte, auch wenn der trügerische, lose Untergrund sie dazu zwang, vorsichtig zu gehen.

Die Stimmung unter den Kolnorern war ebenso rasch gesunken wie seine eigene. Hatten anfangs einige von ihnen leise ihren Unmut geäußert, so hatten einige scharfe Befehle der Adjutantin des Theyn dafür gesorgt, dass das Gemurmel schnell verstummt war. Seitdem legte sich ein brütendes Schweigen über den Zug. Emeri litt vermutlich am meisten. Nicht nur, dass ihre Kräfte nach Tagen der Flucht jetzt langsam an ihre Grenzen zu gelangen schienen – im Gegensatz zu Marten und den Kriegsknechten trug sie keine schweren Soldatenstiefel, sondern nur ein paar einfache Sandalen, die Marten in der Fährstation organisiert hatte. Nachdem sie das dritte Mal gestolpert und nur mühsam auf den Beinen geblieben war, hatte er es schließlich gewagt, neben sie zu gehen und ihre Hand zu fassen. Der bleiche Mann hinter ihnen hatte nichts dazu gesagt. Vermutlich war sogar ihm klar, dass sie zum einen hier wohl kaum davonlaufen konnten und ihm zum anderen eine verletzte Emeri eine Menge Ärger einbringen würde. Also stützte Marten die junge Frau, so gut es ging. Dennoch wagte er es nicht, mit ihr zu sprechen. Der Fausthieb, den er für den letzten Versuch eingefangen hatte, war deutlich genug gewesen.

Der schmale Kiesstrand zog sich länger, als er anfangs erwartet hatte. Die Bucht entpuppte sich hinter der ersten Klippe, als eine Serie weiterer kleiner Buchten, die am Fuß der Steilküste immer weiter hinaus in Richtung des Riffs führten, und der Strand schien mit jeder Minute schmaler zu werden. Dennoch benötigte Marten eine ganze Weile, bis ihm klar wurde, dass das buchstäblich so war. Die Flut kam. Jede Welle, die auf den Strand lief, wich ein kleines Stück weniger weit zurück. Waren sie anfangs noch zu mehreren nebeneinander marschiert, hatte sich ihr Zug jetzt in eine lang gestreckte

Kette verwandelt, in der höchstens zwei Männer nebeneinander laufen konnten. Und auch das wurde einige Hundert Schritt weiter zu schmal, sodass Marten widerstrebend Emeris Hand loslassen musste, als das Meer gierig den Kies unter seinen Stiefeln wegzuziehen begann. Wieder musterte er die Felswand, die jetzt dicht neben seiner Schulter aufragte. Die Auswaschung der Felsen gab ihnen gerade noch genügend Platz zum Laufen, doch sie ragte mehr als eine Armlänge über seinen Kopf – was bedeutete, dass das Wasser bis dorthin steigen würde. *Nicht gut.*

Dasselbe musste endlich auch dem Theyn durch den Kopf gegangen sein. »Wie weit noch?«, bellte er.

»Um die nächste Biegung noch«, rief Oloare von der Spitze des Zugs zurück. »Glaube ich.«

»Was heißt – du glaubst?«

Die Heilerin sah kurz über die Schulter zurück. »Das heißt, dass ich nicht sicher bin. Versteht ihr jetzt, warum ich darauf gedrängt habe, die Pause so kurz wie möglich zu halten?«

Der Theyn schäumte. »Das heißt, wir werden alle ersaufen, weil du dich nicht deutlicher ausdrücken konntest?«

»Nicht alle, hoffe ich.« Dieses Mal sah sich Oloare nicht einmal um. »Entspann dich, Kolnorer. Und freue dich, dass du nicht mehr Männer dabeihast. Es wird eng, aber wir sind fast da.« Sie schob sich auf dem inzwischen kaum noch fußbreiten Kiesstreifen um den nächsten Felsvorsprung.

Als Marten schließlich an der Felsnase ankam, zerrte das Wasser bereits an seinen Füßen. Hinter sich hörte er das unterdrückte Fluchen der Männer, die wie er mit der unaufhaltsamen Flut zu kämpfen hatten. Eng war gar kein Ausdruck. Er half Emeri um die Ecke und stockte dann unwillkürlich. Vor ihnen eröffnete sich eine weitere, letzte Bucht. Das Riff war hier durchbrochen, und größere Wogen schwappten aus der offenen See hinein und brachen sich donnernd an den Klippen nördlich von hier. Direkt gegenüber des Risses hatte die Brandung einen mächtigen Abschnitt der Steilwand zum Einsturz gebracht, und der Felsbruch zog sich als steiles Tal hoch hinauf in die Kalksteinwände, während unten unaufhörlich das Meer den Trümmerhaufen zermalmte. In dem kleinen, etwas ruhigeren Hafenbecken aber, das dadurch entstanden war, wiegte sich ein riesiges Schiff auf der Dünung. Seine Segel waren gerefft und fest an den Rahen vertäut, und mehrere Ankertaue führten einem Spinnennetz gleich ins bleigraue Wasser und hielten das graue Gefährt an seinem Platz. Seltsamerweise jedoch war keine Seele an Bord zu sehen, und kein einziges Licht brannte auf Deck, obwohl die Dämmerung jetzt schnell über das Land gezogen kam.

»Sind sie das?«, hörte er den Theyn fragen und sah Oloare zur Antwort nicken.

»Aber wo – wo sind sie? Da ist doch kein Schwein zu sehen!«

»Wenn du Schweine wolltest, hättest du im Dorf bleiben können.« Die Stimme der Heilkundigen klang inzwischen deutlich abfällig, und Marten fragte sich im Stillen, wie lange es dauern würde, bis der Kolnorer diesen Tonfall nicht mehr ignorieren konnte. Und vor allem, was dann geschehen würde. Dennoch musste er dem Mann recht geben. Was immer er erwartet haben mochte – die Begrüßung fiel bemerkenswert zurückhaltend aus. Im Grunde fiel sie sogar komplett aus.

»Keine Sorge«, fügte Oloare hinzu. »Sie werden kommen. Wenn sie so weit sind. Dort vorn.« Sie deutete auf das Trümmerfeld des Abbruchs. »Wir müssen dort hinauf. Dort sind wir sicher vor der Flut.«

Es wurde knapp. Als Marten schließlich das Geröllfeld erklettert hatte, war der schmale Streifen Strand völlig verschwunden, und die ersten Wellen schlugen mit dumpfem Rumpeln gegen die Felswände. Die letzten Kolnorer am hinteren Ende des Zugs standen bereits hüfttief im Wasser und beschimpften die Männer vor ihnen, die sich gegen das Zerren des Meeres nach oben kämpften. Einer der Kriegsknechte rutschte ab. Er verlor den Halt und stürzte rücklings in die Gischt. Sein Kopf schlug auf einen der scharfkantigen Felsen, und Marten glaubte, das Geräusch bis zu ihnen hinauf zu hören. Die Männer direkt daneben versuchten hastig, den Gestürzten zu fassen zu bekommen, doch schon die nächste Welle riss ihn zwischen den Felsblöcken hindurch tiefer ins Wasser, und die übernächste verschlang ihn, ohne eine Spur zurückzulassen. Jemand in Martens Nähe fluchte, und ein anderer schlug ein Zeichen zur Abwehr von Unheil. Marten warf einen Blick zu Emeri, die neben ihm stand, doch in ihrer Miene konnte er nichts als grimmige Genugtuung sehen. Er schauderte und wandte sich ab. Das kleine Plateau, das sie erreicht hatten, lag weit genug über der Flutlinie, um ein paar Handvoll Erde gesammelt zu haben, die einigen struppigen Büschen und scharfkantigem Strandgras Nahrung und Halt boten. Erst jetzt entdeckte er den schmalen Bach, der seinen Weg zwischen den Felsen herab suchte. Weiter oben in diesem Einschnitt hatte auch eine Handvoll Bäume Wurzeln geschlagen, doch es war deutlich zu erkennen, dass der Bach auch anders konnte: Eine breite Schneise klaffte zwischen dem Gestrüpp, bar jeder Vegetation, und sprach eine deutliche Sprache davon, was ein nächtlicher Regenguss aus dem Rinnsal entstehen lassen konnte.

Auch der Theyn sah sich um. »Und was jetzt?«

»Jetzt warten wir«, stellte Oloare fest. »Entzündet ein Feuer und übt euch noch ein wenig in Geduld. Sie werden kommen. Oh – und macht euren Männern klar, dass sie die Waffen stecken lassen sollen. Wir wollen doch kein Blutvergießen. Und glaubt mir – es wäre ausschließlich euer Blut.«

Der Theyn stieß einen abfälligen Laut aus. »Ihr unterschätzt uns, Weib.«

»Das dürfte selbst mir schwerfallen.« Oloare sah hinaus in die Bucht, die zusehends in der hereinbrechenden Finsternis verschwand. »Beeilt euch und macht das Signalfeuer bereit.«

Marten und Emeri hatten sich abseits der Kolnorer an einen der Steinblöcke gesetzt. Keiner der Männer beachtete sie, doch Marten machte sich keine Illusionen. Es gab nichts, wohin sie flüchten konnten, und er war sich sicher, dass der blasse Mann sie daran hindern würde, sich im Meer zu ersäufen, sollten sie auf diese Idee kommen. Also kauerten sie sich zusammen und versuchten, so gut es ging, dem kühlen Wind, der vom Meer aus hereinzog, zu entgehen.

»Was glaubst du, wer das dort draußen ist. Mehr Kolnorer?«, flüsterte Emeri.

»Nein. Dann wüsste ihr Anführer mehr. Außerdem sieht das nicht aus wie irgendein kolnorisches Schiff, das ich je gesehen habe.«

»Hast du viele gesehen?«

Marten zuckte kaum merklich mit den Schultern. »Ab und an fahren sie sogar bis Berun. Man sagt, sie beherrschen die südliche See, aber ihre Schiffe ähneln doch unseren. Vor allem haben sie Ruder, und das dort draußen hat nichts dergleichen. Nicht einmal Öffnungen dafür. Auch keine Beiboote. Ganz ehrlich, ich habe keine Ahnung, wie sie mit diesem klobigen

Kahn überhaupt durch das Riff gekommen sind, oder wie sie wieder hinauswollen.«

Emeri schnaubte leise. »Vor allem: Was wollen sie hier? Was will Oloare hier?«

»Vielleicht ist es der einzige Ankerplatz an dieser Stelle der Küste?«, mutmaßte Marten.

Emeri schüttelte den Kopf. »Nein. Ich glaube, ich weiß, wo wir hier sind. Es ist der Anfang von Lambebes Hand. Niemand, der richtig im Kopf ist, nähert sich diesem Abschnitt der Küste mit einem Schiff. Aber das heißt, dort drüben«, sie nickte über die im Dunkel verschwindende Bucht, »enden die Felsen, und es gibt eine ganze Reihe von Stränden, an denen man weitaus gefahrloser anlanden könnte. Unsere Blausteinsucher fahren oft dorthin. Es ist einer der Abschnitte der Küste, an dem sie am meisten finden.«

»Nan... wessen Hand?«

Emeri seufzte leise. »Lambebe. Der Herr der tiefen Finsternis. Du erinnerst dich an Duambe?«

Marten nickte. »Der einheimische Gott, nach dem das Landgut des Fürsten benannt war. Duambes Garten?«

»Nicht ganz. Das ganze Macouban ist Duambes Garten. Und es gibt Hunderte Götter in diesem Land. Wir nennen sie *Paranakyri*, ›Jene, die von der See kommen‹. Duambe und seine Schwester Oyambe allerdings sind die, die über das Land herrschen, seit es aus dem Meer gehoben wurde.

Duambe, der Herr der Wogen, hat es einst aus der Tiefe emporgetragen, um die Innere See vom Kristallmeer im Süden zu trennen, als die Götter des Nordens mit denen des Südens in einem Krieg lagen, der ganz Tertys zu vernichten drohte.

Seitdem patrouillieren seine Seeschlangen in den Gewässern

des Macouban, und die Azhdar wachen über den Himmel. Und bis heute hält er das Meer zurück, damit es sich nicht holt, was er uns geschenkt hat.

Oyambe, die Herrin der Stürme, blies einst das Land trocken, damit die Metis, ihr Volk, Orte haben, um ihre Hütten zu bauen, und sie schickt die Regenzeit, damit das Land gedeiht und die Menschen *Babjuc* anbauen können und Holz für ihre Hütten finden. Und da die Metis wie Oyambe und Duambe aus den Wassern stammen, ließen sie Sümpfe, um ihnen die Heimat angenehm zu machen und sie immer daran zu erinnern, dass sie dem Wasser nah sind.

Aber die Geschwister waren nicht die Einzigen. Ihr Vater ist Lambebe, der Herr der tiefen Finsternis. Er herrscht über die Nacht und die lichtlosen Tiefen der Meere.

Als Duambe das Macouban aus dem Meer hob, um den Krieg unter seinen Geschwistern zu beenden, nahm er seinem Vater ein Stück des Landes, das von Rechts wegen jenem gehörte. Und seitdem versucht Lambebe mit jeder Flut, ein weiteres Stück Land zurück in die Tiefen zu ziehen, und jede Nacht tragen ihm die Skellinge zu, was sich auf dem Land ereignet hat.

Was diesen Ort hier angeht: Die Legenden der Metis sagen, dass die Felsen hier die Knochen der rechten Hand Lambebes sind. Er verlor sie im Krieg der Götter, wo sie auf den Boden des Meeres sank und von Duambe mit dem Land gehoben wurde. Die Knochen reichen von hier bis nach Gostin, und aus ihnen ragen himmelhohe Felsen, von denen die Lieder sagen, dass sie einst Türme der Huacoun waren, deren Wohnstätten in Lambebes Tiefen liegen.«

Marten sah sie verwirrt an. »Wer jetzt schon wieder?«

»Huacoun. Die dunklen Götter. Die Götter des Südens,

Lambebes Volk. Ihr Blut fließt in den Adern der Metis und verleiht den Erwählten ihre Talente.«

Emeris Flüstern war, vermutlich ohne es zu bemerken, in einen Singsang übergegangen, der seltsam beruhigend auf Marten wirkte. Er sah sich um, doch noch immer beachtete sie niemand. Der blasse Mann saß mit gekreuzten Beinen auf einem Felsen in der Nähe und sah bewegungslos hinaus auf die Bucht, die beinahe gänzlich in der Dunkelheit versunken war. Unter ihm brandeten die Wellen jetzt mit dumpfem Grollen an die Felsen. Das Zischen des Kiesstrands dagegen war inzwischen völlig verschwunden.

»Glaubst du daran?«, fragte er leise.

Emeri schwieg. Hinter ihr entzündeten die Kriegsknechte ein Feuer aus dem hier reichlich angeschwemmt liegenden Treibholz, das sie mit Öl schnell in weithin sichtbare Flammen verwandelten. Schließlich nickte sie. »Ich bin von meiner Mutter dazu erzogen worden, die geheimen Geschichten der Metis zu kennen, und von meinem Vater, die Historie des Landes zu erlernen. Beide berichten dasselbe, zum Beispiel, dass Gostin auf Fundamenten von Gebäuden errichtet ist, die bereits hier standen, als ein Metis die erste Hütte in Tiburone erbaute. Und ich habe diese Fundamente gesehen. Also ja, ich denke schon.«

Marten sah hinüber zu Oloare, die ebenso unbewegt am Rande des kleinen Plateaus stand, wie ihr Bruder auf dem Felsen saß. Er runzelte die Stirn. »Und sie? Kennt sie diese Geschichten auch? Wenn ich mich recht erinnere, hält sie die ganze Sache mit Duambe für … wie hat sie gesagt? Für einen Aberglauben der Einheimischen, einen Schatten aus der Zeit vor den Reisenden.«

Emeri zuckte mit den Schultern. »Das mag sein. Trotzdem

weiß sie eine Menge. Immerhin hat sie am Hof meiner Mutter gewohnt, solange ich denken kann. Und wenn sie sich nicht um ihre Arbeit als Wundheilerin gekümmert hat oder der Fürstin Gesellschaft leistete, war sie so gut wie immer in der Bibliothek zu finden.«

Marten nickte nachdenklich. »Ich glaube, ich weiß, warum wir hier sind«, raunte er.

Emeri sah ihn fragend an.

»Nein«, verbesserte er sich. »Du. Mit mir hat das nichts zu tun. Ich denke, Oloare hat dich nicht hier haben wollen, weil du die Tochter des Fürsten bist, sondern die *Vairani*. Sie braucht dich.«

»Warum sollte …« Ein Ruf unterbrach Emeri. Einer der Männer, die der Theyn als Posten aufgestellt hatte, stieß einen erschreckten Schrei aus, der abrupt abriss.

Die Hände der Kolnorer fuhren zu ihren Waffen, doch Oloare hob die Hand. »Halt.« Ihre Stimme hallte laut durch die Nacht und übertönte das Grollen der Brandung. »Hört auf. Keinen Kampf. Theyn, haltet Eure Leute zurück. Das hier ist unser Kontakt.« Seltsamerweise benutzte sie das Berunische und nicht die Sprache der Kolnorer, wie Marten feststellte.

Eine Gestalt tauchte aus der Dunkelheit auf. Sie war hochgewachsen, größer noch als der blasse Mann, der jetzt langsam die Beine entfaltete und von seinem Felsblock rutschte.

Der Fremde war schlank, wies jedoch einen ungewöhnlich großen, tonnenförmigen Brustkorb auf. Dazu kam, dass seine Gliedmaßen seltsam gestreckt wirkten, was dazu führte, dass der Kriegsknecht, den der Fremde am Hals gepackt hatte, mehr als einen Fuß über dem Boden hing. Er hatte die Hände um das dünne Handgelenk des Fremden gekrallt und strampelte verzweifelt mit den Beinen, doch der wirkte so wenig beeindruckt, als hielte er einen Gänseschlegel in der Hand. Marten schluckte. Je näher der Mann ins Licht des Feuers trat, desto mehr wurde Marten klar, wie wenig menschlich diese Gestalt wirkte. Waren Oloare und ihr Bruder schon ungewöhnlich hellhäutig, wirkte dieser Mann so bleich wie eine Wasserleiche. Seine Haut glänzte ölig und schimmerte silbrig grau, ähnlich dem Bauch einer Forelle. Seine Beine waren ausgesprochen muskulös und endeten in ungewöhnlich großen Füßen. Füßen mit sechs langen Zehen, zwischen denen Schwimmhäute wuchsen. Sechs Zehen? Marten warf einen Blick auf die langgliedrigen Hände und entdeckte auch dort sechs Finger. Immerhin war deutlich zu erkennen, dass es ein Mann war, denn der Fischhäutige trug nicht mehr als eine eng anliegende Hose, die wirkte wie aus dem Fell eines Wassertieres geschnitten. Ein einfacher Gürtel umschlang die schmale Hüfte und sicherte die Scheide eines kurzen, schwer aussehenden Dolchs, dessen Scheide zusätzlich am Oberschenkel befestigt war. Was Marten jedoch am meisten erschreckte, war das Gesicht, das wie ein Zerrbild eines menschlichen wirkte. Seine Augen waren unnatürlich groß, so hell, dass sie im Widerschein des Feuers beinahe rosa wirkten, und die Pupillen waren geweitet wie die eines Malhoryn-Rauchers. Dafür wirkten Ohren und Nase geradezu unterentwickelt, und der breite Mund war lippenlos und wies einen verächtlichen Zug auf. Kein einziges Haar zierte den Schädel des Mannes, doch Marten konnte nicht erkennen, ob das eine natürliche Haarlosigkeit oder die Folge einer Rasur war.

Der Fremde ließ den Blick über die versammelten Kolnorer wandern, bevor er an Oloare hängen blieb, die noch immer die Hand erhoben hatte. »Du bist *Isani*«, stellte er mit einer überraschend sanften, melodischen Stimme fest. Die Art, wie er die Worte aussprach, ließ deutlich erkennen, dass er das Berunische nicht oft verwendete.

Oloare senkte den Kopf, dann sank sie zu Martens Überraschung auf ein Knie. »Ich bin *Isani*, ein Kind«, bestätigte sie leise. »Ich bin die, die euch gerufen hat. Nennt mich Oloare.«

»Du hast uns nicht gerufen, *Isani*. Wir haben beschlossen zu kommen. Du nennst mich *Uhabu*, wenn es nötig ist.« Er hob den Blick. »Und die dort?«

Oloares Blick zuckte zu dem hängenden Mann, dessen Gegenwehr zusehends matter wurde, als sein Kräfte schwanden. »*Uhabu*, könntet Ihr diesem Mann das Leben schenken? Er hat nur seine Pflicht getan.«

Uhabu musterte seine Hand, als hätte er sich soeben erst an den Mann erinnert. Mit einem unbestimmten Grunzen ließ er den Kriegsknecht fallen, der hart am Boden aufschlug und rasselnd um Luft rang.

»Ich danke Euch, *Uhabu*. Diese Männer und Frauen hier sind Theyn Halvor und seine Männer aus dem Königreich Kolno, die uns in unserem Vorhaben unterstützen. Im Gegenzug dazu bitten sie ...«

Der Fischige unterbrach sie mit einer ruppigen Geste. »Schweig. Ich bin hier, um euch zu warnen: Jeder, der eine Waffe berührt, wenn *Inenei* zu uns tritt, wird sterben.«

Er stieß eine Reihe seltsamer, schneller Klicklaute aus, und aus der Dunkelheit hinter ihm erhoben sich vier weitere seiner Art, die ihm, zumindest aus Martens Sicht, glichen wie Zwillinge. *Oder wie ein Ei dem anderen, wie das alte Sprichwort sagt. Ein Fischei.*

Marten lehnte sich zu Emeri. »Was bei den Gruben sind

das für Kerle?«, raunte er, doch die junge Frau antwortete nicht. Marten warf ihr einen Seitenblick zu. Emeri starrte die Fremden mit offenem Mund an, und ein Ausdruck namenlosen Grauens hatte auf ihrem Gesicht Einzug gehalten. Er runzelte die Stirn und sah zurück auf die Fischhäutigen.

Die neuen vier hielten kurze, klobig wirkende Armbrüste in den Händen, die nicht so aussahen, als seien sie aus Metall gemacht. Sie verteilten sich so an der Kante des Absatzes, dass sie alle Kriegsknechte im Blick hatten, bevor *Uhabu* erneut klickte. Eine fünfte Gestalt tauchte auf, zierlicher und einen halben Kopf kleiner als die fünf anderen. Vor allem aber trug sie statt der seltsamen Beinkleider eine Art kurzer Robe aus einem fließenden Stoff, der so leicht und anschmiegsam war, dass er beinahe wirkte, als hätte jemand die Trägerin mit Milch übergossen. Genau genommen wirkte es, als würde tatsächlich Wasser von der Kleidung abperlen und an den Beinen der Trägerin hinablaufen. Was das anging, war sich Marten ziemlich sicher, dass diese Figur weiblich war. Auch ihr Körperbau war seltsam verzerrt, und er fand an ihrem Gesicht nichts Anziehendes, doch die Robe ließ keinen Zweifel offen, dass sie ein paar flache Brüste bedeckte, auch wenn diese sich kaum vom tonnenförmigen Brustkorb abhoben.

Die Fischfrau legte den Kopf zur Seite und ließ den Blick über die gebannt starrenden Kolnorer streifen. Auch um ihren Mund spielte ein leiser Zug von verächtlicher Herablassung, und Marten war sich inzwischen nicht ganz sicher, ob das nicht einfach nur der normale Ausdruck dieser Wesen war. Schließlich trat die Frau einen Schritt vor ins Licht des Feuers, um Oloare zu mustern, und Marten fiel auf, dass ihre Gliedmaßen mit schlangenartigen Spiralmustern bemalt oder tätowiert waren, die jenen auf Emeris Körper in unheimlicher Weise ähnelten. Sie sah auf die noch immer kniende Wundheilerin hinab.

»Steh auf, *Isani*«, sagte sie dann. Auch ihre Stimme war seltsam angenehm, und auch ihr war anzumerken, dass die berunischen Laute ungewohnt für sie waren.

Oloare erhob sich. Sie war beinahe genauso groß wie die Fremde, und ein Schauer kroch über Martens Rücken, als ihm auffiel, wie sehr sich die Haltung von Oloare und der Fremden glichen. Die blassen Frauen musterten einander.

»Ihr seid *Inenei?*« Oloare brach als Erste das Schweigen.

»*Eine Inenei*«, erwiderte die Fischhäutige. »Aber du darfst mich so nennen. Ich höre, du hast gefunden, was dir aufgetragen wurde.«

Oloare nickte. Sie griff in einen Beutel an ihrem Gürtel und holte einen Klumpen von der Größe einer Kinderfaust hervor, der auf den ersten Blick wie ein gewöhnlicher Stein aussah. Als sie ihn jedoch ins Licht hielt, konnte Marten erkennen, dass er zumindest halb transparent war. Im Schein der tanzenden Flammen glomm er in einem tiefen Blau, und es schien fast, als würde sich etwas in der Tiefe des Agetbrockens bewegen.

Neben Marten schnappte Emeri hörbar nach Luft, und unter den Kolnorern kam verhaltenes Murmeln auf.

Dem fremdartigen Gesicht der *Inenei* war nicht anzusehen, ob sie zufrieden war. »Und du hast mitgebracht, was man dir aufgetragen hat?«

Oloare nickte erneut, doch Marten entging nicht, dass sie dieses Mal ein klein wenig zögerte. Auch die *Inenei* bemerkte es. Ihr Gesicht näherte sich dem Oloares, und wieder legte sie den Kopf auf die Seite. Für einen Moment hatte Marten den

Eindruck, als würde sie am Gesicht der Wundheilerin schnuppern. Dann lehnte sie sich zurück. »Es gibt ein Problem.«

Oloares Augen zuckten. Nur für einen winzigen Moment, doch sie zuckten in seine Richtung. Marten war sich sicher. Die *Inenei* folgte ihrem Blick. »Was ist mit dem Mann?«

»Nichts.« Oloare atmete durch und straffte die Schultern. »Es ist das Mädchen. Sie ist die *Vairani*.«

Der Blick der riesigen Augen glitt von Marten ab und heftete sich auf Emeri. »Sie ist jung, oder?«

»Sehr.«

»Und sie ist die *Vairani*?«

»Wie ihre Mutter vor ihr«, gab Oloare zurück.

»Wo ist dann das Problem?«

»Sie ist es erst seit einer Handvoll Tagen.«

Die Fischhäutige stieß unwillkürlich einige Klicklaute aus. »Sie trägt die Zeichen?«, fragte sie dann.

Oloare nickte. Die Fremde wandte sich ab und trat auf Emeri zu. Ihr Gang war so hüftwiegend, dass er mehr einem Watscheln glich, und Marten beschlich das Gefühl, dass ihre Bewegungen im Wasser wesentlich eleganter wirken mussten. Instinktiv rückte er vor die Fürstentochter, doch die *Inenei* legte ihm eine Hand auf die Schulter und schob ihn so beiläufig beiseite, als habe sie die Muskeln eines doppelt so schweren Kriegsknechts. Ohne ihn zu beachten, streckte sie die Hand aus und hakte einen Finger in den Ausschnitt von Emeris Kleid, um an der zitternden jungen Frau herabzusehen. So etwas Ähnliches wie ein Lächeln kroch auf ihr Gesicht. Als sich ihre dünnen Lippen teilten, konnte Marten Zähne sehen, die ein wenig zu gleichmäßig und eine Winzigkeit zu spitz waren, um menschlich zu sein. Sie beugte sich erneut vor, und wieder schien es ihm, als nehme sie Witterung auf. »Gut.

Dann ist da kein Problem.« Sie ließ das Kleid los und ging zurück zu Oloare. Emeris Zittern verstärkte sich, als sie ihr Kleid eng an die Brust raffte. »*Huacoun*«, hauchte sie.

Marten rückte näher an sie heran und tastete nach ihrer Hand. »Götter? Das sind keine Götter. Was immer sie sind«, raunte er.

»Sie sehen aus wie *Huacoun*.«

»Und ich sehe aus wie ein Kaiser. Das sagt gar nichts.« Marten drückte stumm ihre Finger.

Die fischhäutige Frau trat wieder vor Oloare. »Du kannst uns hinführen?«

Die Wundheilerin nickte. »Deshalb bin ich hier.«

»Sehr gut. Dann wirst du belohnt werden, *Isani*. Für deine Dienste und deine Geduld.« Ihr Blick fiel auf Oloares Bruder. »Er ist auch *Isani*?«

»Er ist Alaunar, der weiße Schatten. Mein Bruder.«

»Er dient dir?«

Oloare nickte erneut, und die *Inenei* musterte skeptisch die sehnige, muskulöse Figur des Mannes. »Dann wird auch er belohnt werden.« Sie streckte eine Hand aus und deutete auf den Theyn. »Und dieser Mann da?«

»Er ist der Herr dieser Männer. Der Mann, der hier ist, um dieses Land für seinen König einzufordern.«

Theyn Halvor hob das Kinn. Marten hatte den Eindruck, dass der Mann etwas überfordert wirkte. Seine Kiefermuskeln arbeiteten, und sein Kinn zitterte so sehr, dass man es an seinem Bart sehen konnte. Als er sprach, wirkte es, als presse er die Worte durch zusammengebissene Zähne. »Theyn Bront Halvor, vom Hof des Königs Rigmar. Ihr und ich, wir haben eine Abmachung, denke ich. Eure Hilfe gegen das, was Ihr sucht.«

Die Fischhäutige legte erneut den Kopf auf die Seite und ging auf den Theyn zu. Marten wurde klar, dass gleich zwei der Armbrüste in den Händen der *Uhabu*-Kerle auf den Theyn gerichtet waren. Bemerkenswerterweise trat Gleve dennoch einen Schritt vor, und ihre Hand schwebte dicht über dem Kopf der Axt in ihrem Gürtel.

Die *Inenei* hielt inne und musterte die untersetzte Adjutantin interessiert. Ohne die Frau aus den Augen zu lassen, sagte sie: »Wir erhalten, was uns versprochen ist. Ihr erhaltet unsere Unterstützung, Kolnorer. Das ist unser Vertrag, das ist unser Bund, das wird geschehen. *Isani?*« Sie wandte sich an Oloare. »Führe uns.«

Die Wundheilerin wirkte verblüfft, und Marten stellte fest, dass es das erste Mal war, dass er diesen Ausdruck auf ihrem Gesicht sah. »Es ist bereits Nacht.«

»Richtig.« Die Fischfrau sah sie erwartungsvoll an.

Oloare erwiderte den Blick ratlos. »Wäre es nicht sinnvoller, bis zum Morgen zu warten?«

»Nein.« Die melodische Stimme der *Inenei* war vollkommen ohne Regung. »Wohin müssen wir?«

Die Wundheilerin brauchte nur einen bemerkenswert kurzen Moment, um sich zu fangen. Dann neigte sie den Kopf in einer angedeuteten Verbeugung. Sie deutete den schmalen Einschnitt hinauf, durch den der Bach seinen Weg die Steilwand hinunter gefunden hatte. »Folgt mir.«

26

EIN ANDERER WEG

Es fiel Danil nicht leicht, in dem ganzen Durcheinander die Orientierung wiederzufinden. Überall wurde gekämpft und geschrien. Menschen hasteten umher, Waffen klirrten, und Verletzte riefen um Hilfe. Er wusste, dass er auf dem Weg die Straße hinunter an mindestens drei Feuerstellen vorbeigekommen war. Oder waren es vier gewesen? Er stolperte an einem Karren vorüber, an den er sich noch zu erinnern glaubte, denn er war bis zum Bersten mit Kriegsbeute beladen gewesen. Die Leiche auf dem Kutschbock war allerdings neu. Offenbar hatte der Mann versucht, mit dem Fuhrwerk zu fliehen, und die Angreifer hatten ihn mit zwei Speeren auf den Sitz genagelt. Er wäre ohnehin nicht weit gekommen, denn die Pferde, die den Karren ziehen sollten, waren ebenfalls tot.

Ein Junge stolperte ganz in seiner Nähe zwischen den Bäumen entlang. Aus seinem Rücken ragte ein Pfeil, und als er über die Schulter nach seinen Verfolgern schielte, durchbohrte ein zweiter Pfeil seinen Oberschenkel. Er stolperte noch zwei, drei Schritte weiter und stürzte dann schreiend zu Boden.

Danil rannte in einem großen Bogen um ihn herum. Er konnte dem Jungen nicht helfen, wahrscheinlich war er ohnehin schon tot. Aber Gissur konnte er noch helfen. Jedenfalls, wenn er es irgendwie zurück zur Feuerstelle schaffte. Sein Herz hämmerte so laut in seinen Ohren, dass es beinahe die Schreie entlang der Straße übertönte. Er wurde langsamer und blieb schließlich ganz stehen. Hier musste es doch gewesen sein, oder nicht? Keuchend drehte er sich im Kreis. Dort drüben zwischen den Bäumen. Oder doch weiter unten? Verdammt. Im Dunkeln sah jeder Baum wie ein Gegner aus und jeder Busch wie ein Zelt. Er stolperte zum Waldrand und schrie beinahe vor Erleichterung auf, als er das Flackern der Feuerstelle entdeckte. Wo die restlichen Kriegsknechte gelagert hatten, war nur noch ein Haufen übereinandergeworfener Leichen zu sehen. Er drehte sie einen nach dem anderen um und musterte ihre toten Gesichter. Ein bärtiger Auttriner, dem die Eingeweide aus dem Bauch hingen, ein Mann mit zerschlagenem Gesicht und ein Fuhrmann aus Pribran mit dunklen Zügen, dessen Kopf halb in der Glut lag und brechreizerregend nach verbrannten Haaren stank. Danil starrte auf ihn hinab und fragte sich, wie jemand, der so weit aus dem Süden gekommen war, die eisige Kälte überhaupt so lange ausgehalten hatte und ob er es zu schätzen wusste, wenigstens in einem warmen Feuer gestorben zu sein.

Zu seiner Rechten hörte er Zweige knacken und fuhr herum. Ein halbes Dutzend dunkler Schatten huschte zwischen den Bäumen entlang. Er blieb in der Hocke, bis ihr Trampeln im Unterholz verklang, aber er machte sich keine allzu großen Hoffnungen. Sie würden wiederkommen. Der ganze Wald wimmelte schließlich von ihnen.

Vorsichtig pirschte er zu dem Baum hinüber, unter dem

Gissur und er gelagert hatten. Sein Umhang befand sich noch da, wo er ihn liegen gelassen hatte, und auch den Weinschlauch entdeckte er nach einigem Suchen wieder. Erleichtert steckte er sein Schwert zurück in die Scheide und zog mit zitternden Fingern den Stöpsel aus dem Schlauch. Augenblicke später machte sich eine angenehme Wärme in seinem Magen breit, und er seufzte und lehnte sich mit geschlossenen Augen gegen den Baumstamm. Für einen kurzen Augenblick waren Angreifer und die eisige Kälte vergessen. Vor seinem geistigen Auge entfaltete sich das Bild eines prasselnden Kaminfeuers und eines Lehnsessels, in dem er wohlig seufzend versank. Vielleicht mit einer schönen Frau an seiner Seite, oder, viel besser noch, mit einer von Meister Grills herrlichen Fischsuppen. Was würde er nicht alles für eine dampfende Portion dieser von den Reisenden gesegneten Speise geben? Nur eine einzige Schüssel, mit Käse überbacken und Brot dazu. Dafür würde er sogar Cajetan ad Hedin noch einmal seinen Dolch zwischen die Rippen jagen, so viel war sicher.

Er schrak auf, als ganz in der Nähe ein schriller Schrei ertönte. Der Weinschlauch rutschte ihm aus der Hand und klatschte schwer zu Boden. Gluckernd ergoss sich der Rübenbrand über den Waldboden. Danil stieß ein klägliches Wimmern aus und ließ sich auf die Knie fallen. In seiner Hast erwischte er den Schlauch am falschen Ende und bewirkte damit nur, dass noch mehr von der wertvollen Flüssigkeit verloren ging. Zu dem Geschrei gesellte sich nun das altbekannte Klirren von Waffen und das Jaulen der unbekannten Angreifer. Eigentlich Danils Zeichen, sich endlich aus dem Staub zu machen, aber das war ihm in diesem Augenblick egal. Alles, was zählte, war, seinen letzten Reichtum daran zu hindern, vor seinen Augen zwischen den Baumwurzeln zu versickern. Als es ihm endlich gelang, den Weinschlauch richtig zu fassen, seufzte er erleichtert auf. Wären die Götter noch am Leben und einer von ihnen hätte sich für Rübenbrand zuständig erklärt, dann wäre Danil wohl den Reisenden in diesem Augenblick abtrünnig geworden und hätte an Ort und Stelle einen Tempel errichtet. Freudestrahlend riss er den Schlauch in die Höhe – direkt in den Weg eines heransausenden Speers hinein. Es war ein furchtbar krummes Ding mit einer Spitze aus behauenem Feuerstein, die kaum geeignet schien, ein ordentliches Kettenhemd zu durchdringen. Für den Weinschlauch reichte es aber aus. Mit einem widerstrebenden Ploppen bohrte sich die Spitze durch das Leder und ließ den restlichen Rübenbrand nach allen Seiten davonspritzen.

»Nein!«, entfuhr es Danil. Brüllend packte er den Speer und riss daran. Am anderen Ende tauchte eine dürre Gestalt auf, deren Gesicht unter der Maske eines hakenschnabligen Vogels verborgen lag. Der Vogelmann kreischte ihn wütend an und versuchte, den Speer wieder in seine Gewalt zu bekommen. Trotz seiner dünnen Arme war er unglaublich zäh, und sie tanzten wie zwei Narren beim Tauziehen zwischen den Bäumen umher, während der Vogelmann unverständliche Dinge krächzte und Spuckefäden unter seinem Schnabel hervorspritzten. Schließlich gelang es Danil aber doch, einen einigermaßen sicheren Stand zu bekommen, und er stemmte die Füße in den Waldboden und schleuderte den Speer zur Seite, sodass er mitsamt Gegner in einen Baumstamm krachte. Der Vogelmann schrie auf und revanchierte sich mit einem unerwarteten Tritt gegen Danils Schienbein, der ihm das Gleichgewicht raubte. Fluchend und knurrend torkelten sie weiter, bis der Speerschaft krachend gegen einen scharfkantigen Stein schlug und in tausend Stücke zersplitterte. Danil stürzte schwer auf den Rücken und schlug mit dem Hinterkopf irgendwo gegen.

Als die Sterne wieder aufhörten, vom Himmel zu fallen, rappelte er sich stöhnend auf und zerrte sein Schwert aus der Scheide. Der Vogelmann stand mit dem Rücken an einen Baum gelehnt da und glotzte ihn mit seinen großen, auf die Maske aufgemalten Augen an. Danil hob das Schwert und machte einen Schritt auf ihn zu, doch sein Gegner rührte sich nicht vom Fleck. Das Schwert hoch über den Kopf erhoben, wanderte Danil in einem Bogen um ihn herum, bis er schließlich seitlich von ihm stand und den dicken Ast sah, der sich von hinten durch den Rücken des Vogelmanns gebohrt hatte.

Den Nächsten kündigte das Geräusch knackender Zweige an, als er aus dem Unterholz hervorbrach und sich mit einer Knochenkeule auf Danil stürzte. Der junge Adlige wich mit einem schnellen Schritt zur Seite aus, ließ den Keulenschlag an seiner Klinge abgleiten und schwang sie in einem hohen Bogen zurück über den Kopf, von wo er sie seinem Gegner krachend zwischen Hals und Schulter in den Körper hineinschlug. Knochen splitterten und Blut spritzte, als sein Gegner zusammenbrach und zuckend sein Leben aushauchte.

Danil hielt sich den schmerzenden Hinterkopf und schnappte rasselnd nach Luft. Seine Arme und Beine brannten wie Feuer, aber immerhin war er noch am Leben. Für die Menge an Duellen, die er in dieser Nacht schon ausgefochten hatte, eigentlich gar kein schlechtes Ergebnis. »Ich hätte mit Carbo wetten sollen«, krächzte er zu sich selbst. »Am besten um ein großes Fass Wein.« Ächzend beugte er sich zu dem zerbrochenen Speer des Vogelmanns herab. Traurig musterte er den Weinschlauch, der noch immer wie ein totes Tier von der

Spitze hing, als er aus dem Augenwinkel eine Bewegung wahrnahm. Blitzschnell wirbelte er sein Schwert um den Körper herum, riss es in die Höhe und hätte um ein Haar Gissur geköpft. Im letzten Augenblick drehte er die Klinge zur Seite und ließ sie harmlos in den Waldboden fahren.

Der Junge schien nicht einmal zu bemerken, dass er dem Tod nur um Haaresbreite entronnen war. Er sah ziemlich mitgenommen aus und zitterte am ganzen Körper. »Die Götter sind zurückgekehrt«, stotterte er und starrte Danil dabei mit großen Augen an. »Ist das das Ende der Welt?«

»Falls es das sein soll, dann war der ganze Mist davor das billigste Bühnenstück, das ich je mit ansehen musste.« Danil ließ den Speer mit den Resten des Weinschlauchs fallen, hob seine Decke auf und warf sie dem Jungen zu. »Lass uns von hier verschwinden.«

»Wieso?«, fragte Gissur verständnislos. Seine Lippen bebten, und er sah ganz danach aus, als würde er gleich anfangen zu heulen.

»Weil wir die Helden in diesem Bühnenstück sind und unbedingt die Welt retten müssen.«

»Wirklich?«

»Nein. Ich will einfach nur am Leben bleiben.«

Wobei Letzteres in Anbetracht ihrer Lage kaum einfacher sein konnte, als gleich die gesamte Welt zu retten. Ratlos kratzte sich Danil den Bart. Wie hatte es überhaupt so weit kommen können? Wie hatten es so viele Angreifer geschafft, sich völlig unbemerkt an Jorings Armee anzuschleichen? Weshalb hatte keiner der Fährtensucher eine Spur entdeckt, keine einzige Wache Alarm geschlagen?

Angestrengt spähte er zwischen den Bäumen hindurch die Straße hinunter. Es war nicht viel zu erkennen außer unzähligen brennenden Karren, die zwischen den schattenhaften Tiergestalten herumtanzten. Von Jorings stolzem Heer war nirgendwo mehr etwas zu sehen. In einiger Entfernung schien zwar noch gekämpft zu werden, aber am vorderen Ende des Heerwurms herrschte gespenstische Stille. Eigentlich ein guter Augenblick, um sich aus dem Staub zu machen, denn für Heldentaten war es jetzt ohnehin zu spät. Er packte Gissur am Ellbogen und drehte ihn um. »Lass uns von hier verschwinden, Junge.«

»Wohin gehen wir?«, fragte Gissur.

Danil schaute sich um und tat so, als würde er sich orientieren. »Dorthin.« Wahllos zeigte er in die Dunkelheit. Er hatte keine Ahnung, wo sie sich befanden oder wohin sie sich wenden mussten. Er wusste noch nicht mal, in welche Himmelsrichtung sie liefen. Hauptsache, fort von der Straße. Fort von dem Waffenklirren, den Schreien der verletzten und sterbenden Kriegsknechte und von dem schrecklichen Gejaule der Tiermenschen.

Mühsam kämpften sie sich durch das Unterholz voran. Der Boden war uneben und von tückischen Wurzeln durchzogen. Jeder Schritt war eine Qual, und es schien unendlich lange zu dauern, bis sie die letzten Geräusche der Schlacht hinter sich gelassen hatten. Irgendwann hatte es aufgehört zu schneien. Immer öfter blitzte der Mond hinter der Wolkendecke hervor und beschien eine Kraterlandschaft aus zerklüfteten Felsen und verkrüppelten Bäumen. Danils Finger waren inzwischen taub vor Kälte, und jedes Mal, wenn er ausatmete, bildeten sich Dampfwolken vor seinem Gesicht. Gissurs Schritte wurden immer langsamer und schleppender, doch obwohl auch Danils Beine wie Feuer brannten, gönnte er sich und dem Jungen keine Pause. Sie hatten zwar schon seit längerer Zeit keine anderen Geräusche mehr gehört als das Knirschen ihrer Stiefel auf dem eisigen Boden und ihre rasselnden Atemzüge, aber dennoch hatten sie noch immer das Gefühl, dass die Tiermenschen in ihrer Nähe waren. Also schleppten sie sich weiter, bis Gissur schließlich über eine Wurzel stolperte und beinahe zu Boden stürzte. Keuchend ließ er sich auf die Knie fallen und schloss die Augen. »Nur einen kurzen Moment.«

Danil wollte ihn schon wieder auf die Beine ziehen, als er das totenblasse Gesicht des Jungen bemerkte. So, wie er aussah, würde er keine zehn Schritte mehr laufen können, bis er wieder hinfiel. Und dann würde er vielleicht nicht mehr auf die Beine kommen und für immer liegen bleiben. Widerstrebend ließ er sich neben ihm auf den Boden sinken und öffnete seine Gürteltasche.

Ihre Vorräte waren nicht gerade dazu geeignet, eine längere Wegstrecke zu überstehen. Wahrscheinlich nicht mal zwei Tagesreisen. Missmutig betrachtete er den kläglichen Rest Brot, der ihnen geblieben war. Es roch bereits nach Schimmel, und das war vermutlich noch der nahrhafteste Teil daran. Er riss zwei winzige Stückchen für sie ab und versuchte sich vorzustellen, dass es sich um ein saftiges Stück Rinderlende handelte, direkt aus Meister Grills Küche. Kurz angebraten, sodass das Fleisch innen noch rosig und zart war, während es an der Außenseite bereits ein köstliches Röstaroma entwickelte, und danach einige Stunden im Holzbackofen fertig gegart. Seufzend schob er sein Brotstück in den Mund und kaute darauf herum. »Ich hätte nie gedacht, dass ich Berun einmal so vermissen würde. Die dreckigen Gassen, den Lärm, das schreckliche Durcheinander am Hafen und auf den Plätzen. Wenn wir wieder im Süden sind, wirst du das alles mit eigenen Augen sehen. Du wirst begeistert sein, wie warm es dort ist und was für hervorragende Köche wir haben.«

Gissur blickte ihn gequält an. »Wollt Ihr wirklich Hunderte von Meilen durch diese unbekannten Wälder ziehen? Mit diesen Wilden im Rücken?«

»Wohin sollten wir denn sonst gehen?«

»Zurück nach Skolholt zu meinem Vater natürlich.«

Danil lachte. »Er würde mich umbringen. Hast du vergessen, dass wir sein Haus niedergebrannt und seinen jüngsten Sohn entführt haben? Vor gar nicht allzu langer Zeit wolltest du mich sogar selbst deswegen töten.«

»Das waren ganz andere Umstände. Ich habe es mir anders überlegt. Ich werde dich zu meinem Leibsklaven ernennen, und mein Vater müsste dich am Leben lassen.«

»So, wie du es sagst, klingt es nach einem echten Glücksfall für mich. Wobei das in Anbetracht der Umstände gar nicht mal die schlechteste aller Möglichkeiten wäre.« Kopfschüttelnd zog sich Danil den Umhang enger um die Schultern. »Dummerweise kann ich das Klima in diesem Land auf den Tod nicht ausstehen. Deshalb bleibt es dabei: Wir gehen zurück in den Süden.«

»Das ist doch Wahnsinn«, krächzte Gissur. »Skolholt liegt nur ein paar Tagesreisen entfernt im Westen.«

»Du bist meine Geisel, schon vergessen? Und solange das so ist, tun wir, was ich bestimme.«

Gissur starrte ihn mit zusammengekniffenen Augen an. »Du hast mir gar nichts mehr zu sagen. Du bist nämlich auf der Flucht und damit keinen Deut besser dran als ich.«

Danil schnaufte missmutig. Er war viel zu müde, um sich auf eine Diskussion einzulassen. Sollte der dumme Junge doch sehen, wie er zurechtkam. Er nickte zu einer Gruppe verkrüppelter Bäume hinüber, die sich an den steilen Hang eines Hügels klammerten. »Westen ist irgendwo da drüben. Ich wünsche dir viel Erfolg.«

»Scheiße«, knurrte Gissur und rollte mit zornrotem Gesicht seine Decke zusammen. »Ich brauche deine Hilfe nicht. Ich komme allein zurecht.«

»Sei still!«

»Ha«, machte Gissur. »Ich lasse mir von dir nicht den Mund verbieten.«

»Ich meine es ernst«, zischte Danil und tastete nach seinem Schwert. Er deutete zu der Hügelkuppe hinüber. An ihrer höchsten Stelle stand jetzt ein wahrer Riese von einem Tiermenschen, dessen Schädel zwei mächtige Hörner zierten. Er blickte nach Norden, aber er musste den Kopf nur ein winziges Stückchen weiter nach rechts drehen, um sie zu entdecken.

Für einen Augenblick war es still, und sie erstarrten zu reglosen Salzsäulen. Ein Stück weiter unten am Hang tauchten weitere Gestalten zwischen den Bäumen auf. Eine ganze Reihe von mindestens einem Dutzend in Felle gehüllten Tiermenschen, die sich gemächlich in ihre Richtung bewegten. Mit etwas Glück waren sie ja gar nicht auf der Suche nach ihnen, aber das Glück war ihnen in letzter Zeit ja nicht allzu wohl gesonnen.

Danil schluckte. »So viel zu deiner Idee mit dem Westen.« Im Augenwinkel bemerkte er eine Bewegung, und als er vorsichtig den Kopf drehte, stellte er fest, dass es dort, wo er hinwollte, nicht viel besser aussah. Sie kamen jetzt von allen Seiten. Jedenfalls beinahe. »Wie wäre es, wenn wir uns auf Norden einigen?«, murmelte er. »Norden scheint mir eine recht gute Richtung zu sein.«

»Einverstanden«, flüsterte Gissur.

Zuerst schlichen sie gebückt, um nicht entdeckt zu werden. Dann, als sie etwas Abstand zwischen sich und die Tiermenschen gebracht hatten, liefen sie los. Obwohl es kaum möglich war, wirklich schnell voranzukommen, ohne sich die Beine zu brechen. Die Landschaft hatte sich immer mehr in eine Felswüste verwandelt, die aussah, als hätte ein unachtsamer Riese eine Wagenladung Geröll verloren. Es gab kaum etwas, an dem sie sich hätten orientieren können. Alles wirkte gleichförmig schroff, lebensfeindlich und kahl, und das Einzige, was sie tun konnten, war, weiterzustolpern und zu hoffen, dass es ihnen irgendwie gelang zu entkommen. Oder sich an irgendeinem Ort zu verstecken, vielleicht in einer Höhle oder einer tiefen Felsspalte. Von denen sollte es doch hier mehr als genug geben.

Sie stolperten über ausgedehnte Schotterflächen, krochen zerklüftete Hänge hinauf und bahnten sich ihren Weg zwischen mannshohen Felsbrocken hindurch. Immer wieder versuchten sie, einen Bogen nach Osten oder Westen zu schlagen. Doch jedes Mal, wenn sie glaubten, den Tiermenschen endlich entkommen zu sein, tauchten sie irgendwo in der Ferne wieder auf. Gemächlich und ohne Eile, so als wären sie auf einem Sonntagsspaziergang im Park des Kaiserschlosses.

Schon bald waren ihre Hände und Knie blutig und aufgeschürft von zahlreichen Stürzen, und sie hatten kaum noch die Kraft, die Köpfe zu heben. Sie stolperten immer nur weiter voran, ohne sich Gedanken über ihr Ziel zu machen. Wenn es denn überhaupt ein Ziel für sie gab. Irgendwann hatte Danil den Eindruck, dass sie auf einem uralten, ausgetretenen Pfad liefen, der sie Schritt für Schritt bergauf führte. Der Boden war mit Moos und Flechten überzogen, und hier und da stieg warmer Dampf aus Ritzen im Gestein. Gissurs Gesicht war jetzt so bleich wie ein Betttuch, und gerade, als sie die nächste Anhöhe erreicht hatten, stolperte er, glitt aus und rutschte mit einem erstickten Laut auf der anderen Seite den Hang hinab. Danil sprang hinterher und erwischte den Jungen gerade noch am Hemdzipfel. Er stemmte die Füße in den Boden und spürte, wie er unter seinem Gewicht nachzugeben begann. Kleine Steinchen lösten sich aus dem Erdreich und kullerten in die Tiefe. Verzweifelt versuchte er, sich mit der freien Hand irgendwo festzuhalten. Seine Finger rutschten über Moose und Gräser, bekamen ein Büschel Pflanzenfasern zu fassen und krallten sich darin fest. Der Ruck in seinen Armen ließ ihn vor Schmerzen aufschreien, doch für einen kurzen Augenblick glaubte er, ihren Sturz aufgehalten zu haben. Dann lösten sich die Gräser mitsamt ihren Wurzeln aus der Erde, und er rutschte ab.

27

AUFWÄRTS UND ABWÄRTS

Ich glaube, wir sind hier richtig«, stellte Dolen nüchtern fest. Sie standen am steinigen Strand einer kleinen Bucht und sahen auf den zerschlagenen Körper eines Mannes in den Resten einer Beruner Rüstung hinab, den die zurückweichende Flut hier erst vor Kurzem zurückgelassen hatte. Seine Beine – oder das, was davon noch übrig war – bewegten sich noch sanft in der unablässig heranschwappenden Dünung.

»Das, oder er ist hier verdammt falsch«, gab Ness zurück.

Messer hockte sich neben den Leichnam und musterte ihn eingehend, wobei er stumm vor sich hin nickte, was ihm wieder einmal eine geradezu frappierende Ähnlichkeit mit einem großen Aasvogel verlieh. Schließlich schniefte er. »Lange ist er noch nicht tot. Sechs Stunden, vielleicht sieben. Höchstens.« Er packte die Haare des Toten und hob seinen Kopf aus dem Schotter. Eine langbeinige Krabbe klackerte empört mit den Scheren und huschte in den Schatten unter dem Arm des Leichnams. »Hier. Sein Schädel ist gebrochen.«

Cunrat beugte sich vor, um besser sehen zu können, und bereute die Entscheidung sofort. Noch war die Sonne nicht lange über den Horizont gestiegen, doch schon jetzt fing der Tote an, einen leicht süßlichen Geruch zu verströmen. »Also wurde er erschlagen?«

Messer ließ den Kopf zurück auf den Kies sinken und kratzte sich die Nase. »Schwer zu sagen. Er hat so viele Knochenbrüche, Platz- und Schnittwunden, dass er sehr gut in einem furchtbaren Gemetzel gefallen sein könnte. Oder er ist einfach nur gefallen, und das Meer hat den Rest erledigt. Für jemanden, der eine Nacht lang vom Wasser gegen die Felswände dort geschleudert worden ist, sähe er aber noch ziemlich gut aus.«

»Aus seiner Sicht ist er also auf jeden Fall falsch hier«, fasste Ness zusammen.

»Mit seiner Sicht ist es nicht mehr weit her«, warf Zeisig mit einem Nicken auf das Gesicht des Mannes hin ein. Irgendetwas hatte sich wohl noch vor Tagesanbruch die Augen und einen Teil der Lippen des Toten geholt. Cunrat wandte sich ab, doch Zeisig schob sich an ihm vorbei. »Bist du endlich fertig, alte Krähe? Dann lass uns doch mal zum interessanten Teil kommen und sehen, was unser Freund hier in den Taschen hat.«

Stumm biss Cunrat die Zähne aufeinander und ging ein Stück den Strand entlang, auf die senkrechten Klippen zu, die sich ein Stück weiter nördlich erhoben. Fetzen des Morgennebels hingen noch zwischen den geborstenen Kalksteingipfeln.

Sie waren am Vorabend bei Einbruch der Dunkelheit hier angekommen, und hier, an diesem Strand, hatten sie die Spur der Männer verloren, der sie bisher gefolgt waren. Das konnte nur eines bedeuten: Die Kolnorer hatten den Weg über den Strand gewählt, wo die einlaufende Flut ihre Spuren verwischen konnte. Das und die hereinbrechende Nacht hatten sie gezwungen, ein Lager zwischen den Felsen am Waldrand aufzuschlagen, um den Tagesanbruch abzuwarten. Nur um dann festzustellen, dass sie keinen Anhaltspunkt hatten, wohin sich die anderen von hier aus gewandt hatten. Nach Westen, wo das Meer jetzt langsam einen schmalen Kiesstreifen am Fuß der Steilküste freigab? Nach Osten, wo sich der Kiesstrand breit und flach zwischen Bucht und Wald bis hinaus zum offenen Meer zu ziehen schien? Letzteres war zumindest dann die bessere Wahl, wenn die Kolnorer versuchten, ein Schiff zu erreichen. Und was sollten sie schon am Fuß der zerborstenen Klippen? Das graue Schiff fiel ihm wieder ein, und er hielt inne. Konnte das das Ziel der Kolnorer sein? Aber warum?

»Sie gehen in die Berge«, sagte jemand so leise neben ihm, dass er zusammenzuckte. Er wandte den Kopf.

Die Metis stand neben ihm und sah hinaus in die Bucht. Ihre bloßen Füße waren über das Pfeifen des Winds und das stetige Schürfgeräusch des Kiesstrands nicht zu hören gewesen.

Er sah sie an. Jetzt, im strahlend hellen Licht der Morgensonne, sah die junge Frau noch mitgenommener aus. Die dunkle Paste, die Messer auf ihre Brandwunden aufgetragen hatte, wirkte auf ihrer graubraunen Haut wie die barbarische Kriegsbemalung der Waldmänner, von denen die älteren Ritter erzählt hatten. Sie hätte ihn abstoßen müssen, und doch ertappte er sich dabei, verstohlen ihren üppig gerundeten Körper zu mustern, der in den zu engen Männerkleidern aus Messers Gepäck geradezu unanständig entblößt wirkte. Ihr Blick begegnete seinem, und er wandte eilig die Augen ab und sah zu den Klippen hinauf, die sich in Richtung Norden immer höher aufzutürmen schienen. »Wie kommst du darauf?«

»Weil Oloare sicherlich nicht den Umweg über das Dorf gegangen wäre, wenn sie nur zum Strand dort vorn wollte. Das Landgut der Fürstin liegt nur drei Tagesmärsche östlich von hier, ebenfalls am Meer, und selbst in der Sturmsaison jetzt wäre es einfacher, den Weg an der Küste zurückzulegen.«

»Gilt das dann nicht auch dafür hierherzukommen?«

Xari hob die Schultern. »Ich dachte, ich kenne sie«, sagte sie schließlich leise. »Sie hat mich schließlich mit aufgezogen. Sie war immer am Hof der Fürstin, solange ich mich erinnern kann.« Mit einem unwirschen Laut und einer fahrigen Geste wischte sie den Gedanken beiseite. »Aber deshalb bin ich nicht hier.« Sie sah zu Cunrat auf. »Ich habe mich noch nicht bedankt. Ohne dich wäre ich … mein Schicksal wäre besiegelt gewesen, auch wenn ich in der Gewissheit gestorben wäre, dass nichts, was sie mir angetan hätten, die zwanzig Schweine wieder lebendig gemacht hätte, die ich verbrannt habe.« Bei den letzten Worten lag bittere Genugtuung in ihrer Stimme. »Jedenfalls, wenn ich es richtig verstanden habe, warst du es, der mich gerettet hat. Der die anderen dazu gebracht hat, mich zu retten, obwohl ihr mich nicht kennt. Das war … du hättest das nicht tun müssen.« Sie lächelte schmal. »Ich hätte nach Martens Erzählung etwas anderes erwartet. Also … danke.«

Der Ritter räusperte sich, und schließlich wandte er seinen Blick ab. »Was hat ad Sussetz über mich gesagt?«, fragte er.

Xari zuckte mit den Schultern. »Jemand mit deinem Namen hat ihn im Sturm über Bord eines Schiffs fallen lassen. So wurde er bei uns angeschwemmt.«

Cunrat setzte zu sprechen an, stellte jedoch fest, dass ihm die Worte fehlten.

»Warst du dieser Mann?«, fragte Xari nach einer Weile.

»Er hat meine Schwestern entehrt«, entgegnete Cunrat gepresst.

Fragend sah die junge Frau zu ihm auf. »Was genau meinst du mit entehrt?«

Cunrat zögerte und atmete tief ein. Eine kaum spürbare Sandelholznote schien vom Wald herüberzudriften. »Er hat sie ... er hat sie besprungen. Ihnen die Ehre genommen.«

Die Metis schnaubte, und er brauchte einen Moment, um zu begreifen, dass sie lachte. »Marten? Ihnen die Ehre genommen? Entschuldige, aber das glaube ich kaum.«

»Willst du behaupten, meine Schwester hat gelogen?«

Xari winkte ab. »Wenn sie dir erzählt hat, dass sie sich hat von ihm nehmen lassen, wird es schon stimmen. Ich könnte es ihr nicht verdenken. Aber ich bin mir ziemlich sicher, dass er nichts ohne ihre Zustimmung getan hat, egal, wie sehr es ihn gejuckt hat.« Sie lächelte spöttisch. »Ganz davon abgesehen, dass ich nicht wüsste, was eine Frau entehrt, wenn sie sich das nimmt, wofür ein Mann erst als Mann betrachtet wird. Ihr seid schon seltsam, ihr Beruner.«

Cunrat verzog das Gesicht und straffte die Schultern. »Auch für einen Mann gehört es sich nicht, seinen Trieben nachzugeben wie ein Tier. Er ...« Als die Metis neugierig zu ihm aufsah, stockte er.

»Soll das heißen, du hast noch nie ...?«

»Ich wüsste nicht, was dich das angeht«, unterbrach er sie brüsk und musterte die nebelverhangenen Felsgipfel.

»Nichts. Stimmt. Ich bin nur neugierig.« Xari schmunzelte amüsiert und wandte sich ab. Dann stutzte sie und schob mit dem Fuß den Schotter auseinander, bevor sie sich hinhockte und etwas aus dem Geröll nahm. »Aget«, sagte sie und stockte.

Erneut schob sie das grobe Gestein beiseite und hob einen zweiten Klumpen auf. Beide zusammen waren groß genug, um ihre Handfläche auszufüllen. »Das ist seltsam«, sagte sie leise. »Sieh dir das an, Ritter.«

Widerwillig riss Cunrat den Blick von der Steilküste los und wandte sich wieder der Frau zu, die ihm die Brocken unter die Nase hielt. Glasig wirkende Steine, die im grellen Sonnenlicht überraschend blau glühten. »Blaustein«, wiederholte er unschlüssig. »Ich sehe es.«

Xari verdrehte die Augen. »Erstens ist es viel Blaustein. Vermutlich genug, damit ein Sammler das schon jetzt als guten Tag bezeichnen würde. Oder als gute Woche.« Sie wog die Brocken abschätzend in der Hand. »Aber vor allem sind sie nicht abgeschliffen. Das ist ungewöhnlich.« Sie drehte die Stücke, und ihr Stirnrunzeln vertiefte sich. »Sie gehören auch nicht zusammen. Normalerweise findet man nur Stücke, die vom Meer und Sand zu glatten Kieseln poliert wurden. Gelegentlich einen größeren Brocken, der manchmal auseinandergebrochen ist. Aber dann passen die Trümmer zusammen. Das hier ...«

Cunrat nahm einen der Klumpen von ihrer Hand und betrachtete ihn genauer. Er wirkte tatsächlich wie die meisten der Schotterklumpen hier: roh und scharfkantig, mit einer glatten Seite, die wie geschmolzen wirkte. »Findet man viel Blaustein hier?«

Die Metis zuckte mit den Schultern. »Das müsstest du einen der Sammler fragen. Aber die Strände in der Gegend sollen zu den lohnendsten zählen, wenn es stimmt, was ich gehört habe. Wohl auch, weil sich nicht viele Sammler hierher verirren. Das Meer ist gefährlich hier, und die Kreaturen in dieser Gegend erst recht.«

Cunrat sah auf. »Das sagst du erst jetzt, nachdem wir eine ganze Nacht ohne Feuer hier zugebracht haben?«

Xari hob die Schultern und grinste schmal. »Kein Grund, euch zu beunruhigen. Es leben ja noch alle, oder?«

Cunrat sah sie einen Moment lang an, schluckte die Bemerkung, die ihm auf der Zunge lag, und musterte den Stein erneut. »Er sieht... frisch aus«, murmelte er. »Frisch abgebrochen.«

Xari nickte. »Dieser hier auch.« Etwas huschte über ihr Gesicht, das Cunrat nicht identifizieren konnte. Sie stand auf. »Diese Berge dort nennt man Lambebes Hand. Es gibt Gerüchte ...« Ihre Hand schloss sich um den Agetbrocken. »Ich glaube, ich weiß, warum Oloare hier ist.« Sie wandte sich um. »Beruner«, rief sie etwas lauter, um das Rauschen der Wellen zu übertönen. »Ich weiß, wohin die Kolnorer wollen.«

Die Männer wandten sich um.

»Ich bin ganz Ohr«, sagte Ness und tippte sich auf den Rest seiner rechten Ohrmuschel. Dolen schenkte dem kleinen Kriegsknecht einen irritierten Blick. »Und das wäre?«

»Lambebes Hand«, wiederholte die Metis und deutete auf die Klippen und die dahinter aufragenden Felszinnen. »So nennt man diese Felsen. Gostin liegt an ihrem westlichen Ende. Ein großer Teil davon ist verbotenes Land.«

»Lambebe«, sagte Messer und wiegte den Kopf. »Nicht der beliebteste aller Götter, wie ich hörte. Nicht einmal unter denen, die an so etwas glauben.«

Dolen schnaubte. »Nicht an sie zu glauben hieße, die Taten der Reisenden gering zu schätzen.«

»Und das will selbstverständlich niemand«, stellte Messer trocken fest. »Trotzdem – Lambebe ist einer der unbeliebteren Götter hier im Süden. Ich hatte einen ... Geschäftskontakt in Cortenara, der einem Kult anhing, der Lambebe und eine Handvoll seiner Art verehrt. Ein wirklich unangenehmer Mann mit abstoßenden Gewohnheiten.«

»Das aus deinem Mund macht mir Gänsehaut«, stellte Ness fest.

Cunrat musste ihm insgeheim beipflichten.

Xari ignorierte den Kriegsknecht. »Das ist richtig. Einst gehörte alles Land hier Lambebe, bevor Duambe es ihm nahm und den Metis gab. Aber es gibt noch immer Bereiche, in denen sein Griff zu spüren ist, und ein großer Teil von dem, was man seine Hand nennt, gehört dazu. Und hier«, sie deutete auf die Gipfel im Norden, »ist einer davon.«

»Weil …?«, fragte Cunrat ungeduldig. Es war dieser Aberglaube, den der Orden bekämpfte, und dem untätig zuzuhören fiel ihm schwer.

»Weil es dort einen geheimen Ort gibt, der dem Herrn der tiefen Finsternis gehört.«

»Ein geheimer Ort. Von dem du zufällig weißt. Genauso wie diese Oloare. Und wie viele Leute noch?«

Zeisig stieß sein Hyänenlachen aus, und auch Wibalt zog eine Braue hoch. »Ad Koredin hat recht«, brummte er. »Ihr habt eine seltsame Vorstellung von ›geheim‹«.

Xari sah Cunrat düster an. »Ich bin eine Metis und zudem die Leibdienerin der *Vairani*. Und ich bin nicht dumm. Ich würde wetten, ich weiß über die meisten Legenden und Geheimnisse der *Vairani* genauso gut Bescheid wie sie selbst. Woher Oloare das weiß, kann ich nur vermuten, aber ich denke, in der Bibliothek der Fürstin ließ sich dieses Wissen ebenfalls finden, wenn man danach gesucht hat. Jedenfalls«, sie sah Dolen an, »wenn ich richtigliege, dann kenne ich den Weg zu diesem Ort.«

»Du bist eine junge Frau voller Talente«, stellte Messer fest. »Schön, dass mich die Jugend immer wieder überraschen kann. Diesen Weg kennen viele?«

Xari seufzte. »Nicht Oloare, wenn sie hier entlanggegangen ist.« Sie deutete auf den Strand unterhalb der Steilküste. »Ich vermute, sie hat einen Aufstieg gefunden, aber das ist nicht der einzige Weg und …«

»Warum gehst du überhaupt davon aus, dass Oloare zu diesem angeblich so geheimen und verbotenen Ort will?«, warf Dolen ein.

»Deshalb.« Xari warf dem Ritter den Klumpen Blaustein zu. Dolen fing den Brocken verblüfft. »Aget? Was ist damit?«

»Wir nennen Aget hier auch *Lambebe hítau*. Das Blut von Lambebe. Als Lambebe im Götterkrieg seine Hand verlor, deren Knochen jetzt dort liegen«, sie deutete auf die Felskette, »tränkten seine Tropfen das ganze Macouban und das Meer um uns herum. Deshalb kann man es überall finden, und deshalb wird immer wieder etwas davon angeschwemmt. Es gibt ein Lied, das davon erzählt, dass Gostin auf einer Ader von Lambebes Hand gegründet wurde und durch die Macht seines Bluts groß wurde, auch wenn diese Ader heute längst leer ist. An diesem anderen Ort allerdings ist vielleicht noch mehr vorhanden als nur dieser Tropfen hier.« Sie deutete auf den Brocken in Dolens Hand. »Viel mehr.«

Nachdenklich starrten die Männer auf den blau schimmernden Brocken.

»Von wie viel mehr reden wir?«, fragte Cunrat schließlich.

»Mehr als genug, um einen Krieg anzufangen«, sagte Xari leise. »Und genug, um drei Kriege zu gewinnen. Das ist zumindest das, was das alte Gostin damit getan hat.«

»Das scheint mir … mehr als genug.« Messer nickte sein Vogelnicken und kratzte sich die Nase.

»Jetzt wird einiges klarer«, fügte Ness hinzu. »So viel ist mal sicher.«

»Also gut.« Dolen schob den Blausteinbrocken in seinen Gürtel. »Ich glaube, du hast recht, Mädchen. Und ausgerechnet du kennst den Weg dorthin?«

Xari lächelte schmal und nickte. »Ich mag alte Legenden«, gab sie zurück. »Aber ich glaube nicht alles, was erzählt wird. Also habe ich nachgesehen, als ich die Gelegenheit hatte.«

Die Männer starrten sie an, und sie zuckte mit den Schultern. »Na kommt. Ich bin ein Mädchen – sind wir nicht alle neugierig und verantwortungslos?«

»Du warst schon an diesem Ort?« Cunrat musterte sie verblüfft, doch die Metis verzog das Gesicht. »Ich bin neugierig, habe ich gesagt, nicht blöde. Ich habe den Weg gefunden. Ich habe nicht gesagt, dass ich ihn zu Ende gegangen bin.«

»Aber du kannst uns hinführen«, hakte Dolen nach.

Xari nickte.

Die Sonne hatte bereits einen Gutteil ihres Wegs zum Zenit zurückgelegt, als sie ein kleines Plateau hoch über der Steilküste erreichten, das auf den ersten Blick verdächtig nach einer Sackgasse aussah. Cunrat setzte sein Bündel ab und sah sich um. Zwei Seiten der halbwegs ebenen Fläche wurden von hoch aufragenden Felswänden gebildet, von denen sich eine zu einem scharfen Felsgrat mehrere Dutzend Schritt über ihnen auswuchs. Die Flanken des natürlichen Kalksteinturms waren von Vogelkot beschmutzt, der darauf hinwies, dass irgendwo dort oben eine ganze Kolonie irgendwelchen Federviehs nistete. Die andere Wand ging mehr als sechs Mannlängen über ihnen in einen überhängenden Vorsprung über, der verhinderte, dass man erkennen konnte, was dahinter lag – und der jeden Versuch, diese Wand zu erklimmen, von vornherein zum Scheitern verurteilte. Ein schmaler Wasserfall stürzte über diese Kante und zersprühte mit monotonem Rauschen auf dem Schutt am Fuß der Wand, bevor sich das Wasser murmelnd einen Weg quer über die Fläche auf die dritte Seite suchte. Diese endete jäh in einem steilen Abbruch, der den Blick auf das weit unter ihnen liegende Meer freigab. Der Himmel darüber zog sich bereits zu, und am fernen Horizont baute sich eine neuerliche Wolkenwand auf, die sich immer höher aufzutürmen schien und dramatisch das Licht der frühen Mittagssonne einfing. Der Wind trug den Geruch von Meer und heißem Gestein heran und vertrieb den leichten Geruch nach verrottenden Pflanzen, der über dem Talkessel lag. Die vierte Seite des Plateaus wurde von der Geröllhalde gebildet, über die sie sich die letzte Stunde lang ihren Weg hier hinauf gesucht hatten.

Ness lehnte seine Bogenhülle an einen der hier verstreut liegenden Felsblöcke und setzte sich in dessen Schatten. Mit einem tiefen Durchatmen entkorkte er eine Feldflasche und nahm einen langen Zug, bevor er das Gesicht verzog und den Rest ihres Inhalts über seinen Kopf leerte. »Bist du sicher, dass wir hier richtig sind, Mädchen?«

Xari zuckte mit den Schultern. Messer hatte ihre Brandwunden erneut versorgt und schien ihr sämtliche Schmerzen genommen zu haben; dennoch wirkte sie, als würde sie sich nur noch mit Mühe aufrecht halten. »Nein. Aber ihr habt die Wegmarkierungen selbst gesehen. Sie führen geradewegs hier herauf. Nur die Götter wissen, wie alt sie sind.« Sie sah an der Felswand hinauf.

467

Messer nickte nachdenklich. »Sie hat nicht unrecht. Wenn es vor einem Jahrhundert hier eine hölzerne Treppe gegeben hat, werden wir nichts mehr davon finden.«

Xari schnaubte und ließ sich auf einen anderen Felsblock fallen. »Das würden wir nicht einmal nach dreißig oder vierzig Jahren«, sagte sie leise. »Eine einzige Regenzeit kann ein Haus nahezu komplett auffressen, wenn Schimmel und Fäulnis ins Holz dringen können.«

In der Ferne grollte wie zur Untermalung ihrer Worte dumpfer Donner.

»Reden wir gar nicht vom Blitzschlag hier oben«, ergänzte Messer trocken. »Aber das hilft uns nicht weiter. Ich glaube nicht, dass die Kolnorer vor uns hierhergekommen sind. Also was jetzt?«

»Sicher?« Cunrat war an die Kante des Abbruchs getreten, um nach unten zu sehen. Jetzt hob er etwas vom Boden auf und betrachtete es nachdenklich.

»Was ist das?«

»Ein Handschuh. Beruner Ausführung. Ich weiß nicht, wie viele Beruner sich für gewöhnlich hier herumtreiben, aber …«

»Willst du uns verarschen?«, knurrte Wibalt argwöhnisch. Er stiefelte zu Cunrat herüber und entriss ihm den Handschuh. »Der Junge hat recht. Woher hast du den?«

Cunrat deutete über die Bruchkante des Plateaus. An der Stelle, an der er stand, hatte sich der Bach seinen Weg nach unten gesucht und eine schmale Klamm in die Felsen geschnitten. Deutlich waren Kratzspuren an Kanten und Steinflächen zu sehen, die recht gut zu genagelten Stiefelsohlen, gepanzerten Ellbogen und sperrigen Waffen passen durften.

»Ich bin mir sicher, dass sie hier entlanggekommen sind«, stellte Cunrat fest.

»Gut und schön. Aber wo sind sie dann?« Dolen sah sich misstrauisch um. »Es gibt hier nicht viel, hinter dem sich mehr als zwei oder drei Kriegsknechte verstecken könnten, und ich bezweifle, dass sie von hier aus geflogen sind.«

Auch Zeisig war inzwischen an die Kante getreten und schaute vorsichtig hinab. Er stieß einen leisen Pfiff aus. »Wenn, dann vielleicht nicht weit, aber tief.«

»Heftiger Aufstieg, das stimmt.« Wibalt rieb sich den Nacken. »Aber das beantwortet die Frage nicht.«

Cunrat nickte abwesend. Jetzt, da er wusste, nach was sie sehen mussten, hatte er weitere Kratzer entdeckt. Kleine Kalksteinbröckchen waren unter genagelten Stiefelsohlen zerbrochen und zeigten ihre hellen Bruchflächen. Langsam ging er an der Kante entlang. In einem gewissen Bereich um den Aufstieg waren die Kratzspuren so häufig, dass klar wurde, dass hier mehrere Männer eine Pause eingelegt haben mussten. Weiter weg von der Kante wurden die Kratzspuren seltener. Vorsichtig folgte Cunrat den spärlicher gesäten Hinweisen, bis hinter einen besonders großen Felsbrocken, der irgendwann einmal von der Vogelklippe herabgestürzt sein musste.

Unwillkürlich stieß er einen Schreckenslaut aus, der binnen Augenblicken die anderen an seine Seite rief.

»Was bei den Reisenden ist das?«, knurrte Wibalt, der als Erster neben ihm auftauchte.

»Keine Ahnung.« Cunrat schüttelte angewidert den Kopf. »Und ich bin nicht mal sicher, dass ich es wissen will.«

Ness Rools tauchte auf seiner anderen Seite auf. »Bei Enurgs verpisstem Sackschutz«, entfuhr es ihm. »Nicht anfassen!«

»Hatte ich nicht vor«, gab Cunrat zurück.

Etwas klebte auf dem Boden – oder zumindest wirkte es so. Was genau das war, konnte der junge Ritter beim besten Willen nicht sagen. Eine Blase von etwa zehn Schritt Durchmesser wölbte sich bis etwa in Hüfthöhe auf. Ihre Oberfläche schillerte in unzähligen kränklichen Tönen vom Rosa eines Fleischbrockens bis zum satten Grün eines von Algen verseuchten Tümpels, und der Geruch, der von dem Gebilde ausging, passte dazu. Ein Schwall warmer Luft trieb ihnen den süßlichen Gestank von Verwesung in die Nasen, und noch einen zweiten, schärferen Hauch, den Cunrat nicht einordnen konnte. Eilig presste er sich den Handrücken vor die Nase und keuchte. »Die Spuren«, ächzte er, »führen direkt hierher.«

Zeisig schnalzte mit der Zunge. »Da hat wohl wirklich jemand etwas Falsches gegessen«, murmelte er und kicherte leise.

Die anderen sahen ihn düster an.

»Witzig«, brummte Ness. »Habt ihr das Ding erkannt?«

Zeisig zuckte mit den Schultern, doch der Rosskopf nickte. »Dresna«, sagte er leise. »Das ist das Gleiche, was wir in Dresna hinter dem Südwall gefunden haben, kurz bevor das Gemetzel losging.«

»Ihr wollt nicht ernsthaft behaupten, dass Ihr in Dresna wart, oder?« Dolen sah ihn von der Seite an, und der kleine Kriegsknecht nickte.

Cunrat sah zwischen ihnen hin und her. »Das sagt mir nichts. Wo liegt das?«

»Nirgendwo«, gab Messer zurück. »Nicht mehr.«

»Dresna ist so etwas wie eine Legende«, sagte Dolen. »Angeblich hat der novenische Bund vor mehr als drei Jahrzehnten versucht, an der Küste im Norden, noch ein ganzes Stück hinter Dumrese, Kolonien an der Küste der eisigen See zu gründen. Eine ganze Handvoll Städte. Dresna war angeblich die größte.«

»Nicht angeblich«, sagte Messer leise. »Und es ist keine Legende. Es sind nur nicht mehr viele übrig, die es tatsächlich gesehen haben. Nein, mein haariger Freund, tut das nicht.« Er hob die Stimme. Wibalt hatte sein Schwert gehoben und dazu angesetzt, vorsichtig in die seltsame Blase zu stechen, auf deren Oberfläche sich langsam gelbliche Schlieren bewegten. »Wenn du das da berührst, wirst du sterben. Qualvoll, wenn ich mich recht erinnere, und nicht allzu schnell. Und ich kann nichts dagegen tun. Also Geduld.«

Messer hockte sich einige Schritte entfernt vor einen flachen Felsblock hin und begann, seltsame Tiegel und Päckchen aus seinem Gepäck zu holen.

Die Ritter starrten den Vogelmann verständnislos an. »Was tut er da?«

»Er mischt etwas, womit wir das Frostgeschwür auflösen können«, sagte der Rosskopf. Auch er trat etwas zurück und setzte sich auf einen Felsbrocken.

»Frost?« Dolen kratzte sich den Bart.

Ness zuckte mit den Schultern. »Oben in Dresna war es die meiste Zeit arschkalt. Möglich, dass der Name etwas unüberlegt ist, aber damals schien er uns passend.«

»Was war in Dresna?«, erkundigte sich Cunrat, ohne die Augen von dem widerlichen Gebilde zu lassen.

»Winter, vor allem. Fast das ganze Jahr. Zumindest hat es sich so angefühlt.« Ness seufzte und winkte die anderen heran. »Messer braucht noch einen Moment, also kann ich's euch genauso gut erzählen. Irgendjemand aus Skellvar kam darauf, dass es eine gute Idee wäre, nördlich von Dumrese

Land zu besiedeln, das ja augenscheinlich keinem gehörte. Vor allem eine ganze Reihe tiefer Fjorde, die Schutz vor den Winterstürmen boten und ausgesprochen fruchtbare Erde und die besten Fischgründe, die man sich vorstellen kann. Dort oben sind die Sommer kurz genug, um sie aus Versehen verschlafen zu können, dafür die Winter lang und beschissen kalt. Und nach einigen Jahren und noch mehr Zwischenfällen wurde klar, dass das Land nicht so unbeansprucht war, wie die Siedler geglaubt hatten. Man hätte sich denken können, dass irgendetwas faul sein musste, so ideal die Fjorde für die Besiedlung waren. Trotzdem gab es dort keine einzige Siedlung. Selbst die Waldmenschen, die sich im Hinterland gern Gefechte mit den Siedlern lieferten, kamen nicht hinunter an die Küste. Aber irgendetwas anderes kam. Etwas schlachtete Siedler ab und verbrannte ihre Höfe, anfangs vereinzelt, mit den Jahren immer häufiger. Also heuerten die neuen Fürsten der Fjorde Kriegsknechte an, um die Banditen zu erwischen und die Siedler zu beschützen. Dann, vor etwas mehr als zwanzig Jahren, setzten die Schildbrecher über die manarische See zu den Fjordlanden über, zusammen mit einigen Hundert anderen Männern.« Der kleine Kriegsknecht kramte in seinen Taschen und holte schließlich eine zweite Feldflasche hervor, aus der er einen kräftigen Zug nahm. »Messer, der Rosskopf und ich waren dabei. Es schien leicht verdientes Geld, wenn uns auch die Lange Nacht bevorstand. So nennen sie den Winter dort, und man hat tatsächlich das Gefühl, dass es die ganze Zeit über nicht richtig hell wird. In den verkackten Fjorden sowieso. Ich glaube, ich habe zwei Monate am Stück die Sonne nicht gesehen. Jedenfalls: Es stellte sich heraus, dass uns die Fürsten belogen hatten. Die ganze Sache war von vornherein ein aussichtsloses Unterfangen gewesen, in dem Hof für Hof, Siedlung für Siedlung und Hafen für Hafen unter dem unerbittlichen Ansturm eines Feinds fielen, den wir die erste Hälfte des Winters nicht einmal zu Gesicht bekamen. Kein einziger Hafen überlebte den Kriegswinter in der schier endlosen Finsternis, und von über hundert Schildbrechern waren am Ende nur noch achtzehn übrig geblieben, als wir das brennende Dresna aufgaben und davonsegelten. Über sechzig von uns waren allein dort gefallen, zwanzig weitere blieben in der eisigen Nacht verschollen, als Dresna aufgegeben wurde. Und das da«, der Kriegsknecht deutete auf die gallertartige Blase, »haben wir dort auch gesehen. Drei davon allein in der Nähe von Dresna. Selbst die Schneestürme konnten ihnen nichts anhaben. Sie sind ziemlich stabil, aber wie Messer schon sagt: Jeder, der sie berührt, ist tot. Nicht sofort, aber unausweichlich und verdammt hässlich.«

Er nahm einen weiteren Schluck aus der Feldflasche und reichte sie an Zeisig weiter, der stumm nickte und ebenfalls einen Schluck nahm. Der Geruch von Branntwein wehte zu Cunrat herüber. »Aber das ist nichts im Vergleich zu dem, was über uns hereingebrochen ist, als es endlich gelang, ein Mittel zu finden, mit dem wir die Dinger öffnen konnten. Sie verschlossen Löcher im Boden, Eingänge in Höhlen und Tunnel, die sich meilenweit in jede Richtung erstreckten. Unter ganz Dresna, bis tief unter die Fjorde, in die verdammten Berge und unzählige Höhlen und vermutlich bis hinunter in die verdammten Gruben selbst. Ich bin mir sicher, dass wir damals einen Zugang in die Gruben entdeckt haben. Und dort fanden wir dann eine Menge der Leute, die verschwunden waren. Beziehungsweise ihre Reste. Hauptsächlich Knochen und Ausrüstung. Und wenn ich Knochen sage, dann meine ich nicht, dass sie da unten verhungert sind. So viel ist mal sicher. Jemand hatte sie sorgfältig auseinandergenommen, abgeschabt, ausgekocht und zersägt, um an das Mark zu kommen und sie dann in Abfallgruben zu werfen. Und wir fanden eine ganze Menge Zahnspuren.« Er rieb sich das halbe Ohr. »Schließlich kamen *sie*. Diese anderen. Große graue, schleimig wirkende Bastarde mit riesigen Augen, spitzen Zähnen und mehr Talenten, als ihr euch vorstellen könnt. Und was immer sie waren – Waldmenschen waren das nicht. Wir haben ihnen alles gegeben, was wir hatten, aber ich glaube, wir haben nicht einen von ihnen getötet. Oder vielleicht einen oder zwei. Ich bin nicht stehen geblieben, um nachzusehen. Wir sind gerannt, und ein paar von uns haben es wieder nach draußen geschafft. Nicht viele, aber genug, um Dresna zu warnen, als diese Dinger hinter uns aus dem Boden und aus dem Meer selbst kamen. Nicht dass es bei der Verteidigung geholfen hätte, so viel ist mal sicher. Wir haben mit über fünfhundert Männern unter Waffen nicht die geringste Chance gehabt, und ich glaube nicht, dass es mehr als vierzig oder fünfzig von denen waren. Über zweitausend Seelen, Männer, Frauen und Kinder, starben in der Nacht, in der Dresna ausgelöscht wurde. Nur etwa einhundertfünfzig Menschen haben überlebt. Und auch das nur, weil wir uns über die See flüchteten wie Hunde mit eingezogenen Schwänzen. Nur einhundertfünfzig. Wir wissen nicht, wie sie zu stoppen gewesen wären. Auch heute noch, mehr als zwei Jahrzehnte danach, gibt es keine einzige Kolonie mehr jenseits der manarischen See.«

Er sah auf, und der übliche Humor in seinem faltigen Gesicht war gänzlich verschwunden.

»Und jetzt, am anderen Ende der zivilisierten Welt, die gleiche Scheiße wieder.«

»Immerhin ist es nicht so verdammt kalt«, gab der Rosskopf zu bedenken.

»Nein. Hier faulen einem nur die Zehen ab, statt abzufrieren. Große Verbesserung.«

Zeisig kicherte über Ness' Witz, doch niemand schloss sich an.

»Und jetzt gehen wir in einen dieser Tunnel voller Monster?«, fragte Cunrat.

Die Flasche war inzwischen beim Rosskopf angelangt, der sie jetzt an den jungen Ritter weitergab. »Sieht so aus. Aber wir haben jetzt ein paar entscheidende Vorteile gegenüber damals.«

Dolen massierte sich den schiefen Kiefer. Er sah nicht überzeugt aus. »Was wäre das deiner Meinung nach?«

Der Rosskopf hob die Schultern. »Zum Ersten: Ich glaube nicht, dass wir es hier mit Dutzenden dieser... was auch immer zu tun haben. Ich meine, wenn es die hier gäbe, wüssten die Einheimischen davon, richtig?«

Er sah Xari fragend an, doch die zuckte nur müde mit den Schultern.

»Ich habe so etwas wie das hier noch nie gesehen, oder davon gehört. Oder Kreaturen, wie ihr sie beschreibt. Auch wenn es klingt wie das, was man über die *Huacoun* erzählt. Aber das hier ist Duambes Garten. Kein *Huacoun* kann seinen Fuß hierhersetzen, das würden die *Paranakyri* nicht zulassen.«

»Na, vielleicht sind ihnen ja ein oder zwei Füße entgangen. Ich sage nur ›graues Schiff‹«, warf Zeisig ein.

»Ein oder zwei. Ich sage ja – Vorteile.« Er hob zwei Finger. »Der zweite: Damals hatten wir einen Haufen Skellvarer mit Messern, Spießen und Äxten, ein oder drei Handvoll Kriegsknechte...«

475

»Dreihundert«, warf Ness ein.

»... und im Ganzen vielleicht fünf oder sechs Talentierte, die die Bezeichnung wert waren. Heute haben wir neben Messer gleich drei Ritter des Ordens dabei. Nicht zu vergessen eine junge Dame, die ein Dutzend Kolnorer Kriegsknechte abgefackelt hat. Ich würde sagen, wir sind nicht zu unterschätzen.«

»Du vergisst mich und meine Messer«, fügte Zeisig hinzu.

»Tu ich nicht. Ich hab dich absichtlich ausgelassen«, gab der Rosskopf zurück. »Aber vor allem solltet ihr eins bedenken: Seit damals sind wir zwanzig Jahre älter geworden!«

Cunrat starrte erst ihn verständnislos an, dann Ness, der zustimmend nickte. »Was genau ist daran ein Vorteil?«

Ness nahm ihm die Flasche aus der Hand, trank einen letzten Schluck und verkorkte sie wieder sorgfältig. »Was ist deiner Meinung nach das wichtigste Merkmal eines alten Kriegsknechts?«

Cunrat zuckte mit den Schultern. »Gicht?«

»Guter Einwand«, gab Zeisig zu. »Hämorrhoiden nicht zu vergessen!«

»Würmer?«, fragte Wibalt.

»Das auch. Und schwache Augen«, ergänzte Ness. »Aber nein, der Rosskopf meint die Tatsache, dass wir noch leben. Wir haben zwanzig Jahre mehr Erfahrung darin, am Leben zu bleiben. Und ich habe nicht vor, jetzt damit aufzuhören. Aber gut, mal im Ernst: Bislang folgen wir etwa zwei Dutzend Kolnorern sowie dieser Heilerin, die ein Talent hat, und ihrem Bruder. Und natürlich ihren zwei Gefangenen. Richtig?« Er sah Xari an, die zögernd nickte.

»Ja. Zumindest war das die Gruppe, die aufgebrochen ist, als mich die übrigen Kolnorer festgesetzt haben«, sagte sie vorsichtig.

Ness nickte. »Das sollte zu machen sein. Wenn wir uns nicht zu dumm anstellen, werden wir damit fertig.«

Dolen deutete auf die Blase. »Könnten diese Oloare oder ihr Bruder das da erschaffen haben?«

Xari wirkte unsicher. »Oloare … ich glaube nicht. Ihr Talent ist es, lebendes Fleisch – und Knochen – zusammenzufügen. Sie kann Wunden schließen. Was ihr Bruder allerdings kann – ich habe keine Ahnung. Ich habe ihn vorher nie gesehen und nur gehört, wie er als Bruder bezeichnet wurde. Ich … ich weiß es nicht. Möglich.«

»Auf jeden Fall kann einer von ihnen diese Häute gefahrlos erschaffen, oder zumindest öffnen und schließen, so wie das die Grauen bei Dresna konnten«, bemerkte Messer. »Und etwas eleganter als wir, möchte ich hinzufügen. Ich bin gleich so weit. Aber wenn sich die Gelegenheit ergibt, würde ich mich gern mal mit diesem Mann unterhalten. Also bringt ihn nach Möglichkeit nicht als Ersten um, ja? So, Herre, treten Sie bitte einen Schritt zurück.« Er stand auf und goss das, was er in dem kleinen Tongefäß angemischt hatte, über die seltsame Membran. Ein Zischen war zu hören, und beißend riechender Rauch begann aufzusteigen. »Zurück, weiter zurück. Einatmen dürfte nicht viel gesünder sein als Anfassen.«

Aus sicherer Entfernung sahen sie zu, wie sich Messers Gebräu langsam durch die Kuppel fraß – und auf sein Anraten hin noch etwas länger, bis sich auch der letzte Rest des Rauchs verzogen hatte, ehe sie sich um das Loch sammelten, das jetzt im Boden gähnte.

»Stufen«, stellte Ness fest. »Sieh mal einer an.«

Cunrat sah ihn fragend an. »Was hast du erwartet? Einen bodenlosen Schacht?«

Der kleine Kriegsknecht zuckte mit den Schultern. »Es gibt

immer einen bodenlosen Schacht. So viel ist mal sicher.« Er hob seine Bogenhülle auf und hängte sie sich über die Schulter.

Cunrat reckte den Hals, um in die Öffnung hinabzusehen. Eine verwitterte Steintreppe, breit genug, um zwei Männer bequem nebeneinander hinuntersteigen zu lassen, folgte der Rundung der Wand nach unten, wo Staub und vereinzelte Ascheflöckchen in den Strahlen der beinahe senkrecht stehenden Sonne tanzten. Wo dieser Schacht endete, war von hier aus nicht zu sehen. Was das anging, war es immer noch nicht ausgeschlossen, dass das hier tatsächlich bodenlos war.

Dolen nickte und hob sein Bündel auf. »Also gut. Gehen wir.«

»Keinen markigen Spruch, Ritter?«

Dolen hielt inne und sah Ness fragend an. »Wieso …«

»Weil das Tradition hat.« Der kleine Kriegsknecht seufzte. »Das ist einfach eine Frage der Höflichkeit.«

Der narbige Ritter schnaubte abfällig. »Ich habe schon vor Stunden aufgehört, höflich zu sein.«

Ness wiegte den Kopf. »Nicht schlecht. Könnte noch etwas Arbeit gebrauchen, aber für den Anfang reicht das.«

28

VOM STERBEN

Die eisige Kälte ließ ihn erschauern. Er spürte, wie sie ihm in den Nacken kroch und von dort über seine Schultern, den Rücken hinab bis ganz hinunter zu den Beinen. War es das, was ein Mann fühlte, kurz bevor er starb? Er erinnerte sich an einen jungen Ritter des Kaisers, der bei einem Lanzengang vom Pferd gestürzt war und sich sämtliche Knochen im Leib gebrochen hatte. Kurz bevor er starb, hatte er jämmerlich zu frieren begonnen und mit den Zähnen geklappert. Es war mitten im Sommer gewesen, die Sonne hatte kochend heiß vom Himmel gebrannt und das Korn auf den Feldern verdorren lassen.

Ein leises Wimmern störte ihn in seinen schwermütigen Gedankengängen, und er öffnete die Augen einen Spalt. Er lag in einer Senke, deren Wände steil über ihm in die Höhe ragten und entfernte Ähnlichkeit mit einem Theaterrund aufwiesen. Der Boden war von Geröll und Schlamm bedeckt, und als er sich herumwälzte, stellte er fest, dass er im Uferschlamm eines kleinen Sees lag, der die Senke beinahe bis zur Hälfte ausfüllte. Das Wasser war so klar, dass er sogar die

Felskante erkennen konnte, hinter der in wenigen Schritten Entfernung das Gewässer steil in die Tiefe abfiel. Ächzend stemmte er sich in die Höhe und blickte sich um.

Der Junge lag ein paar Schritte entfernt auf einem riesigen Haufen aus losem Geröll, Erde und Wurzelwerk. »Alles in Ordnung?«, fragte er, während er sich aufrappelte und vorsichtig ein Körperteil nach dem nächsten bewegte. Die Schmerzen ließen ihn zusammenzucken, aber offenbar war nichts gebrochen.

»Es ging mir schon besser«, krächzte Gissur. »Andererseits ging es mir auch schon mal schlechter. Und zwar an dem Tag, als mir irgend so ein Arschloch den Finger abgeschnitten und das Haus meines Vaters angezündet hatte.«

Danil nickte. »Dass du deinen miesen Humor noch nicht verloren hast, ist ein gutes Zeichen. Es bedeutet, dass du noch nicht tot bist.« Er humpelte zu der Stelle, die sie heruntergerutscht waren, und versuchte, wieder hinaufzuklettern. Er kam nur ein paar Schritte weit, bis eine Lawine aus Geröll und Schutt ihn wieder nach unten trug. Fluchend wischte er sich die Hände an den Hosenbeinen ab und ließ den Blick über die Senke wandern. In einiger Entfernung entdeckte er einen schmalen Einschnitt, durch den genau in diesem Augenblick ein paar vereinzelte Sonnenstrahlen fielen und die Oberfläche des Sees zum Glitzern brachten. Es war ein erhebender, beinahe schon magischer Anblick, der bei ihm den Eindruck erweckte, dass die Reisenden ihnen mit diesem Zeichen vielleicht ja einen Ausweg aus ihrer Falle weisen wollten.

Er seufzte und zog sein Schwert aus der Scheide. Vielleicht war ja doch noch nicht alles verloren. Sie befanden sich zwar in einem unbekannten Land, in eisiger Kälte, ohne Nahrung und warme Kleidung am Leib und mit einer Horde verrückter Tiermenschen im Rücken, aber immerhin waren sie noch am Leben. Er fuhr mit der Hand über die Klinge und stellte erleichtert fest, dass sie den Sturz ebenfalls heil überstanden hatte.

Eine gute Klinge und Vertrauen in die Reisenden. Das war doch das Holz, aus dem Helden geschnitzt wurden, oder nicht? Hieß es denn nicht sogar in den Schriften Deryn ad Skellvars, dass der mächtige Kazarh splitterfasernackt und nur mit einem Schwert bewaffnet dem Riesen von Sawale gegenübergetreten war? Da war er doch allemal besser dran. Immerhin trug er noch eine Hose. Er grinste und streckte Gissur eine Hand entgegen, um ihm beim Aufstehen zu helfen, als sich ein dunkler Schatten vor die einfallende Sonne schob. Eine massige Gestalt kam mit langsamen Schritten in die Senke gestapft.

Danil blinzelte und kniff die Augen zu schmalen Schlitzen zusammen. Er brauchte eine Weile, bis er Tempelritter Joring gegen das Licht erkannte. Der Anführer der Kriegsknechte sah noch übler aus, als Danil sich fühlte. Sein Hemd hing in Fetzen an ihm herunter, und sein gesamter Körper war von Blutergüssen und blauen Flecken übersät. Er blieb einige Schritte vor Danil stehen und starrte ihn unter finster zusammengezogenen Augenbrauen an. »Was tut Ihr hier?«

»Das wollte ich Euch auch gerade fragen«, entgegnete Danil. Es kam ihm wie ein ziemlich unwahrscheinlicher Zufall vor, dass er dem Anführer der Kriegsknechte ausgerechnet hier am Ende der Welt wiederbegegnete.

»Diese verdammten Götteranbeter.« Das Breitschwert in Jorings Hand zitterte leicht. »Sie haben mein Heer vernichtet und jeden meiner Männer getötet. Sie haben alles zunichtegemacht, was ich geleistet habe, und dann haben sie mich gejagt wie einen Hund …« Sein Blick fiel auf Gissur, und er riss die Augen auf. Sein Gesicht verzog sich zu einer Fratze des Zorns. »Du!«, stieß er hervor und richtete einen anklagenden Zeigefinger auf den Jungen. »Du hast das alles ausgeheckt, du hinterlistiger kleiner Wurm. Du hast uns in eine Falle gelockt.«

Gissur schüttelte den Kopf und schob sich schnell hinter Danils Rücken. »Ich habe nichts damit zu tun«, krächzte er. Seine Stimme klang hoch und schrill. »Ich habe diese Tiermenschen niemals zuvor gesehen. Das sind doch alles Wilde.«

»Natürlich sind es Wilde«, entgegnete Joring aufgebracht. »Deshalb weiß ich ja auch, dass sie zu dir gehören. Und genau aus diesem Grund werde ich dich auf den Marktplatz von Berun schaffen und dort eigenhändig ausweiden.«

»Wartet mal«, sagte Danil in beschwichtigendem Ton. Die Situation erschien ihm geradezu lächerlich. Da befanden sie sich mitten im Niemandsland auf der Flucht vor einer Horde Tiermenschen, und dem Anführer der Ordensritter fiel nichts Besseres ein, als einen kleinen Jungen für sein Schicksal verantwortlich zu machen. »Ich kann mir kaum vorstellen, dass Gissur etwas damit zu tun hat. Ich habe ihn doch niemals aus den Augen gelassen. Außerdem wird er genauso von diesen Tiermenschen verfolgt wie wir. Wir sitzen alle drei im selben Boot und sollten uns lieber Gedanken darüber machen, warum wir hier sind und wie wir lebend wieder aus der Sache herauskommen.«

Joring grinste. Es war ein finsteres Grinsen ohne jede Spur von Belustigung. »Was nützt es mir denn noch, am Leben zu bleiben? Ich habe eine ganze Armee verloren. Wenn ich nach Berun zurückkehre, wird mich der Orden vor ein Tribunal stellen und aus seinen Reihen verbannen. Dann bin ich ein Niemand. Ein jämmerliches Nichts, so wie Ihr eines seid, Danil.«

Danil stieß einen tiefen Seufzer aus. »Glaubt mir, man gewöhnt sich erstaunlich gut daran.«

»Ihr vielleicht, aber ich werfe meine Ehre nicht so einfach über Bord. Ich werde dafür sorgen, dass dieser kleine Verräter seine gerechte Strafe erhält. Also geht mir aus dem Weg, oder ich prügle Euch tot wie einen räudigen Straßenköter.« Joring hob sein Breitschwert und trat einen Schritt auf ihn zu.

Danil hatte immer geglaubt, ein Feigling zu sein. Sara und Thoren hatten es angedeutet, und Ordensfürst Cajetan ad Hedin hatte es ihm sogar direkt ins Gesicht gesagt. Irgendwie hatten sie ja auch recht gehabt, aber es war nicht die Art Feigheit gewesen, die einen Mann aus der Schlacht fliehen ließ. Mit solchen Dingen kam er nämlich ganz gut zurecht, wie er inzwischen festgestellt hatte. Eine Schlacht war etwas, worüber er nicht lange nachdenken musste, genauso wie über ein Duell oder über einen Lanzengang mit dem Pferd. Bei ihm war es etwas ganz anderes gewesen, das ihn zum Feigling gemacht hatte. Er hatte einfach nur Angst vor dem Verlust seiner Ehre gehabt. Davor, das Ansehen seiner Familie in den Schmutz zu ziehen, wenn er sich mit Menschen abgab, die nicht seinem Stand entsprachen, und wenn er Dinge tat, die sich für einen Mann von Adel nicht gehörten. Erstaunt stellte er in diesem Augenblick fest, wie schnell sich solche Ansichten ändern konnten, wenn man erst mal lange genug durch den Schlamm gekrochen war. Beinahe von selbst glitt seine Klinge nach vorn. Joring betrachtete sie einen Augenblick lang mit versteinerter Miene, dann nickte er und griff an.

Seine ersten Schläge kamen weit ausholend und wuchtig, so als wollte er den Kampf so schnell wie möglich hinter sich bringen. Danil taumelte rückwärts und wäre beinahe über seine eigenen Füße gefallen. Im letzten Augenblick gelang es ihm, das Schwert nach oben zu reißen, bevor ein mächtiger Hieb ihm den Schädel einschlagen konnte. Er schrie auf, als die Klingen aufeinanderprallten und ihm die Waffe beinahe aus der Hand gerissen wurde. Die Parierstangen verhakten sich ineinander, und Joring drückte sein Schwert hart nach unten.

Der Ordensritter war beeindruckend kräftig, und Danil konnte kaum genügend Reserven aufbieten, um ihm etwas entgegenzusetzen. Also versuchte er es gar nicht erst, sondern ging in die Knie, während er gleichzeitig den Knauf seiner Waffe nach vorn zwischen die Arme seines Gegners brachte und über dessen Handgelenk einhakte.

Sich den Fluten nicht entgegenstellen, sondern mit ihnen mitgehen, hatte Thoren ihm irgendwann einmal beigebracht. Er lächelte. Für solche Situationen hatte er schließlich unzählige Male geübt. Mit einer schnellen Drehung riss er das Schwert herum und brachte Joring mit dessen eigener Kraft zu Fall. Als der Ordensritter krachend auf den Rücken stürzte, holte er kraftvoll aus und schlug zu. Er traf auf Widerstand, rutschte aber mit der Klinge ab, als sein Gegner sich herumwarf und Augenblicke später wieder auf den Beinen stand.

Joring stieß ein Grunzen aus und schüttelte den Kopf. Mit der linken Hand tastete er über seinen rechten Arm und stellte offenbar fest, dass alles noch in Ordnung war. Er grunzte freudlos und knackte mit den Halswirbeln. »Ist das alles, was du zu bieten hast?«

»Keine Sorge, ich habe noch mehr auf Lager.« Danil riss

das Schwert hoch über den Kopf und sprang unerwartet vor. Joring wich zurück und drehte die Klinge nach oben, um zu parieren. Doch statt zuzuschlagen, führte Danil das Schwert mit der Spitze voran wieder nach unten und stach sie dem Ordensritter in die Rippen. Kreischend rutschte die Klinge zur Seite ab, und mit einem Aufschrei stolperte er an seinem Gegner vorbei und stürzte beinahe kopfüber in das schlammige Seeufer. Panisch rappelte er sich auf und fuhr herum.

Joring verzog den Mund zu einem spöttischen Lächeln. »Das war gar nicht schlecht für den Anfang«, sagte er und ließ sein Schwert locker im Handgelenk kreisen. »Aber schlag das nächste Mal härter zu. Ich stehe auf so etwas.« Dort, wo Danils Klinge seine Rippen verletzt haben sollte, war seinem ohnehin schon zerfetzten Hemd nur noch ein weiterer Riss hinzugefügt worden.

Danil blinzelte und holte ein paarmal tief Luft. Die Reisenden waren ganz offensichtlich auf der Seite des Ordensritters, oder er hatte einfach nur verdammtes Glück gehabt. Doch das würde Danil ihm schon noch austreiben. Knurrend ging er zum nächsten Angriff über und ließ sich diesmal nicht von den brutalen Hieben seines Gegners beeindrucken. Links, rechts, links, Finte, Hieb und Ausweichen. Ein ums andere Mal ließ er Joring geschickt ins Leere laufen und gewann mit jedem Angriff neue Zuversicht dazu, bis er sich ganz sicher war, den Kampf für sich entscheiden zu können. Der nächste Schlag kam in einem hohen Bogen, und Danil tauchte unter ihm weg, ließ Jorings Breitschwert an seiner eigenen Klinge abgleiten und revanchierte sich mit einem Hieb gegen die Schienbeine. Joring sah den Schlag kommen und sprang behände zur Seite. Doch darauf hatte Danil nur gewartet. Brüllend wirbelte er sein Schwert herum und schmetterte es ihm mit voller Wucht in die Schulter. Mit lautem Klirren prallte die Klinge ab. Winzige Splitter schossen durch die Luft, und Danil schrie auf, als die Wucht des Aufpralls sein Schwert zerbrechen ließ. Im nächsten Augenblick raste der Knauf von Jorings Schwert auf seine Schläfe zu und schleuderte ihn zurück in den Schlamm.

Stöhnend schüttelte er die Benommenheit ab, blinzelte und starrte mit offenem Mund zu seinem Gegner hinauf. Das konnte nicht wahr sein. Er hatte ihn doch getroffen. So hart sogar, dass seine Klinge zerbrochen war. Der Ordensritter tastete mit den Fingern über eine Scharte in seiner Schulter, die aussah, als hätte ein Steinmetz mit einem Meißel eine saubere Kante hineingeschlagen. Kleine Splitter bröselten heraus, die er achtlos beiseitefegte. Er hob den Arm, bewegte ihn vorsichtig nach vorn und wieder nach hinten und stieß ein verwundertes Grunzen aus. »Das hat jetzt wirklich wehgetan«, stellte er fest. Er ließ das Breitschwert fallen, öffnete seine Gürteltasche und zog eine kleine Dose hervor, die ein bläulich schimmerndes Fett enthielt. Mit zwei Fingern holte er einen großen Klumpen heraus und schmierte ihn großzügig in die Scharte in seiner Schulter. Den Rest wischte er schräg von oben nach unten über sein Gesicht. Dann schlug er seine zur Faust geballte rechte Hand krachend in die geöffnete Fläche seiner Linken und trat auf Danil zu.

Der junge Adlige spürte, wie er in die Höhe gerissen wurde und Augenblicke später mit einem lauten Klatscher im eiskalten Wasser des Sees landete. Er hustete und spuckte Wasser und rollte sich herum. Jorings Stiefel traf ihn hart in der Seite, und gleich darauf wurde er erneut in die Höhe gerissen.

Er stieß ein ersticktes Röcheln aus und drückte seinem Gegner panisch die Hand ins Gesicht, um ihn von sich zu stoßen oder ihm den Daumen ins Auge zu drücken, aber es fühlte sich an, als würden seine Finger über kalten Stein kratzen. Jorings Faust krachte gegen seine Schläfe und explodierte in einem Schauer aus grellen Funken. Sein Kopf wurde herumgerissen, und er spuckte Blut. Er winselte und wand sich, doch der Ordensritter hielt ihn mit eisernem Griff gefangen. Gemächlich und konzentriert begann er, auf Danil einzudreschen. Versetzte ihm einen krachenden Hieb gegen die Rippen und gleich darauf einen gegen das Kinn und noch einen auf die Nase, die mit einem hässlichen Knirschen brach. Seine Augen glitzerten bei diesem Geräusch, und mit einem zufriedenen Grunzen schleuderte er Danil zurück ins Wasser.

Der Schock des eisigen Nass weckte ihn schlagartig aus seiner Benommenheit auf. Er riss den Kopf in die Höhe, stellte fest, dass keine zwei Schritte entfernt das Ufer steil in die Tiefe abfiel, und warf sich mit letzter Kraft nach vorn, um dorthin zu gelangen. Doch Joring war schneller, packte ihn blitzschnell am Bein und zog ihn zappelnd wie einen Fisch zurück ins Flache. »Nein!«, hörte Danil sich noch brüllen, als sich Jorings Hände unbarmherzig um seine Kehle schlossen und seinen Schrei unter Wasser erstickten. Als die eisigen Fluten über seinem Kopf zusammenschlugen, trat Danil hilflos um sich. Seine Stiefel trafen auf Jorings Schienbeine, und seine Fingernägel kratzten über Jorings Handgelenke, doch sie bewirkten kaum mehr als der Versuch, eine Eiche mit einem Brotmesser zu fällen. Unter Wasser nahm er das Gesicht seines Gegners nur noch wie eine verzerrte Fratze wahr, die ihn höhnisch anzugrinsen schien, und egal, wie sehr er kratzte, zappelte und um sich schlug, die steinernen Hände hielten ihn unbarmherzig fest.

Seine Panik verwandelte sich in abgrundtiefes Entsetzen.

Sein Herzschlag dröhnte ihm in den Ohren, und verzweifelt saugte er die letzte Luft aus seinen Lungen. Das verzerrte Grinsen auf Jorings Gesicht wurde breiter und dunkler, verschwamm vor seinen Augen und bekam tiefe Schatten. Langsam verschwand die Welt unter einem dunklen Schleier.

Das war es dann also, schoss es ihm durch den Kopf. Keine Heldentaten mehr im Namen des Kaisers, kein Ruhm und auch keine glückliche Heimkehr in das sonnige Berun. Er würde Sara nie wiedersehen und ihr gestehen können, was für ein selbstsüchtiger und feiger Idiot er gewesen war. Er würde kein einziges Turnier mehr gewinnen, keines von Meister Grills sagenhaften Wachteleiomeletts mehr genießen und nie wieder von Bogks köstlichem Rübenwein trinken können. Alles, was er je getan oder gelassen hatte, würde sich in nichts auflösen, und er selbst würde in seine kümmerlichen Einzelteile zerfallen und im besten Fall noch hungrigen Skellingen als Futter dienen.

Die Schatten über Joring wurden schwarz, und dann raste eine funkelnde Schwertklinge auf ihn zu.

Krachend kollidierte sie mit seinem Kopf und ließ Funken und Steinsplitter durch die Luft fliegen. Jorings Arm fuhr nach hinten und fegte die Klinge und ihren Träger wie eine lästige Fliege zur Seite. Jetzt erkannte Danil, dass es Gissur war, der sich offenbar seinen Platz an der Tafel seiner toten Götter verdienen wollte. Seine Augen glitten zu dem Breitschwert, das dem Jungen aus der Hand gerissen worden war und keine Armlänge entfernt platschend neben ihm im Wasser landete. Verzweifelt streckte er die Hand nach der langsam versinkenden Klinge aus, berührte das Eisen beinahe mit den Fingerspitzen und hätte genauso gut nach den Sternen greifen können. Ein heftiger Schluckauf zog seine Lungen zusammen. Die Augen quollen ihm aus den Höhlen, als er krampfhaft versuchte, den Atem anzuhalten. Doch dann wurde der Drang zu groß, und er würgte und schnappte erschauernd nach Luft. Entsetzt spürte er, wie eisiges Wasser seine Kehle hinunterschoss und seine Lungen füllte.

Der erste Tote, den Danil in seinem Leben von Nahem gesehen hatte, war ein Ertrunkener gewesen. Er musste etwa fünf oder sechs Jahre alt gewesen sein und hatte sich an diesem Tag mit seinem Vater und den älteren Brüdern unten am Beruner Hafen aufgehalten. Ein Bote hatte die Rückkehr eines Handelsschiffs angekündigt, von dem das Haus ad Corbec ein Drittel der Anteile besaß. Es war bis unter das Deck mit seltenen Gewürzen aus Lessardo und Armitago beladen, die das Vermögen der Familie beinahe verdoppeln sollten. Misstrauisch, wie der alte ad Corbec schon immer gewesen war, wollte er die Entladung auf keinen Fall einem unfähigen Diener überlassen.

Danil war die Wartezeit beinahe wie eine Ewigkeit vorgekommen, und irgendwann hatte er sich davongestohlen und war zum Strand hinuntergeschlichen, um den Fischerbooten der einfachen Leute beim Einlaufen zuzuschauen. Im Vergleich zu dem prachtvollen Palast, in dem er aufgewachsen war, wirkte dieser Teil der Stadt besonders schäbig. Modrige Holzhütten drängten sich dicht an dicht entlang der Hafenmauer, die Fenster dunkle Löcher ohne Läden, die Dächer undicht und die Wände von Moos und Muscheln überwuchert. Ein widerlicher Gestank aus Rauch und verdorbenem Fisch hing in der salzigen Luft, und die Menschen, die in diesem Elend leben mussten, wirkten allesamt knorrig und verdorrt wie angeschwemmtes Treibholz.

Fasziniert beobachtete Danil den erbitterten Kampf zweier Straßenköter um eine halb tote Krabbe, als kaum ein Dutzend Schritte entfernt ein Kahn auf den Strand schrammte. Der Bootsführer, ein verwitterter Glatzkopf, dessen Haut bronzefarben in der Sonne glänzte, vertäute ihn an einem der zahlreichen in den Sand gerammten Holzpfosten und wuchtete sich ein Netz voller Fische auf die Schultern. Während er unter der Last gebeugt zu einer der Hütten hinaufstapfte, ließen die Hunde von ihrer Beute ab und näherten sich witternd und knurrend dem Boot. Als sie eine Weile mit aufgestelltem Fell darum herumgestrichen waren, hielt Danil es nicht länger aus und folgte ihnen. Sicherheitshalber bewaffnete er sich unterwegs noch mit einem dicken Stock, den er im Zweifelsfall als Knüppel gegen die Köter einsetzen konnte.

Aus dem Boot schlug ihm ein süßlicher Verwesungsgeruch entgegen. Neugierig stellte er sich auf die Zehenspitzen und streckte sich so weit nach oben, bis er über die Bordwand lugen konnte. Sofort fiel ihm die fleckige Decke ins Auge, auf der sich unzählige Fliegen niedergelassen hatten. Er rümpfte angewidert die Nase, warf einen vorsichtigen Blick über die Schulter und streckte dann die Hand mit dem Stock darin aus, um die Decke ein Stück zu lupfen.

Es gelang ihm erst nach dem dritten Anlauf, und als er dann sah, was sich unter der Decke verbarg, fuhr er erschrocken zurück. Ein grotesk aufgedunsenes Gesicht glotzte ihm entgegen. Die Augen milchig trüb und weit aus den Höhlen getreten, die Haut weiß wie Kalk, und die Zunge, die ihm aus dem Mund hing, war aufgequollen und weich wie ein lilafarbener Schwamm. Entsetzt stolperte er einige Schritte rückwärts, ehe er gegen ein Hindernis stieß. Er fuhr herum, und seine provisorische Waffe schlug ganz wie von selbst zu. Zu spät erkannte er, dass es der Bootsführer war, der unbemerkt wieder zum Strand hinuntergekommen war.

Der Alte wich dem Schlag nicht aus, sondern fing den Stock klatschend mit der offenen Hand ab und packte dann mit eisernem Griff zu. Mühelos entriss er Danil die Waffe und ließ sie fallen.

Danil starrte ihn mit weit aufgerissenen Augen an, doch der Alte schob ihn wortlos zur Seite, zog die Leiche über die Bordwand und wuchtete sie sich nun ebenfalls auf die Schultern.

Danil folgte ihm mit einigen Schritten Abstand, und als er die Last vor einer heruntergekommenen Hütte im Sand ablegte, trat er vorsichtig näher und ging vor dem Toten in die Hocke. Er lag jetzt mit dem Gesicht nach unten da, und unter seinem Mund bildete sich eine stinkende Wasserlache.

»Wer ist das?«, fragte er.

»Mein Sohn.« Der Alte hängte sein Fischernetz zwischen zwei Pfählen auf und begann mit versteinerter Miene, die kaputten Stellen zusammenzuflicken.

Danil beobachtete ihn eine Weile dabei. »Was ist passiert?«

»Er ist ertrunken.«

»Ist das schlimm?«

»Es ist die schlimmste Art zu sterben. Die Lungen füllen sich mit Wasser, und man erstickt.«

Danil nickte. »Und was geschieht danach? Ich meine, nachdem man gestorben ist?«

Der Alte unterbrach die Arbeit an seinem Netz und blickte nachdenklich über das weitläufige Hafenbecken hinweg, in dem unzählige Boote und Segelschiffe auf den Wellen vor sich hindümpelten. »Die Götter sind tot«, sagte er irgendwann mit tonloser Stimme. »Die Reisenden haben sie erschlagen und dort draußen in der Tiefe versenkt. Dort unten, wo sie jetzt liegen, gelangt kein einziger Sonnenstrahl hin.« Er wandte sich zu Danil um, und sein Blick bekam etwas Stechendes, beinahe schon Bedrohliches. »Seitdem die Götter fort sind, gibt es nach dem Tod nichts anderes mehr als Dunkelheit, mein Junge. Ewige Dunkelheit. Sonst nichts.«

Das Erste, was Danil wahrnahm, als das krampfhafte Würgen nachließ, war die Helligkeit, die in seine Augen stach. Der Druck in seinen Adern hatte nachgelassen, und sein Herzschlag beruhigte sich. Gierig saugte er die Luft in seine Lunge und spürte, wie mit jedem Atemzug mehr von seinen Kräften zurückkehrten. Er blinzelte und beobachtete fasziniert die winzigen Luftblasen, die sich über seinem Mund bildeten und langsam zur Wasseroberfläche hinaufstiegen.

Ganz offensichtlich hatte der Alte damals völligen Unsinn geredet. Der Tod bestand überhaupt nicht aus Dunkelheit, sondern fühlte sich an wie ein Vorhang, der sich vor die Welt der Lebenden schob, oder irgendwie auch wie ein eiskalter Bergsee, in dem man langsam erfror. Er spürte, wie er zu zittern begann und seine Zähne aufeinanderschlugen. Irritiert runzelte er die Stirn. Oder war es etwa doch ganz anders? Langsam, ganz langsam dämmerte ihm, dass er vielleicht noch lange nicht so tot war, wie er angenommen hatte, und dass er aus irgendeinem unerfindlichen Grund wieder atmen konnte. Er drehte den Kopf und erkannte die verschwommene Gestalt des Ordensritters, der immer noch an der gleichen Stelle über ihm im seichten Wasser stand. Dumpf hörte er ihn vor Schmerz brüllen, als er die Hand hob und über die Stelle fuhr, an der Gissur ihn mit dem Schwert getroffen hatte.

Er lächelte finster und stemmte sich in die Höhe. Schwankend stand er einige Augenblicke da und spürte den kalten Wind über sein Gesicht streifen. Dann machte er einen Schritt nach vorn und legte Joring von hinten den Arm um den Hals. Der Ordensritter fuhr herum, doch damit hatte er gerechnet, lenkte die Bewegung mit einer schnellen Schulterdrehung weiter und brachte seinen Gegner zu Fall. Gemeinsam krachten sie zurück ins Wasser, dorthin, wo das Ufer steil nach unten abfiel. Sie tauchten unter und wurden von der eisigen Kälte eingesogen. Doch diesmal bekam er keine Angst. Auch nicht, als Joring wie ein Stein in der Tiefe versank und ihn mit sich nach unten riss.

Die steinernen Hände des Ordensritters streckten sich nach oben, versuchten verzweifelt, sich irgendwo festzukrallen, fanden aber nirgendwo Halt. Immer schneller versanken sie in der Tiefe, während unzählige Luftblasen aus Jorings weit aufgerissenem Mund hervorsprudelten und in die entgegengesetzte Richtung davonschwebten. Behutsam löste Danil den Griff um seinen Hals und stieß sich von ihm ab. Joring riss die Augen auf, und seine Hand bewegte sich langsam nach oben, so als wollte sie nach ihm greifen, doch er war schon viel zu weit entfernt. Schwerelos drehte sich Joring im Kreis, noch mehr Luftblasen stiegen aus seinem Mund in die Höhe, und nach einigen Augenblicken war er in der Dunkelheit verschwunden.

»Du lebst!« Gissurs Stimme klang tonlos und wenig begeistert, als er Danil durch den Uferschlamm entgegenstapfte. Danil hustete und würgte Wasser aus. Es dauerte eine Weile, bis sich seine Atmung so weit beruhigt hatte, dass er sich stöhnend aufrichten konnte.

»Es tut mir aufrichtig leid für dich«, krächzte er. »Joring hat sein Bestes gegeben, um das zu ändern, aber wie es aussieht, musst du letzten Endes doch noch mal selbst Hand anlegen, wenn du mich loswerden willst.«

»Das ist nicht das, was ich meine. Ich bin froh, dass du ihn besiegt hast. Ich mache mir Sorgen um die da oben.«

Danil blinzelte, als er gegen die Sonne zum Rand der Senke hinaufblickte. Unzählige Schatten standen dort, Schulter an Schulter, mit Hörnern, Geweihen, Schnauzen und Schnäbeln, und mit allen erdenklichen Waffen in den Händen. Wie es aussah, hatte sich eine ganze Armee von Tiermenschen da oben eingefunden. Geräuschvoll zog er die Nase hoch, spuckte schmutziges Wasser aus und seufzte.

Ein dunkler Schatten tauchte in dem Einschnitt auf, durch den zuvor schon Joring die Senke betreten hatte. Leise Schritte knirschten über den Schotter, als eine vogelköpfige Gestalt näher kam, die entfernte Ähnlichkeit mit einem Skelling aufwies. Danil starrte ihm keuchend entgegen. Seine Lunge schmerzte, und sein Kehlkopf brannte, als hätte er einen ganzen Schlauch Rübenbranntwein in einem Zug in sich hineingeschüttet. Die Verletzungen, die Joring ihm durch seine Faustschläge beigebracht hatte, ließen ihn bei der kleinsten Bewegung zusammenzucken. Er war völlig am Ende, aber aus irgendeinem Grund machte ihm das nichts mehr aus. Er hätte natürlich fliehen und in den See hineinspringen können. Er war sich ziemlich sicher, dass die Tiermenschen ihm nicht folgen würden und vielleicht sogar irgendwann abzogen, wenn sie lange genug vergeblich darauf gewartet hatten, dass er wieder auftauchte. Doch jetzt war es für solche Dinge zu spät. Jetzt würde er nicht mehr feige vor der Verantwortung fliehen, die er für andere übernommen hatte. Er watete zu der Stelle hinüber, an der Jorings Breitschwert im Wasser versunken war, und hob es auf. Es war eine von Meisterhand geschmiedete Klinge aus matt schimmerndem Skellvarstahl. Verblüffend leicht, gut ausbalanciert und bis auf die Scharte, die Gissur mit seinem Hieb gegen Jorings Schädel hineingeschlagen hatte, völlig makellos. Er lächelte, als er dem Vogelmann entgegentrat. »Wie es aussieht, warten jetzt schon die Skellinge auf meine Knochen. Ich habe allerdings nicht vor, es ihnen besonders leicht zu machen.«

»Ich habe dir doch schon einmal gesagt, dass sich Blutvögel nichts aus Rüben machen«, sagte der Vogelmann und zog seine Maske vom Kopf. »Vor allem, wenn sie so beschissen aussehen wie du.«

»Bogk!«, rief Danil überrascht aus, und ein Strahlen zog über das Gesicht des alten Waldmenschen.

»Du hast immer noch ein scharfes Auge, Danil. Ich bin froh, dass es dir gut geht.«

»Ich ebenfalls, das kannst du mir glauben. Schön, dich zu sehen, alter Mann.« Danil kniff die Augen zusammen und musterte die dicht gedrängten Tiermenschen am oberen Rand der Senke. »Dann ist der Angriff auf die Kriegsknechte also dein Werk gewesen. Bis du etwa der Anführer dieser seltsamen Gestalten?«

Lächelnd schüttelte Bogk den Kopf. »Ich bin nur der Bote. So, wie der Blutvogel der Bote der Totengeister ist. Der Große, Dicke mit den Hörnern dort oben ist unser Anführer. Hontu Doruk, der gewählte Kriegsherr aller Waldmenschen.«

»Sieht freundlich aus, der Bursche.«

»Das ist er auch, jedenfalls, wenn man ihn nicht hintergeht. Dein Herr Joring hat das heilige Versprechen gebrochen, das er mir und meinem Volk gab. Er hat den Wein verschüttet, den wir gemeinsam am Feuer getrunken haben ...«

»Den Wein verschüttet«, wiederholte Danil langsam. »Das

ist wirklich unverzeihlich. Mich an eurer Stelle hätte das mächtig erzürnt.«

Bogk nickte und strich ernst über seine dünnen Bartzöpfe. »So ist es. Deshalb hat Hontu Doruk auch entschieden, die Armee der Ordensritter zu vernichten und ihren Anführer zur Strafe den Geistern der Ödnis zu opfern.«

Danil warf einen Blick in die Runde. »Hier an diesem Ort, vermute ich. Aber was hat das Ganze mit Gissur und mir zu tun? Warum sind wir hier? Sollen wir ebenfalls geopfert werden?«

»Natürlich nicht!« Bogk schüttelte so energisch den Kopf, dass sein Haarzopf durch die Luft flog. »So eine Grausamkeit hätte ich niemals zugelassen. Nach dem Willen unseres Kriegsherrn solltet ihr ganz normal sterben, so wie all die anderen Kriegsknechte auch. Aber ich hatte eine andere Idee, denn ich habe gesehen, dass du mich nicht hintergehst. Ich habe erkannt, dass wir dir vertrauen können und dass du uns eines Tages noch mal nützlich sein wirst. Hontu Doruk wollte mir zunächst nicht glauben, und deshalb habe ich vorgeschlagen, die Geister der Ödnis entscheiden zu lassen. Ihre Weisheit ist schließlich weithin bekannt.« Breit grinsend klopfte er Danil auf die Schulter. »Und wie ich sehe, haben die Geister klug entschieden. Sie haben Joring als Opfer angenommen und dich zu uns zurückgeschickt.«

Danil zog die Augenbrauen zusammen. »Um was zu tun?«

»Um uns zu deinem Kaiser zu bringen, natürlich. Und zu Kazarh, dem mächtigsten eurer Götter. So, wie es von Anfang an geplant war.«

»Im Ernst? Nachdem ihr sein Heer vernichtet und seinen Anführer in einem See versenkt habt?«

Bogk lächelte ihn so breit an, dass sich tiefe Fältchen um

seine Augen bildeten. »Ja natürlich. Wir werden Kazarh berichten, dass wir die Kriegsknechte zu seinen Ehren getötet haben und dass ihm die Geister der Ödnis ihren Dank für das Opfer ausrichten lassen. Ich bin sicher, dass er entzückt sein wird.«

»Wie?« Danil sah den Waldmenschen an, als hätte er den Verstand verloren. »Das meinst du doch nicht…«

Er stockte, und sein Blick wanderte zurück zum Rand der Senke, von dem aus die Tiermenschen finster auf sie herunterblickten. Er versuchte im Kopf zu überschlagen, wie viele es waren und wie viel mehr von ihnen noch irgendwo da draußen in der Wildnis herumschlichen. Er kam zu dem Ergebnis, dass es sich um eine verdammt große Menge handeln musste. Er hatte sie kämpfen gesehen. Sie waren vielleicht nicht besonders gut bewaffnet gewesen, aber sie hatten sich völlig unbemerkt durch die Wälder bewegt und innerhalb von wenigen Stunden ein komplettes Heer aufgerieben. Gegen eine Armee dieser Stärke und Hinterhältigkeit hätte selbst Cajetan ad Hedin mit all seinen Rittern ernsthafte Schwierigkeiten gehabt. »Eine ganze Armee«, murmelte er vor sich hin. Eine ganze Armee kampferprobter Irrer, die nichts anderes suchten als einen neuen Gott, den sie anbeten konnten, und eine Stimme, die ihnen sagte, wohin sie ihre Speerspitzen auszurichten hatten. Es klang wie eine furchtbar verrückte Idee, mit dieser Horde nach Berun zurückzukehren, aber es schien dennoch nicht halb so verrückt zu sein wie das, was er in den letzten Wochen alles erlebt hatte – die Tatsache, dass er unter Wasser atmen konnte, mit eingeschlossen. »Eine ganze Armee«, sagte er jetzt laut und deutlich, und ein breites Grinsen zog über sein zerschundenes Gesicht. »Kazarh wird verdammt noch mal entzückt sein.«

29

IN DIE DUNKELHEIT

Es hatte tatsächlich länger gedauert, bis sie den Grund des Abstiegs erreicht hatten, als Cunrat erwartet hatte, auch wenn das weniger an seiner Tiefe gelegen hatte, sondern an der Tatsache, dass irgendwo auf halber Strecke Wasser aus der Wand ausgetreten war, das sich seinen Weg die Stufen hinab gesucht hatte – und das schon über Jahrzehnte, wenn nicht Jahrhunderte, was zur Folge hatte, dass die ehemalige Treppe jetzt mehr einer schmierigen Rampe aus Kalksteinablagerungen glich. Schließlich hatten sie sich die letzten sechs oder sieben Schritt Höhe abgeseilt und standen jetzt in einer schlammigen Pfütze am Boden des Schachts.

»Nett von den Kolnorern, uns das Seil dazulassen«, stellte Zeisig leise fest. Dennoch hallte seine Stimme unnatürlich laut. Zwei der Schachtwände waren zurückgeblieben und hatten einer größeren Kaverne Platz gemacht, deren Ausmaße Cunrat jetzt erst langsam erahnen konnte, als sich seine Augen an das Dämmerlicht anpassten.

»Ich glaube nicht, dass das für uns gedacht war. Ich vermute, sie wollen irgendwann wieder nach draußen«, murmelte er.

»Warum warten wir dann nicht einfach hier? Oder am besten noch oben?«

»Weil wir in den Arsch gekniffen sind, wenn sie einen anderen Ausgang nehmen.« Ness hatte inzwischen zwei der Fackeln entzündet, die er aus Brennholzscheiten, Kerzentalg und irgendetwas von Messers Zutaten hergestellt hatte. »Außerdem – selbst wenn sie sich die Mühe gemacht haben, ihre Gefangenen hier herunterzuschleppen, bin ich mir nicht sicher, ob sie sie auch wieder mit hinaufbringen wollen.« Er drückte Zeisig eine der Fackeln in die Hand und hielt Xari die andere hin, bevor er sich eine der beiden Armbrüste nahm. Mit geübten Griffen spannte er die Waffe und reichte sie an Cunrat weiter. »Hier. Dass du damit treffen kannst, hast du ja bewiesen.« Er holte ein Bündel hervor, dem er einen Köcher mit Bolzen entnahm. Eine Handvoll davon reichte er an Cunrat weiter. »Wenn du die alle verbrauchst, bist du besser, als ich annehme. Oh, Moment. Die mit dem roten Schaft sind nicht für dich.« Er sortierte zwei Bolzen aus denen in Cunrats Hand aus und hielt sie in die Lichtsäule, die den Schacht hinabfiel, und Cunrat entdeckte verblüfft, dass die Spitzen dieser Geschosse nicht aus Eisen waren, sondern aus Blaustein zu bestehen schienen.

»Das sind meine Spielzeuge. Jeder davon kostet mehr, als du in einem Monat an Sold erhältst, würde ich wetten. Aber noch wichtiger – dort drin ist ein Talent eingefangen. Wenn der Blaustein zerbirst, wird alles um ihn herum in eine Wolke aus Feuer eingehüllt. Hier, das kannst du haben.« Er nahm vier weitere Bolzen aus der Hülle und reichte sie an Cunrat weiter. »Die mit den zwei Kerben am Schaft sind Heuler. Machen einen Lärm wie tausend gepeinigte Seelen. Drei Kerben: Ankerbolzen. Halten in jeder Wand, und du kannst etwas daran festbinden.« Er deutete auf eine Öse im Schaft.

Der junge Ritter starrte die metallenen Bolzen an, deren Schäfte mit länglichen Löchern durchbohrt waren. Dann sah er auf. »Jemand hat ein Talent mit Armbrustbolzen verbunden?«

Ness nickte und befestigte den Köcher mit den übrigen Bolzen an seinem Gürtel, bevor er die beiden rotschaftigen Geschosse in eine Hülle schob. »Ein Meister in Lessardo fertigt sie, und du kannst dir gar nicht vorstellen, wie schwer es ist, in Berun an ein paar davon zu kommen.«

»Und allein für ihren Besitz würde man euch in Berun auf's Rad flechten«, knurrte Dolen. »Derartig verfluchte Waffen sind im Reich verboten. Und ihr wisst das ganz genau, denke ich!« Seine Faust hatte sich um den Griff seines Schwerts geballt, doch Ness zuckte erneut mit den Schultern. »Ich erzähl's keinem, wenn ihr es nicht tut, Ritter«, sagte er ungerührt. »Jetzt wollen wir einen Krieg verhindern, oder? Was ist dir wichtiger?«

Wie aufs Stichwort erlosch der von oben herabfallende Lichtschaft beinahe komplett, als sich etwas vor die Sonne schob. Einen Augenblick später drang dumpfes Donnergrollen zu ihnen herab.

»Ich glaube, die Reisenden sind meiner Meinung.« Ness sah nach oben, dann spannte er die zweite Armbrust und legte einen Bolzen ein.

Dolen funkelte den alten Kriegsknecht finster an, bevor er sich ohne ein weiteres Wort abwandte.

War es wirklich möglich, dass so etwas wie in Blaustein gefangene Flüche existierten? Dass sie im Novenischen Waffen daraus herstellten? Unsicher sah Cunrat auf die beiden

Bolzen in seiner Hand, bevor er sie vorsichtig in seinen Gürtel schob.

Jetzt, im Licht der Fackeln, nahm die Höhle Konturen an. Das Rinnsal, das sich seinen Weg die Treppe hinab gesucht hatte, schlängelte sich hier über den Boden in die Dunkelheit davon, die tiefer war, als der Fackelschein sie durchdringen konnte. Erst jetzt fiel Cunrat auf, dass der Boden dieser Halle ungewöhnlich eben war. Das Wasser, das von zahlreichen Stalaktiten tropfte, hatte zwar eine ganze Reihe von kalkigen Platten und vereinzelte Kalktürme geschaffen, doch auch das konnte nicht verbergen, dass dieser Ort vielleicht nicht natürlich entstanden war. Er musterte die Säulen, die er bis jetzt für natürliche Kalksteinformationen gehalten hatte. Nein, sie waren zu zahlreich und standen in zu regelmäßigen Abständen, um nicht von einem Baumeister erschaffen worden zu sein. Er trat neben Xari und betrachtete im Licht ihrer Fackel eine der Säulen genauer. »Schlangen?«, murmelte er und strich mit den Fingern über gleichmäßige Verzierungen, die unter ihrer Kruste aus Kalk nur noch zu erahnen waren.

Die Metis nickte. »Ich denke schon«, sagte sie leise. »Auch *Lambebe* umgibt sich mit Schlangen. Dieses Zeichen teilen er und sein Sohn Duambe.«

»Hier entlang.« Dolens Ruf riss Cunrat aus seiner Betrachtung. Die beiden anderen Ritter standen zusammen mit Zeisig einige Dutzend Schritte weiter, wo der Schein der zweiten Fackel jetzt einen Blick auf einen dunkel gähnenden Durchgang freigab. Eine Reihe kleiner Stalagmiten hatte bis vor Kurzem den Eingang des Tunnels geziert, doch irgendjemand hatte sie umgestoßen und zertreten.

»Kolnorer«, stellte Messer fest. »Man kann über sie sagen, was man will, aber der Umsicht und Heimlichkeit haben sie sich noch nie schuldig gemacht.« Der Vogelmann hob eine seiner spinnengliedrigen Hände und drehte an einem schlichten Ring, bis ein kleiner Blaustein zum Vorschein kam, der bisher in seiner Handfläche verborgen gewesen sein musste. Cunrat konnte nicht genau erkennen, was Messer als Nächstes tat, doch plötzlich glomm der Stein in einem sanften Blau auf. Das Licht war zwar nicht geeignet, Cunrat zu blenden, doch es genügte, um den Boden vor den Schnabelschuhen des Feldschers sichtbar zu machen.

Cunrat zuckte unwillkürlich zurück. »Was bei den Reisenden ist das?«

Messer warf ihm einen undefinierbaren Blick zu. »Das ist blaues Licht«, sagte er trocken.

»Was tut es?«

Messers Blick veränderte sich nicht. »Was meinst denn du?«

Cunrat zögerte. »Es … leuchtet blau.«

»Absolut korrekt.«

Dolen öffnete den Mund, doch Messer winkte ab. »Leben verwirkt. Rad flechten und all das«, sagte er trocken. »Ich weiß. Wusstet ihr übrigens, dass Cajetan selbst mir diesen Ring hat zukommen lassen? Harmlos, aber nützlich. Es gibt auch im Orden Menschen, die wissen, dass man manche Regeln nicht so streng auslegen sollte. Kommt.« Er schob sich an Dolen vorbei in den Gang.

Wie lange sie durch das Dunkel gestolpert waren, konnte Marten nicht sagen. Die Kolnorer hatten zwar eine Handvoll Fackeln entzündet, doch das reichte bei Weitem nicht zu mehr, als die Schatten hier im Berg noch zu vertiefen. Er hatte keine Ahnung, wohin sie unterwegs waren. Alles, was er sagen konnte, war, dass sie die meiste Zeit nach unten stiegen, dem Wasser folgten, das in tröpfelnden Rinnsalen oder schmalen Bächlein durch die Gänge lief. Die meisten dieser Gänge schienen jedoch nicht natürlich gewachsen – zumindest nicht vollständig. Über weite Strecken hin waren die Böden zu eben, die Wände zu lotrecht und die Durchmesser der Tunnel zu gleichmäßig, um so entstanden zu sein, und hier und dort war eine halb unter Kalkablagerungen verborgene Verzierung oder die Ahnung eines Reliefs zu erkennen. Immer wieder kreuzten andere Gänge ihren Weg oder zweigten von ihrem Tunnel ab. An den meisten der kleineren nachtschwarzen Öffnungen gingen ihre grauen Führer vorüber, ohne sie überhaupt zu beachten. Gelegentlich jedoch blieben sie stehen und konferierten untereinander mit leisen, klickenden Worten, die Marten nicht verstand, bevor sie schließlich ihren Weg nach einem Muster fortsetzten, das Marten ebenso wenig ergründen konnte.

»Wenn wir bis runter zum Meer wollten, warum sind wir dann bis ganz nach oben geklettert? Mir wäre Strand sowieso lieber gewesen«, flüsterte Marten und massierte sich unauffällig seinen Oberschenkel. Die Narbe pochte und schickte mit jedem Schritt einen dumpfen Schmerz bis in sein Knie. Emeri antwortete nicht – wie auch schon bei den letzten beiden seiner Versuche, ein Gespräch anzufangen. Immerhin duldete sie inzwischen seine Hand in ihrer, denn auf dem schmierigen Boden verlor man nur allzu schnell den Halt. »Ernsthaft, wenn wir hier raus sind, bringe ich dich nach Tiburone, kaufe uns ein Brot und zwei Flaschen Wein, und dann setzen wir uns an den Strand. Falls es dort so etwas gibt. Oder haben die dort nur so einen verdammten Steinstrand?«

Noch immer antwortete Emeri nicht.

Marten seufzte. »Na gut, wir werden es herausfinden. Apropos – ich wüsste immer noch wirklich gern, was wir hier unten wollen.«

»Du vor allem am Leben bleiben, Beruner«, warf der blasse Mann hinter ihm warnend ein.

Marten hob einen Zeigefinger, um ihn zu unterbrechen. »Ein weiser Mann hat mir mal gesagt, dass das am besten geht, wenn man weiß, welches Spiel gespielt wird. Ich hab's immer noch nicht verstanden. Warum geht ein Haufen Kolnorer mit diesen ... grauen ...«

»Huacoun«, half Emeri leise aus.

Marten nickte dankend. »Huacoun einen Pakt ein, um an das Macouban zu kommen? In Ordnung, es geht irgendwie um Blaustein. Aber wäre das nicht ohne die gegangen? Und warum brauchen sie Emeri und mich dafür?«

Der Blasse trat dichter an ihn heran. »Ich habe keine Ahnung, warum sie dich brauchen, aber ich wette, es geht auch ohne dich. Was die Huacoun betrifft – Berun hat seine Ordensritter. Hast du je gegen einen gekämpft?«

Marten zuckte mit den Schultern. »Es gab da einen. Ich habe ihn jedes Mal geschlagen.«

»Dann sind sie nicht mehr das, was sie früher waren. Auf jeden Fall hast du die dort noch nicht im Kampf gesehen. Niemand hat das – seit einer langen Zeit«, murmelte der blasse Mann.

Marten runzelte die Stirn. »Ich denke ... verflucht, was war das?« Irgendetwas war unter seinen Fuß geraten und mit einem leisen Knirschen zerbrochen. Er hielt inne und fasste nach unten, nur um mit einem weiteren Fluch seine Hand wegzuziehen. Etwas Schleimiges klebte an seiner Hand. »Was bei den Gruben war das?« Er klaubte etwas von seinem Stiefel und betrachtete es im schummrigen Licht der nächsten Fackel. »Was *ist* das?«

»Krabbenspinne. Jetzt schweig endlich und lauf weiter«, sagte der Blasse und schubste ihn weiter.

»Was?« Marten ließ das fast handlange Krustentierbein angewidert fallen.

»Er hat recht«, flüsterte Emeri. »Sie leben am Fuß der Klippen und in den Riffen. Wir müssen fast unten angekommen sein.«

»Oh. Und was fressen sie?«

»Alles, was nicht schnell genug wegläuft oder sich zu heftig wehrt.«

»Toll. Vergiss das mit dem Strand. Ich überleg mir etwas anderes.«

»Sie fressen zum Beispiel tote Beruner, die nicht begreifen, wann sie den Mund halten sollen«, schlug der Blasse hinter ihm vor und ruckte heftig genug am Lederseil um Martens Hals, sodass dieser um ein Haar das Gleichgewicht verloren hätte. Dieses Mal nahm Marten den dezenten Hinweis ernst. Handlange Beine ... Was hatten die hier nur für ekelhaftes Viehzeug.

Weiter vor ihnen fluchte einer der Kolnorer, dann hörte er, wie ein Schwert auf Stein schlug. Etwas knackte mit einem feuchten Geräusch. Wenige Schritte später kamen auch Marten und Emeri an der Stelle vorbei.

»Was bei den ...« Marten stockte und schluckte den Rest der Bemerkung herunter. Auf dem Boden direkt an der Gangwand lag eine weitere Krabbe, deren Beine noch unkontrolliert zuckten. Beine, die in diesem Fall sicherlich so lang waren wie Martens ganzer Unterarm.

»Manche Kolonien bestehen aus Hunderten der Tiere«, erklärte der Blasse ungefragt.

Marten schluckte.

Etwas bewegte sich in der Dunkelheit. Eine Kreatur hob den Kopf, warf den Panzer einer Krabbenspinne achtlos beiseite und horchte auf das leise Geräusch am Rande der Wahrnehmung, das sie bei ihrer Mahlzeit gestört hatte. Da war es wieder. Das Schaben von etwas auf Stein, das nicht das Bein eines der allgegenwärtigen Schalentiere war. Metall? Ein anderes Geräusch folgte, wiederum beinahe nicht zu hören und doch unverkennbar das Krachen eines Krustentierpanzers, der zerquetscht wurde. Ihr Lieblingsgeräusch.

Die Kreatur richtete sich auf. Sie war nicht sonderlich hochgewachsen, auch wenn sie größer wirkte, da ihre Glieder dünn und ausgemergelt aussahen, so als hätte man ihnen einen Großteil ihrer Flüssigkeit entzogen. Zähe Muskeln traten unter der dünnen Haut hervor wie eiserne Seile, und als die Kreatur ihren Mund öffnete, wurden lange, nadelspitze Zähne sichtbar, die wie geschliffenes Eis wirkten. Sie öffnete die Finger, und aus schwarz vernarbten Nagelbetten wuchsen langsam Krallen, die ebenso lang wie die Finger selbst waren und den Zähnen ähnelten. Die Kreatur nahm die Witterung auf und stieß dann ein leises Knurren aus. Etwas war hier. Hier in ihrem Heim, etwas, das nicht hierhergehörte. Eine Erinnerung aus einem früheren Leben, hier in dieser ewig dunklen Welt aus vergessener Vergangenheit. Etwas, das verschwinden musste. Mit langsamen, noch zögerlichen Schritten ging sie los. Die Krabbenspinnen um sie herum wichen mit leisen, klickenden Geräuschen zurück und kletterten übereinander hinweg, um ihr aus dem Weg zu gehen. Eines der Tiere war nicht schnell genug, es stolperte, glitt auf dem Panzer eines anderen aus und fiel auf den Rücken, direkt vor die Füße der Kreatur. Ohne innezuhalten, streckte diese einen Finger aus, und der Fingernagel wurde zu einer Lanze, die den Bauchpanzer der Spinne durchstieß. Im nächsten Moment explodierte das Schalentier in einer dunklen Wolke aus Flüssigkeit und Splittern, die sich ausdehnte, bis die Kreatur die andere Hand hob und eine beiläufige Wischbewegung machte, die die Reste der Wolke beiseitefegte, wo sie sich mit leisem Klatschen über die Felsen ergossen.

Das Klicken der Krabbenspinnen verstärkte sich, und der Weg vor der Kreatur wurde breiter. Sie lief durch einen schwach plätschernden Wasserfall, der sich von irgendwo in der Dunkelheit ihrer Höhle ergoss, und als sie auf der anderen Seite hinaustrat, waren ihre Muskeln gewachsen, buchstäblich, als hätte sich die Kreatur mit Wasser vollgesogen. Dann sprang sie an eine der Mauern und lief auf allen vieren daran entlang, als würde sie sich auf ebener Erde bewegen. Sie riss einen Brocken Blaustein aus einer der Spalten und stopfte sie sich zwischen die Kiefer, während sie lief. Die Zähne aus Eis splitterten, als sie kaute, und wuchsen im selben Moment nach, um erneut zu zersplittern, bis das Aget zwischen ihnen vollständig zermahlen war.

Die Krabben vor ihr ließen sich von der Wand fallen, um ihr zu entgehen. Sie hatten gelernt, dass sie nicht mehr alles fressen konnten, was ihre Höhlen betrat. Es gab jemanden, der sie fraß, und dieser Jemand war jetzt auf der Jagd.

Wieder hielten die Huacoun an und ließen den Zug der Kolnorer zu sich aufschließen.

»Verdammte Rennerei«, knurrte der Theyn. »Ich verliere

langsam die Geduld. Es ist ja schön und gut, dass ihr eure alte Siedlung oder was auch immer wiedergefunden habt, aber ganz ehrlich – langsam ist meine Geduld am Ende. Ihr Fischköpfe habt, was ihr wolltet – und ich habe noch ein Fürstentum einzunehmen. Könnten wir dann also ...«

Er beendete den Satz nicht. Bei den letzten Worten war er neben die Huacoun getreten und starrte jetzt an ihnen vorbei. »Bei Tjalfars Eiern«, stieß er verblüfft aus.

Seine Stimme hatte sich verändert, ganz so, als befände er sich nicht mehr in einem engen Höhlengang, sondern ... War es dunkler geworden?

Marten fiel auf, dass die Fackeln der vorderen Männer nicht mehr stark genug zu sein schienen, um von den Wänden reflektiert zu werden. Ein Luftzug strich über seine Wange, und endlich wurde ihm klar, dass es nicht an den Fackeln lag. Die Wände waren verschwunden. Genauer gesagt, sie wichen in eine unsichtbare Tiefe zurück, als sie jetzt eine so gewaltige Kaverne betraten, dass ihre Schritte und Stimmen kein Echo zu haben schienen. Er blinzelte. Jetzt, da die Fackeln gedämpft wirkten, begannen seine Augen, anderes Licht wahrzunehmen. Ein Teil der Decke weiter links von ihnen war eingebrochen und ließ einen schwachen Schimmer von Tageslicht hereinfallen, der mehr dazu taugte, die gigantischen Ausmaße der Höhle zu unterstreichen, als irgendetwas tatsächlich zu beleuchten. Vor allem aber ließ das Loch einen stetigen Sturzbach Wasser herein, Wasserfälle des nächsten über ihnen tobenden Unwetters, dessen anhaltender Donner hier weniger hörbar als spürbar war. Das strömende Wasser tauchte den Raum in gedämpft blaues Licht, das alles wirken ließ, als befände er sich tief unter Wasser.

Langsam breitete sich ein unwirkliches Panorama vor

ihnen aus. Der Tunnel, durch den sie gekommen waren, mündete etwa auf halber Höhe in einer Seitenwand der Grotte, gut fünf Mannlängen über dem Boden, und war einer von Dutzenden, die schwarz in dieser Wand gähnten. Schemen, nur Umrisse zuerst, tauchten im dämmrigen Beinahe-Dunkel auf, eine Ahnung von geraden Kanten, behauenen Torbögen, Treppen und Gebäuden, die in der Größe der Höhle beinahe verloren wirkten und sich weiter erstreckten, als Marten sehen konnte. Terrassen, Stufen und Mauerreste krochen bis zum Boden der Grotte hinab und reichten anderswo noch bis weit über ihre Höhe die Wände hinauf, verbunden über schiefe und brüchige Steintreppen und schmale Brücken. Was er erkennen konnte, ähnelte nichts, was er je gesehen … Marten runzelte die Stirn. Doch, er hatte Formen wie diese bereits gesehen. Nicht in natura. Aber irgendwann hatte er Abbildungen von etwas Ähnlichem gesehen. Ein Gemälde vielleicht, ein Relief oder ein Wandteppich? Aber wo?

Erst mit etwas Verspätung wurde ihm bewusst, dass irgendjemand etwas sagte. *Blaustein?* Er riss sich von der schier unglaublichen Aussicht los. Einer der Kolnorer hatte ein Stück Fels aufgehoben und drehte es jetzt aufgeregt im Schein einer Fackel hin und her. Die Oberfläche des Brockens schimmerte. Eine vielleicht fingerdicke Schicht Blaustein überzog einen Gutteil der Oberfläche. Sie wirkte, als hätte jemand eine zähe Flüssigkeit ausgegossen, die hier erstarrt war. Jemand klopfte auf den Brocken, und Splitter der Masse platzten ab. Blaustein.

Mit großen Augen sah er auf und betrachtete die gigantische Grotte erneut. Soweit er erkennen konnte, war nahezu jede Oberfläche mit Aget bedeckt. Teilweise nur hauchdünn an den Wänden, an anderen Stellen in dicken schimmernden Krusten.

»Leck mich am Arsch ...«, murmelte er überwältigt.

Emeri neben ihm hauchte etwas ganz Ähnliches, und sogar der Weiße Schatten direkt hinter ihm konnte einen beeindruckten Fluch nicht unterdrücken. Das war nicht nur einfach Reichtum, wurde ihm klar. Das hier war Macht. Grenzenlose Macht – für jeden, der Blaustein verwenden konnte. Entgeistert schüttelte er den Kopf. Scheiße, wer immer das hier hatte, war so reich, um sich einfach die Leute zu kaufen, die das Zeug benutzen konnten! Dagegen wirkte das Zimmer aus Blaustein, das im Kaiserpalast von Berun geschaffen wurde, geradezu ärmlich, vollendete Handwerkskunst hin oder her. Allein die bloße Masse des unbezahlbaren Rohstoffs hier würde reichen.

Auf einen ganz ähnlichen Gedanken musste auch der Theyn gekommen sein. »Was ist das für ein Ort hier?«, bellte er, doch seine Stimme verlor sich in dem riesigen Raum. »Davon hat niemand etwas gesagt!«

Die *Inenei* drehte sich nur halb zu ihm um. »Man hat dir von vielem nichts gesagt, Kolnorer. Dein Leben wäre nicht lang genug, um dir auch nur den zehnten Teil von dem zu sagen, was wir wissen.« Sie deutete auf die Stadt in den Schatten. »Aber wir stehen zu unserem Wort. Wir nehmen uns hier nur, was wir benötigen. Dafür bekommt ihr die Unterstützung, die wir euch zugesagt haben. Und alles hier, was wir nicht brauchen, dürft ihr ebenfalls behalten. Komm, *Isani*«, sie nickte Oloare zu, »und bring das Mädchen mit.«

»Und was ist mit uns?« Der Theyn klang nicht so, als hätten ihn die Worte der *Inenei* besänftigt. Vielleicht war es aber auch nur ihr Tonfall gewesen. »Was ...«

»Macht euch nützlich, Kolnorer. Wartet hier auf unsere Rückkunft und sichert den Ausgang.«

»Sichern? Gegen was?« Bront Halvor riss alarmiert die Augen auf, doch die Huacoun winkte nur ab. »Wer weiß es. Orte wie diese bergen immer Überraschungen. Man sollte vorbereitet sein. In der Zwischenzeit sammelt das Blut Lambebes ein. Wir werden es brauchen.«

»Was?«

»Ich glaube, sie meint Blaustein«, warf Marten hilfreich ein. »Ich denke, die Metis nennen ... vergesst es. Was wird mit mir?«

Die *Inenei* sah ihn kurz an, und Marten glaubte, das Eisen riechen zu können, das in ihren Worten lag. In diesem Moment erst wurde ihm klar, welche Macht die Huacoun ausstrahlte, und er zuckte zurück. Plötzlich hatte er das dringende Bedürfnis, sich erleichtern zu müssen und davonzulaufen. »Du gehörst dem Kolnorer. Wir haben keine Verwendung für dich.«

Sie wandte sich ab, und so schnell es gekommen war, war das Gefühl wieder vorbei. Wut stieg in Marten auf, als die Huacoun dem blassen Mann bedeutete, Emeri von der Halsfessel loszuschneiden. Der junge Schwertmann ballte in ohnmächtiger Wut die Fäuste.

»Das nehme ich persönlich, meine Liebe«, murmelte er. Dann hob er die Stimme: »Emeri, alles wird gut. Keine Sorge, hörst du?«

Die Fürstentochter war blass geworden, und ihre Lippen zuckten, doch sie nickte. »Ich weiß«, sagte sie leise.

»Strand – denk dran! Krabben hin oder her! Vergiss es nicht!«

»Strand klingt gut.«

Einer der männlichen Huacoun packte Emeri am Rest ihrer Halsfessel und zog sie mit sich fort, ohne auf ihr Sträuben zu achten. Marten machte einen Schritt ihr nach, doch der Schatten riss ihn so hart an der Lederfessel zurück, dass er unwillkürlich würgte.

»Was ist mit mir?«, fragte der Schatten.

Oloare sah ihren Bruder an. »Du stehst im Dienst des Theyn, Alaunar. Sorge dafür, dass die Kolnorer ihre Arbeit machen, bis wir zurück sind.« Mit diesen Worten wandte sie sich ab und folgte den Huacoun und Emeri, die jetzt eine nahe Treppe ansteuerten und sich auf den Weg machten, in die Ruinenstadt hinabzusteigen.

Marten rang nach Luft und stieß ein frustriertes Grollen aus. »Deine Schwester ist das schlimmste Stück Scheiße, das mir je begegnet ist!«

Der Schatten schlug ihm hart gegen den Hinterkopf. »Das darf nur ich über meine Schwester sagen«, stellte er leise fest, während er der kleinen Gruppe hinterhersah, die die Treppe nach unten verschwand.

Der Theyn stand mit bebenden Nasenflügeln am Kopf der Stufen und starrte ebenfalls hinter Oloare und den Huacoun her. »Verschissene Fischgesichter! Das letzte Wort ist noch nicht gesprochen«, knurrte er, bevor er sich zu seinen Männern umdrehte. »Was glotzt ihr so? Wir haben genug Säcke mitgebracht. Macht sie voll!«

»Du darfst dich auch nützlich machen«, fügte der Schatten leise hinzu und versetzte Marten einen leichten Stoß. »Wenn sie zurück sind, würde ich gern fertig für den Rückweg sein.« Er sah auf eine Spinnenkrabbe in der Größe einer kleinen Katze, die gerade von unten her über die Kante des Absatzes geklettert kam, dann versetzte er ihr einen Tritt, der das Tier zurück in die Tiefe beförderte. »Also sammle. Ich habe die Befürchtung, dass wir ihn eher brauchen, als der Theyn denkt.« Nachdenklich brach er ein Stück des Minerals von der Wand und schob es sich in den Mund, bevor er Marten die Leine der Halsfessel und einen groben Leinensack zuwarf. »Komm nicht auf die Idee, weglaufen zu wollen«, fügte er hinzu. »Ich kann in diesem Licht hervorragend sehen. Du nicht.«

Marten packte einen der losen Steine und wog ihn düster in der Hand. Dann jedoch warf er ihn in seinen Sack, während sich der Blasse auf einem Brocken nahe der Kante des Absatzes niederließ. »Wohin wollen sie?«

»Halt endlich den Mund.« Der Schatten zuckte mit den Schultern. »Du fragst ohnehin den Falschen. Ich arbeite für Bront Halvor. Die Huacoun und ihre Pläne sind nicht mein Problem.«

»Sicher?«

Der Schatten antwortete nicht, und nach einem Augenblick hob Marten den Kopf. Alaunar hatte sich abgewandt und starrte hinab in die Höhle. Neugierig folgte Marten seinem Blick. Die Huacoun legten ein zügiges Tempo vor und waren bereits ein ganzes Stück abgestiegen. Mittlerweile hielt die Inenei etwas in der Hand, das ihren Weg mit dem bläulichen Schimmer einer Blausteinlaterne ausleuchtete, doch nicht das war es, was die Aufmerksamkeit des Schattens erregt hatte. Um die Gruppe herum, gerade am Rand des Lichtscheins, waren Bewegungen zu sehen. Viele Bewegungen. »Krabbenspinnen«, sagte der Schatten leise.

Marten schluckte. »Ein paar Hundert. Ist klar«, murmelte er. Die Krustentiere schienen sich vor den Huacoun zu teilen wie Küchenschaben vor einfallendem Sonnenlicht. Wichtiger aber: Die Masse schloss sich hinter der Gruppe wieder. »Das ist nicht gut?«, fügte er hinzu.

»Ich habe noch nie so viele von diesen Tieren auf einem Haufen gesehen, aber ich vermute: Nein, das ist nicht gut.«

»Oh, gut. Probleme kann man nie genug haben.«

Der Schatten warf Marten einen Seitenblick zu, dann stand er auf und winkte die Adjutantin des Theyn zu sich heran. Inzwischen konnte Marten mehr Bewegungen sehen, und sie schienen alle direkt auf ihn zuzuhalten. »War ja klar«, murmelte er zu sich selbst. Erneut rollte ferner Donner durch die Höhle, und das Rauschen der Wasserfälle schien anzuwachsen. Er sah sich zu den Kolnorern um, die mit Begeisterung Blausteinbrocken in ihre Säcke stopften oder mit Äxten und Schwertern von den Felsen klopften. Einige von ihnen waren bereits die Treppen zum nächsten Absatz hinabgestiegen, wo die Schicht dicker zu sein schien. Sie waren offensichtlich bester Laune und machten keinen Hehl daraus. Martens Blick huschte wieder zu den Spinnen. Es waren mehr geworden, und auch in den weiter entfernteren Teilen der Kaverne waren jetzt Bewegungen auszumachen. Ein seltsames Zirpen lag in der Luft. Für einen Moment erfüllte ihn die Aussicht, die Kolnorer so richtig schön in Schwierigkeiten zu sehen, mit hämischer Freude. Allerdings trübte der Gedanke, dass auf ihn dieselben Schwierigkeiten zukamen, den Moment empfindlich. Und der Lichtpunkt, der ihm sagte, wo sich Emeri befand, entfernte sich mehr und mehr. Er biss die Zähne zusammen.

Die kolnorische Adjutantin schätzte die Lage wohl ähnlich ein, denn sie stieß einen Fluch aus, der Martens Gedanken klanglich überraschend gut untermalte. Ihr nächster Ausruf war unmissverständlich ein Alarm. Die Köpfe der Männer ruckten herum, Hände griffen zu Waffen – und keinen Augenblick zu früh, denn schon waren die ersten Spinnentiere heran und krabbelten unter dem unheimlichen Scharren zahlloser gepanzerter Beine die Stufen und Wände des Absatzes hoch. Von den Kolnorern wurden sie mit gezückten Waffen begrüßt, und die erste Welle der Tiere verwandelte sich binnen weniger Augenblicke in einen Brei aus Panzersplittern und Innereien. Das Zirpen veränderte sich, wurde schriller, und eine neuerliche Welle von Krustentieren brandete über den Rand der Plattform. Dieses Mal erstarb das Lachen der Männer, als die Ersten beiden der Kriegsknechte auf den schmierigen Resten der ersten Welle ausglitten. Einer der beiden bekam das klingenartige Bein einer fast hundegroßen Spinne direkt durch den Hals, noch bevor er Halt fand. Der zweite rappelte sich immerhin auf Hände und Knie, bevor ihm gleich zwei der Kreaturen ihre Klingenbeine durch die Wade trieben. Er schrie, schlug um sich, fegte drei oder vier der Tiere beiseite, und dann waren zwei seiner Kumpane bei ihm, die die restlichen Tiere mit wuchtigen Schlägen beiseite trieben oder in Stücke hackten. Fluchend und brüllend kam der Kriegsknecht schließlich auf die Füße. Einer der anderen Männer stützte ihn, so gut es ging, während die übrigen vier ihren Rückzug zur Treppe deckten. Stufe um Stufe erklomm er die steinernen Stufen. Dann jedoch verließ ihn sein Glück. Er glitt auf den schmierigen Blausteinstufen aus und stürzte mit einem Aufschrei zurück. Der Mann, der ihn gestützt hatte, verlor ebenfalls sein Gleichgewicht und folgte ihm mit einem schrillen Schrei mitten hinein in die Masse der Tiere. Sofort wurden ihre Schreie schriller und endeten erst, als sie längst unter dem Brodeln der Leiber und Gliedmaßen verschwunden waren. Die übrigen Kolnorer schafften es nach oben, wo die restlichen Männer des Theyn eine neue Verteidigungslinie bildeten, der es gelang, auch die zweite Welle aufzuhalten. Fieberhaft sah sich Marten nach einer Waffe um, wobei sein Blick auch auf die Wände fiel.

»O Kacke!« Von den Kolnorern bislang unbemerkt hatten weitere der Kreaturen die Wände erklommen. Noch während Martens Ausruf ließen sich die ersten Tiere von der Wand fallen. Einer der Männer direkt unter ihnen wurde zu Boden gehämmert, als gleich zwei besonders große Exemplare auf seinem Rücken landeten. Die erste Krabbenspinne versuchte sofort, ihre Klingenbeine in den Rücken des Kriegsknechts zu schlagen, und das mit solcher Wucht, dass eines der Beine kurzerhand abbrach. Die Beine der anderen Krabbe hingegen landeten unterhalb des Panzers und durchstießen den Rücken unterhalb des Gürtels. Der Mann kreischte gellend auf, mit einem so hohen Ton, dass er nahezu nichts Menschliches hatte. Sofort änderte ein Teil des Krabbenmeers seine Richtung und begrub den Schreienden unter sich. Das Schwert des Mannes dagegen schlidderte bis beinahe vor Martens Füße. Der junge Schwertmann hechtete nach der Waffe, bekam sie zu fassen und ließ sie noch im Liegen einen Kreisbogen über sich beschreiben – keinen Moment zu früh. Die Klinge halbierte eine weitere, fallende Krabbenspinne beinahe und ließ sie zurück in das wogende Meer der hornigen Leiber fliegen. Etwas biss ihn in den Stiefel, ohne jedoch das harte Leder durchdringen zu können. Marten kämpfte sich fieberhaft auf die Beine und sah an sich hinab. Eine Spinne von der Größe einer Ratte versuchte noch immer, durch seinen Stiefel zu beißen. Marten stieß einen angewiderten Fluch aus und kratzte das Tier mithilfe des anderen Stiefels ab. Wieder schrie ein verwundeter Kriegsknecht auf, und wieder änderten die Kreaturen ihre Angriffsrichtung.

Marten presste die Zähne zusammen. Das wäre der geeignete Moment, um sich abzusetzen. Aber das würde bedeuten, Emeri zurückzulassen. *Bei den verschissenen Drecksgruben!* Er schüttelte den Kopf und lief stattdessen zurück zum Schatten, der inzwischen mit Gleve zusammen den Theyn flankierte. »Geräusche!«, keuchte er und deutete auf die immer noch unablässig heranbrandenden Kreaturen. »Sie reagieren auf Lärm! Auf die Schreie!«

Der Theyn sah ihn verständnislos an. »Was?«, brüllte er. »Wer hat diesem Arschloch ein Schwert gegeben?«

Wer hat diesem Arschloch das Kommando gegeben? »Zurück in den Tunnel!« Marten wich einem Schwertstreich des Theyn aus und lief in die Tunnelmündung zurück.

Wider Erwarten sprang ihm der Schatten bei. »Der Beruner hat recht – der Lärm lockt sie an! Zieht eure Männer zurück, Theyn.«

Mehr durch Glück als durch Verstand oder Können entging der abgelenkte Anführer der Kolnorer einer bluthundgroßen Krabbenspinne, deren Klingenbeine so lang waren wie der Arm eines Mannes. Wütend packte er einen der klackernden Mandibel und hackte mit dem Schwert so lange auf das Tier ein, bis er den gepanzerten Schädel in der Hand hatte. Angewidert ließ er seine Trophäe neben dem zuckenden Körper fallen und zermalmte sie mit dem Stiefelabsatz. »Seit wann gibst du hier die Befehle?«, blaffte er den blassen Mann an.

»Kein Befehl!« Der Schatten hackte mit schnellen Hieben die Beine von mehreren Kreaturen. »Aber wenn ich helfen soll, müssen wir in den Tunneleingang. Hier draußen werden wir überrannt!«

Die Axt der Adjutantin zerteilte eine weitere fallende Spinne in der Luft. Ein nasser Schauer aus Innereien überschüttete sie. »Ich bin dafür, Herre«, stellte sie fest und wischte sich mit dem Ärmel das Spinnenblut aus dem Gesicht.

Im Gesicht des Theyn zuckte es. »Rückzug? Ha! Das ist es doch, was diese Fischgesichter wollen! Sie verbergen etwas vor uns. Das hier ist eine Ablenkung! Sie wollen, dass wir zurückgedrängt werden, und deine verfluchte Schwester ist mit ihnen im Bunde, Schatten! Ich frage mich, ob das auch für dich gilt.«

Der Schatten starrte den Theyn an, als habe dieser vollends den Verstand verloren. Mit jedem Recht, wie Marten fand. »Das ist blödsinnig, Herre. Ich ...«

Der Theyn zerstampfte zwei weitere Angreifer. »Dann habe also immer noch ich das Sagen. Gleve, hol die Männer zusammen – wir machen einen Ausfall!« Er deutete die Treppen hinab auf die nächste Gruppe von Ruinen. Im Zentrum der Gebäudereste erhob sich eine Plattform, auf der ein unförmiges Gebilde in die Schatten ragte. »Erhöhter Standpunkt, und niemand fällt uns in den Rücken. Und du«, er deutete auf den Schatten, »nutzt dein verschissenes Talent und sorgst dafür, dass sie uns nicht hören.« Er packte einen der Säcke voller Blaustein und hackte sich mit dem Schwert zu seinen Männern durch.

»Das ist so ziemlich der dümmste Plan, den ich je gehört habe«, murmelte Marten.

Der Gesichtsausdruck des Schattens blieb unlesbar, als er ein Stück Blaustein aufhob und es sich zwischen die Zähne schob, während er Marten mit dem Schwert bedeutete, dem Theyn zu folgen. »So viel kann er euch gar nicht zahlen.«

Gleve sah Marten von der Seite an. »Für einen Gefangenen hast du ein ziemlich großes Maul.«

»Und ein ziemlich großes Schwert und außerdem recht«, gab Marten zurück.

»Das wird mich nicht hindern, dich unter die Erde zu bringen, wenn es nötig ist. Befehl ist Befehl.«

Marten sah nach oben zur Höhlendecke weit über ihnen und zog eine Augenbraue hoch. »Was du nicht sagst.«

Die Kolnorin verdrehte die Augen. »Lauf!«

30

JÄGER UND GEJAGTE

Marten lief. Er sprang auf den Panzer einer Krabbenspinne, fühlte den Panzer unter seinem Stiefel brechen, schnellte weiter auf den Panzer der nächsten und der übernächsten. Harte Klingenbeine schlugen nach ihm und kratzten über seine Stiefel, und heißer Schmerz durchzuckte die Narbe in seinem Oberschenkel. Gerade noch rechtzeitig fing er sich und zwang sein Bein in den nächsten Sprung. Rechts vor ihm glitt ein Kolnorer aus, geriet ins Stolpern und schlug der Länge nach hin. Sein Aufschrei ließ einen zweiten zögern, aus dem Tritt geraten, und plötzlich ragte ein handlanger Knochendorn aus seinem Oberschenkel. Er wurde zur Seite weggerissen, als das riesige Spinnentier sein Bein zu befreien suchte, und stürzte ebenfalls in das Meer aus gepanzerten Leibern. Die Schreie der Männer lenkten die Woge der Spinnen auf die Gefallenen, und im nächsten Moment hatte Marten freien Boden vor sich. Erneuter Schmerz durchfuhr sein Bein, doch noch immer rannte er. Und irgendwie gelang es ihm, auf den Beinen zu bleiben, obwohl Steine unter seinen Stiefeln rutschten und bleiche Dinge unter seinen Sohlen brachen, die ebenso gut morsches Holz wie spröde Knochen sein konnten. Sein Fuß stieß gegen einen Stein, der mit hohlem Geräusch beiseite rollte und ihn aus dunklen Höhlen anklagend anstarrte. *In Ordnung, definitiv Knochen.* Bleiche Rippen ragten in seinem Weg auf, Fingern einer knorrigen Hand gleich, die ihn zu Fall bringen wollte. Er übersprang einen zerfallenen Harnisch, strauchelte erneut, fing sich und raffte einen modrigen Schild auf, in dem noch immer der skelettierte Arm des Vorbesitzers hing.

Der erste Fackelträger hatte die Plattform inzwischen erreicht. Es schien sich um ein Podest aus poliertem Stein zu handeln, das sich gute zwei Mannlängen über den Hallenboden erhob. Auf ihm war unter einem steinernen Baldachin eine fast doppelt so hohe Statue zu erkennen, deren beraubte Figur jener der Huacoun ähnelte. Allerdings fehlte ihr der Kopf. Vor der Statue ragte eine große, steinerne Schale auf. Eine Feuerschale? Ein Opferaltar? Was auch immer das war, von hier aus sah es aus, als würde nur eine einzige schmale Steintreppe hinaufführen. *In Ordnung, vielleicht war die Idee doch nicht so blöd.*

Stolpernd erreichte er die Treppe und kämpfte sich die glatten, von Blaustein verkrusteten Stufen hinauf, so schnell er konnte. Hände packten ihn, zerrten ihn den letzten Schritt nach oben und stießen ihn beiseite, wo er gegen die Feuerschale taumelte und zu Boden ging. Keuchend presste er die Faust auf sein Bein und sah sich um. Ja, vielleicht hatte der Theyn recht gehabt. Bis auf die Schale, den steinernen Baldachin und die beschädigte Statue befand sich hier oben nichts. Nichts außer schwer atmenden Männern. Stumm zählte er. Achtzehn. Das hieß, dass der Theyn sechs seiner Männer binnen weniger Minuten verloren hatte. Zu jedem anderen Zeitpunkt hätte ihn diese Erkenntnis mit grimmiger Genugtuung erfüllt, doch Marten war nur zu deutlich bewusst, dass im Moment jeder tote Kolnorer seine eigenen Chancen verringerte, das hier lebend zu überstehen. Falls das überhaupt möglich war. Blinzelnd lauschte er in die Dunkelheit hinein. Donner rollte noch immer, vielleicht etwas lauter als vorher, doch das Rauschen der Wasserfälle ertränkte das Grollen fast vollständig und überdeckte sogar die Geräusche der Kolnorer beinahe. Der unstete Lichtschein der Fackel beleuchtete jetzt nur noch die kaum zehn Schritt durchmessende Plattform und die Unterseite des steinernen Dachs, und Marten beschlich das unwirkliche Gefühl, sich auf einem Floß mit Segel zu befinden, das in einer See aus undurchdringlicher Schwärze trieb.

Einer See voller widerlicher Monster, die nur zu gern Verlorene von Flößen zogen und verschlangen. Vorsichtig brach er die vertrockneten Finger der Hand im Schild auf, entfernte die Knochen und legte sie behutsam beiseite. Wer immer das gewesen sein mochte – Marten hoffte nur, dass ihm der Schild bessere Dienste leisten würde als seinem Vorbesitzer.

Der Theyn brüllte irgendwelche Befehle, doch noch ehe er damit fertig war, wurde seine Stimme so plötzlich abgeschnitten, als hätte ihm jemand die Kehle durchschnitten. Genau genommen waren auf einen Schlag alle Geräusche verstummt. Alarmiert griff Marten nach seinen Ohren, als ihm auffiel, dass er seinen Atem rasseln und sein eigenes Herz rasen hörte. Verwirrt sah er sich um und entdeckte den Schatten, der ihm zunickte und den Zeigefinger an die Lippen legte. Die Kolnorer wirkten nicht überrascht, schienen sich jedoch nicht wohler zu fühlen. Theyn Bront dagegen hatte noch immer den Mund offen, und sein Gesichtsausdruck ließ deutlich erkennen, was er davon hielt, mitten im Wort den Mund verboten zu bekommen. Der Schatten hob den Finger und deutete auf die Krabbenspinnen, die am Rand des Lichtscheins aufgetaucht waren. Die ersten hatten den Fuß der Treppe erreicht, doch bereits auf der zweiten Stufe hielten sie inne. Ihre gepanzerten Beine tasteten unsicher auf dem Stein herum, sichtlich verwirrt vom völligen Fehlen der Geräusche. *Sie finden ihre Beute tatsächlich über Laute!*

Die erste der Spinnen klapperte unhörbar mit ihren Mandibeln und tastete sich zögerlich weiter die Stufen hinauf.

Und über den Geruch. Toll.

Einer der Kriegsknechte ging vorsichtig die Stufen hinab und zertrümmerte das Tier mit seiner Axt. Ruckartig wandten sich die nächsten der verwirrten Tiere um und staksten mit aufgeregt klappernden Mandibeln auf den Mann zu, der sich eilig wieder zurückzog.

Den Geruch ihrer eigenen Toten. Auch eine Art ... oh. Die Spinnentiere hatten den zertrümmerten Artgenossen erreicht und begannen gierig, sich dessen Reste einzuverleiben. *Man soll nichts verkommen lassen, was?*

Mehr der Tiere tauchten am Rand des Lichtscheins auf, jedoch langsam und zögerlich. Immerhin: Die Treppe schien leicht zu verteidigen, auf den Kopf fallen konnte ihnen nichts, und wenn sie weiter in Stille gehüllt waren, lockten sie womöglich nicht allzu viele der Biester an. Doch, das konnte ihnen etwas Luft verschaffen.

Die Kreatur im Dunklen hielt inne. Etwas hatte sich verändert. Ein Geräusch? Sie schüttelte unwirsch den Kopf, von dem das lange Haar in einer verfilzten Mähne über ihre Schultern hing. Kein Geräusch. Das war das Problem. Das Schreien und

Krachen war schlagartig verstummt und hatte einer tiefen Stille Platz gemacht, in der das Rauschen der Wasserfälle deutlicher war als zuvor. Leise kratzten die unzähligen Beine der Spinnen über den Fels, dumpf rumpelte ein weiterer Donnerschlag, doch in all dieser belebten Stille stimmte etwas nicht. Die Kreatur hatte gelernt, sich an den Geräuschen der Höhle zu orientieren. Jeder Laut verursachte ein Echo, jedes Kratzen, Klopfen oder Klacken rief ein bestimmtes Muster hervor. Jetzt jedoch stimmten die Muster nicht mehr. Die Kreatur hob einen Stein auf, zögerte und warf ihn dann in die Höhle. Sie lauschte dem Klicken, schüttelte dann den Kopf und warf einen weiteren Brocken gegen die nächste Wand. Ihr Kopf ruckte herum und fixierte eine bestimmte Stelle in der dämmrigen Finsternis. Dort. Dort war ein Loch in der Stille, ein Loch, das nicht nur keine Geräusche verursachte, sondern jeden Laut fraß.

Die Kreatur stieß ein leises Zirpen aus, das nach einem Moment von den Stimmen der Krabbenspinnen beantwortet wurde. Sie legte den Kopf schief. Kein Zweifel. Dort vorn gab es jetzt etwas, das jeden Laut schluckte. Sie fletschte die Zähne und setzte sich wieder in Bewegung. Mit großen Sprüngen lief sie direkt auf die Insel der Stille zu, und kaum einen Augenblick später entdeckte sie die flackernden Lichtpunkte, die auf dem Sockel des toten Gottes tanzten. Die Kreatur beschleunigte ihren Lauf. Ja, dort vorn waren Menschen mit Fackeln. Menschen waren in ihr Reich eingedrungen, zum ersten Mal, seit sie sich hierher zurückgezogen hatte. Die Kreatur öffnete den Mund und stieß einen krächzenden Laut aus. Sie umrundete einen Mauerrest, übersprang einen zweiten und wählte ein Ziel. Ihre Wahl fiel auf den Mann, der noch einen Fuß auf dem oberen Ende der Treppe hatte. Mit vier, fünf weiteren Sprüngen war sie heran, jagte die Treppe hinauf und schlug ihre Zähne in die weiche, saftige Kehle des Mannes. Ihr Schwung trug sie in die dahinter stehenden Menschen, doch sie stoppte nicht, lief die nächsten zwei oder drei über den Haufen, sah eine Schwertklinge zur Verteidigung aufblitzen und sandte den Mann mit einem Klauenhieb über den Rand der Plattform und auf die scharfkantigen Felsbrocken vor den Mandibeln der Krabbenspinnen. Im nächsten Augenblick schoss sie selbst über die Plattform hinaus ins Leere, landete hart auf dem Mann, den sie noch immer gepackt hielt. Knochen brachen, doch für die Kreatur war es belanglos, ob es ihre eigenen oder die des Fremden waren. Ihre Klauen wuchsen, fanden Fugen zwischen den Panzerteilen und rissen, fetzten das störende Blech weg, um an den darunter liegenden Körper zu gelangen. Sie hatte noch nie einen Menschen gefressen, doch der Duft des Mannes war ... sie hielt inne und beschnüffelte ihn, der schwach gurgelnd sein Leben aus dem zerrissenen Hals rinnen ließ. Die Kreatur grollte leise, als mit dem Geruch Erinnerungsfetzen kamen. Die Kreatur kannte diesen Geruch, und sie kannte die Art der Rüstungen. Als Wut in ihr aufstieg, fletschte sie die Zähne. Menschen in solchen Rüstungen waren der Grund, warum sie hier war. Hier an diesem Ort oder ... überhaupt hier? Zornig schüttelte sie den Kopf. Solche Gedanken gehörten nicht mehr zu ihr. Sie waren die Reste eines Bewusstseins, das der Blaustein aus dem Schädel der Kreatur vertrieben hatte. Das eines kleinen Mannes namens Lebrec, der schon immer hatte tun wollen, was die Kreatur, zu der er geworden war, jetzt mühelos konnte: diese Menschen vernichten. Sie starrte noch einen Moment in die vor blanker Panik geweiteten Augen des Kriegsknechts, dann fegte sie mit einem Hieb ihrer Klauen den Kopf von dessen Schultern, wandte sich um und betrachtete erneut die Plattform. Dort oben waren noch mehr davon und ... sie erstarrte. Ein Mann stand zwischen den anderen. Er war breiter gebaut, mit dicken Armen, dicker Panzerung und einem dichten, struppigen Bart. Er gestikulierte voller Wut und deutete ins Dunkel, doch kein Laut drang bis zu ihr. Ein erneutes Knurren stieg in der Kehle der Kreatur auf. Sie kannte diesen Mann, dieses von Zorn verzerrte Gesicht. Dies war ein Gesicht, das sie fressen wollte. Sie riss ein neues Stück Blaustein von einem nahen Felsen und stopfte es zwischen ihre Zähne. Dann bewegte sie sich langsam voran, im Halbkreis um den Schrein des toten Gottes herum, immer gerade außerhalb des Lichtscheins.

»O Kacke!«

Cunrat fuhr herum. Worauf sich Ness' Ausruf bezog, war offensichtlich. Der Gang vor ihnen wimmelte von langbeinigen Krustentieren, die wie eine groteske Mischung aus Krabben und Spinnen aussahen. Ihre klobigen Panzer waren mit verkrustet aussehenden Warzen bedeckt, und einige ihrer Gliedmaßen wiesen scharf aussehende Kanten auf, beinahe wie Klingen, während andere in kleinen Scheren ausliefen. Ihre Kiefer mahlten unaufhörlich und erzeugten aufgeregt klingende, zirpende Geräusche. Die meisten waren klein wie Katzen, doch ein wenig weiter hinten entdeckte er auch Exemplare in der Größe eines Bluthunds, mit Beinen, die beinahe so lang wie ein Mann zu sein schienen.

»Was bei den Reisenden ist das?«, keuchte er.

Xari stieß einen zischenden Laut aus. »Leise!«, flüsterte sie eindringlich. »Macht keine lauten Geräusche. Das zieht ihre Aufmerksamkeit auf uns.«

Ness nickte. »Krabbenspinnen. Ein Dutzend ist schon lästig genug, wenn sie in Fischgründe einwandern und Reusen und Netze zerstören. Immerhin schmecken sie gar nicht schlecht.«

»Das sind mehr als ein Dutzend«, merkte Wibalt an.

»Ja, und hier haben wir weder Reusen noch Fische, von denen sie satt werden«, erwiderte Ness. »Also haltet eure Mäuler und geht langsam zurück.«

»Woher kennst du dich mit diesen Dingern aus?«, fragte Cunrat, als sie sich langsam rückwärts tasteten, ohne die Augen von den Spinnentieren zu lassen.

Ness zuckte mit den Schultern. »Ich bin in einem Fischerdorf aufgewachsen, am nördlichen Ende von Skellvar. Die Biester tauchen dort immer wieder mal auf. Ich wundere mich eher, dass es die auch hier gibt.«

»Sie sind auch selten«, sagte Xari besorgt.

»Ihr habt eine interessante Vorstellung von ›selten‹ hier«, grollte Wibalt. Etwas knirschte, und er hielt inne. Unter seinem Stiefel zappelte eine kaum mehr als handgroße Krabbe und ließ ein panisches Zirpen hören.

»Nicht …!«

Wibalt drückte mit dem Absatz zu und zermalmte das Tier vollständig.

»… zertreten«, beendete Xari ihren Satz.

Wibalt schaute unwirsch auf. »Warum?«

»Darum.« Ness deutete mit unbewegtem Gesicht auf die übrigen Tiere im Gang vor ihnen. Diese hatten innegehalten und ihr Zirpen eingestellt. Lediglich ihre Mandibeln bewegten sich hektisch, als sie sich jetzt langsam alle in ihre Richtung wandten. »Der Geruch eines Toten ihrer Art versetzt sie in … Aufregung. Lauft.«

»Was?« Cunrat sah ihn verwirrt an, doch der kleine Kriegsknecht hatte sich schon umgewandt und lief los. Die anderen beiden Kriegsknechte zögerten nicht und schlossen sich ihnen an.

»Aber es sind nur ein paar Krustentiere?«, stellte Wibalt verwundert fest.

Ein Scharren wie von Hunderten Ästen, die der Sturm über ein Schieberdach schrammt, kam aus dem Gang vor ihnen, und die Krabbenspinnen beendeten ihr Zögern und staksten auf langen Beinen vorwärts. Endlich riss sich Dolen aus der Erstarrung und packte Wibalt am Ärmel seines Waffenrocks. »Wir sind nicht für's Essen hier.«

Cunrat holte rasch zu Ness auf, als der vor der nächsten Kreuzung zögerte. »Wohin lauft ihr? Wir verlieren die Spur!«

»Besser als das Leben«, schnaufte Ness. »Ich überlege. Links oder rechts?«

Eine Krabbenspinne, die Cunrat beinahe bis zur Hüfte reichte, ließ sich direkt vor ihnen von der Decke fallen und schlug mit ihren Klingenbeinen so schnell zu, dass Zeisig nicht mehr ausweichen konnte. Die messerscharfen Gliedmaßen durchschlugen seinen Hals und seine Schulter, und er ging in einem Schwall aus Blut zu Boden. Weitere Krabbenspinnen tauchten aus dem Gang direkt vor ihnen auf und rammten ihre Klingen in seine Beine und seinen Unterleib.

Mit einem wütenden Aufschrei warf sich der Rosskopf nach links, während Wibalt den ersten der Angreifer mit einem mörderischen Tritt an die Wand beförderte. Eine weitere Spinne ließ sich auf seine Schulter fallen und versuchte, ihm die Klinge durch den Brustpanzer zu treiben, doch der riesige Ritter zermalmte sie, indem er sich mit der Schulter gegen die Wand warf. »Auf jeden Fall gehen wir nicht geradeaus.« Fluchend und mit einem langen Schnitt am Oberarm warf sich der Ritter nach links, während Ness und Cunrat nach rechts auswichen, nur um sich weiteren der Kreaturen gegenüberzusehen. »Das kann doch nicht wahr sein! Von einer Mahlzeit in die Enge getrieben!« Ness riss den jungen Ritter aus dem Weg und deutete den rechten Gang hinab. »Lauf!«

»Aber wir können sie nicht zurücklassen!«

Ein Schwertstreich kappte dem ersten Tier die Beine, und der Rosskopf nickte Ness zu. »Lauft! Wir kommen klar!« Er deutete hinter sich, wo Xari dem fluchenden Wibalt den linken Gang hinauf folgte. »Wir finden einen anderen Weg runter.«

»Oder wir sehen uns draußen«, fügte Dolen hinzu.

»Messer! Achtung!«

Der Vogelmann wollte soeben dem Rosskopf folgen, als eine nur unwesentlich kleinere Krabbenspinne vorschnellte und nach ihm hieb. Erst im letzten Moment gelang es Messer auszuweichen, und das Klingenbein durchstieß lediglich seine lose Kleidung und verhakte sich. Das zweite Klingenbein hob sich, doch der Vogelmann packte zu. Das Zirpen des Tiers verwandelte sich in ein Kreischen, als es unkontrolliert zu zittern begann. Seine Gliedmaßen zuckten, eine der Klingen traf den Vogelmann am Bein, dann krachte es mehrfach, und im Panzer der Kreatur erschienen lange Risse. Das Tier erschlaffte, und Messer taumelte in Ness' Richtung. Weitere Spinnen drängten heran, und Cunrat musste wohl oder übel zurückweichen, als ihn der Schwarm weiter und weiter von der Kreuzung abdrängte. Mit einem Fluch packte er Messers freien Arm und zog ihn mit sich fort.

Vermutlich hätten sie den Krustentieren leicht entkommen

können, wenn Ness und Cunrat allein gewesen wären. Messer jedoch konnte sich kaum auf den Beinen halten. Er hinkte stolpernd neben ihm her, und jeder seiner Schritte hinterließ einige Blutstropfen auf dem Boden. Also zerrte Cunrat den Feldscher voran, so schnell es ging, und überließ Ness die Wahl ihres Wegs. Die letzte der Abzweigungen stellte sich als Fehler heraus, denn der Gang endete abrupt an einem Schacht, der so plötzlich vor ihnen auftauchte, dass er um ein Haar das Gleichgewicht verloren hätte und hineingestürzt wäre. Ness packte ihn am Kragen und stieß ihn gegen die Seitenwand. Keuchend stützte sich Cunrat ab und starrte auf den Schacht, der sich auch nach den Seiten hin in die undurchdringliche Dunkelheit erstreckte. Der Gang, dem sie gefolgt waren, ging augenscheinlich auf der anderen Seite des Abgrunds weiter, denn dort drüben, gerade am Rand des Fackelscheins, gähnte ein Loch in der Wand des Einschnitts. Löcher in Boden und Seitenwänden deuteten darauf hin, dass hier einst eine Brücke die beiden Gangteile verbunden hatte. Ihre Reste waren jedoch inzwischen schon längst in der Tiefe verschwunden.

Er fluchte. »Zurück?«, fragte er keuchend.

Messer schüttelte den Kopf. »Zu weit. Wir erreichen die nächste Abzweigung nie vor den Spinnen.«

»Großartig.« Cunrat musterte den gegenüberliegenden Tunnel, dann sah er hinab in den Schlund. »Was meint ihr? Wie tief ist das da?«

Ness rieb sich das halbe Ohr, dann hob er einen Stein auf und warf ihn in die Dunkelheit vor ihren Füßen. Es dauerte eine ganze Weile, bevor sie ein schwaches Klicken hörten, dem eine Reihe weiterer, leiserer folgten.

Schließlich seufzte Ness und sah auf. »Ich glaube nicht,

dass es uns etwas bringt, da runterzugehen. Das ist nur ein verdammter Riss im Berg, prima geeignet, um Steine und Leute runterzuwerfen.«

Messer schniefte. »Dann fürchte ich, wir müssen da rüber.« Er deutete in die Dunkelheit vor ihnen. »Irgendwelche Vorschläge?«

Cunrat betrachtete die zerklüfteten Kalksteinwände. »Habt ihr Seil dabei?«

»Seil?« Ness sah ihn zweifelnd an. »Seh ich aus, als hätte ich ein verdammtes Seil dabei? Wo sollte ich das deiner Meinung nach haben? In der Hose?«

Cunrat warf einen Seitenblick auf die speckige Hose des Kriegsknechts. »Nein. Dort ganz sicher nicht. Seh ich auch.«

»Eb… Hey!« Ness starrte ihn verblüfft an, dann schlich sich ein Grinsen auf sein Gesicht. »Hast du das gehört? Der Kerl entwickelt tatsächlich Humor.«

»Oder das, was du dafür hältst.« Messer seufzte. Er hatte sich einen Stoffstreifen um die Wade gebunden und zog den Knoten fest. Mit vor Schmerz verzogenem Gesicht stand er auf und holte etwas aus seiner Umhängetasche. »Ich habe etwas Besseres.« Er drückte den Gegenstand in Ness' Hand. »Ralld-Faden«, erklärte er. »Sei vorsichtig damit. Er ist scharf genug, um dir die Hand abzutrennen, wenn du ihn zu fest packst. Aber es wird dir kaum gelingen, ihn zu zerreißen.«

Skeptisch betrachtete Cunrat die hölzerne Rolle. Ein bläulicher Draht war um eine Holzspindel gewunden und wirkte kaum dicker als der Schaft einer Hühnerfeder. »Was soll ich damit?«

Messer zuckte mit den Schultern. »Du wolltest ein Seil – und das Zeug hält mehr Last als ein Tau, halb so dick wie dein Arm.«

Messer sah den Vogelmann ausdruckslos an. »Eine unzerreißbare Schnur, die Gliedmaßen abtrennen kann. Ich sehe deine Verwendungszwecke direkt vor mir.« Er wog die Spindel in der Hand. »Wie lang ist das hier?«

»Neunzehn, vielleicht zwanzig Mannlängen.«

Cunrat sah in die Schwärze des Schachts hinab. Dann seufzte er. Er zog einen der metallenen Heulerbolzen aus seinem Köcher und nahm die Armbrust von seinem Rücken. »Es sollte funktionieren. Wenn wir das hier weit oben befestigen und drüben etwa in Höhe des Bodens, könnten wir uns daran hinübergleiten lassen, oder?«

Ness sah ihn verblüfft an. »Die Idee könnte fast von mir sein. Fast.« Er legte den Heuler beiseite und holte einen etwas anderen Bolzen aus seinem eigenen Köcher, dessen Spitze ebenfalls aus Blaustein gefertigt zu sein schien... »Das hier ist extra für so etwas gemacht. Na ja, vielleicht nicht direkt dafür, aber...« Er drückte Cunrat die Fackel in die Hand. »Achtet auf unsere Freunde, und verschafft mir einen Augenblick Zeit. Oder zwei. Ich hoffe, das Zeug hier hält, was du versprichst, Messer. Du gehst nämlich als Erster.« Fieberhaft begann er, den Ralld-Faden an einer Öse in dem Bolzen zu befestigen. Wenige Augenblicke später war die Armbrust gespannt und geladen.

Ness schaute mit verkniffenen Augen in den Schacht. Dann zog er eine Rolle *Sumya* aus seiner Tasche und biss einen ordentlichen Brocken ab, bevor er Cunrat den klebrigen Klumpen unter die Nase hielt. »Da, nimm auch ein Stück.«

»Was? Ich...«

»Na komm schon. Könnte deine letzte Chance sein.« Ness grinste.

Cunrat starrte erst ihn, dann den Klumpen aus fermentierten Blättern an, bevor er sich einen Ruck gab und einen Bissen nahm. Er kaute, und die bittere Süße der Masse füllte seinen Mund aus, bevor der Frost des Blausteins in seinen Hals biss und in seinen Schläfen explodierte. Er keuchte auf.

»Gut, was? Meine eigene Mischung. So, macht mal 'nen Schritt zurück.« Ness grinste breit und richtete den Bolzen direkt auf die Felswand unterhalb der Öffnung. »Die Armbrust hier hat zwar nicht allzu viel Kraft, aber auf die kurze Entfernung sollte das halten wie festgenagelt. Zumindest hoffe ich, dass ich nicht umsonst so viel Geld für diesen Zauber ausgegeben habe.« Er legte den Finger an den Abzugshebel.

»Das hoffe ich auch«, stellte Messer trocken fest. »Sonst haben wir nämlich ein ernstes Problem.«

Im selben Moment hörte auch Cunrat das scharrende Trippeln vieler gepanzerter Spinnenbeine.

»Wenn du meinst, dass wir nur *ein* ernstes Problem haben, dann bist du ein schlimmerer Optimist, als ich dachte, Messer«, knurrte Ness zurück. »In Ordnung – Planänderung. Dann eben auf die harte Tour.«

Er legte erneut an, und Cunrat hielt den Atem an. Sie hatten nur einen Versuch. Wofür auch immer.

Ness richtete die Armbrust dieses Mal jedoch in die Dunkelheit über ihnen. »Hoffe nur, dass das kein Fehler ist«, murmelte er. »Wir haben nur einen Versuch, so viel ist mal sicher.«

Mit einem Knacken löste sich der Schuss, und der Draht lief sirrend und pfeifend von der Spindel – bis der Bolzen einen Moment später hoch oben in der gegenüberliegenden Wand einschlug und der in ihm gefangene Fluch das Geschoss tief im Fels verankerte.

Hoffte Cunrat zumindest. Es blieb abzuwarten, ob Felswand und Ralld-Faden ebenfalls hielten.

»Und was jetzt?«

Der alte Kriegsknecht sah auf und grinste. Es war ein außerordentlich beunruhigendes Grinsen. Dann schob er die Spindel durch den eisernen Spannbügel am vorderen Ende der Armbrust und klemmte sie fest. Ein letztes Mal zog er prüfend an der Konstruktion, trat an den Rand des Abgrunds und umschlang die Wurfarme der Armbrust mit beiden Armen

Messer starrte ihn an. »Was bei den Gruben hast du vor, Ness?«

»Haltet euch an mir fest. Und Messer – ich brauche dein Talent.«

»Du willst nicht …!«

»Doch. Und das wird wehtun!« Das Grinsen des kleinen Mannes wurde breiter.

Cunrat warf einen letzten Blick auf die Krabbenspinnen, die nur noch wenige Schritte entfernt waren. Es schienen mehr geworden zu sein. Dann umklammerte er den kleinen Kriegsknecht und packte ebenfalls die Armbrust.

»Ihr seid wahnsinnig«, knurrte Messer düster.

»Du musst gerade reden. Bereit?«

Sie hätten es schaffen können.

Es war von vornherein eine schwachsinnige Aktion gewesen, die nur mit viel Glück funktioniert hätte, aber sie hätten es schaffen können.

Cunrat sah, dass sie ihr Schwung bis in die gegenüberliegende Tunnelöffnung getragen hätte – wäre der Ankerbolzen in der Höhlendecke geblieben. Aber drei Personen zu halten, dafür war der Kalkstein wohl zu spröde gewesen.

Als sich der Bolzen löste, sah Cunrat sie nach unten wegsacken und ihr Ziel über ihnen verschwinden, während sich die Felswand darunter in atemberaubendem Tempo näherte. Beziehungsweise sie sich ihr.

Ness gelang es gerade noch, die Arme samt Armbrust vor den Kopf zu heben, dann schlugen sie mit markerschütterndem Krachen gut zwei Meter unter der Öffnung in der Wand ein.

Und fielen. Mit kreischendem Sirren spulte sich der Ralld-Faden von der Rolle und ließ sie in einem Schauer aus Kalksteinsplittern an der rauen Wand hinabrutschen. Sein eiserner Rückenpanzer schrammte den Fels hinab und überschüttete sie mit einem Funkenschauer.

Dann plötzlich endete ihr Fall in vollkommener Dunkelheit, mit einem Ruck, der Cunrat beinahe die Arme aus den ohnehin geschundenen Schultern riss.

Ein zweiter Ruck durchteilte ihn fast in der Mitte, als Messer, der an seinem Gürtel hing, unter ihm in der Wand einschlug. Schwärze umfing ihn.

Dann flackerten Lichtblitze vor seinen Augen. Jemand stöhnte dicht neben seinem Ohr, und der junge Ritter versuchte, den Kopf zu drehen. Von irgendwoher drang Licht zu ihnen. Schwach nur, aber dennoch reichte es, um zu erkennen, dass die Wände des Schachts verschwunden waren. Stattdessen schwangen sie langsam hin und her, und Cunrat beschlich das Gefühl, dass sie von einem gewaltigen, leeren Raum umgeben waren. Er blinzelte. Tatsächlich, der schwache Lichtschein kam von unter ihnen; von wie tief unter ihnen, konnte er allerdings unmöglich sagen.

»Au«, murmelte Ness undeutlich neben seinem Ohr. »Hatte ich nicht gesagt, dass wir dein Talent brauchen, Messer?«

Irgendwo in Höhe seines Gürtels gurgelte der Vogelmann etwas Unverständliches.

»In Ordnung. Danke«, gab Ness zurück.

»Was …«, presste Cunrat hervor.

»Er sagt, ich soll mich in die Gruben scheren.«

»… jetzt?«, beendete der Ritter seinen Satz.

»Lass uns«, Ness stöhnte kurz auf, als er versuchte, seine Lage zu verändern, »einfach einen Moment herumhängen. Die Seele baumeln lassen.«

Im selben Moment ruckten sie eine Handbreit nach unten, und der Faden, der sie hielt, gab einen singenden Ton von sich.

»So, Pause vorbei.« Noch bevor Ness fertig gesprochen hatte, riss der Faden mit einem peitschenden Knall, und sie befanden sich im freien Fall. Schon wieder.

Cunrat blieb kaum Zeit, sich auf den Aufprall vorzubereiten, als sie auch schon aufschlugen. Die Wucht der Landung fuhr ihm bis ins Genick, trieb ihm die Luft aus den Lungen und ließ seinen Kopf in gleißendem Schmerz explodieren. Er rollte beiseite, blieb auf dem Rücken liegen und rang nach Atem. Wie lange er so da lag, bis er sich wieder bewegen konnte, hätte er nicht sagen können, doch irgendwann ebbte der Schmerz weit genug ab, um eine Bestandsaufnahme machen zu können. Vollkommen wider Erwarten schienen seine Beine noch zu funktionieren. Und das Flimmern vor seinen Augen ließ so weit nach, dass ihm klar wurde, dass er tatsächlich etwas sehen konnte.

»Ness?« Seine eigene Stimme drang wie durch Watte zu ihm, gefolgt von einem Stöhnen, das nicht von ihm selbst kam. Der dunkle Haufen neben ihm bewegte sich und stemmte sich mit einem weiteren Stöhnen hoch. »Verdammt«, presste Messer hervor. »So beschissen habe ich mich schon seit Jahren nicht mehr gefühlt.«

Von Cunrats anderer Seite kam ein unartikuliertes Grunzen, das in ein leises, abgehacktes Lachen überging. »Frag mich mal. Ich werd langsam zu alt für diesen Scheiß. So viel ist mal sicher.« Ness' Lachen erstarb in einem Stöhnen. »Kannst du dein Talent …?«

»Vergiss es«, nuschelte Messer. Er fingerte sich durch die Taschen seines Mantels und zog schließlich ein Päckchen aus Ölpapier hervor. Im schummrigen Licht erkannte Cunrat ein gutes Dutzend dunkler Kügelchen von der Größe einer Erbse. »Davon eine, reichlich zu trinken und immer genügend Schlaf. Und wenn es nicht besser wird, sucht mich nächste Woche wieder auf. Vertraut mir, ich bin Feldscher.« Der Vogelmann kicherte hohl. Er entnahm dem Papier eine der Perlen und schob sie sich in den Mund. »Schwarze Träume. Auch genannt Grubendreck, Ogerscheiße oder Kriegsknechtzucker. Verboten in mindestens acht Reichen. Normalerweise hilft mir schon das Anschauen.« Er grinste schmal, schluckte, verzog dann schmerzlich das Gesicht und grunzte erneut. »Aber ich glaube, heute muss ich mal 'ne Ausnahme machen.«

»Ah. Das *gute* Zeug.« Ness richtete sich auf und griff nach der angebotenen Droge. »Man muss dankbar sein für die kleinen Freuden im Leben. Nimm, Junge. Vertreibt die Schmerzen. Alle Schmerzen«, erklärt er leise. »Du kannst dir das Bein brechen und merkst es nur daran, dass es dein Gewicht nicht trägt, wenn du eine von denen drin hast. Verdammt, du kannst dir das Bein mit einer stumpfen Säge selbst amputieren, und das Einzige, was dich stören wird, sind die Geräusche. Das Zeug verhindert nicht, dass du verreckst. Du spürst es nur nicht. Zumindest für eine Weile.«

Cunrat rollte eines der Kügelchen zwischen Daumen und Zeigefinger. »Und danach bin ich tot?«

Der kleine Kriegsknecht stemmte sich auf die Füße. »Das nicht. Aber du wünschst es dir.« Er hob die Armbrust auf und sah sich um. »Woher kommt eigentlich das Licht? Und wo bei den Gruben sind wir?«

Die Wirkung des widerlich schmeckenden Kügelchens setzte beinahe sofort ein und klärte zusehends Cunrats Kopf. Jetzt erst kam er dazu, sich umzusehen. Um sie herum erstreckte sich in alle Richtungen eine fast vollkommene Finsternis, die mit dem schrecklichen Zirpen der Krabbenspinnen erfüllt war. Es war unmöglich, die Ausmaße dieses Raums abzuschätzen, doch irgendetwas gab ihm das Gefühl von Weite. Irgendwo rauschte ein Wasserfall, und ein dumpfes Grollen wie von fernem Donner lag in der Luft. Sie selbst jedoch befanden sich, wie er jetzt feststellte, auf einer seltsam quadratischen Fläche von etwa einem Dutzend Schritt Seitenlänge, die auf einem Meer aus flackerndem Licht zu schweben schien. Vorsichtig tastete er sich zum Rand der Fläche vor und sah nach unten.

31

LETZTE BEGEGNUNGEN

Es schien aussichtslos. Marten knirschte mit den Zähnen. Als ob Krabbenspinnen nicht genug gewesen wären! Immerhin hatten sie sich dagegen noch verteidigen können. Doch dieses Ding dort in den Schatten ...

Dreimal hatte es inzwischen angegriffen. Inzwischen waren sie nur noch zu zwölft. Marten hatte sich den alten Schild an den Arm gebunden und stand in einer Reihe mit den Kolnorern. Niemand stellte es infrage. Was blieb ihnen auch übrig? Sie steckten gemeinsam hier fest, und Marten bezweifelte, dass die Kreatur einen Unterschied machte. Davon abgesehen lief ihm die Zeit davon. Die *Huacoun* waren schon eine Weile mit Emeri verschwunden, und inzwischen war nicht einmal mehr das Licht ihrer Fackel zu sehen. Was, wenn es mehr als diese eine Kreatur hier gab? Eine Bewegung in den Schatten hinter den Krabbenspinnen riss ihn zurück in die Gegenwart. Die Kreatur war wieder da, und dieses Mal bewegte sie sich langsamer, gerade am Rande des Lichtscheins. Sie wirkte schlaksig und ausgemergelt, mit sehnigen Muskeln, doch sie bewegte sich inzwischen aufrecht und beinahe gelassen, als sie zwischen den Spinnen hindurchmarschierte. Ihre unnatürlich langen Krallen klickten hörbar. Marten runzelte die Stirn. Man konnte die Kreatur hören? Er warf einen Blick zum Schatten, der entschuldigend die Hände hob. »Es wurde anstrengend. Und wir brauchen unsere Kräfte.«

Marten zuckte mit den Schultern. »Ich denke, die Spinnen wissen inzwischen ohnehin, wo wir sind. Dank dieses Kerls da draußen. Was *ist* das überhaupt?«

»Ich bin nicht sicher«, sagte der Schatten leise. »Aber ich habe davon gehört. Wenn jemand zu viel Blaustein nimmt, um es zu überleben – und dann immer weiter, dann – sagt man – wird er zu so etwas. Einer Art lebendem Toten, auch wenn es ihm vollkommen den Verstand raubt. Solange er weiter Blaustein nehmen kann, wird er weiter funktionieren.« Er schnaubte halb belustigt. »Und ich glaube nicht, dass ihm das Zeug hier demnächst ausgeht.«

»Eher nicht.« Marten nickte. »Aber was will der Kerl von uns?«

»Vielleicht hat er etwas dagegen zu teilen.«

Marten hob eine Braue. »Ein wenig Menschlichkeit ist ihm also noch geblieben«, stellte er fest.

In diesem Augenblick rannte die Kreatur los, schneller, als es Marten für möglich gehalten hätte. Und irgendwie trieb sie das Meer von Krabbenspinnen vor sich her wie eine Welle, die sich hoch und immer höher auftürmte, bis sie schließlich beinahe bis ganz hinauf zum Rand der Plattform reichte. Die Kreatur lief auf dieser Welle, überwand den Rest der Strecke mit einem einzigen Sprung und landete direkt vor einem der Kolnorer. Die Klinge des Mannes zuckte hoch und durchtrennte die Krallen, die in Splittern umherflogen und sich noch in der Luft in Wasser verwandelten. Das Wesen bleckte die Zähne und packte den Kriegsknecht am Handgelenk. Im nächsten Augenblick weiteten sich die Augen des Mannes vor Entsetzen – bevor er einfach platzte wie eine überreife Frucht. Ein Schwall Blut ergoss sich über die umstehenden Kolnorer, verwandelte sich noch in der Luft in Hagel und prasselte, rasiermesserscharfen Geschossen gleich, auf die Männer nieder. Marten riss den Schild hoch und warf sich gegen die Gestalt. Eine Krallenhand schoss vor und durchschlug den Schild, als wäre er aus dünner Rinde. Erst kurz vor seinem Gesicht blieben die Krallen stehen. Fluchend riss Marten seinen Arm beiseite und hieb mit dem Schwert nach der Kreatur, doch schon verwandelten sich auch diese Krallen in Wasser, und der gerade noch an ihm festhängende Gegner entging seiner Klinge um Haaresbreite. Seltsamerweise kümmerte sich das Wesen jedoch nicht weiter um ihn. Stattdessen sprang es weiter und riss noch im Lauf einem anderen der Kolnorer den Oberschenkel auf. Abermals sprühte Blut, doch dieses Mal schoss es in einem unnatürlich kräftigen Strahl auf die Kreatur selbst zu, klatschte gegen ihren Oberkörper und erstarrte dort augenblicklich zu einem grellroten klobigen Panzer aus Eis, an dem die Axt der Adjutantin des Theyn mit einem gläsernen Knirschen abglitt. Wieder hatte Marten das seltsame Druckgefühl auf der Brust, als der Schatten abermals seine Sphäre der Stille schuf, doch während Männer und Spinnen wie unter einem unsichtbaren Schlag taumelten, ignorierte die Kreatur ihn vollkommen. Und fiel über Bront her. Der Theyn taumelte rückwärts, doch sein Schwerthieb krachte gegen den Panzer der Kreatur und ließ rote Splitter in alle Richtungen fliegen. Die Wucht des Hiebs reichte aus, um das Wesen aus der Bahn zu werfen. Es verfehlte den Theyn, wirbelte herum und lief direkt in den Rückschwung des mächtigen Schwerts, das tief in seinen Oberarm biss. Mit einem stummen Aufschrei warf sich die Kreatur beiseite, glitt von der Klinge des Theyn und stolperte zurück. Der Theyn nutzte die Gelegenheit, um nachzusetzen, doch zu seiner Überraschung war das Wesen von seinem gerade gelandeten Treffer nicht so beeindruckt, wie der Kolnorer gedacht hatte. Statt zurückzuweichen, warf sich die Kreatur auf ihn, und noch ehe Gleve es verhindern konnte, stürzten sie eng umschlungen über den Rand der Plattform. Der Schatten hob die Stille wieder auf, gerade rechtzeitig, um den wütenden Aufschrei des Theyn zu hören. Dann tauchte ihr Angreifer wieder in ihrem Blickfeld auf, und Marten entdeckte entsetzt, dass kein Blut aus der Schulterwunde lief, die sich von selbst schloss, noch während sie zusahen. Der Kolnorer hatte sein Schwert verloren, riss jetzt jedoch seinen Dolch aus dem Gürtel und trieb ihn in den Bauch der Kreatur. Die brüllte erneut auf und stieß ihm ihrerseits die krallenbewehrten Finger in die Seite. Bront bog sich nach hinten durch, und ein gequälter Schrei entrang sich seiner Kehle: Im Flackerlicht der Fackeln wirkte es beinahe so, als würde sein Körper ausgesaugt, als fiele er ein, wie ein Weinschlauch, den jemand leerte. Im selben Maße aber füllte sich das kantige Gesicht der Kreatur, bis es beinahe menschlich wirkte und schließlich die Züge eines Metis annahm. Der Anblick beendete jede Gegenwehr des kolnorischen Riesen. Er starrte in das Gesicht des Wesens, und Wut verwandelte sich in Unverständnis und einen Lidschlag darauf in Entsetzen.

»Du?«, stieß er hervor, und das Wort war eine Mischung aus verzweifeltem Heulen und lang gezogenem Ausatmen.

»Du«, erwiderte die Kreatur auf ihm, die einst ein Metis gewesen war, der den Namen Lebrec getragen hatte. Sie erinnerte sich jetzt an den Grund, warum sie diesen Mann hasste. Er war an allem schuld gewesen. Er war der, der aufgehalten werden musste. Er war der Grund, warum Lebrec nicht aufgeben konnte.

Für einen endlos erscheinenden Moment starrten sich die beiden bewegungslos an, die Waffe tief im jeweils anderen versenkt. Dann wuchsen eisblaue Zähne im Mund des Metis und verwischten die Erinnerung an das menschliche Wesen, als er dem Theyn die Kehle herausbiss.

Einen Moment lang noch lehnte der Kolnorer an einem Felsbrocken, so wie einst der Bruder Lebrecs an einem Baumstamm gelehnt hatte, und wie bei jenem lauerten schon die Spinnen darauf, seinen Leichnam zu beseitigen. Dann wischte die Kreatur das Gesicht des toten Theyn und die letzten Erinnerungen an den Mann namens Lebrec mit einem Klauenhieb endgültig fort und erhob sich, den Blick auf die Plattform gerichtet.

Etwas zischte und schlug in dem Leichnam ein, der sich im nächsten Moment in einen gleißenden Feuerball verwandelte. Die Wucht der Explosion schleuderte die Kreatur beiseite und zerfetzte Dutzende Spinnentiere, als die Hitzewelle bis zu ihnen hinaufbrandete. Der Donner rollte durch die Kaverne, und Marten befürchtete für einen kurzen Moment, taub zu werden, als die Geräusche von einer Sekunde auf die andere erneut verschwanden. Das Singen in seinem Ohr blieb, trotz der Stille des Weißen Schattens, und er konnte spüren, wie der Fels unter seinen Füßen unter der Wucht der Explosion bebte. Steine rieselten vom Baldachin auf ihn herab, und von weiter oben kamen größere Brocken, prallten vom steinernen Schutzdach ab und fielen unter die Spinnentiere. Nur wenige Schritte von ihnen entfernt krachte ein gewaltiges Stück der

Höhlendecke in vollkommener Stille unter die Spinnen und brachte den Boden erneut zum Beben. Dutzende der Tiere wurden darunter begraben, der Rest krabbelte in panischer Betriebsamkeit in alle Richtungen davon. Wieder verschwand der Druck der Stille, und das Prasseln der noch immer herabregnenden Steine und Krabbenteile drang zu Marten. Neben ihm hustete der Schatten. Er war auf ein Knie gesackt und stützte sich schwer auf sein Schwert.

»Was zum Henker war das?«, keuchte Marten und sah sich um.

Hinter ihm kämpften sich die Kolnorer auf die Füße. Nicht alle, wie er bemerkte. Einer der Stützpfeiler des Baldachins war von einem fallenden Felsen getroffen worden und auf zwei der Männer gekippt. Nur einer von ihnen lebte noch, doch es war auf den ersten Blick klar, dass das nicht von Dauer sein würde: Ein Teil der Säule hatte seinen Unterkörper zermalmt, und der Mann starrte im Schock auf die steinerne Last, die sein Leben beenden würde.

»Bist du von allen guten Geistern verlassen?«, brüllte eine zornige Stimme über ihm durch einen abgehackten Husten. »Man verwendet nie, nie Dinge, die explodieren, in derart großen Höhlen! Du hättest uns um ein Haar umgebracht!«

»Dann sind wir ja quitt«, bellte eine andere Stimme zurück. »Es hat funktioniert, oder?«

»Funktioniert? Du hast danebengeschossen!«

»Ist das bei Explosionen nicht egal? Außerdem ist diese verdammte Armbrust ruiniert!«

Marten drehte sich um und starrte nach oben. Hände tauchten am Rand des Baldachins auf, der jetzt einige bedenkliche Risse aufwies. Gleich darauf konnte er im Licht der letzten verbliebenen Fackel ein Gesicht mit einer scharf geschnittenen, etwas zu großen Nase sehen. Ein Vorhang aus strähnigen Haaren rahmte es ein. »Wir kommen jetzt runter«, sagte die Gestalt fest. »Bitte keine hastigen Bewegungen. Ihr habt gesehen, wozu wir fähig sind, und seid versichert: Wo das herkam, ist noch mehr davon. Und wir würden es alle bereuen, wenn jemand gezwungen wäre, das noch mal einzusetzen.«

Das Gesicht verschwand, stattdessen erschien ein Paar seltsamer Schnabelschuhe am Rand des Dachs. Augenblicke später rutschten drei Gestalten an einer der verbliebenen Säulen herab. Die Kolnorer hatten erneut ihre Waffen erhoben, und der Schatten baute sich neben Gleve auf, doch Marten rührte sich nicht. Reglos starrte er auf die drei Männer. Oder vielmehr zwei davon. Den Ersten, der unten ankam, kannte er nicht, aber der narbige, haarlose Schädel des nächsten war unverkennbar.

»Ness? Ness Rools? Was ...«, würgte er hervor. »Woher ...?«

Der Glatzkopf, der sich gerade Staub von den Kleidern klopfte, hielt inne und sah auf. Ein kurzer Ausdruck der Verblüffung wich einem breiten Grinsen. »Marten! Genau der Mann, den wir suchen!« Der kleine Kriegsknecht salutierte mit einer erschreckenden Fröhlichkeit in dem vor Schmutz starrenden Gesicht. »Und wie ich sehe, hast du neue Freunde gefunden.« Er bedachte die Kolnorer mit einem Seitenblick, ohne auch nur für einen winzigen Moment seine Fröhlichkeit zu verlieren, und spannte eine ramponiert aussehende Armbrust.

»Das gilt auch für dich«, gab Marten zurück. Der dritte der Männer hatte sich umgedreht und starrte ihn an. »Ad Koredin.«

Cunrat nickte steif. »Ad Sussetz.«

Gleve brüllte etwas, und der Blick Cunrats flackerte zu der massigen Kolnorin.

»Sie hatte einen schweren Tag«, stellte Marten fest. »Vermutlich will sie wissen, wer ihr seid, warum ihr Theyn tot ist und warum euch noch niemand getötet hat.«

»Ein aufbrausender Mensch, wie?«

»Du hättest ihren Herrn erleben sollen.« Marten zuckte mit den Schultern und der vogelhaft aussehende Dritte erwiderte Gleve irgendetwas in deren Sprache. »Was sagt er? Was macht ihr hier überhaupt?«

»Ich habe keine Ahnung«, erwiderte Ness ehrlich. »Also von dem, was er sagt. Messer ist ein Mann voller Rätsel. Ich wusste nicht mal, dass er Kolnorisch spricht. Und was wir hier machen? Ist das nicht offensichtlich? Ich dachte, du kannst ein paar Ritter brauchen. Du und diese Fürstentochter. Wo ist sie überhaupt?«

»Messer?« Der Schatten mischte sich ein. »Der Meister Messer?«

Ness wandte sich ihm zu und musterte ihn forschend. »Du kennst ihn?«

Der Schatten schüttelte den Kopf, ohne den Blick von Messer zu wenden. Er hob unwillkürlich die Spitze seines Schwerts. »Nein. Aber er hat einen Ruf, in gewissen Kreisen.«

Messer lächelte schmal. »Noch immer laut und deutlich, hoffe ich.« Anerkennend neigte er den Kopf. »Ein schlanker, ungewöhnlich blasser Mann mit einem dünnen Schwert und einem Talent für Stille.« Er musterte den Schatten interessiert. »Der Weiße Schatten hat ebenfalls einen gewissen Ruf.«

Erneut bellte Gleve etwas. Für einen Moment sah es so aus, als wolle sie sich auf die drei Männer stürzen, doch Ness legte einen Bolzen auf die Armbrust und richtete sie auf Gleve, ohne sie auch nur anzusehen. »Der Anführer der Kolnorer?«, fragte er noch immer lächelnd.

»Jetzt ja«, Marten nickte. »Der bisherige liegt dort.« Matt deutete er dorthin, wo der Kolnorer gerade noch sein Leben ausgehaucht hatte.

»Ha. Das erklärt einiges. Ich sollte sie auch erschießen, aber im Moment weiß man nie, wen man noch brauchen kann. Messer, sag ihr, sie soll den Mund halten.«

»Wie kannst du es wagen, so mit mir zu reden?«, bellte Gleve, jetzt auf Berun.

»Ah. Wir verstehen uns also«, bemerkte Messer. »Umso besser. Was Freund Rools hier angeht – macht euch nichts daraus. Er spricht mit jedem so. Ihr seid nichts Besonderes.«

»Richtig. Und wir sind keine Freunde, Messer«, ergänzte Ness und nickte Gleve zu. »Ich wäre gern diplomatisch, aber wir haben nicht die Zeit und den Wein dafür, und ehrlich gesagt ist es mir egal, wen ich erschießen muss, um die Sache zu beschleunigen. Und ich würde gerade gern jemanden erschießen. Dieser ganze Scheiß hier hat mich meinen besten Bogen gekostet.« Er nickte in die Richtung der Bogenhülle, die er auf die Plattform hatte fallen lassen.

Gleve verzog verächtlich das Gesicht. »Und meine Männer würden euch dafür umbringen.«

Ness wiegte den Kopf. »Sicher. Und meine zwei Recken hier würden eure Männer umbringen, und der blasse Schatten da würde vermutlich die beiden erschlagen, und Meister Messer würde den Schatten beseitigen. Und am Ende bliebe wieder nur Messer übrig, der sich wie immer vor dem Sterben drücken würde, und wem wäre damit dann geholfen?«

»Mir«, stellte der Vogelmann fest.

»Halt's Maul.« Ness sah Gleve an. »Ihr seht mir nach einer intelligenten Frau aus, die soeben in eine Führungsposition aufgestiegen ist und etwas daraus machen könnte. Ich baue auf euch. Also, wo ist die Fürstentochter?«

Marten blinzelte. Für den Moment fühlten sich seine Lider so schwer an, dass er den Wunsch verspürte, sie nie wieder zu öffnen.

Dann deutete Gleve mit der Axt in die Dunkelheit hinein, in jene Richtung, in die die *Huacoun* mit Emeri verschwunden waren. »Die Fischgesichter haben sie mitgenommen«, sagte sie düster.

»Na also.« Das Lächeln meldete sich auf Ness' narbigem Gesicht zurück. »Ich wusste doch, dass … Fischgesichter?« Er hielt inne. »Wer ist das jetzt wieder? Was haben wir verpasst?«

Marten seufzte. Mit wenigen Sätzen fasste er die Lage zusammen, doch aus den Gesichtern von Ness und Cunrat konnte er deutlich lesen, dass sie trotzdem nur die Hälfte verstanden.

Als er geendet hatte, hob Ness die Brauen. »Also hab ich das richtig verstanden: Im Grunde haben wir also ein großes, graues Schiff, dass Götter aus dem Süden geladen hat. Götter, die mit den Kolnorern paktieren, um ein Mädchen in die Finger zu bekommen, mit dessen Hilfe sie hier unten etwas Bestimmtes finden wollen. Und dieses Etwas ist wertvoller als der ganze Blaustein hier. Dafür bekommen die Kolnorer dann das Macouban, richtig?«

Marten zögerte, dann nickte er langsam. »Nicht ganz, aber so ähnlich vermutlich, ja. Ich denke aber, sie wollen den Blaustein hier auch.«

»Wer will das nicht.« Der kleine Kriegsknecht schnaubte.

»Dann müssen wir also ein paar Fischgötter aufhalten. Klingt einfach genug.« Er stieß Cunrat mit dem Ellbogen an. »Und in den Augen der Reisenden ein Wohlgefallen, was, Ritter?« Ohne auf Cunrat zu achten, sah er Gleve an, deren Finger sich noch immer um ihre Axt krampften. »Ich sollte euch wirklich erschießen«, stellte er fest. »Mit Fischgöttern paktieren. Das kann auch nur Kolnorern einfallen!«

»Und Leuten aus Cortenara«, fügte Messer hinzu.

»Und Leuten aus Cortenara. Aber von denen da drüben habe ich auch nichts Besseres erwartet. Aber die sind nicht hier und nicht mein Problem. Ihr dagegen ...«

»Ich glaube, die *Huacoun* waren nicht aufrichtig zu uns«, warf der Schatten plötzlich ein. »Sie und meine Schwester haben etwas vor, und ich glaube nicht, dass das im Sinne des Kolno ist, Gleve.«

»Die Fischgötter waren nicht aufrichtig. So. Das hätte einem auch gleich fischig vorkommen können, so viel ist mal sicher.« Ness sah erneut die Kolnorin an.

In Gleves Gesicht arbeitete es. Dann senkte sie die Axt. »Macht, was ihr wollt«, sagte sie. »Ich bin hier fertig. Das ist kein ehrliches Schlachtfeld für einen Krieger, und ich werde keine Männer mehr gegen Ungeziefer verschwenden.«

Ness schnalzte mit der Zunge und nickte. »Ich nehme an, dass das Wort auch für Fischgötter gilt.«

Gleve neigte den Kopf. »Viel Glück damit, Beruner. Ich werde dich nicht daran hindern, in deinen Tod zu laufen, aber ich werde mich auch nicht in die Verträge des Adels einmischen«, sagte sie schlicht. Dann wandte sie sich ab und gab den verbliebenen fünf Kolnorern das Zeichen, ihr zu folgen.

»Ich bleibe«, warf der Schatten ein.

Gleve hielt inne und sah sich um. »Sicher?«

Der Schatten nickte. »Bront Halvor hat mich angeheuert, und er bezahlt mich aus seiner Tasche. Das ist jetzt wohl hinfällig. Wollt ihr seinen Vertrag übernehmen?«

Gleve starrte ihn an, bevor sie den Kopf schüttelte. »Kaum. Ich wüsste nicht, wovon.«

»Dann werde ich mich jetzt um meine Schwester kümmern«, sagte der Schatten kühl.

Die Kolnorin schnalzte mit der Zunge und zuckte dann mit den Schultern. »Jeder wählt seine eigene Art zu sterben. Viel Glück mit deiner, Weißer.« Sie winkte ihren Männern erneut zu und lief dann die Treppe hinab.

Die verbliebenen Männer sahen den Kolnorern hinterher.

»Sympathische Frau«, stellte Ness dann fest. »Und weise dazu. Also gut, wohin sind diese Fischgötter verschwunden?«

32

EIN FREUDENTAG

Der Jubel der Massen war unbeschreiblich, als die mächtigen Flügel des Westtors aufschwangen und die Prozession ihren langen Weg durch die Stadt antrat. Für einen kurzen Augenblick blinzelte sogar die Sonne hinter der trüben Wolkendecke hervor, so als hätte der Kaiser es ihr höchstpersönlich befohlen. Ihr goldener Schein ließ das selbstverliebte Meer aus Rüstungen, Fahnen und Bannern in hellem Glanz erstrahlen, während es sich zum Klang der Fanfaren scheppernd in Bewegung setzte. Allen voran die Reichsfürsten aus Berun mit ihrem Hofstaat. Dazu die gepanzerten Leibgarden, unzähligen Dienerschaften, herausgeputzten Verwandten und Gönner, denen ein kaum weniger langer Rattenschwanz aus niedrigeren Adligen folgte. Wohlhabende Kaufleute, Diplomaten, Schwertträger und andere Speichellecker, die sich gegenseitig darin zu übertreffen versuchten, sich in den lächerlichsten und geschmacklosesten Kleidungsstücken zu präsentieren, die die aktuelle Mode hergab. Es war eine wirklich beeindruckende Ansammlung von eitlen Arschkriechern, hinterlistigen Mördern und gemeinen Dieben, die sich dort unten durch die Gassen schob und von den Menschen am Straßenrand mit naiver Begeisterung bejubelt wurde.

Beltran ad Iago musste es wissen, denn der fürstliche Botschafter des Macouban war ein Meister in diesem Bühnenstück, das sich Diplomatie nannte. Entspannt lehnte er an der Balkonbrüstung seines Stadtpalasts hoch oben über den Dächern Beruns, von dem er und seine drei Gäste einen großartigen Blick auf das Spektakel genießen konnten. Er hatte bereits wieder etwas Farbe angenommen, und ein Blick in den Spiegel bestätigte ihm, dass seine Züge längst nicht mehr so eingefallen wirkten wie noch vor wenigen Tagen. Überhaupt hatte er sich erstaunlich schnell von den Entbehrungen in den Kaiserlichen Kerkern erholt. Er hatte sogar den Eindruck, dass die unfreiwillige Diät aus Wasser und Bucheckernfladen seinem allgemeinen Wohlbefinden mehr genutzt als geschadet hatte. Der Umfang seines Bauchs war beträchtlich geschmolzen, die Kniegelenke schmerzten beim Gehen nicht mehr so stark wie früher, und selbst seine jahrelange Furcht vor dem Gang auf die Latrine war von einem Tag auf den anderen verschwunden und bislang zum Glück auch nicht mehr zurückgekehrt.

Zur Feier des Tages trug der Botschafter ein rotes Seidenwams mit weiten, golddurchwirkten Puffärmeln, darunter eine eng geschnittene grüne Hose mit gelben Längsstreifen und auf dem Kopf einen farblich passenden Hut mit drei langen, bauschigen Federn. Alles in allem ein furchtbar lächerlicher Anblick, doch das war ja auch der Zweck dieses Aufzugs. Ein schrilles Äußeres, das hatte er über die Jahre gelernt, lenkte meistens recht geschickt von den Untiefen ab, die darunter lauerten. Und das war schließlich genau das, was sie brauchten, wenn sie das heutige Theaterstück zu einem erfolgreichen Abschluss bringen wollten.

Wahrscheinlich lag es an der bevorstehenden Herausforderung oder an der Tatsache, dass er endlich wieder frische Luft in seine Lunge saugen konnte, dass es ihm trotz seiner Abneigung gegen Thoren und dieses unheimliche Sklavenmädchen eine gewisse Freude bereitete, seinen Gästen die wichtigsten Teilnehmer der Parade vorzustellen. »Fürst Schlange von Pribran«, rief er und deutete mit großer Geste über die Balustrade nach unten. »Ein giftzahniger Brudermörder, der den gesamten Rest seiner Natternbrut an einem einzigen Festabend vergiften ließ. Der kleine Fette neben ihm auf dem Prunkwagen ist sein Vetter Graf Schweinebacke, der das Gemetzel nur überlebte, weil er sich in seiner unermesslichen Gier an einem Hühnerknochen verschluckte und das Festmahl vorzeitig verlassen musste. Direkt dahinter folgt der Schlächter von Auttrin, danach der Inzuchtgraf aus dem Hause Arneck mit seiner reizenden Schwester beziehungsweise Gattin, und auf dem schwarzen Pferd dort hinten reitet der legendäre Kinderfresser von Krinec, dessen diebischer Sekretär unserem kleinen Festmahl heute Abend beiwohnen wird. Ich muss meinen Dienern wohl noch einmal eintrichtern, ihn bestmöglich vom Silberbesteck fernzuhalten … Oh, seht doch! Bei dem Mann mit der lächerlichen Hose dort drüben muss es sich um den Vetter des Fürsten von Skellvar handeln. Die Frau an seiner Seite sehe ich heute zum ersten und vermutlich auch letzten Mal. Ich bin immer wieder aufs Neue beeindruckt, wie viele Väter bereit sind, ihre eigenen Töchter nur des Geldes wegen in den sicheren Tod zu schicken. Aber was tut man nicht alles für ein wenig Reichtum, nicht wahr?«

Selig beobachtete Beltran, wie sich die Prozession nun

durch die schmalen Gassen der Unterstadt schob, wo die jubelnden Massen so dicht gedrängt standen, dass die Stadtwache Mühe hatte, ihr einen Weg hindurch zu bahnen. Die Menschen jubelten und schrien, was ihre Lungen hergaben, obwohl gerade sie besser daran getan hätten, dieses Natterngezücht mit Knüppeln und Dreschflegeln aus ihrer Stadt zu vertreiben. Doch das musste man dem Kaiser bei all seiner Unfähigkeit lassen: Er verstand es, sowohl das einfache Volk als auch die Fürsten mit schierem Prunk zu blenden. Ginge es allein nach diesen lächerlichen Gestalten, dann wäre das Geld für den Kriegszug schon so gut wie eingetrieben. Der Kaiser hätte sich lediglich mit weit geöffnetem Geldbeutel in die Menge stellen müssen, und das leichtgläubige Volk hätte seine Kriegskassen in kürzester Zeit bis zum Bersten gefüllt.

Dummerweise gab es aber noch jene Menschen, die für so ein Theater völlig unempfänglich schienen und deren vornehmliche Aufgabe es war, die Kassen ihrer freigiebigen Herren fest verschlossen zu halten. Unscheinbare Männer und Frauen mit verkniffenen Gesichtern und ohne jeden Sinn für Humor, dafür aber gesegnet mit einem messerscharfen Verstand, der sie befähigte, im Hintergrund die Fäden zu ziehen. Genau diesen Menschen, den Vögten, Sekretären und Verwaltern der Reichsfürsten, würde er in wenigen Stunden einen ganz besonderen Empfang bereiten. Wenn alles so lief wie geplant, und daran hatte Beltran in diesem Augenblick überhaupt keinen Zweifel, befand er sich bereits morgen früh vor Sonnenaufgang auf dem Weg in die Freiheit. Nicht ohne eine gewisse Selbstzufriedenheit strich er sich über den Bauch, ehe er stirnrunzelnd feststellte, dass der ihm in den letzten Wochen abhandengekommen war. Wahrscheinlich hätte ihm das bereits als Warnung dienen müssen, doch er war trotz all der erlittenen Qualen eben immer noch ein unverbesserlicher Optimist geblieben.

»Glaubt Ihr, dass Feyst Dreiauge wirklich kommen wird?« Die Stimme der kleinen Metisschlampe weckte ihn unsanft aus seinen Gedankengängen, und er verzog genervt das Gesicht.

»Fühlen sich Fliegen von Scheiße angezogen?« Er nickte nach unten zur Silberpforte, durch die in diesem Augenblick eine weitere Schar bunt gekleideter Würdenträger die Stadt betrat. »Seht Ihr dort unten die Gesandtschaft des Picen von Cortenara, dem edlen Spender des Blausteinzimmers und mutmaßlich gierigsten Händler des Novenischen Städtebunds – wenn nicht sogar von ganz Tertys? Ein Mann wie der lässt sich nur auf den allergrößten Haufen nieder, und das weiß Feyst Dreiauge ganz genau. Ich bin mir vollkommen sicher, dass er uns in die Falle gehen wird.«

»Dann sollten wir uns endlich an die Vorbereitungen machen«, brummte Thoren in seinem Rücken. Er hatte genau wie Hilger seine schwarze Kleidung gegen das spitzenverzierte Gewand eines Hofdieners getauscht, das in seinem Fall aber so gar nicht zu dem zerschlagenen Gesicht passen wollte. Der Anblick erinnerte Beltran an einen zähnefletschenden Kettenhund, dem man eine bunte Schleife ins Fell gebunden hatte. Beltran konnte nur hoffen, dass Feysts Männer nicht so genau darauf achteten, wer sich um ihr Essen kümmerte, und dass die hereinbrechende Nacht ihr Übriges tat, um diesen scheußlichen Anblick gnädig zu verhüllen. Seufzend wedelte er mit der Hand. »Es ist alles vorbereitet. Wenn Ihr mir bitte folgen würdet?«

Der Garten seines Hauses war ein wundervolles kleines Paradies aus Olivenbäumen, bunten Sträuchern und seltenen exotischen Blumen, die in allen nur erdenklichen Farben blühten. Versteckt unter den ausladenden Zweigen einer mächtigen Eiche befand sich dort, beinahe vollständig den Blicken neugieriger Beobachter entzogen, eine kleine Lichtung, in deren Mitte ein Springbrunnen plätscherte. »Es ist der perfekte Ort, nicht wahr? Darus höchstpersönlich hat diesen Garten einst für seine Lieblingstochter anlegen lassen. Seht euch nur diese Bäume an. Einige sind über hundert Jahre alt und dürften noch den Urgroßvater unseres vielgeliebten Kaisers kennengelernt haben. Es heißt, dass er als kleiner Junge von diesem Ast dort oben gefallen ist, ohne sich auch nur ein einziges Haar dabei zu krümmen. Damals sprach man von einem Wunder der Reisenden, die ihre schützende Hand über ihn gehalten hatten.«

»Müssten sie ihre Hand denn dann nicht unter ihn gehalten haben?«, fragte Sara, während sie zu der dicht bewachsenen Krone hinaufblickte, als wollte sie abschätzen, wie viele Feinde sie an seinen ausladenden Ästen aufknüpfen konnte.

Beltran seufzte. Diese Metis hatten einfach keinen Sinn für Kultur und Schönheit. »Wie es scheint, lebt Ihr schon viel zu lange hier in Berun, Sara. Dabei wird doch gerade Eurem Volk ein so besonderer Hang zu den Wundern der Natur nachgesagt.«

»Ihr wollt damit vermutlich ausdrücken, dass Ihr mich bislang immer für eine Barbarin gehalten habt?«

Beltran verzog das Gesicht. »Nun ja, vielleicht habe ich mich ja in Euch geirrt ...«

»Habt Ihr nicht.« Saras Lächeln brachte die wulstige Narbe zur Geltung, die ihre linke Gesichtshälfte verunzierte. »Ich bin immer noch dieselbe Wilde, die Ihr schon bei unserem ersten Treffen im Kaisersaal in mir gesehen habt. Und ich würde Euch auch heute noch mit dem größten Vergnügen das Herz aus der Brust reißen, wenn wir nicht voneinander profitieren könnten.«

Beltran zwang sich zu einem unverbindlichen Lachen. O ja, diese junge Frau war wirklich durch und durch barbarisch. Unter anderen Umständen hätte es seine Ehre niemals zugelassen, sich mit so einem Menschen von niederer Geburt und zweifelhaftem Ruf einzulassen, aber er hatte sich nun mal in einer äußerst verzwickten Lage befunden und nach dem nächstbesten Strohhalm gegriffen, der ihm entgegengestreckt wurde. Dennoch wäre er nicht Beltran ad Iago, wenn es ihm nicht gelänge, selbst aus dieser Situation das Beste für sich herauszuschlagen. Der Abend hatte erst begonnen, und wer wusste schon so genau, was er noch alles bringen würde? Möglicherweise ergab sich im Verlauf der Gespräche ja die eine oder andere Gelegenheit, um einen schlechten Handel gegen einen sehr viel gewinnversprechenderen einzutauschen. Wundern würde es ihn nicht, denn schließlich konnte er mit Fug und Recht von sich behaupten, der ungekrönte Meister seiner Kunst zu sein. »Genau diese Haltung ist es doch, die Euch von einem echten Wilden unterscheidet«, sagte er lächelnd zu Sara. »Ein Mann wie Feyst hätte sich zum Beispiel niemals auf ein Geschäft wie dieses hier eingelassen. Er hätte mich unten in den kaiserlichen Kerkern verrotten lassen oder mir gleich an Ort und Stelle den Schädel eingeschlagen. Er ist ein verdammter Schlächter ohne Sinn für die hohe Kunst der Diplomatie. Ganz im Gegensatz zu uns beiden, nicht wahr? Denn die Diplomatie ist unbestritten die Blüte der Zivilisation. Wer sich nur auf rohe Gewalt versteht, so wie ein hundsgemeiner Kriegsknecht, der wird früher oder später durch das Schwert umkommen. Wir dagegen ...«

»Was glaubt Ihr eigentlich, weshalb wir hier sind?«, unterbrach ihn Thoren unwirsch. »Kommt endlich zum Punkt.«

»Oh, ja. Selbstverständlich.« Beltran räusperte sich. Vielleicht waren sie für seine Schmeicheleien augenblicklich noch nicht so recht empfänglich, doch er würde es zu einem späteren Zeitpunkt erneut versuchen. Stetes Wasser höhlte schließlich auch den härtesten Stein. »Wie ich bereits sagte, ist dies der perfekte Ort für Eure Falle. Es existiert nur ein einziger Zugang, der sich leicht verbarrikadieren lässt, und die Bäume versperren die Sicht auf alles, was unter ihrem Blätterdach geschieht. Niemand wird etwas bemerken, wenn sich in wenigen Stunden der Rasen unter unseren Füßen blutrot färbt. Ich hoffe nur, dass es das richtige Blut ist, das heute Abend fließt.«

»Das hoffe ich auch für Euch, Beltran«, knurrte Thoren. »Wenn Ihr Eure Rolle gut spielt, wird Euer Schiff schon morgen vor Sonnenaufgang in See stechen. Mit direktem Kurs zurück nach Gostin.«

»Goldenes Gostin!« Beltran stieß einen wehmütigen Seufzer aus. »Ich sehe mich bereits in einem Korbstuhl auf den efeuumrankten Terrassen meines Hauses. Mit einem Becher roten Tiburoners in der Hand und der Gewissheit, nie wieder in dieses kalte und unwirtliche Land im Norden zurückkehren zu müssen, wo man einen Ehrenmann wie mich in Ketten schlägt, als wäre ich ein gemeiner Dieb.« Er warf einen nachdenklichen Blick auf die dunklen Wolken, die sich unheilschwanger über der Stadt zusammenballten. »Ihr könnt Euch auf mich verlassen. Ich werde mein gesamtes diplomatisches Geschick anstrengen, um Feyst Dreiauge hier hinauszulocken.«

Thoren nickte düster. »Um den Rest kümmern uns dann schon wir.«

»Wie in den guten alten Zeiten«, krächzte der lange Kriegsknecht, den sie Hilger nannten.

Beltran spielte ohne Übertreibung die Rolle seines Lebens. Der Innenhof quoll schier über vor Pferden, Kutschen und Leibwachen in glänzenden Rüstungen, doch der Botschafter bewegte sich durch den Strom der Neuankömmlinge wie ein Schäfer durch seine Herde. Begrüßte jeden Gast wie einen lang vermissten Freund, machte hier einen Scherz, ermahnte dort einen nachlässigen Bediensteten und ließ sich sogar dazu herab, einem widerlichen alten Geldsack die Zügel zu halten, während der sich von zwei ächzenden Dienern vom Pferd zerren ließ. »Wein!«, brüllte der Geldsack im selben Augenblick, in dem er festen Boden unter den Füßen hatte.

»Roter Aneto, direkt von den Hängen des Fratres, werter Vogt.« Lächelnd reichte Beltran ihm einen bereit gehaltenen Becher. »Es ist das bevorzugte Getränk der Kaiserinmutter. Wenn Ihr Euch nun dort hinein in die fürsorgliche Obhut des Kaiserlichen Kochs begeben wollt?« Und schon war er beim nächsten Gast und hieß ihn mit weit ausgebreiteten Armen willkommen. Belanglose Worte wurden gewechselt und Blicke, die alles besagen konnten oder auch nichts. Elegant tanzte er über den Hof und vermittelte all seinen Gästen den Eindruck, bedeutender zu sein als ihre eigenen Herrn, die in denselben Stunden oben im Kaiserlichen Palast speisten. Es war eine unbestritten meisterhafte Vorstellung, und er genoss jeden Augenblick. Es war einfach perfekt.

Mit einem breiten Grinsen auf dem Gesicht wandte er sich um und erstarrte. Der Anblick, der sich ihm bot, ließ ihm einen kalten Schauer über den Rücken laufen. Es lag nicht so sehr an dem Dutzend finsterer Gestalten in nietenbeschlagenen Lederpanzern, das, bis an die Zähne mit Äxten und Schwertern bewaffnet, durch das geöffnete Tor hineinplatzte. Auch nicht an dem zotteligen Untier mit der Streitaxt über der Schulter, das diesen Haufen anführte. Das, was irgendwo tief in Beltrans Inneren die Urinstinkte weckte und ihm zuflüsterte, die Beine in die Hand zu nehmen und so schnell wie möglich das Weite zu suchen, war der Mann, dem die Bewaffneten ehrfürchtig Platz machten, als er auf einen Gehstock gestützt den Hof betrat. Ein fettbäuchiger Alter, der die Haare offen trug wie ein Adliger und seine Finger mit unzähligen goldenen Ringen schmückte. Obwohl Beltran ihm noch nie zuvor begegnet war, spürte er augenblicklich, wem er gegenüberstand.

Er straffte die Schultern und setzte ein geschäftsmäßiges Lächeln auf. »Ihr seid gekommen, Meister Feyst! Ich hatte schon befürchtet, dass Ihr meiner Einladung nicht Folge leisten könntet. Es ist mir eine Ehre, Euch an diesem Abend willkommen zu heißen.«

Feyst Dreiauge strich sich mit gespreizten Fingern durch die Haare. »Und an anderen Abenden nicht?«

Beltran lachte gekünstelt. »Ihr seid natürlich jederzeit willkommen. Wann immer Ihr wollt und wann immer sich die Gelegenheit dazu bietet. Seid mein Gast und amüsiert Euch. Sagt, was haltet Ihr von diesem Haus? Gefällt es Euch?«

»Ich habe schon hässlichere gesehen«, brummte Feyst. Er gab einem seiner Begleiter ein Zeichen. Ein schmalbrüstiger Junge von höchstens zwölf Sommern, dem an der linken Hand der kleine Finger fehlte. »Schau dich mal um, Flynn. Ich will hier keine unangenehmen Überraschungen erleben.«

»Keine Sorge«, sagte Beltran und wollte ihm schon vertraulich den Arm um die Schultern legen, als das Knurren des

Leibwächters ihn eines Besseren belehrte. Schnell deutete er zum Haupthaus hinüber, aus dem ihnen Musik und kreischendes Gelächter entgegenschlug. »Die einzige Überraschung hier ist der rote Aneto, und die ist durch und durch erfrischend. Darf ich Euch mit den anderen Gästen bekannt machen? Es handelt sich um eine illustre Runde, in der Ihr Euch wohlfühlen werdet ...« Und damit hatte er nicht einmal unrecht, denn wo würde sich ein Mann wie Feyst Dreiauge wohl besser fühlen als im Kreis gieriger Diebe, Mörder und Halsabschneider? Blieb nur zu hoffen, dass er es sich nicht allzu bequem machte. Sie hatten schließlich noch ein Blutbad anzurichten. Er warf einen sorgenvollen Blick auf die dunkelgraue Wolkendecke, die bedrohlich tief über der Stadt hing. In der Ferne war bereits vereinzeltes Donnergrollen zu vernehmen.

»Feierlichkeiten sind mir ein Gräuel«, sagte Feyst, der mit dem Gehstock ungeduldig auf den Boden tippte. »Das einfache Volk feiert, um zu vergessen, während der Adel feiert, um zu vergessen, dass es da draußen noch das einfache Volk gibt. Das ist der Grund, warum keine der beiden Parteien dieses Land voranbringt.«

Beltran machte ein erstauntes Gesicht. »Aber seid Ihr denn nicht selbst Besitzer einiger Gasthäuser in der Unterstadt?«

Feyst nickte. »Ich verleugne nicht, dass ich an den Unzulänglichkeiten der Menschen verdiene. Doch in dieser Hinsicht unterscheide ich mich kaum von Euch, Beltran ad Iago. Ich kenne Euch besser, als Ihr denkt. Ihr seid ebenfalls nicht an dieser Art Zerstreuung interessiert. Alles, was Ihr unternehmt, geschieht aus purer Berechnung. Wenn es anders wäre, hättet Ihr mich wohl kaum heute Abend hierhergelockt ...«

Beltran zuckte zusammen. Winzige Schweißperlen bildeten sich auf seiner Stirn, und er unterdrückte den Impuls, sie mit dem Ärmel fortzuwischen. Er warf einen nervösen Seitenblick auf Feysts zotteligen Leibwächter. »Nun, ich ...«

»Geschäfte!« Feyst stieß seinen Gehstock hart auf den Boden. »Das ist der Grund, warum wir hier sind. Unsere Augen und Ohren sind doch weit geöffnet. Wir wissen beide, wie es um Berun bestellt ist. Der Kaiser ist ein Schwächling, und seine verhasste Mutter und ihr Kettenhund herrschen mit eiserner Hand über das Reich. Sie beschneiden unsere Rechte als freie Bürger. Erheben Steuern, kontrollieren die Warenströme, lassen uns kaum noch Luft zum Atmen. Der Handel wird von Tag zu Tag schwieriger.«

»Natürlich. So ist es!« Beltran nickte eifrig. Für einen kurzen Augenblick war er in Sorge gewesen, doch die Sache lief offenbar besser, als er zu hoffen gewagt hatte. Feyst Dreiauge war ihm nicht nur in die Falle getappt, er bettelte ihn geradezu an, ihm die Schlinge um den Hals zu legen. Wenn er jetzt keinen Fehler mehr machte, hatte er den Unterweltkönig so gut wie in der Tasche. Er musste nur ein wenig improvisieren. »Ihr seid ein Mann der Tat, Meister Feyst. So etwas weiß ich wirklich zu schätzen ...«

»Sonst wäre ich im Leben wohl kaum so weit gekommen.«

»Ganz ohne Frage, mein Lieber.« Siegessicher rieb sich Beltran die Hände, um dann mit ausgestrecktem Arm über den Hof zu weisen. »Dann lasst uns gleich ohne Umschweife zur Sache kommen. Wenn Ihr mir bitte in den Garten folgen wollt? Ich würde bei diesen Wetterverhältnissen zwar ein Dach über dem Kopf bevorzugen, aber Häuser neigen dazu, über die Jahre hinweg Ohren zu entwickeln. Je älter und ehrwürdiger sie sind, desto zahlreicher werden die neugierigen

Blicke. In den Gärten lauschen uns dagegen nur die Vögel und Götter. Verzeiht, ich meine natürlich die Reisenden.«

Feyst winkte ab. »Die einzigen Götter, die ich kenne, liegen alle unter der Erde begraben.«

»Aber manche von ihnen lassen sich auch wieder ausgraben, nicht wahr?«

Feyst blieb stehen. Seine Augen verengten sich zu Schlitzen. »Wie meint Ihr das?«

»Die Götter der modernen Zeit, meine ich.« Beltran lächelte vielsagend. »Gold, Silber und ... Blaustein.«

Feyst musterte ihn einen Moment lang mit seltsamem Blick, doch dann nickte er. »Auf den Straßen von Berun sollte man aber weder über die Ersten noch über die Letzteren allzu laut reden.«

»Natürlich nicht. Manchmal vergesse ich, dass ich nicht mehr zu Hause bin. Im Macouban gehen wir mit solchen Dingen viel pragmatischer um als hier. Wir sehen in allem zunächst die Möglichkeiten und dann erst die Gefahren. Nach Euch, bitte.« Am Tor zum Garten blieb er stehen und wandte sich um. »Eure Begleiter können sich in der Zwischenzeit im Haus etwas zu trinken genehmigen – und der Große da sieht mächtig hungrig aus ...«

Feyst schüttelte den Kopf. »Ich ziehe es vor, sie immer um mich zu haben. Man kann in diesen Zeiten nie wissen.«

Beltran nickte verstehend. »Vertraue niemandem. Nicht einmal deinen Freunden. Ich kann Euch doch als meinen Freund betrachten, nicht wahr?«

Feyst zuckte mit den Schultern. »Betrachtet mich als Eure Mutter, wenn Ihr wollt. Alles, was für mich zählt, ist ein gutes Geschäft.«

Gemächlich bewegten sie sich auf die Lichtung zu, auf der

die verkleideten Kriegsknechte die Speisetafel angerichtet hatten. Eilig schwärmten Feysts Männer aus und sicherten die Umgebung. Beltran hatte zwar keine Angst, dass der Plan scheitern könnte, dazu waren Thorens Kriegsknechte einfach zu gute Kämpfer und hatten außerdem die Überraschung auf ihrer Seite, aber die Zahl an schwer bewaffneten Leibwächtern hatte schon etwas Beunruhigendes. Doch das sollte nicht wirklich seine Sorge sein. Seine Aufgabe war es, Feyst in Sicherheit zu wiegen, bis die Falle vollständig zugeschnappt war. Wie sich zeigte, lief dieser Teil bislang ausgesprochen gut. Verschwörerisch beugte er sich zu Feyst hinüber. »Zu dieser Sache mit den Handelswegen ... Wie Ihr vermutlich schon erfahren habt, soll es im Macouban Veränderungen geben. Geringfügige Verschiebungen der Macht, möglicherweise einen Wechsel auf dem Thron ...«

»In der Tat«, bemerkte Feyst. Sein Gehstock klackte leise über den Kies. »Aus diesem Grund sind all diese Gestalten doch hier versammelt.«

Beltran lächelte. »Das Rad der Geschichte dreht sich unablässig weiter. Heute befindet sich der eine Herrscher ganz oben und morgen wieder ein anderer. Ich dagegen habe früh gelernt, mich nahe der Achse aufzuhalten. Das ist zwar nicht ganz an der Spitze, aber es sichert mir ein gutes Einkommen und verringert die Gefahr, eines Tages wieder nach ganz unten zu fallen. So wie Fürst Antreno, dem die Höhenluft nicht allzu gut zu bekommen scheint. Für mich ist es langsam an der Zeit, mich nach neuen, verlässlichen Partnern umzuschauen. Menschen, die klaren Verstand bewiesen haben und dem Kaiserhaus genauso kritisch gegenüberstehen wie ich.« Er warf einen übertrieben misstrauischen Blick über die Schulter, ehe er leiser fortfuhr. »Über die Brotkrumen sollen sich die Krähen dort drinnen streiten. Wir beide haben heute etwas Wichtigeres zu besprechen.«

»Blaustein.« Feyst blieb unter den ausladenden Ästen der Eiche stehen, von der einst Kaiser Harands Großvater hinuntergestürzt sein sollte. Damals ging das Gerücht, dass der eigene Vater ein wenig nachgeholfen hatte, weil die rötliche Haarpracht seines Sohns nicht so recht in die Blutlinie des Hauses Revin passen wollte. Ob an diesem Gerücht etwas dran war oder nicht, hatte nie jemand herausgefunden. Vor allem, weil der Vater wenige Wochen später selbst einem unglücklichen Unfall zum Opfer gefallen war. Er war in einem Badezuber ertrunken. Vor den Augen seiner eigenen, aufs Tiefste erschütterten Frau, wie es hieß.

»Über welche Mengen reden wir?«, fragte Beltran.

»Alles«, erwiderte Feyst, ohne eine Miene zu verziehen. »Alles, was Ihr auftreiben könnt.«

Beltran schluckte. Wer bei den Gruben benötigte denn so viel Blaustein? Mit den Mengen, die seine Quellen im Macouban beschaffen konnten, wäre man in der Lage, die halbe Stadt zu vergiften. Kein Mensch brauchte so viel Blaustein, wenn er damit nicht gerade einen alten Tempel ausschmücken wollte. Kein Mensch, außer vielleicht ...

Unsinn! Energisch schüttelte er den Gedanken ab, der sich ihm so plötzlich aufgedrängt hatte. Schließlich hatte er auch so schon genug Probleme am Hals. Verlegen räusperte er sich. »Darf ich fragen, zu welchem Zweck Ihr ihn benötigt? Wer sind Eure Auftraggeber?«

»Jemand, der nicht genannt werden möchte«, erwiderte Feyst. »Der aber einen ungeheuren Bedarf hat sowie genügend Gold, um alles zu bezahlen. Der Rest muss Euch nicht interessieren.«

»Selbstverständlich.« Beltran wischte die feuchten Flächen seiner Hände am Wams trocken. Er hoffte, dass Feyst seine kurzzeitige Irritation nicht bemerkt hatte, aber dem Unterweltkönig schien an seinem Verhalten nichts ungewöhnlich vorgekommen zu sein. Betont beiläufig wies er zu der Essenstafel hinüber, vor der die Kriegsknechte mit scharrenden Füßen auf das Zeichen zum Angriff warteten. »Ich bin ganz zuversichtlich, dass wir uns heute Abend einig werden. Möchtet Ihr zuvor nicht vielleicht doch noch eine kleine Stärkung zu Euch nehmen? Wir haben eine Menge Arbeit vor uns, und der Auttrinische Hirsch soll eine wahre Köstlichkeit sein. Er wurde vom Koch des Kaisers höchstpersönlich angerichtet.«

Feyst zögerte einen Augenblick. »Ich habe von ihm gehört. Die ganze Welt schwärmt von den Künsten dieses Meister Grill. Vielleicht sollte ich tatsächlich eine Kleinigkeit probieren.«

»Es ist Eure letzte Gelegenheit, mein Lieber. Mein Schiff läuft morgen früh mit der Flut aus, und danach wird sich für Euch kaum noch einmal die Gelegenheit ergeben, diesen Meisterkoch zu erleben.«

Feyst nickte. Er war jetzt nur noch wenige Schritte von der Essenstafel entfernt, und der Augenblick könnte nicht günstiger sein. Beltrans Herz schlug ihm bis zum Hals. Unauffällig sah er zu Thoren hinüber, der langsam den Kopf hob. Ihre Blicke trafen sich, und der Puppenspieler nickte.

33

WELTENBRAND

Erneut rannten sie. Gut, es war kein Rennen im eigentlichen Sinne, doch in fast völliger Dunkelheit, zwischen Ruinen, losen Steinen und lauernden Krustentieren, kam Cunrat ihr Tempo trotzdem nahezu halsbrecherisch vor. Sie hatten nur noch eine Fackel, und nur Messers Ring spendete noch ein klein wenig bläuliches Licht, das gerade dazu geeignet war, die Schatten zu vertiefen, nicht aber, um zu unterscheiden, was Schatten und was Stein war. Stolpernd hasteten sie durch das Wasser, das knöcheltief, stellenweise sogar knietief auf dem Boden der Höhle stand, ihnen in die Stiefel schwappte und einen penetranten Geruch nach Salz und Tang verströmte. Vermutlich würde es weiterhin mehr werden, denn die Wasserfälle rauschten in unverminderter Stärke von der Decke herab, und noch immer grollte ferner Donner. Immerhin – jetzt, wo sie sich den Fällen näherten, schien es etwas heller zu werden. Krabbenspinnen staksten hier und dort durch die dunklen Fluten oder über herabgebrochenes Geröll, doch zumindest für den Moment schienen sie noch immer unter den Nachwirkungen der Explosion zu leiden, denn sie wirkten ziellos und ohne Interesse an den vorbeieilenden Männern. Wahrscheinlich aber würde dieser Zustand nicht ewig anhalten.

Ein Licht flammte vor ihnen auf.

Es war blau und kühl wie die Flammen, die in den Sturmlaternen auf jener Triare gebrannt hatten, die sie nach Gostin gebracht hatte, und leuchtete aus Lücken in einem Gebäude etwas rechts von ihnen. Es war ein großes Gebäude, und dazu eins der wenigen, das mehr als eine simple Ruine war, die unter einem der höchsten Punkte der Höhle stand. Dennoch schien sein Dach die Decke zu berühren.

»Nett von ihnen, uns den Weg zu weisen«, stellte Ness fest.

»Ja, aber es kann kein gutes Zeichen sein.« Messer hinkte hinter ihm her, kaum schneller als Marten, der ebenfalls ein Problem zu haben schien. *Der hinkende Bastard.* Wenn Cunrat ehrlich war, gefiel ihm der Name.

»Ich vermute, es heißt, dass sie gefunden haben, was immer sie suchen. Welchen Grund könnte diese Festbeleuchtung sonst haben?«

»Höchstes Gebäude, im Zentrum der Höhle – man hätte drauf kommen können«, keuchte Marten zwischen zusammengebissenen Zähnen hervor. »Was jetzt?«

Ness und der blasse Mann, der sich Schatten nannte, verlangsamten ihre Schritte. »Was können diese Fischgötter eigentlich?«, fragte der Glatzkopf leise.

Der Schatten schien nachzudenken. »Sie scheinen Wasserwesen zu sein«, sagte er dann nachdenklich. »Also vermutlich schwimmen. Ihre Augen sind groß und besser als meine; sie haben nicht das geringste Problem damit, in der Nacht zu sehen. Und sie strahlen Macht aus.«

»Wie – strahlen? Leuchten sie im Dunklen?«

»Ich weiß nicht, wie ich es beschreiben soll. Man fühlt sich in ihrer Gegenwart... klein. Unwichtig. Ich habe noch nie jemanden erlebt, dem man seine Überlegenheit so sehr anmerkte wie ihnen.«

»Halt!«, unterbrach Marten keuchend, als er zu ihnen aufschloss. »Moment mal. Wie...« Er zögerte. »Hatten sie einen Geruch, ich meine, einen bestimmten? Ich glaube, ich habe etwas wahrgenommen.«

Der Schatten nickte abwartend, und Marten schlug sich gegen die Stirn. »Der Geruch. So machen sie es. Genauso wie Xari. Nur, na ja, anders. Xari weckt... also sie kann gewisse Gefühle wecken. Ich wette, diese Kerle können das auch. Nur andere.«

Messer nickte langsam. »Das wäre tatsächlich ein äußerst nützliches Talent. Die Bilder in den Köpfen anderer sollte man nie unterschätzen.«

Ness rieb sich grübelnd das Ohr, während er vorsichtig einen Bogen um eine kleine Gruppe der Krabbenspinnen schlug. »Alle haben dieses Talent? Wenn wir das wissen, wird es einfach.«

»Ich fürchte, so einfach wird es nicht«, erwiderte der Schatten. »Wenn es stimmt, was die Legenden erzählen, dann waren die Götter weit mächtiger als gewöhnliche Talentierte. Was dabei immer wieder erwähnt wird, ist, dass jeder von ihnen mehrere Talente hat. Man sagt, sie können unter Wasser atmen. Sie heilen sich selbst unnatürlich schnell. Eiserne Waffen können sie nicht verletzen. Und noch anderes darüber hinaus, wenn auch nur ein Bruchteil der Legenden stimmt.«

Cunrat hielt inne. »Mehrere... Talente? Aber das ist unmöglich!«

Messer schnaubte. »Was weißt du schon von unmöglich, Ritter. Du weißt doch erst seit einigen Tagen von deinem eigenen.« Er nickte sein Vogelnicken. »Tatsächlich ergibt das Sinn. Es sind alles Dinge, die in den Legenden über die Götter nicht ungehört sind.«

Cunrat stieß ein Geräusch aus. »Ihr wollt nicht ernsthaft behaupten, wir seien auf der Spur von Göttern, Messer!«

Der Vogelmann wiegte den Kopf.

»Nein«, warf Marten ein. »Aber nach dem, was Emeri sagt, sind sie das Volk der Götter. Ihre Nachkommen oder so etwas.«

»Halbgötter«, sagte der Schatten leise.

»…und halb Fisch«, fügte Ness hinzu und atmete tief durch. »Finden wir es heraus.« Er zog seine Rolle klebriger Sumyak-Blätter aus der Tasche, riss ein Stück ab und rollte es zu zwei Pfropfen, die er sich in die Nase steckte. »Ich weiß nicht, wie es euch geht, aber ich werde mich von ein paar Fischgöttern nicht einschüchtern lassen. Die Menschen in meiner Heimat verehren Manar, den verdammten Herrn über die See und die Fischer. Das schließt ein paar aufrecht gehende Fische ja wohl mit ein.« Er reichte die Rolle an den Schatten weiter und legte den Finger an die Lippen. »Und jetzt leise. Ich würde gern jeden Vorteil nutzen, den wir haben.«

Das Gebäude vor ihnen war auf einem Podest errichtet, das, soweit Cunrat es sehen konnte, auf allen Seiten von Treppenstufen gebildet wurde. Dunkle Säulen ragten auf, im Gegenlicht des blauen Feuerscheins seltsam gewunden und verzerrt. Wenn man nach dem Lichtschein ging, führten mehrere Öffnungen nach innen. Die Männer rückten zusammen. »Meint ihr, die haben Wachen aufgestellt?«, flüsterte Marten.

»Sie sind zu fünft. Vier Männer, die sich *Uhabu* nennen, und ihre Anführerin, die *Inenei* heißt.«

Der Schatten schüttelte den Kopf. »Sie nennt sich so. *Inenei* heißt ›Zunge‹, was so viel bedeutet wie Anführerin und Zauberin.«

»Zeisig würde jetzt mit Sicherheit mehr als nur ein schmutziger Witz dazu einfallen«, flüsterte Ness grinsend.

»Danke, Ness.« Messer seufzte hörbar. »Das heißt, auf die sollten wir achten. Aber ich glaube nicht, dass sie die Eingänge bewachen.« Er nickte nach vorn. »Wenn sie zu sechst sind, haben sie nicht genügend Leute.«

Cunrat musste ihm im Stillen recht geben. Das Licht fiel aus mehr als einem halben Dutzend Öffnungen, und die Huacoun schienen ohnehin nicht sonderlich besorgt gewesen zu sein. Warum auch? Die Spinnen schienen sie zu meiden, und die Kolnorer wähnten sie noch immer am Tunneleingang. Wenn sie nicht ohnehin davon ausgingen, dass ihre Verbündeten inzwischen gefressen worden waren. Nach allem, was er wusste, war dieser Gedanke nicht allzu abwegig. Nein, Wesen, die sich darauf verließen, gegenüber allen anderen als überlegen zu wirken, würden sich die Mühe in einer verlassenen Höhle nicht machen.

Ness kam offenbar zum selben Schluss. Er deutete auf Cunrat. »Messer geht mit dem Schatten, Marten und du kommt mit mir«, flüsterte er.

»Was? Warum das?«

»Weil ich es sage und weil ich Messer kenne. Er wird sich nicht vom Schatten hintergehen lassen«, bei diesen Worten warf er dem blassen Mann einen warnenden Seitenblick zu.

Der zuckte lediglich mit den Schultern und nickte.

»Und weil ich Marten lieber an meiner Seite habe. Ich traue Messer ebenfalls nicht. Wir wissen beide, wie dein Auftrag lauten wird, Messer. Nichts für ungut.«

Der Vogelmann imitierte das Schulterzucken des Schattens. »Und drittens, weil mir dein Talent von allen am nützlichsten erscheint. Diese beiden halte ich für fähig, sich einen Fisch zu filetieren, aber ohne Rückendeckung möchte ich auch nicht sein. Wenn sie den Köder spielen und du für Deckung sorgst, dann haben wir vielleicht eine Chance, Emeri dort herauszuholen, ohne zu Fischfutter zu werden.«

Cunrat beschlich das Gefühl, dass der kleine Kriegsknecht die Fischscherze regelrecht genoss. Er warf Marten einen Blick zu, nur um festzustellen, dass der Schwertmann ihn unverwandt ansah, das Gesicht verschlossen und unlesbar. *Kaiserlicher Bastard.* Na ja. Wenn man es recht bedachte, hätte seine Schwester schlechter wählen können. Dennoch. Konnte er ad Sussetz trauen? Immerhin hatte er ihn im Sturm über Bord gehen lassen. Eine unerwartete Welle Schuldgefühle überspülte ihn. Was, wenn ad Sussetz nachtragend war? Cunrat wandte den Blick ab, doch er nickte.

»Fein«, flüsterte der kleine Kriegsknecht. »Gehen wir Angeln.«

Das Innere des seltsamen Gebäudes bestand im Grunde aus einer großen Halle, deren mit Reliefs verziertes Dach von den Säulen gehalten wurde. Mehr als mannshohe Mauern versperrten dennoch die freie Sicht. Cunrat sah die anderen beiden fragend an. Die Mauern sahen nicht aus, als gehörten sie hierher. Sie waren gleichfalls alt, ja, und seltsamerweise waren große Teile mit Blaustein überzogen. Dennoch wirkten sie wie nachträglich und in aller Eile hochgezogen, steinernen Schutzwällen gleich. Das Licht schien von irgendwo aus dem Bereich hinter den Mauern zu kommen

»Das ist jetzt unerwartet«, flüsterte Ness und rieb sich das

Ohr. »Ich weiß nicht, was ich erwartet habe, aber das hier nicht, so viel ist mal sicher.«

»Vielleicht ein Schutz gegen das Wasser?« Marten deutete hinter sie, wo der steigende Wasserspiegel matt im Gegenlicht des Gebäudes schimmerte.

Cunrat sah ihn zweifelnd an. »Nur ein Weg, das herauszufinden.« Er stellte sich vor die Wand und faltete die Hände. »Ad Sussetz, du kletterst doch so gern, wenn ich mich recht erinnere. Sieh nach.«

»Eigentlich habe ich immer zuerst den normalen Weg in die Kammern der Mädchen gesucht«, schoss Marten zurück. »Du würdest staunen, welche Türen da einladend offen stehen.«

Cunrat öffnete den Mund, doch Ness stieß ein irritiertes Zischen aus. »Ich schwöre, wenn das hier vorbei ist, lasse ich euch aneinanderketten und werfe den Schlüssel weg, wenn ihr die Scheiße nicht sofort lasst«, raunte er. »Marten, hoch da.«

Der Schwertmann warf Cunrat einen hämischen Blick zu, ließ sich jedoch zur Mauerkrone hochhelfen. Dann stieß er die Luft mit einem unterdrückten Pfiff aus. »Das glaubt ihr nicht.«

»Ich glaube alles, wenn man es mir nur ausführlich genug erzählt«, knurrte Ness. »Was?«

»Seht es euch selbst an.« Marten beugte sich hinunter und half ihnen auf die Mauerkrone.

Wer auch immer die Mauern errichtet hatte, er hatte sich nicht mit einer einfachen Umfriedung begnügt. Das ganze Innere der Halle war in ein Raster von breiten Gängen unterteilt, von denen Dutzende, wenn nicht Hunderte Kammern abgingen, von denen jede nur drei oder vier Schritt durchmaß. Alle Gänge jedoch führten zum Zentrum des Bauwerks. Von ihrem erhöhten Posten aus konnten sie sehen, dass sich auch dort eine Statue erhob, diese hier jedoch ungleich größer als jene auf dem kleineren Podest, auf das sich die Kolnorer geflüchtet hatten. Es war auf diese Entfernung trotz des Lichts nicht zu erkennen, um was genau es sich dabei handelte; einzig, dass es eine sitzende, menschenähnliche Gestalt war. Die Details der Figur lagen jedoch unter einem dicken, tiefblau schimmernden Panzer aus Ablagerungen verborgen.

»Ist das Blaustein?«, murmelte Marten, sichtlich erschüttert. »Ich meine – das alles?«

Cunrat nickte stumm.

»Ich verstehe das nicht. Woher kommt das? Ich dachte, es wäre ein seltenes Mineral, aber hier scheint jeder verkackte Stein einfach damit übergossen zu sein. So als würde der Kaiser seine Schatzkammer einschmelzen und das ganze verdammte Gold wahllos über den Stallungen ausgießen lassen. Allein mit dem Mauerstein hier«, er klopfte auf den Brocken vor sich, »könnte ich all meine Schulden abzahlen. Wer macht so was?«

Cunrat starrte den Schwertmann düster an. »Ich glaube, das weiß niemand. Können wir uns später darum kümmern? Wir haben ein paar alte Götter zu beseitigen und ein Mädchen zu retten.«

Marten drehte sich nach Ness um. »Genau das ist das Problem. Deshalb wollte ich nie Ritter werden. Götter töten, Maiden retten und die Finger von den Drogen lassen.« Er sah Cunrat an, dann ließ er sich von der Mauer hinab in die kleine Kammer auf der anderen Seite rutschen. »Du kennst Emeri nicht, aber du würdest dich wundern. Sie muss nicht gerettet werden. Sie braucht Rückendeckung.« Er drehte sich um und runzelte gleich darauf die Stirn. Eine Krabbenspinne kroch die Mauer entlang, in ihren Fresswerkzeugen etwas, das wie der Rest eines angefressenen Fisches aussah. Sie beachtete die beiden Männer nicht, sondern stopfte sich geschäftig Fetzen des faserigen, bleichen Fleischs zwischen die Mandibeln, um dann beiläufig einen dunkelblauen Strahl klebrig wirkender Flüssigkeit aus dem Hinterleib abzusondern, der auf die Mauerkrone klatschte. Das Sekret rann zwei oder drei Handbreit weit daran hinab, bevor es zu erstarren begann. Mit einem leisen Klicken kletterte die Krabbenspinne über die Mauerkrone und verschwand aus seinem Blickfeld.

Er atmete leise aus, und ein unwillkürlicher Schauer der Abscheu überlief ihn. »Zu dieser Frage, woher der Blaustein stammt«, murmelte er angewidert. »Du hast recht. Eigentlich ist es gar nicht so wichtig. Es gibt ohnehin appetitlichere Drogen.«

»Was?«

Marten winkte ab. »Vergiss es einfach.« Er wandte sich der Kammer auf der anderen Seite der Mauer zu. »Was ist das hier eigentlich?« Die Kammer hatte nur einen einzigen Einrichtungsgegenstand: ein etwas erhöhtes, rundes Becken von etwa einem Schritt Durchmesser, zu dem einige flache Stufen hinaufführten und das ihn unwillkürlich an einen zu klein geratenen Badezuber erinnerte. Von oben konnte Cunrat deutlich sehen, dass es leer war, wenn man von einer dicken Staubschicht und einigen Flecken Blaustein absah.

Auch er rollte sich von der Mauer und ließ sich leise zu Boden fallen. Vom Fuß des Beckens lief eine Einkerbung oder Rinne weg durch die gähnende Türöffnung hinaus auf den Gang.

»Was bei allen Reisenden ist das?« Er warf einen vorsichtigen Blick aus dem einzigen Ausgang. Der angrenzende Gang war schnurgerade und bläulich ausgeleuchtet, da das Licht, das aus Richtung des Zentrums kam, ungehindert hindurchfallen konnte. »Wenig Deckung«, murmelte er.

»Also umso mehr zu sehen, oder?« Marten hockte sich neben ihn und versuchte, an ihm vorbeizuspähen.

Ja, es war allerdings einiges zu sehen. Am Fuß der Statue waren seltsame Apparaturen aufgebaut, größtenteils aus Stein, aber auch rostiges Metall, alles mit den unvermeidlichen Flecken von Blaustein überzogen. Und auch vor dieser Statue stand eine riesige steinerne Feuerschale. In diesem Fall allerdings lohten große blaue Flammen aus ihr und tauchten alles um sie herum in grelles Licht oder tiefschwarze Schatten. Und vor dieser Schale befand sich jemand. Zwei Männer, nahezu ebenso groß und muskulös wie er selbst, verschoben einen Gegenstand, den er von hier aus nicht erkennen konnte. Er schien allerdings schwer zu sein, denn auf ihren bloßen, tonnenförmigen Oberkörpern glänzte der Schweiß, und ihre Muskeln zeichneten sich scharf unter der bleichen Haut ab. Neben ihnen stand eine kleinere, etwas zierlichere Person mit dem gleichen seltsamen Körperbau und dem gleichen haarlosen Schädel. Und vor ihr kniete eine junge Frau, die im Gegensatz zur anderen deutlich mehr Haare hatte. »Ist das Emeri?«

»Hmhm.«

»Und das sind diese ...«

... Huacoun, ja. Allerdings fehlen Oloare und die anderen beiden«, raunte Marten.

»Umso besser«, befand Ness. Das macht es einfacher, das Mädchen herauszuholen.«

Marten nickte zögernd. »Ich frage mich nur, was sie dort

machen.« Ohne eine Antwort abzuwarten, stand der Schwertmann auf und rannte schräg über den Gang, in eine der Türöffnungen weiter vorn.

»Ad Suss...!« Cunrat würgte den Rest seines gedämpften Ausrufs ab und biss die Zähne zusammen. »Was jetzt wieder?«

Ness zuckte mit den Schultern. »Alte Schildbrecher-Taktik: in Bewegung bleiben und so tun, als hätte man einen Plan. Dann ist man meist schon im Vorteil.« Er klopfte Cunrat auf die Schulter und folgte Marten, der bereits zurück über den Gang in die nächste Nische huschte. Erst eine weitere Überquerung später wartete Marten. Sie waren jetzt nur noch knapp zwanzig Schritte vom Rücken der Huacoun entfernt, und inzwischen wurde klar, was Emeri tat.

»Sie singt?«, raunte Cunrat.

Marten nickte. »Deswegen wollten die sie.«

»Gut, und jetzt?«

Marten tippte Ness auf die Schulter. »Die Statuen!«

Erst jetzt fielen Cunrat die vier Statuen auf. Sie waren gut drei Köpfe größer als selbst die großen der Huacoun und so komplett in einen Panzer aus Blaustein gehüllt, dass außer ihrer grundsätzlich menschlichen Silhouette nicht viel zu erkennen war. Soeben waren die beiden Männer wieder aufgetaucht, und diesmal war zu erkennen, was sie taten: Sie stellten eine fünfte der seltsamen Statuen neben die anderen. Dann setzten sie sich den Figuren zu Füßen und nahmen zu Cunrats völliger Verblüffung Trommeln zur Hand. »Was bei Migh tun sie da?«

Noch während Cunrat die Frage stellte, hob Emeri die Hände. Die Ärmel ihres Kleids waren abgerissen worden, und ein dicker Verband war um einen ihrer Unterarme gewunden, dennoch konnte Cunrat die schwarzen, gewundenen

Muster erkennen, die ihre Haut überzogen – und die jetzt blau zu glühen begannen. Im selben Maße, wie das Leuchten der Linien zunahm, begannen jedoch auch die Blausteinstatuen zu leuchten. Erst nur schwach, kaum merklich, doch mit jedem Herzschlag nahm ihre Leuchtkraft zu. Das Glühen der Figuren schien von innen heraus zu kommen, und jetzt konnte Cunrat erkennen, dass sich unter der Hülle etwas anderes befand. Die Schattenrisse ähnelten denen der Huacoun, doch sie ließen die beiden Männer an den Trommeln geradezu zierlich und klein wirken. Auch die Huacoun-Zauberin hinter Emeri hob jetzt die Arme, und auf ihrer Haut begannen ebenfalls Muster zu leuchten, auch wenn sich diese deutlich von Emeris unterschieden. Sie spreizte die Finger, und zum ersten Mal sah Cunrat die Schwimmhäute zwischen den sechs Fingern jeder Hand, die im Gegenlicht des blauen Feuers nahezu transparent wirkten. Sie begann, ebenfalls zu singen, und ergänzte Emeris Lied durch eine zweite, deutlich andere Melodie, die nichtsdestotrotz in einer seltsamen Harmonie in Emeris Lied griff, die Cunrat eine eisige Gänsehaut über den Rücken jagte. Und vor seinen Augen schien der mittlerweile hell glühende Blaustein der Statuen langsam zu schmelzen.

Cunrat ließ sich um die Ecke zurückfallen. »Ich weiß nicht, was sie da machen, aber es gefällt mir nicht.«

»Was du nicht sagst«, raunte Ness. »Ich frage mich, was unsere Ablenkung macht.«

»Sich Zeit lassen auf jeden Fall.«

»Irgendwelche schlauen Vorschläge? Ich wäre offen dafür.« Martens Blick fiel auf die ramponierte Armbrust auf Cunrats Schulter. »Gib mir das. Ich erschieße die Zauberin. Das dürfte das Problem erledigen.«

Cunrat nahm die Waffe von der Schulter, doch Ness griff danach. »Nein«, flüsterte der alte Kriegsknecht eindringlich. »Das Ding ist so gut wie Schrott. Du hast vorhin schon vorbeigeschossen.« Dann jedoch erhellte sich sein Gesicht, und er zog einen rot bemalten Bolzen mit einer Blausteinspitze aus seinem Köcher. »Aber ich hab da eine Idee. Haltet euch bereit. Oh, und Ritter – nimm das hier.« Er hielt Cunrat einen Blausteinbrocken hin, stand auf und ging an die Rückwand der Kammer. Dann wandte er sich nochmals um. »Kann mir mal jemand über die Mauer helfen?«

Cunrat und Marten nahmen ihren Posten an der Kammeröffnung wieder ein, als Ness über die Mauer verschwunden war.

Der Blaustein schmolz tatsächlich. Inzwischen rann er in zähen Bächen von den Statuen und brachte langsam die Figuren im Inneren näher an die Oberfläche. An der rechten sah bereits ein Stück des Kopfs durch das erste Loch in der Agetschicht, und Cunrat war sich beinahe sicher, dass die Oberfläche kein Stein war.

»Was jetzt?«

»Wenn Ness' Ablenkung funktioniert, sollten wir uns Emeri schnappen und verschwinden. Sie laufen nicht allzu schnell. Ist die einzige Schwäche, die mir einfällt.«

»Guter Plan«, flüsterte Cunrat. Er deutete auf Martens Bein. »Allerdings hinkst du. Meinst du, du bist trotzdem schneller als Fischmenschen mit die Reisenden wissen was für Flüchen?«

»Talenten«, erwiderte Marten automatisch. Dann schnaufte er und sah auf sein Bein. »Aber du hast recht. Verdammt. Was meinst du, wie lange wir noch ...«

Ein Donnern ließ den Boden erzittern. Steinsplitter flogen

durch die Luft wie Geschosse und prasselten klirrend auf die Mauern. Das Dröhnen hallte grollend durch die überdachte Halle, und für einen Augenblick überstrahlte rötliches Licht den Schein der blauen Feuerschale. Ein Stück weiter weg löste sich ein ganzes, beinahe hausgroßes Deckensegment und krachte vor der Halle in die Ruinen.

»Man verwendet nie, nie Explosionen in Höhlen!«, äffte Cunrat Ness' Stimme nach. Er warf einen schnellen Blick um die Ecke. Das Beben der Explosion hatte die Huacoun aus dem Rhythmus gebracht und Emeri von den Füßen geworfen. Zumindest hatten sie das Lied unterbrochen. Beinahe sofort erstarrte der schmelzende Blaustein wieder, als das Leuchten auf den beiden Frauen und den Statuen erloschen war.

Die Zauberin fuhr herum und rief ihren männlichen Begleitern etwas zu, das weniger wie Worte klang und mehr nach einer Reihe von Klicklauten. Sofort standen die Huacoun auf den Füßen, zogen ihre Langmesser und liefen durch den rechten Gang davon, dorthin, woher das Leuchten der Explosion gekommen war. »So weit, so gut.« Er sah Marten an. »Ich lenke das Weib da ab, du holst das Mädchen. Ist ja deine Spezialität.«

Marten grinste schwach. »Stimmt. Und deine ist es, Leuten auf den Sack zu gehen. Aber ich weiß es zu schätzen, ad Koredin.«

Cunrat atmete tief durch. Wenn er ehrlich war, musste er sich eingestehen, dass er keine Ahnung hatte, warum er das überhaupt tat. Sicherlich nicht für ad Sussetz. Doch das Mädchen da vorn – sie hätte auch seine Schwester sein können. Davon abgesehen – war er dafür nicht in den Orden der Reisenden eingetreten? Um falsche Götter zu Fall zu bringen? Er runzelte die Stirn. Zu Fall bringen war gut. Hastig tastete er seine Taschen ab und zog schließlich den Rest der Spindel mit dem Ralld-Faden hervor. Viel war nicht mehr übrig, doch das Material war scharfkantig und steif wie Eisendraht. Hastig knüpfte er den Rest Draht zu einer Gleitschlinge, bevor er einen Armbrustbolzen mit drei Kerben aus seinem Gürtel fischte und das lose Ende an den Schaft knotete.

»Was wird das?«, fragte Marten misstrauisch.

Cunrat grinste. »Das Unritterlichste, was ich je getan habe. Aber wenn sie das nicht ablenkt, dann weiß ich auch nicht. Folge mir.«

»Es ist mir eine Ehre, mit dem berühmten Meister Messer zu arbeiten«, sagte der Schatten leise, als sie ihren Weg um das riesige Gebäude suchten.

Messer warf dem blassen Mann einen forschenden Seitenblick zu, doch dieser schien es tatsächlich ernst zu meinen, und er schniefte. »Es ist ungewohnt, jemanden zu treffen, den das mit Begeisterung erfüllt, obwohl er meine Profession kennt«, stellte er fest. Und zu einem nicht geringen Teil beunruhigend, wie er sich selbst eingestehen musste.

Der Schatten zuckte mit den Schultern. »Ihr seid ein Meister unseres Fachs, und eine Menge Leute schauen zu euch auf. Es gibt Lieder über euch.«

Messer stolperte fast. »Ist das so? Wie geschmacklos.«

Der Schatten lachte leise auf. »Findet Ihr? Ich denke, es sind wirklich gute Trinklieder dabei. ›Zehn Kolnorer Adlige‹ ist Euch kein Begriff?«

Messer blinzelte. »Das muss mir bislang entgangen sein. Aber wo wir bei Kolnorern sind: Sie und Ihre Schwester haben für die Kolnorer gearbeitet, und Ihre Schwester ist mit den *Huacoun* im Bunde.« Er wandte sich dem Schatten zu und presste ihm eine Blausteinnadel gegen den Hals. »Warum sollte ich Ihnen trauen?«

Der Schatten erstarrte, doch das Lächeln schwand nicht von seinem Gesicht. »Wie wir alle bin ich käuflich – und der Theyn hat gut gezahlt. Jetzt tut er das nicht mehr. Das beendet meinen Vertrag und macht mich offen für neue Vorschläge. Was meine Schwester angeht – ich habe sie seit fünfzehn Jahren nicht gesehen. Die Kolnorer brauchten jemanden, der einen Ort findet, den ihre Verbündeten hier suchten, und mir ist nur sie eingefallen. Dass ihre Verbündeten Fischgesichter sind, war ein Bonus. Oloare hat sich schon immer als Nachkomme der Götter betrachtet. Ihr Blut ist stark in unserer Familie.« Er hob die Brauen. »Aber letztendlich haben wir schließlich alle ihr Blut und ihre Talente geerbt, nicht?«

Messer legte den Kopf auf die Seite. »Daran glaubst du?«

Der Schatten schluckte vorsichtig. »Jeder glaubt an irgendetwas. Oloare glaubt, dass sie den Göttern dient. Ich glaube an gute Bezahlung für gute Arbeit. Wer weiß schon, was davon wahrscheinlicher ist.«

Messer gab einen unbestimmten Laut von sich. »Sag mir, wer bezahlt dich jetzt gerade?«

Das Lächeln des Schattens wurde eine Spur breiter. »Im Moment bezahle ich mich selbst. So wie Ihr. Oder wollt Ihr mir einreden, dass Ihr Euch nicht schon längst die Taschen mit Blaustein gefüllt habt? Es fühlt sich nämlich so an.«

Messer runzelte die Stirn. Er sah nach unten und stellte fest, dass der Schatten eine Dolchspitze direkt auf seine Niere gerichtet hielt. Die Spitze eines von Messers eigenen Dolchen. Er sah wieder auf. »Du bist geschickt, Schatten.«

»Danke. Das aus Eurem Mund bedeutet mir viel. Können

wir jetzt unsere Aufgabe wieder aufnehmen? Ich würde diesen Ort gern verlassen.« Der Schatten schielte bedeutungsvoll nach unten. »Das Wasser steigt, und ich habe im Gegensatz zu denen keine Schwimmhäute.« Er spreizte die Finger der freien Hand.

Messer sah ihn einen langen Moment an. Dann ließ er die Nadel vom Hals des Schattens verschwinden. Er nickte, und der blasse Mann reichte ihm seinen Dolch.

Gemeinsam umrundeten sie eine Gebäudeecke, bevor sie den Säulengang durchschritten und vor der roh verfugten Mauer standen. Weiter rechts gähnte ein Durchgang in diesem seltsamen Hindernis.

»Dann sorgen wir mal für Ablenkung. Haltet Euch bereit!«

Der Schatten stand auf und trat in die Maueröffnung. »Oloare?«, rief er laut genug, dass seine Stimme unter der hohen Decke widerhallte. »Ich denke, wir müssen hier über etwas reden!«

»Was …?«

Der Schatten hob kaum merklich eine Hand, um Messers Frage abwehren. »Vertraut mir.«

»Oloare! Schwester! Wir haben hier ein ernstes Problem!«, rief er erneut.

Irgendwo in der Dunkelheit klickte es – die Klicklaute der Huacoun. Seltsamerweise kamen die Laute jedoch aus den Ruinen hinter ihnen. Der Schatten versteifte sich kurz, dann drehte er sich um. Aus dem Dunkel kam einer der Huacoun-Krieger auf ihn zu. Er bewegte sich erstaunlich schnell durch das inzwischen fast hüfttiefe Wasser. »Ein Problem?«, fragte er knapp. »Welches Problem?«

Der Schatten breitete die Hände aus. »Die Kolnorer«, erwiderte er. »Der Theyn. Er will nicht länger warten. Er will etwas von dem abhaben, was Ihr hier gefunden habt, und er will nicht warten. Sie sind auf dem Weg hierher!«

»Will er«, die Worte des Huacoun waren eine Feststellung. »Natürlich will er. Oder wollte.« Der Huacoun war inzwischen an der Treppe angekommen und stieg wankend aus dem Wasser. Am Rand der Plattform ließ er einen großen, prall gefüllten Sack fallen, aus dem sich prompt ein kleiner Bach Blaustein ergoss. »Der Kolnorer ist tot. Die *Pakourou* haben sich darum gekümmert.« Der Huacoun bemerkte den verständnislosen Ausdruck des Schattens und klickte abfällig. »*Pakourou*. Die … wie würdet Ihr sagen? – Spinnen des Blausteins. Ich höre keinen Kampf mehr. Also sind die *Boirokuu Lamoeli*, diese Kolnorer, tot. Bis auf dich.«

Der Schatten sah zu dem Huacoun auf, der jetzt dicht genug vor ihm stand, um ihn zu berühren. »Ihr wusstet, dass das passiert? Warum habt ihr mich dann nicht gewarnt? Oloare ist meine Schwester und …«

»Sie nützt. Du bist nicht wichtig. Du solltest schon tot sein.«

Der Schatten hob seine Hände etwas weiter, ohne die Augen von dem Huacoun zu lassen. »Habt Ihr das gehört, Messer?«

Der Gesichtsausdruck des Huacoun verwandelte sich von bedrohlich zu alarmiert, um gleich darauf zu erstarren.

Messer trat hinter dem Riesen hervor und musterte ihn aus der Nähe. »Bemerkenswert«, stellte er fest. Er wischte über die Haut des Huacoun und rieb dann seine Finger. »Ölig. Auf diese Weise können sie also im Wasser leben.«

»Ihr habt euch Zeit gelassen«, stellte der Schatten anklagend fest.

Messer zuckte mit den Schultern. »Ich war mir ehrlich gesagt nicht sicher, ob meine Nadeln bei diesen Kreaturen funktionieren.« Er musterte weiterhin eingehend den Erstarrten. »Um ehrlich zu sein, sollte er sich gerade vor Schmerzen winden und so die anderen auf uns lenken.« Stirnrunzelnd beobachte er, wie der Mundwinkel der Kreatur zuckte. Dann zitterte ein Muskel im Oberarm.

»Wirklich bemerkenswert«, wiederholte er, griff nach einem Messer und stieß es dem Huacoun in den Leib.

Mit einem gurgelnden Stöhnen kämpfte sich der Hüne aus der Erstarrung, und Messer entging seinem noch ungelenken Hieb nur durch einen schnellen Schritt rückwärts.

»Verdammt.«

Der Schatten riss sein Schwert heraus, doch die Pranke des Huacoun fing es noch in der Ausholbewegung ab, entriss es ihm und schleuderte es in die dunklen Fluten hinter sich.

Der Schatten sprang ebenfalls zurück und wirbelte dann herum. »Lauft!« Der Hieb des langen Huacoun-Arms traf ihn im Rücken und schleuderte ihn gegen die nächste der Säulen.

Im selben Moment zerriss eine Explosion ganz in der Nähe die Dunkelheit, und Messer wurde in einem gleißenden Blitz von den Füßen gerissen. Eine Hitzewelle brandete über ihn hinweg und versengte seine Haare. Auch der Huacoun konnte sich nur mühsam auf den Beinen halten. Er taumelte, krümmte sich und presste die Pranken gegen seine Ohren, als bereitete ihm der rollende Donner körperliche Schmerzen. Das jedoch war vermutlich nichts im Vergleich zu dem riesigen Stück Decke, das ihn nur einen Augenblick später unter sich begrub und alles in eine Staubwolke hüllte.

Cunrat sprang aus der Deckung und lief auf die Huacoun zu, die ihnen den Rücken zugekehrt hatte, und Marten blieb nichts anderes übrig, als ihm zu folgen. Mit wenigen schnellen Schritten hatte er die Frau erreicht und stieß ihr sein Schwert in den Rücken. Die Huacoun keuchte auf, dann fuhr sie schneller herum, als Marten für möglich gehalten hatte, und versuchte, den Ritter am Hals zu packen. Cunrat ließ sich fallen und tauchte unter ihrer Krallenhand hindurch. Dabei jedoch ließ er die Schlinge des Ralld-Fadens über ihren Arm gleiten. Sein Schwung trieb ihn bis zur nächsten der Statuen, und ohne zu zögern, hämmerte er den Bolzen in seiner Hand in den Unterleib der Figur. Etwas knallte, und Blausteinsplitter flogen um sie herum, als der Ritter hinter die Reihe der Statuen rollte. Die Huacoun sprang dem Mann hinterher. Die Schlinge um ihren Arm zog sich zu, schnitt tief in ihr blasses Fleisch und riss sie brutal zurück. Mit einem schrillen Aufschrei stürzte sie zu Boden.

Marten hielt sich nicht mit ihr auf. Schlitternd kam er neben Emeri zu stehen und hob sie auf die Füße. »Schnell!« keuchte er. »Wir müssen hier raus!«

Die junge Frau starrte entsetzt zu ihm herauf. »Marten! Was …«

Er grinste. »Ich habe dir doch gesagt, alles wird gut! Ich … wir holen dich hier raus!« Er umfasste ihre Hand und zog sie mit sich.«

»Marten! Nicht!« Ein heftiger Ruck bremste ihn und entriss ihm beinahe Emeris Hand. Verwirrt sah er sich um.

»Ich kann nicht!«, keuchte Emeri erstickt. Verzweiflung lag in ihrer Stimme und ließ ihn innehalten. Erst jetzt entdeckte er die dünne, metallene Kette, die von ihrem Hals bis zur Taille der Huacoun lief. Er stieß einen Fluch aus. »Warte, wir haben das gleich. Ich …«

Emeri schüttelte den Kopf. Tränen glitzerten in ihren

Augen, als sie einen Schritt zurück machte, um die Spannung von ihrer Fessel zu nehmen. »Das geht nicht! Sie … sie hat gesagt, die Fessel ist mit Blaustein geschmiedet. Ein Zauber hält sie geschlossen!«

»Unsinn!« Marten kehrte um, packte die filigran wirkende Kette und zerrte daran, so heftig, dass sie in seine Finger schnitt. »Das kann doch nicht wahr sein!«

Am anderen Ende der Kette kam die Huacoun langsam wieder auf die Füße. Wütend zerrte sie an der Ralld-Fessel um ihren Unterarm, doch der blaue Draht hatte sich tief in ihren Arm eingegraben und hielt sie unverrückbar an die blaue Statue gefesselt.

»Verdammt«, keuchte Cunrat. »Ich wollte deinen hässlichen Hals erwischen!« Er zog sich an der riesigen Feuerschale hoch.

Der Blick der Huacoun fiel auf die Statue, an die sie gefesselt war, und ihre Augen wurden groß. Dann stieß sie ein gellendes Kreischen aus und zerrte an dem Bolzen, der unverrückbar im Bauch der Figur steckte.

Cunrat grinste gehässig. »Keine Chance. Das hält felsenfest. Eher reißt dein Arm, Dreckstück.« Ohne ihn zu beachten, zerrte die Huacoun weiter an dem Geschoss und gab eine Folge panisch klingender Klicklaute von sich.

»Es geht ihr nicht um sich«, rief Emeri. Sie war aufgestanden und riss jetzt einen Brocken Blaustein von dem bereits halb freigelegten Schädel der nächsten Statue. Ein Gesicht kam darunter zum Vorschein, ähnlich dem der Huacoun selbst, jedoch größer und mit silbriger Haut überzogen.

»Du hast einen ihrer Götter verletzt!«

»Kaum schade drum«, knurrte Cunrat. »Diese Statuen sind verdammt hässlich.«

Marten starrte die Figur verwirrt an. »Ich glaube«, sagte er leise, »das sind keine Statuen.« Er war sich sicher, dass sich unter den geschlossenen Augendeckeln etwas bewegt hatte, und an der Stelle, an der Cunrat den Bolzen verankert hatte, trat eine dunkle Flüssigkeit hervor.

In diesem Moment ruckte der Kopf der Huacoun herum, und sie warf sich mit einem Aufschrei auf den Ritter, nur um von der Kette, die sie mit Emeri verband, erneut umgerissen zu werden. Dieses Mal schwankte die Statue ihres beschädigten Gottes bedenklich.

»Verdammt!« keuchte Cunrat. »Keine … Du willst mir sagen, dass diese Dinger echt sind? Echte Götter?«

Emeri schnappte gurgelnd nach Luft und nickte. »Deshalb sind sie hier, sagt Oloare! Diese … diese Götter schlafen hier, schon seit der Zeit der Reisenden, eingeschlossen im Blaustein! Und die Huacoun wollen sie wecken!«

Marten riss den Blick von den Statuen los. »Das sind verdammt große Bastarde«, stellte er fest. Aus dem Augenwinkel sah er, wie die Huacoun einen Blausteinsplitter aufhob und ihn in Richtung Cunrat schleuderte. Er packte Emeris Kette, die zur Taille der Frau führte, und riss daran, so heftig er konnte, doch er kam zu spät. Der Splitter hatte bereits ihre Hand verlassen und glühte noch in der Luft auf, als er schnurgerade wie ein Armbrustbolzen auf Cunrats Kopf zuflog. Die Augen des Ritters wurden groß, und er riss in einer vergeblichen Geste die Hände vors Gesicht. Das Geschoss prallte kaum einen Fingerbreit vor seinen Händen auf eine unsichtbare Barriere und zerstob in glühenden Funken.

Cunrat wirkte mindestens ebenso verblüfft wie die Huacoun, doch er erholte sich schneller und versetzte der Frau einen Fausthieb, der sie zurücktaumeln ließ.

Marten blieb nichts anderes übrig, als sich gegen die Kette zu stemmen, um zu verhindern, dass Emeri abermals gewürgt wurde. Er fluchte erneut und überlegte fieberhaft. »Keine Sorge, wir haben es gleich!«, keuchte er, als Emeri nach seinem Arm griff.

»Nein. Nein, Marten, hör mir zu!« Emeris Tonfall ließ ihn innehalten. Der Gesichtsausdruck der jungen Frau trieb ihm einen Schauer über den Rücken.

»Hör zu. Wir können sie nicht aufhalten. Du weißt es selbst! Dort draußen ist ein ganzes Schiff, und wir können nicht einmal sie besiegen.«

Cunrat versetzte der Huacoun einen weiteren Fausthieb. »Das steht noch nicht fest«, presste er zwischen zusammengebissenen Zähnen hervor.

Emeri ignorierte ihn. »Selbst wenn wir entkommen – was dann? Sie finden einen Weg, ihre Götter zu befreien. Und es sind mehr als diese fünf hier. Viel mehr, hat Oloare gesagt! Mit dem Blaustein hier können sie die Welt erobern, und wenn sie ihre Götter befreit haben, kann sie nichts mehr daran hindern, zu den alten Zeiten zurückzukehren!«

Marten stemmte sich gegen die Kette und hinderte die Huacoun daran aufzustehen. »Worauf willst du hinaus!«

»Diese Drecksäcke wollten mich wegen des Neujahrslieds. Es ist ein Teil des Schlüssels, der die schlafenden Götter erwachen lässt. Und ich bin diejenige, die sie aufweckt!« Emeri lächelte grimmig. »Aber ich kann noch ein anderes Lied.«

Martens Augen wurden groß. »Was ...«

»Du weißt, welches«, sagte Emeri, und in ihrer Stimme lag eine seltsame Ruhe, als sie den Verband von ihrem Arm löste.

»Nein«, Marten hatte plötzlich einen Kloß im Hals. »Nein, tu das nicht.«

Die Fürstentochter lachte leise auf. Sie sah die Huacoun an. »Ihr wollt die Macht des Blausteins über die Welt entfesseln? Lasst mich euch helfen.«

»Emeri!«

Sie drehte sich um. »Ich bin die *Vairani*, Marten. Meine Aufgabe ist es, die Metis zu schützen. Notfalls auch vor ihren eigenen Göttern.« Sie öffnete die Hand und ließ das Stück Blaustein fallen, um es unter ihrem Absatz zu zertreten.

Die Huacoun schaffte es endlich, einen der Hiebe Cunrats zu stoppen. Inzwischen fehlte ihr einer der dreieckigen Zähne, doch in ihren Augen glühte ungebremste Mordlust, als sie den Ritter beiseite schleuderte und sich Emeri zuwandte. Eilig zog Marten die Kette straff, die sie zwischen der Statue und Emeri hielt. »Du hast nichts, womit du uns aufhalten kannst, kleines Mädchen. Nichts.«

Emeri hob den zertretenen Blaustein auf und schob sich die Krümel in den Mund. Marten konnte sehen, wie der Blausteinfrost sie packte und schüttelte. Dann atmete sie tief durch und lächelte. Sanft streichelte sie Martens Wange. Dann reckte sie sich auf die Zehenspitzen, und für einen winzigen Moment berührten sich ihre Lippen. »Ich danke dir«, flüsterte sie.

»Ich … Es tut mir leid«, murmelte Marten. »Wenn wir hier fertig sind, können wir vielleicht noch mal …?«

»Vielleicht«, sagte das Mädchen, und es lag so viel Trauer in ihrem Blick, dass sich Martens Hals zusammenzog. »Aber jetzt hilf mir noch einmal. Ich muss zur Feuerschale.«

Mit diesen Worten lief sie los, und Marten musste wohl oder übel die Kette loslassen, wenn er nicht der sein wollte, der sie erdrosselte. Emeri tauchte unter der Hand der Huacoun und zwischen den Statuen der schlafenden Götter hindurch und griff in die riesige Feuerschale. Marten schrie auf, doch Emeri zog ihre Hand bereits wieder heraus, einen der lohenden Blausteinbrocken fest umklammert.

Die Huacoun schrie auf, und dieses Mal schien sich so etwas wie Angst unter die Wut zu mischen. Ihre Hand schoss vor, und ohne genau zu wissen, was er tat, warf sich Marten gegen sie und krachte zusammen mit ihr in die nächste Statue. Die Huacoun wurde an der noch immer gefesselten Hand herumgerissen, ging erneut zu Boden, doch Marten ließ sie nicht los, sondern umklammerte sie, so fest er konnte. Seine Gegnerin bleckte die Zähne und verlor gleich darauf zwei von ihnen, als Marten ihr die Stirn ins Gebiss rammte. Mit einem Zischen zwängte die Huacoun ihre freie Hand zwischen sie und presste sie Marten auf die Brust. Etwas flackerte, dann traf eine unsichtbare Kraft seinen Brustkorb härter als der Tritt eines Brauereipferds. Er hörte mehrere Rippen brechen und wurde zurück und gegen eine der Statuen geschleudert. Die Huacoun stemmte sich erneut hoch. Ihre gefesselte Hand war nach dem letzten Sturz nahezu bis auf den Knochen durchtrennt.

Mühsam sah Marten durch die roten Schleier der Schmerzen in Emeris Richtung. Das Feuer in ihrer Hand hatte sich inzwischen auf die Tätowierungen ihres Arms ausgebreitet und kroch auf ihren Körper. Die Huacoun packte die Kette, um erneut daran zu reißen, und Marten wusste, dass er dieses Mal nicht schnell genug da sein würde, um sie aufzuhalten. Noch bevor die Huacoun jedoch an der Kette riss, trat Emeri auf sie zu und öffnete die Hand. Eine blauweiße Flamme schoss hervor und erfasste die Statue neben der Frau, lief an ihr hinab auf den Boden und sprang auf das daneben stehende Standbild und von dort zum nächsten. Die Huacoun fuhr zurück und entging nur knapp der lohenden Hand, die lediglich ihre Wange streifte und eine qualmende Wunde hinterließ.

Mit einem Aufschrei riss sie Cunrats Schwert heraus, das noch immer in ihrer Seite steckte, und hieb auf ihren eigenen Arm ein.

Mit zusammengepressten Zähnen kämpfte sich Marten auf die Knie und kroch in Emeris Richtung. »Warte. Warte, ich komme«, stieß er hervor, bevor ihm die Arme wegsackten und er erneut hart auf den Boden schlug.

Ein Knochen im Arm der Huacoun brach, dann ein zweiter, und sie entriss den vom Ralld-Faden ohnehin bereits durchtrennten Arm der Schlinge. Fauchend löste sie die Kette um ihre Hüfte. Neben ihr ging die fünfte der Statuen in Flammen auf, und Marten glaubte zu sehen, wie sich etwas in den Flammen wand. Die Huacoun krümmte sich zusammen, den Armstumpf fest an den Körper gepresst, und für einen Moment wirkte es, als wollte sie sich auf Emeri werfen, als plötzlich Ness hinter ihr stand. Die Armbrust traf die Huacoun so heftig am Schädel, dass sie beiseite geschleudert wurde und einige Schritte den steinernen Gang hinabrollte.

»Raus hier«, brüllte der alte Kriegsknecht.

Erst jetzt wurde Marten sich der Flammen bewusst, die Emeri inzwischen fast vollständig einhüllten. Wo immer sie Blaustein berührten, sprang der Brand über und verbreitete sich wie Lauffeuer in alle Richtungen.

»Flieht!«, flüsterte Emeri, und ihr Blick war fest auf Marten geheftet. »Lebt!« Dann verhüllte das Feuer ihr Gesicht und ließ ihr Haar in einem Schauer aus Funken davontreiben, die weitere Brände auslösten, wo immer sie hinfielen.

Fluchend packte Ness Marten und zerrte ihn beiseite, dann half er dem noch immer benommenen Ritter auf die Füße. Zusammen nahmen sie Marten in die Mitte, der die Augen nicht von der Flammensäule nehmen konnte, die gerade noch

Emeri gewesen war, bis sie schließlich die Halle verlassen hatten.

»Was bei Manars Feuer habt ihr angestellt?«, brüllte Ness außer sich. »Ihr solltet sie retten, nicht abfackeln!«

Martens Atem kam nur stoßweise und pfeifend. »Ich habe doch gesagt, dass sie nicht gerettet werden muss«, presste er hervor. Er kämpfte um jedes Wort, und jedes schien mehr zu schmerzen als das vorherige. »Wir haben es geschafft. Wir haben den Huacoun ihre Götter geraubt. Dieses Feuer halten sie nicht auf, bis es allen Blaustein verbrannt hat. Das ist«, er hustete, und der Schmerz in seiner Brust verdunkelte sein Blickfeld, »ihre Gabe.«

»Um den Blaustein mache ich mir weniger Sorgen!« Ness fluchte erneut, doch er klang weit entfernt, als ein neuerlicher Hustenanfall Marten durchschüttelte und die Nacht über ihn hereinbrach.

»Scheiße, wo wart ihr?«, bellte Ness. Mühsam zerrten er und Cunrat den besinnungslosen Marten aus der Halle, die jetzt fast vollständig in Flammen stand.

Messer und der Schatten taumelten ihm entgegen. »Entschuldigt, aber wir waren damit beschäftigt, einen dieser Huacoun zu beseitigen. Das sind ausgeprochen zähe Gegner«, sagte Messer leicht gereizt.

»Was ihr nicht sagt«, knurrte Ness und hievte den Bewusstlosen auf einen Felsblock. »Die Jungen hier haben ihre Hexe erledigt.«

Der Schatten runzelte die Stirn. »Und das Mädchen?«

Cunrat schüttelte den Kopf. Er deutete auf die Flammen, die bereits auf die äußeren Mauern krochen. »Sie hat das dort entzündet. Und es wird nicht aufhören zu brennen.«

»Hört auf zu quatschen!«, mischte sich Ness ein. »Der Junge verreckt! Messer, tu etwas!«

Der Vogelmann schniefte und hinkte zu Marten. Eine Klinge lag in seiner Hand.

»Mach keinen Fehler, Messer!«, fügte Ness scharf hinzu. »Wenn du irgendetwas Dummes tust, bringe ich dich persönlich um, das weißt du.«

Messer winkte ab. Mit einem schnellen Schnitt trennte er Martens Hemd auf und schlug es beiseite. Stumm betrachtete er den eingedrückten Brustkorb, auf dem deutlich der Abdruck einer sechsfingrigen Hand zu sehen war. Er legte seine eigene Hand auf die Stelle, und ein Zittern durchlief ihn. Dann atmete er tief durch, als ein pfeifender Luftzug durch Marten ging. Ein zweiter folgte. Dann, nach einem kurzen Moment, in dem die vier Männer ihn stumm ansahen, ein dritter. Ein dumpfes Brodeln im deformierten Brustkorb des jungen Mannes jagte allen einen Schauer über den Rücken.

Marten schwebte in lichtlosem Nichts, zäh und heiß wie kochender Teer. Doch das Brennen ließ nach, und Marten hatte das unbestimmte Gefühl, nach oben zu treiben. Wo auch immer oben war. Etwas gluckerte dumpf, und nach einiger Zeit wurde ihm bewusst, dass er seine eigenen Atemzüge hörte. Das Geräusch beunruhigte ihn vage. Mühsam zwang er die Augen auf. »Seltsam«, flüsterte er. Er starrte nach oben in die flackernde Finsternis. »Ich spüre kaum etwas«, stellte er verwundert fest. Sein Blick irrte herum und blieb schließlich an Ness hängen. »Hat es funktioniert?«

Der kleine Kriegsknecht zuckte mit den Schultern. »Wenn du meinst, ob der Blaustein brennt, dann ja. So viel ist mal sicher. Und ihre verschissenen Statuen dazu.«

Unwillkürlich kroch etwas auf Martens Lippen, das sich

verdächtig nach einem schiefen Lächeln anfühlte. »Nicht Statuen. Ihre Götter. Wir haben ihre Götter verbrannt. Soll uns mal einer nachmachen.«

»Das war eines Ritters würdig«, sagte Cunrat leise.

Marten sah ihn an, und sein Lächeln wurde breiter. »Scheiß auf Ritter. Ihr könnt nichts, was ein Kriegsknecht nicht auch kann.«

»Klingt, als käme er durch«, stellte Ness fest. »Messer, mach …« Er brach ab, und Cunrats Blick huschte zum Vogelmann, der ohne eine Regung neben Marten stand.

Marten sah den hässlichen Mann an. Er war bleich, beinahe wächsern, und Marten konnte zusehen, wie sich Schweißperlen auf seinem Gesicht bildeten. »Was ist?«, fragte Marten leise.

Ness runzelte die Stirn. »Du nimmst ihm die Schmerzen«, stellte er fest.

»Natürlich. Das tue ich immer.« Messer nickte mit zusammengebissenen Zähnen.

»Aber du hilfst ihm nicht«, stellte der kleine Kriegsknecht tonlos fest.

Messer würdigte ihn keiner Antwort.

»Kannst – oder willst du nicht?«

Der Vogelmann ignorierte den Kriegsknecht und sah Marten in die Augen. An seiner Schläfe pulsierte eine Ader. »In deinem Bein brennt Blaustein«, sagte er leise.

Marten schloss die Augen und fühlte in sich hinein. Jetzt, wo der Vogelmann es sagte – ja, die Hitze war immer noch da; unter der teerigen Schwärze tief in seinem Inneren gloste eine blaue Glut, die ihr Nest tief in die Narbe in seinem Oberschenkel gefressen hatte. Auch der Schmerz war noch da, auch wenn er ihn aus irgendeinem Grund nicht spürte. Noch nicht. »Ah«, Marten atmete rasselnd ein und öffnete die

Augen erneut. »Dieser Mist. Ich wusste doch, dass es keine gute Idee ist. Aber es tut kaum weh.«

»Das sagst du«, erwiderte Messer trocken. Ein Schweißtropfen rann seine lange Nase entlang und fiel auf Martens Arm. »Aber ich kann nichts dagegen tun.«

Die Schwärze in Marten schien aufzuwallen, und jetzt gesellte sich Kälte hinzu. Angst? »Das heißt, ich …«

»Nein. Wenn du Glück hast, stirbst du vorher an der Rippe in deiner Lunge«, unterbrach ihn Messer. »Aber das Feuer in deinem Bein wird dich verzehren. Irgendwelche Wünsche?«

Marten lachte freudlos auf, was in einem widerlich blubbernden Husten endete. Der Druck in seiner Brust nahm zu, und jeder Atemzug kostete ihn jetzt mehr Kraft. »Dafür ist es ja wohl ein wenig zu spät, oder?« Er sah Ness an und schluckte. Vielleicht sollte er mehr Angst haben. Aber noch etwas anderes nagte an ihm. »Beantworte mir eine Frage. Ihr habt mich bewachen sollen, der Heetmann und du? Die Schildbrecher?«

Ness nickte mit versteinerter Miene.

»Weil ich ein Bastardbruder des Kaisers bin?«

Der Kriegsknecht hob die Schultern. »Ich glaube, ja. Man hat es uns nicht direkt gesagt, aber …«

Messer seufzte. »Ich weiß nicht, woher du das weißt, aber ja, deshalb. Weil du ein Sohn des alten Kaisers bist.«

Ein ungläubiges Lachen stieg in Marten auf und brach schließlich als Keuchen aus ihm heraus. Immerhin drängte es die seltsame Kälte zurück. Er sah Cunrat ins Gesicht. »Der ist gut. Das Schicksal ist wirklich ein Arschloch, was? Wäre kaiserliches Blut gut genug für deine Schwester gewesen?«

Cunrat schnaufte. »Komm wieder auf die Beine, ad Sussetz. Dann schlag ich dir das große Maul ein.«

Marten lachte schwach auf. Die Schwärze schien in seine Augen zu kriechen. »Fällt dir reichlich spät ein. Aber deine Schwestern hatten schon immer mehr Verstand als du.« Dann atmete er brodelnd ein und hustete erneut. Sinnend sah er hinauf in die Dunkelheit, und die Schwärze schien zurückzustarren. Die Hitze in seinem Bein nahm zu, während die Kälte den Rest seines Körpers eroberte. »Schon komisch«, murmelte er. »Das hätte ich mal früher wissen sollen. Vielleicht wäre vieles dann anders gekommen. So viel ist mal sicher.« Abermals sog er Luft ein und hustete. Der Teerschlamm der Dunkelheit hatte seine Kehle erreicht, und er holte noch ein letztes Mal Atem, bevor er hinab in die Schwärze tauchte, um zu sehen, was dahinter lag.

Die Männer um ihn warteten stumm auf den nächsten Atemzug.

Schließlich war es Messer, der rasselnd durchatmete, als sei eine große Last von ihm abgefallen. Er nahm die Enden des Hemds und legte sie wieder über Martens Brust zusammen. Dann wischte er sich über das Gesicht.

»Du hast meine Frage nicht beantwortet, Messer«, sagte Ness: »Konntest – oder wolltest du ihm nicht helfen?«

»Macht das einen Unterschied?«

Sie schwiegen einen Moment. »Für ihn nicht«, sagte Ness schließlich.

Der Vogelmann nickte. »Ich werde für seinen Tod kein Geld nehmen, falls dich das interessiert«, stellte er leise fest.

»Besser so. Ich würde dafür sorgen, dass du daran erstickst.« Ness starrte ihn düster an.

»Ich weiß.« Messer hob eine Hand und deutete auf Martens Oberschenkel. Eine winzige Rauchwolke stieg von ihm auf, und einen Moment später schlug ein kleines, blauweißes Flämmchen daraus hervor. »Das war schon in ihm. Dagegen ist nichts zu machen.« Die Flamme wuchs, breitete sich aus und schlug auf den Felsblock über, der ebenfalls mit einer dicken Schicht Blaustein überzogen war, und in wenigen Augenblicken war Martens Körper in Flammen gehüllt.

Cunrat schluckte, dann räusperte er sich. »Wir müssen wohl gehen.« Er deutete auf die Flammen, die am Stein herabflossen und zu seinem Erschrecken unter die Wasseroberfläche wuchsen, ohne zu verlöschen. Seltsam weißer Rauch breitete sich im Wasser aus und kroch als milchige Wolken in jede Richtung.

»Ich glaube, wir sollten mehr als nur gehen«, pflichtete der Schatten bei. »Lauft.«

Abermals liefen sie, so schnell es im steigenden Wasser möglich war. Die dunklen Fluten reichten inzwischen oft bis an ihre Hüften, und der unsichtbare Untergrund machte jeden Schritt trügerisch, selbst wenn es jetzt zusehends heller in der Kaverne wurde, als die Flammen aus der Halle herauskrochen und auf immer weitere Ruinen übergriffen. Wo immer sie auf eine besonders hohe Kruste Blaustein trafen, lohten sie auf. Sie verzehrten ganze Nester von Spinnenkrabben, deren Panzer mit dumpfem Krachen barsten und flammende Spritzer weiter hinaus in die Höhle schleuderten. Sie tauchten das steigende Wasser in ein unheimliches, diffuses Licht und krochen an Stalagmiten hinauf, die wie glühende Eiszapfen in der weichenden Dunkelheit hingen. Und mit dem Anwachsen des Lichts schälten sich mehr und mehr Gebäude aus dem ewigen Halbdunkel, in dem sie versunken gewesen waren. Die meisten Ruinen und kaum erkennbare Mauerreste, längst überkrustet von langsam wachsenden Kalksteinen und den allgegenwärtigen Panzern aus Blaustein. Immer wieder gähnten jedoch auch die leeren Fensteröffnungen noch halbwegs erhaltener Bauwerke und gaben einen kleinen Einblick in eine vergessene Welt, die einst belebt gewesen sein musste. Eine Welt, die jetzt in Flammen stand.

Schließlich kämpfte sich Cunrat als Erster aus dem Wasser und stieg triefend auf einen Absatz. Beinahe sofort ließ er sich fallen. Die übrigen Männer hielten inne. Vor ihnen, kaum dreißig Schritte entfernt, standen zwei der Huacoun und starrten auf das flammende Inferno, das jetzt in rasendem Tempo im Zentrum der Kaverne wuchs. Sie gaben aufgeregt klingende Klicklaute von sich. Einer von ihnen deutete wiederholt auf die Flammen, doch der andere schüttelte den Kopf. Er hob zwei große, prall gefüllte Säcke auf und warf sie sich über die Schulter, als enthielten sie nichts als Bettfedern. Dann schritt er, so rasch es in seinem eigentümlich watschelnden Gang möglich war, in Richtung des entfernten Höhlenendes, das noch in Dunkelheit lag. Der andere klickte protestierend, doch schließlich nahm auch er eine ähnliche Last auf und folgte dem anderen.

»Was passiert dort?«, flüsterte Ness. Er stand bis zur Brust im eisigen Wasser und hatte zu zittern begonnen.

»Ich bin mir nicht sicher«, gab Cunrat zurück. Zögernd sah er sich um. In der Gegenrichtung gähnten Dutzende gleichförmiger Löcher in der Felswand: Tunneleingänge in den Berg. Aber durch welchen waren sie gekommen?

»Ich habe keine Ahnung mehr, wo wir sind. Aber die Fischgesichter sehen aus, als wüssten sie, wohin sie wollen.«

»Was?«

Cunrat streckte eine Hand aus und zog Ness zu sich hinauf.

Er deutete in die Richtung, in die die Huacoun verschwunden waren. »Sie schleppen Blaustein dort hinter, aber ich bin mir ziemlich sicher, dass wir von dort gekommen sind«, sagte er und deutete auf die Durchgänge in der Gegenrichtung.

Ness' Blick folgte seiner Geste. »Das wird knapp«, stellte er fest. Der Schatten zog sich zu ihnen hoch. »Sehr knapp«, bestätigte er.

Cunrat gab ihnen im Stillen recht. Man konnte zusehen, wie sich das Feuer über und unter Wasser ausbreitete und der Rückwand näherte. Inzwischen hatte das Feuer so viel Nahrung, dass haushohe Lohen durch die Höhle schlugen und wie ein Vorhang aus gleißenden Flammen die gegenüberliegende Wand der Kaverne verhüllten. Wind kam auf und streifte sie wie der glühende Atem einer Schmiedeesse, und das zunehmende Fauchen des Winds, der die Flammen durch das Loch der Höhlendecke wie durch einen Kamin sog, überdeckte beinahe das Grollen des fernen Donners.

»Das Wasser wird übrigens warm«, merkte Messer an.

In diesem Augenblick schlug aus einer der Tunnelöffnungen eine weiße Lohe und leckte gierig über die blau schimmernden Felsen davor. Ness murmelte einen Fluch. »So viel dazu«, stellte er fest. »Ich hoffe, die Fischgesichter wissen mehr als wir.«

Messer stemmte sich ebenfalls aus dem Wasser. »Ich vermute, sie können besser schwimmen und tauchen«, sagte er. »Ist euch vielleicht aufgefallen: Das Wasser hier ist salzig.«

»Und?«

»Salzig. Wie Meerwasser.«

Für einen langen Moment sprach keiner ein Wort. Das Fauchen des Windes, das schrille Zirpen der jetzt fliehenden Krabbenspinnen und das ferne Donnergrollen waren die einzigen Geräusche.

»Das ist kein Donner, oder?«, fragte Cunrat schließlich.

Ness schüttelte langsam den Kopf, und der Schatten nickte. »Zu gleichmäßig«, stellte er fest.

»Und Salzwasser. Das ist Brandung.«

Messer nickte sein Vogelnicken. »Das meine ich, wenn ich sage, dass sie vermutlich besser tauchen als wir. Es gibt ganz offensichtlich einen Zugang zum Meer. Deswegen ist hier auch alles voller Krustentiere.«

Cunrat starrte das Wasser an. »Und es ist nicht der Regen, der es steigen lässt«, murmelte er. »Es ist die Flut.«

»Tja. Ich finde, es ist entschieden, oder? Wohin sind die Fischköpfe verschwunden?«

Cunrat deutete ins Dunkel.

»Dann steht nicht herum! Lauft! Ich tauche wie der Beste von ihnen, so viel ist mal sicher.« Ness lief los, und Cunrat beeilte sich aufzuschließen. Stolpernd rannten sie an der Wasserlinie entlang in das Dämmerlicht am Ende der Grotte. Nur einmal noch warf Cunrat einen Blick zurück. Das weißbläuliche Feuer hatte die Tunnel erreicht, und der Vorhang aus Flammen schien so vollkommen, als würde er die gesamte Welt verschlingen. So und nicht anders mussten die flammenden Gruben aussehen, in die die Reisenden einst die Götter Beruns gestoßen hatten.

»Ich hab's nur nicht so mit dem Schwimmen«, keuchte Ness neben ihm, mehr zu sich selbst.

Cunrat riss sich vom Anblick hinter ihnen los. »Was?«

»Nicht so wichtig, Junge. Ein Problem, das wir angehen, wenn es sich stellt.« Er deutete vor sie, wo am fernen Höhlenende jetzt zwei bleiche Gestalten nacheinander in einem dunklen Riss in der Höhlenwand verschwanden. »Dort vorn, vermute ich.«

Als sie den Riss in der Felswand erreichten, waren die Flammen hinter ihnen spürbar näher gekommen. Inzwischen hatte Cunrat das Gefühl, als würde sich sein Kettenhemd langsam erwärmen, und von Ness' Rückenpanzer stiegen leichte Dampfschwaden auf.

»O verschissener Brundaldreck«, knurrte Ness. Er starrte auf das Wasser, das in dem vielleicht sieben oder acht Schritt breiten Spalt gurgelte und schäumte. Hier war deutlich zu sehen, wie die Flut in eine Höhle wie diese eindringen konnte. Das Wasser, das aus dem Spalt schoss, glich einem Fluss, dessen Strömung drohte, unnachgiebig alles in die Höhle zurückzureißen, was in ihn hineingeriet.

»Das kann nicht wahr sein«, knurrte Messer.

»Und als ob das nicht reicht, ist das nicht unser einziges Problem«, sagte der Schatten leise.

»Jaja. Es brennt. Wissen wir«, murrte Ness, doch der Schatten zog sein Schwert aus der Scheide. Cunrat drehte sich um. Hinter ihnen war ein Huacoun aufgetaucht.

»Ich wusste, dass ich mich verzählt habe«, stellte Messer fest.

»Das hättest du ruhig erwähnen dürfen«, gab Cunrat zurück.

Der Vogelmann wirkte beleidigt. »Ich war beschäftigt.«

Der Huacoun starrte sie reglos an, dann klickte er leise und zog mit der Rechten ein langes Messer. Cunrats Hand schnellte zu seinem Schwert, bevor ihm klar wurde, dass er es das letzte Mal in der Hand der Huacoun-Hexe gesehen hatte.

»Ehrlich.« Ness seufzte. »Wir haben nicht die Zeit für diesen Scheiß. Ich würde ja sagen: Hau ab. Aber du siehst mir nicht aus wie einer, der zuhört.« Er machte einen Schritt beiseite und deutete auf den Spalt, aus dem das Wasser strömte, doch der Huacoun knurrte nur und hob das Messer. »Dacht ich mir.«

Mit einem Grollen griff der Fischhäutige an. Cunrat warf sich ihm in den Weg und versuchte, ihm das Bein zu stellen, doch es war, als würde er gegen einen Baumstamm treten. Der Huacoun erwischte ihn mit dem gefüllten Sack in seiner Linken und schleuderte ihn gegen den Schatten, der gerade versucht hatte, ein Messer in die Rippen des Riesen zu rammen. Zusammen gingen sie zu Boden, während sich der Krieger Ness zuwandte.

In diesem Augenblick schnellte ein Schemen über Cunrat hinweg und prallte in den Rücken des Huacoun. Etwas blitzte auf, und ein Schauer warmen Bluts spritzte in Cunrats Gesicht. Hastig rollte er sich beiseite. Der Huacoun hatte hinter sich gegriffen und das, was auf seinem Rücken gelandet war, heruntergerissen. Die langgliedrige Kreatur, die einst Lebrec gewesen war, knurrte und rammte lange Eiskrallen durch den Unterarm des Fischhäutigen. Ein Reißen, und der Griff des Kriegers erschlaffte genug, damit sich Lebrec herauswinden und zu Boden fallen konnte. Mit einer Geste riss er einen Schwall Wasser aus den Fluten neben sich und verwandelte sie in einen Speer, der auf den Bauch des Fischmannes zuraste, nur um kurz davor in einem Schauer aus Wasser zu verspritzen. Der Huacoun grinste bösartig, und für einen kurzen Moment war so etwas wie Verblüffung auf Lebrecs Gesicht zu sehen. Dann wuchsen neue, längere Krallen aus seinen Fingerspitzen. Der Huacoun-Krieger duckte sich und sprang einer Raubkatze gleich auf Lebrec zu. Jener schien jedoch nur darauf gewartet zu haben, denn er wich im letzten Moment aus, rammte dem Krieger die Klauen in die Seite und wurde von dessen Masse mit in die schäumende Flut direkt neben Cunrat gerissen.

»Was bei den Gruben war das jetzt wieder?« Ness starrte entgeistert auf die zwei Körper, die sich in den schäumenden Fluten wanden und aufeinander einstachen.

»Das ist das verdammte Vieh, das die Kolnorer zerlegt hat«, rief der Schatten.

Cunrat trat vom Wasser zurück. »Ich hatte gedacht, es ist tot? Das Ding stand direkt neben der Explosion!«

»Irgendwie habe ich das Gefühl, dass hier nichts so einfach stirbt, wie wir es gern hätten«, gab Ness zurück. »Oder nur die falschen.«

Der Huacoun kam an die Oberfläche. Wo sich gerade noch sein linkes Auge befunden hatte, gähnte jetzt blutige Leere, doch er fletschte das beeindruckende Gebiss und hielt noch immer seinen Dolch in der Hand, den er jetzt in die andere Faust wechselte, um nach unten zu stechen.

Das gesamte Wasser erstarrte von einem Augenblick zum nächsten. Was gerade noch eine aufgeschäumte Woge war, die durch den Spalt drängte, war jetzt eine bizarr zerklüftete Fläche, die wie Eis wirkte – nur ohne gefroren zu sein.

Ness blinzelte. Dann sah er auf, und seine Augen wurden größer. »Lauft!« Ohne zu zögern, sprang er auf die erstarrte Wasserfläche und rannte darüber hinweg in den Felsspalt. Im selben Moment wusch eine Hitzewelle über Cunrat hinweg. Er drehte sich nicht erst um, sondern folgte Ness, ohne nachzudenken. Der Huacoun starrte ihm nach, und in seinem Gesicht lag tatsächlich so etwas wie Furcht.

Nach nur ein oder zwei Kurven und nur wenigen Dutzend Schritten, die ihm vorkamen wie Meilen, schoss Cunrat in eine kleine Grotte, deren Decke so niedrig über ihm war, dass er sich um ein Haar den Schädel eingerannt hätte, wenn sich nicht in diesem Augenblick die erstarrte Flut schlagartig wieder verflüssigt hätte. Das Wasser war kaum über ihm zusammengeschlagen, als dicht über ihm eine gleißend blaue Flammenwand hinwegrollte und die Luft nur eine Kopflänge über ihm in ein kochendes Inferno verwandelte, dessen Hitze er sogar unter Wasser zu spüren schien. Eine Strömung erfasste ihn, und für einen endlosen Moment des Schreckens hatte er das Gefühl, zurück in den Spalt und durch ihn in die Grotte und den flammenden Tod gerissen zu werden, dann jedoch erfasste ihn die Rückströmung, und die auslaufende Welle riss ihn tiefer unter Wasser und aus der Grotte hinaus ins Meer. Etwas trieb an ihm vorüber, und für einen Lidschlag sah er das entsetzte Gesicht des glatzköpfigen Kriegsknechts vor sich. Ohne nachzudenken, griff er zu und stieß sich nach oben ab. Gemeinsam durchbrachen sie die Wasseroberfläche und tauchten in die letzten Strahlen der Abendsonne ein.

34

WEIN UND BLUT

Ganz bis zum Schluss hatte Sara geglaubt, dass ihr Plan scheitern musste. Es hatte so viele Dinge gegeben, die schieflaufen konnten. Vielleicht hatte sie Feyst ja falsch eingeschätzt, und er würde gar nicht erst auftauchen. Oder er war gewarnt worden und hatte seinerseits schon einen Plan geschmiedet, um sich an ihr zu rächen. Selbst ein einziger heftiger Regenschauer hätte ihre Hoffnungen fortgespült wie Unrat aus einer schmutzigen Gasse. Doch am Ende waren alle ihre Sorgen umsonst gewesen, denn alles war so eingetroffen, wie sie es vorhergesehen hatte. Feyst Dreiauge war von seiner ungezügelten Gier so verblendet, dass er nicht mal im Traum eine Falle vermutete. Er hatte zwar seine üblichen Straßenschläger gegen Männer ausgetauscht, die verdächtig nach kolnorischen Söldnern aussahen, aber das schien eher dem Zweck zu dienen, bei den übrigen Gästen und Beltran ad Iago Eindruck zu schinden.

Der macoubanische Botschafter erledigte seine Aufgabe wirklich großartig. Offenbar hatte sie sich nicht in seinen Fähigkeiten getäuscht. Mit einer Eleganz, die sie diesem Mann trotz allem niemals zugetraut hätte, wickelte er seinen Gast um den Finger und ließ ihn ahnungslos in die Falle tappen. Als die beiden Männer über den Kiesweg auf die Lichtung zuschlenderten, zog sie langsam ihr Schwert aus der Scheide. Ihr würde ihre Gabe helfen, sich unbemerkt durch den Garten zu bewegen, doch Thoren und die Kriegsknechte konnten nur hoffen, im Schutz ihrer lächerlichen Dienstuniformen für die Blicke von Feysts Leibwächtern ebenso unsichtbar zu sein.

Thoren stand mit gesenktem Kopf und tief in das Gesicht gezogener Mütze vor der Essenstafel bereit. Auf den Armen balancierte er das Tablett mit dem Auttrinischen Hirsch, unter dessen knuspriger Haut sich eine tödliche Füllung aus Stahl verbarg. Rechts und links von ihm hatten sich zwei weitere Kriegsknechte mit Tabletts aufgebaut, während der Rest sich im Hintergrund hielt, um im geeigneten Augenblick Armbrüste und Schwerter aus den kunstvoll gefertigten Verstecken hervorzuziehen. Sie wirkten angespannt, aber dennoch ruhig und gefasst. Ganz so, wie man es von professionellen Mördern erwarten konnte, die von Henrey Thoren handverlesen worden waren.

Finster lächelnd schlängelte sich Sara durch das Unterholz, um in eine günstigere Ausgangsposition für den Angriff zu kommen. Feysts Leibwächter hatten sich über die Lichtung verstreut, und nicht wenige von ihnen hatten mehr Augen für die köstlich angerichteten Speisen als für eventuelle Gefahren, die ihrem Herrn drohen mochten. Zwei weitere von Feysts Männern kamen schwatzend auf die Lichtung geschlendert, und ihnen folgte in einigem Abstand eine schmale Gestalt, die Sara auf den ersten Blick erkannte.

Flynn Hasenfuß.

Ihr Herz setzte einen Augenblick aus. Sie konnte ihr Glück

kaum fassen, als der Junge zufällig auf ihr Versteck zusteuerte. Ein ernster Ausdruck lag auf seinem jungen Gesicht, der ihn deutlich älter erscheinen ließ. Das war allerdings auch kein Wunder, wenn man bedachte, was er seit ihrem Weggang durchgemacht haben musste. Am liebsten wäre sie auf der Stelle aus ihrem Versteck gesprungen und hätte ihn umarmt. Doch sie musste Ruhe bewahren. Jede falsche Bewegung konnte ihren Plan zum Scheitern bringen. Geduldig wartete sie, bis er nur noch wenige Schritte entfernt war, und machte ihn dann unauffällig auf sich aufmerksam.

Ein Zucken lief über Flynns Gesicht. Schnell legte sie den Zeigefinger auf die Lippen und nickte zu Thoren hinüber. »Wir sind hier, um dich zu retten«, zischte sie. »Wir haben nach dir gesucht.« Doch als er die Augen aufriss und einen Schritt zurückstolperte, ahnte sie bereits, was passieren würde. Sie sah es an seinem Blick, an den Augen, die panisch zur Seite zuckten.

»Sie ist hier!«, schrie er, noch ehe sie reagieren konnte. »Sie ist hier, Feyst!«

»Nein«, hauchte Sara und starrte ihn entsetzt an.

Feyst Dreiauge fuhr herum, und in seiner Hand tauchte von irgendwoher ein Messer auf. »Eine Falle«, knurrte er und warf Beltran einen zornigen Blick zu.

Der Botschafter reagierte blitzschnell. »Räuber!«, stieß er mit schriller Stimme hervor. »Wachen! Zu mir! Wir werden überfallen!« Er sprang einen Schritt nach vorn und baute sich schützend vor dem Unterweltkönig auf. Der Anblick war furchtbar lächerlich, doch er verfehlte seine Wirkung nicht.

»Du verdammter Trottel«, brüllte Feyst. Grob stieß er den Botschafter zur Seite und wandte sich zur Flucht, während seine Leibwächter zusammenrückten und ihre Waffen hoben.

Sara stand wie angewurzelt da und blickte Flynn hinterher, wie er einen Haken schlug, um seinem Herrn ins Unterholz zu folgen. Beinahe zu spät sah sie das Schimmern von Stahl, als Bedbur mit hoch erhobener Axt auf sie zugestürmt kam. Sie hätte ausweichen sollen oder ihre Waffe heben oder irgendetwas anderes tun, doch jede Bewegung fiel ihr unendlich schwer. Die Axt raste auf sie zu, und sie konnte nichts anderes tun, als ihrem Weg mit dem Blick zu folgen. Im allerletzten Augenblick schob sich eine Schwertklinge dazwischen, lenkte den Hieb zur Seite ab und ließ den kolnorischen Riesen knurrend an ihr vorüberstolpern. Sie spürte einen Stoß, der sie fast von den Füßen riss, und eine Stimme brüllte ihr ins Ohr. Sie blinzelte und schüttelte den Kopf und stellte verwundert fest, dass ihr Thoren ihr eigenes Schwert in die Hand drückte. Sie hatte gar nicht gemerkt, dass es ihr entglitten war. »Beweg dich!«, brüllte Thoren, während er seine Klinge funkenschlagend gegen Bedburs Axtblatt schmetterte. Der Riese knurrte etwas in seiner Sprache und trieb den Puppenspieler mit weit ausholenden Hieben rückwärts.

Überall schrien Männer und schlugen mit ihren Waffen aufeinander ein. Sara fand sich plötzlich in einem Gewühl aus Kämpfenden wieder und wich hastig einem Dolchstoß aus. Noch in der Rückwärtsbewegung schlitzte sie dem Angreifer mit einem instinktiven Hieb die Seite auf und huschte dann schnell an einem Kriegsknecht vorbei, dessen Schwertklinge mit Essensresten und frischem Blut verschmiert war. Sie entdeckte Hilger, der sich an der Essenstafel gleich zwei Leibwächter auf einmal vorgenommen hatte und in schneller Folge abwechselnd auf sie eindrosch. Er schien die Sache recht gut im Griff zu haben, denn noch während er einen seiner Gegner niederstreckte, brüllte er den eigenen Männern

Befehle zu. Mit ausgestrecktem Schwert drehte sie sich im Kreis. Am Ende des Gartens sah sie durch die Büsche Feysts fliehende Gestalt, der so schnell rannte, wie sein massiger Körper es zuließ, und sich dabei auf Flynns schmale Schulter stützte. Sie spürte rasende Wut in sich aufwallen, und gleichzeitig kam die Kälte, die sie immer durchdrang, wenn sie ihre Gabe anwendete. Diesmal dauerte es nur einen Wimpernschlag, bis sie unsichtbar war. Sie umklammerte den Griff ihres Schwerts und hastete den Fliehenden hinterher.

Zwei von Feysts Leibwächtern standen an der Pforte und starrten angestrengt in den Garten hinein. Der Linke wusste gar nicht, wie ihm geschah, als sie ihm das Schwert bis zum Heft in die Eingeweide jagte. Entsetzt starrte er auf das Loch in seinem Hemd, aus dem in einem dunklen Schwall das Blut herausdrang, und sank dann wimmernd zu Boden. Dem anderen schlug Sara kurzerhand das Schwert zwischen Kopf und Schulter in den Hals und tauchte geschickt zwischen den Sterbenden hindurch nach draußen.

Der Innenhof war von Dutzenden Fackeln erleuchtet, die im aufkommenden Wind flackernde Schatten an die Wände warfen. Überall standen Bedienstete herum und ließen Weinflaschen kreisen, die ihnen zur Feier des Tages überlassen worden waren. Hier und dort huschte ein Hausdiener vorbei und verteilte Getränke und Reste von der Festtafel. Vor dem Haupthaus hatten sich etliche Gäste zu einer lachenden und kreischenden Gruppe zusammengefunden, während aus dem Inneren lärmende Musik dröhnte und in den Gärten völlig unbemerkt von den Anwesenden ein Kampf auf Leben und Tod tobte. Feyst und Flynn hatten bereits das Haupttor erreicht. Die Wachen blickten irritiert auf, als er an ihnen vorüber auf die Straße stürmte, doch keiner der Männer machte

Anstalten, die Fliehenden aufzuhalten. »Scheiße«, zischte Sara. Sie hätte an so etwas denken und ein oder zwei Kriegs-knechte auf der Straße positionieren müssen.

Vor den Palasttoren ging es beinahe noch bunter zu als im Inneren des Gebäudes. Die halbe Stadt war auf den Beinen, um die Ankunft der Reichsfürsten zu feiern. In den Gasthäu-sern floss der Wein in Strömen, und ganze Heerschaaren drängten sich in den abendlichen Gassen, sangen, tanzten und ließen sich mit dem Strom treiben, der sich unaufhaltsam von der Oberstadt bis hinunter zum Hafen wälzte. Ein ver-liebtes Paar lief Arm in Arm an Sara vorüber, und der Anblick versetzte ihr einen leisen Stich ins Herz. Sie wandte sich um und rempelte einen alten Fettsack an, der einen kaum ratten-großen Hund mit einer Halskrause auf den Armen trug. Der Fettsack stieß eine Reihe Verwünschungen aus, doch als er das Schwert in ihrer Hand entdeckte, klappte er den Mund zu und stolperte hastig weiter. Fluchend drückte sie sich ge-gen die nächste Hauswand und suchte die Straße ab. Sie ent-deckte Feyst vor der Mündung einer schmalen Gasse, die hinunter zum Handwerkerviertel führte. Für einen kurzen Augenblick begegneten sich ihre Blicke, und sie glaubte, selbst auf diese Entfernung noch den Hass in seinen Augen zu erkennen. Nach einem Moment des Zögerns wandte er sich um und verschwand in der Dunkelheit. Sara biss die Zähne zusammen und rannte hinterher.

Sie lief, so schnell sie ihre Beine trugen. Doch als sie die Gasse erreicht hatte, waren Feyst und Flynn bereits ver-schwunden. Ein greller Blitz zuckte vom Himmel herab und beleuchtete zu beiden Seiten Häuserfassaden mit schmalen Fensterlöchern und finsteren Hauseingängen, in denen sich leicht ein Mann verbergen konnte. Augenblicke später prasselte eine wahre Regenflut auf sie herunter. Sie rannte unter Wäscheleinen hindurch, an denen Hemden und Kleider im Wind flatterten, schoss um eine Kurve und rutschte beinahe auf dem nassen Stein aus.

Sie hatte keine Ahnung, wo sie sich befand, aber Feyst kannte die Stadt wie seine Westentasche. Er hatte in jedem Viertel seine Handlanger, die ihm Unterschlupf gewähren würden. Jeden Augenblick konnte er hinter einer stabilen Pforte verschwinden, und dann war alles verloren. Sie kam zu einer Abzweigung und drehte sich fluchend im Kreis. »Wo bist du Scheißkerl?« Es sah alles gleich aus, und inzwischen regnete es so heftig, als hätte der Himmel alle Schleusen geöffnet. Sie glaubte, hastige Schritte auf dem Stein zu hören, und folgte kurz entschlossen dem Geräusch. Häuser und Gassen verschmolzen vor ihren Augen zu einem unwirklichen Grau, und dunkle Schatten tauchten auf, die Fenster sein konnten oder auch Türen. Aus einem Eingang trat eine Gestalt hervor, und sie riss ihr Schwert in die Höhe und sprang darauf zu. Es war eine Frau, blass und ausgemergelt, die mit großen Augen auf den blitzenden Stahl in ihrer Hand starrte. Wütend stieß Sara die Frau zur Seite und hastete weiter.

Ihre Lungen brannten wie Feuer, und ihre Hoffnungen, die Fliehenden noch einzuholen, schwanden mit jedem Schritt. Sie wusste nicht mal, ob sie überhaupt noch auf ihrer Spur war oder blind in eine falsche Richtung lief. Alles, was sie tun konnte, war weiterzulaufen. Die Gasse wurde steiler, und immer wieder glitten ihre Stiefel durch den Matsch. Keuchend stolperte sie eine Handvoll Stufen hinauf und sprang über eine breite Rinne hinweg, in der ganze Wasserfluten schäumend talwärts rauschten. Als sie um eine scharfe Ecke bog, stieß sie mit der Schulter gegen rauen Stein, sog schmerzhaft die Luft in die Lungen und blickte auf.

Vor ihr lag eine schmale Treppe, die sich steil zwischen dichten Häuserreihen einen Berg hinaufschlängelte. Es stank nach Abfällen und Scheiße, und ganz in der Nähe wühlte ein Straßenköter in einem Haufen Unrat herum. Er ließ sich dabei weder durch den trommelnden Regen stören noch durch die zwei Gestalten, die sich keuchend an ihm vorbei die Stufen hinaufquälten. Feysts Hand zitterte auf dem Knauf seines Gehstocks, und er musste von Flynn gestützt werden, um nicht unter der Last seines eigenen Gewichts zusammenzubrechen. Der Anblick war so mitleiderregend und jämmerlich zugleich, dass Sara beinahe lauthals in Gelächter ausgebrochen wäre. Stattdessen drang aus ihrer Kehle nur ein klägliches Krächzen, das aber dennoch ausreichte, um die Flüchtenden herumfahren zu lassen.

Flynn starrte sie an, als wäre sie ein Geist. Oder noch etwas Schlimmeres, das aus irgendwelchen Gruben gekrochen war, um ihn aufzufressen. »Du«, sagte er, und es klang überhaupt nicht glücklich. Kein bisschen. »Warum bist du zurückgekehrt?«

»Ich bin gekommen, um dich zu retten.«

»Warum?«

Sara blinzelte. Sie hatte alles erwartet. Freude, Weinen, vielleicht sogar Verzweiflung. Aber diese einfache Frage verwirrte sie zutiefst. Was glaubte er denn wohl, warum sie zurückgekommen war? Das musste er sich doch denken können. »Weil ich … weil ich dich da rausholen will«, sagte sie mit leiser Stimme. »Weil du doch meine Familie bist.« Sie trat einen Schritt näher.

Flynn richtete sich hoch auf. In seiner Hand blitzte die

Klinge eines schmalen Messers auf. »Bleib, wo du bist, Sara«, rief er mit schriller Stimme, in der jetzt tatsächlich eine Spur Verzweiflung lag. »Komm ja nicht näher.«

»Flynn …« Zögerlich trat sie auf die nächste Stufe, und der Junge hob das Messer.

»Keinen Schritt weiter, habe ich gesagt. Oder ich … oder ich muss dich töten!«

Sie blinzelte wieder. Ihre Brust zog sich zusammen, und sie schüttelte verwirrt den Kopf. Das war nicht richtig, das durfte alles nicht geschehen. Es musste sich um einen schrecklichen Irrtum handeln. »Ich verstehe nicht«, sagte sie unsicher. »Warum … warum tust du das? Warum hast du mich vorhin verraten? Nach allem …«, ihr Blick fiel auf den schmutzigen Verband, der um seine Hand gewickelt war, »nach allem, was Feyst dir angetan hat.«

Flynn hob verwundert die Hand in die Höhe. »Das hier? Du glaubst, dass er das getan hat?« Er stieß ein trauriges Lachen aus. »Du irrst dich. Ich habe mir den Finger selbst abgeschnitten. Als Beweis für meine Treue zu ihm.«

Sara sog scharf die Luft durch die Nase ein. »Das ist nicht wahr!«

»Doch«, sagte Feyst, der ihren Wortwechsel bislang schweigend verfolgt hatte. »Hast du wirklich geglaubt, dass ich den Jungen für deine Fehler bestrafen würde?« Lächelnd legte er den Arm um Flynns dünne Schultern und zog ihn dicht zu sich heran. »Ich bin seine Familie, Sara. Und Familie ist das Einzige, was zählt.« Wie er in diesem Augenblick so vor ihr stand, den mächtigen Bauch vorgestreckt, die nassen Haare im Gesicht, wirkte er beinahe wirklich wie ein freundlicher Familienvater, den selbst der schlimmste Regenschauer nicht von einem Spaziergang mit seinem Lieblingssohn abhalten konnte. »Flynn hat das erkannt. Er weiß jetzt, wem er wirklich vertrauen kann.«

»Du hast mich zurückgelassen«, platzte es aus Flynn heraus. »Du hast versprochen, dass wir immer füreinander da sein werden, aber in Wirklichkeit war ich dir egal.«

Entsetzt schüttelte Sara den Kopf. »Ich habe doch nach dir gesucht.«

»Das ist eine Lüge! Alles, was du mir jemals versprochen hast, war eine Lüge. Wir haben gesehen, wie du am Arm dieses blonden Adligen durch die Stadt stolziert bist. Alle haben dich gesehen. Du hast dich aufgeführt wie die Hure des Kaisers. Du hast keinen einzigen Gedanken mehr an dein früheres Leben verschwendet, und schon gar nicht an mich. Du hast mich zurückgelassen, weil du geglaubt hast, etwas Besseres geworden zu sein. Aber ich ...«, er stieß sich die Faust gegen die magere Brust, »ich bin immer noch ein Mann von der Straße. Ich weiß jetzt, wo ich hingehöre.«

»Du gehörst zu uns.« Lächelnd tätschelte Feyst ihm die Schulter. »Du bist ein Krieger in meiner Armee.«

»Hör mir zu«, rief Sara mit Tränen in den Augen. »Es ist ... ich ...« *Es ist ganz anders gewesen, als du denkst,* wollte sie sagen. Aber es kam nur sinnloses Gestammel aus ihrem Mund. Nichts als Ausreden. Denn wenn sie ganz ehrlich war, musste sie sich eingestehen, in ihren wenigen glücklichen Augenblicken mit Danil tatsächlich nicht mehr an ihn gedacht zu haben. Oder an irgendeines der Kinder, die Feyst in seinen Fängen hatte. »Ich habe doch nach dir gesucht. Es hat viel zu lange gedauert, aber jetzt bin ich hier. Du kannst dich immer noch dafür entscheiden, mit mir zu kommen.«

»Ich ...« Ein Zucken lief über Flynns Gesicht. Sein Blick wanderte unsicher von ihr zu Feyst.

»Es ist zu spät!«, keifte Feyst. Sein Gehstock krachte hart auf die nassen Stufen. »Hast du nicht gehört? Er gehört jetzt zu uns.«

Sara ignorierte ihn. »Ich habe nach dir gesucht«, sagte sie zu Flynn. »Und jetzt bin ich hier. So, wie ich es dir versprochen habe.«

»Ich weiß nicht, was ich denken soll.« Er schniefte leise und wischte sich mit dem Ärmel über die Oberlippe. »Warum hast du so lange gebraucht?«

»Ich musste zuerst noch eine Sache erledigen.«

»Hast du das daher?« Er blickte zu der wulstigen Narbe in ihrem Gesicht, und sie fuhr mit der Hand darüber. Sie nickte.

»Das ist eine furchtbar lange Geschichte …«

»Verschwinde endlich!«, donnerte Feyst. Mit wutverzerrter Miene riss er sein Messer aus dem Gürtel und fuchtelte damit herum. »Ich bin der Herr der Unterwelt, und du bist ein Niemand. Eine jämmerliche Sklavin, die glaubt, etwas Besseres geworden zu sein. Aber hier draußen will niemand mehr etwas mit dir zu tun haben. Hörst du? Kein Hahn kräht hier noch nach dir. Geh endlich zurück in die Sümpfe, aus denen du hervorgekrochen bist, oder wir machen dich fertig!«

»Versuch es doch«, knurrte Sara und hob ihr Schwert. Feyst starrte es an, und das Messer zitterte unkontrolliert in seiner Hand. Sie konnte seine Wut beinahe körperlich spüren, doch sie hatte tatsächlich keine Angst mehr vor ihm. Jetzt, da er im Regen so vor ihr stand, zerrissen, erschöpft und mit strähnigen Haaren, die in seinem fetten Gesicht klebten, erkannte sie zum ersten Mal, was für eine jämmerliche Gestalt er in Wirklichkeit war. Ein erbärmlicher Schläger und Dieb, der Kinder versklavte, damit sie die Drecksarbeit für ihn erledigten, und der sich nicht zu schade war, sie halb tot zu prügeln, wenn sie sich seinen Befehlen widersetzten. Sie sah ihm direkt in die Augen und trat auf die nächste Treppenstufe. »Ich bin nicht mehr das dumme Mädchen, das du früher immer einschüchtern konntest. Ich habe weder vor dir noch vor meinem Fluch Angst.«

Feyst wich einen Schritt zurück. »Du glaubst wohl, dass du die Einzige wärst, die mit einer Gabe gesegnet ist«, kreischte er. »Aber du irrst dich, denn ich besitze ebenfalls eine Fähigkeit. Ich kann nämlich die starken von den schwachen Menschen unterscheiden.« Er tippte sich mit der flachen Seite seiner Messerklinge gegen die Stirn. »Dazu brauche ich keinen verdammten Blaustein und auch keine Götter oder Reisenden. Lediglich eine Spur Menschenverstand. Schau dir den Kaiser an. Er ist schwach. Ein jämmerlicher Weichling, der kaum die Kraft besitzt, um ein Schwert zu heben. Seine Zeit ist abgelaufen, denn vor den Toren Beruns warten bereits Männer wie König Theoder und der Großherzog von Lytton darauf, seinen Platz einzunehmen. Diese Männer sind stark.« Die Spitze seines Messers richtete sich nun direkt auf Sara. »Du dagegen bist schwach. Und weißt du auch, warum? Du denkst zu wenig mit dem Kopf und zu viel mit deinem Herzen. Das ist ein verdammt großer Fehler. Deshalb kannst du selbst in dieser Situation, in der du glaubst, mir überlegen zu sein, nicht gegen mich gewinnen.«

Sara schnaufte und stieg langsam eine Stufe höher. »Wir werden sehen.«

»Oh, ich beweise es dir!« Mit fiebrig glänzenden Augen wandte er sich Flynn zu. Erneut legte er den Arm um dessen schmale Schultern und zog ihn mit einem Ruck zu sich heran. Flynn stieß einen überraschten Laut aus, doch noch ehe er reagieren konnte, rammte ihm Feyst sein Messer tief in den Bauch und schubste ihn die Treppe hinab.

Sara stieß einen Schrei aus und ließ das Schwert fallen. Sie machte einen Satz nach vorn und fing Flynn gerade noch rechtzeitig auf, ehe er mit dem Kopf auf die Stufen schlagen konnte.

»Siehst du, was ich meine?« Feyst trat einen Schritt zurück und wischte sich die Hände an seinem Hemd ab. »Das ist der Grund ...«

Sara presste die Hand auf Flynns Bauch. Blut, überall war Blut. Es rann zwischen ihren Fingern hindurch und tropfte an ihrem Arm herunter auf die Stufen. Flynn keuchte und hustete, und dabei lief auch Blut aus seinem Mund und besudelte sein Hemd. Seine Finger klammerten sich verzweifelt um ihr Handgelenk. Sie hob das Kinn und sah in das selbstgefällige Grinsen des Unterweltkönigs, der sich beiläufig eine Haarsträhne aus dem Gesicht schob. Wie aus weiter Ferne drang seine Stimme zu ihr.

»Du hattest die Möglichkeit, mich zu fangen, aber dann müsstest du den Jungen sterben lassen, der dir so viel bedeutet. Diesen kleinen Ritter, den du so liebevoll als deine Familie bezeichnest. Und das ist auch der Unterschied zwischen uns beiden, der Grund, warum ich am Ende zwangsläufig gewinne. Im Gegensatz zu dir ist mir der Junge nämlich egal. Denn im Gegensatz zu dir habe ich kein Herz.«

»Du ...« Ihr blieb die Luft weg, so als hätte Feyst ihr die Faust in die Magengrube gerammt. Sie biss die Zähne zusammen, bis es schmerzte. In diesem Augenblick wusste sie, dass sie den Mann töten würde. Sie wusste es, als hätten die Reisenden es ihr selbst befohlen. Doch es würde kein leichter Tod für ihn werden. Sie würde ihm nicht einfach nur das

Schwert zwischen die Rippen jagen, denn das wäre viel zu gnädig für diese Bestie. Sie würde ihn leiden lassen, so viel war sicher. Seinen Tod hinauszögern, bis er sie irgendwann anbettelte, ihn endlich zu erlösen. Unbändige Wut durchflutete sie, und sie spürte die altbekannte Kälte in sich aufsteigen. Sie sah die Angst in Feysts Blick aufflackern, als ihre Konturen verschwammen und er langsam begriff, dass er sich geirrt hatte. Sie hatte nämlich ebenfalls kein Herz, und das würde sie ihn nun spüren lassen.

Sie wollte aufstehen, als sie einen Widerstand bemerkte. Verwirrt blickte sie nach unten und sah, dass Flynn noch immer ihr Handgelenk umklammert hielt. Er sah sie mit weit aufgerissenen Augen an, und sein Atem ging flach und schnell. Mit einem Mal fühlte sie sich furchtbar schuldig.

»Wie schlimm ist es?«, fragte er mit schwacher Stimme.

»Das wird schon wieder.« Sie presste ihre Hand fest auf die Wunde, doch es wollte einfach nicht aufhören zu bluten. Es war so unglaublich viel. Es war einfach nicht vorstellbar, dass so eine große Menge Blut aus so einem kleinen Körper fließen konnte. Hilfesuchend schaute sie sich um, doch die Straße lag verlassen hinter ihr. Kein Mensch, der noch bei klarem Verstand war, würde bei diesem Wetter vor die Tür gehen. Selbst der Straßenköter hatte inzwischen das Wühlen im Unrat aufgegeben und sich an einen trockeneren Ort zurückgezogen. Es regnete noch immer wie aus Kübeln, und das Wasser schoss in einem breiten Strom die Treppe hinab und vermischte sich mit Flynns Blut.

Sie stieß einen lautlosen Fluch aus. Sie musste ihn unbedingt von hier fortbringen. Mit den Zähnen riss sie ein großes Stück Stoff von ihrem Hemd, knüllte es zusammen und presste es fest auf das Loch. Dann schob sie Flynns Hand darüber. »Fest zudrücken«, murmelte sie und packte ihn unter den Armen. Als sie ihn in die Höhe zog, schrie er vor Schmerzen. Doch darauf konnte sie keine Rücksicht nehmen. Keuchend stolperte sie los, und obwohl ihre Beine wie Feuer brannten, schaffte sie es trotzdem irgendwie, ihn hinter sich her zu schleifen.

»Mir ist kalt…«, jammerte Flynn.

»Keine Sorge, wir haben es gleich geschafft.« Sie lehnte ihn gegen eine Wand und hämmerte wahllos gegen Haustüren. »Macht endlich auf!«, brüllte sie gegen den Regen an. »Wir brauchen Hilfe.« Sie hätte genauso gut mit den Toten reden können. Erschöpft ließ sie die Faust sinken und drehte den Kopf. »Du sollst doch den Stoff auf die Wunde drücken!« Kopfschüttelnd lief sie zu Flynn zurück und kniete sich neben ihn. Sein Gesicht hatte jede Farbe verloren, und seine Hand lag schlaff neben seinem Bein in einer Pfütze. Vorsichtig griff sie danach und legte sie zurück auf seinen Bauch. Doch sie rutschte wieder herunter und fiel platschend ins Wasser. Dann kippte ganz langsam sein Kopf zur Seite und stieß sanft gegen ihre Schulter.

Sara schloss die Augen und weinte.

EPILOG

AUF DAS LEBEN!

Nachdem sie ihre Rüstungen losgeschnitten hatten, hatten sie sich an der Küste entlangtreiben lassen. Es war ihnen auch gar nichts anderes übrig geblieben. Die Flut riss sie unerbittlich fort, und sie konnten nur versuchen, nicht gegen die Felsen geschleudert oder von den Wellen hinaus in die offene See gezogen zu werden.

Fast wie durch ein Wunder waren sie nicht am Fuß der Klippen zermahlen worden, sondern hatten schließlich einen schmalen, steinigen Strand gefunden, den die Flut nicht gänzlich überspülte. Durchnässt und am Ende ihrer Kräfte schliefen sie am Rand des Meeres ein, die Rücken an die unüberwindliche Steilwand gelehnt. Und während der ganzen Nacht schien über den Klippen das helle, fahlblaue Licht eines Vollmonds in einer Neumondnacht. Weit über ihnen, in den Wäldern auf den Klippen, fanden die Tiere wegen des seltsamen Lichtscheins die ganze Nacht keine Ruhe, doch nur die vier Männer am Fuß der Klippe wussten, was es wirklich zu bedeuten hatte.

»Was machen wir jetzt?«

Cunrat trat hinter Ness und sah an den fernen Horizont, wo sich über einem fast unbewegten Meer die nahende Sonne mit einem ersten rosigen Schein ankündigte.

Der alte Kriegsknecht sah nicht auf. »Der Plan hat sich im Grunde nicht geändert«, sagt er leise. »Marten lebt nicht mehr, also haben wir nur ein Ziel. Wir müssen nach Tiburone, um ein Schiff zu finden. Der Kaiserhof sollte wirklich erfahren, was hier unten passiert. Corteser, ein rebellierender Fürst, als Beruner verkleidete Kolnorer und Fischgesichter, die hier ihre Götter wieder ausgraben wollen.« Er schnaubte, und Cunrat wurde klar, dass es ein Lachen sein sollte. »Es ist eine so wirre Scheiße hier, dass es vermutlich gerade dafür ausreicht, dass uns kein Mensch ernst nehmen wird.«

Cunrat seufzte und setzte sich neben Ness auf einen Stein. Die Ebbe zog das Wasser zurück und gab genug Strand frei, um bald am Fuß der Klippen entlanglaufen und einen geeigneten Aufstieg suchen zu können. »Aber irgendjemand muss es ihnen sagen. Egal, ob sie es glauben oder nicht. Oder?«

Ness nickte. »Also nach Tiburone und von dort nach Berun. Und wenn wir Glück haben, haben Dolen, Wibalt und der Rosskopf auch überlebt. Ich könnte ein paar gute Nachrichten gebrauchen, so viel ist mal sicher.« Er schnaubte erneut. »Und wie sehr ich sie brauchen kann, sieht man daran, dass ich es als gute Nachricht betrachten würde, dass zwei Ritter überlebt haben. Nichts für ungut.«

Cunrat zuckte mit den Schultern. »Meinst du nicht, dass die Huacoun verschwinden werden, jetzt, da wir ihre Götter und ihren Blaustein verbrannt haben?«, fragte er ein Weilchen später.

»Hm.« Ness rieb sich das halbe Ohr. Dann spuckte er aus.

»Nein. Irgendeinen Grund muss das zweite Schiff haben, das vor Gostin liegt. Ich kann mir nicht vorstellen, dass es so einfach vorbei ist.«

»Einfach?« Cunrat sah ihn von der Seite an. »Was war denn bitte daran einfach?«

Hinter ihnen knirschten die Steine. »Ness könnte dir Geschichten über die Schildbrecher erzählen«, sagte Messer leise, »von denen du nicht die Hälfte glauben würdest.« Er stellte sich neben Cunrat und sah ebenfalls aufs Meer hinaus. »Und das solltest du auch nicht. Aber die andere Hälfte wäre immer noch mehr als genug. Und alle haben eines gemeinsam: Es ist nie einfach. Und meist voller Verluste.«

Ness zuckte mit den Schultern. Von irgendwoher fischte er seine Feldflasche hervor und entkorkte sie. »Krieg«, sagte er. »Krieg ist immer gleich.« Er prostete der aufgehenden Sonne zu. »Auf Zeisig. Und auf Marten.« Er nahm einen Schluck und reichte sie an Cunrat weiter.

»Auf dieses Mädchen, Emeri«, fügte dieser hinzu.

Messer nahm die Flasche und schwenkte sie nachdenklich. »Ihr trinkt nicht auf den Kaiser? Oder die Reisenden? Tsts.« Ein Hauch von Spott und eine Wagenladung Müdigkeit lagen in seiner Stimme.

Cunrat legte den Kopf zur Seite. »Nein«, stellte er fest. »Nein, ich glaube nicht.«

Messer nickte. »Na dann. Auf all die anderen armen Schweine, die gestorben sind, und jene, die noch sterben werden«, murmelte er und nippte am Branntwein.

»Also auf uns«, stellte der Weiße Schatten fest. »Auf das Leben.« Er nahm Messer die Flasche aus der Hand und leerte sie in einem Zug.

PERSONENVERZEICHNIS

Amric – Schreiber und Zahlmeister der Schildbrecher
Alaunar – der Weiße Schatten, freier Söldner im Dienst von Bront Halvor
Ann Revin ad Armitago – Kaiserinmutter und Witwe von Harand Revin
Antreno – Fürst des Macouban
Arn Gellert – Heetmann der 11. Kriegsknechtkompanie
Auttriner, der – Doppelsöldner in Jorings Armee

Bedbur – Feysts kolnorischer Leibwächter
Beltran ad Iago – Baron, fürstlicher Botschafter des Macouban
Bladik – genannt der Mistkäfer, Begabter im Dienst des Kolno
Bogk – wettergegerbter Waldmensch, dient Jorings Armee als Führer durch die lyttonschen Wälder
Bront Halvor von Brundeis – kolnorischer Theyn und Anführer einer Armee

Cajetan ad Hedin – Ordensfürst des Flammenschwertordens von Berun
Carbo – goldgieriger Kassier in Jorings Armee
Ciorn ad Priban – fanatischer Ordensritter

Cunrat ad Koredin – junger Flammenschwertritter, auf der Flucht im Macouban

Danil ad Corbec – in Ungnade gefallener Schwertmann des Kaisers und ehemals bester Freund Martens
Daryl ad Priban – Flammenschwertritter in Gostin
Deryn ad Skellvar – Patriarch des Flammenschwertordens, legendärer Weiser
Dolen ad Lhota – Flammenschwertritter mit Kinnnarbe
Dwale – Metis auf Gut Barradeno

Edrik Revin ad Berun – Kaiser von Berun und Ann Revins Sohn
Emeri – Tochter des Fürsten Antreno und Vairani des Macouban

Feyst Dreiauge – Wirt des Roten Bären und Unterweltkönig von Berun
Flynn Hasenfuß – ein Straßenjunge und Freund Saras

Gissur – Fürst Gragars jüngster Sohn
Gragar Graugans – ergrauter Fürst von Skolholt
Grill – Koch im kaiserlichen Palast und ehemaliger Tross-Vibel
Grimm – Ordensdiener, Cajetans Gehilfe

Hammer – Kriegsknecht unter Vibel Brender, Schildbrecher
Harand Revin ad Berun – »Der alte Löwe«, ehemaliger Kaiser Beruns, verstorbener Gatte von Ann Revin
Henrey Thoren – Leiter einer Spezialeinheit des Kaiserhauses, Vertrauter der Kaiserinmutter

Henric – Anführer der Flammenschwertritter in Gostin

Heygl – zweitältester Sohn von Feyst, Unterweltschläger

Hilger – hochgewachsener Schläger in Diensten Thorens

Hontu Doruk – gewählter Kriegsherr aller Waldmenschen

Ibril – ein pockennarbiger Fährmann

Imara Antreno – verstorbene Fürstin des Macouban, Emeris Mutter

Jans – junger Flammenschwertritter in Gostin

Jerik – der Hofnarr des Kaisers und ehemaliger Vertrauter Thorens

Johen ad Rincks – Stadtvogt von Berun und Reichsverweser

Joring – Ordensritter, Anführer des Heerzugs nach Lytton

Ketar – legendärer Weiser und Mystiker

Lebrec – ein ehemaliger Blausteinsucher

Marten ad Sussetz – ehemaliger Schwertmann, selbsternannter Leibwächter Emeris

Messer – Meister, Söldner, ehemaliger Feldscher der Schildbrecher, Auftragsmörder

Naevus – ehemaliger Tempelfürst und Flamme des Ordens, Cajetans Vorgänger

Ness Rools – glatzköpfiger Kriegsknecht, Bogenschütze der Schildbrecher

Oloare – Heilerin im Dienst von Haus Antreno

Prahit – ein Fährmann

Rodrik Brender – Vibel der 43. Kompanie, Kriegsknecht und Schildbrecher, im Dienst Thorens
Rosskopf, der – Kriegsknecht unter Vibel Brender, Schildbrecher

Sael – Metissklave auf Gut Barradeno
Sara – Metis aus dem Macouban, ehemaliges Straßenmädchen und Vertraute Thorens
Scheel Einohr – ältester Sohn von Feyst
Sorid – legendärer Schwertmeister des Flammenschwertordens

Undis – genannt Gleve, Vibel und Adjutantin von Bront Halvor

Veit ad Gillis – Patriarch des Flammenschwertordens
Veltrin ad Geldaren – alter Ritter des Flammenschwertordens
Vigglud – der Hakennasige, Gezeichneter im Dienst des Kolno

Wibalt – stark behaarter Flammenschwertritter in Gostin

Xari – Metis, Gesellschafterin und Leibdienerin Emeris

Zeisig – Kriegsknecht mit Hyänenlachen, Schildbrecher

GÖTTER UND REISENDE

DIE REISENDEN

Mogho, »Der Handwerker« – Der Herr, Bärtiger mit vielfarbigem Überwurf

Takhasa/Kazarh, »Der Ritter« – Die Ewige Flamme, Krieger mit flammendem Schwert, in Cortenara: Kasha

Enurg »Der Soldat« – Anführer der Reisenden. Der »Erbauer« und damit Schirmherr aller Bauhandwerke und Festungen, steht damit also für den Kaiser

»Der Wanderer« – Name unbekannt, Schirmherr der Glücksritter, der Spieler, der Prostituierten, des fahrenden Volks und der Reisenden

Adzahid, »Der Weise« – Magier, Historiker und Schirmherr der Gelehrten und Geheimnisse

Mihg, »Der Harfner« – Schirmherr der Künstler, Musiker und Dichter, Herr über Liebe, Alkohol und Feiern

Hadol, »Der Heiler« – Schirmherr von Familie, Haus und Hof, inzwischen in allen Dingen rund um Gesundheit und Landwirtschaft gefragt

DIE GÖTTER

Duambe – der weiße Herr der Tiefe, der Vater der Schlangen, Meeres- und Schöpfergott der Metis

Frorn – Bruder von Iddis, von den Lyttonern angebetet, von Kazarh erschlagen

Huacoun – »Die dunklen Götter«, auch: »Die Götter des

Südens«, der Legende nach stammen die Metis von ihnen ab; wird im Gegensatz zu Paranakyri als Wort für die dunkle Götterwelt der Metis verwendet

Iddis – Bruder von Frorn, von den Lyttonern angebetet, von Kazarh erschlagen

Lambebe – der Herr der tiefen Finsternis, Herr der Dunkelheit und der Tiefsee, Vater von Duambe und Oyambe

Manar – Meeresgott des Nordens, wird von den Skellvarern verehrt, gilt als »Führer der Reisenden«

Oyambe – Duambes Schwester, Meeresgöttin der Metis, Herrin der Stürme

Paranakyri – ›jene, die von See kommen‹ – Metisausdruck für die zahlreichen Götter des Macouban, gleichzeitig des Volkes von Duambe

Tjalfar – Kriegsgott des kolnorischen Pantheons, manche fluchen gern bei seinen haarigen … Geschlechtsteilen

GLOSSAR

Aget – Metis-Ausdruck für Blaustein
Areku – Metiswort: ›Zorn, Hass‹
Azhdar – auch: Sturmdrache, riesige Flugechse, die die meiste Zeit ihres Lebens im Flug über dem Meer verbringt

Babjuc – kartoffelartige Knollenpflanze – ihre Wurzeln sind eines der traditionellen Hauptnahrungsmittel der Metis
Bajampuroosh-Lied – Ein Götter-Epos der Metis
Bladikkäfer – unbeholfener Ernteschädling in Beru
Blagdhar – große, aasfressende Echse aus den Sümpfen des Macouban. Ihr Fleisch gilt als Delikatesse – wenn es mindestens zwei Wochen lang in ihrem eigenen Urin mariniert und dann gedörrt wurde
Boirokuu Lamoeli – Metisausdruck: Kolnorer
Bracceres, die – Bergkette, die die Halbinsel Macouban vom Rest des Kontinents und des berunischen Reichs trennt
Brundal – Tier, dessen Exkremente als beliebtes Schimpfwort verwendet werden
Brungbeere – stinkt abscheulich, lässt sich aber zu einem großartigen Schnaps verarbeiten

Chelic-Blätter – bittere Pflanzenblätter mit antibiotischer Wirkung im Saft, im Macouban verwendet

Djelaba-Öl – Palmöl des Macouban, wird für Lampen und zum Kochen verwendet

Doppel-Wolf – Silbermünze des Kolno, entspricht in der Kaufkraft fast zwei Silberadlern von Berun

Feuerblatt – eine Art Kraut, in das Fleisch eingewickelt wird

Geddral/Geddrali – verstecken sich bei Tag in der Tiefe, Flussbewohner des Macouban, fressen auch Menschen

Godord – Höhlenmenschen im Nordwesten von Tertys, die Wandbilder von Tieren anbeten

Guadrenbüsche – ähnlich Rhododendron, mit angenehmem Duft und sehr wohlschmeckenden, allerdings giftigen Früchten

Gunboru – größter Fluss des Macouban, der an Tiburone vorbei nach Norden führt

Heetmann – Anführer einer Kompanie (110 Mann)

Hügel von Hellu – Heiliger Ort, der den toten Göttern Frorn und Iddis geweiht war

lambebe hítau – Das Blut von Lambebe – ein Huacoun-Ausdruck für Blaustein

Inenei – Huacounwort: ›Zunge‹, auch in Bedeutung von Sprecher, Anführer oder Magier

Isani – ›Kind‹ – Ausdruck der Huacoun für minderwertige Personen

Lambebes Hand – Klippenareal im Macouban, schroffe Kalksteinfelsen mit vorgelagerten Riffen

Malhoryn – Droge, klebriges Gemisch aus Pflanzensäften und Blausteinpulver, das in Klumpen in Pfeifen geraucht wird und zu einem opiumähnlichen Rausch führt.

Mbalhi – auch: Totenlichter, leuchtende Krustentiere von der Länge einer Hand, die in riesigen Schwärmen durch das Meer ziehen

Mbwamai/Mbwamaii – kurzbeinige schwarze Wasserschweine, die unter den traditionellen Hütten der Metis hausen

Messing-Nägel – einheimische Währung des Macouban

Nabil – Untoter aus dem Meer, Schreckgestalt der macoubanischen Tradition

Oueilarae – Huacounwort: Kleines Mädchen

Pakourou – Huacounwort: Spinnen des Blausteins – die Krabbenspinnen

Paqualho/Paqualhe – Raubtiere, hassen das Tageslicht, große Flussbewohner des Macouban

Ralld-Spinnen – spannen extrem dünne, stahlharte und rasierklingenscharfe Fäden im Wald, in der Hoffnung, dass Tiere hineinlaufen und verbluten. Ernähren sich von dem anfallenden Aas

Riese von Sawale – legendäres Monster, das von Deryn ad Skellvar besiegt worden war

Sabra – Metiswort: Idiot; Mann, der auf die See hinausfährt

Selcanische Algen – scheußliche, aber begehrte Spezialität in Adelskreisen

Skellinge – graue Raubmöwen mit gezahnten Schnäbeln, die nur nachts jagen oder Aas fressen

Skellvar-Sydin – der seltenste Stahl der Welt, der noch aus den Zeiten des alten Kaiserreichs stammt

Skogsvener – Kolnorer Ausdruck für die Waldmenschen im Norden von Kolno und Lytton

Sumya-Blätter – Droge, die fermentiert und wie Kautabak verwendet wird

Theyn – Heerführer, aus dem Königsadel des Kolno

Uhabu – Huacounwort: ›Hand‹, auch: Krieger, Wächter

Urgon – furchterregende Kreatur aus den Sagenliedern der Waldmenschen

Vairani – Oberste Priesterin der Metis

Vibel – Gruppenkommandant über 25 Mann (= eine Quartere), untersteht einem Heetmann

Warejia – eine Leibdienerin des macoubanischen Adels

DANKSAGUNG

Falls ihr das hier in der Hoffnung auf eine versteckte After-Credits-Szene lest, müssen wir euch enttäuschen – wir sind bereits mit den ersten Arbeiten am Abschlussband beschäftigt, und außerdem wartet das Lektorat dringend auf die letzten Zeilen. Also auf das hier. Demzufolge haben wir also dieses Mal keine Zeit für derartige Extras und kommen damit ohne weitere Umschweife zur Danksagung. Ihr wisst schon – diese Stelle, wo die Autoren ihren Eltern danken (Danke übrigens, Eltern!), ihren Friseuren (oder waren das Schauspieler? Also die, die das tun. Wir kommen da immer durcheinander), den Pizza-Lieferservices, die die in Klausur befindlichen Autoren am Leben erhalten haben und natürlich ihrer Fan-Basis, ohne die das Ganze nicht möglich ... wem machen wir eigentlich etwas vor – außer unseren Familien und unseren Agenten hat hier ohnehin schon jeder aufgehört zu lesen.

Was soll's. Natürlich bedanken wir uns bei unseren Fans und Lesern. Vielleicht hätten wir diese Geschichte auch so erzählt – aber es ist doch etwas anderes, sie Leuten erzählen zu dürfen, die unsere Arbeit tatsächlich zu mögen scheinen. Darüber hinaus bedanken wir uns bei all den Leuten, die uns und die Blausteinkriege so tatkräftig unterstützen, vor allem Sebastian Pirling, der mit seinem Team bei Heyne wieder einmal ganze Arbeit geleistet hat und damit maßgeblich Mitschuld daran trägt, dass auch dieser Band hier in den Buchhandlungen zu finden ist. Dazu kommt unsere tapfere Lektorin Catherine Beck, die einmal mehr nahezu klaglos dafür gesorgt hat, dass sich unsere eigenwillige Zeichensetzung nicht im Endprodukt findet und eine ganze Reihe von Szenen den letzten Schliff erhalten hat (»Viel zu verschwurbelt, bitte entwirren.«).

Dank schulden wir einmal mehr auch unseren ewigen Testlesern Eva Bergschneider, Gregor Mango, Michael und Tina Stockhammer sowie Carsten Pohl: Für ihren Enthusiasmus beim Lesen und Lesbarmachen und die aufbauende Kritik. Wissen wir sehr zu schätzen. Und schließlich danken wir noch all den großartigen Autorinnen und Autoren, den Verlagsleuten, Rezensenten, Buchbloggern, Veranstaltungshelfern und sonstigen Wahnsinnigen der deutschen Phantastikszene, allen voran wieder einmal dem LitPack um Carsten Steenbergen, Bernhard Stäber, Falko Löffler und Stephan Bellem. Und nicht zuletzt (und längst überfällig) Tom Finn und Bernhard Hennen für ihre Schützenhilfe damals, 2009, selbst wenn wir sie am Ende gar nicht gebraucht haben mögen. Das ist nicht selbstverständlich gewesen.

Tom dankt zudem endlich einmal der Heilbronner »Meisterrunde« um Buster Struppe, Uwe Weber, Tim Weippert und dem Rest, ohne die auch Tertys anders aussehen würde, den wahren Schildbrechern für verdammt viel Spaß, Tommy und Carsten für ein, zwei offene Ohren beim nächtlichen Auskotzen, Gronkh und Sarazar für inspirierende Let's Plays und Soundtracks während des Schreibens, und vor allem dankt er

Leonie, die sich immer noch für und über ihn und auf den nächsten Ausflug zu Ikea freut.

Stephan dankt seiner Rollenspielgruppe für die Inspiration und die Erdnussflips, allen, die noch nicht namentlich Erwähnung gefunden haben und natürlich Judith, für die nächste Reise ans Ende der Welt.

Orks vs. Zwerge

Ein jahrtausende alter Hass...
eine gewaltige Schlacht...
ein einzigartiges Epos!

Ihr Hass aufeinander wurzelt tiefer als die Gebeine
der Erde – schon seit Jahrtausenden sind Orks und Zwerge
erbitterte Feinde. Nun prallen sie in einer gewaltigen
Schlacht aufeinander, in der sich die Zukunft beider Völker
entscheiden muss. Eine Schlacht, die das Schicksal von
Orks und Zwergen für immer verändern wird.

978-3-453-31404-7

978-3-453-31438-2

978-3-453-31610-2

Marc Turner

»Kraftvoll, düster und magisch – Marc Turners
Schattenreiter ist ein großes Fantasy-Epos!«
Brian Staveley

Es ist das gefährlichste magische Artefakt, das es gibt: Das Buch der
Verlorenen Seelen verleiht seinem Besitzer Macht über Leben und Tod,
und nun wurde es gestohlen. Der abtrünnige Magier Mayot Mencada
hofft, damit Shroud, den Gott des Todes und Herrn der Unterwelt,
besiegen zu können. Dieser schickt seine tödlichsten Schergen los, um
das wertvolle Artefakt zurückzuholen und Mayot zu bestrafen. Keiner
von beiden ahnt, dass die dunkle Magie des Buches noch andere
Wesen aus den Schatten lockt. Wesen, die weder Mayot Mencada
noch Shroud kontrollieren kann ...

978-3-453-53412-4

Leseprobe unter **www.heyne.de**